# 简易古诗助读

高全成 编著

天津古籍出版社
天津出版传媒集团

图书在版编目（CIP）数据

简易古诗助读 / 高全成编著. — 天津：天津古籍
出版社，2022.9
 ISBN 978-7-5528-1232-9

Ⅰ. ①简… Ⅱ. ①高… Ⅲ. ①古典诗歌－诗歌欣赏－
中国 Ⅳ. ①I207.2

中国版本图书馆CIP数据核字(2022)第098756号

## 简易古诗助读
JIANYI GUSHI ZHUDU

高全成 / 编著

| | |
|---|---|
| 出　　版 | 天津古籍出版社 |
| 出 版 人 | 张　玮 |
| 地　　址 | 天津市和平区西康路 35 号康岳大厦 |
| 邮政编码 | 300051 |
| 邮购电话 | （022）23517902 |

| | |
|---|---|
| 责任编辑 | 门　辉 |
| 装帧设计 | 根德文化 陈欣源 |

| | |
|---|---|
| 印　　刷 | 潍坊印之源文化发展有限公司 |
| 制　　版 | 山东根德文化产业有限公司 |
| 经　　销 | 新华书店 |
| 开　　本 | 889 毫米 ×1194 毫米　1/16 |
| 印　　张 | 38.25 |
| 字　　数 | 680 千字 |
| 版次印次 | 2022 年 9 月第 1 版　2022 年 9 月第 1 次印刷 |
| 定　　价 | 116.00 元 |

版权所有　侵权必究
图书如出现印装质量问题，请致电联系调换（022-23517902）

# 序

《简易古诗助读》就要付梓出版了。

这是一件帮助学生阅读古诗、泽被学子后人的好事，想必对于古诗爱好者也是一件极幸的事。对不少人来讲，古诗阅读有一个很缠人的问题：难读、难悟、难解、难通。

高全成先生筚路蓝缕，执36年教鞭耕耘心血，加上自己人生体验，广览博阅，提炼了从春秋到唐朝80位诗人、306首古诗进行文学常识、题意简释、内容提示等助读，旨在读了之后有所获、有所悟、有所借鉴。

通过与古诗的对话，提高读者的水平、知识、思想，不能不说这是一次愉快的阅读之旅。

高全成先生是我三中的老师，三中后与一中合并，高老师任语文组副组长。三中、一中的全称是山东淄博三中、淄博一中，我曾在此读高中。

《简易古诗助读》完稿后，高老师嘱咐我写个序，学生不敢辞，又觉水平有限似有妄为，但恭敬不如从命，斗胆应了下来。

我接触到的高老师不温不火，敬业、刻苦，桃李天下，学有专长，教有得法，是一位受人尊敬的好师长。细细读他的人生，他也是值得我学习的一本大书。

我们是时代的参与者、助跑者，也是时代的裹挟者。高老师的从教生涯有坎坷、有磨难，但从不气馁，不像某些人总是抱怨，而是从现实脚下起步，耕耘、努力、努力、耕耘，彩绘出他平凡而又出众的人生。

读诗有百解，但本解更重要，也就是要无限接近作者写此诗的境况，然后再说百解。

如，《刘长卿·逢雪宿芙蓉山主人》"风雪夜归人"一句的理解。

有人说是"邻居半夜归来"，此说太离谱。有人说"诗人猜想大概是芙蓉山主人披风戴雪归来了吧"。有人反对说，主人半夜归来，客人如何投宿呢？笔者开始认为半夜归来的是主家其中一个年轻力壮在外辛劳的人，与客人投宿不矛盾。还专门写了一段"阅读笔记"。之后随着思索的加深，感觉说"邻居"不对，说"主人"也不对，而当是说客人（诗人自己），是诗人用比拟的写法，写自己雪夜投宿的感觉——宾至如归，因为前三句写诗人的所见、所闻，最后一句写所感。于是另写一篇"阅读笔记"。

上述是高老师《书稿琐记》中对"风雪夜归人"一句的理解，我同意高老师的论断："夜归人"是说客人（诗人自己）。

这些，若没有自己人生体验，是不好比况的。

我也相信《简易古诗助读》的"助读"，囊括了高老师不少自己的和同代人的人生体验。

诗言志。这才是读诗的正确读法，前进着，比况着，借鉴着，愉悦着，启发着，求索着。

高老师自从来北京后，因同在京城，见面机会多了。但他手头事情不少，我也不便多扰。电话和信息总是少不了。

学生给老师写序，有人免不了犯疑，总觉得溢美之词偏多，殊不知，高老师在成书过程中，我与他还有不少争论、建议，虽然我属陋见，但是一个意思：不要罔顾了读者，书是用来读的，是吸收养料的，纸寿千年，珍惜写作与付出。

现在统观全书，感觉高老师是用了真心，付出了心血，殚精竭虑，尽求把有益的东西分享给读者，以显开卷有益之效。

在淄博一中建校85周年之际，我曾拙作小诗一首。借此，重录，用以表达对母校、对高老师的教育栽培之恩。同时，恳望高老师的这本《简易古诗助读》福泽学子和每一位读它的人。

## 淄博一中贺
——贺淄博一中建校 85 周年

颜山洗凡一中传，
峥嵘岁月 85 年。
谁解其中辛滋味，
恩师学子知苦甘。

莘莘学子十万衍，
遍布大江南北寰。
博雅学勤厚载物，
还有思想独有先。

石志河

2022 年 3 月 23 日于北京莲花池畔广毓贤宅中

# 编写说明

　　编写《简易古诗助读》（以下简称《助读》）旨在为初学古诗者提供五个方面的帮助。其一，助粗知作者（无考者除外）简历。设有"作者简介"一项。其二，助粗知作品大意。大多篇目，都有"题意简释""背景简介""内容简介"三项内容。其三，助疏通句子大意。大多篇目都有"译文""注释"或"注释及有关提示"（除注释词、语义外，凡有对语法、修辞、写法、作用等作简要提示的，均与"注释"合并为"注释及有关提示"）；尽最大可能地直译每个诗句；完全按照古汉语字典、词典中合适义项及相应的例句（大多译为白话）解释有关词语，不作无根据的、想当然的解释。其四，助粗知有关篇目的结构。长诗设"段落大意"。其他的，根据情况设"各联大意""诗句简析"等。其五，助粗知大多篇目的艺术特色。设"艺术特色简介"或"艺术特色简析"。

　　我们都懂得知其人乃知其作品的道理，但是本书的定位是对初学简易古诗者的助读，不宜过多、过深涉及其人对其诗的渊源关系，故对作者只作简要介绍。

　　在国学日渐回归正位的今天，帮助初学者学习国学重要内容之一的中国古典诗歌，有效的方法是从语感入手，所以对诗句采取了直译的方法。至于诗句、诗歌的思想内容及浅显的美学元素除在"内容简介"提及外，还在"注释及有关提示"之"有关提示"及"艺术特色简介"（或"艺术特色简析"）中作简要解说。

　　译文、词语解释等力求不避难点、疑点，尽笔者所能阐述。如《诗经·秦风·蒹葭》中"道阻且右"之"右"。所见的注本中最好的解释是"指迂回"。而从"右"到"迂回"之间的跨越隐含着什么呢？原来此处"右"的内涵是与"直"相对的"弯"，用法是方位词用作形容词（与"直"相对的"弯"）

在用作动词——"向右弯"。其实，此语境中也含有"向左弯"的意思，因而此处"右"的完整义是（道路）"时而右弯，时而左弯"，也就是指（道路）迂回。而诗中为何不用"左"呢？因为这一节韵脚字"采、涘、右、沚"，都是"之"部韵，所以用"右"，不用"左"。这才是"右"指"迂回"的基本"来龙去脉"。应该说，这样寻根究底，对于帮助弄清词义，特别对于逻辑性推究是有一定益处的。

词语解释所附的例句有偏难、偏烦之弊。为避免游离学习原诗作之主线，初学者可先略过此内容，留待日后深入学习时再作参考之用；若有兴趣阅读，对增强文言语感不无益处。

为方便助读，有些篇幅较长的诗歌，其结构及段落大意随正文分散简介，如《离骚》《孔雀东南飞》；有些篇幅较短的诗歌，结构及段落大意在正文后集中简介，如《十五从军征》《白马篇》。

笔者认识到的所选古诗的艺术特色，清楚明显无须多说的，则不说；过于深奥的，不展开说，只作简单介绍，以防越说越乱；不很明显、难度适中且适合初学者汲取滋养的，就作简单分析。

对有些诗篇的有关重点、难点、疑点的简析辟为"阅读笔记"，目的有二：一是为在书面形式上突出这些内容；二是给初学者练习缀句成文和言之成理的能力提供些许帮助。本书中的"阅读笔记"大都是就某联（或句）而作的，如同页眉、页脚、页边的笔记一样，为了便于阅读，就在相应诗句的注释后提行列出，"阅读笔记"文字完结后，再提行继续按照顺序注释。就整首诗某个方面作的"阅读笔记"，则列为该诗助读内容的最后一项。

本《助读》之定位不是登堂入室之探究，而是起步入门之助推，所以分析中尽量少用古之大家、今之权威的深邃论述，遇有非用不可之处则酌加注释，简注出处。

笔者认为，中国古诗最有价值的三个部分是《诗经》《楚辞》和唐诗，而《楚辞》对于初学古诗者，无论怎么译、释都不能算是简易的；然而为了帮助初学者对中国古诗的精华及其发展脉络有个简要的直观了解，也把《楚辞》的代表作——屈原的《离骚》编入本书。其他一些古诗是否简易，初学者可在家长指导下酌定，并施以相应对策。

为初学者阅读方便，译文及其他助读内容都尽量使用双音词；原文及解说中的一些难认及容易读错的字都加了汉语拼音。

本《助读》中诗人的排列大致以生年先后为序，生卒年无考者以在世年代先后为序，同一诗人的作品大致以作品的产生先后为序。

有些古诗在成人世界里是含蓄隽永、百读不厌的，但在儿童世界里有些内容不相宜，而诗中有些名句脍炙人口，千古传诵，即使儿童也应粗知，因而录其全诗，析其名句。

欢迎初读者对本《助读》各个方面提出不同见解，以培养求实精神及探索、求证、论辩等能力。更欢迎垂览此拙编的专家及同行针砭谬误，不吝赐教，无任感谢。

高全成<br>
于北京市海淀区寓所

# 目 录

第一编　春秋至东汉 ·········································································· 001
第一章　春秋时期诗经 ······································································ 001
　　001 国风·周南·关雎 ································································· 001
　　002 国风·邶风·静女 ································································· 004
　　003 国风·鄘风·相鼠 ································································· 006
　　004 国风·卫风·氓 ···································································· 006
　　005 国风·卫风·河广 ································································· 012
　　006 国风·卫风·木瓜 ································································· 013
　　007 国风·魏风·伐檀 ································································· 015
　　008 国风·魏风·硕鼠 ································································· 017
　　009 国风·魏风·十亩之间 ·························································· 018
　　010 国风·秦风·蒹葭 ································································· 020
　　011 国风·秦风·无衣 ································································· 021
　　012 小雅·采薇 ········································································· 022

第二章　战国末期 ············································································ 027
　一、屈原 1 首 ················································································ 027
　　013 离骚 ·················································································· 027
　二、荆轲 1 首 ················································································ 061
　　014 易水歌 ··············································································· 061

第三章　楚汉相争时期 ······································································ 062
　一、项羽 1 首 ················································································ 062
　　015 垓下歌 ··············································································· 062
　二、虞姬 1 首 ················································································ 064
　　016 和项王歌 ············································································ 064

1

## 第四章　两汉时期 ……066
### 一、刘邦 1 首 …… 066
　　017 大风歌 …… 066
### 二、汉乐府民歌 7 首 …… 068
　　018 江南 …… 068
　　019 长歌行 …… 068
　　020 十五从军征 …… 070
　　021 陌上桑 …… 072
　　022 悲歌 …… 079
　　023 枯鱼过河泣 …… 080
　　024 孔雀东南飞 …… 080
### 三、古诗十九首（选 2 首）…… 106
　　025 涉江采芙蓉 …… 107
　　026 迢迢牵牛星 …… 108
### 四、东汉童谣 2 首 …… 111
　　027 桓帝初小麦童谣 …… 111
　　028 举秀才（桓灵时童谣）…… 112

## 第二编　魏晋至南北朝 …… 114
## 第一章　曹魏时期 …… 114
### 一、曹操 3 首 …… 114
　　029 步出夏门行·龟虽寿 …… 114
　　030 步出夏门行·观沧海 …… 116
　　031 短歌行·其一 …… 117
### 二、曹植 2 首 …… 120
　　032 七步诗 …… 121
　　033 白马篇 …… 122
### 三、刘桢 3 首 …… 126
　　034 赠从弟·其一 …… 126
　　035 赠从弟·其二 …… 127
　　036 赠从弟·其三 …… 128

## 第二章　两晋时期

### 一、阮籍 1 首

　　037 咏怀诗八十二首·其一ㅤㅤㅤㅤ130

### 二、左思 2 首

　　038 咏史·其一ㅤㅤㅤㅤ132
　　039 咏史·其二ㅤㅤㅤㅤ134

### 三、陶渊明 9 首

　　040 归园田居·其一ㅤㅤㅤㅤ136
　　041 归园田居·其二ㅤㅤㅤㅤ139
　　042 归园田居·其三ㅤㅤㅤㅤ140
　　043 归园田居·其四ㅤㅤㅤㅤ141
　　044 归园田居·其五ㅤㅤㅤㅤ142
　　045 归园田居·其六ㅤㅤㅤㅤ143
　　046 饮酒·其五ㅤㅤㅤㅤ144
　　047 归去来兮辞ㅤㅤㅤㅤ146
　　048 读《山海经》ㅤㅤㅤㅤ155

## 第三章　南北朝时期

### 一、南朝乐府诗 6 首

　　049 拔蒲二首·拔蒲五湖中ㅤㅤㅤㅤ157
　　050 拔蒲二首·与君同拔蒲ㅤㅤㅤㅤ158
　　051 子夜四时歌·春歌ㅤㅤㅤㅤ158
　　052 子夜四时歌·夏歌ㅤㅤㅤㅤ159
　　053 子夜四时歌·秋歌ㅤㅤㅤㅤ160
　　054 子夜四时歌·冬歌ㅤㅤㅤㅤ161

### 二、北朝乐府诗 5 首

　　055 敕勒歌ㅤㅤㅤㅤ162
　　056 折杨柳歌辞·其一ㅤㅤㅤㅤ163
　　057 折杨柳歌辞·其二ㅤㅤㅤㅤ164
　　058 折杨柳歌辞·其五ㅤㅤㅤㅤ165
　　059 木兰诗ㅤㅤㅤㅤ166

### 三、南北朝文人诗 5 首ㅤㅤㅤㅤ175

060 登池上楼（谢灵运）……175
061 拟行路难·其四（鲍照）……178
062 落日怅望（谢朓）……180
063 入若耶溪（王籍）……181
064 拟咏怀·其二十六（庾信）……183

## 第三编　隋朝至初唐……187
### 第一章　隋朝……187
065 人日思归（薛道衡）……187
066 送别诗（无名氏）……188

### 第二章　初唐……190
#### 一、虞世南2首……190
067 奉和咏风应魏王教……190
068 蝉……191

#### 二、王绩2首……191
069 野望……192
070 秋夜喜遇王处士……193

#### 三、王梵志3首……194
071 吾富有钱时……194
072 诗二首·其一……195
073 诗二首·其二……196

#### 四、上官仪1首……197
074 入朝洛堤步月……197

#### 五、寒山1首……199
075 杳杳寒山道……199

#### 六、骆宾王3首……200
076 咏鹅……200
077 咏蝉……201
078 于易水送人……203

#### 七、李峤3首……204
079 风……205

080 中秋月·其一 ………………………………………… 205
081 中秋月·其二 ………………………………………… 206

## 八、杜审言 1 首 …………………………………………… 207
082 渡湘江 ………………………………………………… 207

## 九、苏味道 1 首 …………………………………………… 208
083 正月十五日夜 ………………………………………… 208

## 十、王勃 3 首 ……………………………………………… 210
084 咏风 …………………………………………………… 210
085 送杜少府之任蜀州 …………………………………… 211
086 滕王阁诗 ……………………………………………… 214

## 十一、杨炯 1 首 …………………………………………… 215
087 从军行 ………………………………………………… 215

## 十二、东方虬 1 首 ………………………………………… 217
088 春雪 …………………………………………………… 217

## 十三、宋之问 1 首 ………………………………………… 218
089 渡汉江 ………………………………………………… 218

## 十四、陈子昂 1 首 ………………………………………… 219
090 登幽州台歌 …………………………………………… 219

## 十五、贺知章 3 首 ………………………………………… 220
091 咏柳 …………………………………………………… 221
092 回乡偶书·其一 ……………………………………… 222
093 回乡偶书·其二 ……………………………………… 223

## 十六、七岁女 1 首 ………………………………………… 224
094 送兄 …………………………………………………… 224

## 十七、沈如筠 1 首 ………………………………………… 225
095 闺怨 …………………………………………………… 225

## 十八、张纮 1 首 …………………………………………… 226
096 闺怨 …………………………………………………… 226

## 十九、张若虚 1 首 ………………………………………… 227
097 春江花月夜 …………………………………………… 227

## 第四编　盛唐 ......232

### 二十、张九龄 1 首 ......232
- 098 望月怀远 ......232

### 二十一、王翰 1 首 ......233
- 099 凉州词·其一 ......233

### 二十二、王湾 1 首 ......235
- 100 次北固山下 ......235

### 二十三、王之涣 2 首 ......237
- 101 登鹳雀楼 ......237
- 102 凉州词 ......238

### 二十四、孟浩然 4 首 ......239
- 103 望洞庭湖赠张丞相 ......239
- 104 过故人庄 ......241
- 105 春晓 ......243
- 106 宿建德江 ......244

### 二十五、李颀 1 首 ......245
- 107 送魏万之京 ......245

### 二十六、綦毋潜 1 首 ......247
- 108 春泛若耶溪 ......247

### 二十七、王昌龄 10 首 ......249
- 109 烽火城西百尺楼（从军行七首·其一）......249
- 110 琵琶起舞换新声（从军行七首·其二）......250
- 111 青海长云暗雪山（从军行七首·其四）......251
- 112 大漠风尘日色昏（从军行七首·其五）......252
- 113 秦时明月汉时关（出塞二首·其一）......253
- 114 荷叶罗裙一色裁（采莲曲二首·其二）......254
- 115 闺怨 ......255
- 116 芙蓉楼送辛渐·其一 ......256
- 117 饮马渡秋水（塞下曲四首·其二）......257
- 118 西宫怨 ......259

### 二十八、金昌绪 1 首 ......260

119 春怨 ………………………………………………………… 260

二十九、常建 2 首 ……………………………………………… 261

 120 玉帛朝回望帝乡（塞下曲四首·其一）……………… 261

 121 题破山寺后禅院 ………………………………………… 262

三十、王维 13 首 ………………………………………………… 265

 122 使至塞上 ………………………………………………… 265

 123 送元二使安西 …………………………………………… 267

 124 鸟鸣涧 …………………………………………………… 269

 125 杂诗三首·其一 ………………………………………… 270

 126 杂诗三首·其二 ………………………………………… 271

 127 杂诗三首·其三 ………………………………………… 272

 128 九月九日忆山东兄弟 …………………………………… 273

 129 过香积寺 ………………………………………………… 274

 130 山居秋暝 ………………………………………………… 275

 131 观猎 ……………………………………………………… 277

 132 鹿柴 ……………………………………………………… 279

 133 相思 ……………………………………………………… 280

 134 汉江临泛 ………………………………………………… 281

三十一、李白 38 首 ……………………………………………… 283

 135 峨眉山月歌 ……………………………………………… 283

 136 渡荆门送别 ……………………………………………… 285

 137 望天门山 ………………………………………………… 287

 138 长干行 …………………………………………………… 288

 139 望庐山瀑布 ……………………………………………… 291

 140 金陵酒肆留别 …………………………………………… 292

 141 夜宿山寺 ………………………………………………… 294

 142 越中览古 ………………………………………………… 295

 143 静夜思 …………………………………………………… 296

 144 黄鹤楼送孟浩然之广陵 ………………………………… 298

 145 蜀道难 …………………………………………………… 300

 146 客中作 …………………………………………………… 304

| | |
|---|---|
| 147 春夜洛城闻笛 | 305 |
| 148 越女词五首·其三 | 306 |
| 149 子夜吴歌·秋歌 | 307 |
| 150 子夜吴歌·冬歌 | 308 |
| 151 南陵别儿童入京 | 309 |
| 152 塞下曲六首·其一 | 312 |
| 153 清平调词三首·其一 | 314 |
| 154 清平调词三首·其二 | 315 |
| 155 清平调词三首·其三 | 316 |
| 156 月下独酌四首·其一 | 317 |
| 157 行路难三首·其一 | 319 |
| 158 梦游天姥吟留别 | 322 |
| 159 登金陵凤凰台 | 328 |
| 160 听蜀僧濬弹琴 | 330 |
| 161 将进酒 | 332 |
| 162 闻王昌龄左迁龙标,遥有此寄 | 335 |
| 163 宣州谢朓楼饯别校书叔云 | 336 |
| 164 独坐敬亭山 | 339 |
| 165 秋浦歌·其五 | 341 |
| 166 秋浦歌·其十四 | 342 |
| 167 秋浦歌·其十五 | 342 |
| 168 赠汪伦 | 344 |
| 169 送友人 | 345 |
| 170 西上莲花山(古风·其十九) | 347 |
| 171 早发白帝城 | 349 |
| 172 与夏十二登岳阳楼 | 350 |

## 三十二、崔颢 1 首 ... 352

| | |
|---|---|
| 173 黄鹤楼 | 352 |

## 三十三、高适 3 首 ... 354

| | |
|---|---|
| 174 别董大二首·其一 | 355 |
| 175 别董大二首·其二 | 356 |

176 营州歌 ……………………………………………………… 357

### 三十四、刘方平 1 首 ……………………………………… 358
177 月夜 ……………………………………………………… 358

### 三十五、杜甫 33 首 ……………………………………… 360
178 望岳 ……………………………………………………… 360
179 房兵曹胡马 ……………………………………………… 363
180 春日忆李白 ……………………………………………… 365
181 兵车行 …………………………………………………… 367
182 前出塞九首·其六 ……………………………………… 373
183 丽人行 …………………………………………………… 374
184 月夜 ……………………………………………………… 378
185 春望 ……………………………………………………… 379
186 天末怀李白 ……………………………………………… 381
187 月夜忆舍弟 ……………………………………………… 384
188 蜀相 ……………………………………………………… 385
189 江村 ……………………………………………………… 389
190 春夜喜雨 ………………………………………………… 391
191 客至 ……………………………………………………… 392
192 茅屋为秋风所破歌 ……………………………………… 394
193 赠花卿 …………………………………………………… 398
194 江畔独步寻花七绝句·其六 …………………………… 399
195 戏为六绝句·其一 ……………………………………… 401
196 戏为六绝句·其二 ……………………………………… 402
197 两个黄鹂鸣翠柳（绝句四首·其三）………………… 403
198 迟日江山丽（绝句二首·其一）……………………… 404
199 江碧鸟逾白（绝句二首·其二）……………………… 405
200 闻官军收河南河北 ……………………………………… 405
201 旅夜书怀 ………………………………………………… 407
202 漫成一首 ………………………………………………… 409
203 咏怀古迹·其三 ………………………………………… 410
204 登高 ……………………………………………………… 412

205 又呈吴郎 ············································· 414
　　206 孤雁 ··················································· 416
　　207 江汉 ··················································· 418
　　208 阁夜 ··················································· 420
　　209 登岳阳楼 ············································· 422
　　210 江南逢李龟年 ······································ 423
三十六、岑参 2 首 ············································· 424
　　211 白雪歌送武判官归京 ····························· 425
　　212 逢入京使 ············································ 428
三十七、张谓 1 首 ············································· 429
　　213 早梅 ··················································· 429

## 第五编　中唐 ············································· 430

三十八、张继 1 首 ············································· 430
　　214 枫桥夜泊 ············································ 430
三十九、刘长卿 2 首 ·········································· 431
　　215 逢雪宿芙蓉山主人 ······························· 431
　　216 寻南溪常山道人 ·································· 433
四十、司空曙 1 首 ············································· 435
　　217 江村即事 ············································ 435
四十一、郎士元 1 首 ·········································· 437
　　218 听邻家吹笙 ········································ 437
四十二、韩翃 1 首 ············································· 438
　　219 寒食 ··················································· 438
四十三、戎昱 1 首 ············································· 440
　　220 移家别湖上亭 ····································· 440
四十四、柳中庸 1 首 ·········································· 441
　　221 征人怨 ··············································· 441
四十五、胡令能 1 首 ·········································· 443
　　222 小儿垂钓 ············································ 443
四十六、戴叔伦 1 首 ·········································· 444

## 目 录

  223 兰溪棹歌 …………………………………………………… 444

四十七、韦应物 2 首 ……………………………………………… 446

  224 寒食寄京师诸弟 …………………………………………… 446

  225 滁州西涧 …………………………………………………… 447

四十八、卢纶 1 首 ………………………………………………… 449

  226 和张仆射塞下曲六首·其二 ……………………………… 449

四十九、李益 2 首 ………………………………………………… 451

  227 夜上受降城闻笛 …………………………………………… 451

  228 江南曲 ……………………………………………………… 453

五十、孟郊 2 首 …………………………………………………… 454

  229 登科后 ……………………………………………………… 454

  230 游子吟 ……………………………………………………… 456

五十一、李约 1 首 ………………………………………………… 457

  231 观祈雨 ……………………………………………………… 457

五十二、崔护 1 首 ………………………………………………… 459

  232 题都城南庄 ………………………………………………… 459

五十三、朱庆馀 1 首 ……………………………………………… 461

  233 闺意献张水部 ……………………………………………… 461

五十四、张籍 2 首 ………………………………………………… 462

  234 酬朱庆馀 …………………………………………………… 462

  235 秋思 ………………………………………………………… 464

五十五、王建 1 首 ………………………………………………… 466

  236 新嫁娘词·其三 …………………………………………… 466

五十六、韩愈 4 首 ………………………………………………… 467

  237 春雪 ………………………………………………………… 468

  238 晚春 ………………………………………………………… 470

  239 听颖师弹琴 ………………………………………………… 471

  240 早春呈水部张十八员外二首·其一 ……………………… 474

五十七、刘禹锡 6 首 ……………………………………………… 476

  241 元和十年自朗州至京戏赠看花诸君子 …………………… 476

  242 再游玄都观 ………………………………………………… 477

243 杨柳青青江水平（竹枝词二首·其一）……… 479
244 酬乐天扬州初逢席上见赠 ……………………… 480
245 石头城 ……………………………………………… 482
246 乌衣巷 ……………………………………………… 484

### 五十八、白居易 9 首 ……………………………… 485

247 赋得古原草离别 ………………………………… 485
248 王昭君·其一 …………………………………… 487
249 王昭君·其二 …………………………………… 488
250 琵琶行 …………………………………………… 488
251 大林寺桃花 ……………………………………… 499
252 钱塘湖春行 ……………………………………… 500
253 暮江吟 …………………………………………… 502
254 白云泉 …………………………………………… 503
255 南浦别 …………………………………………… 504

### 五十九、李绅 2 首 ………………………………… 505

256 悯农·其一 ……………………………………… 505
257 悯农·其二 ……………………………………… 506

### 六十、柳宗元 2 首 ………………………………… 507

258 江雪 ……………………………………………… 508
259 渔翁 ……………………………………………… 509

### 六十一、元稹 4 首 ………………………………… 510

260 行宫 ……………………………………………… 510
261 菊花 ……………………………………………… 512
262 闻乐天授江州司马 ……………………………… 513
263 曾经沧海难为水（离思五首·其四）………… 514

### 六十二、贾岛 2 首 ………………………………… 515

264 剑客 ……………………………………………… 515
265 寻隐者不遇 ……………………………………… 516

### 六十三、李贺 4 首 ………………………………… 518

266 李凭箜篌引 ……………………………………… 518
267 雁门太守行 ……………………………………… 521

  268 致酒行 ………………………………………………………… 523

  269 昌谷北园新笋四首·其一 ……………………………… 526

## 第六编　晚唐 …………………………………………………… 528

 六十四、许浑 1 首 ……………………………………………… 528

  270 谢亭送别 ………………………………………………… 528

 六十五、杜牧 10 首 ……………………………………………… 529

  271 过华清宫绝句·其一 …………………………………… 530

  272 长安秋望 ………………………………………………… 532

  273 江南春 …………………………………………………… 533

  274 赤壁 ……………………………………………………… 534

  275 泊秦淮 …………………………………………………… 536

  276 题乌江亭 ………………………………………………… 537

  277 赠别·其一（名句）…………………………………… 538

  278 山行 ……………………………………………………… 539

  279 秋夕 ……………………………………………………… 540

  280 清明 ……………………………………………………… 541

 六十六、香严闲禅师、李怡 …………………………………… 543

  281 瀑布联句 ………………………………………………… 543

 六十七、李忱 1 首 ……………………………………………… 544

  282 吊白居易 ………………………………………………… 544

 六十八、温庭筠 2 首 …………………………………………… 546

  283 商山早行 ………………………………………………… 546

  284 苏武庙 …………………………………………………… 548

 六十九、陈陶 1 首 ……………………………………………… 550

  285 陇西行·其二 …………………………………………… 550

 七十、李商隐 9 首 ……………………………………………… 551

  286 柳 ………………………………………………………… 551

  287 蝉 ………………………………………………………… 552

  288 乐游原 …………………………………………………… 555

  289 夜雨寄北 ………………………………………………… 556

290 无题二首·其一（"昨夜星辰昨夜风"） …………………… 558
　　291 无题（"相见时难别亦难"） ………………………………… 559
　　292 韩冬郎即席为诗相送，一座皆惊。他日余方追吟"连宵侍坐徘徊久"
　　　　之句，有老成之风，因成二绝寄酬，兼呈畏之员外（其一）…… 562
　　293 贾生 ………………………………………………………………… 563
　　294 锦瑟 ………………………………………………………………… 566
七十一、曹邺 1 首 …………………………………………………………… 568
　　295 官仓鼠 ……………………………………………………………… 568
七十二、罗隐 2 首 …………………………………………………………… 570
　　296 西施 ………………………………………………………………… 570
　　297 自遣 ………………………………………………………………… 571
七十三、黄巢 2 首 …………………………………………………………… 572
　　298 题菊花 ……………………………………………………………… 572
　　299 菊花 ………………………………………………………………… 573
七十四、聂夷中 1 首 ………………………………………………………… 575
　　300 伤田家 ……………………………………………………………… 575
七十五、章碣 1 首 …………………………………………………………… 577
　　301 焚书坑 ……………………………………………………………… 577
七十六、崔道融 1 首 ………………………………………………………… 579
　　302 溪居即事 …………………………………………………………… 579
七十七、杜荀鹤 1 首 ………………………………………………………… 580
　　303 山中寡妇 …………………………………………………………… 580
七十八、秦韬玉 1 首 ………………………………………………………… 582
　　304 贫女 ………………………………………………………………… 582
七十九、王驾 1 首 …………………………………………………………… 583
　　305 雨晴 ………………………………………………………………… 583
八十、无名氏 1 首 …………………………………………………………… 585
　　306 金缕衣 ……………………………………………………………… 585

后　　记 ……………………………………………………………………… 587

# 第一编　春秋至东汉

## 第一章　春秋时期诗经

【文学常识·诗经】《诗经》是中国最早的诗歌总集。先秦称为《诗》，被儒家列为经典后，始称《诗经》。编成于春秋时代，共三百零五篇。全书分为风、小雅、大雅、颂四体。大抵是周初至春秋中叶的作品，产生于今陕西、山西、河南、山东及湖北等地。《史记》等记载《诗经》系孔子删定，近人多疑此说。其中民间诗歌部分，相传由周王室派专人（古称"行人"或"遒人"）搜集而得，称为"采风"。《诗经》许多内容为"男女相悦之辞"，也有不少篇章揭露了当时政治的黑暗和混乱，反映了人民遭受的压迫和痛苦，还有部分西周上层统治者祀神祭祖、赞美业绩的作品，提供了关于西周的兴起、周初经济制度和生产情况的重要信息。诗篇形式以四言为主，运用赋、比、兴的手法。其优秀篇章，描写生动，语言朴素优美，声调自然和谐，富有艺术感染力。汉代传《诗》者有鲁、齐、韩、毛四家。《诗经》对中国二千多年来的文学发展有深广的影响，也是很珍贵的古代史料。

001　国风·周南·关雎

【题意简释】周南：《诗经》十五国风之第一。旧说是周时南国的民歌。一说是用南国的乐调写的歌，不全是民歌。南国泛指洛阳以南直至江汉一带的地区。《风》是风土之曲，即民间歌谣，共一百六十篇，总称为十五国风。

【内容简介】这是我国第一首经典情诗，写一个贵族青年在河边遇到一个采摘荇菜的姑娘，并为姑娘的勤劳、美丽、娴静而动心，随之引起了强烈的爱慕之情，做梦也梦见那位姑娘的一系列追求过程，充分表现了古代人民对美好爱情的向往和追求，突出表现了青年男女健康、真挚的思想感情。此诗位列《诗经》首篇，说明《诗》的编者对其高度重视。孔子说："《关雎》，乐而不淫，哀而不伤。"（《关雎》这首诗，快乐而不放荡，忧愁而不哀伤。）民间把此诗及杜甫《四喜》诗的第三句诗引为结婚的对联：

诗歌杜甫其三句,乐奏周南第一章。"其三句",指杜甫《四喜》诗之第三句。杜甫《四喜》诗:"久旱逢甘雨,他乡遇故知。洞房花烛夜,金榜题名时。"

【原文】
关关雎鸠①,在河之洲②。窈窕淑女③,君子好逑④。
参差荇菜⑤,左右流之⑥。窈窕淑女,寤寐求之⑦。
求之不得,寤寐思服⑧。悠哉悠哉⑨,辗转反侧⑩。
参差荇菜,左右采之⑪。窈窕淑女,琴瑟友之⑫。
参差荇菜,左右芼之⑬。窈窕淑女,钟鼓乐之⑭。

【译文】
关关和鸣的鱼鹰,相伴在黄河中的小洲上。那美丽贤淑的女子,(是)君子的好配偶。

水中有很多长短不齐的荇菜,(淑女)顺着水流一会儿向左一会儿向右地采摘它。那美丽贤淑的女子,(君子)不论是睡醒,还是睡梦中,都在苦苦地追求她。

(君子)追求淑女却不能得到(她),不论是睡醒还是睡梦中都在深深地思念(她)。(君子的思念之情)很长很长啊,绵绵不消,(君子)躺在床上翻来覆去,不能入寐。

长短不齐的荇菜,(淑女)左一把,右一把地采摘它。(为得到)那美丽贤淑的女子,(君子)有时弹琴,有时鼓瑟,想方设法地结交她。

长短不齐的荇菜,(淑女)左一把,右一把地把它表皮上的丝状物去掉。那美丽贤淑的女子,(君子家婚礼上)以击钟擂鼓的仪式,欢天喜地地把她娶到了家。

【第一章注释及有关提示】①关关:象声词,雌雄二鸟互相应和的叫声。雎鸠(jūjiū):水鸟名,又名王雎(jū),俗称鱼鹰。②河:黄河。之:结构助词,的。③窈窕(yǎotiǎo):美好的样子。《现代汉语词典》注为"(女子)文静而美好",而古汉语中亦可用于男子,如《孔雀东南飞》中"还家十余日,县令遣媒来,云有第三郎,窈窕世无双。"④君子:指具有道德修养的人,诗中的"君子"可能是个贵族青年。逑(qiú):配偶。"窈窕淑女,君子好逑",是一个不用判断词,只靠意义关系结合的判断句。

第一章,以雌雄雎鸠和鸣,兴起君子看中窈窕淑女。

【第二章注释及有关提示】⑤参差(cēncī):长短不齐的样子。荇(xìng)菜:

水草类植物，可食用。⑥流：水流，名词用作动词，顺着水流采摘。有的释为"求"，欠妥，因为与下句的"求"重复。用一"流"字，满篇生辉，一石三鸟：明写姑娘顺着水流忽而侧身向左、忽而侧身向右地采摘荇菜的忙碌和身姿的优美，暗写淑女的难求和君子的勉力求之。之：它，代"参差荇菜"。⑦寤、寐：二者之间是选择关系，不是并列关系。寤（wù），睡醒。寐（mèi），睡。之：她，代"窈窕淑女"。

第二章，写君子思得淑女的焦虑之状。

**【第三章注释及有关提示】**⑧思服：想。《后汉书·章帝纪赞》：（章帝）"思服帝道，弘此长懋（mào）。"〔（章帝）想念帝王之道，（想）恢宏它，（使它）永远盛大。〕⑨悠：远，长。⑩辗转：形容心有所思，卧不安席。反侧：翻来覆去。形容卧不安席。这两句把君子追求淑女而不得的内心的忧思、焦虑，通过外化的动作惟妙惟肖地表现了出来。

第三章，写君子不得淑女的痛苦之状。

笔者注：下面的内容，有的认为是写君子想象的情景；有的认为是写君子娶淑女的婚礼场面，因为如果只停留在梦想阶段，则不符合《诗经》编者对歌词特别是对礼乐的肯定。笔者认为还是分为两章。第四章是描写君子把梦中思念淑女换作设法接近淑女的实际行动，是情节的转折和发展，最后一章才是描写婚礼场面。下面按笔者的看法译析原文。

**【第四章注释及有关提示】**⑪之：它，代"参差荇菜"。⑫琴瑟：弹琴鼓瑟。是追求淑女的君子之一人的行为，不是"夫妇和好"，因为此时二人尚未结为夫妇。友：结交。《论语学而》："无友不如己者。"（不要结交与自己不同道的人。）之：她，代窈窕淑女。

第四章，写君子想方设法赢得淑女芳心的情景。

**【第五章注释】**⑬毛：动植物表皮上所生的丝状物，此处是名动用法。⑭钟鼓：名词用作动词，击钟擂鼓。乐（lè）：形容词用作动词，欢乐地娶。之：代词，她，指窈窕淑女，作"乐"的宾语。

第五章，写君子家迎娶淑女的欢乐场面。

002　国风·邶风·静女

【题意简释】邶风：《诗经》十五国风之第三。邶（bèi）：周朝国名，在今河南省汤阴县南。

【内容简介】表现少男少女逗着玩耍、赠送礼物的淳朴恋情，展现了一个俏丽活泼的女孩形象。

【原文】
静女其姝①，俟我于城隅②。爱而不见③，搔首踟蹰④。
静女其娈⑤，贻我彤管⑥。彤管有炜⑦，说怿女美⑧。
自牧归荑⑨，洵美且异⑩。匪女之为美⑪，美人之贻⑫。

【译文】
娴静的女孩多么美丽，（约好）在城的角落等我。（可是）（你）怎么又藏起来不出现呢？（找不见你）急得我抓耳挠腮，心中迟疑，走留不定。

娴静的女孩如此漂亮，送给我红色的竹管乐器。红色的竹管乐器光彩鲜明，我是多么喜欢你呀，美丽的彤管。

（手握彤管，不由得勾起幸福的回忆）那次，你从郊外野地采来茅草送给我，（那茅草芽）实在是美丽而且不一般。（然而）（茅草芽）不是你（本身）多么美丽，（而是因为你）是美丽的姑娘赠送的。

【第一章注释及有关提示】①其：句中语气副词。姝（shū）：美。②俟（sì）：等待。隅（yú）：角落。③爱：通"薆"，隐蔽，隐藏，遮掩。《离骚》："何琼佩之偃蹇兮，众薆然而蔽之。"（为什么这样美好的琼佩啊，人们却要掩盖它的光辉。）见（xiàn）：通"现"；不能解作"看见"，因为"而"顺联的"爱"和"见"都是描写女孩的。④踟蹰（chí chú）：心中迟疑，要走不走的样子。

第一章，着重写少女与少男开玩笑的过程。约好相见却又藏起，害得男孩抓耳挠腮，四处寻找。找到了吗？据下文看，找到了。怎么找到的？读者自己想象怎么找到的就是怎么找到的。女孩为什么藏起来呢？开玩笑是显而易见的，再就是似乎要有什么举动，什么举动呢？且看下一章。

【第二章注释及有关提示】⑤娈（luán）：相貌美。⑥贻（yí）：赠送。彤（tóng）

管:赤管笔;北宋欧阳修说"古者针、笔皆有管,乐器亦有管,不知此彤管是何物也";"彤管"是红色管状的初生之草,或即本诗下章"自牧归荑"的"荑"。三说之中唯欧阳老先生之"不知此彤管是何物也"之说最为可取,然而译文中终应有明确说法,故笔者主观地筛选择取一个义项。从这对少男少女生活环境及内容"自牧归荑"所透露出的二人身份的一些隐约的信息及当时的社会条件看,不大可能是专用性(不排除他用性)很强的刻写用的笔。女孩"爱而不见",除逗着玩之外,大概还有送男孩一件礼物、给男孩一个惊喜之意;那么这件礼物就不是上次已经送过的那种"荑",而当是新的蕴含着女孩更深情感的礼物,那可能就是一件土乐器,即红色竹管乐器。有:形容词词头。⑦炜(wěi):光亮,光彩焕发。⑧说(yuè):通"悦"。怿(yì):欢喜,高兴。女:通"汝"(rǔ),你,指彤管。

第二章,写女孩送给男孩彤管的情景,揭开了女孩"爱而不见"之谜底。这一章顺接第一章,写女孩藏在一个地方吹彤管,男孩循声而去,女孩顺便把彤管送给男孩,给了男孩一个惊喜。有人认为二、三章都是男孩的回忆。但是,说第二章是男孩回忆,似乎欠妥。

**【第三章注释及有关提示】**⑨牧:放牧之地,也指远郊之地。归(kuì):通"馈"。荑(tí):茅草的嫩芽。⑩洵(xún):诚然,实在。⑪匪:通"非"。女:通"汝",你,指茅草芽。之:用于主语与谓语之间,取消句子独立性,不译。⑫"匪女之为美,美人之贻"的主语是省略的"荑"(茅草芽),前一分句的谓语是"匪"(不是),宾语"女之为美"是个主谓词组。后一分句的谓语是"是",宾语"美人之贻"也是个主谓词组。这一章才是男孩的回忆,着重抒发男孩的"物因人美"之情。彤管、白茅这些普通平常的东西,并无多少令人珍爱之处,但是这是心上人送的,所以也就显得格外美丽奇特,尤其是作为信物赠送就更显其珍贵了。

第三章,写男孩由女孩送的彤管回忆起女孩送"荑"的情景。

**【艺术特色简介】**(一)情节曲折有趣,写法跌宕含蓄。约好了相见,而相见时女孩却又藏起来与男孩逗着玩;男孩则急得一面抓耳挠腮,一面到处找人。写得既曲折又含蓄。

(二)使用敷陈(敷陈 fūchén,同"铺陈",详细地铺叙)的写法。如第二节,依次写了漂亮的姑娘送给"我"什么东西,这东西怎么样,"我"对它态度如何,即:

漂亮的姑娘送给"我"红色的乐器,这乐器光彩鲜亮,"我"对它喜爱有加。

### 003　国风·鄘风·相鼠

**【题意简释】**鄘风:《诗经》十五国风之第四。鄘(yōng):周朝国名,在今河南省汲县北。相(xiàng):仔细看。

**【内容简介】**这首诗讽刺统治者荒淫无耻,根本不懂做人的规矩,连老鼠都不如。

**【原文】**

相鼠有皮,人而无仪①。人而无仪②,不死何为③?

相鼠有齿,人而无止④。人而无止,不死何俟⑤?

相鼠有体,人而无礼。人而无礼⑥,胡不遄死⑦?

**【译文】**

看那老鼠有皮,人却没有好的礼仪。人如果没有(好的)礼仪,不死去是为什么?

看那老鼠有牙齿,人却没有(好的)容止。人如果没有(好的)容止,不死去还等待什么?

看那老鼠有身体,人却没有礼义。人如果没有礼义,何不快快死去。

**【注释及有关提示】**①而:却。仪:礼仪,指好的容止仪表。②而:如果。《清稗类钞·冯婉贞胜英人于谢庄》:"诸君无意则已,诸君而有意,瞻予马首可也。"〔各位先生(如果)没有保卫家乡的意思,就算了;各位先生如果有这个意思,(那么)看我的马头所向就行了。〕③何为(wèi):介宾倒装,即"为何",疑问代词作宾语,一定要提到动词或介词的前面。④止:容止、礼貌,仪容举止。(《辞源》《古代汉语词典》都释为此义,且都以《相鼠》中此二句为例句。释为"羞耻",似缺根据。)⑤何俟(sì):即"俟何",疑问代词"何"作宾语,置于动词前。俟,等待。⑥礼:礼节,礼义。⑦胡:何。遄(chuán):疾速。

**【艺术特色简介】**恰当运用较喻(比喻兼比较,即在某一相似点上,本体超过或不及喻体)。把坏人与老鼠相比,已令读者对坏人无比憎恨,又进一步说坏人连老鼠也比不上,更令读者对这样的坏人恨之入骨。

### 004　国风·卫风·氓

**【题意简释】**卫风:《诗经》十五国风之第五。卫:周朝国名,在今河北南部和河南北部一带。氓（méng）：民。

**【内容简介】**《卫风·氓》表现了女主人公从恋爱、结婚到被遗弃的生活经历和心理变化过程，鲜明地塑造了一个勤劳、温柔、坚强的妇女形象，客观反映了男女不平等、妇女受欺压的不合理的社会现实，让人不禁对女主人公给予深切的同情，也对夫权婚姻表示出强烈的不满。

第一章：
**【原文】**
氓之蚩蚩①，抱布贸丝②。匪来贸丝③，来即我谋④。送子涉淇⑤，至于顿丘⑥。匪我愆期⑦，子无良媒。将子无怒⑧，秋以为期⑨。

**【译文】**
那个人老实忠厚，拿着钱来换丝。（你）并不是真的来换丝，是到我这里来商量（婚事的）。送你渡过淇水，直送到顿丘。不是我故意拖延时间，而是你没有好媒人啊。请你不要生气，把秋天定为婚期吧。

**【注释及有关提示】**①之：主语谓语之间，取消分句独立性。蚩蚩（chī）：忠厚的样子。②布：古代钱币。贸：交换，买或卖。③匪：通"非"，不是。④即：就，接近。谋：商议。⑤子：你。上文"氓"，这里"子"，下文"士"，都指"那个人"。涉：徒步渡水。淇（qí）：淇水，在现在河南境内。⑥于：引介动作的处所，不译。顿丘：在现在河南清丰境内。⑦愆（qiān）：拖延。⑧将（qiāng）：愿、请。⑨秋以：即"以秋"，为了强调介词的宾语而将其置于介词前，即介宾倒装。

第一章大意：女主人公回忆商定婚期的情景。

第二章：
**【原文】**
乘彼垝垣①，以望复关②。不见复关，泣涕涟涟③。既见复关④，载笑载言⑤。尔卜尔筮⑥，体无咎言⑦。以尔车来，以我贿迁⑧。

**【译文】**
登上那倒塌的墙，来遥望那从复关（来的人）。没有看见住在复关的那个人，眼泪簌簌地落下来。见到你后,又笑又说。你用龟板占卦,你用筮草占卦,卦像上都没有不吉利的话。把你的车拉来,把我的嫁妆搬到(你家)。

【注释及有关提示】①垝(guī):毁坏、倒塌;一说,通"危",高。②以:目的连词,可译为"来"。复关:卫国的一个地方,此借代住于复关的那个人,处所代本体。③泣涕:眼泪,同义合成词。涟涟:泪流不断的样子。热恋中的女子误以为那人负约而伤心落泪,或者是女子太过痴情,登高不见心上人而泪流满面。④既:时间副词,已经,或……后。复关:这里的"复关"是女主人公对"氓"的直称,所以译为"你"。⑤载……载……:一边……一边……。⑥卜:用火烧龟板,看龟板上的裂纹,推断祸福。筮:用筮草的茎占卦。⑦体:古代卜筮时,龟板、筮草所显示的卦象。咎(jiù),灾祸。⑧贿:财物,此指嫁妆。"以我贿迁"是"把我嫁给你"的委婉语。

第二章大意:回忆自己登墙遥望氓及两人定嫁的情景。

第三章:

【原文】

桑之未落①,其叶沃若。于嗟鸠兮②,无食桑葚③。于嗟女兮,无与士耽④。士之耽兮⑤,犹可说也⑥。女之耽兮,不可说也。桑之落矣⑦,其黄而陨⑧。

【译文】

桑树还没落叶的时候,它的叶子新鲜润泽。唉,斑鸠啊,不要贪吃桑葚。唉,姑娘啊,不要与男子迷恋爱情。男子沉溺在爱情里,还可脱身。姑娘沉溺在爱情里,就无法摆脱了。桑树落叶的时候,它的叶子枯黄,纷纷凋落了。

【注释及有关提示】①之:主谓间助词,取消句子独立性,使之做句子成分;"桑之未落"做"其叶沃若"的时间状语。沃若:润泽的样子。"桑之未落,其叶沃若",以新鲜树叶比喻年轻貌美时的情景,比喻恋爱满足、生活美好时期。②于嗟(xūjiē):叹息。于,通"吁"。鸠:斑鸠。兮:古代语气词,相当于现代"啊"。③"于嗟鸠兮,无食桑葚",比兴手法,即以斑鸠贪食桑葚兴起比喻姑娘沉溺爱情而难以脱身的情景。传说斑鸠吃桑葚过多会醉。④士:男子的通称。耽:沉溺。⑤之:主谓间助词。⑥说:通"脱"。⑦之:主谓间。⑧陨(yǔn):凋落。"桑之落矣,其黄而陨"以桑叶枯黄凋落,比喻女子年老色衰的遭遇。

第三章大意:从自己遭遇得出扩而大之的教训:姑娘沉溺爱情就无法自拔了。

第四章：

【原文】

自我徂尔①，三岁食贫②。淇水汤汤③，渐车帷裳④。女也不爽⑤，士贰其行⑥。士也罔极⑦，二三其德⑧。

【译文】

自从我嫁到你家，多年过着贫困的生活。（出嫁时）淇水波涛滚滚，水花打湿了车上的布幔。（从乘车过淇水至今天被遗弃）我的行为没有什么差错啊，男人行为却是前后不一致了。男人的爱情没有定准，他的感情一变再变。

【注释及有关提示】①徂（cù）：往。②三：虚数，表示多。食贫：居贫，生活贫困。"自我徂尔，三岁食贫"是概括自己一直居贫而钟情不移。③汤汤（shāng）：水势浩大的样子。范仲淹《岳阳楼记》："浩浩汤汤，横无际涯。"④渐（jiān）：溅湿，浸湿。帷裳：车两旁的围布。"淇水汤汤，渐车帷裳"是女主人公出嫁路上乘车渡过淇水时的一个特写镜头；也是女主人公细细地反思自己与丈夫行为的起点；也有深层的隐喻意，即淇水能溅湿车帷而能否溅湿人，主要看人的德行了。⑤爽：差失，违背。⑥贰：不专一，有二心。《左传·昭公二十年》："臣不敢贰。"（臣不敢有二心。）此处是使动用法，即男子使他的行为不专一。行：行为。⑦罔（wǎng）：无，没有。《红楼梦》第十六回："宁荣两处上下内外人等莫不欢天喜地，独有宝玉置若罔闻。"极：准则，标准。刘禹锡《天伦》："建极闲邪，人之能也"（建立准则，防止邪恶，这是人的才能。）⑧二三：时二时三，指不专一，反复无定。句中是使动用法，即"使其德二三"。

第四章大意：回顾从出嫁过淇水至今的历程，彻悟不是自己行为有差失，而是"男人""二三其德"。

第五章：

【原文】

三岁为妇，靡室劳矣①。夙兴夜寐②，靡有朝矣③。言既遂矣④，至于暴矣⑤。兄弟不知，咥其笑矣⑥。静言思之⑦，躬自悼矣⑧。

【译文】

多年来做你的妻子，没有一天（不）因家务（多）而劳累。早起晚睡，没有一天（不是）

（这样）的。（你的事）已经顺遂了（把老婆娶到手了），（竟）至于对（我）虐待了。我的兄弟不了解（我的处境），都讥笑我啊！静下来想想，只能自己伤心。

**【注释及有关提示】**①靡（mǐ）：无，没有。此是双重否定的省略，其完整式为：无……不。室：家，指代家中的活儿。劳：劳累。矣：语气助词。"三岁为妇，靡室老矣"是从家务活的繁多上讲的。②夙（sù）：早，早晨。兴（xīng）：起，起来。寐：睡，睡着。③有：名词词头，无实义。朝（zhāo）：早晨，引申为天，日。"夙兴夜寐，靡有朝矣"是从干家务的时间长上讲的。④言：句首语气助词，无实义。《左传·僖公九年》："凡我同盟之人，既盟之后，言归于好。"（凡是我们一起在神前杀牲歃血发誓的人，盟誓之后，都归为友好。）遂（suì）：成功，顺遂。⑤至：至于。《墨子·非攻上》："至入人栏厩、取人马牛者，其不义又甚攘人犬豕鸡豚。"〔（至于进入人家牛栏马厩、偷取人家牛马的人，他的不义又比偷人家的狗猪鸡严重了。）豕：猪。豚：小猪。一些四字词语中，"豚"与"豕""彘"常联用，如，"鸡豚狗彘之畜，无失其时"。〕于：介词，对，句中省略宾语"我"。暴：动词，损害，糟蹋。"言既遂矣，至于暴矣"是从受自己男人虐待的角度讲的，这是最直接的身心虐待。⑥咥（xì）：讥笑的样子。其：连词，连接状语和谓语。从状语和谓语的关系看，句意大致是：笑吟吟地讥笑我。笑：讥笑。《孟子·梁惠王上》："以五十步笑百步，则何如？"〔（作战时）凭自己后退五十步讥笑那个后退一百步的，就怎么样？〕"兄弟不知，咥其笑矣"是从受自己兄弟讥笑的角度讲的，这是更难以排遣的心理郁闷。⑦言：句中语气助词，无实义。《诗·邶风·泉水》："驾言出游，以写我忧。"（驾起车儿去游玩，借以宣泄心中的忧烦。）⑧躬自：躬，自身；自，自己；躬自，自己，同义合成词。悼：伤感、悲伤。《左传·僖公十五年》："小人耻失其君而悼丧其亲。"（小人以失去他们的国君为耻而为失去他们的父母悲伤。）求助无门，无可奈何，只能自悲。

第五章大意：抒写辛勤劳作反遭虐待、还被兄弟讥笑而只能自己伤心的悲惨处境。

第六章：

**【原文】**

及尔偕老①，老使我怨。淇则有岸②，隰则有泮③。总角之宴④，言笑晏晏⑤。信誓旦旦⑥，不思其反⑦。反是不思⑧，亦已焉哉⑨！

【译文】

（原想）同你白头到老，（没想到）相伴到老却使我怨恨。（另解：当初与你相约白头到老，现在看来偕老之说徒然使我怨恨。）淇水即使（再宽），（它）总有个岸；低湿的洼地即使（再大），（它）也有个边。少年欢聚时，一起愉快地玩耍，尽情地说笑。（当初，你的）誓言是多么真挚诚恳啊，（可是）没想到（你）竟违背（你亲口说的）那些话。（既然你）违背誓言，（我）也就不想什么了，也（就这样）算了吧！

【注释及有关提示】①及：同、和、与。《诗·豳风·七月》："七月亨葵及菽。"〔（周历）七月烹煮葵菜和豆子。〕②"淇则有岸"：是个紧缩的让步复句。则：即使，连词，连接让步关系的分句。③隰（xí）：低湿的地方。泮（pàn）：通"畔"，边岸。"淇则有岸，隰则有泮"的字面意思是，不论什么事物，都要有一定的限制。这是用比兴的手法反衬男子行为放纵，没有限制。④总角：未成年者扎在头顶两旁的发髻。借指童年。之：主谓间，取消句子独立性，使之做状语，易误为结构助词"的"。宴：欢聚，或指小孩子的游戏。⑤晏晏（yàn）：温和、和悦。⑥信誓：表示真诚的誓言。旦旦：诚恳的样子。⑦不思其反：没有想到（你）竟违背自己说的那些话。不：无，没有。《左传·襄公二十三年》："不德而有功。"（没有德却有功。）其：代词，那，指氓当初的誓言，作"反"的宾语，因是否定句而前置。反：违反、违背。"信誓旦旦，不思其反"是女主人公对氓今昔言与行的对比。⑧反是不思：推论句：既然你违背了这些誓言，我也就不想什么了。是：指示代词，指代誓言。⑨亦已焉哉：也（就这样）算了吧。亦：也。已：止，停止，引申为罢休，算了。诸葛亮《后出师表》："臣鞠躬尽力，死而后已。"（臣谨慎恭敬，竭尽全力，至死才停止。）焉哉：语气助词连用，加强感慨语气。

第六章大意：看到自己悲惨处境已无可变更，清醒而又无可奈何地表示"算了"的态度。（以自己美好愿望与前途堪忧的对比、海誓山盟与"氓"变心的对比，突出了自己处境的无可变更性。）

六章内容亦可概括为三段：

一、追述恋爱生活（一二章）；二、追述婚后生活（三四五章）；三、表示决绝（第六章）。

【艺术特色简介】（一）采用第一人称，既具体地描述了自己的悲惨遭遇，也真切地展现了自己的心理变化过程，使人物形象血肉丰满。

（二）对比自然，贯穿全篇。纵比：女子：出嫁前后不同生活的对比，白头偕老的愿望与处境悲惨、前途堪忧的对比；男子：结婚前后对女子不同态度的对比。横比："女也不爽"与"士贰其行"的对比。这些对比令人对女子的悲惨遭遇更为同情、对男子的"二三其德"更为痛恨。

005  国风·卫风·河广

【内容简介】一个离乡背井至卫国的人，面对黄河阻隔的故乡、故国而抒发思乡、思国的感慨和思乡、思国却不得归的失望之情。黄河的地理宽度是非常宽的，而思乡之人的心理感觉却是窄得容不下一条小船。身在异国距本国的地理距离是很远的，但是思念故国的人的心理感觉却是很近的，不用一个早晨就能回到故国。而悲剧在于故乡、故国近在咫尺，却是可望而不可即，岂不又是远隔天涯吗？

另说：作者是被休回卫国的宋桓公夫人宋襄公的母亲。当时卫国的国都在河南的朝歌，与宋国只隔一条黄河。此时卫国被戎人颠覆，被休的宋桓公夫人按照礼法不能亲自过河搬救兵，只能伫立河边，遥望对岸，希望宋渡河救卫。因此这是一首以"礼"节制"情"的诗。近代研究者多不从此说。

【原文】

谁谓河广？一苇杭之①。谁谓宋远？跂而望之②。
谁谓河广？曾不容刀③。谁谓宋远？曾不崇朝④。

【译文】

谁说黄河宽广？乘一条小船，就可渡过它。谁说宋国遥远？跂起脚跟，就可望见它。

谁说黄河宽广？（它窄得）竟容不下一条小船。谁说宋国遥远？竟然不到一早晨就能到。

【注释】①一苇：捆苇草当筏。后用作小船的代称。杭：通"航"。之：代黄河。②跂（qǐ）：跂起脚后跟站着。之：代宋国。③曾（céng）：语气副词，竟，乃。《战国策·赵四》："老臣病足，曾不能疾走。"（老臣脚有病，竟不能快走。）刀：小船，后作"舠"，古今字。④崇朝（zhāo）：终朝，从旦时至食时（从天亮至早饭）。崇，终，尽。《荀子·赋》："周流四海，曾不崇日。"〔（智这个东西）绕天下走一遍（将天下考虑一遍），竟然不到一整天。〕

【艺术特色简析】（一）恰当运用多种修辞方法。1．反问。"谁谓河广？"有人说是设问，这就错了。设问是自问自答，如《卖炭翁》中"卖炭得钱何所营？身上衣裳口中食。"反问是无疑而问,答案就在问句自身。肯定形式的反问,答案是否定的,如"谁谓河广?"答案是"不广";否定形式的反问,答案是肯定的,如"岂曰无衣?"答案是"有衣"。说设问者,是误以为下句是答案。其实,下句是对上句的具体说明和强化。这个反问劈空而来,把人震得目瞪口呆:从天泻落、如雷奔行的黄河,在古人心目中是上应"天汉"的奇川巨河,怎么说它不广呢?人们瞬间被蒙之后,马上又感到这种说法的无知和可笑,继而又咂摸出其独特的味道,这就是这个反问句所产生的巨大的震撼力和深蕴的诗歌味。2.夸张。《河广》的夸张相当出色。刘勰(南朝·梁)在其《文心雕龙》中阐述"夸饰"时,曾引用《河广》中句子:"是以言峻则嵩高极天,论狭则河不容刀。"〔因此(《诗经》等)说到高峻,就说嵩山高到天;说到狭窄,就说黄河窄得容不下一条小船。〕"一苇杭之",竟想驾一叶苇筏,飞渡天险,此等夸张真是石破天惊,而此等奇特语句来源于作者内心的翻滚冲腾、不可压抑之强力,故,这个夸张有力地突出了浓烈的思乡、思国之情。"曾不崇朝",表面看似乎没有夸张,而正是在强大的归国心理的驱动下,感觉不用一个早晨就能回到宋国。这种自然迸发的感觉,似乎不是刻意运用夸张,这正是达到了夸张与现实浑然一体、妙合无垠的佳境。3.层递中的递降。开头说,黄河一点不宽,乘一条小船就能渡过它;尔后又说,黄河太不宽了,它竟容不下一条小船,言外之意,那就不用乘船,一步跨过去就行了。这种宽度的递降修辞法的运用,相反相成地表达了诗人越来越强烈的递升的思想感情。

(二)含蓄。诗人不但以反问与夸张的语言加以渲染强化,还以排比、叠章的形式来反复歌唱,把宋国不远、家乡易达而又思归不得的苦闷倾诉出来。而人们又会读出它的言外之意、弦外之音:到底是什么强力阻隔了欲归故乡的人呢?这也许是诗人的难言之隐,而此种不说尽的艺术,如同绘画的留白艺术,产生出无声胜有声的艺术魅力,耐人寻味。

006　国风·卫风·木瓜

【主旨简辩】古往今来,《木瓜》的主旨居然有七种之多,其中"臣子思报忠于君主""爱人定情坚于金玉""友人馈赠礼轻情重"三种意象逐渐成为"木瓜"意象内涵的主流。第一种说法有点牵强,后两种说法重在"爱人"与"友人"之别。《木瓜》每章首句首字用了一个动作性很强的"投"字,似是作者精心选定、值得玩味的。为什么不用"送、赠、与"等字呢?这表明赠者与受赠者有一定距离,有明显的传送动作。若是恋人,则有"男女授受不亲"私相授受;若是女与男,则还有羞涩因素。若是朋友,则显得比较随便。笔者认为不像是朋友扔一个木瓜之类的东西送人，因为接受了别人的一个木瓜，大概用不着郑重地解下佩玉送给对方，并表示以此为凭永远结为好友关系。似乎是前者，而且是姑娘投木瓜与小伙子。小伙子对姑娘心仪已久，早已备好佩玉之类信物，姑娘投来木桃正中小伙子下怀，所以小伙子立即报以琼琚，并以此为定情信物；大概还少不了甜言蜜语，誓海盟山。

**【原文】**

投我以木瓜①，报之以琼琚②。匪报也③，永以为好也！

投我以木桃④，报之以琼瑶。匪报也，永以为好也！

投我以木李⑤，报之以琼玖。匪报也，永以为好也！

**【译文】**

（你）把木瓜扔给我，（我）把自己佩带的玉回报给你。（这）不是回赠，（而是）永远凭（此）结为友好关系啊！

（你）把木桃扔给我，（我）把自己佩带的玉回报给你。（这）不是回赠，（而是）永远凭（此）结为友好关系啊！

（你）把木李扔给我，（我）把自己佩带的玉回报给你。（这）不是回赠，（而是）永远凭（此）结为友好关系啊！

**【注释及有关提示】**①投：掷，扔。以：把。木瓜：一种落叶灌木，果实椭圆形，蒸煮或蜜渍后可供食用。今粤桂闽台等地产的木瓜全称叫番木瓜，可生食。②报：回赠，回答。之：人称代词，你。琼琚（jū）：古人佩带的一种玉，下面的"琼瑶""琼玖（jiǔ）"义同音别，既为避复，又为押韵。③匪：非，"匪"的一个义项，不是通假字，如："获益匪浅"。④木桃：果名，即楂（zhā）子，比木瓜小。⑤木李：果名，即榠（míng）楂，与木瓜相似，但比木瓜大而色黄。

**【艺术特色简介】**（一）章句结构很有特色。《木瓜》没有用《诗经》中最典型的四字句式，也不是有甚限制而不能用，完全可以说"投我木瓜，报以琼琚。匪以为报，永以为好"。作者有意无意地用五字为主兼杂三字的句式，形成一种跌宕有致的韵味，歌唱时易于产生声情并茂的效果。

（二）语句具有极高的重叠复沓程度。三章十二句，只有六字不重。配乐唱起来会有很好的音乐效果。

007　国风·魏风·伐檀

**【题意简释】** 魏风：《诗经》十五国风之第九。魏，周朝国名，在今河南北部、陕西东部、山西西南部和河北南部等地。

**【内容简介】** 一群伐木者在砍伐檀树造车时，联想到"君子"不种田、不打猎却占有种田、打猎的果实，真是怪事，于是你一言，我一语地对不劳而获者进行辛辣的讽刺，因而这首诗的主旨是劳动者对统治者的讽刺和对不公平的社会现实的斥责。

第一章：

**【原文】**

坎坎伐檀兮①，置之河之干兮②，河水清且涟猗③

不稼不穑④，胡取禾三百廛兮⑤？

不狩不猎⑥，胡瞻尔庭有县貆兮⑦？

彼君子兮，不素餐兮⑧！


**【译文】**

叮叮当当地砍伐檀树啊，把砍伐好的檀树放到河边，河水清清而且起波纹。

不种庄稼不收割，为什么占有三百束庄稼？

一年四季从不打猎，为什么看到你们庭院里挂着小貉？

那些君子啊，不会白吃饭的！

**【注释及有关提示】** ①坎坎：象声词。兮（xī）：语气词，常用于韵文的句中或句末，表示句读的停顿，并且起舒缓语气、抒发感情的作用，可译为"啊""呀""嘛"等。②之：代词，代砍伐好的檀树。之：助词，的。干（gān）：岸，水边。③且：而且。涟（lián）：水面的波纹。猗（yī）：语气助词。④稼（jià）：耕种，种田。穑（sè）：收割庄稼。⑤胡：为什么。廛（chán）：束，通"缠"。⑥狩（shòu）：冬季打猎。《左传·隐公五年》："春蒐（sōu），夏苗，秋狝（xiǎn），冬狩。"（春天打猎，夏天打猎，秋天打猎，冬天打猎。）此是借代辞格中以部分（冬季打猎）借代全体（四季打猎）。⑦县（xuán）：悬挂。不是通假字，而是多音字。貆（huán）：小貉（hé）。⑧素：空。餐：吃（饭）。

第二章：

**【原文】**

坎坎伐辐兮，置之河之侧兮①，河水清且直猗②。

不稼不穑，胡取禾三百亿兮③？

不狩不猎，胡瞻尔庭有县特④兮？

彼君子兮，不素食兮⑤！

**【译文】**

叮叮当当地砍伐制作辐条的檀树啊，把砍伐好的檀树放到河边，河水清清而且微微地漾着一道道直直的波纹。

不种庄稼不收割，为什么占有三百亿庄稼？

一年四季从不打猎，为什么看到你们庭院里挂着大野兽？

那些君子啊，不会白吃饭的！

**【注释及有关提示】**①侧：旁边。②直：直，与"曲"相对。此是借代辞格中的旁代，用事物的特征（直）借代本体事物（波纹）。③亿：十万。《礼·内则》"降德于众兆民"疏："算法，亿之数有大小二法：其小数，以十为等，十万为亿……"有的说"亿"通"束"，但是这种说法没有任何佐证。从全章次第加深的内容看，也不能说通"束"。④特：三岁或四岁的大兽。⑤食：吃饭。

第三章：

**【原文】**

坎坎伐轮兮，置之河之漘兮①，河水清且沦猗②。

不稼不穑，胡取禾三百囷兮③？

不狩不猎，胡瞻尔庭有县鹑兮④？

彼君子兮，不素飧兮⑤！

**【译文】**

叮叮当当地砍伐制作车轮的檀树啊，把砍伐好的檀树放到河边，河水清清而且泛起微微波纹。

不种庄稼不收割，为什么占有三百仓庄稼？

一年四季从不打猎，为什么看到你们庭院里挂着鹌鹑？

那些君子啊，不会白吃饭的！

【注释】①漘（chún）：水边。②沦：微波。③囷（qūn）：圆仓。④鹑（chún）：鹌鹑。⑤飧（sūn）：晚饭。

【艺术特色简介】

（一）既叠章复唱，又逐层加深。从"三百廛"到"三百亿"再到"三百囷"——庄稼越来越多；从"县狟"到"县特"——猎物越来越大；从"狟""特"到"鹑"——地上跑的，天上飞的，一无所遗。每章只换了几个词就巧妙地活画出剥削者的贪得无厌。

（二）句子长短多变，从四言到七言乃至八言都有，参差错落。

（三）劳动者一无所获和剥削者不劳而获的对比，鲜明有力。

008　国风·魏风·硕鼠

【内容简介】《硕鼠》与《伐檀》是姊妹篇。《伐檀》是写一群觉醒了的自由民的反抗情绪，而《硕鼠》则是由对剥削者思想上的不满发展到行动上的反抗，表现出追求没有剥削、压迫的人间"乐土"的社会理想。

【原文】

硕鼠硕鼠①，无食我黍②！三岁贯女③，莫我肯顾④。逝将去女⑤，适彼乐土⑥。乐土乐土，爰得我所⑦。

硕鼠硕鼠，无食我麦！三岁贯女，莫我肯德⑧。逝将去女，适彼乐国⑨。乐国乐国，爰得我直⑩？

硕鼠硕鼠，无食我苗！三岁贯女，莫我肯劳⑪。逝将去女，适彼乐郊⑫。乐郊乐郊，谁之永号⑬？

【译文】

大田鼠啊大田鼠，不要偷吃我的黍！多年来一直侍奉你，你却从来不肯顾念我。我发誓将要离开你，到那使人快乐的地方去。乐土啊乐土，在那里才能得到我的理想的处所。

大田鼠呀大田鼠，不要偷吃我的麦子！多年辛勤伺候你，你却不肯感恩我。发誓将要离开你，到那使人快乐的王侯封地去。乐国啊乐国，在那里才能得到我的价值！

大田鼠呀大田鼠，不要偷吃我种的苗！多年辛勤伺候你，你却不肯慰劳我！发誓定要离开你，去那使人欢乐的城郊。乐郊啊乐郊，（在那里）谁还会大声哭号？

**【第一章注释及有关提示】**①鼠：从偷吃的东西看，是指田鼠。②黍（shǔ）：去皮后叫黄米，是我国古代主要粮食作物之一。③三岁：泛指多年。贯：服侍，侍奉。女（rǔ）：通"汝"，你，你们。④莫我肯顾：即"莫肯顾我"（不肯顾我），否定句，代词作宾语，宾语置动词前。顾：照顾，顾念。⑤逝：通"誓"。去：离开。⑥适：到……去。乐：使……快乐，使动用法。土：土地，国土。⑦爰（yuán）：（在）那里。《诗经·小雅·鹤鸣》："乐彼之园，爰有树檀。"（在那个园中真快乐，在那里有种植的檀木。）

**【第二章注释】**⑧德：感恩，感激。《左传·成公三年》："然则德我乎？"〔（楚共王对被释放的晋国战俘知罃yíng，说）既然这样，那么你感恩我吗？〕⑨国：域，即地方。⑩直：价值。王引之（清朝）《经义述闻》中说："当读为职，职亦所也。"一说同"值"，报酬。

**【第三章注释】**⑪劳：慰劳。⑫郊：周代之都城外五十里的地方叫近郊，百里的地方叫远郊。⑬之：音节助词，无实义。号（háo）：大叫，大声哭。与"乐郊"之"乐"反义相应，应为"大声哭"。

**【艺术特色简介】**

（一）《硕鼠》是诗经中少有的几篇纯乎比体诗之一。比体诗的特点是全诗"以彼物比此物"，诗中描绘的事物，不是诗人真正要歌咏的对象，描绘的形象没有独立的意义，而是以打比方来表意说理，通过咏物来寄托自己的思想感情。这首诗着重描绘令人憎恶的偷食的田鼠，但一望而知是用田鼠比喻不劳而食的剥削者。通过这个比喻把剥削阶级贪婪、残忍、寄生的本性以及人民的反抗意识，作了集中、形象的表现。

（二）全诗采用重章递进式咏唱，表现了十分强烈的抒情性。每章头两句，是对"硕鼠"的正告；再下两句，是指责"硕鼠"寡恩少义；最后四句，表示不能再忍受下去了，发誓离开"硕鼠"，寻找自己的安身之处：一章之中，感情三次变化，而且一次比一次强烈。章与章之间更是明显的层进加深：由"无食我黍"到"无食我麦"再到"无食我苗"，表现出剥削者越来越残酷，因而被剥削者的反抗也越来越强烈。

009 国风·魏风·十亩之间

**【主旨简介】**《十亩之间》的主旨主要有"刺时"说、"归隐"说、"采桑"说和"情歌"说四种观点。本书按照"采桑"说，助读此诗；为达"简易"助读之目的，不阐述持"采桑"说之理由,也不对另三"说"作具体介绍。

**【内容简介】** 夕阳西下,斜晖映照,忙碌了一天的采桑女,呼朋唤友,结伴而归,于是桑园里、归途中撒下一片说笑声、歌吟声:这就是《十亩之间》所展现的采桑女晚归的形声并茂的"视频"。也可以理解为这是采桑女收工时邀伴回家唱的歌,她们用歌声召唤同伴,说:远近采桑的人都要收工了,我们也一同回去吧!歌者以白描的方法,在短短的几句歌词中,便把夕阳余晖下,一群采桑妇女唱着歌儿归来的情景,生动逼真地描绘出来了,字里行间跳动着她们劳动后的轻松愉快的情绪,确实能给人以美的享受。

**【原文】**

十亩之间兮①,桑者闲闲兮②,行,与子还兮③。

十亩之外兮④,桑者泄泄兮⑤,行,与子逝兮⑥。

**【译文】**

十亩之间的桑园里啊,采桑的姑娘多悠闲啊。(收工时,她们彼此招呼说):走吧,与你一起回家呀。

十亩桑园之外的归途上啊,采桑的姑娘多欢乐啊(她们一路上说笑着,吟唱着)。(她们彼此招呼说):走啊,与你一起离开(桑园,向前)走哇。

**【注释】** ①十亩之间:指郊外所受场圃之地。②桑:名词用作动词,采桑。闲闲:从容自得的样子。③行:走。④十亩之外:十亩桑园之外向家走的路途上。⑤泄泄(yì):舒畅和乐的样子。《左传·隐公元年》:"公入而赋:'大隧之中,其乐也融融!'姜出而赋:'大隧之外,其乐也泄泄(yì)。'遂为母子如初。"〔郑庄公走进隧道(去见母亲武姜),赋诗道:"大隧之中相见啊,多么和乐相得啊!"武姜走出地道,赋诗道:"大隧之外相见啊,多么舒畅快乐啊!"于是姜氏和庄公作为母亲和儿子跟从前一样(恢复了母子关系)。〕⑥逝:离开。

**【艺术特色简析】**

(一)叠章复唱而又有有趣的变化。全诗六句,三句一章。两章的复唱不仅强化了采桑暮归的欢乐,而且通过空间的推移避免了情节的单调,丰富了诗歌的内涵。"十亩之间"的桑园里,收工的采桑女从呼唤同伴,到聚在一起,再到走出桑园:空间的推移中蕴含着许多欢声笑语;从"十亩之外"到村头或村内某个胡同口或某个家门口,这一段空间的推移中不仅蕴含着许多欢声笑语,而且还有许多明天几时出工之类的相约。这就是诗歌第二章把"间"改为"外"的妙用所在。

（二）轻快的节奏恰当地表达出采桑女的欢快心情，艺术形式与思想内容达到了完美的统一。

010　国风·秦风·蒹葭

【题意简释】秦风：《诗经》十五国风之第十一。秦：周朝国名，在今陕西中部、甘肃东部。蒹（jiān）：没长穗的芦苇。葭（jiā）：初生的芦苇。

【内容简介】关于本诗的内容，历来说法不一。一是"讽刺"说，即讽刺秦襄王不能礼贤下士，致使贤士隐居。二是"招贤"说，"伊人"即贤才，"贤人隐居水滨，而慕之而思见之"。三是"爱情"说，即男士追慕姑娘的恋歌。四是"明志"说，认为诗中并未明确显示男女恋情，况且"伊人"性别、身份均难判定，"伊人"就是作者所敬仰和热爱的人，是男是女并不重要。按照"明志"说，可以认定《蒹葭》是《诗经》中表现朦胧美的名篇，非常艺术地表现了人生许多可望而不可即的共性。

第一章：
【原文】
蒹葭苍苍①，白露为霜。所谓伊人②，在水一方。
溯洄从之③，道阻且长。溯游从之④，宛在水中央。

【译文】
初生的芦苇青苍苍，白色露水结为霜。所说的那人，在河的那一方。
沿着弯曲的河道上行找那人，道路崎岖而且很长。（继续）逆流上行一段寻找那人，那人好像在河流的中央。

【注释】①苍苍：茂盛的样子。②伊人：那人，心中思慕的那人。③溯（sù）：逆流而上。洄（huí）：弯曲的水道。从：跟从，追求。④游：河流的一段。

第二章：
【原文】
蒹葭萋萋①，白露未晞②。所谓伊人，在水之湄③。
溯洄从之，道阻且跻④。溯游从之，宛在水中坻⑤。

【译文】

初生的芦苇密又繁,清晨露水未曾干。所说的那人,在水的那边。

沿着弯曲的河道上行找那人,道路崎岖而且陡起。(继续)逆流上行一段寻找那人,那人好像在水中的沙洲上。

【注释】①萋萋(qī qī):形容草长得茂盛的样子。②晞(xī):干,干燥。③湄(méi):水边,旁。④跻(jī):登,上升。⑤坻(chí):水中的小块陆地。

第三章:
【原文】

蒹葭采采①,白露未已。所谓伊人,在水之涘②。

溯洄从之,道阻且右③。溯游从之,宛在水中沚④。

【译文】

初生的芦苇密又繁,清晨露水还未完。所说的那人,在水的那边。

沿着弯曲的河道上行找那人,道路崎岖而且曲折。(继续)逆流上行一段寻找那人,那人好像在水中的沙洲上。

【注释】①采采:盛貌,犹"萋萋"。②涘(sì):水边。③右:指迂回。详见"说明"第四段。④沚(zhǐ):水中小洲。

【艺术特色简介】(一)"伊人"的意象扑朔迷离,若隐若现,引发读者多种美丽的遐思。

(二)叠章复唱。第二章、第三章是第一章的反复咏叹,表现追寻之路的艰险与漫长,渲染主人公感情的绵长持久,突出了主人公不能走近"伊人"而又永远点亮希望之火的情感状态。

011　国风·秦风·无衣

【内容简介】这是一首同仇敌忾、斗志昂扬的军歌,反映了古代人民为抗击敌人而团结一致、同甘共苦的战斗友谊和奋勇参加正义战争的民族精神。秦:周朝国名,在今陕西中部、甘肃东部。

【原文】

岂曰无衣?与子同袍。王于兴师①,修我戈矛,与子同仇!

岂曰无衣？与子同泽②。王于兴师，修我矛戟，与子偕作③！
岂曰无衣？与子同裳④。王于兴师，修我甲兵，与子偕行！

**【译文】**

怎能说没有衣服？（我）与你（轮流）穿同一件战袍。君王要发兵，修理好我的戈和矛，与你共同对敌！

怎能说没有衣服？（我）与你（轮流）穿同一件汗衣。君王要发兵，修好我的矛和戟，与你一起行动起来！

怎么说没有衣服？（我）与你（轮流）穿同一件裙子。君王要发兵，修好我的铠甲和武器，与你一起前行（奔赴战场）！

**【注释】**①于：句中语气助词，使语句和谐匀称，无实义。②泽：内衣。③偕：共同，一块儿。作：起。④裳（cháng）：古人穿的类似裙子的下衣。袍、泽、裳，分别是战袍、汗衣、裙子，都不是褂子、裤子这样的主要衣服，故可以轮流穿。

**【阅读笔记·一唱三叹】**

《无衣》这首乐歌，重章叠句，一唱三叹。三章基调基本一致，复沓层叠而不烦琐，叠句中更换个别字、词，使文句跌宕活跃而不板滞。如"同袍""同泽""同裳"之变化，"戈矛""矛戟""甲兵"之变化，"同仇""偕作""偕行"之变化，使重叠的章句互相补充，完足文义，强化情感，使诗歌摇曳生姿，更富韵律。这首战歌，三章之间层层递进、步步加强。全诗前后一贯，着力表现一个主题。首章以高亢的反问荡起全篇：难道我们没有衣服吗？不是！只因为我们是战友，所以愿意合穿一件战袍。接着笔锋一转，以倒插手法点名主旨：国君要发兵征剿敌人，众将士响应号令，共赴国难，准备战斗。二三章在格调和表达形式上与首章基本相同，但在内容上有层递关系。首章强调"王于兴师""与子同仇"这一主旨，二三两章便通过反复咏唱加以深化，不仅"与子同袍"，而进一步"同泽""同裳"，战士们彼此关系更加密切，更加团结一致。他们在统一的爱国思想指导下秣马厉兵，紧张备战，决心一起行动起来，奔赴沙场，征伐强敌。

012 小雅·采薇

**【题意简释】**《雅》是朝廷之乐，多为京都一带朝廷官吏的作品，《雅》又有《大雅》《小雅》之分。《采薇》是《小雅》中的一篇。

【内容简介】这是一首戍卒返乡诗,唱出了从军将士的艰辛生活和思归情怀。诗歌以一个士卒的口吻叙述,以采薇起兴。前五章主要写戍边征战的艰苦和强烈的思归情绪以及久久未归的原因,从中流露出戍边将士既有御敌胜利的喜悦,也有征战之苦的怨怼(duì,怨恨),以及对和平生活的期望。末章以痛定思痛的抒情结束全诗,感人至深。

第一章:
【原文】
采薇采薇①,薇亦作止②。曰归曰归,岁亦莫止③。靡室靡家④,猃狁之故⑤。不遑启居⑥,猃狁之故。

【译文】
采野豌豆啊采野豌豆,野豌豆刚刚长出小芽来。说回家啊说回家,到了年底了(还没有回)。没有娶妻没成家,是抵御猃狁的缘故。没有空闲安居休息,是抵御猃狁的缘故。

【注释及有关提示】①薇:野豌豆的一种。②作:由"起"引申为"初生"。亦、止:都是语气助词,无实义。③莫:"暮"的古字,是古今字,不是通假字。④室:娶妻。《韩非子·外储说右下》:"丈夫二十而室。"(男子二十岁就娶妻。)家:结婚成家。屈原《离骚》:"及少康之未家兮,留有虞之二姚。"(趁着少康尚未娶妻成家啊,有虞氏留有两位待字的姑娘。)靡(mǐ):无,没有。许多译家把"靡室靡家"译成"没有妻室没有家",若此,难不成戍卒全是没有家的孤儿吗?也有的译成"有家等于没有家",此译,脱离原词语,有点牵强。有的说"没有正常的家庭生活",有歧义。其实"靡室靡家"就是没娶妻没成家,是一种复说的修辞方法。⑤猃狁(xiǎnyǔn):先秦我国北部一个民族。⑥遑(huáng):闲暇,空闲。启居:安居休息。《诗经·小雅·出车》:"王事多难,不遑启居。"(君王的事有很多危难,将士们没有闲暇安居休息。)

第二章:
【原文】
采薇采薇,薇亦柔止①。曰归曰归,心亦忧止。忧心烈烈②,载饥载渴③。我戍未定,靡使归聘④。

【译文】

采野豌豆啊采野豌豆,野豌豆长出柔嫩的茎叶来。说回家啊说回家,心里忧愁烦闷。忧心如焚,又饥又渴。我们守边驻防的地点不固定,没有使者回家代我们探问。

【注释】①柔:柔嫩,比"作"更进一步生长的样子。②烈烈:(火焰)炽烈的样子。③载(zài)……载……:又……又……。④聘:访,探问。使:不是使令动词,而是名词,使者,指代表朝廷问边的人。"戍卒防地不定,难以遇到问边使者"的情况,可参阅唐朝王维的《使至塞上》:"萧关逢候骑(jì),都护在燕然。"代表朝廷问边的使者王维,都没见到前线指挥官都护。

第三章:

【原文】

采薇采薇,薇亦刚止①。曰归曰归,岁亦阳止②。王事靡盬③,不遑启处。忧心孔疚④,我行不来⑤!

【译文】

采野豌豆啊采野豌豆,野豌豆的茎叶已很坚硬(老了)。说回家啊说回家,到了小阳春十月了(还没有回)。王室的差事没有止息,不得空闲安居休息。我内心忧伤烦闷很苦痛,是因为我出发戍边不能回家!

【注释】①刚:坚硬。②阳:夏历十月。③盬(gǔ):止息。④孔:甚,很。疚:苦痛。⑤行:出发。来:归,回。《左传·文公七年》:"若吾子之德莫可歌也,其谁来之?"(像您的德行没有可以歌唱的,难道谁还肯归服您?)

第四章:

【原文】

彼尔维何①?维常之华②。彼路斯何③?君子之车④。戎车既驾⑤,四牡业业⑥。岂敢定居?一月三捷。

【译文】

那花开得这么盛的是什么花?是棠棣的花。那驶过的车是什么人的车?那是将帅的车。兵车已经驾起,四匹公马又高又壮。怎敢安然地住下?一月多次交战,多次获胜。

【注释】①彼：指示代词那。尔：华美茂盛。维：句中语气词。②常：树名，即常棣（dì），又叫棠（táng）棣。华：通"花"。③路：通"辂"，古代车名。斯：句中语气词。④君子：此指将帅。⑤戎：兵车、战车。⑥牡（mǔ）：雄性的鸟兽。业业：高大健壮的样子。

第五章：
【原文】
驾彼四牡，四牡骙骙①。君子所依，小人所腓②。四牡翼翼③，象弭鱼服④。岂不日戒⑤？狁狁孔棘⑥！

【译文】
驾驭四匹公马拉的战车，四匹公马非常强壮。（那是）将帅所依靠它们指挥作战的凭借，是士兵依靠它们得到庇护的凭借。四匹公马行进整齐，将士们手执用象牙装饰的弓，身挂鲨鱼皮制的箭袋。怎能不天天警惕戒备呢？（因为）与狁狁的战事非常急迫！

【注释】①骙（kuí）骙：马行雄壮的样子。②腓（féi）：庇护。《诗经·大雅·生民》："牛羊腓字之。"〔（周人的祖先后稷刚出生时被弃于小巷）牛羊走来庇护并养育他。（这是后稷屡弃不死的传说之一）〕③翼翼：整齐或壮盛的样子。"小心翼翼"中的翼翼是严肃谨慎的样子。④象弭（mǐ）：用象牙装饰弓的两端。弭：弓两端的弯曲处。鱼服：用鲨鱼皮制的箭袋。服，通"箙"，盛箭或其他兵器的器具，用竹、木或兽皮制成。⑤日：每天，一天天。戒：警戒，戒备。⑥孔：很，甚。棘：通"急"，急迫。

第六章：
【原文】
昔我往矣①，杨柳依依②。今我来思③，雨雪霏霏④。行道迟迟，载渴载饥。我心伤悲，莫知我哀⑤！

【译文】
先前我们出征时，杨柳依依，随风摇曳。如今我们回来，大雪纷纷，漫天飞舞。

在雪地泥路上行走，非常迟缓，又渴又饥。我们心中非常伤悲，可是没有谁知道我们的哀痛！

**【注释】**①往：由此至彼，与"来"相对。此指由家至边境，即出征。②依依：轻柔的样子。③思：句末语气词。④雨（yù）：下雨（雪）。霏霏（fēifēi）：形容雨雪之密。⑤莫：没有什么，没有谁。否定性、无指性代词。

**【艺术特色简介】**此诗运用重叠的句式和起兴的手法，集中体现了《诗经》的艺术特色。末章前四句抒写当年出征和今日生还的两种特定的景物和情怀，言浅意深，情景交融，历来被认为是《诗经》中的名句。士兵们离家远征内心是悲苦的，诗人却以"杨柳依依"的乐景反衬征人的哀情；士兵们罢征归来内心是高兴的，诗人却以"雨雪霏霏"的哀景反衬征人的乐情。这样"以乐景写哀，以哀景写乐，一倍增其哀乐"（《姜斋诗话》）。

# 第二章 战国末期

## 一、屈原1首

013 离骚

【文学常识·楚辞】《楚辞》,总集名。西汉刘向辑。东汉王逸作章句(对古书的分析解释)。原收战国时楚人屈原、宋玉等及西汉淮南小山、东方朔、王褒、刘向等人辞赋共十六篇,后东汉的王逸增入己作,成十七篇。全书以屈原作品为主,其余各篇也都是承袭屈赋的形式。因其运用楚地的文学样式、方言声韵,描写楚地风土人情,具有浓厚的地方色彩,故名《楚辞》。后世因此称这种文体为"楚辞体";因屈原作品中以《离骚》一篇最著名,又称为"骚体"。

【作者简介】屈原(约公元前340—约前278年),中国最早的大诗人,名平,字原。战国时期楚国人,曾任左徒、三闾大夫。学识渊博,提倡"美政",主张彰明法度,举贤授能,联齐抗秦,后被奸臣陷害,两次被罢官,流放沅湘流域。后因楚国的政治更加腐败,国都郢亦为秦兵攻破,他既无力挽救楚国的危亡,又深感政治理想无法实现,遂投汨罗江而死。他在楚国地方文艺的基础上,创造出骚体这一新形式,以华美的语言,丰富的想象,融合神话传说,抒发强烈的感情,创造出鲜明的形象。如《离骚》等更具有宏大的篇制,与《诗经》形成显著区别,对后世影响很大。

【题意简释】"离骚"有多种解释,司马迁说:"《离骚》者,犹离忧也。"汉代班固说:"离,犹遭也,骚,忧也。明己遭忧作辞也。"

【内容简介】《离骚》是屈原的代表作,是一首震烁古今的长篇抒情诗。诗人在《离骚》中自述身世、志趣,指斥统治集团昏庸腐朽,感叹抱负不申,抒写理想,抒发爱国激情,富于浪漫气息,开创了我国古代诗歌创作的浪漫主义的优秀传统。《离骚》共374句,2477字(洪兴祖认为"曰黄昏以为期兮,羌中道而改路"这13个字是后人加上的,故未计在内),是我国古代最长的抒情诗。

第一章第一段：

**【原文】**

帝高阳之苗裔兮①，朕皇考曰伯庸②。

摄提贞于孟陬兮③，惟庚寅吾以降（hóng）④。

皇览揆余初度兮⑤，肇锡余以嘉名⑥。

名余曰正则兮⑦，字余曰灵均⑧。

**【译文】**

我是颛顼帝的后代啊，我先父叫伯庸。

岁星在寅的这一年当孟春正月啊，又当庚寅之日我降生了。

父亲观察、估量我出生的年月日啊，通过卜兆把美名赐给我。

给我起名叫正则啊，起表字叫灵均。

**【注释及有关提示】** ①高阳：古代帝王颛顼（zhuānxū）的别号。他是黄帝儿子倡意的后代，居于今河南濮阳一带。他的后代熊绎，在周成王时封于楚。春秋时楚武王熊通的儿子熊瑕受封于屈邑，子孙又以屈为氏（姓），所以屈原尊高阳氏为远祖。苗裔（yì）：远末的后代子孙。苗，初生的禾本植物；裔，衣服的末边；二者都指远末的意思，喻指后代子孙。兮：语气助词，用于韵文，表示停顿或舒缓语气，相当于"啊""呀"。②朕：秦始皇之前可用作第一人称代词。皇：光大，对自己已故的父、祖的尊称。考：称死去的父亲。③摄提："摄（shè）提格"的省称。古代岁星纪年法中的十二辰（十二地支的通称）之一，相当于干支纪年法中的寅年。《尔雅•释天》："太岁在寅曰摄提格。"（木星运行在寅叫摄提格。太岁，木星的别称，古代用它围绕太阳公转的周期纪年，十二年是一周。）贞：当，易误为"正"。孟陬（zōu）：孟春正月。孟，每一季的第一个月。陶渊明《读山海经》诗十三首之一："孟夏草木长，绕屋树扶疏。"（夏季第一个月草木生长旺盛，绕着我房子的树，枝叶繁茂，疏密有致。）陬，夏历正月的别称。④惟：句首语助词，无实义。以：助词，起舒缓语气作用，译不出。降：古音"hóng"。笔者注：《离骚》中韵脚字之音，均采用郭沫若先生的考订成果。下面只在正文里注古音，不再于注释中注古音。⑤皇：皇考的省称。初度：初生的年时。后称生日为初度。⑥肇：通"兆"，卦象。古时贵族幼儿出生后在祖庙里卜卦命名，意谓祖先所赐。锡（xī）：赐。以嘉名：把美名，介词结构；以，把。⑦名：命名，起名字。⑧字：人的表字，在本名之外另取的一个名字，一般与本名有某种意义上的联系。自称用名，表示谦虚；称人用字，表示尊敬。正则，隐含"平"之字义。灵均，灵善而均调，与"原"之"广平"义有关。亦有人认为，正则是屈原幼名，灵均为屈原幼字。

第一章第一段大意：介绍自己身世、生辰、名字。

第一章第二段：
【原文】
纷吾既有此内美兮①，又重之以修能（ní）②。
扈江离与辟芷兮③，纫秋兰以为佩（pí）④。
汩余若将不及兮⑤，恐年岁之不吾与⑥。
朝搴阰之木兰兮⑦，夕揽洲之宿莽（mǔ）⑧。

【译文】
我既有如此众多的内在之美啊，又把（许多）美好的容态加到我身上。
我的身上披带江离这种香草和长在幽僻之处的芷草啊，又把秋兰连接成串把（它）作为佩带物。
时光流逝像水流那样迅急啊，我好像将赶不上（来不及似的），恐怕岁月不等待我。
早晨到大的土岗上摘取木兰花啊，傍晚到水中的陆地采摘经冬不枯的草。

【注释及有关提示】①纷：盛多状，修饰"内美"，前置，起强调作用。内美：包括高贵的身世、出生的佳日、卜兆而得的嘉名等。②重（zhòng）：由"加重"，引申为加上，增益。如《吕氏春秋》："今故兴师动众，以增国域，是重我罪也。"（现在故意兴办事情，扰动许多人，来增加国家疆域，这是加重我的罪啊。）之：代指自己。以修能：介词结构作补语，译为白话提到前面，成了状语。修：善，好。《楚辞·招魂》："姱（kuā）容修态，绠（gēng）洞房些。"（俏丽的容颜、美妙的体态，在洞房中不断地来来往往。绠，绵延。些，句末语气助词，只见于《楚辞》。）"修态"与"修能"的结构、词性完全一样，以此见出"修"应解为"美好"而不应解为"修饰、学习"等。能：郭沫若先生说，是"态"字的省略。态，容态。以修能：介词结构，把美好的容态。③扈（hù）：披，带。辟（pì）：通"僻"。④纫：连缀，贯穿。以为：即"以之为"，省略介词"以"的宾语"之"。佩饰象征爱美的追求。
⑤汩（yù）：（水流、风）迅急。及：赶得上，比得上。⑥之：主谓间助词。不吾与：

即不与吾，否定句，代词作宾语，宾语一定前置。与：待，等待。这是屈原担心自己的有利条件转眼消失。《论语·阳货》："日月逝矣，岁不我与。"〔（阳货对孔子说：）时间一天天过去了，年岁是不等人的。〕⑦骞（qiān）：取，拔取。司马迁《报任安书》："外之又不能备行伍，攻城野战，有斩将骞旗之功。"〔（我）在外来说，又不能在军队中充数，不能攻打城池野外作战，有斩杀敌将拔取敌旗的功劳。〕阰（pí）：土岗。一说，楚国山名。之：的。⑧揽：采，摘取。宿：隔年的。敦诚《挽曹雪芹》诗："宿草寒烟对落曛。"（野草寒烟对着落日的余晖。宿草：隔年的野草。曛：黄昏时的太阳或阳光。）莽：楚人名"草"曰"莽"（mǔ）。

第一章第二段大意：描写自己的积极修为。


第一章第三段：
【原文】
日月忽其不淹兮①，春与秋其代序②。
惟草木之零落兮③，恐美人之迟暮④。
不抚壮而弃秽兮⑤，何不改乎此度⑥？
乘骐骥以驰骋兮⑦，来吾道夫先路⑧！


【译文】太阳与月亮迅速（运行）不停留啊，春季与秋季他们按时序更相替换。
考虑到草木都不免凋零啊，担心我那理想的美人也要衰老。
你不趁此盛年去掉不良行为，为什么不把这种安于现状的态度改变？
（如果君王决心）乘上骏马而奔驰的话，（那么）来吧，我（为他）引导那前行的路！

【注释及有关提示】①忽：迅速。其：连接状语与谓语。淹：久留。②其：彼，复指"春与秋"。代序：即"代于序"（按次序更替），省略介词"于"。代，交替，更迭。序，秩序，次序。③惟：思，思考，考虑。零落：合成词，（花、叶）凋落。④迟暮：比喻衰老。这是从日月、时令、草木的变化规律看，即使身为君王的"美人"，也难免衰老，令人担心。⑤抚（fǔ）：凭，趁着。秽：污秽，脏东西，此喻指坏行为。⑥何：为什么。《史记·高祖本纪》："吾所以有天下者何？项氏所以失天下者何？"乎：介词，介绍动作发生时直接涉及的对象，可译为对、把等。笔者注：有的选本，此句前面无"不"字，则意为"应该这样，而为什么不这样"。⑦以：连词，表示连动关系。"乘骐骥以驰骋"，比喻任用贤能，修明法度，而有所作为。⑧来：呼唤之辞。

道（dǎo）：通"导"。先路：《辞源》释为"引导先行"，即用本例句，但是与"道"重复，故笔者认为似应是"先行之路"。郭沫若先生整体解释"道夫先路"为"在前面引路"。按郭老的整体解释分解的话，"道"是"引导"；"夫"是"他"；"先路"是"前面的路"，且前面省略介词"于"，则整句为：来吧，我在前面的路上引导他。

第一章第三段大意：宣示自己的政治理想。

第一章大意：高调介绍自己的身世、生辰、名字，表明自己的修为，宣示为实现自己的政治理想而及早努力的态度。

第二章：
【原文】
昔三后之纯粹兮①，固众芳之所在（zāi）②。
杂申椒与菌桂兮③，岂惟纫夫蕙茝（zhǐ）④！
彼尧、舜之耿介兮⑤，既遵道而得路⑥。
何桀、纣之猖披兮⑦，夫唯捷径以窘步⑧！
惟夫党人之偷乐兮⑨，路幽昧以险隘（yì）⑩。
岂余身之惮殃兮⑪，恐皇舆之败绩⑫！
忽奔走以先后兮⑬，及前王之踵武⑭。
荃不察余之中情兮⑮，反信谗而齌怒⑯。
余固知謇謇之为患兮⑰，忍而不能舍（shǔ）也⑱。
指九天以为正兮⑲，夫唯灵修之故也⑳。
初既与余成言兮，后悔遁而有他㉑。
余既不难（nǎn）夫离别兮㉒，伤灵修之数化㉓。

【译文】
以往夏禹、商汤、周文王德行完美没有杂质啊，那确实是各种芳草香花所在的时代。
（三后）混杂种植申椒与菌桂等各种香木啊，难道只是把蕙草和白芷连接起来吗！
那尧、舜光明正大啊，已经遵循正道而且走上广阔的坦途（找到治国的途径）。
为什么桀、纣（不学尧、舜）而任意胡为，他们只走便道（不循正路）以致使步履困窘！

那些结党营私的人苟安享乐啊,他们走的路越来越昏暗,越来越危险,越来越狭窄。

难道是我自身害怕祸殃吗?(我是)担心君王的车子就要倾覆了!

我急匆匆地在君王的车前车后奔走啊,(希望君王)赶上先王的脚步。

君王竟然不明察我的内心感情啊,反而相信谗言而对我发怒。

我本来知道这种忠言直谏要成为祸患啊,(但是)忍着内心苦痛不肯停止。

指着上天(让它)给我作证啊,我只是(为了)国君的缘故啊!

当初你已经与我约定成言啊,后来你竟然反悔回避,而另有别的打算。

我已经不畏惧那(与君王)离别呀,只是为君王屡次变化,反复无常而悲伤。

**【注释及有关提示】**①三后:指夏、商、周三代立朝之君。后:君主。之:主谓间助词,取消句子独立性,使之成为复句的分句。《左传·襄公九年》:"我之不德,民将弃我,岂唯郑?"(我没有德行,百姓将要抛弃我,难道只是郑国?)芳:借喻贤俊之士。之:主谓间助词。②所在:"所"字结构,"所"加动词构成的结构,相当于名词性偏正词组。③杂:夹杂种植。申椒、菌桂:均为香木名。④蕙、茝:均为香草名。此复句是通过第二分句的反问而形成的倒装的进层复句,一般顺序为:不仅连接那香草,而且混杂种植各种香木。通过反问和倒装突出三后爱惜并重用各种人才。⑤尧:传说中的五帝之一,号陶唐氏,与舜一起被称为最早的圣贤君主。舜:传说中的五帝之一,号有虞氏,与尧一起被称为最早的贤君圣人。之:主谓间助词。耿介:光大,光明正大。⑥而:连接分句(此处是紧缩句的分句),表示进层关系。⑦桀(jié):夏代的最后一个君主,相传是个暴君。纣:殷商末代君主帝辛的别名(也叫后辛),相传是个暴君。之:主谓间助词。猖披:不守法度,任意妄为。⑧夫:彼,指桀、纣。捷:抄近路。《左传·成公五年》:"待我,不如捷之速也。"〔(晋景公用驿车召见伯宗,路上被一辆行缓的载重车挡住,伯宗对押载重车的人说,为驿车让开路,押载重车的人说)等待我(让开路),不如抄近路快。〕以:连接分句,表示结果,可译为"以致"。窘:困窘,窘迫,此为使动用法。⑨惟:句首语气词。党人:指政治上结成朋党的人。之:取消句子独立性,使之成为复句的分句。偷:苟且。⑩幽昧:同义合成词,幽,昏暗;昧,昏暗。以:而且。险:危险。隘:狭窄,狭小。⑪身:自身。之:主谓间助词。惮(dàn):害怕,畏惧。⑫皇舆:君王的车子,此喻指国家。败绩:兵车倾覆,也指(军队)溃败。⑬忽:迅速。以:在。⑭及:追上,赶上。之:的。踵武:脚迹。踵,脚后跟。武,足迹。⑮荃(quán):香草名,借喻楚怀王。中:内心。曹操《短歌行》:"忧从中来,不可断绝。"(忧虑从心中产生,不能断绝。)⑯齌(jì):冒火,发怒。⑰謇謇

(jiǎn)：忠直。之：主谓间助词。⑱舍：舍弃，放弃。⑲九天：天的总称，指中央和八方。以为：即"以（之）为"。正：通"证"。⑳夫：句首发语词。唯：只。灵修：聪明美好，借代（不是借喻）为聪明美好的人，是当时楚人对君王的美称。㉑遁：避，回避。他：别的，其他。㉒不难：王锡荣先生说"不难，犹言不畏"。笔者认为意思对，但是缺由"难"到"畏"的理由。《简明古汉语字典》上说：难（nǎn），通"戁"，惧，恐惧。《诗经·商颂·长发》："不震不动，不戁不竦。"〔（武王成汤）既不震恐也不动摇，既不惧怯也不惊扰。〕夫：指示代词那。㉓伤：为……悲伤。数（shuò）：屡次。

第二章大意：对比古代两种君王，指明应当努力的方向，暗示怀王被群小包围，表明自己除了忠于国家外没有其他企图，并伤心怀王的轻信多疑。


第三章：
【原文】
余既滋兰之九畹兮①，又树蕙之百亩（mǐ）。
畦留夷与揭车兮②，杂杜衡与芳芷（zhǐ）③。
冀枝叶之峻茂兮④，愿俟时乎吾将刈⑤。
虽萎绝其亦何伤兮⑥，哀众芳之芜秽（yì）⑦。
众皆竞进以贪婪兮⑧，凭不厌乎求索（sù）⑨。
羌内恕己以量人兮⑩，各兴心而嫉妒⑪。
忽驰骛以追逐兮⑫，非余心之所急⑬。
老冉冉其将至兮⑭，恐修名之不立⑮。
朝饮木兰之坠露兮⑯，夕餐秋菊之落英（yāng）⑰。
苟余情其信姱以练要兮⑱，长顑颔（kǎnhàn）亦何伤⑲。
揽木根以结茝兮⑳，贯薜荔之落蕊（luò）㉑。
矫菌桂以纫蕙兮㉒，索胡绳以纚纚（luò）㉓。
謇吾法夫前修㉔，非世俗之所服（bí）㉕。
虽不周于今之人兮㉖，愿依彭咸之遗则㉗。


【译文】
我已经培植了九畹兰草，又栽种了百亩香草。

分畦栽种了留夷和揭车这类香草，还混杂种了杜衡与芳芷。

希望这些香草枝长叶大，生长旺盛啊，愿意等到它们长成时我将把它们收割。

（这些香草）即使枯萎以致死了，难道又（有）什么可悲伤的？伤心的是众多芳草变得与乱草一样。

许多人都争着向上爬，太贪婪了，他们已经满有权势财富了，但是仍不满足对权势财富的追求。

（他们）在内心宽恕自己，却（用卑鄙的心肠）估量别人，一个个产生坏心，满怀嫉妒。

匆匆忙忙地奔走来追名逐利啊，（这）不是我心里所急切地从事的事。

晚年慢慢地将要到了，只怕美名不能树立。

早晨喝木兰花上坠落的露水啊，傍晚吃秋菊初生的花。

假如我的情操确实美好而精纯啊，就是长期面黄肌瘦又有什么妨碍？

采来香木的根株，连接起茝来啊，把薜荔的花心穿成串。

弄直了菌桂而把蕙草串起来啊，把胡绳这种香草搓成索，而且还要使它长长的。

我效法那前代贤人啊，（饮食、服饰）都不是世俗之人所用的。

虽然我的行为与现在的俗人不合啊，（但是，我还是）愿意依照彭咸遗留下的法则（去做）。

**【注释及有关提示】**①滋：培植。之：助词，用于宾语和补语之间。畹（wǎn）：古代土地面积单位。三十亩（一说十二亩）为一畹。②畦（qí，旧读 xī）：分畦种植。③杂：形容词用作动词，混杂栽种。④峻：大，长（cháng）大。茂：草木生长旺盛。⑤乎：句中语气助词，可译成呀，亦可不译。刈（yì）：割。⑥虽：即使。此分句是个假设兼转折的紧缩复句，故"虽"不能释为"虽然"，再联系下一分句看，诗人所哀伤的不是香草的枯死，而是香草的变质。其：语气副词，难道。亦：频率副词，又。何：疑问代词，什么。⑦众：大家，许多人。之：主谓间助词。芜秽（yì）：荒芜，指田地因不整治而杂草丛生；此处以芳草变成杂草，比喻自己培养的人变节。⑧以：通"已"，太。⑨凭：满，楚方言。厌：满足。乎求索（sù）：介词结构，译时可前置。乎，介词，介绍动作行为发生时直接涉及的对象，可译为"对"。《周易·贲（bēn）》："观乎天文，以察时变。"（观察天象，来考察时序的变化。）索：求。⑩羌：楚辞的句首语气助词，无实义。内：内心，作状语，"在内心"。以：连词，表示前后意思完全相反，译为"却""但是"。量（liàng）：衡量，估量。⑪而：顺接连词。⑫以目的连词,来,以便。驰骛(wù):赶着马快跑。⑬所急:所字结构。急,急切地从事。曹操《置屯田令》:"秦人以急农并天下。"(秦国人凭着急切地从事农业统一了天下。)⑭冉冉(rǎn):逐渐,慢慢。其:连词,连接状语和谓语,译不出。⑮之:主谓间助词。⑯之:的。⑰落英(yāng):初生的花。⑱苟:假如。其:句中语气词。信:确实。姱(kuā):美好。以:连词,表并列,同"而"。练要:精诚专一,操守坚定之意。⑲顑颔(kǎnhàn):面黄肌瘦。⑳以:并列连词,可不译。㉑贯:(用绳子)穿成串。薜荔(bìlì):木本植物,又名木莲。㉒矫:把弯曲的东西弄直。以:而。㉓索:名词用作动词,搓绳。胡绳:香草名,蔓状,如绳索,故得名。以:连词,表进层关系。纚纚(shǐ):古音"luó",长貌,谓绳索长而下垂。郭沫若先生注为"纠结缠绕的样子"。㉔謇(jiǎn):古楚语的句首语气词。前修:前贤,前代的贤人。㉕非:不是。荀子《天伦》:"治乱非天也。"(治或乱不是天造成的。)之:主谓间助词。所服:所字结构,相当于一个名词性结构。服,用。㉖周:合。㉗彭咸:殷代贤臣,谏其君不听,自投水而死。

第三章大意:痛心自己培育的人才被摧毁,鄙视众人追名逐利,担心自己无所建树,决心洁身自好,效法先贤。

第四章:
【原文】
长太息以掩涕兮①,哀民生之多艰②。
余虽好修姱以鞿羁兮③,謇朝谇而夕替④。
既替余以蕙纕兮⑤,又申之以揽茝(zhǐ)⑥。
亦余心之所善兮⑦,虽九死其犹未悔⑧!
怨灵修之浩荡兮⑨,终不察夫民心⑩。
众女嫉余之蛾眉兮⑪,谣诼谓余以善淫⑫。
固时俗之工巧兮⑬,偭规矩而改错⑭。
背绳墨以追曲兮⑮,竞周容以为度⑯。
忳郁邑余侘傺兮⑰,吾独穷困乎此时也⑱。
宁溘死以流亡兮⑲,余不忍为此态(tì)也⑳。
鸷鸟之不群兮㉑,自前世而固然㉒。
何方圜之能周兮㉓?夫孰异道而相安㉔?

屈心而抑志兮㉕，忍尤而攘诟㉖。
伏清白而死直兮㉗，固前圣之所厚㉘。

**【译文】**

长声叹息而泪流满面啊，哀伤人民生活多灾多难。

我虽然崇尚美德来约束自己啊，（但是）早上进谏而晚上即被贬黜。

既因为我用香蕙作佩带而贬黜我啊，又因为我采集芳芷而一再给我加上罪名。

只是我认为好的，纵然九死我也不后悔！

怨恨君心荒唐啊，始终不能体察民心。

许多女人嫉妒我秀美的蛾眉啊，造谣说我好做淫荡之事。

世俗本来善于投机取巧啊，违背规矩而任意改变措施。

违背准绳而追求邪曲啊，竞相把苟合取悦于人奉作法度。

忧闷失意啊，我独自在现时窘困。

宁愿突然死去，随水流而长逝啊，我也不忍心做出世俗小人这种丑态。

雄鹰与凡鸟不同群啊，自古以来就是这样的。

方枘和圆凿怎么能够相合呢？哪有道不同却能够相安的？

使心受屈而压抑着意志啊，忍受（强加的）罪过而蒙受耻辱。

保持清白而为正道而死啊，本来是前代圣贤所看重的。

**【注释及有关提示】**①太息：叹息。掩涕：泪流满面。②之：主谓间助词。这两句亦可解为因果倒装句，即"哀伤人民生活多灾多难，因而叹息流泪。"③虽：虽然；另解，唯。好（hào）：爱慕、崇尚。修姱（kuā）：美好，同义合成词；另解，修洁而美好。以：目的连词，来。鞿（jī）羁（jī）：喻指束缚、约束。鞿，马缰绳；羁，马笼头。④謇：古楚语的句首语气词。谇（suì）：谏诤。替：废弃，贬斥，此为被动用法。⑤以蕙纕（xiāng）：介词结构，译时置动词"替"前，作状语。以，因为。蕙，名词作状语，用"蕙"。纕：名词用作动词，作佩带。⑥申：王锡荣先生释为"重新"，郭沫若先生释为"接着"，《辞源》上有一义项是"重复，一再"，所用例句是《左传·成公十三年》："申之以盟誓，重之以昏姻。"（一再用盟誓表明秦晋两国友好，再用婚姻加深这种友好。）本句中的"申"，与《左传》中此句的"申"用法相同，都是频率副词用作动词，只是与不同的词组合，有不同含义罢了。《楚辞》中此句的"申"可译为"一再（加罪名）"。之：人称代词，我，与上句的"余"词性、句法功能相同。柳宗元《捕蛇者说》："君将哀而生之乎？"（您将可怜我而使我活下去吗？）茝（chǎi）：古音"zhǐ"，见前"岂惟纫夫蕙茝"。⑦亦：特，只是。《战国策·齐策四》："王亦不好士也！何患无士？"〔（王斗先生对齐宣王说）大王只是不礼贤下士罢了！怎么担心世上没有士呢？"〕之：主谓间助词。所善：所字结构。善，认为好。《荀子·非相》："凡人莫不好言其所善。"（凡是人没有谁不喜欢谈论他所认为好的东西的。）⑧虽：即使。九：表示多的虚数。其：连词，表转折。⑨之：主谓间助词。浩荡：无思虑的样子；糊涂。⑩终：始终，自始至终。夫：指示代词，那。⑪众女：喻指许多小人。之：的。蛾眉：女子细长而弯的眉毛，喻指高尚德行。之：的。⑫谣诼（zhuó）：造谣，诽谤。诼，逸毁、毁谤。以：连词，连接近宾"余"和远宾"善淫"。近宾指人，远宾指事。⑬之：主谓间助词。工巧：善于取巧，工，擅长，善于，长于。⑭偭（miǎn）：违背。而，顺接连词。错：通"措"。⑮追：追求。曲：邪僻不正。⑯周容：苟合取容（取容，取得别人的喜欢）。以为：把（这）作为。⑰忳（tún）郁邑：强调忧闷之深切。忳，忧闷。郁邑，通"郁悒"，忧愁烦闷。司马迁《报任安书》："是以独郁悒而谁与语。"（因此独自忧愁烦闷而与谁说话。）侘傺（chàchì）：失意的样子。⑱穷：走不通，没有出路。困：困窘。乎：于。⑲溘（kè）：突然、忽然。以：连词，同"而"。流亡：随水漂流而去。⑳忍：忍心。㉑鸷鸟之不群兮：比喻君子不能跟小人同流合污。鸷鸟，"鸷与鸟"。鸷（zhì），凶猛的鸟，如鹰、雕等。鸟，凡鸟。之：主谓间助词。群：合群，名词用作动词。㉒而：连词，连接状语和谓语。固：本来。然：这样。㉓何：疑问代词，怎么，句首状语。方：方枘（ruì），方形榫（sǔn）头。圜：通"圆"，此指圆形凿孔（受榫头的穿孔）。凿（záo）：孔穴、榫眼。《淮南子·说林》："辐之入毂，各值其凿。"（一条条车辐条进入车轮中心有圆孔的车毂中，各条辐条遇上属于他的那个榫眼。）之：主谓间助词。周：合。㉔夫：发语词。孰：疑问代词，哪个，谁。而：连词，表转折。㉕屈：使……受委屈。抑：使……受压抑。㉖尤：罪过。攘：含，容忍，忍受。垢：耻辱。㉗伏：通"服"，引为保持。死：为动用法。《史记·陈涉世家》："等死，死国可乎？"（同样是死，为国死可以吗？）㉘所厚：所字结构，见前"非世俗之所服"之释。

第四章大意：叙述受屈遭贬的政治原因，表示不愿同流合污的态度。

第五章：

【原文】

悔相道之不察兮①，延伫乎吾将反②。

回朕车以复路兮③，及行迷之未远④。

步余马于兰皋兮⑤，驰椒丘且焉止息⑥。

进不入以离尤兮⑦，退将修吾初服（bí）⑧。

制芰荷以为衣兮⑨，集芙蓉以为裳⑩。

不吾知其亦已兮⑪，苟余情其信芳⑫。

高余冠之岌岌兮⑬，长余佩之陆离（luó）⑭。

芳与泽其杂糅兮⑮，唯昭质其犹未亏（kē）⑯。

忽反顾以游目兮⑰，将往观乎四荒⑱。

佩缤纷其繁饰兮⑲，芳菲菲其弥章⑳。

民生各有所乐兮，余独好修以为常㉑。

虽体解犹未变兮㉒，岂余心之可惩（cháng）㉓！

【译文】

后悔选择道路没有看清啊，我久久伫立而想返回。

掉转我的车子来返回原路啊，趁着走路迷失方向还不算远。

让我的马车在生长着兰草的水边高地上慢慢行走啊，（然后）让马车跑到长着椒树的山岗上，暂且在那里停下来休息。

到朝廷做官（却）不被（君王）接纳，又遭受指责啊，退隐了将重新整理我当初的衣服。

裁剪菱叶与荷叶用（它）做上衣啊，连缀荷花花瓣用（它）做下装。

（既然你们）不了解我，那么我也就罢了，只要我本心确实是美好的（就够了）。

再加高我高高的帽子啊，再加长我长长的佩带。

世上的清芳与污浊杂糅在一起啊，唯独我明洁的品质它还没有亏损。

忽然回头放眼远眺啊，将去观察四方广大的土地。

佩带上缤纷多彩的服饰啊，香气浓烈，它更加明显。

人生各有各的乐趣啊，我独爱美，并且习以为常。

即使被肢解我还是不改变啊，难道我的志向是可以挫败（被威胁）的吗！

**【注释及有关提示】**①相（xiàng）：观察、察看。《国语·齐语》："相地而衰征，则民不移。"（察看土地肥瘠情况，按照等级征收赋税，那么百姓就不会迁徙。）之：主谓间助词。②延：延长，引申为"久"。伫：（久）立。乎：语气词。反：通"返"。③回：掉转。以：目的连词，来。复：返，还。④及行迷之未远：郭沫若先生说，失悔看错了路向，应当及早回头，"这是激愤中的话"。之：主谓间助词。⑤步：使动用法。⑥焉：兼词"于彼"，在那里。⑦进：进朝做官，出仕。入：使进入，纳入。以：连词。离：通"罹"，落入，遭遇。尤：抱怨、指责、责怪。⑧退：离去，隐退。⑨制：裁，裁剪。《左传·襄公九年》："子有美锦，不使人学制焉。"（您有漂亮的丝绸，是不会让人学习裁剪的。）芰（jì）荷：菱叶与荷叶。芰：菱。以为：以……为，用（它）制成。衣：上衣。古时上身所穿叫衣，下身所穿叫裳。《诗经·邶风·绿衣》："绿衣黄裳。"（绿色上衣黄色下装。）⑩集：聚集，集合。芙蓉：荷花的别称。裳（cháng）：古代男女下身穿的衣裙。《木兰诗》："脱我战时袍，著我旧时裳。"（脱下作战时穿的战袍，穿上我过去在家时穿的衣裙。）⑪不吾知：即"不知吾"，否定句，代词作宾语，宾语前置。其：连词，连接推论关系的两个分句。已：罢了，算了。⑫苟：只要。信：确实。芳：美好。⑬高：使……高，形容词的使动用法。之：定语后置的标志。岌岌：高耸的样子，"冠"的后置定语。⑭长：使……长，用法同"高"。陆离：修长的样子，语法特点与"岌岌"同。⑮芳：芳香。泽：污浊、污垢。其：它们，复指"芳与泽"。⑯昭质：光明纯洁的本质。其：彼，复指"昭质"。⑰反顾：回头看。《史记·司马相如传·喻巴蜀檄》："义不反顾，计不旋踵。"〔（边境的人顶着刀口，冒着飞箭）坚持道义，（勇往直前）不回头看，还主动献计献策，所献计策不等转过身就见效。〕以：来。游目：放眼观望。⑱乎：介词，对，详见前"凭不厌乎求索"句中之"乎"的解释。四荒：四方边远的地方。⑲其：助词，用于定语和中心词之间。⑳芳菲菲：主谓结构。芳：香，香气。菲菲：形容香气盛。其：彼，复指"芳"。章：通"彰"。㉑好（hào）修：爱美，比喻爱好修身养性。以为：即"以……为"。㉒体解：古代分解肢体的酷刑。㉓之：主谓间助词。惩（cháng）：郭沫若先生说："古音长，惩戒，此处作威胁讲。"

第五章大意：表现追求美政、九死未悔的高尚情操，抒发忧国忧民、献身理想的爱国感情。

第六章第一段：

【原文】

女媭之婵媛兮①，申申其詈予②。

曰："鲧婞直以亡身兮③，终然殀乎羽之野（shǔ）④。

汝何博謇而好修兮⑤？纷独有此姱节（jí）⑥？

茨菉葹以盈室兮⑦，判独离而不服（bí）⑧。

众不可户说兮，孰云察余之中情⑨？

世并举而好朋兮⑩，夫何茕独而不予听⑪？"

【译文】

女伴眷恋牵依，一遍又一遍地责备我。

（她）说："鲧倔强刚直而不听命令，终于死在羽山之野。

你为什么过于耿直而好修洁？独有此众多美好的节操？

（他人）聚集苈草和卷葹而且堆积满屋啊，你却与众不同地离弃它们而一样也不佩带。

众人不能挨家挨户去晓喻啊，谁会详察我们的内心？

世人相互吹捧，而好结朋党啊，你为什么孤独无依而不听我的劝诫？"

【注释及有关提示】①女媭（xū）：郭沫若先生释为"女伴"；有的释为"女巫之名"；还有的释为"屈原之姊、妹、妾"。之：主谓间助词。婵媛（chānyuán）：郭沫若先生释为"眷恋牵依的样子"；有的释为"因恐惧或哀伤引起的喘息"。②申申：一遍又一遍，烦絮貌。其：连接状语和谓语，见前"老冉冉其将至兮"句中之"其"的解释。詈（lì）：骂，责备。③鲧（gǔn）：禹的父亲。神话传说他治水因违抗尧的命令而被终身囚禁。婞（xìng）：倔强，刚强。亡身：不服从命令，身、命可通假。郭沫若先生说，亡身是"不顾性命"。④殀（yāo）：夭折，早死。郭沫若先生说，"死于非命"。⑤博：多。謇（jiǎn）：忠直。⑥纷：盛多状，修饰"姱（kuā）节"，前置于句首，起强调作用。见前"纷吾既有此内美兮"句中"纷"的解释。⑦茨（cí）：堆积。郭沫若先生选择"蒺藜"义项。菉（lù）：草名，又叫荩草、王刍。葹（shī）：卷葹，草名，即枲（xī）耳。⑧判：区别，分开，谓与众不同。离：弃。服：用。⑨云：句首、句中助词，无实义。《左传·僖公十五年》："岁云秋矣。"（时令到了秋天了。）中情：内心。余：我们、咱们。⑩世：世人。并：一同，引为"相互"。举：

推举,吹捧。朋:成群,结为群。⑪茕(qióng)独:孤独。不予听:即"不听予",否定句代词作宾语,宾语置于动词前。有的版本"予"作"余"。

第六章第一段大意:写平生最关心自己的女伴对自己的劝诫。作为屈原世间唯一亲人的女媭出于对屈原的关心爱护而劝告,但是提高到思想原则上来讲,她对屈原也缺乏本质上的认识。女媭尚且如此,屈原不得不向古代圣君倾诉衷肠了。诗思由女媭之劝,逼出向重华陈词,既合诗情推进之理又隐现诗人的心海波涛。

第六章第二段:
【原文】
依前圣以节中兮,喟凭心而历兹①。
济沅湘以南征兮,就重华而陈词②:
"启《九辩》与《九歌》兮③,夏康娱以自纵④。
不顾难以图后兮,五子用失乎家巷(hòng)⑤。
羿淫游以佚畋兮⑥,又好射夫封狐⑦。
固乱流其鲜终兮⑧,浞又贪夫厥家(gū)⑨。
浇身被服强圉兮⑩,纵欲而不忍⑪。
日康乐而自忘兮⑫,厥首用夫颠陨⑬。
夏桀之常违兮⑭,乃遂焉而逢殃⑮。
后辛之菹醢兮⑯,殷宗用而不长⑰。
汤、禹俨而祗敬兮⑱,周论道而莫差(cuō)⑲。
举贤而授能兮⑳,循绳墨而不颇。
皇天无私阿兮㉑,览民德焉错辅㉒。
夫惟圣哲以茂行兮㉓,苟得用此下土㉔。
瞻前而顾后兮㉕,相观民之计极㉖。
夫孰非义而可用兮㉗?孰非善而可服(bí)㉘?
阽余身而危死兮㉙,览余初其犹未悔㉚。
不量凿而正枘兮㉛,故前修以菹醢。㉜"
曾歔欷余郁邑兮㉝,哀朕时之不当(dāng)㉞。
揽茹蕙以掩涕兮㉟,沾余襟之浪浪㊱。

**【译文】**

（但是）我依照先圣礼法来节制性情啊，喟叹我任凭忠心（辅佐君王）却到这种地步。

（我只好）渡过沅（yuán）水、湘江向南行啊，向舜诉说衷肠：

"夏启从上天那里得到了《九辩》与《九歌》啊，夏启之子太康（不遵守夏禹、夏启的礼乐）无度欢乐，放纵自己。

（夏太康）不顾患难，不谋后世（卒以失国）啊，因此兄弟五人在家门之内打起来〔或：兄弟五人皆居闾巷（失其尊位）〕。

后羿游观无节，恣纵田猎啊，又喜好射杀大狐。

（羿）本来如水乱流而无常道一样，没有好的结局啊，后羿的相寒浞又贪占羿的妻室。

过浇亲自披挂，自恃力大啊，放纵欲望而不肯克制自己。

过浇天天淫乐而忘了自己（是什么人）啊，他的头因此倒过来坠落下来。

夏桀违背常理啊，于是终竟遭到祸殃。

殷纣王后辛把忠臣剁成肉酱啊，殷朝的宗庙因而维持不长。

商汤和夏禹都严肃而恭敬啊，论道周合，没有差池。

推举贤者而任用能者啊，遵循准则而不偏颇。

皇天不偏爱不徇私啊，视民之有德者才辅助他。

只有具备高迈的智慧与美盛德行的人，才能享用这天下。

我审察了夏、商二代的经验教训啊，又想到将来的事情，览视到民生之事的准则。

（先王时代）哪个人不义却可以被任用？哪个人不善却可以被任用？

（即使）使我临近危险而且使我危险到死的境地啊，回顾我的初心，我还是不后悔。

不看榫眼是方的还是圆的而只求正枘啊，本来前代贤人就是以此受到菹醢。

我连连叹息而忧愁烦闷啊，哀怜我没有遇到好时代。

拿着柔软的蕙草，擦拭眼泪啊，（可是）泪水擦不迭，滚滚落下沾湿我的衣襟。

**【注释及有关提示】**①喟：叹。历：至，到。兹：这里，此。②重华：帝舜的名字，传说他南巡时死于苍梧之野（今湖南南部）。向帝舜陈述己之怨结，希望得到谕解。③启：夏禹的儿子。《九辩》《九歌》：天上的乐章，被夏启偷到人间，此处名词用作动词，得到《九辩》《九歌》。夏康：夏，一说读为"下"，谓启回到下方；一说夏朝；一说指启，与上文的"启"是互文。互文：两个或两个以上相对独立的语言结构相互拼合，共同表达一个完整的思想内容，也就是说上文里省了在下文出现的词，下文里省了在上文出现的词，参互成文，合而见义。如《木兰诗》："开我东阁门，坐我西阁床。"即打开我东阁的门，进去，在东阁的坐具上坐坐，再打开我西阁的门，进去，在西阁的坐具上坐坐。又如"当窗理云鬓，对镜贴花黄"，即当窗、对镜理云鬓、贴花黄。再如白居易《琵琶行》"主人下马客在船"。再如毛泽东《送瘟神》："千村霹雳人遗矢，万户萧疏鬼唱歌。"④康：一说大；一说启之子太康。⑤用失乎："失"，衍文。用，以此、因而。乎，句中语气词。五子：一说即武观，启的幼子；一说启的兄弟；一说启的五个儿子，即太康五兄弟。家巷：郭老说，即家哄（hòng），在家门之内打起来，此说之字音与上句"纵"音谐；一说间巷，用为动词，居于家巷。笔者所见对"夏康""五子"及"家巷"的解释，唯《辞源》的解释妥帖，故译文据《辞源》的解释而成。此种情况较多，因编选目的不在考证，而在疏通大意，为避免多占篇幅或改变编写目的，只在此处详列几种解释，而别处的解释或简单列出或只列笔者筛选结果。⑥羿：又称后羿，夏代有穷部落的君长，是古代最会射箭的人，后为家臣逢蒙所杀。淫：过度，过分。佚（yì）：放荡，放纵。畋（tián）：打猎。⑦夫：那。封：大。《左传·定公四年》（申包胥如秦乞师，曰）"吴为封豕长蛇，以荐食上国，虐始于楚。"〔（申包胥到秦国请求救兵，说）吴国就是大猪、长蛇，一再蚕食中原国家，危害从楚国开始。）荐，一再。上国，春秋时称中原诸侯国为上国，是与吴、楚诸国相对而言。〕⑧其：连词，连接状语"乱流"和谓语"鲜"。鲜（xiǎn）：少。终：事物的结局。⑨浞（zhuó）：寒浞，后羿的相。《楚辞·天问》："浞娶纯狐。"（寒浞娶了纯狐。纯狐：羿的妻子名。）夫：句中语气词。厥：同"其"，他的，作"家"的定语。家：家属，妻或丈夫，此指妻。⑩浇：即"过浇"，寒浞之子。身：亲自。被服：犹"披挂"。强圉：强壮多力。⑪忍：克制。⑫自忘：动宾倒装，即忘自。⑬厥：其，他的。用夫：因此。陨（yǔn）：落下，坠落。过浇杀死夏后相（夏朝第五位帝王），后来又为相的儿子少康所杀。⑭夏桀：夏朝的最后一个君主，残暴无道，卒被商汤放于南巢。之：主谓间助词。常违：违常的倒文，即违背常理。⑮乃：于是。遂：终，竟。焉：助词，用于句中，舒缓语气。《庄子·秋水》："于是焉河伯欣然自喜，以天下之美尽在己。"（在秋水按时而至，千百条江河流入黄河的情况下，河伯高兴得自得其乐，以为天下的美全在自己这里。）而：连接状语和谓语。⑯后辛：商的最后一个君主纣王的名字（也叫帝辛），他宠爱妲（dá）己，乱杀无辜，卒被周武王所灭。之：

主谓间助词。菹醢（zū hǎi）：原义是把菜切成末（菹），把肉剁成酱（醢）。此指把人剁成肉酱的一种酷刑。⑰宗：宗庙，此借代王位、国家政权。用：以此，因而。不长：国灭则不复于宗庙祭祀。⑱汤禹：汤，即商汤，灭桀而有天下，是殷代开国的贤君。禹，即夏禹，禅舜位而有天下，是夏代开国的贤君。俨：严肃。祗（zhī）敬：合成词，恭敬。⑲周：周合。郭沫若先生认为指周朝。论道：讲论经帮治国之道。上下两句互文见义。⑳举贤而授能兮：互文，即推举任用贤明有才能的人。㉑私阿（ē）：偏爱曰私，徇私曰阿。㉒焉：表示条件关系的紧缩复句的连词，译为"才"。错辅：措置扶助。错，通"措"。㉓夫：句首发语词。惟：只有。圣哲：智慧高的人。以：与。茂：美好。㉔苟：才。用：享有。下土：地，对天而言。《诗·邶风·日月》："日居月诸，照临下土。"（太阳月亮照耀大地。居、诸，都是语气词。）㉕前：指夏、商二代上述历史事件发展的经验教训。㉖相观：览视，相也是观的意思，同义合成词。计极：虑事的标准。极，准则，标准。㉗孰：哪个，谁。用：任用。㉘服：任用。上下两句是互文，即"哪个不义不善之人而被任用？"㉙阽（diàn）：使临近危险。危死：危（于）死。危：使危险。㉚其：我。《孟子·滕文公上》："吾他日未尝学问，好驰马试剑。今也父兄百官不我足也，恐其不能尽大事，子为我问孟子！"〔（藤定公去世，太子不懂主丧，对然友说）"我过去不曾讲究学问，喜欢骑马驰骋、比试剑法。今天（要实行三年之丧）宗室百官不满意我，恐怕我不能干好这件大事，你替我问问孟子吧！"〕㉛量（liàng）：衡量、估量。㉜故：本来。前修：见前"謇吾法夫前修"之释。以：以此、因而。菹醢（zū hǎi）：动词。前贤不迁就恶浊的现实，坚持守正，以致遭受祸害；那么我被疏被黜本来也就这样。向重华的陈词至此结束。㉝曾：重叠。歔欷（xī xū）：哽咽，叹气。㉞时：时期、时代。之：宾语前置的标志。当：值，遇到。《易经·系词》（下）："《易》之兴也，其当殷之末世，周之盛德耶？"（《易经》的产生，大概遇到殷代末期，周文王德业方盛的时期吧？）㉟茹（rú）蕙：柔软的蕙草。茹，柔软。㊱沾余襟之浪浪：浪浪（láng），水流不止的样子。应是倒装的状语，修饰谓语"沾"的，大概屈原将其后置既是为了突出流泪的情态，也是为与上句的"当"押韵。

第六章第二段大意：通过向重华陈词，总结历史的经验教训，以坚定自己的信念。（前32句，写诗人向重华陈词的内容；后4句，写诗人向重华陈词后的感伤悲痛。）

第六章大意：写诗人不听女媭劝告而向重华陈词。

第七章第一段：

【原文】

跪敷衽以陈词兮①，耿吾既得此中正②。

驷玉虬以乘鹥兮③，溘埃风余上征④。

朝发轫于苍梧兮⑤，夕至乎县圃⑥。

欲少留此灵琐兮⑦，日忽忽其将暮⑧。

吾令羲和弭节兮⑨，望崦嵫而勿迫（bó）⑩。

路曼曼其修远兮⑪，吾将上下而求索⑫。

饮余马于咸池兮⑬，总余辔乎扶桑⑭。

折若木以拂日兮⑮，聊逍遥以相羊⑯。

前望舒使先驱兮⑰，后飞廉使奔属（zhù）⑱。

鸾皇为余先戒兮⑲，雷师告余以未具⑳。

吾令凤鸟飞腾兮，继之以日夜（yù）。

飘风屯其相离兮㉑，帅云霓而来御（yà）㉒。

纷总总其离合兮㉓，斑陆离其上下（hǔ）㉔。

吾令帝阍开关兮㉕，倚阊阖而望予㉖。

时暧暧其将罢兮㉗，结幽兰而延伫㉘。

世溷浊而不分兮㉙，好蔽美而嫉妒。

朝吾将济于白水兮㉚，登阆风而绁马（mǔ）㉛。

忽反顾以流涕兮，哀高丘之无女㉜。

【译文】

跪在铺开的衣襟上向舜陈词后，耿然自觉吾心已得此中正之道。

我要以凤凰为车以玉虬为马啊，在风尘的掩盖下我上天而行。

早晨从苍梧挪开止住车轮转动的木楔啊，傍晚到了昆仑之上的神山上。

本想在这舜神的宫殿再勾留片时，但是日轮迅速转动，它将落下。

我让羲和停鞭缓行啊，望着日入之山而不要（走得）太急迫了。

路途漫漫，它是那样长那样远啊，我将要上天下地去追求寻索（知音）。

让我的玉虬在咸池边饮水啊，把我的马缰绳系结在扶桑树上。

折下若木的枝子来遮蔽太阳啊，（让它）聊且自由自在地徐行缓进（以使我争得更多时间）。

前面的望舒使（他）先赶马前进啊，后面的风伯使（他）追随在后。

鸾鸟与凤凰是我的前哨啊，雷神把仪仗没有齐备告诉我。

我令凤凰与鸾鸟飞腾（督促云霓速至）啊，夜以继日地连续飞。

旋风聚集着，它们互相靠拢啊，它们率领着云霓来欢迎（我）。

云霓乱纷纷地聚集着啊，它们又忽离忽合，五光十色上下漂浮荡漾。

我令上帝的司门打开门栓啊，（他）只是依着天门望着我。

日色昏暗，白天将要过去啊，（我）纽结着幽兰，难以移步而长久伫立。

世道污浊，是非不分啊，喜欢抹杀美德而嫉妒人。

明早我将要渡过白水啊，登上阆风而拴住马。

忽然回头观望而痛哭流涕啊，可叹天国帝所中也没有理想中的女子。

**【注释及有关提示】**①敷（fū）：铺开。衽（rèn）：前襟或衣服的下摆。②耿：光明、透彻。中正：不偏不倚。指上述善善恶恶的道理。③驷：驾车的四匹马，此用作动词，驾车。玉虬：玉色没有角的龙。鹥（yī）：凤凰的别名。④溘（kè）：掩盖。"溘"后省略介词于。埃风：郭沫若先生说，埃风是"挟着尘土的风"。王夫之说，埃，当作"俟"，传写之误。⑤轫（rèn）：止住车轮转动的木楔。苍梧：也叫"九疑"，帝舜南巡就死于此地。⑥乎：同"于"，引介动作的处所。县圃：有多种说法，是拟设之词，实犹未至。按照"昆仑之上的神山"之说即可。⑦欲少留：诗人就舜陈词已毕，还不忍心立即离开，想再停留一会。灵琐：宫门上所刻玉连环，以特征代本体，指舜神所居之宫殿。⑧忽忽：迅速，此活用为动词，迅速转动。暮：（日）落。⑨羲（xī）和：给太阳赶车的神。弭（mǐ）节：停鞭缓行。弭，止，停歇。节，策，鞭子。⑩崦嵫（yānzī）：日入之山。⑪曼曼：即漫漫。⑫求索：追求寻索。⑬饮（yìn）：使饮水，特指给牲畜水喝。咸池：神话中太阳洗澡的地方。⑭总：系结。辔：马缰绳。乎：即"于"。扶桑：神话中的树名，长在太阳所出的地方。⑮若木：神话中的树名，长在太阳所入的地方。拂：蒙，覆盖。⑯逍遥：自由自在。相羊：徘徊。⑰望舒：给月亮驾车的神。⑱飞廉：风伯、风神。奔属：追随，紧跟。⑲鸾：鸾鸟。皇：通"凰"。先戒：前哨。⑳雷师：雷神。未具：不齐备。据下文而知，所缺乃云霓。㉑飘风：旋风。屯：聚合。其：它们。相离（lì）：互相靠拢。离通"莅"，到，临。㉒帅：率领。御：通"迓"，迎。《诗经·召南·鹊巢》："之子于归，百两御之。"（这人要出嫁，百辆车来迎她。）㉓纷：乱。总总：聚集的样子。㉔斑：斑驳，彩色错杂。陆离：参差貌。㉕帝阍（hūn）：上帝的司门。阍，守门人。关：门闩。㉖阊阖（chānghé）：天门。依阊阖而望：不纳之状。㉗暧暧（àiài）：昏暗不明的样子。其：代词，代白天。罢：结束，完毕。㉘延伫：久立等待。㉙溷（hùn）浊：污泥，不清洁。㉚白水：神话中的水名，发源于昆仑山。㉛阆（làng）风：神山名，在昆仑之上。缳（xiè）：系住。㉜高丘：昆仑，即阊阖所在。之：主谓间助词。无女：帝所无女可求，喻朝廷无贤臣也。女，喻可与屈原志同道合共匡国君的贤臣。

第七章第一段大意：写神游虚幻世界，排除一切阻难追求崇高理想，但可惜天国也没有自己理想的对象，第一次求女以失败告终。


第七章第二段：
【原文】
溘吾游此春宫兮①，折琼枝以继佩（pí）②。
及荣华之未落兮③，相下女之可诒④。
吾令丰隆乘云兮⑤，求宓妃之所在（zhǐ）⑥。
解佩纕以结言兮⑦，吾令蹇修以为理⑧。
纷总总其离合兮⑨，忽纬繣其难迁⑩。
夕归次于穷石兮⑪，朝濯发乎洧盘（biàn）⑫。
保厥美以骄傲兮⑬，日康娱以淫游。
虽信美而无礼兮，来违弃而改求⑭。


【译文】
忽然又漫游东方青帝之宫啊，折下琼枝来加长我的佩饰。
趁着琼枝上的瑶花还未飘零啊，物色下界女子可赠送的（送给她）。
我令云神丰隆驾着云彩啊，（为我）寻找宓妃所在的地方。
我解下佩带作为缔结婚姻的口头订约啊，让蹇修作为代理人（提亲的使者）。
（宓妃）开始像云霓一样，忽明忽暗，欲允不允啊，忽而又乖戾不合，其态度不好改变。
（她）晚上在穷石住宿啊，早晨在洧盘洗头发。
仗仗她的美貌而傲慢无礼啊，天天大肆娱乐，过度游玩。

虽然确实美丽却没有礼节啊,于是我要违背原来的想法放弃对她的追求而改作别求。

**【注释及有关提示】**①溘(kè):忽然。春宫:东方青帝之宫。②继:增益。③荣华:花。草本所开的花叫荣,木本所开的花叫华。之:主谓间助词。④相(xiàng):察看,观察。之:结构助词,用在的倒装的中心语和定语之间。"可诒"是"下女"的定语。再如"马之千里者"即"(日行)千里之马"。诒(yí):同贻,赠送。⑤丰隆:云神。⑥宓(fú)妃:传说是伏羲氏的女儿,溺死在洛水为神。宓通"伏"。⑦纕(xiāng):佩带。参见"既替余以蕙纕兮"之解释。以:以为,蒙后句的"以为"而省"为"。结言:口头结盟或定约。《公羊传·桓公三年》:"古者不盟,结言而退。"(古人都不在神前立誓缔约,只是口头订约就各自回国。)⑧蹇修:伏羲氏的臣子。因为要追求伏羲氏的女儿,所以让蹇修作提亲的使者。⑨纷总总其离合兮:有多解,媒人跑来跑去,忙忙碌碌;云霓聚来离去;宓妃的态度像云霓一样模糊不定。其:复指"纷总总"的主语:媒人;云霓;宓妃的态度。⑩纬繣(huà):乖戾不合。其:复指宓妃的态度。⑪归次:归宿。次:(旅途中)停留。于:在。穷石:山名,穷水的发源地,后羿所居。指宓妃与后羿有暧昧关系。⑫濯发乎洧盘:是一种炫耀自己美色,引诱别人的放荡行为。洧(wěi)盘:神话中的水名,发源于崦嵫(yānzī)山。⑬保:恃、依、仗着。《汉书·高帝纪》:"欲诛萧、曹,萧、曹逾城保高祖。"〔(沛令悔)想杀死萧何、曹参,萧何、曹参越过城墙依靠高祖(刘邦)。〕厥:其,她的。⑭来:郭沫若先生注为"于是"。

第七章第二段大意:写第二次求女失败的情景。以宓妃比喻一种隐士,这种人依仗他的清高而傲慢无礼,每日娱游不节,更无礼法与之共同事君,故弃而改求他贤。


第七章第三段:

**【原文】**

览相观于四极兮①,周流乎天余乃下(hǔ)②。

望瑶台之偃蹇兮③,见有娀之佚女④。

吾令鸩为媒兮⑤,鸩告余以不好。

雄鸠之鸣逝兮⑥,余犹恶其佻巧。

心犹豫而狐疑兮,欲自适而不可⑦。

凤凰既受诒兮⑧,恐高辛之先我⑨。

【译文】

看了四方极远之地啊,在天空遍游后,我才向下回到人间。

远望着用玉石筑成的台,曲折连绵啊,看到有娀氏的美女。

我令鸩鸟替我作媒人啊,鸩鸟告诉我,说它去不合适。

杜鹃鸣而欲往啊,我还是厌恶他轻佻巧诈。

我心里迟疑不决而又狐疑啊,想自己前往而又不合适。

凤凰已经接受(高辛送给的礼物)啊,所以我担心高辛比我先行。

【注释及有关提示】①览相观:都是看的意思。王夫之说:"览也、相也、观也,重叠言者,明旁求之不止也。"于:介绍动作的对象,不译。四极:四方极远之地。②乎:于,在。③偃蹇(yǎnjiǎn):夭矫屈曲貌。(另有"高耸"之说。)④有娀(sōng):有娀氏,远古氏族。佚(yì)女:美女。此处指殷代祖先契(帝喾的儿子)的母亲简狄,她是有娀氏的女儿,未嫁时与妹妹建疵同住瑶台。⑤鸩(zhèn):传说中的一种毒鸟。⑥雄鸠:杜鹃。郭沫若说是"雄的斑鸠"。⑦自适:亲自去。可:适宜。⑧诒(yí):馈赠。传说简狄住在瑶台时,帝喾曾叫玄鸟(凤凰)去致送聘礼。⑨高辛:帝喾(kù)的别号。先我:先于我,省介词"于"。

第七章第三段大意:写第三次求女失败的情景。("有娀之佚女"影射哪类人,不好硬作解释,只要明白求女失败反衬屈原不屈的追索精神即可。)


第七章第四段:

【原文】

欲远集而无所止兮①,聊浮游以逍遥②。

及少康之未家兮③,留有虞之二姚④。

理弱而媒拙兮⑤,恐导言之不固⑥。

世溷浊而嫉贤兮⑦,好蔽美而称恶(wū)。

闺中既已邃远兮⑧,哲王又不寤⑨。

怀朕情而不发兮⑩,余焉能忍与此终古(gù)⑪?


【译文】

想到远处停留,但是有没有所停之处啊,只好聊且漫游来安闲自得。

趁着少康尚未娶妻成家啊,有虞氏留有两位待字的姑娘。

（可是）提亲说媒的人都是人弱言拙啊，我担心这次诱导撮合之言不牢固。

世道不清洁而嫉贤妒能啊，喜欢遮蔽美德而称扬恶行。

既然（我）已（知）闺阁是幽深迂远（难以通达）啊，明哲的君王又不觉醒。

（那么）我满怀的衷情就无处倾诉了，(但是)我怎能忍心同这种环境长久同处呢？

【注释及有关提示】①集：由鸟栖止引申为停留。所止：所停止的地方，所字结构，所＋动词，相当于一个名词性偏正词组。再如"所读"即所读的书。②逍遥：1、安闲自得貌。2、徘徊。3、缓步行走。选"1"，因为后两项与"浮游"重复。③少康：寒浞之子浇杀死夏君相，相的妃子缗（mín）有娠（shēn），逃至有仍，生了少康，浇复伐有仍，少康逃至有虞，虞妻以二姚。后少康杀死寒浇，成为夏代中兴的君主。④留：留闺待字。字，女子许嫁。有虞之二姚：虞国的二位姚姓姑娘。有虞：姚姓国，舜的后代。⑤理弱而媒拙：互文。理：使者，与"媒"同义。参见"吾令蹇修以为理"。⑥导言：引导对方同意的说合词。之：主谓间助词。⑦溷浊：参见"世溷浊而不分兮"。⑧既：既然，与下节首句"怀朕情而不发兮"中的"而"呼应。已：已经。⑨寤（wù）：通"悟"，醒悟，明白，理解。⑩而：就，与"闺中既已邃远兮"中之"既"呼应。⑪焉：疑问代词，怎么。终古：久远，此是形容词用为动词，长久同处。

第七章第四段大意：写第四次求女失败的情景。这次失败表面看似乎咎在媒人，实际影射楚王昏庸，政局腐败，难以嘉言美之，这不是媒理之劣与钝的问题。

第七章大意：写四次求女，均以失败告终。以求女比喻为国求贤，抒发坚忍不拔的爱国意志。

第八章第一段：

【原文】

索藑茅以筳篿兮①，命灵氛为余占之②。

曰："两美其必合兮③，孰信修而慕之④？

思九州之博大兮，岂唯是其有女⑤？"

曰："勉远逝而无狐疑兮⑥，孰求美而释女（rǔ）⑦？

何所独无芳草兮，尔何怀乎故宇？⑧

世幽昧以眩曜兮⑨，孰云察余之善恶（wū）⑩？

民好恶其不同兮⑪，惟此党人其独异⑫！

户服艾以盈要兮⑬，谓幽兰其不可佩（pèi）。

览察草木其犹未得兮⑭,岂珵美之能当(dǎng)⑮?
苏粪壤以充帏兮⑯,谓申椒其不芳⑰。
欲从灵氛之吉占兮,心犹豫而狐疑。
巫咸将夕降兮⑱,怀椒糈而要之⑲。

【译文】

找来灵草和一些小竹片啊,让灵氛为我占卜这件事。

(占卜毕,灵氛)说:"两个美好的人他们最终必定结合啊,哪有真正美好之人而又没有谁爱他(她)呢?

想天下这么辽阔广大啊,难道只有此有美女?"

(见我沉吟不定,灵氛又)说:"劝你远远离去而不要迟疑不决啊,谁会寻求美男而放弃你?

什么地方难道没有芳草吗?你为什么一定要怀念故国呢?

世道幽暗而惑乱啊,谁察识我们而分清善人与恶徒?

人的喜好和厌恶大概是不同啊,唯这结党之人与一般人的好恶不一样!

党人们披着佩带着野蒿而缠满腰间啊,偏偏说馥郁的幽兰不可佩用。

他们察看草木尚且分辨不清好坏啊,怎么能懂得美玉呢?

他们取粪土塞满那香囊啊,却说申椒它不香。

我想听从灵氛吉利的卜辞啊,(可是)我心里迟疑不决而又狐疑。

听说著名的神巫巫咸将在傍晚下凡啊,我怀着椒香和精米来邀请他。

【注释及有关提示】①藑(qióng)茅:占卜所用的灵草。以:和。筳篿(tíngzhuān):用小竹片卜卦。筳,特指占卜用的小竹片。篿,结草、折竹卜卦。②灵氛:传说中神巫名,善占卜。之:代求女之事。③其:代词,复指"两美"。④孰:哪个,谁。信:确实。修:善,美好,此处是形容词用作名词,美好的人。慕:古竖行书写,可视为"莫心"。莫:否定性、无指性代词,没有人,没有…的。心:思想、意念、感情的通称,可引申为"在心里想着",即思念。慕:有多种解释。一种认为"慕"是一个字,因为前后两个"曰"的内容,一个是屈原所问,一个是灵氛所答,若都是灵氛所答,不会连用两个"曰"。笔者认为此说欠妥,因为前后两个"曰"的内容实质是一样的,而且屈原正是因为面对去留犹豫不决,才"命灵氛为余占之"的,所以他不可能在占卜之前就用"孰信修而慕之""岂唯是其有女"这样感情强烈的反问句说出远走他乡这样态度坚定的话来,若这样,他还用得着命灵氛占之吗?有人认为"慕"是"莫念"二字之误,且"念之"与上文"占之"押韵。此说,从字的构成看,欠妥。郭沫若说:"慕字是'莫心'二字的误合。依句法与韵脚,必当如是。"郭沫若先生说,从句法及字的构成看极为精当,押韵的问题,郭沫若先生未具体说,也许或"占"或"心"另有古读,二者能押韵。那么,若都是灵氛的答词,何必连用两个"曰"呢?其妙在于连用两个"曰",含蓄地反映出屈原听到灵氛劝他坚决地离开后还拿不定主意的动作神情等,而这些就以诗歌的跳跃法带过了。⑤是:此,指楚邦。其:连接状语"是"和谓语"有",译不出。⑥勉:劝勉。无:不要。⑦释:放弃。女:通"汝",你。⑧故宇:旧居,指屈原的祖国。⑨眩曜(xuànyào):迷乱、惑乱。⑩云:句中语气助词,无实义。参见"孰云察余之中情"。⑪民:人。其:副词,表揣测,译为大概、可能。⑫党人:具体指上官大夫、子兰、子椒等人。⑬户:通"扈",披。参见"扈江离与辟芷兮"。服:佩。艾:野蒿。要:通"腰"。⑭其:副词,衬托更甚之事,表示甲事尚且如此,乙事更不用说。《列子·力命》:"天其弗识,人胡能觉?"〔(生死)天尚且不能知道,人怎么能察觉呢?〕得:行。⑮岂:副词,加强反诘语气,译为怎么、难道。珵(chéng):美玉。之:标志宾语前置。《左传·昭公三十一年》:"寡君其罪之恐,敢与知鲁国之难?"(我们的国君只担心他自己的罪,还敢参与了解鲁国的灾难吗?)当:同"党"(dǎng)。《方言》:"党、晓、哲,知也。楚谓之党。"⑯苏:取。粪壤:粪土。帏:(佩带的)香囊。⑰其:代词,复指"申椒"。⑱夕:(在)傍晚,时间名词作状语。⑲糈(xǔ):祀神用的精米。要(yāo):邀请,邀约。《桃花源记》:"便要还家,设酒杀鸡作食。"〔(桃花源中人)就邀请(渔人)到家中,设酒杀鸡作饭食(款待他)〕

第八章第一段大意:写屈原借灵氛的口吻来考虑对祖国的去留问题。


第八章第二段:

【原文】

百神翳其备降兮①,九疑缤其并迎(wù)②。

皇剡剡其扬灵兮③,告余以吉故。

曰:"勉升降以上下兮④,求榘矱之所同⑤。

汤、禹严而求合兮⑥,挚、咎繇而能调(tóng)⑦。

苟中情其好修兮⑧,又何必用夫行媒(mí)⑨?

说操筑于傅岩兮⑩,武丁用而不疑⑪。

吕望之鼓刀兮⑫，遭周文而得举。
宁戚之讴歌兮⑬，齐桓闻以该辅⑭。
及年岁之未晏兮⑮，时亦犹其未央⑯。
恐鹈鴂之先鸣兮⑰，使夫百草为之不芳。"⑱
何琼佩之偃蹇兮⑲，众薆然而蔽之⑳？
惟此党人之不谅兮㉑，恐嫉妒而折（zhé）之㉒。

【译文】

天上百神遮天蔽日地一起从天而降啊，地上众神纷纷地一起迎接。

巫咸光闪闪地显示着灵异啊，他把吉祥的故事告诉我。

（巫咸）说："劝你升降以致上达天下入地啊，寻求所持准则与己相同的君主（辅佐他）。

商汤、夏禹都曾虔诚地寻求志同道合之人啊，伊尹、皋陶能与明君协调。

只要你自己内心喜好美好啊，又为何一定凭借那说媒的使者？

傅说曾经在傅岩拿着夯土的木杵（版筑）啊，武丁任用他而不怀疑他。

吕望敲其刀（做屠夫）时，遇到周文王得到他拜他为师。

宁戚敲着牛角唱歌时，齐桓公听到，（把他）备为辅佐之臣。

趁着年岁还不算太晚啊，时间也还没有过尽。

怕的是（行动晚了）杜鹃鸟先已叫起啊，使那百草因为过时而凋零不芳了。"

为什么这样美好的琼佩啊，人们却要掩盖它的光辉。

想到这些党人们不讲信用啊，我担心（他们）（因为）嫉妒而把琼佩摧毁。

【注释及有关提示】①翳（yì）：遮蔽。其：连词，连接状语（翳）和谓语（降）。备：一起，也是作"降"的状语。②九疑：舜所葬之山，指代地上众神。缤：繁盛，纷繁。③皇：天神，此指巫咸。剡剡（yǎn）：光芒闪烁的样子。其：连词，连接状语（剡剡）和谓语（扬）。④勉：劝勉。升降以上下：周游四极。以：连词，表结果，以致。⑤榘矱（jǔ yuē）：规矩，法度。东方朔《七谏·谬谏》："不量凿而正枘兮，恐矩矱之不同。"（不度量凿孔就治榫头，恐怕尺寸大小不会相同。）之：主谓间助词。所同：所字结构。⑥严：尊敬。求合：寻求志同道合之人。合，匹配，配合。⑦挚：商汤时右相伊尹（姓伊的长官）的名字，原是商汤妻陪嫁的奴隶，佐汤伐夏桀，被尊为阿衡（宰相）。咎繇（jiù yóu）：即皋陶（gāo yáo），帝舜时贤臣，后事夏禹。调：协调。⑧其：句中（常在主语谓语间）语气词，不译。《诗经·邶风·北风》："北风其凉，雨雪其雱（páng）。"（北风冷啊，大雪飞扬。）又如《左传·僖公十五年》："以德为怨，秦不其然。"〔把恩德当作怨仇，秦国肯定不这样（做）的。〕⑨何必：为何一定。用：凭借。夫：彼，那。行媒：说媒的使者。⑩说（yuè）：即傅说，殷高宗时贤相，在傅岩筑墙，被殷高宗发现。操：拿。筑：夯土的木杵。⑪武丁：殷高宗的名字，有名的贤君，未作国君时，曾与庶民（比奴隶高一级的农民，随时因犯罪、负债等而沦为奴隶）生活在一起，深知稼穑之艰。⑫吕望：周代开国贤臣，本姓姜，因先代封于吕而改姓吕，即姜尚（子牙），年老垂钓渭水，遇周文王（姬昌），起用他并称之为师，言"吾太公望子久矣"（我的老先生啊，盼望您很长时间了），故又称为太公望。之：主谓间助词。鼓刀：屠宰时敲击其刀有声，故称鼓刀。举：举用。⑬宁戚：春秋时卫国贤士，家贫，给人拉车，至齐国东门，敲着牛角唱歌，被齐桓公听到，拜为上卿，后升为国相。之：主谓间助词。讴：唱歌。⑭以：同"而"。该：备。辅：动词用作名词，辅佐之臣。巫咸以历史数例说明"两美必合"，劝屈原要仿效历史贤臣。⑮之：主谓间助词。晏（yàn）：晚。⑯其：句中语气词。央：完了，尽。⑰鹈鴂（tí jué）：大杜鹃，候鸟，在各地出现时间不一。在江南一些地方大概春分前后啼叫，有的说是在春末夏初叫，正是花落之时。之：主谓间助词。⑱夫：那。为之：因此。⑱琼佩：借喻品德美好之人。之：主谓间助词。偃蹇（yǎn jiǎn）：夭矫貌。见前"望瑶台之偃蹇兮"。⑳薆（ài）：隐蔽的样子。然：形容词词尾。而：连接状语和谓语。《梁书·儒林列传·范缜》："夫欻（xū）而生者必欻而灭，渐而生者必渐而灭。"（忽然产生的东西必忽然消灭，逐渐产生的东西必逐渐消灭。）㉑惟：思。之：主谓间助词。㉒恐：担心。而：连接紧缩的因果句。之：代琼佩。（"惟"解为"思"，"恐"解为"担心"才符合上下句的逻辑关系。）

第八章第二段大意：写屈原借巫咸的鼓励，而往好的一面去设想，却又担心不能被接纳。

第八章第三段：
【原文】
时缤纷其变易兮①，又何可以淹留②？
兰、芷变而不芳兮③，荃、蕙化而为茅（móu）④。
何昔日之芳草兮⑤，今直为此萧艾也⑥？
岂其有他故兮⑦，莫好修之害也⑧！

余以兰为可恃兮⑨，羌无实而容长⑩。

委厥美以从俗兮⑪，苟得列乎众芳⑫。

椒专佞以慢慆兮⑬，樧又欲充夫佩帏（yīn）⑭。

既干进而务入兮⑮，又何芳之能祗（zhèn）⑯？

固时俗之流从兮⑰，又孰能无变化？

览椒兰其若兹兮⑱，又况揭车与江离（luó）！

惟兹佩之可贵兮⑲，委厥美而历兹⑳。

芳菲菲而难亏兮㉑，芬至今而犹未沬（mí）㉒。

和调度以自娱兮㉓，聊浮游而求女。

及余饰之方壮兮㉔，周流观乎上下（hǔ）㉕。

【译文】

时世纷乱变化无常啊，又可凭借什么（在这里）久留的呢？

幽兰和白芷变得没有芳香了，荃和蕙这些香草也都变成贱草。

为什么昔日的芳草啊，今天竟成了荒蒿野艾？

难道这还有别的缘故吗？（这）全由不好修洁带来的祸害！

我以为兰是可以依靠的啊，（谁知它）没有实际内容徒有华美外表。

抛弃了自己的美质来追随流俗啊，苟且能够挤进众芳之中硬充芳草。

椒专横而又阿谀，傲慢而又怠惰啊，樧又想填塞那香囊。

既然（已经不自珍重）而谋求为官，致力钻营啊，又能散发什么芳香？

时俗本来就是随波逐流啊，有谁能（意志坚定）没有变化？

看到椒和兰尚且像这样啊，又何况揭车与江离呢！

只有我戴的这佩饰至为宝贵啊，（而椒、兰及揭车与江离）丢弃其美质才到此种地步。

（我的佩饰）香气浓郁而难减损啊，香气至今还未衰微。

调和佩玉的声响和行进的节奏来自娱自乐啊，聊且四处飘游来寻求美女。

趁着佩饰正盛艳，到处飘游察看天宇地面。

【注释及有关提示】①其：连接分句，表示连贯关系。变：变化、改变。易：容易。②何：疑问代词，什么，作"以"（凭）的宾语，前置。③兰芷：幽兰和白芷，比喻贤才。④荃（quán）、蕙：都是香草，比喻贤才。茅：贱草，比喻庸佞。⑤之：的。⑥直：竟。

关汉卿《窦娥冤》楔子:"爹爹,你直下地撇了我孩儿去也!"(爹爹,你竟舍得撇了孩儿我离去啊!)萧:蒿类植物名。韩偓《偶题》诗:"萧艾转肥兰蕙瘦,可能天亦妒馨香。"(蒿草野艾反而肥,兰花蕙草反而瘦,也许老天也嫉妒馨香。"可能:也许。)⑦其:代词,这。⑧莫:不。《论语·阳货》:"小子何莫学夫《诗》?"(弟子们何不学习那《诗》呢?)⑨以……为:可分离动词。合之,以为;分之,以……为。⑩羌:句首语气助词,无实义。实:实际内容,和"名"相对。容长:容貌(有)长处,即长于外表。⑪委:委弃。厥:代词,其。⑫苟:苟且。⑬椒:似暗喻楚大夫子椒。慢:傲慢。慆(tāo):怠慢,怠惰。⑭榝(shā):恶草名。佩帏:随身所带的香囊。见前"苏粪壤以充帏兮"。⑮干进:谋求晋升为官。⑯祗(zhī):古籍中常与许多音近字通假,也常与许多形近字混用。有人据上句之"帏"古与"殷"同音,与"振"谐音,认为"祗"应解作"振",再引申为"散发"。之:宾语前置的标志。⑰固:本来,前置状语。之:主谓间助词。流从:一作从流,从之而流。⑱椒兰:借喻权贵。其:尚且,与下句的"况"呼应。见前"览察草木其犹未得兮"。揭车与江离:借喻一般士大夫。⑲兹佩:借喻诗人的内美和追求。⑳委:委弃。厥:其,那。历:至,到。兹:此。(王锡荣云:"上两句,解者甚歧,然均窒碍难通。于省吾《楚辞新证》以为'贵'与下文'沫'为韵,故应作'委厥美而历兹兮,惟兹佩之可贵'。原文误倒。")㉑芳:花草的香气。㉒芬:香气。沫(mèi):通"昧",微暗。〔郭沫若先生认为,下句的"沫",古音是"mí",词义是消失。按郭沫若先生说,此节译文为:只有我戴的这佩饰至为宝贵啊,(椒、兰及揭车与江离)丢弃其美质而到此种地步。(我的佩饰)香气浓郁而难减损啊,香气至今还未消失。〕㉓和调度:"和调"连语;"调度"连语,"和"(调和)"调"与"度"。据下文"自娱"而选用"调和"。和:使和谐。调(diào):音调,指佩玉发出的声响。度:尺度,指行进的节奏。㉔之:主谓间助词。壮:盛。㉕乎:介词,于。

第八章第三段大意:说明即使原来善良的人,也抵抗不住社会歪风的袭击而变节,但自己也不愿随和。

第八章大意:借灵氛、巫咸的劝告表现诗人的思考。

屈原在极度痛苦极为矛盾的心情中提出了一个新的问题,即去和留的问题。战国时代,是中国大一统局面出现的前夕,当时的所谓士为了实现其理想,政治活动的范围不限于本国。为谋求个人功名富贵而"朝秦暮楚"的苏秦、张仪之徒故不用说,就是儒家大师孟轲也是终身过着"革车数十乘,从者数百人,以传食于诸侯"的生活。荀卿则以赵人终老于齐,法家的韩非、李斯也都不是为故国效力的。以屈原所具备的卓越才能，在这样的社会风气下，当他在政治上受到一次又一次的打击，理想是不可能在本国实现的时候，考虑到去留问题是非常自然的。

为寻求正确答案，他首先问卜于灵氛，接着再问巫咸。而灵氛和巫咸对同一问题的看法所得出的两种不同的结论，再一次引导屈原把楚国的现实和自己的处境作了更深入的分析。他看出问题的症结在于整个环境的日益恶化。尽管自己能坚持理想，决不动摇，但留下来，希望又在哪里呢？结果，灵氛的劝告在自己的思想里暂时占了上风，于是他就冲破了楚国的范围，进入了"周游上下""浮游求安"的另一幻境。

第九章：

【原文】

灵氛既告余以吉占兮，历吉日乎吾将行（háng）①。

折琼枝以为羞兮②，精琼爢以为粻③。

为余驾飞龙兮④，杂瑶象以为车⑤。

何离心之可同兮⑥，吾将远逝以自疏。

邅吾道夫昆仑兮⑦，路修远以周流。

扬云霓之晻蔼兮⑧，鸣玉鸾之啾啾⑨。

朝发轫于天津兮⑩，夕余至乎西极⑪。

凤凰翼其承旂兮⑫，高翱翔之翼翼⑬。

忽吾行此流沙兮⑭，遵赤水而容与⑮。

麾蛟龙使梁津兮，诏西皇使涉予⑯。

路修远以多艰兮⑰，腾众车使径待（chí）⑱。

路不周以左转兮⑲，指西海以为期⑳。

屯余车其千乘兮㉑，齐玉轪而并驰㉒。

驾八龙之蜿蜿兮㉓，载云旗之委蛇㉔。

抑志而弭节兮㉕，神高驰之邈邈㉖。

奏《九歌》而舞《韶》兮㉗，聊假日以媮乐㉘。

陟升皇之赫戏兮㉙，忽临睨夫旧乡㉚。

仆夫悲余马怀兮㉛，蜷局顾而不行（háng）㉜。

**【译文】**

灵氛已经把吉利的卜辞告诉我啊,选择吉日呀我将要走向远方。

折来琼树的嫩枝把它作为我路上的佳肴,舂来美玉的细屑作为我路上的粮食。

为我把飞龙套在车上,用美玉和象牙交错作为我的车驾的装饰。

哪(有)心志不同者可以共处的?我将远远地离去来主动疏远楚君。

把我的道路回转那昆仑山啊,道路又长又远而周遍漂泊。

飞扬的旌旗遮天蔽日,车上的玉铃铛鸣声啾啾。

早晨从天河旁挪开止住车轮转动的木楔啊,傍晚到了西方的终点。

凤凰恭敬地护卫着旌旗(旌旗建在车上),(它们)高高地飞翔。

忽然我来到了流沙地带,沿着赤水河从容逍遥地行进。

指挥蛟龙让它在渡口架桥,诏令西皇让他使我渡过去。

路途遥远而又艰险,让众车奔跑起来让它们在前面的路边等待。

路经不周山而向左转,指着西海把它作为约定的会合之地。

聚集了我的千余辆车子,使车毂对齐而一齐向前奔驰。

驾起八龙蜿蜒前行,载着有云彩的旗帜随风飘移。

压抑着起伏的心情而让车子缓缓行进,但是神思难抑,高高飞驰得浩渺无际。

演奏着《九歌》,跳起《韶》舞,聊且借此时机来娱乐。

在皇天的光耀中升腾着的时候,忽然看到那下界的故乡。

驾车人悲怆,我的马也伤感啊;身体弓缩,回望来路,不肯前行。

**【注释及有关提示】**①历:选择。《史记·司马相如列传》:"于是历吉日以斋戒。"(在这种情况下选择吉日来斋戒。)乎:句中语气词。②羞:(美味的)食品。③精:舂粗使精,凿,捣。琼靡(mí):玉屑。靡:糜烂、碎烂,引申为碎屑。粻(zhāng):粮,粮食。④驾:套马于车。飞龙:有翼的龙。⑤瑶象:美玉和象牙,用来饰车。⑥离心:离心离德,谓楚王与己不同心。⑦遭(zhān):回转,楚方言,其后省略介词"以"。从诗歌的跳跃看,这是走了一段路之后,又转向昆仑,欲行更远。⑧云霓:画在旌旗上的彩虹,此以特征代本体,代指旌旗。之:主谓间助词。晻(yǎn)蔼:日光被遮阴暗不亮的样子。⑨玉鸾:用玉装饰的车铃。⑩发轫:见前"朝发轫于苍梧兮"。天津:天河。⑪西极:西方极点,是诗人虚设之地,因为下文所言还是中途之事。⑫翼:恭敬。其:连词,状语和谓语。承旂:犹言"护旂"。承,捧着、托着。《左传·成公十六年》:"使行人执榼承饮。"(晋国的栾金咸请求晋厉公派人代己向正在交战的楚国的子重进酒，公许之。）〔派使者拿着酒器托着（它）让（子重）饮酒。榼（kē），古代一种贮水或盛酒的器具。〕旂（qí）：古代的一种画有二龙相依图案的有铃铛的旗子。⑬翼翼：飞的样子，做"翱翔"的状语，后置。之：状语后置的标志，见前"霑余襟之浪浪"。⑭流沙：沙漠随风而动，故称流沙。⑮遵：沿着。容与：从容逍遥的样子。屈原离开故国的初始阶段，情绪活跃，精神愉悦，所以"容与"的选项不能选"徘徊""放任"等选项。⑯麾：同"挥"，指挥。梁津：梁（于）津，在渡口架桥。梁，名词用作动词，架桥梁。津，渡口。涉：渡过，使动用法。⑰以：连接分句，表示进层关系。⑱腾：动词的使动用法，使奔跑。径：名词作状语，在路边。⑲路：名词用作动词，路经。不周：神话中的山名，在昆仑山西北。⑳西海：神话中的海名。期：约定，此指约定的地点。㉑屯（tún）：聚集。韩愈《送郑尚书序》："蜂屯蚁杂。"〔（五岭以南的蛮族，对他们若失去控制，遇到情况，他们纠结同伙，互相呼应）像蜜蜂和蚂蚁一样纷乱地聚集。〕其：句中语气助词。㉒齐：使……齐。軑（dài）：车毂端的帽。㉓之：主谓间助词。㉔委蛇（wēiyí）：绵延曲折的样子。㉕弭：止，停歇。节：策，鞭子。见"吾令羲和弭节兮"。㉖之：得，结构助词，用在谓语和补语之间。㉗九歌：天上乐章。详见"启《九辩》与《九歌》兮"之注释。舞：跳舞，跳……舞。韶：舜乐名。㉘假：借。媮：同"愉"，乐。㉙陟（zhì）升：升。皇：皇天。赫戏：光明炎盛的样子。《文选·晋·潘安仁在怀县作诗之一》："初伏启新节，隆暑方赫戏。"（初伏开启天热的新节候，盛夏才光明炎盛。）㉚临睨（nì）：俯视，居高以望下。㉛怀：伤感。㉜蜷局（quánjú）：亦作"蜷曲"，身体弯曲。顾：回头看。

第九章大意：写屈原接受灵氛的主张后，在迷离恍惚的心情中展开最后一次幻想的情景。

屈原远大的政治抱负和深厚的爱国主义情感所形成的矛盾始终错综复杂，无法化解。若不忍去国而留下来，只能明哲保身，焉能实现政治抱负！若为实现政治抱负，则正符合大一统前夕历史发展的客观要求。正如司马迁所说"以彼其材，游诸侯，何国不容？"（凭着他那超人的才能，若游说诸侯，哪个国家不容纳他呢？）但这又是屈原心之不忍的，于是无可避免地使得驰骋云端里的幻想又一次掉到令人绝望而又无法离开的土地上。

屈原驰骋想象的精神活动迷离恍惚，空阔无边，但是它所反映的心情却不是不可捉摸的。在准备离开楚国的大前提下，他所飞翔的幻想始终是指向西北方。以昆仑山为中心的西方、北方一带是从我国最早的民族发展史上所形成的一个古老的神话系统，而且西北方实指七雄中已经显现出能够统一天下的秦国。因而，出现在屈原思想里暂时的幻境，不但要离开父母之邦，还要前适仇雠之国。这就使矛盾冲突表现得更为尖锐，更为剧烈。

这章一开始，屈原便驱役龙凤，挥斥云霓，表现得何等的活跃和愉快！他的精神似乎已经超越现实境界，离开了苦难的深渊，可是，当他忽然临睨到故乡的时候，血肉相连的情感，又立刻粉碎了那一刹那间所呈现的美妙幻境，而且随着幻想的最终破灭，屈原的精神基地中又放射出万丈爱国主义光芒。

"乱"：

【原文】

乱曰：已矣哉①！

国无人莫我知兮②，又何怀乎故都？

既莫足与为美政兮，吾将从彭咸之所居③！

【译文】

乱词为：算了吧！

国无贤良，没有人理解我啊，我又为什么怀念故都？

既然没有人值得与（他一齐）实行美政啊，（那么）我将追随彭咸去他所居住的地方居住！

【注释及有关提示】①乱：古乐章节奏名，多用于篇末，有总而理之的意思。郭沫若先生说："乱是辞的误字。……而'乱'，则是刻铸之误。所以'乱曰'就是'辞曰'。"这一点，历来都搞不清楚，而是经郭沫若先生考据出来的。已：动词，止，停止，引申为罢休，算了。矣哉：句末语气词连用，既表示陈述语气，又表示感叹语气，重在最后一个词的语气上，重在表示感叹语气。②莫我知：即"莫知我"，没有人理解我。③彭咸：殷代贤臣。详见"愿以彭咸之遗则"之注释。之：主谓间助词。所居：所字结构，所居住的地方。

"乱"大意：是尾声，又是总结。尾声提出"美政"一事，这是屈原毕生追求，也是《离骚》一篇之眼。尾声总结了全篇：去国呢？自己的意志不许可。留下来呢？在政治上是沙漠一样的寂寞。算了吧！只好自行投水，以示抗议，保持清白。

【艺术特色简介】

《离骚》是我国浪漫主义文学的直接源头,它"运用美人香草的比喻、大量的神话传说和丰富的想象,形成绚烂的文采和宏伟的结构"。

## 二、荆轲 1 首

014　易水歌

【作者简介】作者荆轲(？—前 227 年),战国时卫国人。

【题意简释】这是在易水边唱的歌,所以称"易水歌"。易水:河名,源头在今河北省易县。

【背景简介】战国后期,秦国的力量逐渐强大,秦王吞并六国、统一天下的志向也日益显露。燕国太子丹为维护自己国家及其他国的利益,便派荆轲去刺杀秦王。荆轲携带秦逃亡将军樊於期(fán wū qī)的头和夹有匕首的督亢(今河北易县、涿州、固安一带)地图,进献秦王。献图时,图穷匕首见(xiàn),刺秦王不中,被杀。

荆轲从燕国出发时,太子丹及其宾客送荆轲至易水岸边。荆轲的朋友高渐离击起了筑(古代一种打击乐器),荆轲和着乐声唱出了这首歌。当时送行的人都被荆轲慷慨悲壮的歌声感动得流下了眼泪,后人读此诗,也每每被深深地打动。

【内容简介】这是一首壮士义勇赴难的悲歌,唱出了作者欲刺秦王而一去不回的英雄气概。

【原文】

风萧萧兮易水寒①,

壮士一去兮不复还②。

【译文】

凉风萧萧地吹啊,易水哗哗地流,令人感到寒冷。

壮士一离开啊,就不再回来。

【注释】①萧萧:风声。兮:句中语气助词。参见《诗经·伐檀》"坎坎伐檀兮"之"兮"的注释。②去:离开。复:再。还(huán):返回。

【艺术特色简介】

景物烘托。用萧萧的风声和寒冷的易水,烘托出悲壮苍凉的气氛,使荆轲那种奋不顾身、一去不回的英雄气概表现得更加突出。

# 第三章　楚汉相争时期

## 一、项羽 1 首

015　垓下歌

【作者简介】项羽（公元前 232—前 202 年），秦末农民起义军领袖。名籍，字羽。下相（今江苏宿迁西南）人。楚将项燕之后。少时有大志。秦二世元年（公元前 209 年），从叔父项梁在吴（今江苏）起义。项梁战死后，秦将章邯围赵，楚怀王任宋义为上将军，羽为次将，率军往救。宋义到安阳（今属河南）逗留不进，项羽杀死宋义，亲自率军渡漳水救赵，在巨鹿（古县名，今河北平乡西南）之战中摧毁秦军主力。秦亡后，羽自立为西楚霸王，并大封诸侯王。楚汉战争为刘邦击败。最后从垓（gāi）下（今安徽灵璧南）突围到乌江（今安徽和县东北），自杀。

【内容简介】《垓下歌》是西楚霸王项羽在进行必死战斗的前夕所作的绝命词。《史记》曰：项王夜起，饮帐中。有美人名虞，常幸从。骏马名骓，常骑之。于是项王乃悲歌慷慨，自为诗。歌数阕（què，量词，用于词或歌曲），美人和（hè，和谐地跟着唱或伴奏）之。

【原文】
力拔山兮气盖世①，时不利兮骓不逝②。
骓不逝兮可奈何？虞兮虞兮奈若何③？

【译文】
力量可以拔起大山，豪气盖世，无人能比，（可是）天时不利啊，连骓马也不肯前进了。
骓马不前进啊，我该怎么办？虞姬啊！虞姬啊！（我该）把你怎么办呢？

【注释及有关提示】①盖：压倒，胜过。《战国策·秦策三》："威盖海内，功章万里之外。"（"威势施加于天下，功绩彰显于万里之外。"）②骓（zhuī）：毛色黑白相杂的马。逝：往，离开，流去；引申为行，进。③奈……何：固定格式，对（把）……

怎么办。若：你。这是项羽面临绝境时的悲叹。项羽兵败撤至垓下，陷入汉军重重包围之中。项羽刚愎自用，众叛亲离。他夜不能寐，与虞姬悄然相对，借酒浇愁。突然，四面传来阵阵楚歌，项羽愕然失色，惊呼"汉皆得楚乎？是何楚人之多？"〔汉人都得到楚的领土了吗？（听这楚歌）这，怎么楚人这么多？〕项羽明白自己到了穷途末日，绝望的痛苦强烈袭击着他：王位、天下，得而复失，连自己心爱的女人和战马都保不住了。项羽关心他们的命运，不忍弃之而去，又不能保护他们，只能连连悲叹。

【艺术特色简析】言简意赅。诗中既洋溢着无与伦比的豪气，又蕴含着满腔深情；既显示出罕见的自信，又因为人的渺小而沉重地叹息。以短短的四句，表现出如此丰富的内容和复杂的感情，真可说是个奇迹。特别是"气盖世"三字，几乎概括了项羽一生艰苦奋斗的历程和卓越无比的业绩。他出身将门，少年气盛，力能扛（gāng，双手举重物）鼎，无人能敌；他胸怀大志，豪气冲天，面对威严无比的秦始皇，竟喊出"彼可取而代之"的惊世之语；他顶天立地，英勇无比，23岁跟随叔父项梁起兵反秦，率领八千子弟投入起义大潮，成了诸路起义军中的佼佼者；他才气超群，胆略过人，巨鹿一战，破釜沉舟，与几倍于己的秦军浴血奋战，奇迹般地灭了秦军主力，被各路诸侯推举为"上将军"；他所向披靡，叱咤风云，直取咸阳，自立为王，分封天下，不可一世。这几十年的足迹、无数次的浴血、数不清的辉煌，都被包罗于"气盖世"三字之中，充分显示出本诗语言简约而含量丰富的这一大亮色。

【阅读笔记·项羽兵败之由】

项羽虽然兵败垓下，自刎乌江，但千百年来人们仍认为他是个英雄，是个失败的英雄，人们认可甚至叹服他的业绩，而对他给自己的失败所给出的原因却不认可甚至批判。司马迁说"夫秦失其政，陈涉首难，豪杰蜂起，相与并争，不可胜数，然羽非有尺寸，乘势起陇亩之中，三年，遂将五诸侯灭秦，分裂天下，而封王侯，政由羽出，号为'霸王'，位虽不终，近古以来未尝有也。及羽背关怀楚，放逐义帝而自立，怨王侯叛己，难矣。自矜功伐，奋其私智而不师古，谓霸王之业，欲以力征经营天下，五年卒亡其国，身死东城，尚不觉寤而不自责。乃引'天亡我，非用兵之罪也'，岂不谬哉！"（秦朝搞糟了它的政令，陈涉首先发难，各路豪杰蜂拥而起，你争我夺，数也数不清。然而项羽没有尺寸可以凭借的权柄，趁势起于民间，只三年的时间，就率领原战国时的齐、赵、韩、魏、燕五国诸侯灭掉了秦朝，划分天下土地，封王封侯，政令全都由项羽发出，自号为"霸王"，他的势位虽然没能保持长久，但近古以来像这样的人还不曾有过。至于项羽舍弃关中之地，思念楚国建都彭城，放逐义帝，自立为王，而又埋怨诸侯背叛自己，想成大事可就难了。他自夸战功，竭力施展个人的聪明，却不肯师法古人，认为霸王的功业，要凭武力征伐诸侯来治理天下，结果五年之间终于丢了国家，身死东城，仍不觉悟，也不自责，实在是太错误了。而他竟然拿"上天要灭亡我，不是用兵的过错"这句话来自我解脱，难道不荒谬吗？）按照现在的观点看，项羽不是新时代的英雄，而是旧制度的牺牲品。在五年的楚汉战争之中，他虽然与汉军大战七十，小战半百，打了不少胜仗，但仍是匹夫之勇，他既不善于用人，更不会审时度势，他的失败根本不是什么天意，全是咎由自取。

## 二、虞姬 1 首

016　和项王歌

【题意简释】该诗又名《和垓下歌》。和，音 hè，依照别人的诗的格律或内容作诗。

【作者简介】虞姬，是楚汉之争时期西楚霸王项羽的美人，名虞（yú）（一说姓虞），生卒年、出生地、结局等均无定论，曾在四面楚歌的困境下一直陪伴在项羽身边，项羽为其作《垓下歌》。

【背景简介】公元前 202 年，项羽被刘邦军围于垓下，四面楚歌，项羽以为楚地尽为汉兵所得，饮酒作《垓下歌》，虞姬当时在帐中，在无限悲凉慷慨的气氛中，自编自唱了这首《和项王歌》。

【内容简介】《和项王歌》相传为西楚虞姬所作，唐张守节《史记正义》从《楚汉春秋》中加以引录，始流传至今。这首《和项王歌》清晰、理智地概括出楚军危殆的战情，并表示以死殉情的决心。

【原文】

汉兵已略地①，四方楚歌声。
大王意气尽②，贱妾何乐生③！

【译文】

汉军已经占领楚军阵地，汉军军营四面传来楚歌的声音。

大王的意志和气概都已经没有了，与您誓同生死的我，怎么（能）快乐地活在人世呢！（与其悲痛地活着，毋宁以死殉情）

【注释及有关提示】①略：侵占，强取。开头两句表现出虞姬对楚军战情危殆的正确感知。先断定一种结果：汉军已经占领了楚军的阵地；然后指明原因：四面传来楚地的歌声。②大（dài）王：称项羽为大王。意气：意志和气概。③妾：女子自称的谦词。

**【阅读笔记·清醒的认识】**

"大王意气尽"一句表现出虞姬清醒的头脑与虽爱霸王却不阿从的宝贵性格。项羽刚愎自用，众叛亲离，明明是"人和"方面出了问题，他至死不悟，仍然顽固地归咎于"时不利"，而虞姬则清醒地指出：不是天时不利，而是你本人气数已尽。一个舞姬竟然有这样清醒的政治头脑，既令人佩服，又令人感到不可思议。大概是有识之士的假托吧。"贱妾何乐生"一句表现了虞姬与心上人誓同生死的坚决态度和豪迈气概，闪耀着彪炳史册的人性光芒。

**【艺术特色简介】** 语言概括力强，抒情真切感人。

# 第四章　两汉时期

## 一、刘邦 1 首

017　大风歌

**【作者简介】**刘邦（公元前 256 或前 247—前 195 年）即汉高祖，西汉王朝的建立者。公元前 202—前 195 年在位。字季，沛县（今属江苏）人。曾任泗水亭长。秦二世元年（前 209 年）陈胜起义，他起兵响应，称沛公，初属项梁。乘项羽与秦军主力在巨鹿决战，率军入关。前 206 年，攻占咸阳，推翻秦朝统治，约法三章，废除严刑苛法，得到秦人拥护。同年，项羽入关，大封诸侯王，他被封为汉王，占有巴蜀、汉中之地。不久，即与项羽展开长达五年的战争。前 202 年，战胜项羽，即皇帝位，建立汉朝，定都长安（今陕西西安）。在位期间，继承秦制，实行中央集权制度。先后消灭韩信、彭越、英布等异姓诸侯王；迁六国贵族和地方豪强到关中，以加强控制；实行重本抑末政策，发展农业生产，打击商贾；以秦律为根据，制定《汉律》九章。这些措施有利于社会经济的恢复和中央集权的巩固。（《辞海》1999 年版）

**【背景简介】**公元前 196 年，淮南王英布起兵反汉；由于其英勇善战，军势甚盛，刘邦不得不亲自出征。他很快击败了英布，最后由其部将把英布杀死。在得胜还军途中，刘邦顺路回了一次自己的故乡——沛县（今属江苏省），把昔日的朋友、尊长、晚辈都招来，共同欢饮十数日。一天酒酣，刘邦一面击筑，一面唱着这一首自己即兴创作的《大风歌》；而且还慷慨起舞，伤怀泣下（见《汉书·高帝纪》）。席间由 120 人歌唱助兴，刘邦击筑伴奏，在宴席上唱起这首大风歌，抒发了他远大的政治抱负，也表达了他对国事忧虑的复杂心情。

**【内容简介】**《大风歌》是汉高祖刘邦平英布还，过沛县，邀集故人饮酒时一面击筑、一面吟唱的一首抒发王霸之气和对国家尚不安定的担心、惆怅之情的歌。

**【原文】**

大风起兮云飞扬，

威加海内兮归故乡①。

安得猛士兮守四方②！

**【译文】**

大风刮起啊，浮云飞扬。

我的威势施加于天下啊，我平叛得胜回到故乡。

怎样才能得到勇士啊，为国家镇守四方！

**【注释】** ①威：威力，威势。加：施加。海内：古人认为我国疆土四面环海，故称国境以内为海内，犹言天下。②安：哪里，怎样。四方：指代国家。

**【阅读笔记·大风的气概】**

《大风歌》整首诗仅由三句构成，这在中国历代诗歌史上是极其罕见的。三句诗高度凝练，气概非凡，每一句都代表一个广大的不同寻常的场景或心境。第一句的"大风起兮云飞扬"，是最令古今拍案叫绝的诗句。作者并没有直接描写他与他的麾下在恢宏的战场上是如何歼剿叛乱的敌军，而是非常高明巧妙地运用大风和飞扬狂卷的乌云来暗喻这场惊心动魄的战争画面。唐代的李善曾解释说："风起云飞，以喻群雄竞逐，而天下乱也。"这显然是指秦末群雄纷起、争夺天下的情状。第二句，一个"威"字，既生动贴切地显示出各路诸侯臣服于大汉天子刘邦脚下的状况，也直接抒发了刘邦威风凛凛、所向披靡、无人匹敌的冲天气概。第三句，"安得猛士兮守四方"，比照上一句，都是直抒胸臆，但这最后一句，刘邦没有继续沉浸在胜利后的巨大喜悦与无人可及的光环之中，而是笔锋一转，写出内心又将面临的另一种巨大的压力——打江山难，守江山更难！居安思危，如何让自己与将士们辛劳打下的江山基业，不在日后他人觊觎中得而复失，回到故里后，去哪里挑选出更加精良的勇士来巩固自己的大好河山，使它固若金汤呢？所以，第三句的"安得猛士兮守四方"，既是希冀，又是忧虑。他是希望做到这一点的，但真的做得到吗？他自己却没有武断地回答。可以说，他对于能否找得到捍卫四方的猛士，即自己的天下能否守得住，不但毫无把握，而且深感忧虑和不安。也正因此，这首歌的前二句虽显得踌躇满志，而第三句却突然透露出前途未卜的焦灼和恐惧。假如说，作为失败者的项羽曾经悲慨于人定无法胜天，那么，在胜利者刘邦的这首歌中也响彻着类似的悲音，这就难怪他在配合着歌唱而舞蹈时，竟"慷慨伤怀，泣数行下"了。

## 二、汉乐府民歌 7 首

**【文学常识·乐府】** 乐府是汉武帝时设立的音乐机关的名称,它除了给文人的诗配乐演唱之外,还负责搜集民间歌曲。后来,人们把乐府机关采集和配过乐的诗称为"乐府诗"或"乐府",其中属于汉代的叫"汉乐府"。《乐府诗集》中的民歌,较生动地反映了当时的社会生活和风土人情,分南歌、北歌两大部分。南歌,大致是江南的民歌,注重抒情,语言浮华,用词细腻,风格委婉。北歌,大致是江北的民歌,题材广泛,格调雄劲、热烈、质朴。

018　江南

**【内容简介】** 这是汉代江南水乡人民在采莲时唱的民歌,表现了水乡青年男女欢快的劳动场景。

**【原文】**

江南可采莲,莲叶何田田①!鱼戏莲叶间。

鱼戏莲叶东,鱼戏莲叶西,

鱼戏莲叶南,鱼戏莲叶北。

**【译文】**

江南的水塘中可以采摘莲蓬,挺出水面的莲叶是多么茂盛!鱼儿欢快地嬉戏在莲叶间。

鱼儿一会儿嬉戏在莲叶东,鱼儿一会儿嬉戏在莲叶西,

鱼儿一会儿嬉戏在莲叶南,鱼儿一会儿嬉戏在莲叶北。

**【注释】** ①何:多么。

**【艺术特色简介】**(一)铺陈。以东西南北详细铺叙鱼在莲叶间嬉戏的情景。

(二)映衬。首句即写"江南可采莲",而以下各句未写"采莲"却写了莲叶的茂密和鱼儿的活跃,从而映衬出江南水乡的少男少女在采莲劳动时的欢乐情绪。

019　长歌行

**【题意简释】** 长歌行是乐府《平调》名,现存古辞二首。行(xíng):是乐府诗的一种体裁,如汉乐府有《长歌行》《短歌行》。歌、行、乐、曲、引、吟、叹、怨、弄、操,都是汉魏、南北朝乐府民歌的题目,后来发展为诗歌体裁,如,李白的《长干行》、

王昌龄的《从军行》、杜甫的《兵车行》等。

**【原文】**

青青园中葵①,朝露待日晞②。

阳春布德泽③,万物生光辉。

常恐秋节至,焜黄华叶衰④。

百川东到海,何时复西归?

少壮不努力⑤,老大徒伤悲⑥!

**【译文】**

青绿新鲜的园中葵菜,受着朝露的滋养,等待着太阳的照耀。

温暖的春天布施恩惠,万物呈现勃勃生机。

常担心肃杀无情的秋天来到,使草木枯黄花叶衰竭。

百川日夜不停地奔腾,向东流入大海,什么时候再向西回转呢?

青少年时如果不努力,那么到了老年,伤心悲叹都没有用了!

**【注释】** ①青青:新鲜的绿色。葵:冬葵,古人的重要蔬菜。②晞(xī):干,晒干。③阳春:温暖的春天。④焜(kūn)黄:枯黄。华,通"花"。衰:旧读"cuī"。⑤少壮,青少年时期。⑥徒,徒然,枉然,没有用的意思。

**【诗的类别提示】** 从内容上看,是咏物诗,写景诗,还是什么?开头4句是写春景;接下来由春光想到秋景,表现对自然规律的认识;然后以流水比喻时间;最后推进到人生有限应该及早努力的认识。因此,这是一首哲理诗,而且是中国最早的哲理诗。

**【阅读笔记·循循善诱】**

毫无疑问,整首诗最有教益的两句是"少壮不努力,老大徒伤悲"。而这两句不是开门见山地亮出来的,而是在最后说出的。这就有一个"诱"的过程,即抒情的推进与说理的攀升过程。

那么,怎么"诱"的呢?

开篇不说理而先写景:前四句以园中葵起兴,极写春天的美好。一年之中,春天是最迷人的,诗人眼中,近至园中的葵,远及世间的万物,无不在春天的德泽中享受着生命中最甜美的时光。但是,四季轮回,无可更改。春天是美好的,然而它又是短暂的,于是万物常常担忧肃杀无情的"秋节至"。肃杀的秋风扫荡万物,摧残生机,是自然界的必然。世上没有不凋谢的春光,没有不败落的花朵,盛衰荣枯的变迁,是一切生命之物的必由之路。诗人由景及情，由事及理，其旨趣已不仅仅是惜春之情了，显然寓有更深层面（人生）的思考。

于是，"百川东到海，何时复西归"便在由"万物"至"人生"的两端，起到了联接和推进作用。其不言而喻的内涵是：从明媚的春天到肃杀的秋天，就像百川入海，不可逆转；也就是说，时光像流水，一去不复返。

既然"百川东到海"类比时光难复返，那么任何人的生命也都是处在一个一去不复返的时光段内的。于是，诗人在诗情哲思的最高潮推出振聋发聩的名句："少壮不努力，老大徒伤悲"。这两句诗，千载以来，一直脍炙人口，成了勉励上进的格言。时光似水，不可倒流；青春如花，过季难再。这是一个不可逆转的自然规律，也是每一个人都要面对的严酷现实。一般意义上讲，每个人都有由盛及衰的生命过程，但是人生的态度却是各有不同。怎样才能使自己的人生更有价值呢？怎样才能老而无憾呢？诗人提出了少壮要努力的警世之句。不论什么人，不论从事何种行业，要想取得成就，获得成功，要想无愧于世上一游，不努力是不行的，少壮时尤须努力。诗人把努力奋进的思想放在人生易逝的背景中来写，把青春荒废与老大徒伤悲作为必然因果来写，尤能令人警悟，发人猛醒。

020　十五从军征

【内容简介】这首简短的叙事诗，描绘了一个"少小离家老大回"的老兵返乡途中与到家之后的情景，控诉了战乱和不合理的兵役制度给人民带来的深重灾难，反映了兵连祸结的社会现实。

【原文】

十五从军征，八十始得归①。

道逢乡里人："家中有阿谁？"②

"遥望是君家，松柏冢累累。"③

兔从狗窦入④，雉从梁上飞⑤。

中庭生旅谷⑥，井上生旅葵⑦。

舂谷持作饭⑧，采葵持作羹⑨。

羹饭一时熟，不知贻阿谁⑩。

出门东向望，泪落沾我衣。

## 第一编 春秋至东汉

【译文】

十五岁就从军征战,八十岁才能够回家。

路上碰到一个乡里的邻居,问:"我家里还有什么人?"

"远远望去(那个地方)是你家,(你看)那个长满松树、柏树的地方坟丘一个连着一个。"

(老兵走到家门前看见)野兔从狗洞里出出进进,野鸡在屋梁上飞来飞去。

院子里长着野生的谷子,井台上长着野生的葵菜。

(老兵)捣掉野谷的壳,然后用(它)做米饭;采摘野葵用(它)做菜汤。

汤和饭一会儿都做好了,却不知赠送给谁吃。

走出大门向着东方张望,(连个人影也未见到,老兵悲伤得)泪水落下沾湿征衣。

【注释】①始:才。②阿(ā):词首助词(有的称为词头或前缀),用于代词"谁"之前组成"阿谁"表示何人。《三国志·蜀书·庞统传》:先主谓曰"向者之论,阿谁为失?"统对曰:"君臣俱失。"先主大笑,宴乐如初。〔先主(刘备)对(庞统)说:"刚才的争论,谁(说的)不当?"庞统回答说:"君臣(您我)都有不当。"先主大笑,于是宴饮欢乐又像开始时一样。〕③冢(zhǒng):坟墓。累累:连续不断的样子。④狗窦(dòu):洞穿墙壁供狗出入的洞。⑤雉(zhì):野鸡。⑥中庭:屋前的院子。⑦旅:不种而自生的,野生的。⑧舂(chōng):用杵臼捣去谷类的壳。⑨羹(gēng):带汤煮熟的蔬菜。韩非子《五蠹》:"粝粢之食,藜藿之羹。"(吃的是粗粮,喝的是野菜汤。)持:拿。⑩贻(yí):送,赠送。

【线索】以老兵归来的所闻、所见、所为为线索。

【层次大意】第一层(开头两句),概写老兵服役时间之长。汉代兵役法规定,服役年龄为20岁至56岁,而这位老兵从十五就从军,八十岁才得以回归,共服役65年,超期服役近30年。一个"得"字,说明老兵长期服役完全是被迫的,也暗寓着老兵65年间经历了多少次死里逃生的险象、多少种万般无奈的苦痛。

第二层(至"有阿谁"),写老兵归途所闻。终得退役的老兵归心似箭,急欲见到家人,但也不敢奢望全家人都安然无恙,只是问还有谁侥幸活着。然而乡邻的回答把老兵最低的愿望击得粉碎——他家附近已经是松柏森森,荒冢累累——家人无一幸存。

第三层(至"生旅葵"),写老兵归家所见。家,不论怎样破败,离别65年的人,也要看看那些曾经的旧景、旧物以稍稍慰藉快要破碎的心。然而老兵至家所见到的是什么景象呢?兔子从狗洞进入,野鸡从梁上飞出,院子中间长着野谷,井台旁边长着野葵。呈现在老兵眼前的，竟然是一派室无人烟、破败荒凉的景象。

第四层（至"沾我衣"），写老兵归家所为。经历了太多苦难又到了这把年纪的人，又见到家中无一幸存者，因而对自己的生死已经在自己的意念中淡漠得几近消失了，而他为什么还要舂野谷、采野葵做饭做菜呢？孝亲而不得的深深的遗憾在善良的老兵心底不自觉地转化成了友邻之情，甚至是陌路人之情，哪怕是对素不相识之人聊表一点人性的温情呢！但是，残酷的现实又把老兵这点最低的愿望击得粉碎。最后写老翁的"望"，扩大了诗歌描写的面，令人想到不仅老翁一家室无人烟、荒凉破败，而且许多人家也是如此。这种虚写，巧妙地表现出"千里无鸡鸣"的凄惨景象，从而深化了诗歌的主题。

**【艺术特色简介】**（一）线索清晰，层次分明。

（二）通过语言、动作、心理等描写，把一个老兵的形象刻画得栩栩如生。

（三）用形象说话。作者不说"室无人烟"，而写野兔从家畜的通道进出、野鸡从人住的房子的梁上飞下，更直观地表现人亡室空的悲凉；作者不说"荒凉破败"，而写常有人走的院子中却长出了旅谷，常有人踩踏的井台边竟长出了野葵，从而更直观地表现人赖以栖身的家完全成了荒野的凄惨。

021　陌上桑

**【题意简释】**此诗题目几经变化，最后人们惯用《陌上桑》。陌上桑，意即田间大路边的桑林，这是故事发生的场所，诗歌所描写的女主人公采桑时的一连串戏剧情节就是在"陌上桑"发生的。

**【内容简介】**《陌上桑》是汉乐府中的名篇，写采桑女秦罗敷拒绝一"使君"调戏的故事，歌颂她的美貌与坚贞的情操。

第一段：

**【原文】**

日出东南隅①，照我秦氏楼。
秦氏有好女②，自名为罗敷。
罗敷喜蚕桑，采桑城南隅。

## 【译文】

太阳从东南方升起,照到我们秦家的楼。

秦家有位出色的女儿,自己取名叫罗敷(fū)。

罗敷喜好养蚕采桑,(有一天在)城南边采桑。

【注释】①东南隅:指东方。东南:偏义复词,即东。隅(yú),方位、角落。②好(hǎo):出色。女:特指未嫁之女。罗敷:古代女子常用名。

第一段:总写罗敷的出色,交代其出身、教养、习好等。一个"好"字总领全篇。

第二段:

## 【原文】

青丝为笼系①,桂枝为笼钩②。

头上倭堕髻③,耳中明月珠④;

缃绮为下裙⑤,紫绮为上襦⑥。

## 【译文】

用青丝做拴在篮子上的带子,用桂树枝做挂篮子用的钩子。

头上梳着偏在一侧的发髻,耳朵上戴着夜光珠做的耳环;

那浅黄色有花纹的丝绸做的是下身穿的裙子,那紫色绫子做的是上身穿的短袄。

【注释】①笼:竹编盛物器具。系(xì):东西的带子。②钩:钩子,用于钩取、连接或悬挂的工具。它不是"竹篮上的提柄",也不是"采桑用来钩桑枝,行时用来挑竹筐的工具",而应该是固定在篮筐上或者可以随时挂在篮筐上的钩子,采桑时用钩子把篮筐挂在腰间或树枝上,便于双手采桑。③倭堕(wǒduò):古代妇女的一种发式,发髻(jì)歪在一侧。④明月珠:即夜光珠,因珠光晶莹似月光,故名。⑤缃(xiāng):浅黄色。绮(qǐ):平纹底上起花的丝织物。⑥襦(rú):短袄,短衣。

第二段侧面描写罗敷的出色之一:气度非凡。以用具之华美、发型之时髦、服饰之华贵,来表现主人公气度之出众。

第三段:

## 【原文】

行者见罗敷,下担捋髭须①。

少年见罗敷②，脱帽著帩头③。

耕者忘其犁，锄者忘其锄④；

来归相怨怒，但坐观罗敷⑤。

**【译文】**

走路的人看见罗敷，放下担子捋着胡子（注视着她）。

年轻人看见罗敷，情不自禁地摘下帽子摩挲头巾。

耕地的人（停下了手中的犁）忘记了耕地，锄地的人（停下了手中的锄）忘记了锄地；

（行者、耕者、锄者）回来后（与家人）相互埋怨，只是因为仔细看了罗敷的美貌。

**【注释及有关提示】**①捋（lǔ）：用手顺着摸过去，使物体顺溜或干净。髭（zī）：人嘴上边的胡子。须：胡须。"捋髭须"是年长者专注视物时一种欣赏、悠闲的下意识的动作。②少年：古称青年男子。③帩（qiào）头：古代男子束发的头巾。著（zhuó）：附着，句中意是（手放在头巾上）摩挲。"脱帽著帩头"：①年少者被美吸引而欲表现自己的有意之为；②年少者被美吸引而产生的下意识的动作。④耕者忘其犁，锄者忘其锄：与"脱帽著帩头"相比，"忘其犁""忘其锄"完全是被美吸引得灵魂出窍的自然情态。⑤但：只。坐：因为，由于。杜牧《山行》："停车坐爱枫林晚，霜叶红于二月花。"（停下车来，是因为我喜爱这枫林的晚景，那经霜变红的枫叶比江南二月里的鲜花还要红。）观：细看。

**【阅读笔记·（1）画面外的喜剧】**

"来归相怨怒，但坐观罗敷"二句，既含蓄又有意趣。画面由路上的总的实的镜头分移为几个家中的虚的镜头，平添了几分喜剧性。几个家庭中互相埋怨的人，大概是夫妻。怎么"相怨怒"呢？全在画面之外，需读者自己想象。大概挑担子的男子只是回家晚了，而耕地、锄地的男子不仅回家晚了，而且干的活少了，因而都遭到各自的妻子不同程度的数落，而被数落的丈夫从外面至家中见到相貌一般的妻子，心理落差本来就大，心中已有几分不快，妻子一数落，便是火上浇油，于是反唇相讥。夫妻争吵之言语、之情状，诗人虽未着笔，但是千万个读者根据情节的发展，结合自己的经验，完全可以想象出千万种夫妻争吵的言语及情状。这正是诗歌艺术的魅力所在。

第三段侧面描写罗敷的出色之二：相貌美丽，夺人魂魄。写路人见到罗敷后无不倾倒的种种表现，映衬罗敷的美丽绝伦。

第四段：

【原文】

使君从南来①，五马立踟蹰②。

使君遣吏往，问是谁家姝③？

"秦氏有好女，自名为罗敷。"

"罗敷年几何？"

"二十尚不足，十五颇有余。"

使君谢罗敷④："宁可共载不⑤？"

【译文】

使君（乘车）从南边来到这儿，拉车的五匹马停下来徘徊不前。

使君派遣小吏过去，问这是谁家的美丽的女子。

（小吏问后回答：）"是秦家的美丽的女儿，自己起名叫罗敷。"

（使君又问：）"罗敷多少岁了？"

（小吏问后又答：）"她还不到二十岁，但已经过了十五了。"

使君自己问罗敷："愿意与我一起乘车吗？"

【注释】①使君：汉代对太守、刺史的通称。②踟蹰（chí chú）：徘徊，停滞不前的样子。（参见《静女》之注释） 其实，不是"马""踟蹰"，而是"人"令马"踟蹰"。③姝（shū）：美女。④谢：告，问。⑤宁可：情愿。不（fǒu）：同"否"。

第四段：写太守觊觎（jì yú）罗敷美貌，企图与她"共载"而归。

第五段：

【原文】

罗敷前置辞①，使君一何愚②！

使君自有妇③，罗敷自有夫。

东方千余骑④，夫婿居上头⑤。

何用识夫婿⑥？白马从骊驹⑦。

青丝系马尾⑧，黄金络马头⑨；

腰中鹿卢剑⑩，可值千万余。

十五府小吏⑪，二十朝大夫⑫，
三十侍中郎⑬，四十专城居。
为人洁白皙⑭，鬑鬑颇有须⑮；
盈盈公府步⑯，冉冉府中趋⑰。
坐中数千人⑱，皆言夫婿殊。"

【译文】

罗敷上前回话，使君你是多么愚蠢啊！

使君你本来（已）有妻子，罗敷我本来也有丈夫了！

东方有一千多人马，夫君排列在最前头。

根据什么识别我丈夫呢？骑白马的让骑小黑马的，跟随在后面的那个大官就是我夫婿。

用青丝拴着马尾，用黄金装饰的笼头兜着马头。

腰中佩着鹿卢剑，那宝剑可值上千上万钱。

十五岁在太守府做小吏，二十岁在朝廷里做大夫。

三十岁做皇上的侍中郎，四十岁成为一城之主。

他这个人皮肤洁白，有一些胡子。

他在公府中有时从容地缓缓行走，有时翩翩地小步疾走。

（太守座中聚会时）在座的有几千人，都说我夫婿出色。

【注释及有关提示】①置辞：措辞，讲话。②一何：多么。说使君"愚蠢"而不说其"无耻"，这是作者受当时的社会价值观所限的。③自：本来，原来。罗敷先按礼教大义总斥使君之"愚"，使使君首先败露在"仁义"的基线上。下面从几个方面分说使君的"愚"。④千余骑：泛指跟随夫婿的人。骑（jì），骑马的人，骑兵。⑤居上头：即"居于上头"，在行列的前端，意思是地位高，受人尊重。上头（tóu）：高位，前列。不同于现代汉语"上面"义的"上头（tou）"。以千骑与一人之对比，显示出夫婿官位之高。⑥何用：介宾倒装，"用何"，即"根据什么"。识：辨认。⑦从：使动用法，使……跟从。骊（lí）：深黑色的马。驹：两岁的马，泛指少壮的马。以白马与黑马、大马与小马之对比，以仆从陪衬出主人非同一般的威风。⑧系（xì）：缚，拴。⑨络（luò）：用网状物兜住头。夸赞马的饰物的金贵以显示马的名贵，进而彰显主人身份之高贵。⑩腰中鹿卢剑：省略动词"佩"，没有活用。鹿卢剑：剑把用丝绦缠绕起来，像鹿卢中间的圆滚子上所缠绕的井绳的样子。鹿卢，即辘轳，井上汲水的起重装置。夸赞主人佩物的名贵，以彰显主人身份之高贵。⑪府：名词作状语，在府中。小吏：名词活用为动词，做小吏。⑫朝：名词作状语，在朝中。大夫：名词活用为动词，做大夫。⑬三十侍中郎：省略动词"做、为"等，没有活用。侍中郎：皇帝的侍从官。上四句以排比兼递升的句式，夸赞夫婿连连高升。⑭皙（xī）：（皮肤）白。⑮鬑鬑（lián）：须发稀疏的样子。颇（pō）：稍微，略微。《史记·三代世表》："自殷以前诸侯不可得而谱，周以来乃颇可著。"（从殷朝以前，诸侯不能被编制谱册，周朝以来才稍微可以被记录一点。）夸赞丈夫的美貌，让使君反观自己何样。⑯盈盈：美好的样子。⑰冉冉（rǎn）：渐进的样子。《离骚》："老冉冉其将至兮，恐修名之不立。"（晚年慢慢地将要到了，只怕美名不能树立。）趋：礼貌性地小步快走。这两句用了互文的修辞方法，意即"盈盈、冉冉于公府中或步或趋"。互文：两个或两个以上的语言结构相互拼合，共同地表达一个完整的思想内容，也就是说，上文里省略了在下文出现的词，下文里省略了在上文出现的词，上下参互成文，合而见义。如《木兰诗》中"开我东阁门，坐我西阁床"，不是开了东阁门不进去，而又到西阁坐床；而是，开东阁门，进去，坐东阁床，又开西阁门，进去，坐西阁床。再如《岳阳楼记》中的"不以物喜，不以己悲"，也是互文。夸赞夫婿在公府中的优雅的步态，既显示夫婿地位之高，又显示夫婿风度之美，一举两得。⑱坐：通"座"。数千人：夸张。聪明的罗敷又说：使君啊，如果说我自己夸我夫婿是因为我偏爱他，那么请你再听听别人是怎么说的，座中几千人，他们可是都说我夫婿不一般啊。罗敷再借用他人之口夸赞夫婿，巧妙得体，增加力度。

**【阅读笔记·（2）罗敷夸夫】**

使君企图靠他的尊位来诱惑罗敷，或许也兼有以他的威势来打压罗敷之意。而罗敷先以礼教大义斥责使君，后又非常机智地以其人之道还治其人之身，也用夫婿的尊位和威势来反击使君：夫婿骑马出门，后面跟着上千人的僚属、差役，那是何等威风；夫婿骑一匹大白马，随人骑小黑马，那是多么超群；夫婿用的是辘轳剑，连坐骑的笼头都饰以黄金，那是怎样的华贵。

使君觉着自己的官大，罗敷就针锋相对地夸自己夫婿的官也不小：夫婿官运亨通，十五岁做小吏，二十岁就入朝作大夫，三十岁成了天子的亲随侍中郎，如今四十岁，已经做到专权一方的太守了。言下之意：目前他和你使君虽然是同等官职，而将来的前程，恐怕是难以相提并论了！

聪明的罗敷还特意比太守所显摆的多加了重要的一项——夫婿相貌出众，千里挑一：皮肤白白的，胡须美美的，步履盈盈的，风度翩翩的。言外之意，"怎么样，使君？我夫婿不仅位尊权重，而且是个美男子。请你用镜子照照自己吧！"

罗敷用夫婿这些与使君相同的条件以及大大超越了使君的条件，从精神上把自认为了不起的使君彻底打趴下了。正在罗敷越说越神气，越说越得意而达到高潮之时，诗歌戛（jiā）然而止，而最后的结局，读者都能知晓，毋庸赘言。

第五段通过对罗敷夸赞自己夫婿的语言描写，交织地表现罗敷的出色之三、之四：坚贞、机智。

【艺术特色简析】《陌上桑》是乐府民歌中的一首艺术价值很高的佳作。作者在塑造人物形象，反映社会生活方面成功地运用了多种艺术手法，为达"简易助读"之目的，只简析两种主要的艺术手法。

（一）个性鲜明的人物形象刻画。

首先，诗人通过环境烘托、服饰描写、侧面映衬、语言描写等方法，成功地塑造了罗敷这个貌美品端、机智活泼、亲切可爱的女性形象。

罗敷夸夫的一段独具特色。罗敷夸夫是人物的语言描写，而从说这段话的目的看是"夸桑斥槐"，即明着夸赞丈夫，暗里奚落使君。最令人称赞的是明着没说使君一句，而暗里句句都指向使君，生动深刻地显示出罗敷的聪明机智。

其次，几个陪衬性的人物，虽只寥寥数字，也是栩栩如生，性格各异。年长者见了罗夫，放下担子，捋着胡须，沉醉于美的欣赏中，虽被罗敷的美貌深深吸引，却不失长者风度。小年轻的见了罗敷，就不像长者止于对美的欣赏而已，而是或许有了一些想接近、搭讪之类的想法，但又束手无策，于是本能地脱下帽子，傻乎乎地摩挲头巾。田里正在干活的人，大概是中年男子，他们既不像长者那样很沉稳地欣赏罗敷的美，也不像那个小年轻的那样神魂颠倒，抓耳挠腮，而是忘了干活，大概是两眼直勾勾地看着罗敷。诗歌作者精心选择了老中青三组普通人见了罗敷的反应来映衬罗敷，而这三组人看到罗敷后的不同情态，不仅构成了直观的、有趣的戏剧场面，而且也惟妙惟肖地展现了几个人物迥然有异的性格。

（二）形象有力的侧面映衬和烘托。

整首诗描写罗敷美貌，除了开篇"秦氏有好女"中的一个"好"字及小吏回使君话重复了一个"好"字外，再未从正面着一字。

1. 环境映衬。"日出东南隅,照我秦氏楼",以旭日东升、万道红光辉映着秦家楼的美丽环境烘托即将出场的美丽人物。

2. 服饰映衬。美丽人物登场后,作者也没有写她的相貌、身姿,而是从侧面着笔,以她的用具之华美、发型之时髦、服饰之华贵,来表现她气度之出众。这正是"不说花偏说叶,叶尚可爱,花不待言矣"的精妙所在。

3. 观者烘托。作者把镜头从罗敷身上移到其身边的人时,滑稽精彩的场景出现了:挑着担子赶路的,见了罗敷,放下担子,一面歇息,一面捋着胡子欣赏罗敷的美貌;少年见了罗敷,情不自禁,脱下帽子,摩挲头巾;田里干活的,见了罗敷,忘了本职任务,似乎是趁机观看模特表演而大饱眼福。此时此地,大概所有目睹罗敷芳容的成年男子,无不为罗敷美貌所倾倒。那么罗敷究竟是怎样的美呢?这不好描写,写出来也不一定服众,因为人们的审美标准千差万别。作者用侧面描写的方法,既巧妙地避开了主观的审美标准,又使读者自己完成了对罗敷美貌的塑造,还使静态的人物描写变成动态的场面活动,增添了戏剧性,丰富了诗歌的内容。

## 022　悲歌

【内容简介】这首诗写出门在外的游子对家乡的思念。这还不是个一般的游子,而是个无家可归的游子。他想回家,可是"家无人";"家无人",回家看看故土、故居也行,可是"河无船"(代指无路费、无能力等)。这份加倍的思乡之苦,残忍地折磨着无家可归的游子,使他郁闷不能言,坐立不能安,心中就像车轮一样转来转去。痛苦、悲哀难以消弭,只好悲歌当哭,远望当归.

【原文】
悲歌可以当泣①,远望可以当归。
思念故乡,郁郁累累②。
欲归家无人,欲渡河无船。
心思不能言,肠中车轮转。

【译文】
悲痛地歌唱,可以把(它)当作哭泣;远远地望去,可以把(它)当作返回(故乡)。
思念故乡的心情,很深很深,接连不断。
想要返回故乡,可是家中已无亲人;想要渡过河去,可是河中没有渡船。

心中思念家乡的情感，不能说出来，就在肠子中像车轮一样不停地转。

【注释】①当（dàng）：当作。②郁郁累累：烦闷愁苦的样子。

【艺术特色简介】

感情充沛，真切感人。

023　枯鱼过河泣

【内容简介】写一条枯鱼被人携带过河时，想起不幸遭遇，伤心而泣，并修书告诫朋友倍加小心，勿再上当。

【原文】

枯鱼过河泣，何时悔复及①！

作书与鲂鱮②：相教慎出入。

【译文】

枯鱼过河，伤心而泣：（自己不小心，被人捕到，变成枯鱼），什么时候后悔还来得及呢？

写信给鲂鱼和鱮鱼等朋友：（大家要）相互告诫，谨慎出入，（别再上当）。

【注释及有关提示】①何时悔复及：这是感叹句，修辞上是反问句，即什么时候后悔都来不及。及，追上，赶上，引申为来得及。②鲂（fáng）鱼：身体像鳊鱼。鱮（xù）鱼：鲢鱼。教：告诉。

【艺术特色简介】譬喻新颖，想象奇特。

024　孔雀东南飞

【题意简释】《孔雀东南飞》即"古诗为焦仲卿妻作"，以首句"孔雀东南飞"为名。原为建安末年的民歌，可能经过后人的加工，收入南朝·陈·徐陵编的《玉台新咏》，是中国文学史上第一部长篇叙事诗，与《木兰诗》并称乐府诗双璧。

【内容及影响简介】《孔雀东南飞》通过刘兰芝与焦仲卿这对恩爱夫妇的爱情悲剧，控诉了封建礼教、家长制和门阀观念的罪恶，表达了青年男女要求婚姻爱情自主的合理愿望。女主人公刘兰芝对爱情忠贞不贰，她对封建势力和封建礼教所作的不妥协的斗争，使她成为文学史上富有叛逆色彩的妇女形象，为后来的青年男女所传颂。"五四"以来，这首诗被改编成各种剧本，搬上舞台。

## 【"序"之原文】

序曰：汉末建安中，庐江府小吏焦仲卿妻刘氏，为仲卿母所遣①，自誓不嫁。其家逼之，乃投水而死。仲卿闻之，亦自缢于庭树。时人伤之②，为诗云尔③。

## 【"序"之译文】

序文说：汉朝末年建安年间，庐江府小吏焦仲卿的妻子刘氏，被焦仲卿的母亲赶回娘家，仲卿妻自己发誓不再嫁人。她家逼迫她，（她）就投水而死。焦仲卿听到此事，也在院子的树上自己上吊而死。当时的人为他们悲伤，写下这首诗，如此而已。

【"序"之注释】①为……所……：被动格式。遣：古代妇女被夫家休婚，退回娘家，叫作"遣"。②伤：为……悲伤，动词的为动用法。③云尔：语气助词，如此而已。

引子及第一段：

## 【原文】

孔雀东南飞①，五里一徘徊②。
"十三能织素③，十四学裁衣④，
十五弹箜篌⑤，十六诵诗书⑥。
十七为君妇⑦，心中常苦悲⑧。
君既为府吏，守节情不移。
贱妾留空房⑨，相见常日稀⑩。
鸡鸣入机织，夜夜不得息。
三日断五匹⑪，大人故嫌迟⑫。
非为织作迟，君家妇难为⑬！
妾不堪驱使⑭，徒留无所施⑮。
便可白公姥⑯，及时相遣归⑰。"

## 【译文】

孔雀向东南方向飞去，飞上五里便徘徊一阵。

（仲卿妻向仲卿哭诉道）"（我）十三十四岁时就能够织生绢，就学习裁剪衣服；十五十六岁就弹奏箜篌、诵读诗书。

十七岁成为您的妻子，（本应该夫妻恩爱，美满幸福）；（但是）我的心中常常感到痛苦和悲伤。

您既然为太守府的官员：（就应该）遵守府里的规则，专心不移干好自己的差事。

我独留空房，我俩相见的日子通常是很少的。

每天鸡一叫，我就进入织机房织布，夜夜不能休息。

三天织五匹布，婆母大人故意嫌我织得慢。

（其实）不是我织布的劳作缓慢，而是您家的媳妇难当啊！

我（既然）不能担当婆母的驱使，白白留着也没有可以安放的地方（没什么用处）。

（那么，你）就可以禀告婆母，趁早遣送我回娘家。"

**【注释及有关提示】** ①②："引子"这两句，用比兴手法，以孔雀雌雄失偶，飞而徘徊，比喻焦仲卿和刘兰芝夫妇被活活拆散不忍离别，并兴起悲剧故事，引出正文。"东南飞"，也有实指的意思。据考证，此悲剧发生在安徽省怀宁县小吏港（焦吏港）。刘家在焦家东南，往东南飞正象征刘兰芝被遣回娘家；后文写焦仲卿"自挂东南枝"，也正是向着刘兰芝家的方向。③素：白色生绢。④裁：裁制。《文选·怨歌行》："新裂齐纨素，皎洁如霜雪。裁作合欢扇，团团似明月。"〔刚裂下一块齐地上好丝绢，洁白犹如霜雪。（用它）裁制为一把合欢团扇，它浑圆浑圆的就像明月。〕⑤箜篌（kōnghóu）：拨弦乐器，似瑟而小，分卧式和竖式两种。⑥诗书：《诗经》和《尚书》，此泛指书籍。开端部分的前四句，罗列年龄数字，应视为互文兼铺陈，大意是，我从十三岁至十六岁为姑娘时就学会织素、裁衣、弹琴、读书等很多本领。诗歌用铺陈方法，意在强调兰芝从小就聪明能干，多才多艺，很有教养，从而为恶婆婆的蛮横作了反衬性铺垫。⑦妇：妻子。⑧：美貌女子嫁得如意郎君本应甜甜蜜蜜，欢欢乐乐，而新媳妇却常常感到痛苦和悲伤。原因何在？这是新妇（诗人）总起一句，下面逐条诉说。⑨贱：谦辞。妾：女子自称的谦辞。⑩相：相互、彼此。以上六句既是表现兰芝与夫君相见日稀的悲苦，也是表现兰芝通情达理的美德。

**【阅读笔记·（1）"相见常日稀"之原因与言外之意】**

兰芝所嫁的不是生活在社会最底层的人，若是嫁个庄稼汉或自由职业者等，大概能经常见面。兰芝所嫁的也不是上流社会的达官，若此，也能长相厮守。兰芝所嫁的是一个小官吏，而汉代规定小官吏工作十四天放一天假。"相见常日稀"的言外之意是：因为我俩相见的日子少，所以我在家受的苦，你看不见，更体会不到；我为了不使你这当儿子的为难，而久藏心底不说；现在看来，婆母已经对我绝情，我就趁今天你回家的这个机会，说给你听听。

⑪断：截断。此指每织到一匹长后，就截断。匹：量词，计算布帛的单位。《汉书·食货志》："布帛广二尺二寸为幅，长四丈为匹。"⑫迟：缓慢。⑬妇：儿媳。"夜夜不得息"的辛苦，兰芝能够忍受；而"大人故嫌迟"的悲苦，却到了兰芝忍受的极限，因而极有教养的人却无奈地喷发出"君家妇难为"的怨愤之声。⑭堪：经得起，忍受，担当。⑮所施：安排的地方，"所"字结构，"所"+动词=名词性偏正结构。⑯白：禀告，陈述。公姥（mǔ）：偏义复合词，此处偏到"姥"上。姥，丈夫的母亲。⑰及时：把握时机，抓紧时间。相：有指代作用的副词，用于动词前，表示一方对另一方有动作，此处可译为"我"。

**【阅读笔记·（2）兰芝自诉之我见】**

兰芝自幼不仅练就娴熟的劳动技能，还知书达理。出嫁后支持夫君干好郡府差事，自己辛勤劳作，成果显著，而婆母却故意嫌慢。兰芝清醒地看到"非为织作迟"，而是"君家妇难为"，于是毅然决然地提出"及时相遣归"的请求。兰芝聪明勤劳令人赞许，而其对恶势力不抱幻想、敢于反抗的性格更令人钦敬。

**【段落大意】**

引子（孔雀东南飞，五里一徘徊），孔雀南飞，兴起故事。

开端——第一段（十三能织素……及时相遣归），兰芝自诉，毅然自辞。

第一段第一层（十三能织素……十六诵诗书），自诉之一：自幼家教好。

第一段第二层（十七为君妇……相见常日稀），自诉之二：为妇尽妇道。

第一段第三层（鸡鸣入机织……君家妇难为），自诉之三：婆母故挑剔。

第一段第四层（妾不堪驱使……及时相遣归），自诉之四："及时相遣归"。


第二段：

**【原文】**

府吏得闻之，堂上启阿母①：

"儿已薄禄相②，幸复得此妇。

结发同枕席③，黄泉共为友④。

共事二三年，始尔未为久⑤。

女行无偏斜，何意致不厚？⑥"

阿母谓府吏⑦："何乃太区区⑧！

此妇无礼节，举动自专由⑨。

吾意久怀忿，汝岂得自由⑩！
东家有贤女⑪，自名秦罗敷。
可怜体无比⑫，阿母为汝求。
便可速遣之，遣去慎莫留⑬！"
府吏长跪告⑭："伏惟启阿母⑮，
今若遣此妇，终老不复取⑯！"
阿母得闻之，槌床便大怒⑰：
"小子无所畏⑱，何敢助妇语！
吾已失恩义，会不相从许⑲！"
府吏默无声，再拜还入户⑳。
举言谓新妇㉑，哽咽不能语：
"我自不驱卿㉒，逼迫有阿母。
卿但暂还家㉓，吾今且报府。
不久当归还㉔，还必相迎取㉕。
以此下心意㉖，慎勿违吾语。"
新妇谓府吏："勿复重纷纭㉗！
往昔初阳岁㉘，谢家来贵门㉙。
奉事循公姥㉚，进止敢自专㉛！
昼夜勤作息㉜，伶俜萦苦辛㉝。
谓言无罪过㉞，供养卒大恩㉟。
仍更被驱遣㊱，何言复来还㊲？
妾有绣腰襦㊳，葳蕤自生光。
红罗复斗帐㊴，四角垂香囊。
箱帘六七十㊵，绿碧青丝绳。
物物各自异，种种在其中。
人贱物亦鄙，不足迎后人㊶。
留待作遗施㊷，于今无会因㊸。
时时为安慰，久久莫相忘㊹！"
鸡鸣外欲曙，新妇起严妆㊺。

著我绣夹裙，事事四五通。
足下蹑丝履㊻，头上玳瑁光㊼。
腰若流纨素㊽，耳著明月珰㊾。
指如削葱根，口如含朱丹。
纤纤作细步㊿，精妙世无双。
上堂拜阿母，阿母怒不止。
“昔作女儿时，生小出野里(51)。
本自无教训(52)，兼愧贵家子(53)。
受母钱帛多，不堪母驱使。
今日还家去，念母劳家里。(54)”
却与小姑别(55)，泪落连珠子(56)：
“新妇初来时，小姑始扶床(57)；
今日被驱遣，小姑如我长(58)。
勤心养公姥，好自相扶将(59)。
初七及下九(60)，嬉戏莫相忘。”
出门登车去，涕落百余行。(61)
府吏马在前，新妇车在后。
隐隐何甸甸(62)，俱会大道口。
下马入车中，低头共耳语(63)：
“誓不相隔卿(64)，且暂还家去(65)。
吾今且赴府，不久当还归。誓天不相负(66)！”
新妇谓府吏：“感君区区怀(67)！
君既若见录(68)，不久望君来。
君当作磐石，妾当作蒲苇。
蒲苇纫如丝(69)，磐石无转移。
我有亲父兄(70)，性行暴如雷。
恐不任我意(71)，逆以煎我怀(72)。”
举手长劳劳(73)，二情同依依(74)。

**【译文】**

府吏听到兰芝这番话,(在)堂上禀告母亲:

"孩儿我已经(是)俸禄很少的相貌了,幸而还能娶得这个(好)媳妇。

我们两人结发成婚,同枕共席;(相亲相爱)直至黄泉之下也共为朋友。

我们共同生活才两三年,开始过这样的夫妻生活还不算很久。

这个女子的行为没有什么偏斜之处啊,怎么想到(竟)招致母亲大人认为她不行呢?"

阿母对府吏说:"(你)怎么竟这样愚拙!

这个媳妇没有礼节,一举一动专凭自己的意思。

我心中长期怀着怒气,你岂能由着你自己!

东邻家有个贤惠的姑娘,自己起名叫罗敷。

(她)体态可爱无比,阿母为你去求婚。

你就可以迅速休弃她,打发(她)离开,千万不要留下(她)!"

府吏长跪着说:"启禀阿母,现在如果(你)休了这个媳妇,(那么)(我)到老不再娶妻。"

阿母听到儿子这番话,敲打坐床,大发雷霆:

"你小子没有什么可怕的了,怎么敢帮助你媳妇说话!

我(对那个妇人)已经失去恩义,一定不会听从你,允许(那个妇人留下)。"

府吏默默无声,(对母亲)拜了两拜回到自己房子中。

开口想对妻子说话,却又哽咽难言:

(仲卿难过一阵之后,终于悲痛地说)"我本来不会赶走你,(但是)有阿母逼迫。

你只是暂且回娘家,我现在将要到府里(办事)。

(我)不久将回来,回来后必定去迎接你。

因为这个,使你心意委屈,千万不要违背我的话。"

新媳妇对府吏说:"不要再增添麻烦了!

(记得)那一年冬末春初,我辞别娘家嫁到贵府。

(一切)行事都顺着婆母的意思,一举一动哪敢自作主张!

我白天黑夜勤恳地劳作,孤孤单单地被痛苦和艰辛缠绕着(受尽辛苦折磨)。

(总)以为(自己)没有什么罪,也没有什么过错,(一心想)终生侍奉婆母,(报答)她的大恩(尽我一生所能,侍奉婆母,报答她收养我的大恩)。

（不料）（我）仍然更加（难逃）被驱赶（的命运），（还）说什么再回来？

我有绣花的齐腰短袄，（袄上刺绣的花、叶）华丽鲜艳，自然发出光彩。

红色罗纱做的双层的像倒置的斗状的蚊帐，四角挂着香袋子。

盛衣物、首饰的箱子、匣子六七十只，上面都系着碧绿的青丝绳。

样样物品各自不同，种种东西都在箱子、匣子中。

人卑贱了，她的东西也鄙陋不值钱了，（因而，这些东西）就不配用作迎娶你日后的妻子之用了。

留着（这些东西）凭借（它们）作为我赠送给你的纪念品吧，（因为）从今没有再见面的机会了。

（但愿这些东西）时时作为（对你的）安慰，也（希望你看到这些东西）永远不要忘记我！"

鸡叫时，外面天将亮了，新媳妇起床打扮得整整齐齐。

穿上我的绣花夹裙，每穿戴一件衣服、首饰，都要更换四五次。

脚上穿着丝绸鞋，头上戴（插）着的玳瑁首饰闪闪发光。

腰上（束着）的白绢带子，（泛出的银光）像水波一样流动，耳朵上戴着夜光珠耳坠。

手指白嫩纤细，像削尖的葱根，嘴唇红润，像含着朱砂。

柔美地踏着细密的步子，（姿态）精妙，举世无双。

（兰芝）上堂拜见婆母，婆母大怒不止。

"从前我作女儿时，从小出生生长于乡间。

（我）本来没有受过什么好的教养（已经深感惭愧），同你家少爷结婚，更感惭愧。

接受阿母的聘礼很多，（却）不能胜任阿母的使唤。

今日我回娘家去，（只是）记挂阿母（在）家里操劳。"

退出（堂屋），（再）与小姑告别，（兰芝就忍不住悲伤）泪珠像连串的珠子般落下来：

"我作为新媳妇刚来的时候，小姑才扶着坐具站立（或走路）；

今天我被赶走，小姑你长得和我一样高了。

你要殷勤细心地奉养阿母，（一定要）好好服侍她老人家。

七月七日及每月十九日，（你）在玩耍的时候不要忘记我。"

（兰芝）出门登上车离开（婆家），（悲伤得）泪如雨下。

府吏骑着马在前面走，新妇坐着车在后面行。

咕隆咕隆的马车声多么响，（夫妻二人）一起会合在大道口。

（府吏）下马进入（新妇）的车中，低下头（与新妇）一起小声交谈起来。

（府吏说）："我发誓不与你相互分开，你姑且短时间地回娘家去。

我现在将要到府里（办事），不久将回来。我对天发誓，决不会对不起你！"

新妇对府吏说："感谢你诚挚的心愿！

你既然这样记着我，（那么）希望你不久就来。

您应当作磐石，我应当作蒲苇。

蒲苇柔软而结实像丝一样，磐石沉重坚定不（能使他）转动移位。

我有亲哥哥，禀性与行为暴躁得如雷一样。

恐怕（兄长）不会顺从我的心意，逆想（以后的情景），就煎熬我的心。"

二人举手告别，忧伤不止，两人的心情同样是恋恋不舍。

**【注释及有关提示】**①启：陈述，禀告。阿：词头，用于亲属称呼之前或小名之前。②薄（bó）：少，小。禄：俸禄。相（xiàng）：形貌，状貌。不管仲卿是否故意从相术角度劝说母亲，而小吏职微禄薄、没有多大发展却是实情。③结发：成婚。古礼，成婚之夕男左女右，捆扎两人头发共同成为一个发髻。枕席：卧具，借指睡眠。《吕氏春秋·顺民》："身不安枕席，口不甘厚味。"（身子不安稳睡眠，口中不吃味浓美食。）④黄泉：地下深处。也指人死后埋葬的地穴。⑤尔：这样。⑥何：怎么。意：意料，料想。致：招致。不厚：不够标准的委婉语。厚：形容词的意动用法，认为厚。

**【阅读笔记·（3）仲卿一求阿母】**

仲卿求母，从自己"薄禄相"却娶得如意妻子的侥幸，说到夫妻生活之远景——黄泉为友，说到夫妻生活之近景——好日子才开始，说到媳妇的操行——行为端正无偏斜：实话实说，情真意切。仲卿说到阿母的态度时，便难抑郁闷，喷出质问：（这么好的媳妇），怎么想到还会招致您的不满意！仲卿请求阿母，有理有据，态度中肯，又不免带有火气。

⑦谓：对……说。⑧乃：副词，却，反而，竟然。区区：愚拙、凡庸。仲卿为妻子说公道话，却激怒阿母，于是阿母张口先骂儿子是"笨蛋"。⑨自专由：即"专由自"，动宾倒装，稍复杂一点的是多了个状语"专"。⑩自由：动宾倒装，由自。⑪女：姑娘。古文对文（楹贴文），以已嫁者为妇，未嫁者为女。⑫可怜：可爱。李白《清平调》："借问汉宫谁得似？可怜飞燕倚新妆。"（请问，汉宫美女谁能与眼前的美女相比？只有一个可爱的赵飞燕算得上绝代美人了，但她还得倚仗新妆。）⑬慎：千万，表示禁戒，

常与"勿""毋""莫"等连用。杜甫《丽人行》:"炙手可热势绝伦,慎莫近前丞相嗔。"〔势焰灼人无人能比,千万不要靠近(他们兄妹)面前(以免被)丞相杨忠责怪。〕

**【阅读笔记·(4)阿母一训仲卿】**

阿母听到仲卿明言儿媳无过错、暗指婆婆有问题后,当即发火,脱口斥骂儿子是笨蛋;然后,强词夺理,诬斥儿媳没有礼节,举动自专;然后,直斥儿子胆大妄为,自作主张;然后,转硬为软,哄骗儿子,承诺另给他找个体态无比的美女;最后,态度坚决地下达命令:迅速休弃这个女人;怕儿子动摇,又不容置疑的强调一句:千万不要留下(她)。由此见出,这个婆婆不仅专横,而且软硬兼施,老辣刁蛮。这令人联想到《红楼梦》中的贾母,她也是封建家长制的典型人物,是宝黛爱情悲剧的主要制造者,而她经多见广,治家有方,许多棘手问题,经她三下五除二,就风消云散,令读者对她人格、能力不由生出一些敬意;而读者大概对焦母则无丝毫敬意可言。

⑭长跪:直身而跪。古人席地而坐,坐时两膝据地,臀著足跟上。跪则伸直腰股,以示庄重。⑮伏惟:敬辞。伏,俯身伏地。惟,想,祈求。⑯终老:年老,到老。王充(东汉)《论衡·无形》:"假令人生之形谓之甲,终老至死,常守甲形,如好道为仙,未有使甲变为乙者也。"〔如果人出生的形体称他甲,到老至死,人永恒地守着甲的形体,(即使)像那喜欢道教而成了仙,也没有使甲的形体变为乙的形体的呀。〕取:"娶"的古体字。"取"与"娶"是古今字。

**【阅读笔记·(5)仲卿再求阿母】**

面对阿母蛮横的态度,仲卿不能再以常理劝说,于是郑重地长跪着,向母亲表示出自己坚决的态度,被迫用自己"终老不复取"的代价"威胁"阿母,希望以此换得阿母收回成命。

⑰槌:捶,敲击。床:坐具。⑱所畏:"所"字结构,害怕的。⑲会:一定。相:偏指一方,代仲卿。

**【阅读笔记·(6)阿母再训仲卿】**

仲卿本想以"终老不复取"这样巨大的代价迫使母亲回心转意,但是对专横已经成为常规"家政"的焦母来说,她根本不考虑儿子的感受,不推想实施后的巨大代价,只想到自己的权威不能有丝毫动摇,于是自然而然地避开儿子提出的代价的问题,直斥儿子无法无天,竟敢帮老婆说话。为了表示事情的不可更改性,她又以家中最高统治者的权威断然宣布:对那个妇人已经恩断义绝,一定不会答应你的请求。⑳再:两次。《论语·公冶长》："季文子三思而后行。子闻之曰：'再，斯可矣。'"（季文子每做一事都要考虑多次而后才行动。孔子听到季文子这种做事特点后，说："考虑两次就可以付诸行动了。"）㉑举言：举起话来。不说话的时候的"话"是放着的，说它的时候就把它举起来，这是化无形为有形，是开口说话的形象说法。新妇：当时对媳妇的通称。㉒自：本来，原来。古诗《陌上桑》："使君自有妇，罗敷自有夫。"卿：夫妻、朋友间的爱称。㉓但：只，仅。古汉语中，不表"但是"义。"但是"义，用"然"、"而"表示。㉔当：将。《后汉书·卓茂传》："知王莽当篡，乃变名姓，抱经书隐蔽林薮（sǒu）。"（知道王莽将篡权，于是改变姓名，抱着经书隐蔽在山林湖泽。）㉕相：副词，用于动词前，此处可译为"你"。取：附于主要动词后起辅助作用，如考取，选取等；不是"娶"的通假字，因为按"娶"理解，逻辑不通。㉖以：因为。此：指上文"卿但暂还家"等四句所说的内容。下心意：下（汝）心意，使动用法，使汝心意下（受委屈）。

**【阅读笔记·（7）仲卿劝妻】**

仲卿诚恳地、坚决地为兰芝一再求情，均遭阿母断然拒绝，且遭阿母斥骂，此时的仲卿即使再有千言万语也被死死地堵在腹内，于是默默无声，万般无奈，转而对妻子剖白心曲，并提出"卿但暂还家"这个不是办法的办法。

㉗重（chóng）：重叠，重复，此引申为增添。纷纭：多而杂乱。㉘初阳：冬末春初。㉙谢：告辞，告别。《史记·张耳陈馀传》："有厮养卒谢其舍中曰：'吾为公说燕，与赵王载归。'"〔（赵王空闲外出，被燕军抓获）有个服贱役的士卒辞别他同宿舍中的人说："我要为张公、陈公游说燕军，就能与赵王一起坐着车回来。"〕㉚奉事：行事，做事。㉛进止：向前移动和停下来，指一举一动。敢自专：即不敢自专，用了"节短"的修辞方法。专，专擅，独断独行。《左传·桓公十五年》："祭仲专，郑伯患之。"〔祭仲（郑国大夫）专擅，郑伯（郑厉公）担心此事。〕㉜作息：偏义复合词，此处偏到"作"上。㉝伶俜（língpīng）：孤独的样子。萦苦辛：即"萦于苦辛"，省介词"于"（被）。萦：缠绕。㉞谓：认为。《世说新语·自新》："乡里皆谓已死，更相庆。"〔同乡的人都认为（周处）已经死了，互相庆祝。〕言：助词，无实意。《诗经·卫风·竹竿》："驾言出游，以写我忧。"（驾起船儿去远游，以此倾泻我的满腹忧愁。）罪过：罪行，过失。大者为罪，轻者为过。㉟卒：尽，终，用作动词，终生侍奉。供养卒大恩：常式句的语序为"卒供养大恩"。㊱仍：仍然。更（gèng）：更加。诗歌作者用一个表示频率的副词"仍"，说明尽管兰芝"奉

事循公姥""昼夜勤作息""供养卒大恩",但婆母对她的态度依然如故;作者再用一个表示程度进层的副词"更",进一步写出了有一类人谬情悖理的性格:你对他越好,他对你越孬;你越善良,他越蛮横。㊲来还:回来。来,回;还,返回;"来"与"还"是同义复用的合成词。㊳襦(rú):短袄,短衣。葳蕤(wēiruí):华丽鲜艳。㊴复:双层。斗帐:斗状的蚊帐。㊵帘:通"奁",匣盒。㊶足:值得,够得上。迎(yìng):迎娶。《诗经·大雅·大明》:"文定厥祥,亲迎于渭。"(周文王选定那吉祥的日子,亲自在渭河之滨迎娶新娘。)㊷待:依靠,凭借。遗施:同义合成词,给予,这里是动词用作名词,遗施之物,纪念品。遗(wèi),给予。施(shī),给予。㊸会:会面,相见。因:缘由。这两句是因果倒装。㊹莫相忘:即"莫忘相"。相,有指代作用的副词,此处可译为"我"。

**【阅读笔记·(8) 兰芝回复】**

兰芝既理解仲卿的好意,又明白现实的冷酷,因而听完仲卿的劝辞,当即非常清醒地谢绝仲卿:"勿复重纷纭。"然后,回顾从出嫁到现在的行为、愿望和遭遇:一举一动顺从婆母,夜以继日辛勤劳作,一心一意报答婆母,可是仍然不合婆母心意。兰芝清醒地看到,自己无论做出何种努力,都无法改变被驱遣的悲惨结局,于是断然指出:"何言复来还!"

如果说,兰芝谢绝仲卿好意的铿锵之语,表现出兰芝冷静和坚强的性格,那么兰芝赠送仲卿物品的缠绵之辞,则表现出兰芝温柔和贤惠的性格。兰芝一样一样地饱含深情地详细描述自己的嫁妆的款式、光泽、色彩、形状、数量、包装等,把自己这些心爱的物品留给自己的心上人,作为离别的纪念,作为精神的安慰。这些描写逐渐充实着兰芝美好性格的内涵。

㊺严妆:梳妆打扮,妆扮整齐。㊻蹑(niè):穿。㊼光:名词用作动词,发光,做"玳瑁"的定语,为押韵而后置。玳瑁(dàimào):海中动物,形似龟,其甲壳可作为装饰品,亦可入药。㊽纨(wán):洁白光亮的丝织品。素:本色,白色。㊾明月:"明月珠"的省说,即夜光珠,因珠光晶莹似月光,故名。珰(dāng):妇女的首饰。"腰若流纨素",为使上下句结构相称而错位,常式为"腰素纨若流"。㊿纤纤(xiān):柔美的样子。

**【阅读笔记·(9) 兰芝盛妆】**

这一段用铺陈的方法,详细地描写兰芝精心地梳妆打扮的情景。她每穿一件衣服、每戴一个首饰,都要反复挑选,反复搭配,直至形状、颜色与自身的丽质完美相谐。

她穿的衣服华美漂亮，她佩的饰物闪闪发光，她的容貌美丽绝伦，她的姿态举世无双。由此可见，兰芝是多么坚强，多么有教养。面对被驱遣的厄运，她并没有精神崩溃，哭作泪人，而是镇定自若，从容对待。纯从人性角度看，兰芝被驱遣前挑选衣物、搭配首饰的举动，堪与《红岩》中江姐临刑前整理旗袍、梳理头发的举动相媲美，只是历史时代、政治内容不同罢了。民歌作者对兰芝盛装的精美描写，是对兰芝无比热爱生活及其内心无比强大的极力赞美，也是对扼杀这一美好形象的罪恶制造者的强烈谴责。(51)生小：幼小，童年。出：出生。里：宅院，民户居处。(52)本自无教训：即本自无教训而愧，蒙后句省略“愧”。(53)兼愧贵家子：即“兼愧配于贵家子”。兼：同时具有，此处有“更有”意。贵家子：显贵之家的人，这是尊重也是抬高焦母之辞。(54)去：趋向动词。劳家里：即“劳于家里”。(55)却：退。(56)连珠子：“落”的状语，为押韵而后置。(57)始：不是“开始”义，而是时间副词“才”，与后面“如我长”搭配，表示时间短而小姑长得快。(58)长（cháng）：高。为押韵用“长”而不用“高”。(59)相：副词，“她”（她老人家）。扶将：扶持，搀扶，这里是“侍奉”。(60)初七：农历七月初七日。旧俗，妇女在这天晚上供祭织女星以乞巧。下九：古人以农历每月二十九日为上九，初九为中九，十九为下九，妇女常在下九集会嬉戏，叫作“阳会”。相：副词，“我”。(61)涕：眼泪。诸葛亮《出师表》：“今当远离，临表涕零，不知所云。”（现在将要远离陛下，面对表文，眼泪流下，不知说了些什么。）

**【阅读笔记·（10）拜别婆母】**

兰芝拜别阿母时，阿母为何“怒不止”？以阿母在家中高高在上的地位、说一不二的性格所形成的定势思维来看，那个被赶走的儿媳，来此一别，那是什么样子？肯定是衣冠不整，精神颓唐，满眼含泪甚或哭哭啼啼的。而阿母没想到这个被赶走的人，竟然穿戴得齐齐整整，打扮得漂漂亮亮，迈着纤纤细步，彬彬有礼地来到堂上，全然不是她所想象使她感到快意的落魄的样子，因而大怒不止。兰芝拜别婆母有礼有节，举止得体：既不是泼悍的大闹，也不是柔弱的哀求，既不指责抱怨，也不讽刺挖苦，仍然是沉稳的自谦自责、真诚的关心惦念。这就足以显示她的良好的教养和坚强而善良的性格。与小姑话别时，在对光阴荏苒的感慨中，流露出对小姑茁壮成长的欣赏和关爱之情，特别是一个无辜被婆婆休弃的儿媳，出于尊老敬长的考虑，还再三嘱咐小姑勤心服侍婆母，更显示出兰芝的大仁大义，折射出兰芝身上熠熠光辉的人性美。

(62)隐隐、甸甸：都是车声。何：何等，多么。这是以少见多、以显孕隐的写法，如此震响的车声，肯定招来不少围观、议论甚至指责兰芝的人，由此映衬出兰芝还承受了来自社会舆论的屈辱。㊿共：共同，一道。㊿相：副词，互相。隔：别离，间隔。隔卿：即"隔于卿"，省略介词"于"。于卿，介词结构作补语，译时前置作状语。㊿且：姑且。暂：短暂的时间。㊿誓天：即"誓于天"，省介词"于"。相：副词，你。㊿区区：诚挚的样子。㊿若：这样。见录：想着我。见，用于动词前，表示对自己怎么样。王安石《答司马谏议书》："冀君实或见恕也。"〔希望君实（司马光的字）或许能原谅我。〕录：记。㊿纫：通"韧"，柔韧。无：不。《战国策·西周策》："因令韩庆入秦，而使三国无攻秦。"（于是派韩庆出使秦国，使齐、韩、魏三国不进攻秦国。）㊿父兄：偏义复合词，此处偏到"兄"上。性行：禀性与行为。诸葛亮《出师表》："将军向宠性行淑均，晓畅军事。"（将军向宠禀性与行为善良公正，通晓军事。）㊿任：听从，顺从。㊿逆：预先。诸葛亮《后出师表》："至于成败利钝，非臣之明所能逆睹也。"（至于成功失败锐利迟钝，就不是我的视力所能预先看到的了。）以：连接动词"逆"和动词"煎"，是紧缩句中的顺接连词。㊿举手：告别的动作。劳劳：忧愁伤感的样子。㊿依依：留恋惜别的样子。

**【阅读笔记·（11）夫妻盟誓】**

夫妻盟誓，形象地表现出夫妻二人对爱情的忠贞不渝。仲卿对天的盟誓，态度真诚而坚决，也见出他对未来虽然没有把握，却仍然充满希望。兰芝对二人期望的比喻恰当而贴切，既表白了自己的态度，又提出了对仲卿的希望，但她更多的想到的是回娘家后的凶多吉少。夫妻话别的情景，哀婉动人，他们的离情别绪令人深深同情；一对恩爱夫妻被活活拆散，令人对悲剧的制造者义愤填膺。

**【段落大意】**

发展——第二段（府吏得闻之……二情同依依），兰芝被遣，夫妻路誓。

第二段第一层（府吏得闻之……慎勿违吾语。），仲卿求母、劝妻。

第二段第一层〔一〕（府吏得闻之……会不相从许），仲卿为妻求母。

第二段第一层〔二〕（府吏默无声……慎勿违吾语），仲卿无奈劝妻。

第二段第二层（新妇谓府吏……嬉戏莫相忘），兰芝被遣。

第二段第二层〔一〕（新妇谓府吏……久久莫相忘），兰芝明鉴。

第二段第二层〔二〕（鸡鸣外欲曙……精妙世无双），兰芝盛妆。

第二段第二层〔三〕（上堂拜阿母……嬉戏莫相忘），拜别婆母。

第二段第三层（出门登车去……二情同依依），夫妻盟誓。

第三段：
【原文】

入门上家堂，进退无颜仪。
阿母大拊掌："不图子自归①：
十三教汝织，十四能裁衣，
十五弹箜篌，十六知礼仪，
十七遣汝嫁，谓言无誓违②。
汝今何罪过，不迎而自归？"
兰芝惭阿母："儿实无罪过。"阿母大悲摧③。
还家十余日，县令遣媒来。
云"有第三郎，窈窕世无双④。
年始十八九，便言多令才⑤"。
阿母谓阿女："汝可去应之⑥。"
阿女含泪答："兰芝初还时⑦，
府吏见丁宁⑧，结誓不别离。
今日违情义，恐此事非奇⑨。
自可断来信⑩，徐徐更谓之。"
阿母白媒人⑪："贫贱有此女⑫，
始适还家门；不堪吏人妇，岂合令郎君⑬？
幸可广问讯，不得便相许⑭。"
媒人去数日，寻遣丞请还⑮，
说"有兰家女，承籍有宦官⑯"。
云"有第五郎，娇逸未有婚⑰，
遣丞为媒人，主簿通语言⑱"。
直说"太守家，有此令郎君，
既欲结大义⑲，故遣来贵门"。
阿母谢媒人："女子先有誓，老姥岂敢言？"⑳
阿兄得闻之，怅然心中烦，
举言谓阿妹："作计何不量㉑！

先嫁得府吏，后嫁得郎君，
否泰如天地㉒，足以荣汝身㉓。
不嫁义郎体㉔，其往欲何云㉕？"
兰芝仰头答："理实如兄言。
谢家事夫婿，中道还兄门㉖，
处分适兄意，那得自任专？㉗
虽与府吏要㉘，渠会永无缘㉙。
登即相许和㉚，便可作婚姻㉛。"
媒人下床去，诺诺复尔尔㉜。
还部白府君㉝："下官奉使命，言谈大有缘。"
府君得闻之，心中大欢喜。
视历复开书㉞，便利此月内，六合正相应㉟。
"良吉三十日，今已二十七，卿可去成婚㊱。"
交语速装束㊲，络绎如浮云㊳。
青雀白鹄舫㊴，四角龙子幡㊵，婀娜随风转㊶。
金车玉作轮，踯躅青骢马㊷，流苏金镂鞍㊸。
从人四五百，郁郁登郡门㊹。
赍钱三百万㊺，皆用青丝穿。
杂彩三百匹，交广市鲑珍㊻。

【译文】

（兰芝）进入娘家门，走上家里的厅堂，不论上前，还是退后，都觉得没有脸面。
阿母惊异地拍着手说："没想到（娘家没有让你归省的安排）你竟自己回来了：
十三岁就教你织布，十四岁你就能裁剪衣服，
十五岁会弹奏箜篌，十六岁懂得礼仪，
十七岁打发你出嫁，总认为你不会有什么过失。
而今天你（有）什么罪过，没有迎接（你），（你）却自己回来了？"
兰芝惭愧地对阿母说："孩儿确实没有什么罪过哇。"阿母大为悲伤。
（兰芝）回家十多天，县令派媒人来（提亲）。

（媒人）说"（县令）有个三公子，漂亮文静，世上无双。

年龄才十八九，口才很好，又有很多美好的才能"。

阿母对阿女说："你可去答应媒人。"

阿女含着眼泪回答阿母："兰芝当初回（娘家）时，

府吏再三嘱咐我，（我们二人）结成誓约永不分离。

今天（如果）违背了（府吏）的情义，恐怕这件事（这样做）不好。

自然可以回绝来说媒的人，（以后）慢慢再讲这件事吧。"

阿母回答媒人说："（我们）贫贱人家有这个女儿，

她刚出嫁不久又回到娘家；（她）不能做小官员的媳妇，怎能与县太爷的公子相匹配呢？

希望（你们）多方面打听打听（再访求别的女子），（我们）不能就答应你们。"

县令的媒人离开几天后，不久太守派来县里做事的郡丞要回去时，

（对县里的官员说），"（你们县里）有位兰（刘）家的姑娘，出身于做官的人家"。

（郡丞又）说"（太守）有个五公子，潇洒俊美，尚未婚配，

（太守）派遣郡丞我做媒人，这是（太守）让主簿传达给我的话"。

（于是郡丞到兰芝家）直接（对刘母）说"我们太守家，有这样一个好公子，

既然想和你家结为亲家，所以派（我）来到你府上（说媒）"。

刘母谢绝媒人说："女儿先前（与人）有誓约，老妇岂敢多嘴？"

阿兄听到此事，惆怅烦躁起来，

开口对阿妹说："你作这样打算，怎么不好好衡量衡量！

先嫁得到的是小官员，后嫁得到的是太守家的贵公子。

坏运气与好运气相比，好像地下和天上（相差那么大），（嫁与贵公子）足够使你终身荣耀富贵。

不嫁给这样好的公子，那往后（的日子）你打算怎么办？"

兰芝抬头回答："按道理确实像兄长说的那样。

（我）辞别娘家去侍奉夫婿，半道上（又）回到兄长家中，

怎样处理，适合兄长的意思吧，怎么能任凭自己擅作主张呢？

虽然（我）与府吏立下誓约，（但是）（与）他相会永远没有机缘了。

立刻就答应这门亲事吧，就可以结成亲家。"

太守的媒人从座位上起来连声说，好，好；又（说）就这样，就这样。

（郡丞）回到府里报告太守："下官奉了您的使命，说起这门亲事，（他们两人）大有缘分。"

太守听到这个消息，心中非常高兴。

（府君）翻开《婚嫁历》看，又打开《婚嫁书》查，婚期定在这个月内就很吉利，年、月、日的天干与地支都相适合。

（府君对郡丞说）："美好吉祥的日子是三十日，今天已经是二十七日，你可去刘家定好结婚日期。"

（太守府内大家）互相传告说，赶快筹办彩礼吧，（赶办彩礼的人）像天上的浮云一样来来往往连接不断。

（水路上行进着）雕画着青雀、白鹄（hú）的客船，船的四角挂着的画有良马的旗子，随风轻柔地飘动。

（陆路上行进着）车体饰金、轮子镶玉的豪车，毛色青白相杂的马缓缓地行进，马鞍上镂（lòu）刻着金饰，垂着缨子。

随从的人四五百人，声势盛大地来到庐江郡府门前。

给女方聘礼的钱几百万，都用青丝穿着。

各色绸缎三百匹，（还有）从交州、广州采购来的山珍海味。

**【注释及有关提示】**①不图：想不到。②誓：疑为"愆（qiān）"字之误，"愆"是古"愆"字，过失。违：过失，错误。③悲摧：哀伤。母女二人所言大体一致，又因角色不同而在表述上存有明显差异。如，兰芝说"十四学裁衣"，阿母说"十四能裁衣"；兰芝说"十六诵诗书"，阿母说"十六知礼仪"。有教养者的自诉明显的含有自谦的成分；阿母的回顾，实话实说，自然表现"汝今何罪过，不迎而自归"的惊异和悲摧。

**【阅读笔记·（12）阿母惊异】**

阿母回顾教育兰芝成长的叙说与兰芝的自诉前呼后应，突出了兰芝织布裁衣的劳动技能，知书识礼的文化教养，弹奏乐器的艺术特长。"知女莫过母"。阿母深知女儿素有教养，聪明能干，凭借这些品德和技能，孝亲相夫，定然不会有大的过错，万万没有想到女儿竟然不迎自归，因而拊掌大惊。听着阿母悲怆的诉说，人们深切感到兰芝无辜被遣的悲惨遭遇也深深地刺伤了一位老母亲对女儿的拳拳疼爱之心，因而也油然加深了对兰芝悲剧的直接制造者的痛恨之情。

**【阅读笔记·（13）兰芝禀母】**

兰芝无辜遭遣，在婆家有理难申，那深深压抑在内心的千般委屈、万种辛酸，也许只待回到娘家门向老母亲倾诉了；然而，兰芝听完母亲的话，即使为避婆母讳，也应该从别的方面或多或少地作些解释，而她仍然独自忍受着巨大的痛苦和悲伤，只说自己实在没有罪过。这是何等的善良！这是多么的坚强！

④窈窕（yǎotiǎo）：美好文静的样子。参见《诗经·周南·关雎》"窈窕"之注释。⑤便（pián）言：巧于言辞。令：好。⑥汝可去应之：古代女子再嫁，可以让本人出面与媒人谈。⑦初：当初。《左传·隐公元年》："初，郑武公娶于申。"（当初，郑武公从申国娶得妇人。）⑧见：用于动词前，表示对自己怎么样。丁宁：叮嘱。⑨奇：佳，美，妙。⑩自：副词，自然。承上文，应婚不妥自然（就是回绝）。信：使者，信使。此指做媒的人。《世说新语·雅量》："谢公与人围棋，俄而谢玄淮上信至，看书竟，默然无言。"〔谢公（谢安，宰相）与人下围棋，一会儿谢玄（东晋名将，谢安侄子）从淮水派的信使来到，（谢安）看完（谢玄报告淝水大捷）的信，默默无语。〕⑪白媒人：即"白于媒人"，向媒人说。⑫贫贱：形容词用作名词，贫贱之家。适：出嫁。欧阳修《江邻几墓志铭》："女三人，长适秘书丞钱衮。"〔（江邻几）有三个女儿，长女嫁给秘书丞钱衮。〕⑬合：匹配。合令郎君：即"合于令郎君"。令：敬辞，多用于称呼对方的亲属。如，令尊、令堂、令妻、令爱等。⑭相：副词，"你"。⑮丞：秦汉之后各级地方长官的副职。⑯承籍有宦官：所继承的先人的籍册中有做官（的登记）。承籍，继承先人的仕籍，也作"承藉"。宦官，官吏的通称。⑰娇逸：潇洒俊美。⑱主簿：中央机构及地方官府负责文书簿籍等的官。此指郡府主簿。通：通报，传告。

笔者注：以上八句（媒人去数日……主簿通语言），有的说有脱漏，有的说有错误。笔者感到几种说法都不能疏通上下文，经过推敲认为：（1）"兰家女"之"兰"应是"刘"，这或者是原作之误，或者是传抄之误；（2）说"有兰家女，承籍有宦官"之话的人不应是兰芝母，而应是郡丞；（3）郡丞是对兰芝所在县的官员说这个话的。

⑲结大义：指结亲。⑳谢：推辞，拒绝。欧阳修《故霸州文安县主簿苏君墓志铭》："年二十七，始大发愤，谢其往来少年。"〔（苏君）年龄二十七岁了，才大为激愤而决心努力，拒绝与他交往的年轻人。苏君，苏洵。〕 女子：女儿，"女子子"的省说。加"女子"二字于"子"之上，称"女子子"，以别于男子。㉑量（liàng）：估量，衡量。㉒否（pǐ）泰：周易中的两个卦名。天地不交，闭塞谓之否；天地相交，亨通谓之泰。㉓荣：形容词的使动用法，使……荣耀。㉔义郎：对男子的美称。体：身体，代人，具体代抽象。㉕其往：其后，将来。何云：怎么说，即怎么办。

【阅读笔记·（14）刘兄斥妹】

刘兄听到阿妹再次拒婚，终于按捺不住烦躁的情绪，斥责阿妹择婿不作考虑，不知衡量；然后以天与地来比喻贵公子与小府吏在荣华、富贵上的巨大差距。刘兄是实实在在地按照他的价值观对阿妹动之以情的。刘兄对兰芝拒婚后果的提醒，看似是对阿妹设身处地地考虑，而更为明显的则是有意透出逐层加深的弦外之音：之后不会有更好的前景了吧？难道你还打算一直待在娘家不成？刘兄的提醒，实际是对兰芝下的"逐客令"。

㉖还兄门：兰芝不说"还家门"，而说"还兄门"，这不是讽刺兄长，而是以实而言，此时刘家的最高统治者是刘兄。㉗处分：处理，处置。适：适合。那（nǎ，旧读 nuō）：疑问代词，怎么，后作"哪"。自任：任凭自己，动宾倒装。专：专擅。㉘要（yāo）：约，结。㉙渠：即"与渠（他）"，作"会"的状语，承前句省略介词"与"。㉚登即：同义合成词，立即。登，立即；即，立即。相：副词，此处可译为"他们"。许和（hè）：同义合成词，答应。许，答应，允许；和，答应，允许。㉛婚姻：亲家，有婚姻关系的亲戚。㉜诺诺复尔尔：这是诗作者转述媒人的话，不然，不会用一"复"字。诺诺："诺"是应声，重复为应允，有顺从意。尔尔：应答之辞，如此如此，等于说"就这样，就这样"。㉝部：衙署。此指太守府。府君：对太守的尊称。㉞视历复开书：①互文，意即打开历书看，再打开历书看；②不是互文，《隋书·经籍志》有《六合婚嫁历》《阴阳婚嫁书》等。㉟六合：年月日的天干地支正相符合。㊱卿：古代敬称。㊲交语：互相传话。装束：整理行装，此指筹办彩礼。㊳络绎：接连不断，往来不绝。㊴鹄：天鹅。舫（fǎng）：有舱室的船。㊵龙子：良马名。幡：同"旛"，一种旗子。㊶婀娜（ē'nuó）：轻盈柔美的样子。转（zhuǎn）：转动。㊷踯躅（zhí zhú）：用脚踏地，徘徊不进的样子。《荀子·礼论》："今夫大鸟兽则失亡其群匹，越月逾时，则必反铅；过故乡则必徘徊焉，鸣号焉，踯躅焉，踟蹰焉，然后能去之也。（现在那些大的飞禽走兽如果失去了它的群体或配偶，那么过了一个月或超过了一定的时间，就一定会返回合群；经过原来住过的地方，就一定会在那里徘徊周旋，在那里啼鸣吼叫，在那里驻足踏步，在那里来回走动，这样之后于是离开那里。）骢（cōng）：毛色青白相间的马。㊸流苏：以五彩羽毛或丝线制成的穗子，常用作车马、帷帐等的垂饰。镂（lòu）：雕刻。㊹郁郁：盛美貌。登郡门：大概是行聘的人在郡府门前聚齐，然后于此出发，以增加热闹气氛并彰显富贵。㊺赍（jī）：赠送。㊻交广：处所名词作状语，从交州、广州。市：动词，特指购买。《国语·齐语》：

"以其所有,易其所无,市贱鬻贵。"(用他们所有的,交换他们所没有的,购买便宜的东西,卖出贵的东西。)鲑(xié):鱼类菜肴的总称。珍:特指珍味,精美的食物。

【段落大意】

再发展——第三段(入门上家堂……交广市鲑珍),刘兄逼嫁,兰芝应婚。

第三段第一层(入门上家堂……不得便相许),兰芝辞婚。

第三段第二层(媒人去数日……其往欲何云),刘兄斥妹。

第三段第三层(兰芝仰头答……便可作婚姻),兰芝应婚。

第三段第四层(媒人下床去……交广市鲑珍),太守行聘。以太守聘礼之丰、行聘之盛,反衬兰芝意志坚定、品格可贵。

第四段:

【原文】

阿母谓阿女:"适得府君书,明日来迎汝①。

何不作衣裳②?莫令事不举③!"

阿女默无声,手巾掩口啼④,泪落便如泻。

移我琉璃榻,出置前窗下。

左手持刀尺⑤,右手执绫罗。

朝成绣夹裙,晚成单罗衫。

晻晻日欲暝⑥,愁思出门啼。

府吏闻此变,因求假暂归⑦。

未至二三里,摧藏马悲哀⑧。

新妇识马声,蹑履相逢迎⑨。

怅然遥相望⑩,知是故人来⑪。

举手拍马鞍,嗟叹使心伤:

"自君别我后,人事不可量⑫。

果不如先愿⑬,又非君所详。

我有亲父母⑭,逼迫兼弟兄⑮。

以我应他人⑯,君还何所望!⑰"

府吏谓新妇:"贺卿得高迁!

磐石方且厚，可以卒千年⑱；
蒲苇一时纫，便作旦夕间⑲。
卿当日胜贵⑳，吾独向黄泉！"
新妇谓府吏："何意出此言！
同是被逼迫，君尔妾亦然。
黄泉下相见㉑，勿违今日言！"
执手分道去，各各还家门。
生人作死别，恨恨那可论㉒！
念与世间辞，千万不复全㉓。

**【译文】**

阿母对阿女说："刚才收到太守的信（婚帖），（婚帖上说）明天来娶你。
为什么不做衣服？不要让婚事不能举办！"
阿女默默无声，（只是）用手巾捂着嘴哭泣，泪水落下就如同水泻一样。
移动我嵌着琉璃的坐具，把它搬出来放在前窗下。
左手一会儿拿尺子，一会儿拿剪刀；右手拿着绫罗绸缎。
早上做成绣夹裙，晚上作成单罗衫。
日光渐暗，天将黑了，（兰芝）满怀愁思，出门啼哭。
府吏听到这个变化，于是请求休假暂时回来。
还未到（刘家，相隔）二三里，人悲痛得摧折内脏，马悲哀得嘶嘶鸣叫。
新妇熟悉府吏的马叫声，放轻脚步去迎接他。
悲伤失意地远远地望着他，知道是原来的夫君来了。
（兰芝迎上前去）拍着仲卿的马鞍，唉声叹气，伤心地说：
"自从您离别我之后，相关的人与事真是不可料想。
（事情）果真不能随顺我们先前的愿望，又不是您所能详细知晓的。
我有亲母亲（希望我早改嫁），再加上亲哥哥逼迫（我改嫁）。
（他们）把我许配给别人，您还指望什么！"
府吏对新媳妇说："祝贺你得到高升！
磐石方正而且厚实，可以一直到千年；

蒲苇一时柔软结实，也就是旦夕间（存在的东西）。

你会一天超过一天地富贵起来，我独自走向黄泉！"

新媳妇对府吏说："哪里料到你会说出这种话！

（我俩）同样是被逼迫的，您是这样，我也是这样。

（我们）在地府互相见面吧，（希望您）不要违背了（我们）今天约定的话！"

夫妻紧紧地握手道别，然后分道离开，各自回到自己的家里。

活的人却作死的离别，这极度的愤恨哪里可以说得尽呢？

想到（他们）将要永远离开人世间，无论如何不能再保全（生命了）。

**【注释及有关提示】**①迎（yíng）：娶。②衣裳（cháng）：衣服。古时上曰衣，下曰裳。参见《诗经·秦风·无衣》"裳"之注释。③莫：不要。不举：不成，不能举办。④手巾：擦手揩脸用的巾，此是名词作状语，用手巾。⑤左手持刀尺：左撇子，坊间说左撇子更聪明。⑥晻晻（yǎn）：日光渐暗的样子。暝（míng）：天黑，日暮。⑦因：于是。假：休假。⑧藏（zàng）：内脏，后作"脏"。马悲哀：据下句"新妇识马声"，推知"马悲哀"是"马悲哀得鸣叫"。⑨蹑（niè）履（lǚ）：蹑足，小心翼翼地轻步行走。履，鞋，代"足"。相：副词，"他"。⑩相：副词，"他"。⑪故人：指前妻或前夫。古诗《上山采蘼芜》："新人从门入，故人从阁去。"（新妇从正面大门被迎进来，前妻从旁边小门被送出去。）⑫人事：人与事。人，媒人及县里、府里的人。事，先后出现的县令、太守提亲等事。量（liàng）：估量，衡量。⑬如：随顺，依从。⑭父母：偏义复合词，此处偏到"母"上。⑮弟兄：偏义复合词，此处偏到"兄"上。逼迫兼弟兄：错位句法，即"兼弟兄逼迫"。⑯应（yìng）：许诺。⑰何所望：即"所望何"，指望什么。⑱卒：终，一直到。⑱作：为。⑳当：会。日胜：一天超过一天。

**【阅读笔记·（15）讽刺兰芝】**

仲卿既不明白兰芝孤苦无援的处境，也不知晓兰芝已经酝酿成熟的计划，因而先讽刺兰芝攀上高枝、步步高升，再以兰芝先前所说的磐石与蒲苇的誓言进行纵横交织的对比。横的方面：仲卿像磐石一样"可以卒千年"，而兰芝自己所说的"妾当作蒲苇"却只是"旦夕间"的一时之韧。纵的方面：兰芝先前信誓旦旦，而现在却见利忘义，应嫁义郎。仲卿斥责了兰芝的食言负义后，悲壮地表示自己兑现走向黄泉的诺言，足见其诚信守诺的宝贵性格。

㉑相：互相。兰芝向仲卿解释清楚后，两人决定殉情。作者写兰芝最后叮嘱仲

卿的话之前,省略了两人商量殉情时所说的若干话,这是剪裁得当的艺术。㉒恨恨:抱恨不已。㉓千万:表示决然之辞。全:形容词用作动词,保全。作者写到悲伤之处,激愤之情自然溢出,插入四句议论,表示对悲剧制造者的强烈痛恨和对恩爱夫妻悲惨遭遇的极度惋惜。

【段落大意】

高潮——第四段(阿母谓阿女……千万不复全),相约黄泉。


第五段:
【原文】
府吏还家去,上堂拜阿母:
"今日大风寒,寒风摧树木,严霜结庭兰。
儿今日冥冥①,令母在后单。
故作不良计,勿复怨鬼神!
命如南山石,四体康且直②!"
阿母得闻之,零泪应声落:
"汝是大家子,仕宦于台阁③。
慎勿为妇死,贵贱情何薄④?
东家有贤女,窈窕艳城郭⑤。
阿母为汝求,便复在旦夕。"
府吏再拜还,长叹空房中,作计乃尔立⑥。
转头向户里⑦,渐见愁煎迫⑧。
其日牛马嘶,新妇入青庐⑨。
奄奄黄昏后,寂寂人定初⑩。
"我命绝今日,魂去尸长留!⑪"
揽裙脱丝履,举身赴清池⑫。
府吏闻此事,心知长别离。
徘徊庭树下,自挂东南枝。

**【译文】**

府吏回到家里，上堂拜见阿母说：

"今日刮大风天气寒冷，寒风摧折了树木，浓霜结在院子里的兰花上。

孩儿现在就像太阳落山时的样子，使得母亲在后面很孤单。

（我是）有意作这不好的打算，（您老）不要再怨恨鬼神！

愿您老寿命像南山的石头一样长久，愿您老的身体永远健康又舒顺！"

阿母听到儿子这些话，流出的泪水随着哭声落下：

"你是大家人家的子弟，又在大官府做官。

千万不要为这个女人死去；你贵她贱，（把她休了，理所当然）那情怎么算薄呢？

东邻家有个好姑娘，她美好无比，漂亮胜过城内外的美女。

阿母为你求婚，（她家）在早晚间就答复。"

府吏向母亲拜了两拜就回到房中，在空房中长时间叹息后，所作的（自杀殉情的）计策就这样定下了。

（他）把头转向兰芝住过的内房，（睹物生情），越来越被悲痛煎熬逼迫。

那天牛马嘶鸣时，新媳妇进入青布棚帐。

暗沉沉的黄昏之后，静悄悄的人定之时。

（兰芝自语说）"我的生命结束在今天，我的灵魂离去了，我的尸体长留人间！"

（兰芝）拢起裙子，脱下丝鞋，纵身跳进清水池里。

府吏听到兰芝投水之事，心里明白（自己已经与兰芝）长久地别离了。

在院子的树下徘徊了一阵后，自己挂在东南的树枝上（吊死了）。

**【注释及有关提示】** ①儿今日冥冥：暗喻，还原为明喻是，儿现在像太阳落山一样。日冥冥：日光昏暗，形容日落时的景色。②四体：四肢。直：（胳膊、腿）不弯曲，是身体健康的形象说法。③仕宦：做官。台阁：指尚书台等官府。这是焦母的夸大之辞。④情何薄：反问句，意即"不算薄情"。⑤窈窕：美好文静的样子。艳城郭：就句子结构看，似有两解：一、"艳"后似是省略了"压""盖"之类动词，则意为"美压城中群芳"；二、"艳"后似是省略了介词"于"，而且"城郭"借代城中的美女，则意为"比城中的美女都美"。城郭：内城与外城，泛指城邑。⑥作计："作之计"（做的打算）省说，名词性结构。⑦户里：兰芝住过的内房。一说"户里"是焦母的居室，说明仲卿临死前对焦母放心不下，这正说明他的诚正与善良。⑧渐：逐渐，越来越。见：被。司马迁《屈原列传》："信而见疑，忠而被谤。"（诚信却被怀疑，忠诚却被诽谤。）

⑨青庐：用青布搭的棚帐，供举行婚礼用。⑩人定：夜深安息之时，即亥时。⑪我命绝今日，魂去尸长留：兰芝的两句绝命辞，悲痛惨烈之至，表现出留恋人生而又不得不撒手人寰的极为矛盾的心情，而解决矛盾、消除痛苦的唯一方法就是自杀，于是"举身赴清池"。⑫举身：使自己身子起。举，使动用法。

**【段落大意】**

结局——第五段（府吏还家去……自挂东南枝），双双殉情。

第五段第一层（府吏还家去……渐见愁煎迫），仲卿别母。

第五段第二层（其日牛马嘶……举身赴清池），兰芝投水。

第五段第三层（府吏闻此事……自挂东南枝），仲卿自缢。


第六段：

**【原文】**

两家求合葬，合葬华山傍①。

东西植松柏，左右种梧桐。

枝枝相覆盖②，叶叶相交通③。

中有双飞鸟，自名为鸳鸯；

仰头相向鸣④，夜夜达五更。

行人驻足听，寡妇起彷徨⑤。

多谢后世人⑥，戒之慎勿忘！


**【译文】**

焦、刘两家要求将焦仲卿、刘兰芝合葬在一起；（结果把二人）合葬在华山旁。

（在坟墓的）东西种上松柏，（在坟墓的）左右种上梧桐。

〔若按"互文"解，则为：（在坟墓的）东西南北四周种上松柏和梧桐。〕

（这些树）条条枝子、片片叶子互相覆盖着，互相连接着。

树中有一对结伴双飞的鸟，自己（鸣叫）的名字叫作鸳鸯。

（它们）仰着头互相对着鸣叫，每夜直叫到五更。

走路的人停下脚步听，寡妇听见了，从床上起来，心里很不安定。

多多告诉后世的人，要以之为戒，千万不要忘记这件事的惨痛教训！

**【注释及有关提示】**①华山：据说是指今安徽省舒城县南的华盖山，这里可能不是确指。傍（páng）：旁边。"两家求合葬"，求谁？当然是求太守家。太守家已经通过明媒与刘家结为亲家，而且已经向刘家行了聘礼，这在当时的历史条件下已经具有了舆论和法律的双重效力，因此两家要合葬仲卿、兰芝二人，必须向太守家求情，太守就做顺水人情，答应了两家的请求。②相：互相。③交通：交相通达。陶潜《桃花源记》："阡陌交通，鸡犬相闻。"（田间南北的小路与东西的小路交相通达，鸡、狗的叫声互相听到。）④相：互相。向：朝着、对着。《说苑·贵德》（西汉，刘向）："今有满堂饮酒者，有一人独索然向隅而泣，则一堂之人皆不乐矣。"〔现在有满屋子的人在喝酒，（假如）有一个人独自扫兴地对着墙角哭泣，那么一屋子的人就都不愉快了。〕⑤这两句从一般人写到特殊人，用行人（一般人）停步谛听飞鸟鸣叫，衬托焦刘事迹的感人；用寡妇（特殊人）听到飞鸟鸣叫后的内心不安，反衬焦刘夫妻双双殉情的坚贞。"寡妇起彷徨"一句的主要目的，是用来反衬焦刘夫妻的，但是客观上表现出轻视寡妇的封建观点。⑥谢：告诉。汉朝宋子侯《董娇饶》诗："纤手折其枝，花落何飘扬。请谢彼姝（shū）子：何为见损伤？"〔她用纤纤的手攀折桃李树枝，弄得花飘落得多么厉害。请允许我告诉那位美丽的女子，你为什么要损伤那些花呢？（见，用在动词前面或后面，无实义。）〕戒：意动词，也叫以为动词，即"以……为戒"。

**【阅读笔记·（16）尾声小议】**

尾声所写的情景，不是封建迷信，而是富有绚丽色彩的神话，具有积极的思想意义。尾声用浪漫主义的方法，反映了人民对幸福生活的向往，对封建制度的抗议，形象地说明焦、刘夫妇二人的殉情不是弱者的无奈选择，而是强者的有意反抗，他们失去的是有限的生命，得到的是永恒的爱情。

尾声描写坟边的树，枝枝叶叶互相覆盖，互相交接；描写树上的鸟结伴双飞，相向而鸣，象征这对殉情夫妇合为一体，永不分离，象征追求民主、反抗封建的火焰永不熄灭，反映了人民的意愿。

**【段落大意】**

尾声——第六段（两家求合葬……戒之慎勿忘），夫妻合葬，警戒后人。

**【艺术特色简介】**这首叙事诗故事完整，结构紧凑，语言朴素，人物性格鲜明。通过有个性的人物对话塑造了几个鲜明的人物形象，是这首诗最大的艺术成就。

# 三、古诗十九首（选2首）

**【文学常识·古诗十九首】**汉魏晋时期，五言诗由开创、发展而趋成熟。五言诗比《诗经》的四言诗容量大了，节奏也更鲜明了。《古诗十九首》是汉末文人五言诗选辑，由南朝梁代萧统从传世无名氏古诗中选录十九首编入《文选》题为《古诗十九首》，列在"杂诗"类之首。这十九首诗习惯上以首句标题，依次为：《行行重行行》《青青河畔草》《青青陵上柏》《今日良宴会》《西北有高楼》《涉江采芙蓉》《明月皎夜光》《冉冉孤生竹》《庭中有奇树》《迢迢牵牛星》《回车驾言迈》《东城高且长》《驱车上东门》《去者日以疏》《生年不满百》《凛凛岁云暮》《孟冬寒气至》《客从远方来》《明月何皎皎》。《古诗十九首》是乐府古诗文人化的显著标志，内容多写夫妇朋友间的离愁别绪和士人的彷徨失意，深刻地再现了文人在汉末社会思想大转变时期，追求的幻灭与沉沦、心灵的觉醒与痛苦，抒发了人生最基本、最普遍的几种情感和思绪；有些作品表现出追求富贵和及时行乐的思想。《古诗十九首》语言朴素自然，描写生动真切，具有浑然天成的艺术风格，刘勰的《文心雕龙》称它为"五言之冠冕"，钟嵘《诗品》评价它"惊心动魄，可谓几乎一字千金"。它的出现标志着五言诗已经达到了成熟的阶段。

025　涉江采芙蓉

【内容简介】这是一首游子怀念远在家乡的妻子的诗。这首诗反映了东汉末年中下层知识分子的一个生活侧面。为了生计，他们不得不远离家乡，告别亲人，寻找出路，因此而产生强烈的思乡之情和思想苦闷。

【背景简介】两汉时期，经学成为士人跻身朝堂、谋求功名的重要资本。于是千千万万的学子离乡游学求宦。但是对于如此众多的士人而言，官僚机构的容纳能力实在太有限了，这必然形成一种得机幸进者少、失意向隅者多的局面。于是一个坎廪（不平的样子，比喻不得志）失意的文人群体便产生了，这就是《古诗十九首》中的"游子"（离家远游的人）和"荡子"（游荡在外的男子）。这些游学的士子在宦途无望、朋友道绝的孤单失意中，自然会苦苦地怀念故乡和亲人。本诗即是《古诗十九首》中描写怀乡思亲的代表作品。

注：有人认为，前四句是写思妇，后两句写游子，最后两句合写夫妇。笔者认为，全诗从采花至给谁，再至望乡，直至最后的忧伤都是写游子的，故按照笔者的理解翻译、解释。

【原文】
涉江采芙蓉①，兰泽多芳草。

采之欲遗谁②？所思在远道。

还顾望旧乡③，长路漫浩浩④。

同心而离居⑤，忧伤以终老⑥。

【译文】

徒步进入江水中，采来美丽的荷花，又从沼泽地采来芳香的兰草。

（可是）采来的荷花和兰草要送给谁呢？我所思念的亲人她在很远的地方。

回头眺望故乡，（可是）回乡之路，遥远漫长，没有尽头。

（与妻子）心心相印，却远隔千里，离别而居，（我们这辈子）只能这样忧伤地到老了。

【注释】①芙蓉：荷花。兰泽：生长兰草的沼泽地带。②遗（wèi）：给予，馈赠。③旧乡：故乡。④长：远。漫：通"曼"，长。浩浩：广阔，辽远。⑤而：转折连词，却。⑥以：状态连词。终老：到老。

【艺术特色简介】语言朴素自然，感情曲折缠绵。

## 026 迢迢牵牛星

【题意简释】牵牛和织女本是两个星宿的名称。在中国，关于牵牛和织女的民间故事起源很早。《诗经·小雅·大东》已经写到了牵牛和织女，但还只是作为两颗星来写的，而在曹丕的《燕歌行》、曹植的《洛神赋》和《九咏》里，牵牛和织女已成为夫妇了。曹植《九咏》曰"牵牛为夫，织女为妇。织女牵牛之星各处河鼓（星名，又名黄姑、天鼓）之旁，七月七日乃得一会"，这是当时最明确的记载。可见汉末三国时期牵牛和织女的故事已有雏形。《迢迢牵牛星》即依照牵牛和织女的故事情节创作而成。

【内容简介】此诗借神话传说中牛郎、织女被银河阻隔而不得会面的悲剧，抒发了女子离别相思之情，写出了人间夫妻不得团聚的悲哀。字里行间，蕴藏着一定的不满和反抗意识。诗人抓住银河、机杼这些和牛郎织女神话相关的物象，借写织女有情思亲、无心织布、隔河落泪、对水兴叹的情景，来比喻人间的离妇对辞亲去远的丈夫的相思之情。

【原文】

迢迢牵牛星①，皎皎河汉女②。

纤纤擢素手③，札札弄机杼④。
终日不成章⑤，泣涕零如雨⑥。
河汉清且浅⑦，相去复几许⑧？
盈盈一水间⑨，脉脉不得语⑩。

【译文】

那遥远的牵牛星，皎洁的河汉女，在（眺望）他。

织女伸出尖细洁白的双手，摆弄织机，机杼轧轧作响。

终日织不出成幅的布帛，她哭泣的泪水零落如雨。

银河既清又浅，二人相隔能有多远呢？

只是被既清又浅的一条河间隔着，（因为不能轻松地涉过）只能默默无语，痴痴凝望。

【注释及有关提示】①迢迢（tiáo）：遥远的样子。牵牛星：俗称牛郎星或扁担星，隔银河和织女星相对，是天鹰星座的主星，在银河东。②皎皎：明亮的样子。河汉女：指织女星，是天琴星座的主星，在银河西，与牵牛星隔河相对。河汉，即银河。称织女星为"河汉女"是为了避免与上句的"牵牛星"说法雷同，而且避开重复一个"星"字，更是为了押韵；再从客观效果上看，说"河汉女"更容易让人联想到河边的一个真实的女人，而忽略了她本是一颗星。

【阅读笔记·（1）古老的"蒙太奇"】

"迢迢牵牛星，皎皎河汉女"这两句，表面看是并提二星，实际是倒装的主客关系，即，"皎皎河汉女"远望"迢迢牵牛星"。可是镜头中首先出现的是织女望中所见的牵牛星，这就近于电影中颠倒式蒙太奇手法。即先展现故事现在状态。（遥远的银河东岸牵牛星在闪烁亮光），然后再回去介绍故事的始末（银河西岸的织女在织布时，不由地眺望对岸……）就整首诗看，此诗不是写"牵牛星"的，而是写"河汉女"的，而"牵牛星"是专责引出女主人公之任的。

③纤纤（xiān）：尖细的样子。擢（zhuó）：引，抽，接近伸出的意思。素：洁白。④札札（zhá）：象声词，机织声。弄：摆弄。杼（zhù）：织布机上的梭子。⑤章：经纬线交织成的幅面。此句是化用《诗经·小雅·大东》语意，说织女终日也织不成布。《诗经》原意是织女徒有虚名，不会织布，而这里则是说织女因为相思而无心织布。⑥涕：眼泪。零：落下。⑦清且浅：清又浅。⑧相去：相离，相隔。去，离。复几许：反问句，

意为没有多远。⑨盈盈：水清澈、晶莹的样子。一说形容织女端丽。一水：虽然仍旧是银河，但是织女心中已经是一条小河了。间（jiàn）：间隔。"盈盈"与首句之"迢迢"似乎是矛盾的，但却含蓄地表明：夫妻不能团聚，不只限于地理条件，还被一种强大而又无形的力量紧紧地束缚着。⑩脉脉（mò）：凝视的样子。一作"默默"。

**【阅读笔记·（2）终日不成章】**

传说中的织女是最灵巧、最擅长织布的，她织布的功效是普通妇女的几百倍，可她为何整日织不成幅面，哭成个泪人呢？以下四句作了回答：原因是她不能与心爱的牛郎相会；缘何不能相会呢？因为被银河阻隔：牛郎在银河东岸，织女在银河西岸。然而，把织女与牛郎隔开的银河并不深，二人相隔也并不远，却为何不能相会，而只能凝情相视呢？诗歌未作回答，给读者留下更多联想的空间，耐人寻味。

**【艺术特色简介】**（一）想象丰富，境界奇特。

（二）巧用拟人方法，借助神话传说反映人间现实。"此诗表面上字字在叙写织女的天上愁思，实际却句句在抒发思妇的地上离恨，闪现出浪漫的绚丽色彩。"（徐中玉《中国古代文学作品选》）

（三）全诗充满矛盾冲突，主人公感情缠绵曲折。"迢迢"直写客观条件的遥远，"皎皎"映衬思妇主观愿望的热烈：开篇即显示出主、客观的矛盾冲突。"纤纤擢素手"却"终日不成章"：高超的织布技艺与惨淡的劳动结果的强烈反差，显示出思妇难以排遣的绵绵愁思。"相去复几许"与"脉脉不得语"，更是高度艺术地反映了思妇的心理感觉与客观桎梏的矛盾冲突。

（四）用语婉丽。此诗共十句，而六句用了叠音词。这些叠音词质朴清丽，使这首诗音节和谐，情趣盎然，自然而贴切地表达了物性与情思。

（五）有明显的故事情节。故事的开端：织女眺望对岸那人；发展：无心织布；高潮：伤心流泪；结局：回到原点——凝望对岸那人。

**【阅读笔记·（3）微型电影】**

这首诗无疑是首抒情诗，但是又有明显的故事情节，而且画面感很强，像是一部微型电影。影片开播，先展现夜空中遥远的银河东岸一颗明亮的星——牵牛星，然后镜头向西北方向缓缓移动，越过银河聚焦于正翘首东望的织女身上。编导以美丽的织女眺望对岸那颗星（人），展开了一个凄美的故事。织女用那尖细洁白的双手摆弄织机，像弹奏古琴一样发出美妙悦耳的轧轧之声。可惜从晨到昏，人们只听到几声轧轧之声，只见织女洁白的双手落在织机上像是雕像者的手一样，一动不动。镜头缓缓上移，只见"小雨"正从织女的眼窝里汩汩地流出,哗哗地落下。织女又把眼光投向那条水面宽阔、浪涛汹涌的银河。可是,那条银河突然变得清清的、浅浅的,似乎很轻松地就能蹚河到对岸。可是,织女像是被魔法箍住了一样,不能起身,更不能抬脚,只能痴痴地凝望对岸那颗星(人)。于是,影片在最后一个镜头与开端部分织女翘首东望的镜头重合后,在观众的叹息声中,悄然结束。

【附·《古诗十九首》中部分名句】1."胡马依北风,越鸟巢南枝。"(北马南来仍然依恋着北风,南鸟北飞筑巢还在南面的枝头。)2."人生天地间,忽如远行客。"(人生活在天地之间,就好比远行匆匆的过客。)3."无为守穷贱,轗轲(kǎnkě,比喻不得志)长苦辛。"(不要因为过着贫贱生活而忧愁,也不要因为失意而长久地煎熬自己。)4."不惜歌者苦,但伤知音稀。"(不叹惜歌者倾诉声里的痛苦,只悲伤知音稀少。)5."此物何足贵,但感别经时。"(这花有什么珍贵呢?只是因为别离太久,想借着花儿表达怀念之情罢了。)6."盛衰各有时,立身苦不早。"〔(百草和人生寿命的)短长虽然各有不同,但由盛而衰的规律却是相同,(既然如此,那么)处世立业就苦于不能及早(把握)。〕7."生年不满百,常怀千岁忧。"(人生不满百年,却常怀千年愁忧。)8."客行虽云乐,不如早旋归。"(客居在外虽说有趣,还是不如早日回家。)

## 四、东汉童谣 2 首

027　桓帝初小麦童谣

【题意简释】桓帝,东汉时第十个皇帝,公元 147 至 167 年在位。童谣,在儿童中间流行的歌谣,有时成人也唱,形式比较简短而往往具有较深刻的含义。

【内容简介】汉桓帝在位时,居住在西部凉州一带的羌族部落发动了反对东汉政权的战争。东汉虽然兵多将广,却懦弱无能,抵挡不住羌人的进攻,只得大量征兵,以至于使农村秋收无人。这首歌谣所表现的就是当时的情景:男人都被征去打仗了,所有农活都靠女人来干,而那些官吏、君子却趁机大肆搜刮百姓,买马置车,百姓却只敢怒而不敢言。

【原文】

小麦青青大麦枯①,谁当获者妇与姑②。

丈人何在西击胡③。

吏买马④，君具车⑤。
请为诸君鼓咙胡⑥。

【译文】

小麦青青（正需管理），大麦熟过头已转向枯萎，谁是承担收获大麦的人呢？是儿媳妇与婆婆。

家里的男人在什么地方？他们在西面抗击入侵的胡人。

（在农民家庭遭遇男子被征兵、婆媳承担所有农活的不幸情况下）那些小吏、君子，不但不赴国难，反而趁机在后方大发横财，买马置车。

（人们只能）为这些小吏、君子们鼓起喉咙。

【注释及有关提示】①大麦：此指普通栽培大麦，一二年生，植株似小麦。枯：草木枯萎，此指熟过了头。②妇：儿媳。《左传·昭公二十六年》："姑慈而从，妇听而婉，礼之善物也。"（婆婆慈爱而肯听从规劝，媳妇顺从而能委婉陈辞，这是礼中的好事情。）姑：丈夫的母亲。《汉书·于定国传》："东海有孝妇，少寡，亡子，养姑甚谨。"（东海有一孝妇，很年轻就失去丈夫，又无儿子，可她侍养婆婆很周到。）此句用了设问的修辞方法，结构上是两句合为一句。下一诗句"丈人何在西击胡"之修辞方法、句子结构与此句同。③丈人：对年长男子的尊称。何在：动宾倒装，在何。④吏：官府中的下级官员或差役。诗歌作者不言"官"，而说"吏"，**揭露更深刻，讽刺更辛辣**：差役、小官竟如此，大官、高官之贪腐必是更甚。⑤君：即君子，有道德的人。诗中是反语，讽刺那些趁机发国难财的人是伪君子。具：备办。这两句诗用了互文的修辞方法。⑥请：谦敬副词，不译。鼓：隆起，凸出。此处为使动用法，使……隆起。咙胡：喉咙，喉头。鼓咙胡：使喉头隆起而不发声。这是敢怒不敢言的形象说法。

【艺术特色简介】战争灾难转嫁到百姓身上与官吏大发国难财的鲜明对比。


028 举秀才（桓灵时童谣）

【题意简释】举：选举，古代一种选官制度。秀才：汉代荐举人才的科目名称，也指被推荐的有才能的文人。

【内容简介】东汉桓帝、灵帝时，选用人才非常不合理，选出的人才往往名不副实。这首诗通过"人才"的名与实的鲜明对照，不仅讽刺了所谓"人才"本身的无能、无德、污浊、怯懦的本质，也对选用这些"人才"的统治阶级给予了无情的鞭挞。

【原文】

举秀才，不知书。

举孝廉①，父别居。

寒素青白浊如泥，

高第良将怯如鸡②。

【译文】

被选举为秀才的人，他们却不识书、无学问。

被选举为孝廉的人，却与他的父亲分别居住。

号称出身贫寒，为人清白的人，实际上污浊得像泥一样。

出身于豪门大族的所谓良将，实际上胆怯得像鸡一样。

【注释】①孝廉：汉代荐举人才的科目名称，被推荐的人应该孝敬父母，品行端正，廉洁不贪污。②第：贵族的住宅。

【艺术特色简介】秀才的学位、孝亲的德名、清白的名声、良将的称号与不学无术、疏远双亲、烂污如泥、胆怯如鸡的鲜明对比。

# 第二编　魏晋至南北朝

## 第一章　曹魏时期

### 一、曹操 3 首

【作者简介】曹操（公元 155—220 年），字孟德，沛国谯（qiáo）县（今安徽亳 bó 州）人。在镇压黄巾起义和讨伐董卓的战争中，逐步扩充军事力量。建安元年（196 年）迎献帝都许（今河南许昌东），从此用汉献帝名义发号施令，先后削平吕布等割据势力。官渡之战大破河北割据势力袁绍后，逐渐统一了中国北部。建安十三年，进位为丞相，率军南下，被孙权和刘备的联军击败于赤壁。封魏王。子曹丕称帝，追尊为武帝。他精兵法，著《孙子略解》《兵书接要》等书。善诗歌，《蒿里行》《观沧海》《龟虽寿》《短歌行》等篇，抒发自己的政治抱负，并反映汉末人民的苦难生活，气魄雄伟，慷慨悲凉。

#### 029　步出夏门行·龟虽寿

【题意简释】《步出夏门行》是曹操用乐府旧题创作的组诗，作于建安十二年（207）作者北征乌桓胜利时。这组诗共分五部分，开头是序曲"艳"，下面是《观沧海》《冬十月》《土不同》《龟虽寿》四章。全诗描写河朔（泛指黄河以北地区）一带的风土景物，抒发个人的雄心壮志，反映了诗人踌躇满志、叱咤风云的英雄气概。作品意境开阔，气势雄浑。

【内容简介】曹操凭借自己的雄才大略统一了中国北部，但是他的理想是统一全中国，所以他不会就此止步。他以神龟、腾蛇之喻，说明自然规律；以老骥身伏马棚之内，心骋千里之外，自喻"烈士暮年，壮心不已"，形象而有力地抒发了胸怀大志之人积极进取、奋斗不息的豪情。

【原文】

神龟虽寿①，犹有竟时②；

腾蛇乘雾③，终为土灰。

老骥伏枥④，志在千里；

烈士暮年，壮心不已⑤。

盈缩之期，不但在天⑥；

养怡之福⑦，可得永年⑧。

幸甚至哉⑨，歌以咏志⑩。

【译文】

神龟虽然长寿，生命还是会有结束的时候；

腾蛇尽管能腾云乘雾飞行，但终究也会死亡，化为土灰。

年老的千里马虽然伏于马槽旁，其壮志仍是驰骋千里。

胸怀壮志的人，即便到了晚年，奋发有为的取进心，也不止息。

寿命长短的期限，不只是由上天决定。

保持身心和乐的好处，（是）可以益寿延年。

幸运得很，达到极点啊，用歌来表达心志。

【注释及有关提示】①神龟：古时候，人们传说神龟能活几千岁。寿：生存时间长久，长寿。《论语·雍也》："知者乐，仁者寿。"（聪明的人快乐，仁厚的人长寿。）②犹：还，仍然。竟：终了，完了。③腾蛇：古代传说中能乘云雾升天飞腾的神蛇。④骥：千里马。枥：马槽。⑤烈士：有志于建功立业的人。暮：年暮，年老。已：停止。⑥盈缩：指寿夭。之：的。但：只。⑦养怡：保持身心和乐。福：福气，此指好处。⑧永年：长寿。《尚书·毕命》："资富能训，惟以永年。"（资财富足而能接受训导，可以长寿。）⑨幸：幸运。甚：很。至：达到极点。《战国策·秦策四》："物至而反，冬夏是也。"（事物达到极点就会返回，冬季和夏季就是这样。）⑩歌：名词作状语，用歌。以：目的连词，来。咏：表达。最后两句与本诗正文没有直接关系，是乐府诗结尾的一种方式，是为了配乐歌唱而加上去的。

【艺术特色简介】（一）诗中蕴含哲思，溢满豪情，既给人以哲理的启迪，又给人以精神的激励。

（二）比喻精当。

030 步出夏门行·观沧海

**【内容简介】**公元207年,曹操率兵北征乌桓时,登上碣石山,眺望大海,看到了大海的雄壮、山岛的挺拔、草木的丰茂、波涛的汹涌……这一切使诗人的胸怀更加开阔、志向更加远大。这首诗描写海山宏大的气势,抒发了诗人远大的志向。袁行霈的《中国文学史》中说,曹操的《观沧海》是中国诗歌史上第一首完整的山水诗。

**【原文】**

东临碣石①,以观沧海②。
水何澹澹③,山岛竦峙④。
树木丛生,百草丰茂。
秋风萧瑟⑤,洪波涌起。
日月之行,若出其中⑥;
星汉灿烂⑦,若出其里。
幸甚至哉,歌以咏志。

**【译文】**

向东进发登上碣石山,来观赏大海的奇景。
大海的波涛多么激荡,海中的山岛高耸挺立。
(海边)树木密集葱茏,百草丰茂旺盛。
秋风吹起,草木摇动,风声萧瑟,巨浪翻涌,澎湃呼啸。
太阳、月亮升降起落,好像出自大海的胸中;
银河里的灿烂群星,也像从大海的怀抱中涌现出来的。
幸运得很,达到极点啊,用歌来表达心志。

**【注释】**①临:登上,有游览的意思。碣(jié)石:山名。碣石山,在现在河北昌黎。汉献帝建安十二年(207)秋天,曹操征乌桓时经过此地。②沧:通"苍",青绿色。海:指渤海。③何:多么。澹澹(dàndàn):水波摇动的样子。④竦峙(sǒngzhì):高高地耸立。竦,通"耸",高起;峙,挺立。⑤萧瑟(xiāosè):象声词,秋风声。⑥其:代词,它的,代"海的"。⑦星汉:银河。

**【艺术特色简析】**(一)准确生动地描绘出大海的形象,单纯而又饱满,丰富而不琐细,好像一幅粗线条的炭笔画一样。尤其可贵的是,这首诗不仅仅反映了大海的形象,同时也赋予它以性格。诗人不满足于只对大海做表象的模拟,而是力求通过表象,表现大海那种孕大含深、动荡不安的性格。海,本来是没有生命的,然而在诗人笔下却具有了性格,从而更真实、更深刻地反映了大海的面貌。

(二)情景交融,句句写景,又句句抒情,既表现了大海,也表现了诗人自己。诗人把眼前的海上景色和自己的雄心壮志巧妙地融合在一起,感情奔放,思想含蓄。具体看,前六句写的是实景;而后四句则是诗人的想象,诗人驰骋想象,描绘了另一幅海景:绕天运行的太阳和月亮,好像是从大海的胸怀中升起的;夜空中横亘苍穹的银河也好像是从大海发源的,大海吞吐宇宙、包容万物,真是宏伟无比,博大无比。诗人在这里采用浪漫主义的表现方法,描绘出大海的"精神世界",使读者通过这虚拟的壮丽景色感受到海的博大、奇伟,同时也感受到作为一个伟大政治家的诗人胸怀的博大和奇伟。所以,这样的写景实际是在抒情,是以景语作情语。

031 短歌行·其一

【题意简释】《短歌行》是乐府《平调曲》名,汉乐府的古辞已无,曹操的《短歌行》"对酒当歌"一首最有名。

【内容简介】曹操传世的《短歌行》共有两首,本助读只简单介绍其中的第一首。这首诗的主题非常明确,就是抒发时光易逝而功业未就的深沉感慨,展现搜揽人才以完成统一大业的宏伟抱负。曹操在其政治活动中,为了扩大他在庶族地主中的统治基础,打击世袭豪强势力,曾大力强调"唯才是举",为此先后发布了"求贤令""举士令""求逸才令"等;而《短歌行》实际上就是一曲"求贤歌",又正因为运用了诗歌的形式,含有丰富的抒情成分,所以就能起到独特的感染作用,有力地宣传了他所坚持的主张,配合了他所颁发的政令。全诗三十二句,分四节,每八句一节。

第一节:

【原文】
对酒当歌①,人生几何?
譬如朝露,去日苦多②。
慨当以慷③,忧思难忘。
何以解忧?唯有杜康④。

【译文】

一边喝着酒,一边唱着歌,(不由想到)人生有多少时光?

(人生)就像早晨的露水那样短暂,(更)可恨已经逝去的岁月又是那么多。

(既然人生短暂),就更应当慷慨高歌,(而理想不得实现的)忧愁总是难以忘怀。

(那么)用什么办法来解除我的忧愁呢?唯有以酒浇愁。

【注释及有关提示】①对酒:对着酒(喝着酒)。当歌:对着歌(唱着歌)。②苦,是意动用法,即所认为苦的。此句字少意丰,承上句,人生像朝露一样短暂,而已经逝去的日子又占了那么多;所以剩余的日子就益显其少了;因其少而愈为珍贵了;因而想干大事的人就更应该只争朝夕,快马加鞭了。③"慨……慷":"慷"与"慨"的换位,且是间隔用法。毛泽东的七律《人民解放军占领南京》"天翻地覆慨而慷"中的"慨而慷",也是这种用法。当:应当。以:连词。④杜康:即少康,传说中酿酒的发明者。后以杜康为酒的代称。

第一节:抒写对人生短暂的忧叹。

第二节:

【原文】

青青子衿,悠悠我心①。

但为君故,沉吟至今。

呦呦鹿鸣,食野之苹。

我有嘉宾,鼓瑟吹笙②。

【译文】

你们这些有才干的人,我是多么想念你们。

只是因为思念你们这些贤才的缘故,一直低吟《子衿》至今。

鹿呦呦地叫,欢快地吃野地里的艾蒿。

我有尊贵的客人,(为欢迎他们)乐师弹着瑟吹着笙。

【注释及有关提示】①青青子衿,悠悠我心:诗人借用《诗经·郑风·子衿》中原写姑娘思念情人的两句诗,来比喻自己渴望得到有才学的人。青青子衿,是倒装句式,常式为"子之青青衿",即你这穿青衿(的先生)。子,对对方的尊称。青衿,是周代读书人的服装,这里指代有学识的人。衿(jīn),古代衣服的交领(古代衣领,下连到襟,故称交领)。悠悠:长久的样子,形容思虑连绵不断。②呦呦……吹笙:这四句诗是《诗经·小雅·鹿鸣》中成句。《鹿鸣》是宴飨宾客的诗,曹操用来表示希望广纳贤士。

"呦呦鹿鸣,食野之苹"两句诗用了"兴"的手法,引起下面宴飨宾客的内容。呦呦:鹿的叫声。苹:草名,白蒿之类。

第二节:抒写对贤才的渴求。

第三节:
【原文】
明明如月,何时可掇?
忧从中来,不可断绝。
越陌度阡,枉用相存①。
契阔谈䜩②,心念旧恩。

【译文】
(贤者)明亮如同空中月亮,什么时候可以摘取呢?
(思贤而不得之)忧虑从内心产生,不可断绝。
(贤士们)穿过纵横交错的道路,屈驾来问候我。
(大家)久别重逢,畅谈欢饮;心中念念不忘旧日的情谊。

【注释】①枉(wǎng),这里是"枉驾"的意思。用,连词,表示动作行为的目的,相当于"以"。《诗经·大雅·抑》:"谨尔侯度,用戒不虞。"(重视你君主的法度,来戒备意外之事。)相:有指代作用的副词,用于动词前,此处可译为"我"。存,问候,思念。②契(qiè)阔:久别的情愫。谈䜩:即"谈宴",谈笑饮食。

第三节:抒写对贤才难得的忧思和既得贤才的欣喜。

第四节:
【原文】
月明星稀,乌鹊南飞。
绕树三匝①,何枝可依?
山不厌高②,海不厌深。

周公吐哺③，天下归心。

【译文】

月儿明亮，星儿稀少，乌鹊向南飞。

绕着树转了三圈，不知哪棵枝子可以依托。

山不嫌高，海不嫌深。

周公吐出正含着咀嚼的食物（来接待贤士），（因而）天下贤士之心都归向周朝。

【注释】①匝（zā）：环绕一周为一匝。以乌鹊绕树三匝无枝可依，比喻还有大批贤才在歧路徘徊，没有找到明主。②厌：嫌。《管子·形解》："海不辞水，故能成其大；山不辞土，故能成其高；明主不厌人，故能成其众……"（海不拒绝水，所以能成就它的大；山不拒绝土，所以能成就它的高；明主不嫌人，所以能成就他的人力雄厚……）③周公：姬旦，周武王之弟，辅佐周成王治理天下。《韩诗外传》（西汉韩婴所作）："（周公）一沐三握发，一饭三吐哺，犹恐失天下之士。"〔（周公）洗发时，中途多次挽住头发，停止洗发，接待贤士；吃饭时多次把饭从嘴里吐出来，停止吃饭，接待贤士，（这样殷勤地接待贤士）还担心使天下贤士流失。沐，洗头发。〕哺（bǔ）：口中所含的食物。

第四节：抒写对犹豫不决的贤才的关切和渴望天下贤才尽归自己的抱负。

## 二、曹植 2 首

【作者简介】曹植（公元 192—232 年），字子建，沛国谯县（今安徽省亳州市）人，三国曹魏著名文学家，建安文学代表人物。南朝宋文学家谢灵运对其有"天下才有一石（古读 dàn，容量单位，十斗为一石），曹子建独占八斗"的评价。清初诗坛领袖王士禛曾论汉魏以来二千年间诗家堪称"仙才"者，曹植、李白、苏轼三人耳。

曹植是魏武帝曹操之子，魏文帝曹丕之弟，生前曾为陈王，谥（谥 shì，古代帝王、贵族死后加给的带有褒贬意义的封号）号"思"，因此又称陈思王。后人按文学成就，将他与曹操、曹丕合称为"三曹"。他年轻时就显露出杰出的文学才能，也有为国建功立业的雄心壮志。但他哥哥曹丕做了皇帝以后，不断对他进行打击、迫害，使他生活很不安定，心情抑郁悲伤，四十一岁就死了。

## 032 七步诗

【版本说明】曹植的《七步诗》有几个版本,史料上常见的是六句的版本,四句的版本大概始见于罗贯中的《三国演义》。

【内容简介】曹植的文学才能超过了他的哥哥曹丕,他曾经很受曹操的宠爱,这使曹丕很不高兴。曹丕当了皇帝后,百般排挤打击曹植。一次,他要曹植在走七步的短暂时间内作一首诗,做不成就杀头。曹植应命而作,走完七步,吟成此诗。诗中用豆子和豆秸比喻兄弟关系,用其煎豆比喻曹丕对弟弟的迫害。这种比喻既浅显又贴切,具有很强的艺术感染力。诗的最后两句像是挚诚的告诫,又像是痛苦的呼号,反映了封建统治阶级内部斗争的残酷,极为深刻有力。

【真实度介绍】七步诗的真假向来为人所争议,其中郭沫若说的比较有理。他说曹植的《七步诗》:"过细考察起来,恐怕附会的成分要占多数。多因后人同情曹植而不满意曹丕,故造为这种小说。其实曹丕如果要杀曹植,何必以逼他作诗为借口?子建才捷,他又不是不知道。而且果真要杀他的话,诗作成了依然可以杀,何至于仅仅受了点讥刺而便'深惭'?所以此诗的真实性实在比较少。然而就因为写了这首诗,曹植却维系了千载的同情,而曹丕也就膺受了千载的厌弃。这真是所谓'身后是非谁管得'了。"

郭沫若的说法也有人质疑,有人说,当初曹丕让曹植七步成诗只是一个杀他的借口,他认为曹植肯定不能成功,但他没料到,曹植才华如此出众,当时,就连曹丕本人也被感动了些许,并且为了保住名声,以安天下,他才放过了曹植。

余秋雨认为,以曹丕的智商,不大可能在宫殿上做这样残暴而又儿戏式的恶作剧。况且曹丕深知曹植才思敏捷,要刁难他也不会做得这么笨。余秋雨认为这首诗比喻得体,有乐府风味,很可能确实是曹植的手笔,但创作时的戏剧场面,大约就是后人虚构的了。

【原文】

煮豆持作羹①,滤菽以为汁②。
萁在釜下燃③,豆在釜中泣④:
"本自同根生⑤,相煎何太急⑥!"

【译文】

锅里煮的豆子,或者把它煮熟后制作成豆羹,或者把他煮熟后滤去残渣用它来作豆汁。

豆秸在锅底下燃烧，豆子在锅里面哭泣：

"本来是从同一条根上长出来的，你对我的煎熬为什么这样急呢！"

【注释】①羹：带汁的肉或菜。②漉：过滤。菽：豆类的总称，此指豆子；用"菽"是为避与上句的"豆"重复。汁：含有某种物质的液体。③萁（qí）：豆秸（jiē）。④釜（fǔ）：炊具名，类似锅。⑤本：本来，原来。自：介词，从。生：草木生长，长出。⑥相：不是表示双向的"互相"，而是表示由一方发出动作行为，涉及于另一方，是有指代作用的副词，常用在动词前，可据具体情况译为"你、我、他（它）、人、大家"等。柳宗元《黔之驴》："稍近之，慭慭然莫相知。"〔（老虎）渐渐出来靠近它（驴），小心谨慎地不知道它（是什么）。〕煎：煎熬。何：怎么，为什么。太：副词，表示程度过分。

【艺术特色简介】此诗纯以比兴的手法出之，语言浅显，寓意明畅。诗人取譬之妙，用语之巧，而且在刹那间脱口而出，实在令人叹为观止。"本是同根生，相煎何太急"二语，千百年来已成为人们劝诫避免兄弟阋墙（称兄弟失和相争。阋 xì，争斗，争吵）、自相残杀的普遍用语，说明此诗在人民中流传极广。

【附】版本（二）：煮豆燃豆萁，漉豉以为汁。萁在釜下燃，豆在釜中泣："本是同根生，相煎何太急？"

版本（三）：煮豆燃豆萁，豆在釜中泣："本是同根生，相煎何太急？"

033  白马篇

【题意简释】《白马篇》，又名《游侠篇》，是曹植创作的乐府新题，以开头二字名篇。

【内容简介】这首诗描写和歌颂了边疆地区一位武艺高强又富有爱国精神的青年英雄（一说指他的胞弟曹彰，另一说指汉时骠骑将军霍去病），借以抒发作者的报国之志。本诗中的英雄形象，既是诗人的自我写照，又凝聚和闪耀着时代的光辉。《白马篇》是曹植前期的重要代表作品，字里行间洋溢着浓郁的青春气息。

【原文】

白马饰金羁①，连翩西北驰②。

借问谁家子？幽并游侠儿③。

少小去乡邑④，扬声沙漠垂⑤。

宿昔秉良弓⑥，楛矢何参差⑦！
控弦破左的⑧，右发摧月支⑨。
仰手接飞猱⑩，俯身散马蹄⑪。
狡捷过猴猿⑫，勇剽若豹螭⑬。
边城多警急⑭，虏骑数迁移⑮。
羽檄从北来⑯，厉马登高堤⑰。
长驱蹈匈奴⑱，左顾陵鲜卑⑲。
弃身锋刃端⑳，性命安可怀㉑？
父母且不顾㉒，何言子与妻！
名编壮士籍㉓，不得中顾私㉔。
捐躯赴国难㉕，视死忽如归㉖。

【译文】

一匹白马，戴着金饰的马笼头，接连不断地向西北驶去。

请问这御马疾驰的人是谁家的孩子？他是幽州、并州一带的游侠少年。

他年纪轻轻就离别家乡，驱驰边塞，建功扬名。

（平日）他经常手执良弓（射箭），楛木箭是多么地长短不齐呀！

他拉开弓弦，左右发箭，或射中靶心，或射烂射帖。

他仰手（向上射）能射中迅捷如飞的猱，他屈身（向下射）能将马蹄靶击散。

他灵巧敏捷赛过猿和猴，他勇猛剽悍如同豹与螭。

边境多次传来紧急军情，敌人的骑兵多次进犯内地。

告急文书从北方传来，游侠儿策动战马跃上高堤（dī）。

游侠儿策马长驱，马蹄践踏于匈奴之地；得胜返回时向左雄视，示威于鲜卑人马。

（既然）弃身于刀剑的尖端，（只能拼死杀敌）自身性命怎可顾惜？

父母尚且不能考虑，何谈（顾念）子女与妻子！

（既然）姓名编入勇士名册，（就）不能在心里考虑个人私利。

捐弃身躯，奔赴国难，看待死亡轻忽得就像回家一样。

【注释及有关提示】①金羁（jī）：金饰的马笼头。②连翩（piān）：也作"联翩"，鸟飞的样子，形容连续不断。这里用来形容白马奔驰的俊逸形象。首句用一个特写镜头展现马的颜色、马笼头及笼头上的饰物。开头两句，是一匹白马联翩飞驰的镜头。③幽并：幽州和并州。在今河北、山西、陕西一带。④去乡邑：离开家乡。⑤扬声：扬名。垂：边疆，后作"陲"。⑥宿昔：经常。秉：执、持。⑦楛矢何参差：楛木箭（其箭杆）是多么地长短不齐呀！楛（hù）：树名，茎似荆，色赤，可作箭杆。何：多么。参差（cēncī）：长短不齐的样子。此句用带有强烈感情的"何"，感叹箭杆之长短不齐，是强调好箭手不仅能挽强弓，还要有高超的射技，而能射好各种长度的箭，就是射箭技术高超的一个重要标志。上下两句结合起来看，这个游侠儿不是个只有蛮力的人，而是个力量与技术都过硬的人。⑧控：引弓，开弓。破：射中。《诗经·小雅·车攻》："不失其驰，舍矢如破。"〔（驭手）驱车不失其法，（天子、诸侯）放箭而中（猎物）。如，而。〕的：箭靶中心。⑨控弦破左的，右发摧月支：互文，上文省略了在下文出现的"发"，下文省略了在上文出现的"控弦"，即，拉开弓弦，向左发箭，或射中靶心，或射烂射帖；拉开弓弦，向右发箭，或射中靶心，或射烂射帖。摧：毁坏。月支：射帖，悬帖为靶的一种箭靶。应场（汉）《驰射赋》："进截飞鸟，顾摧月支。"〔（纵马）前驰，截住飞行之鸟；回身（射箭），摧毁月支射帖。〕⑩仰：向上。接：迎接，此处引申为"迎面射"。飞猱（náo）：迅捷如飞的猱。猱，猿的一种，行动轻捷，攀缘树木，上下如飞。⑪俯：向下。散（sàn）：分开，分散。此处是使动用法，使……分散。马蹄：一种箭靶的名称。以上四句通过左右上下四个角度的具体描写，表现少年游侠射箭技艺的高超。⑫狡捷：灵活敏捷。⑬勇剽（piāo）：勇猛剽悍。螭（chī）：传说中无角的龙。这是用两个鲜明的比喻，生动概括、总结少年的敏捷和勇猛。⑭多：副词用作动词，多次传来。警急：同义复合词，紧急的情况或消息。⑮虏：对敌人的蔑称。骑（jì）：骑马的人，骑兵。数（shuò）：多次，屡次。迁移：离开原来的所在地而另换地点。此指进兵入侵。末字用"移"，也是考虑押韵。⑯羽檄（xí）：军事文书，插鸟羽以示紧急，必须迅速传递。⑰厉：策，鞭打。⑱蹈：踩，践踏。⑲左顾：不是礼节语中谢人见访的谦辞"枉驾"义，而是方向范畴的"向左看"。缘何是"向左看"而不是"向右看"呢？这是实指，含有重要内容，一是击退匈奴后得胜返回；二是返回途中顺便教训鲜卑。返回时面南，其左是东，而此时的鲜卑就在东面。陵：凌驾，高居其上，此指示威。鲜卑：古代中国东北方的少数民族。这两句都省略了介词"于"，都是大镜头中套着特写镜头。"长驱"是大镜头，"蹈匈奴"，即"蹈于匈奴"，"蹈"这个特写镜头所聚焦的是不断抬起落下的马蹄：游侠坐骑的马蹄在匈奴曾经盘踞之处高傲地纵横踩踏。"陵鲜卑"，即"陵于鲜卑"（向鲜卑示威）。左顾陵鲜卑，是个虚实结合的大镜头，其套着的特写镜头"顾"，形象生动地描绘出少年游侠傲睨（nì）鲜卑的英雄气概、虎貔（pí）之威。⑳锋：指兵器。刃：泛指刀剑一类有锋刃的武器。㉑安：疑问代词，怎么。怀：爱惜。㉒父母且不顾：这是"忠孝难两全"的选择结果。顾：顾惜，考虑。㉓编：编入户籍。壮士：意气壮盛之士，犹言勇士。籍：名册。㉔中：内心，名词作状语，译时在其前加"在"。"不得中顾私"，慷慨豪迈。现代歌曲"说句心里话，我也有个家……既然来当兵，就知责任大"的这种慷慨豪迈的思想感情，从古至今一脉相承，表现出军人特有的情怀。㉕捐躯：为国家、为正义而死称捐躯。㉖视：看待。《左传·成公三年》："贾人如晋，荀罃善视之。"〔（曾准备救荀罃的郑国）商人到了晋国，（晋国的）荀罃（yīng）很好地看待他。〕忽：轻忽，不在意。

**【段落大意】**

第一段（白马……西北驰），烘云托月，借马写人。

第二段（借问……沙漠垂），宕开篇首的特写镜头，以"画外音"的形式补叙了御马疾驰者的身份、来历及离家趋边的原因。

第三段（宿昔……若豹螭），以练武场为中心生动插叙少年的高强武艺。

第四段（边城……陵鲜卑），照应开篇的特写镜头，描写少年卓越的战功。

第五段（弃身……忽如归），突出赞扬少年甘愿为国捐躯的崇高精神。

**【艺术特色简析】**（一）整首诗顺叙之中有补叙、有插叙，层次清楚，画面鲜明，犹如一部紧凑生动的电视短剧。开篇不铺不垫，不折不绕，劈空推出一个特写镜头：白色战马，金黄笼头，连翩飞驰。此镜头，不仅耀人眼目，而且引人询问：骑者何人？来自何方？要去作甚？紧接着作者推进自己的诗思，也扣合了读者询问端的之心理，用画外音补叙骑者身份、来历：幽并游侠，少小离家，扬名边塞（留第三个悬念"要去作甚"，后答）。然后回放镜头，插叙少年游侠射箭习武的各种英姿：辛苦练射，左右开弓，仰射飞猱，俯散马蹄，狡捷如猿，勇剽似螭。接着，又推出另三个回放镜头：敌虏入侵，羽檄频传，少年登高。然后承接开篇少年游侠向西北疾驰的镜头，转回顺叙写法，照应前面第三个悬念，揭示少年游侠"连翩西北驰"的目的，展现其长驱杀匈奴，左顾睨鲜卑的英雄身影。激烈拼杀的镜头还在继续，读者又听到了把主人翁的内心独白与诗作者之英雄礼赞融为一体的激荡人心的画外音："弃身锋刃端，性命安可怀？……捐躯赴国难，视死忽如归！"画面停放了，而读者眼前仍然浮现着各种鲜明的形象；播音结束了，而读者耳畔依旧萦绕着各种立体的声响。

（二）剪裁恰当，有详有略。本诗写游侠的技艺泼墨如雨，铺陈描写。开篇两句是一个特写镜头：英雄少年，身跨白马，连翩飞驰。补叙少年的身世、来历后，又用八句从三个方面详尽地描写少年高强的武艺。一是用"宿昔"和"参差"，从习武的时间和箭杆的长短上，形象地描写少年英雄从早到晚不辍习射技术标准不同的各种箭。二是从空间和方位上，描写英雄少年左右上下全方位的高超射技。三是以猿与猴、豹与螭四种动物为喻，既形象又概括地描写英雄少年的敏捷和勇剽。然后用四句 20 字，略写边城警急及少年英雄厉马登高的侠士之义。而写少年英雄战场杀敌的情景则更为简略，只用两句 10 字，就高度凝练地写出了少年英雄赴死杀敌的耿耿忠骨、赫赫战功、凛凛虎威。剪裁上的这种独具匠心的处理，不仅节省了笔墨，突出了重点，而且为篇尾的"画外音"作了最好的铺垫，使诗歌的描写与议论紧密地融为一体。

## 三、刘桢 3 首

【作者简介】刘桢（？—217年），三国时魏国名士，建安七子之一，字公干，东平（山东省东平县）人，博学有才。其五言诗，风格遒劲，语言质朴，重名于世。今有《刘公干集》。建安中，刘桢被曹操召为丞相掾属（佐治的官吏，汉朝时三公至郡县都有掾属，人员由主官自选，不由朝廷任命）。与曹丕兄弟颇相亲爱。后因在曹丕席上对丕妻甄氏不肯折腰低头，以不敬之罪服劳役，后又免罪，署为小吏。建安二十二年（217），与陈琳、徐幹、应玚等同染疾疫而亡。

【文学常识·建安七子】建安七子，指汉末建安时期作家孔融、陈琳、王粲、徐幹（gàn）、陈瑀（yǔ）、应玚（yáng）和刘桢（zhēn）七人。因曹丕《典论·论文》曾以此七人并举，且予赞扬，故文学史上称"建安七子"；又以七人同居邺（yè）中，亦称"邺中七子"。

034　赠从弟·其一

【题意简释】《赠从弟》是刘桢写给其从弟的组诗，共三首。从，旧读 zòng，堂房亲属。

【原文】
泛泛东流水①，磷磷水中石②。
苹藻生其涯③，华叶纷扰溺④。
采之荐宗庙⑤，可以羞嘉客⑥。

岂无园中葵？懿此出深泽⑦。

【译文】

涧中溪水漂浮石上，东流而去，水中的石头清晰可见。

苹藻生长在涧水边，它的华美的叶子茂盛而和顺地淹没在荡漾的微波中。

采集它们可以用作宗庙祭祀，可以进献给尊贵的宾客。

难道没有菜园中的冬葵这种珍贵的蔬菜可以用来进献吗？（有是有）苹藻更美，（因为）它出自这深涧的水边。

【注释及有关提示】①泛泛：漂浮的样子。②磷磷：清澈明净的样子。写苹藻托身之处的非同凡俗。③涯：水边。④纷：盛多的样子。扰：和顺。溺：淹没。⑤荐：进献。⑥羞：进献。《左传•僖公三十年》："荐五味，羞嘉谷。"（进献酸、辛、甘、苦、咸五种滋味的佳肴，进献稻、稷、麦、豆、麻五种谷物。嘉谷，即五谷。）⑦懿此出深泽：是个倒装的因果句，即"懿"，是因为"此出深泽"。懿（yì）：美好。

【诗句简析】开头四句：写苹藻的茂盛、清逸之态。

五六两句：写苹藻非同一般的作用。

最后两句：写苹藻高洁脱俗的可贵。

035　赠从弟•其二

【原文】

亭亭山上松①，瑟瑟谷中风②。

风声一何盛③，松枝一何劲④！

冰霜正惨凄④，终岁常端正。

岂不罹凝寒⑤？松柏有本性。

【译文】

高山上挺拔耸立的松树，山谷间风声瑟瑟。

风声多么猛烈，松枝多么坚劲！

冰霜正凛冽，而松树的腰杆终年端端正正。

难道松树没有遭遇严寒吗？松柏天生有着耐寒的本性。

【注释】①亭亭：高耸的样子。曹丕《杂诗》："西北有浮云，亭亭如车盖。"

（西北的天空有漂浮的云，高耸挺立如同车盖。）②瑟瑟：象声词，风声。《宋书·乐志（三）陌上桑》："风瑟瑟，木搜搜，思念公子徒以忧。"（风声瑟瑟，树声搜搜，思念公子徒然忧愁。）③一何：多么。古诗《陌上桑》："罗敷前致辞，使君一何愚！"（罗敷上前说道，使君多么愚蠢！）④劲（jìng）：刚劲。⑤惨凄：凛冽。宋玉《九辩》："霜露惨悽而交下兮，心尚幸其弗济。"〔寒霜和凉露凛冽而交互地降下，（可是我）心中还希望它们的严厉无情不能成功（无效）。〕⑥不：无，没有。罹（lí）：遭受。凝寒：严寒。

【诗句简析】前六句：描写高山松树不畏疾风冰霜的坚挺形象。

最后两句：用设问句突出点明不畏凝寒是松柏的本性。

## 036　赠从弟·其三

【原文】

凤凰集南岳，徘徊孤竹根①。
于心有不厌②，奋翅凌紫氛③。
岂不常勤苦，羞与黄雀群。
何时当来仪④？将须圣明君。

【译文】

凤凰在南岳集结，它们在枯败的竹林处徘徊不前。

在其心中有不安现状之志，它要奋力展翅凌升于高空之中。

凤凰飞升高空难道不常常经受辛勤和劳苦吗？回答是：与黄雀们为伍是耻辱！

凤凰这样的卓越人才何时出现（回来）？回答是：将等待明君临世之时。

【注释】①孤竹：独生的竹。②厌：满足。③凌：升，登。紫氛：代指天空，为押韵而不用天空义的"紫虚"或"紫冥"。氛：云气。④来仪：比喻卓越人才的出现。

【诗句简析】一、二句：写凤凰独特的习性与飞离尘世前的犹豫。

三、四句：写凤凰绝世超俗的高远之志。

五、六句：写凤凰对世俗之问而做出的声震云天的回答：正是为了不与世俗之辈同流合污，才不避勤苦、投入搏击风云的斗争生涯的！

七、八句：写凤凰等待明君临世。

【三首诗的作法及寓意简介】诗人作此三首诗，本意不在于"咏物"，而在于"赠"

人、喻人。刘桢对其从弟的勉励、赞美之意，全部蕴于所咏之物中。

第一首诗，描写苹藻远离俗尘的生长环境、清逸的姿态、超凡的作用，形象地赞颂了从弟不染泥滓的高洁之性。

第二首诗，从环境、习性等方面看，确确实实是描写"亭亭山上松"的，而其旨意又是真真切切地勉励、赞颂从弟不惧凝寒、终岁端正的坚贞之节的。作者用高山松树的坚贞高尚、不屈不挠、刚劲端正来比喻他的堂弟，这是对松树的赞颂，也是对堂弟的勉励，同时又是作者自我人格的写照。

第三首诗，描写传说中的凤凰鸾与黄雀为群而振翮（hé）高飞的情景，生动地勉励和赞颂了从弟不与世俗同流的高洁之志。

# 第二章　两晋时期

## 一、阮籍 1 首

037　咏怀诗八十二首·其一

**【作者简介】**阮籍（公元210—263年），三国魏尉（wèi）氏（县名，属河南省）人，字嗣宗，曾为步兵校（xiào）尉（武官名），世称阮步兵。能长啸，善弹琴。博览群书，尤好老庄。或闭户视书，累月不出；或登临山水，经日忘归。生活于魏晋易代之际，不满现实，因此纵酒谈玄，不评论事实，不臧否（zāngpǐ，褒贬）人物，以求自保。每至穷途，辄恸哭。著《咏怀诗》《达庄论》《大人先生传》等。

**【文学常识·竹林七贤】**魏、晋间嵇康、阮籍、山涛、向秀、阮咸、王戎、刘玲相与友善，常宴集于竹林之下，时人号为竹林七贤。

**【内容简介】**这是阮籍八十二首咏怀诗的第一首，描写夜不能寐，起坐弹琴而仍然不能消除心中苦闷的情景。

**【原文】**

夜中不能寐①，起坐弹鸣琴②。
薄帏鉴明月③，清风吹我衿④。
孤鸿号外野⑤，翔鸟鸣北林。
徘徊将何见⑥，忧思独伤心。

**【译文】**

半夜不能入睡，（干脆）起身坐着弹琴使其发声。

薄薄的帐幕映照出明月的光辉，清凉的风吹着我的衣服。

一只离群的大雁在屋外旷野里高声叫着，飞翔的鸟在北面树林中鸣叫。

（停下弹琴，在室内）来回地走（向外看）又看到了什么呢？（令人心悦的情景，什么也没看到）还是忧愁思虑独自伤心。

**【注释及有关提示】**①夜中：夜半。此处的"中"不是方位词，而是数量词"半"。

韦应物《秋夜》:"朔风中夜起,惊鸿千里来。"(北风于半夜吹起,惊飞的鸿雁从千里外飞来。)寐:睡,睡着。②鸣:使……发出声音。③帏:(围在四周)的帷子,帐子。鉴:照。④清:清爽,清凉。衿(jīn):古代衣服的交领。参见《短歌行》注释。⑤号(háo):高声叫,拖长声音叫。⑥将(jiāng):又。成语有"将信将疑"。诗中意:不是将要看,而是已经看了。何见:动宾倒装,即"见何"。见,看到。何,什么。

【各联大意】首联:写夜不能寐,只能起坐弹琴,而缘何夜不能寐呢?当然是心有烦忧,什么烦忧呢?则不能明言。

颔联:描写月光照窗、清风吹衣的室内景象,以寂静的气氛反衬内心的不平静。

颈联:描写雁叫鸟鸣,渲染出一种悲凉的气氛,并以此映衬自己内心凄凉苦闷。

尾联:用设问句巧妙地描写出独步室内,有苦难言,有愁难消的情景。其巧妙在于答句没有直接说见到或未见到什么,而是以见的结果(四顾茫然)所引起的情绪的变化(忧思独伤心)间接地回答了问句所提出的问题。

【艺术特色简介】表意隐晦,以景物映衬心情。

## 二、左思 2 首

【作者简介】左思(约公元 250—约 305 年),字太冲,齐国临淄(今属山东淄博)人,西晋文学家。晋武帝时,因妹左棻(fēn)被选入宫,举家迁居洛阳,任秘书郎(秘书,掌典籍或起草文书之官,各代有秘书监、秘书郎、秘书令、秘书丞等不同名称)。晋惠帝时,依附权贵贾谧(mì),贾谧被诛后,专心著述。后齐王司马冏(jiǒng)召为记室督,不就。太安二年(303),因张方进攻洛阳而移居冀州,不久病逝。其《三都赋》颇被当时称颂,造成"洛阳纸贵"。

【有关史料】1. 九品中正。九品中正是魏晋南北朝时保证世族特权的官僚选拔制度。东汉末,曹操当政,提倡"唯才是举"。献帝延康元年,曹丕采吏部尚书陈群的建议,推选各部有声望的人,出任"中正",将当地士人,按"才能"分别评定为九等(品),政府按等选用,谓之"九品官人法",仍保持曹操用人"不计门第"的原则。曹芳时,司马懿当政,于各州设大中正,任用世族豪门担任,选取原则以"家世"为重。从此,"上品无寒门,下品无势族",九品中正制成为世族地主操纵政权的工具。隋文帝时(581—604 年)废除此制,改行科举制。

2. 洛阳纸贵。左思小的时候,身材矮小,貌不惊人,说话结巴,显出痴呆的样子。

父亲左雍就一直看不起他，常对外人说后悔生了这个儿子；及至左思成年，还对朋友们说："左思虽然成年了，可是他掌握的知识和道理，还不如我小时呢。"左思不甘心受这种鄙视，开始发愤学习。他读东汉班固写的《两都赋》和张衡写的《两京赋》，虽然很佩服文中的宏大气魄，华丽的文辞，写出了东京洛阳和西京长安的京城气派，可是也看出了其中虚而不实、大而无当的弊病。他决心依据事实和历史的发展，写一篇《三都赋》，把三国时魏都邺城、蜀都成都、吴都南京写入赋中。左思在其舍中院内，以及茅厕皆置纸笔，偶得佳句，当即录之。左思专门拜访专家，又到蜀都、吴都、魏都去实地调查，耗费十年心血，终成其赋，却受到了士人讥讽。左思自认其赋不逊于汉时班固与张衡的赋，便请文学家张华过目，张华阅后，视为佳作，大加褒奖，并建议请名士皇甫谧先生过目。谧观后欣然为之作序，自此《三都赋》名声大噪，广为流传，人们竞相传抄，致使纸价飙升，造成了"洛阳纸贵"的局面。

## 038 咏史·其一

【题意简释】左思的咏史诗共八首，名为咏史，实为咏怀，借古人古事来浇诗人心中之块垒。组诗以深厚的社会内容，熔铸着左思的平生理想，在中国诗歌创作史上占有特殊的地位，历代诗评家对这组诗评价很高。

【内容简介】这是组诗的第一首，可以看作是左思《咏史》组诗的序诗，写自己的才能和愿望。

【原文】

弱冠弄柔翰①，卓荦观群书②。

著论准过秦③，作赋拟子虚④。

边城苦鸣镝⑤，羽檄飞京都⑥。

虽非甲胄士，畴昔览《穰苴》⑦。

长啸激清风，志若无东吴⑧。

铅刀贵一割⑨，梦想骋良图。

左眄澄江湘⑩，右盼定羌胡。

功成不受爵，长揖归田庐⑪。

【译文】

二十岁时（就已）博览群书，才学出众，潇洒挥毫了。

写政论以贾谊的《过秦论》为典范,作大赋以司马相如的《子虚赋》为楷模。

边疆受苦于战事,加急的军书飞送到首都。

我虽不是戴甲胄的武夫,可早就读熟过司马穰苴的兵书。

长啸一声能激起清风,志向中好像就没有什么"东吴"。

铅刀是否锋利还重在一试,做梦都想实现我的美好愿望。

向左一斜视,就能澄清长江、湘水;朝右一看,就能平定西羌和叛胡。

功成之后不受封赏的爵禄,深深地作个揖就归隐于田庐。

【注释及有关提示】①弱冠:古代男子二十岁时行冠礼,指男子二十或二十左右的年龄。左思在这里用"弱冠",字面上明显地是以"年纪幼小"与"才学出众"形成对比,因为若单说二十岁的话,也可以说"廿岁",而"弱冠"的"弱"像一颗星一样眨呀眨地,而又有意无意地显示着它的引申义"年幼"及它的与"强"相对的本义,这就不露痕迹地丰富了词语的文学内涵。这也许是笔者的臆测,但是若能以此引起初学者自作分析的兴趣,也觉差强人意了。弄柔翰:把玩毛笔。弄:把玩。柔翰:毛笔。写文章,需要苦思冥想,甚至绞尽脑汁,而左思却以把玩毛笔代之,这是故意以轻松之状显示自己的超凡功力。②卓荦(luò):卓越出众。③准:比照。《过秦论》是贾谊政论散文的代表作,分上中下三篇,从各个方面分析秦王朝的过失,故名为《过秦论》,是一组见解深刻而又极富艺术感染力的文章。④拟:比照。子虚:汉赋分为大赋和小赋。大赋又叫散体大赋,规模巨大,结构恢宏,气势磅礴,语汇华丽,往往是成千上万言的鸿篇巨制。司马相如的《子虚赋》和《上林赋》代表着汉大赋的最高成就,是后世效法的典范。左思这是借历史名人及其名篇表明自己的见识与才能,也颇有自负的意味。⑤鸣镝(dí):响箭。⑥羽檄:羽书,插上鸟羽、要求迅速传递的军事文书。⑦畴(chóu)昔:往日,过去。《穰苴》:指司马穰苴(ránɡjū)著的兵书。司马穰苴,姓田,名穰苴,春秋时期齐国人,齐景公时掌管军事的大司马,后人称他为司马穰苴,是我国早期的著名军事家、军事理论家。⑧东吴:三国时的吴国。⑨铅刀:铅质的刀,言其钝,比喻才力微薄,是自谦之辞。⑩左眄:向左斜视。左,地理上以东为左,如山东称山左,江东称江左。眄(miǎn),斜视。右盼:向右看。右,地理上以西为右,如山西称山右。盼,看。羌:古族名,主要分布在今甘、青、川一带。胡:中国古代对北方和西方各族的泛称。诗中指叛乱的胡族。⑪长揖(chānɡyī):古时不分尊卑的相见礼,拱手高举,自上而下。

【诗句简析】

开篇两句：写自己弱冠之年已经才学出众。

三、四两句：用互体，写自己于弱冠之年已经具备的读、写才能。

五、六两句：以可闻、可见的"鸣镝""羽檄"形象地写自己对军国大事的关心。

七、八两句：写自己不仅有挥毫著论的才能，而且也有谙熟兵法的才能，因而就有为国杀敌的职责。

九、十两句：写自己所向无敌的气魄。

十一、十二两句：写自己为国效力的理想。

十三、十四两句：写自己安邦定国的能力。

十五、十六两句：写自己功成归田的愿望。

039 咏史·其二

【内容简介】这是组诗的第二首，描写在门阀制度下，有才能的人，因为出身寒微而受到压制，而不管有无才能的世家大族子弟却占据要位，造成"上品无寒门，下品无势族"的不平现象，抒发了强烈的激愤之情。

【原文】

郁郁涧底松①，离离山上苗②。
以彼径寸茎③，荫此百尺条④。
世胄蹑高位⑤，英俊沉下僚⑥。
地势使之然，由来非一朝。
金张藉旧业⑦，七叶珥汉貂⑧。
冯公岂不伟⑨？白首不见招⑩。

【译文】

茂盛的涧底的松树，繁茂的山头上的小树苗。
靠它径寸之茎（的小树苗），却能遮盖涧底百尺之高的大树。
贵族世家的子弟能登上高位（获得权势），有才能的人却埋没在低级职位中。
这是所处的地位不同使他们这样的，这种情况由来已久，并非一朝一夕造成的。
汉代金日䃅和张汤两家就是依靠了祖上的遗业，子孙七代做了高官。
汉文帝时的冯唐难道还不算是个奇伟的人才吗？可就因为出身寒微，白头发了仍不被重用。

**【注释及有关提示】**①郁郁：茂盛的样子。《古诗十九首·青青河畔草》："青青河畔草，郁郁园中柳。"（青青的河畔草，茂盛的园中柳树。）涧：山间的水沟。②离离：繁茂的样子。白居易《赋得古原草送别》："离离原上草，一岁一枯荣。"（原野上繁茂的草，一年一次由枯而荣。）苗：初生的草木。山上苗：山上的小树。③彼：代词，它，指山上苗。径：直径。径寸：直径一寸。径寸茎：即一寸粗的茎。④荫：遮蔽。此：指示代词，指涧底松。条：树枝，代树，部分代整体的借代，这里用借代修辞法没多大意义，主要是为了押韵。⑤世胄：贵族的后裔，世家子弟。《新唐书·杨收传》："时王起选士三十人，而杨知志……五人皆世胄。"胄：帝王或贵族的后代。蹑（niè聂）：登、居。⑥英俊：杰出人物。《汉书·王褒传》："开宽裕之路，以延天下英俊。"（开通宽大的道路，来招请天下杰出人物。）下僚：职位低微之属吏。《后汉书·班固传·奏记说东平王苍》："如得及明时，秉事下僚，进有羽翮（hé）奋翔之用，退有杞梁之死。"（如果能够碰上明时，在下僚做事，进有鸿鸟高飞那样的作用，退能像春秋时齐国杞梁那样以身殉国。）沉下僚：沉于下层的官职。⑦金：指汉金日（mì）磾（dī），他家自汉武帝到汉平帝，七代为内侍。（见《汉书·金日磾传》）张：指汉张汤，他家自汉宣帝以后，有十余人为侍中、中常侍。《汉书·张汤传赞》说："功臣之世，唯有金氏、张氏亲近贵宠，比于外戚。" 藉（jiè）：凭借，依靠。⑧叶：代、世。《后汉书·杨震传》："三叶宰相，辅国以忠。"（三代宰相，以忠心辅助国家。）珥（ěr）：插。《新唐书·东夷传》："大臣青罗冠，次绛罗，珥两鸟羽。"〔大臣戴青色丝织帽子，次一等的戴深红色丝织帽子，（帽子上）插两只鸟羽毛。〕珥汉貂：汉代侍中、中常侍的帽子上，皆插貂尾作装饰。这两句是用借代（特征代本体）的修辞方法写金、张两家的子弟凭借祖先的世业，七代做汉朝的贵官，这样写更加形象。⑨冯公：指汉冯唐，他曾指责汉文帝不会用人，年老了还做中郎署长的小官。伟：奇。⑩见：用于被动句中，可译为"被、受、得到"等，有时与"于"配合构成"见……于"式固定格式。招：召见。不见召：不被进用。

**【诗句简析】**一至四句：描写涧底松被山上苗遮蔽的反常现象，比喻人间之不平。

五至八句：揭露造成不平的原因。

九至十二句：引证史实说明"世胄蹑高位，英俊沉下僚"的不平情况，由来已久。

**【艺术特色简析】**（一）比兴手法与对比手法的配合运用，更艺术地表达了诗人的思想情感。"郁郁涧底松"四句，以比兴手法表现了当时人间的不平。山上仅有一寸粗的树苗竟然遮盖了涧底百尺长的大树,从表面看来,写的是自然景象,实际上诗人以此借喻人间的不平,包含了特定的社会内容。"世胄蹑高位"四句,写当时的世家大族子弟占据高官之位,而出身寒微的士人却沉没在低下的官职上。这种现象就好像"涧底松"和"山上苗"一样,是地势使他们如此,由来已久,不是一朝一夕的事。

（二）鲜明的比兴中还融合着强烈的对比。诗中自然景象的对比,既形象又强烈地把诗人的激愤不平之情宣泄了出来:径寸之茎竟能荫此百尺之条？小苗与大树的对比,不是身高体长的正比,而是势位高下的翻转。此种"形"（小与大）与"势"（高与低）形成强烈反差的对比,也激起读者的不平之情。诗中社会内容的对比,是诗人借咏史来抒发自己的不平,是对当时不合理的社会现象进行的无情地揭露和抨击。

## 三、陶渊明 9 首

【作者简介】陶渊明（公元 365 或 372 或 376—427 年），又名陶潜，字元亮，浔阳柴桑（今江西省九江市南）人，中国文学史上著名的大诗人。死后友朋私谥为"靖节"，世称靖节先生。他在青年时代怀有建功立业的壮志，曾经几次出仕，终因不愿与黑暗官场同流合污，便在四十一岁那年，辞官返乡，隐居到老。他在农村参加一定的劳动，感情也与农民很接近，因此写了不少农村题材的诗歌。陶渊明的诗大体可分为咏怀诗和田园诗两类。田园诗是他开创的，为古典诗歌开辟了一个新的境界。他的诗感情真实，语言朴素，意境优美，具有独特的美学价值，对后世影响很大。

040　归园田居·其一

【题意简释】《归园田居》是陶渊明的组诗，共六首（一本作五首）。

【内容简介】第一首诗，从对官场生活的强烈厌倦，写到田园风光的美好动人、农村生活的舒心愉快，流露出一种如释重负的心情，表达了对自然和自由的热爱之情。

【原文】
少无适俗韵①，性本爱丘山②。
误落尘网中③，一去三十年④。
羁鸟恋旧林⑤，池鱼思故渊⑥。
开荒南野际⑦，守拙归园田⑧。
方宅十余亩⑨，草屋八九间。
榆柳荫后檐⑩，桃李罗堂前⑪。

暧暧远人村⑫，依依墟里烟⑬。
狗吠深巷中，鸡鸣桑树颠⑭。
户庭无尘杂⑮，虚室有余闲⑯。
久在樊笼里⑰，复得返自然⑱。

**【译文】**

我从小就没有适应世俗的气质，自己的天性本来就热爱山川田园（间的生活）。

自己失误，落入了仕途的罗网，转眼间离开田园已经十余年。

关在笼子里的鸟留恋栖息过的树林，禁在池子里的鱼思念遨游过的深渊。

我愿在南面野地间开垦荒地，保持拙朴本性，归耕田园。

住宅旁有田园十余亩，院子中有茅舍八九间。

榆树柳树荫盖着房屋的后檐，桃树与李树罗列于堂屋前。

远处，（一簇簇立着的）模模糊糊地是村舍；村里，（一缕缕飘升的）隐隐约约地是的炊烟。

狗在深深的街巷中叫，鸡于桑树的顶端鸣。

庭院内没有那尘俗杂事（的干扰），空静的居室里有的是安适与悠闲。

长时间在鸟笼里（没有自由），今日又得以返回我原本生活的自然。

**【注释及有关提示】**①适俗：适应世俗。韵：本性、气质。一作"愿"。②丘山：同义合成词。山，代指山水、树木、花草等大自然中的东西，诗中指田园，因为陶渊明是归隐田园而不是纵情山水。③尘网：人世间有种种拘束，如鱼在网中，故称尘网。此指官场。④三十年：从少年到40岁辞官，近30年；从29岁初为江州祭酒到41岁辞去彭泽县令而归，是13年，因而"30年"是：a 笔误；b 夸张；c 是"三又十年"之意（习惯说法是十又三年），诗人意感"一去十三年"音调嫌平，故将十三年改为倒文。一个"误"字直言不讳地表达了诗人悔恨交加的情绪，而他对官场生活的深恶痛绝是从痛苦的经验中得出的清醒的认识，这与《归去来兮辞》里说的"实迷途其未远，觉今是而昨非"可相互参证。⑤羁（jī）鸟：笼中之鸟。羁，拘禁、拘系。⑥池鱼：池塘之鱼。鸟恋旧林、鱼思故渊，借喻自己怀恋旧居。展开一点说，这两句是两个极为形象的比喻句的喻体，那么其省略的共同的本体是什么呢？整个比喻完整式可还原为：盼望摆脱束缚身心的官场、回归生活自由的田园，就像"羁鸟恋旧林，池鱼思故渊"一样。⑦野：一作"亩"。际：间。⑧守拙（zhuō）：字面意思是为人不图精明而坚守笨拙，实际意思是不随波逐流，固守节操。⑨方：旁边。交代宅地房舍的大小、多少，蕴含俭朴自足之情。⑩荫（yìn）：遮蔽。⑪罗：排列，分布。屈原《九歌·少司命》："秋兰兮麋芜，罗生兮堂下。"（秋天的兰草啊芬芳的麋芜（mí wú），它们罗列地生长在堂前。）⑫暧暧（ài）：迷蒙隐约的样子。江淹《水上神女赋》："暧暧也，非云非雾，如烟如霞。"（"迷蒙隐约，不是云不是雾，像烟又像霞。"）⑬依依：隐约可辨貌。墟里：村落。远处，绿树掩映的村落只能看到个隐约的轮廓，而从村落里升空的黑色雾状的东西则推测是炊烟。写远望之农家景象，映衬自己的村落也是如此。⑭颠：头顶，顶部，高处。写吠于深巷中的狗、鸣于桑树颠的鸡，以动衬静，表现环境的宁静和心境的恬静。"榆柳……树颠"这六句，写宁静的环境，其顺序是由近而远，又由远而近。先写近处房前屋后的榆柳桃李，再写远处的村落集市；然后又写近处的鸡鸣狗叫。对环境的感知先是观——近树远烟，再是闻——狗吠鸡鸣。⑮户庭：门庭。尘杂：尘俗杂事，主要指过去那种官场的案牍、应酬一类琐事。⑯虚室：空室，既指无珍宝、古董等充斥的居室，也指无官一身轻，没有人事滋扰的悠闲。余闲：闲暇。上下两句是互文，表明从院子到室内都是无尘事之烦冗，有闲暇之悠然。"开荒……余闲"这十二句，描绘出典型的田园风光，表现出宁静、祥和的农家生活特点，流溢出诗人自得其乐的情趣。⑰樊（fán）笼：关鸟兽的笼子，比喻受拘束或处于不自由的境地。⑱返自然：指归耕园田。"樊笼"与"自然"的鲜明对比，更强烈地表达了对官场生活的深恶痛绝和对归耕生活的由衷热爱之情。

**【段落大意】**

第一段（少无……爱丘山），概写厌恶世俗、热爱自然的秉性。

第二段（误落……三十年），概写对官场生活的感受。

第三段（羁鸟……思故渊），概写对归耕的期盼。

第四段（开荒……有余闲），具体描写快乐的田园生活。

第四段（开荒……归园田），躬耕守拙而自愿。

第四段（方宅……八九间），居于茅屋而自足。

第四段（榆柳……罗堂前），绿树掩映而自乐。

第四段（暧暧……墟里烟），恍若世外而自娱。

第四段（狗吠……桑树颠），狗吠鸡鸣而自静。

第四段（户庭……有余闲），脱俗免扰而自适。

第五段（久在……返自然），照应开头，总结全篇，点明归隐的感受。

041　归园田居·其二

**【内容简介】**第二首诗，从居住环境、与人交往等六个方面着力表现乡居生活的宁静，以朴实无华的语言不加雕饰地描绘出一个宁静纯美的天地，表现了乡村的幽静和作者心境的恬淡。

**【原文】**
野外罕人事①，穷巷寡轮鞅②。
白日掩荆扉③，虚室绝尘想④。
时复墟曲中⑤，披草共来往⑥。
相见无杂言⑦，但道桑麻长⑧。
桑麻日已长⑨，我土日已广⑩。
常恐霜霰至⑪，零落同草莽⑫。

**【译文】**
居于郊野，罕有人间俗事；处于僻巷很少听到车马声响。
白天也经常关闭着柴门，独处在空静的室中不产生尘俗杂想。
时常又在村外野地中，拨开草丛（与乡民）一起交往。
大家相见时没有尘杂之言，只说桑麻的生长情况。
我种植的桑麻已经天天长高，我开垦的土地也已经天天增广。
常常担心霜或霰突然降下，使桑麻凋谢如同草莽。

**【注释及有关提示】**①野外：郊野。罕：少。人事：指和俗人结交往来的事。陶渊明诗里的"人事""人境"都有贬义，"人事"即"俗事"，"人境"即"尘世"。②穷巷：偏僻的里巷。轮鞅（yāng）代指车马。鞅，马驾车时套在马脖子上的皮带。这两句用互文的修辞方法，表现处于郊野僻巷罕有尘俗繁杂事的心静和少有闹市车马声的境静。③白日：白天。掩：关闭。荆扉：柴门。④绝：断。尘想：世俗的想法。写家居的清静。⑤时：时常。复：又。墟：村庄。曲：水流弯曲处，引申为偏僻之所。⑥披：分开，劈开。《史记·五帝本纪》："唯禹之功为大，披九山，通九泽。"（唯独禹的功劳是大的，他劈开九座山，疏通九条河。）共：一起。写与乡民交往的宁静的环境。⑦无：没有。杂言：尘杂之言，指仕宦求禄等言论。⑧但道：只说。长（zhǎng）：生长。写与乡民交谈的单纯的内容。⑨日已：日，时间名词，天天；已，时间副词，已经。两个词都做"长"的状语，按现代汉语语序，"已经"在前。长（cháng）：高大，形容词用作动词，长（zhǎng）长（cháng）、长高。⑩广：扩大。《汉书·梁孝王刘武传》："于是孝王筑东苑，方三百余里，广睢阳城七十余里。"（在这时，梁孝王修建东苑，周围三百余里，扩大睢阳城七十余里。）⑪霰（xiàn）：天空中降落的白色不透明小冰粒，多在下雪前或下雪中出现。⑫零落：凋谢。莽（mǎng）：密生的草，也泛指草。明写担心桑麻的零落，暗写不再担心宦海的沉浮，所表现的真意是弃官归耕的释然。再细读深思，恍然悟出：诗人不是真的担心桑麻，而是形象地说明自己弃绝官场涉于田园一段时间后，已经彻底地完成了从身到心脱离"尘网"而至"园田"的角色转换。这是非常巧妙的言在此而意在彼的写法。

**【诗句简析】**

一、二句：心、境俱静；

三、四句：家居清净；

五、六句：交往幽静；

七、八句：交谈纯净；

九、十句：成果日丰；

十一、十二句：移情桑麻。

042　归园田居·其三

【内容简介】第三首诗，写作者对劳动的热爱，表明他没有因早出晚归地辛苦劳动而减少对劳动的兴趣，洋溢着诗人心情的愉快和对归隐的自豪。

**【原文】**

种豆南山下①，草盛豆苗稀。
晨兴理荒秽②，带月荷锄归③。
道狭草木长④，夕露沾我衣⑤。
衣沾不足惜⑥，但使愿无违⑦。

**【译文】**

在南山下种了豆子，结果是杂草茂盛豆苗稀疏。

清晨起身，开荒除草；暮色降临，披着月光，扛锄回去。

道路狭窄，杂草灌木很长；傍晚的露水沾湿我的衣服。

衣服沾湿并不可惜，只使我归隐的意愿不违背（就行了）。

【注释】①南山：指庐山。②兴（xīng）：起来，起身。《史记·孔子世家》："从者病，莫能兴。"〔（孔子被困在陈、蔡边境时）跟从孔子的人都病了，没有谁能起身。〕理：治理。此指治理杂草多的野地，即开荒。荒：荒地，荒野。《尚书·微子》："我其发出狂，吾家耄，逊于荒？"〔我是（现在就）走出家门而癫狂呢，还是（暂且）住下来（待）不堪耄乱时，（再）遁于荒野呢？耄（mào），昏乱。逊，遁逃。〕秽：杂草多，荒芜。《荀子·富国》："民贫，则田瘠以荒，田瘠以荒，则出实不半。"（民众贫困了，那么农田就会贫瘠而且荒芜；农田贫瘠而且荒芜，那么生产出来的谷物就还达不到正常收成的一半。）③带：披。一作"戴"。荷（hè）：扛着。④长（cháng）：高。⑤夕露：傍晚的露水。⑥沾：打湿。足：值得。⑦但：只。

【诗句简析】

一、二两句：点明种豆地点和豆苗长势，暗含农耕的艰辛，还洋溢着一种对获得多少不甚在意的旷达之情。

三、四两句：形象而又概括地写农耕的艰辛。

五、六两句：以一个晚归的细节，具体表现农耕的艰辛。

七、八两句：既总结全篇，又画龙点睛——不论是草盛苗稀、早去晚归，还是夕露沾衣，都不在话下，只要不违意愿就行。

043 归园田居·其四

【内容简介】第四首诗，描写探寻废墟、发现遗迹的过程，抒发对人生虚幻无常的感慨。

【原文】

久去山泽游①，浪莽林野娱②。

试携子侄辈③，披榛步荒墟④。

徘徊丘垄间⑤，依依昔人居。

井灶有遗处，桑竹残朽株⑥。

借问采薪者，此人皆焉如⑦？

薪者向我言，死没无复余⑧。

一世异朝市⑨，此语真不虚。

人生似幻化⑩，终当归空无。

## 【译文】

离开山泽去做官已经很久了,(现在)放浪于林野,又得到了欢娱。

且携着我的儿女侄子们,拨开乱草寻访废墟。

徘徊于垄亩之间,可隐约地认出往日旧居。

水井、灶边留有遗迹,桑树和竹子残存着被涂抹的树桩。

打听打柴的人:此处居住者都到哪里去了?

打柴人对我说:死光了,不再有遗留的人。

三十年就使朝市面貌改变,这句话可真是一点不虚!

人一生就好似虚幻变化,到最终都不免归于空无。

【注释及有关提示】①去:离开。游:外出求学求官。《三国志·吴书·士燮传》:"少游学京师,事颍川刘子奇。"(年轻时外出至京城求学,侍奉颍川的刘子奇。)②浪莽:犹"浪孟",放浪的样子。潘岳《笙赋》:"罔浪孟以惆怅,若欲绝以复肆。"(失意放浪而惆怅,好像死而复生又恣意而行。)③试:姑且。《庄子·让王》:"吾闻西方有人,似有道者,试往观焉。"(我听说西方有个人,像是个得道的人,姑且前往观察他。)④榛(zhēn):丛生的草木。荒墟:废墟。⑤丘垄:垄亩,田园。⑥杇(wū):同"圬",涂墙的工具,俗名抹子。也指粉刷墙壁,涂抹。《论语·公冶长》:"朽木不可雕也,粪土之墙不可杇也。"(腐朽的木头不能雕刻了,肮脏的土墙不能再粉刷了。)⑦此人:此处之人,指曾在此生活过的人。焉如:动宾倒装,即"到何处去"。如:往,到……去。焉,疑问代词,哪里,作"如"的宾语。⑧死没(mò):同义合成词,死。没,一作"殁"。无复:不再有,没有。《后汉书·寇恂传》:"昔高祖任萧何于关中,无复西顾之忧,所以得专精山东,终成大业。"(过去高祖让萧何镇守关中,就不再有分神向西回头看的忧虑了,所以能够专心致力于太行山以东的事务,最终成就大业。)余:遗留,此处动词用作名词,遗留者。⑨一世:古代以三十年为一世。异:使动用法,使……异。朝市:城市官吏聚居的地方。⑩幻化:虚幻变化,指人生变化无常。

### 044 归园田居·其五

【内容简介】第五首诗,讲述了作者耕种归来途中的情景及至家后的活动,表达其欣然自得之情,内蕴醇厚,情感真挚。

【原文】

怅恨独策还①,崎岖历榛曲②。

山涧清且浅，可以濯吾足③。
漉我新熟酒④，只鸡招近局⑤。
日入室中暗⑥，荆薪代明烛。
欢来苦夕短⑦，已复至天旭⑧。

【译文】

心怀怅恨，独自拄杖回家；沿着崎岖的小路越过杂草丛生的偏僻之处。

山涧里的流水又清又浅，可用来洗我的脚。

过滤好我那新酿造的酒，用一只鸡来招待近邻。

日落后屋里就昏暗了，点燃柴薪代替明烛照明。

欢乐时怨恨夜晚太短，不久又到了天亮。

【注释】①策：拄（着手杖）。曹植《苦思行》："策杖从吾游，教我要忘言。"〔（那位高龄隐士）拄着手杖，跟从我游历，他教导我要忘掉言语（不乱讲话不乱听话）。〕②榛：丛生的树木。曲：偏僻之所。③濯（zhuó）：洗。④漉（lù）：渗出，此指用布滤酒。⑤近局：近邻。⑥苦：苦于；为……所苦。《韩非子·五蠹》："泽居苦水者，买庸而决窦。"〔居住在洼地为水涝灾害所苦的人，（却要）雇人来挖掘水沟（排水）。窦，通"渎"（dú），水沟。〕夕：夜，晚上。⑦已：时间副词，不久。旭：太阳初出。

045 归园田居·其六

【内容简介】第六首诗，讲述了诗人一天的劳动生活，最后揭示其劳动的体验、田居的用心。末首诗，诸家以为非陶诗，而苏轼以为陶作。

【原文】

种苗在东皋①，苗生满阡陌②。

虽有荷锄倦，浊酒聊自适③。

日暮巾柴车④，路暗光已夕。

归人望烟火⑤，稚子候檐隙⑥。

问君亦何为⑦，百年会有役⑧。

但愿桑麻成⑨，蚕月得纺绩⑩。

素心正如此⑪，开径望三益⑫。

简易古诗助读

【译文】

在东边高地上种植禾苗，禾苗生长茂盛遍布田地。

虽然操锄劳作有些疲倦，但是饮点家酿浊酒聊且可以使自己闲适舒畅。

傍晚驾着只有帷幕而简陋无饰的车回来，山路变得幽暗，时光已至晚上。

归家之人远望着家中袅袅的炊烟，幼子在檐下空地等（我回家）。

要问我这样做又是为什么？人的一生应当劳作。

我只希望桑麻长成，三月纺绩之事成功。

我本心正是这样，希望开辟院中小路与三种朋友结交来往。

【注释及有关提示】①东皋（gāo）：水边向阳高地。也泛指田园、原野。陶渊明《归去来兮辞》有"东皋""西畴"。②阡（qiān）陌：田界，此指田地。③适：闲适，舒畅。④巾："巾车"的省说，即有帷幕的车子。柴车，简陋无饰的车子。⑤归人：回（家）的人。此是作者自指。烟火：炊烟。⑥隙：空。柳宗元《梓人传》："有梓人款其门，愿佣隙宇而处焉。"（有个木匠敲他的门，愿意租用他的房檐下空闲的地方住在那里。）笔者注：房檐下，不一定全是空地，有的放置土石、薪柴等。足见陶翁观察之细、描写之工。⑦亦：又。笔者注："又"，大概暗承"辞官"。大概陶翁的友人、乡邻看来，辞官也就罢了，还那么辛苦劳作干什么？⑧百年：一生。会：一定，应当。役：劳役，此指劳作。⑨桑麻：泛指农作物或农事。⑩蚕月：忙于蚕事之月，夏历三月。得（dé）：成，成功。纺绩：古代纺多指纺丝；绩亦作"缉"，多指缉麻。⑪素心：本心。李白《赠从弟南平太守之遥》诗之二："素心爱美酒，不是顾专城。"（我本心喜爱美酒，不是考虑主政一城的地方长官。）⑫开径：汉朝蒋诩（xǔ）隐居之后，在院里竹下开辟三径，只与少数友人来往。后人以"三径"代指隐士所居。三益：《论语·季氏》："孔子曰：益者三友，损者三友。友直，友谅，友多闻，益矣；友便辟，友柔善，友便佞，损矣。"（孔子说："三种朋友有益，三种朋友有害。与正直的人交朋友、与诚实的人交朋友、与见识广博的人交朋友，是有益的；与奉承的人交朋友、与谄媚的人交朋友、与圆滑善辩的人交朋友，是有害的。"）

046 饮酒·其五

【题意简释】《饮酒》共二十首，都是酒后即兴的题咏，不是一时所作。作者感慨甚多，借饮酒来抒写厌倦官场腐败、归隐田园、超脱世俗的思想感情。

【内容简介】《饮酒》的第五首，大约作于诗人归田后的第十二年，即公元四一七年，正值东晋灭亡前夕。

**【原文】**

结庐在人境①，而无车马喧②。

问君何能尔③？心远地自偏。

采菊东篱下，悠然见南山④。

山气日夕佳⑤，飞鸟相与还⑥。

此中有真意，欲辨已忘言。

**【译文】**

居住在人世间，却没有车马的喧嚣。

问我为何能如此？只要心志高远，自然就会觉得所处地方僻静了。

在东篱之下采摘菊花，悠然间，那远处的南山映入眼帘。

山中的气象（到了）傍晚（最）美好，飞鸟结着伴儿归来了。

这里面蕴含着人生的真正意义，想要辨识，却不知怎样表达。

**【注释及有关提示】**①结庐：建造住宅，这里指居住的意思。②喧：声音大而嘈杂。③君：指作者自己。何能尔：为什么能这样。尔：如此、这样。④悠然：自得的样子。见（jiàn）：看见。南山：泛指山峰，一说指庐山。"悠然"独具匠心地写出了作者那种恬淡闲适、对生活无所求的心境。⑤气：指自然界冷热阴晴等现象。日夕：傍晚。⑥相与：相交，结伴。

**【诗句简析】**开头两句：摆出自己生活中的一种奇妙的现象——既在人境，又无人境所有的车马之喧。

三四两句：用设问（自问自答）的形式，以具体的生活体验，揭示出一种具有普遍意义又很有理趣的现象——"心远地自偏"。

五至八句：写东篱采菊，无意中得见南山，于是目注心摇，又为南山傍晚时出现的绚丽景色所吸引。结庐于人境，而采菊于东篱；身在东篱，而又神驰南山：其主旨还是在显示"心远"二字。"飞鸟相与还"有象征意义："鸟倦飞而知还"，在晚照中翩然归来的鸟与采菊时悠然见山的人，心神契合，仿佛都在这幽静的山林中找到了自己的归宿。

最后两句：所说的"真意"，就是这种"心远"所带来的忘俗自得的生活意趣。所谓"忘言"，一是不想明言自己的人生观、价值观，二是若"明言"，即成口号而无诗味了。

【艺术特色简介】言浅意深。陶渊明的诗,大多在字面上写得很浅,好像很容易懂;而内蕴很深,需要反复体会。对于初学者来说,有许多东西恐怕要等生活经历丰富了以后才能真正懂得。

047　归去来兮辞

【题意简释】《归去来兮辞》是作者于晋安帝义熙元年(405)辞去彭泽令回家时所作,分为"序"和"辞"两部分。辞是在楚地民歌基础上创造出来的新诗体。

【内容简介】《归去来兮辞》的"序"说明了自己所以出仕和自免去职的原因。《归去来兮辞》的"辞"则抒写了归田的决心、归田时的愉快心情和归田后的乐趣。通过对田园生活的赞美和劳动生活的歌颂,表明他对当时现实政治,尤其是仕宦生活的不满和否定,反映了他蔑视功名利禄的高尚情操,也流露出委运乘化、乐天安命的消极思想。全文语言流畅,音节和谐,感情真实,富有抒情意味。北宋欧阳修说:"晋无文章,惟陶渊明《归去来兮辞》一篇而已。"

第一段:

【原文】

归去来兮①！田园将芜,胡不归②?
既自以心为形役③,奚惆怅而独悲④?
悟已往之不谏⑤,知来者之可追⑥。
实迷途其未远⑦,觉今是而昨非⑧。

【译文】

回去吧！田园将要荒芜了,(可是,你)为什么不回去呢?

既然是自己(决定)让自己的心神为自己的形体所役使(既然自作自受),(那么)为什么还要惆怅失意而独自悲愁呢?

觉悟到过去做错了的事(出仕)已经不能挽回,知道未来的事(归隐)还可以挽救。

实际我入迷途还不算远,省悟到今天归耕是正确的、过去出仕是错误的。

【注释】①去:表示动作的趋向。来:表示祈求、劝勉等的语气词,可译为"吧、啦、了"等。兮:语气词。②胡:疑问代词,同"何",为什么。

【阅读笔记·直陈与反问】

首句,开门见山,以叠用的语气词助力,直接呼出了久积于心中的愿望。次句,是转折复句，后一分句的反问是以前一分句"田园将芜"所界定的自己的社会身份和所表示的人生追求为基础的。诗人决定以田园为业，追求自由生活，而"田园将芜"，诗人赖以生活的基础以至精神自由的王国，都将悄然消失，因而诗人应该速归田园，力挽危局。但是，诗人没有这样正面陈述，而是诘问自己："田园将要荒芜了，你为什么还不回去？难道你对龌龊的官场还有什么留恋吗？"诗人几次出仕，目睹了官场的黑暗，看透了社会的腐朽，最终毅然决定"不为五斗米折腰向乡里小儿"而挂冠去职。"胡不归"的心灵诘问，以极简的笔墨浓缩进与官场决绝的曲折复杂的思想斗争过程，也为以下六句的自责、自悟、自新张本。

【注释】③以心为形役：让自己的意愿被形体役使，即，为免于饥寒，违背本意做了官。心：心志、意愿。为：（wéi），被。形，形体，指身体。役，奴役。④奚：为什么。而：连词，表并列。⑤之：主谓间助词。后句"之"也是主谓间助词。谏：止，挽回。⑥追：挽救，补救。《论语·微子》："往者不可谏，来者犹可追。"（过去的不能挽回，未来的还能补救。）这是借用典故表示对自己已往和来日的清醒认识。⑦实：实际。迷：形容词用作动词，进入迷（途）。其：句中表推测的语气副词，大概。⑧觉：觉悟、省悟。是：正确。而：连词，表并列。非：错误。

【段落大意】

第一段：表示辞官归田的清醒认识和坚定决心。

第一段第一层（归去……胡不归），表示归田的态度及理由。

第一段第二层（既……可追），表示不怨天不尤人的自责。

第一段第三层（实迷途……而昨非），表明迷途知返的认识。


第二段：
【原文】
舟遥遥以轻飏①，风飘飘而吹衣②。
问征夫以前路③，恨晨光之熹微④。
乃瞻衡宇⑤，载欣载奔⑥。
僮仆欢迎⑦，稚子候门。


【译文】
船漂流着缓缓行进，风飘飘地吹着衣服。

以前路的里程、路况等问题询问行人，遗憾的是天刚刚放亮（而希望天大亮）。

刚看见自己家的房子，心中欣喜，奔跑过去。

僮仆高兴地迎接，幼儿（在）门边等候。

【注释及有关提示】①遥遥：摇摆漂流的样子。以：连词，连接状语和谓语，表修饰。飏：船缓缓行进的样子。②飘飘：风吹貌。而：同上句"以"。③征夫：行人。以前路：介词结构作动词"问"的补语，译为现代汉语常移至句子前面作状语。后文"农人告余以春及"之语法结构亦如此。④恨：遗憾。熹微：微明，天未大亮。⑤乃：副词，表示初始。瞻：远望。衡宇：横木为门的房屋，指简陋的房屋。宇：屋檐。⑥载：助词，起加强语气的作用。《诗经·小雅·菁菁者莪》："泛泛杨舟，载沉载浮。"（漂漂荡荡的杨木船，忽落忽起地浮在水上面。莪（é）：草名，又名萝，萝蒿、莪蒿等。）⑦欢迎：高兴地迎接，古今义同。

【段落大意】

第二段：想象既轻松又焦急的归途情景。

第二段第一层（舟遥遥……熹微），写诗人想象取道水路，日夜兼程归去时的喜悦心情。舟轻飏，风吹衣，映衬弃官如释重负的轻松心情；晨光熹微，恨不大亮，映衬脱离樊笼奔向自由的急切之情。

第二段第二层（乃瞻……候门），写望见家门时欣喜若狂的心情。写"僮仆欢迎，稚子候门"，也是映衬自己高兴的心情。


第三段：

【原文】

三径就荒①，松菊犹存。

携幼入室，有酒盈樽②。

引壶觞以自酌③，眄庭柯以怡颜④。

倚南窗以寄傲⑤，审容膝之易安⑥。

园日涉以成趣⑦，门虽设而常关⑧。

策扶老以流憩⑨，时矫首而遐观⑩。

云无心以出岫⑪，鸟倦飞而知还⑫。

景翳翳以将入⑬，抚孤松而盘桓⑭。

【译文】

院子里的小路快要荒芜了，松菊还长在那里。

携着幼儿进入屋中，已经有酒盛满了酒杯。

执酒壶拿酒杯来自斟自饮，随意看院子里的树来使我开颜。

倚着南面的窗子来寄托傲然自得的心情，感到住在简陋的小屋里也容易使人安乐。

园子，每天（于此）游历，而成为一种乐趣；院门，虽然设置，却常常关闭着。

拄着拐杖走走歇歇，时时抬头向远处望望。

云自然而然地从山洞中悠悠飘出；鸟飞得疲倦了，就知道飞回巢中。

太阳越来越黯淡地快落下去了；我还手扶孤松，留恋不去。

【注释及有关提示】①三径：院中小路。汉朝蒋诩（xǔ）隐居之后，在院里竹下开辟三径，只与少数友人来往。后人以"三径"代指隐士所居。就：接近，靠近。写院落荒芜、松菊犹盛的情景，一石三鸟：既明写院落之景；又用"三径"之典故暗写归隐之意；还以荒草与松菊之对比，寄托超然世外的孤傲情怀。②盈樽：满杯。明写幼子，暗写贤妻。"酒盈樽"，不是其妻亲斟，便是命子斟之，因"其妻翟氏亦能安勤苦，与其同志（志趣相同）。"（萧统《陶渊明传》）③引：拿。觞（shāng）：古代酒器。以：目的连词，来。④眄（miǎn）：斜视，这里是"随便看看"的意思。柯（kē）：树枝。以：来。怡：喜悦、快乐，此为使动用法，使（面容现出）愉快神色。⑤以：目的连词，来。傲：傲世的心情，形容词用作名词，作"寄"的宾语。⑥审：清楚，明白，引申为觉察、感到。"容膝之易安"（只能容双膝的小屋也容易使人安乐）这个主谓结构作"审"的宾语。容膝：指立足之地，此指只能容下双膝的小屋，极言其狭小。这是化用《韩诗外传》所载北郭先生之妻支持北郭先生辞楚庄王之聘的语句，来表达自己宁愿安于容膝之贫居，而不愿出去做官的心志。之：主谓间助词。安：使……安乐。"倚南窗以寄傲，审容膝之易安"两句，既是"寄傲"与"易安"形成因果关系，又是清贫低等的物质生活与丰富孤高的精神境界形成暗比，而在这种对比中我们理解了作者看重的不是富贵的生活而是自己傲岸的情怀。⑦涉：到，游历。以：连词，表示结果。⑧而：连词，表示转折。⑨扶老：手杖的别名。流憩（qì）：步游或稍息。⑩矫（jiǎo）：举。而：连词，表修饰。遐：远。⑪无心：无意地。以：连词，表修饰。出岫（xiù）：即"出于岫"。岫，山洞，岩穴。⑫倦飞：不是偏正关系"疲倦地飞"，而是动补关系"飞得疲倦了"。而：连词，连接因果关系，译为"就"。有的把"而"译成"也"，这不符合句子的逻辑关系，因为句意是就鸟自身说的，而译成副词"也"，就不是鸟自身"倦飞"与"知还"的因果关系了，而是改换为暗中含有"人"与"禽"的类比上了，从而人为地（很糟糕地）使精妙的意境贬值为平直的议论。云"无心"而"出"、鸟"倦飞"而"知还"，这是形象的画面，暗喻了诗人由出仕而归隐的心路历程。⑬景：日，太阳。李善（唐）《上文选注表》："臣善言：窃以道光九野，缛景纬以照临。"〔臣李善陈述：臣以为大道光赫了天的九重，彩饰了日、星的照临。九野：中央与八方，即九天。缛（rù）：繁密，多指彩饰雕刻。纬：行星的古称，此指星。以：助词。〕"景"，不是"日光"而是"日"，有三点理由：一、这是个单句，主语是"景"；二、"将入"的是"日"，而不是"日光"；三、"以"是连词，连接状语（翳翳）和谓语（入）。意译可以把此句展为"阳光黯淡，太阳快落下去了"这样两句，前一分句的主语是"阳光"，后一分句的主语是"太阳"；而直译应该按一个单句翻译。翳翳（yì），阴暗的样子。⑭而：连词，表并列。盘桓：逗留，徘徊。清朝陶澍（shù）《靖节先生集集注》评此二句为："闵晋祚之将终，深知时不可为，思以岩栖谷隐，置身理乱之外，庶得全其后凋之节也。"（忧虑晋朝皇位将要终结，深知时势不是人力所为，想用栖隐于岩洞山谷的办法，置身于社会混乱之外，差不多能够保全自己像松柏一样后凋的节操。）此说可作参考，而流连孤松则形象地表现出诗人厌弃官场、热爱田园的情怀。

**【段落大意】**

第三段：描写想象中归田生活的意趣。

第三段第一层（三径……犹存），描写隐士般的寓所。

第三段第二层（携幼……易安），描写独酌傲世的情景。

第三段第三层（园日涉……而退观），描写涉园、流憩的情景。

第三段第四层（云无心……而盘桓），描写户外观景而流连忘返的情景。


第四段：
**【原文】**
归去来兮！请息交以绝游①。
世与我而相违②，复驾言兮焉求③？


**【译文】**
回去吧！（让我同世俗之人）停止交往并且断绝交游吧。

世事与我所想却互相背离，我还驾车（出游）求什么呢？

【注释及有关提示】①请：谦敬副词，有时译成"请允许"，有时不译。息交：停止（与人）交往。以：表递进的连词。绝游：断绝交游。用递进句表示：与官场不仅停止交往，而且彻底断绝关系。②而：连词，表转折。本想建功立业，谁想事与愿违，所以用一表转折的连词。③驾：驾车，这里指驾车出游去追求想要的东西。言，助词。焉求：动宾倒装。焉，疑问代词，什么。这两句是因果复句，后一分句用反问句，以强烈的语气说明"息交以绝游"的原因。这两句与上两句是倒装的因果句群，即，"（因为）世与我而相违，复驾言兮焉求？归去来兮！请息交以绝游。"

【段落大意】

第四段：重申归田之志并从"世与我"矛盾的不可调和方面说明理由。

第五段：

【原文】

悦亲戚之情话①，乐琴书以消忧②。

农人告余以春及③，将有事于西畴④。

或命巾车⑤，或棹孤舟⑥。

既窈窕以寻壑，亦崎岖而经丘⑦。

木欣欣以向荣⑧，泉涓涓而始流⑨。

善万物之得时⑩，感吾生之行休⑪。

【译文】

以亲朋间的知心话为悦，以弹琴读书消除忧烦为乐。

农夫把春天到了的消息告诉我，我将要在西边的田地有耕作之事。

有时驾着有车帷的小车（出行），有时划着一叶扁舟（外游）。

既探寻那幽深曲折的沟壑，又行经那高低不平的山丘。

树木勃勃地旺盛生长，泉水正缓缓地流淌。

（我）羡慕自然界的一切生物适合时宜（能够繁荣生长），感叹自己（生不逢时）生命将要终止。

【注释及有关提示】①悦：意动用法，以……为悦。之：的。情话：知心话。《宋诗钞·张元幹芦川归来集钞·次韵赵元功赠李季言之什》："两公秉烛还相对，情话从渠半醉中。"〔(天黑夜深了)两个老先生还秉烛对酌,知心话从那半醉中(说出)〕②乐:意动用法,以……为乐。以:连词,表结果。③以春及:介词结构作"告"的补语,译为把字结构,置"告"前,作状语。春及:春天到了。④事:指耕种之事。于西畴:介词结构作"有"的补语,译为"在西边的田地",置"有"前,作状语。畴:田地。⑤命巾车:有二解,一是命人驾车,二是自己驾车,两种情况都有可能,而与下句"棹孤舟"结合起来看,似乎自己驾车、自己划船更有情趣。或:有时。⑥棹(zhào):用桨划船,不是名词用作动词。⑦窈窕、崎岖:分别作"壑""丘"的定语,不能仅从其位置而视为状语,这是陶翁为了适合辞的节拍需要而有意用的一种错位的方法。辞,一般是六字三拍,如,"舟—遥遥(以)—轻飏""既—窈窕(以)—寻壑",句中、句末的虚词紧附在其前面的词上合为一拍。如果把"窈窕"回复到其定语的原位,为"既寻窈窕之壑",则不仅节拍难分,而且诗味大减。以、而:音节助词,不译。"崎岖经丘"承"命巾车",指陆路之行;"窈窕寻壑"承"棹孤舟",指水路之游。这既是为了押韵,也是常见的参(cēn)错承接。这四句写农事之暇,乘兴出游,登山泛溪,寻幽探胜。⑧欣欣:草木生长旺盛的样子,形容词。向荣:滋长茂盛,动词。以、而:连词,表修饰,可译为"地"。⑨涓涓:水缓流貌,形容词。始:正。江淹《杂体诗•休上人怨别》:"露彩方泛艳,月华始徘徊。"(露珠正泛出夕晖的艳丽色彩,月亮周围的光环正驻足逗留。)⑩善:认为好,引申为羡慕。得时:适合时宜,衬托出下句所暗含的逆向联想的内容——(自己)生不逢时。⑪之:主谓间助词。行:且,将要。休:停止,罢休。

**【段落大意】**

第五段:描写想象中的归田生活的内容。

第五段第一层(悦亲戚……西畴),描写与亲友、农人交往的情景。

第五段第二层(或命巾车……经丘),描写出游的情景。

第五段第三层(木欣欣……行休),描写春天万物得时的景象,抒发自己生不逢时的感慨,为结尾议论人生张本。


第六段:
**【原文】**

已矣乎①!寓形宇内复几时②?

曷不委心任去留③?胡为乎遑遑欲何之④?

富贵非吾愿，帝乡不可期⑤。
怀良辰以孤往⑥，或植杖而耘耔⑦。
登东皋以舒啸⑧，临清流而赋诗⑨。
聊乘化以归尽⑩，乐夫天命复奚疑⑪！

【译文】

算了吧！寄身（于）天地之间，又能有多少时候？

何不随心所欲地生活而任凭（命运安排）离开人世或是留在人世？为什么心神不定，想到哪里去呢？

富贵不是我所愿望的，神仙居住的地方也是不可企求的。

（有时）爱惜美好的时光，独自外出（赏景）；有时扶着拐杖除草培土。

登上东面的高地放声长啸，傍着清清的溪流而吟唱诗歌。

（就这样）姑且顺着自然的变化，度到生命的尽头；乐于那天命，还疑虑什么呢？

【注释及有关提示】①已：算了。《论语》："已而，已而，今之从政者殆而。"（算了吧，算了吧，现在的执政者不可救药了。）矣乎：语气助词连用，加强感叹语气。②寓形：寄寓身体，即寄托生命。宇内：天地之间。③曷（hé）：何。委心：随心所欲。委，随，顺从。④胡为：介宾倒装，即为胡。胡，疑问代词，何。乎：句中语气词。遑遑（huáng）：心神不安的样子。宋玉《九辩》："众鸟皆有所登栖兮，凤独遑遑而无所集。"（众鸟都有登占栖身的地方，凤鸟唯独心神不安地没有栖止的地方。）何之：动宾倒装，之何，去哪里。⑤帝乡：仙乡，神仙居住的地方。期：期望，企求。⑥前句蒙后句省略"或"。怀：爱惜。《管子·立政》"民不怀其产，国之危也。"（老百姓不爱惜自己的产业，是国家的危险。）⑦植杖：这是暗用《论语》中的隐士荷蓧丈人的故事，来寄寓自己的志趣：及时躬耕，自得其乐。耘（yún）：除草。耔（zǐ）：给苗根培土。《诗经·小雅·甫田》："今适南亩，或耘或耔。"（今天我去向阳的农田，有时锄草有时培土。）这两句描绘了一位有时于良辰游览胜景，有时于田园除草培土的隐者形象。⑧"登东皋以舒啸"这是暗用苏门山隐士孙登长啸如鸾凤之声的典故，寄寓自己流连山水的志趣。皋：高地。以：连词，表顺接。下句中"而"同此。舒：展开。啸：撮口发出的长而清越的声音。⑨赋：诵诗、吟诗。这两句描绘出一位有时登山长啸，有时临水赋诗的悠闲的隐者形象。⑩聊：姑且。乘化：随顺大自然的运转变化。乘，趁着，顺应。化，变化。归尽：归到尽头，到死。尽，止，终，引申义"死"。

《后汉书·皇甫规妻传》："妻谓持杖者曰：'何不重乎？速尽为惠。'遂死车下。"〔皇甫规的妻子对（奉董卓之命）手执木棍（打她）的人说："（你们）怎么不重重打呢？（重重打我）使我速死（是对我）施恩惠（行好，做好事）。"于是（皇甫规的妻子被打）死在车下。〕⑪乐：乐于，乐意。夫：指示代词，那。奚疑：动宾倒装，即疑奚。奚，什么。

**【段落大意】**

第六段：抒发安天乐命的情怀。

第六段第一层（已矣乎……欲何之），就人生问题诘问自己，振起下文。

第六段第二层（富贵……而赋诗），承接上面的"欲何之"，表明快然于隐居生活的人生态度。先以两句否定两种生活愿望，再以四句描写独自出游、田间除草、登高长啸、临水赋诗的隐者生活。

第六段第三层（聊乘化……复奚疑），卒章显志，表明安天乐命的思想。

**【艺术特色简析】**（一）独具匠心的想象。有人曾指摘《归去来兮辞》在谋篇上有毛病："前想象，后直述，不相侔（móu，齐、等）。"对此，钱钟书在《管锥编》中指出，（《归去来兮辞》）"叙启程之初至抵家以后诸况"都是想象。本辞第一大写作特色就是想象。作者写的不是眼前之景，而是心中之景。那么，心中之景与眼前之景有何不同呢？眼前之景，为目之所见，先有其景后有其文，文景相符，重在写真；心中之景，为创造之景，随心之所好，随情之所至，心到景到，未必有其景，有其景则未必符其实，重在抒情表意。《归去来兮辞》的谋篇机杼与《诗经·豳风·东山》写远归的士兵尚未抵家，而想象家中情状相类似。陶渊明此辞写于将归之际，人未归而心已先归，其想象归程及归后种种情状，正显得归意之坚决和归心之急切。这种浪漫主义的想象，是陶渊明创作的重要特色，也正是构成《归去来兮辞》谋篇的精髓所在。

（二）叙事、抒情双线并行，相得益彰。其叙事线索：辞官—归途—抵家—室内生活—涉园—外出游历—观景感悟；其抒情线索：自责自悔—自安自乐—乐天安命。

（三）淡远潇洒的风格。本文虽然采用了楚辞的体式，但作者能自出机杼，不受楚辞中怨愤、悲伤情调的影响，而表现出一种淡远潇洒的风格。如，作者辞官是因为鄙弃官场的黑暗，但文中并无只言片语涉及官场中的黑暗情形，只说自己"惆怅而独悲"的心情；否定以往的居官求禄，只用寥寥数语，不作更深的追究；决定今后不再与达官贵人来往，也仅用"息交以绝游"一语带过，其胸怀何等洒脱！又如文中写田园生活的乐趣，看起来都是一些极为平常的细节，但又处处显示出作者"旷而且真"的感情,句句如从肝肺中流出,却不见斧凿之痕。这种淡远潇洒的文风,跟作者安贫乐道、超然物外的处世态度是完全一致的。

(四)与淡远的风格相谐和的是用语平淡自然,音节和谐优美。诗句以六字句为主,句中衬以"之""以""而"等字,韵律悠扬,舒缓雅致,朗朗上口。有时用叠音词,音乐感很强。如"舟遥遥以轻飏,风飘飘而吹衣""木欣欣以向荣,泉涓涓而始流"。

048 读《山海经》

【题意简释】《山海经》:记载古代海内外山川异物和神话传说的书籍。

【内容简介】热情讴歌精卫、刑天不屈不挠的反抗精神,慨叹他们虽死无悔却没有得到复仇的良机,寄寓自己对黑暗现实的激愤之情,反映了诗人归隐田园和壮志难酬的矛盾心理。

【原文】

精卫衔微木①,将以填沧海。

刑天舞干戚②,猛志固常在③。

同物既无虑④,化去不复悔⑤。

徒设在昔心⑥,良辰讵可待⑦?

【译文】

精卫鸟口衔微小的树枝,要用(它)填平东海。

刑天(断头之后)仍然挥舞盾牌和斧子(与天帝血战),他的勇猛凌厉之志本是始终存在而不可磨灭的。

(精卫和刑天)同为有原生命之物时就已经无所畏惧,死而化为异物更不会再后悔什么。

(但是)他们徒然存有昔日之猛志,复仇雪恨的良好时机哪能等待得到!

【注释】①精卫:传说炎帝之少女,名女娃,游于东海而溺死,化为精卫鸟,常衔西山之木石,以填于东海。见《山海经·北山经》。木:树。此指小树枝。②刑天:神话传说中的人物。《山海经·海外西经》载:"刑天与帝争神,帝断其首,葬之常阳之山。乃以乳为目,以脐为口,操干戚以舞。"(刑天与天帝争夺神位,天帝斩断刑天的头,把他埋葬在常阳的山上。刑天就把乳头作为眼睛,把肚脐作为口,拿着盾牌和斧子来挥舞。)干(gān)戚:干,盾牌;戚,斧。干、戚,都是古代兵器名。③固:

本。④同物：同为有生命之物，指精卫、刑天之原形。既：已经。无虑：没有什么可忧虑的，即无所畏惧。⑤化去：死去而变为异物。化，死。⑥设：陈列，设置。在昔：从前。⑦讵（jù）：副词，表示反问，相当于现代汉语的"难道""哪里"。

【艺术特色简介】此首诗的风格是有别于田园风格的"金刚怒目"式的风格。鲁迅先生说："陶渊明正因为并非浑身是'静穆'，所以他伟大。"

# 第三章 南北朝时期

【文学常识·南北朝乐府民歌】南北朝时期，在文学史上放出异彩的是当时的民歌。这些民歌绝大部分是当时人民的口头创作，后来又被政府有关机关采集、配乐，发展成能够演唱的乐歌，所以又称南北朝乐府民歌。南朝乐府民歌大多是女子所唱的情歌，它与后世婉约派词风的含蓄不同，大多质朴坦率，简单易懂。虽然这类情歌中也有轻俗浮艳的作品，但是，大多都是值得品读的好诗，有的婉约清丽，有的质朴清新，有的细腻缠绵，有的大胆率真。北朝乐府民歌语言质朴，风格豪放，自然清新。题材多是战争、徭役和人民流离失所等，反映现实生活的意义比南朝乐府民歌远为深广。《木兰诗》是北朝乐府民歌中最杰出的作品，它与汉末的《孔雀东南飞》并称南北"乐府双璧"。

## 一、南朝乐府诗6首

049 拔蒲二首·拔蒲五湖中

【题意简释】《拔蒲》是五言古体组诗，共两首，其一名为《拔蒲五湖中》，其二名为《与君同拔蒲》，出自《乐府诗集》，无名氏作。蒲，一名香蒲，水生植物，可制作蒲席，嫩者可食。拔蒲，是江南水乡的一种普通农活。两首诗都主要写女子与情郎同去拔蒲时的欢乐心情，只是着笔的侧重点各有不同。

【内容简介】第一首写出发，以客观景物映衬主观心情。此首妙在前二句，普普通通的香蒲，这位姑娘不仅看到其青色、紫色，而且还以特别温婉的感觉模拟出香蒲像口衔宝珠一样地含着紫色的绒毛；平平常常的蒲叶，这位姑娘不仅看到其长长的样子，还看到了它随风飘曳的美姿。普通平常的景物在姑娘的眼中何以变得如此美好呢？与其说以她的慧眼看到了景物的美，不如说以她的真情感到了生活的美。正如王国维《人间词话》中所言："以我观物，物皆着我之色彩。"

【原文】
青蒲衔紫茸①，长叶复从风。
与君同舟去②，拔蒲五湖中③。

【译文】青青的香蒲尖端含着紫色的绒毛,叶子长长的,还随着微风飘摇着。

与您一同乘船去,到五湖中拔蒲。

【注释】①衔:含。拟人手法,使东西变得珍贵、使情态变得可爱。紫茸:形容蒲草尖端的紫色绒毛。②"与君同舟去"既交代做什么事情的同路人,也承接前两句包含着景因情美的个中原因。③五湖,古代吴越地区的湖泊。其说不一,通常指太湖,或者太湖及其附近湖泊。此处当为泛指。

050 拔蒲二首·与君同拔蒲

【内容简介】此首写拔蒲,以劳动成果表现恋情。此首诗妙在后二句。开始二句承前一首末句,以"朝发""昼息",概述一日之拔蒲过程。后二句写一天劳动的收获:整整一天,以两人之力"同拔蒲",竟然"不成把"。原因何在?与自己所爱之人一同拔蒲,由于两人都沉醉于爱情的欢乐中,早把劳动忘到九霄云外了,所以拔了一天还不足一把。

【原文】

朝发桂兰渚①,昼息桑榆下②。

与君同拔蒲,竟日不成把③。

【译文】

早晨从长着桂木兰草的水中小洲出发,中午也只是在桑树、榆树下稍作休息。

与您一同拔蒲,(但是两人)一整天拔的蒲还不成一把。

【注释】①朝:早晨。桂兰渚:长着桂木、兰草的水中小洲。②昼:白天,此指中午。③竟日:终日,整天。不成把:指不满一把。

【艺术特色简介】《拔蒲》两首诗都运用了衬托的手法,但是一是正衬,一是反衬。《拔蒲五湖中》用的是正衬的手法,以青蒲的紫茸、长叶之美丽衬托姑娘心情之高兴。《与君同拔蒲》则用了反衬的手法,以两人劳动收获之少,反衬两人情感收获之丰。

051 子夜四时歌·春歌

【文学常识·子夜四时歌】《子夜四时歌》是乐府《吴声歌曲》名,是南朝时流行在长江下游的民歌。它和后世民歌里的《四季相思》很类似。《乐府诗集》收录了《子夜四时歌》75首。子夜:半夜。四时:四季。南方民歌经常在赞美青山绿水的同时表现南方人特有的细腻感情。《子夜四时歌》的内容主要是写青年女子在春夏秋冬四季的情思和感受。

【内容简介】这首《春歌》以朴素的语言，细腻的笔法，为读者描绘了一幅清新明快、缤纷多彩、鸟语花香、充满生机的春天景象。诗人喜爱春天，热爱生活的美好情怀，自然地流诸笔端，可谓触景生情，借景抒情，于景寓情。

笔者另解：这首《春歌》主要写一个青年女子由"春风"引起并由"春景"拉动的微妙曲折的内心变化。和煦的春风既能使人愉悦，也能使人惆怅。这位南方姑娘此时正纠结于各种复杂的难以言说的情感中，但这位姑娘毕竟是开朗的，她有意或下意识地以外界好的景色驱散或冲淡内心坏的心情，于是举目远眺，扫描各种景物，终于定格于春花烂漫、异彩纷呈的山林。此时，大概姑娘紧缩的眉头展开了；继而清脆悦耳的鸟鸣又助人一臂之力，终使这位姑娘的心情"由阴转晴"。

【原文】
春风动春心①，流目瞩山林②。
山林多奇采③，阳鸟吐清音④。

【译文】
和煦的春风，催生万物，也搅动姑娘春日的伤感心情，（姑娘）移动目光，凝望山林。
（姑娘看到）山林中有很多绚烂奇特的色彩，又听到春天的飞鸟，在明媚的阳光下欢快地鼓动喉舌，发出清脆悦耳的声音。

【注释】①春心：春日的伤感心情；怀春的心情。笔者认为此句中"春心"的义项应是春日的伤感心情。②流目：转动目光。瞩：视，望。③采：通"彩"。④阳鸟：泛指阳春三月的鸟。

【阅读笔记·恰当的角度及顺序】

单从写景的角度看，《春歌》首先写春风，因为它无形、无色、无味，难以描摹，当然更因为触景生情，所以就从感觉的角度写它；继之从视觉的角度写春天山林的奇色异彩；最后从听觉的角度，描绘了一个蝉噪林静、鸟鸣山幽的佳境。

052 子夜四时歌·夏歌

【内容简介】这首《夏歌》以思妇顾不得避暑、休息而"当暑理绤服"表现其贤德。

**【原文】**

田蚕事已毕①，思妇犹苦身②。

当暑理絺服③，持寄与行人④。

**【译文】**

盛夏时节，田里的农活结束了，养蚕缫（sāo）丝的事情也完毕了，别的妇女开始休息了，而这位思妇还要继续干活，使身体劳累。

正当暑天，她仍要料理丈夫的细葛布衣服，拿着（它）寄给出门在外的丈夫。

**【注释及有关提示】**①田蚕：耕田和养蚕缫丝。田、蚕，都是名词用作动词。②思妇：怀念丈夫远行的妇人。犹：依然，还要。苦：使动用法，使……苦（劳累）。③理，料理，归拢。絺（chī）：细葛布，即用葛（草本植物，其纤维可以织布）织的布。④持：拿着。行人：作客在外的人，这里指思妇的丈夫。

**【阅读笔记·思妇的贤德】**

这首《夏歌》的主旨是表现思妇的贤德。思妇在"田蚕事已毕"后，还不能像别的农家妇女那样稍事休憩，还要在难耐的酷暑天继续"理絺服"，这当然是非常辛苦的。然而，这样辛苦的目的是为了"持寄与行人"。所以，写思妇的辛苦是为了表现思妇的贤德。李白笔下的思妇，秋天是"长安一片月，万户捣衣声"，冬天是"明朝驿使发，一夜絮征袍"。而《夏歌》中这位思妇，田蚕事毕，不及喘息，立即抓住稍纵即逝的夏闲时光，"当暑理絺服"，其对良人的痴情、牵挂可见一斑。

葛布衣服有粗疏一点的，有细密一点的。思妇自己或者还有其他家人，穿粗疏一点的葛布衣服，而把细密一点的葛布衣服寄给出门在外的丈夫，这是中华民族几千年来家庭成员间普遍存在的优遇出门在外者的传统美德，这也表现出思妇舍己顾夫的贤德。

### 053 子夜四时歌·秋歌

**【内容简介】**这首《秋歌》以清新浅近的语言，真实地再现了思妇对征夫的思念之情。

**【原文】**

秋风入窗里①，罗帐起飘飏。

仰头看明月，寄情千里光。

【译文】

秋风从窗子吹进屋子来,窗帘随着风飘了起来。

仰头看到窗外空中的浩然明月,(想起了出征在外的亲人,而又无法传递心底的思念之情),只好把相思之情寄托给皎洁的月光,请它传给千里之外的人吧。

【注释】①罗帐:闺房中卧榻前挂着的绸缎幔帐,这里指的是窗帘。

【阅读笔记·情景交融】

"秋风入窗里,罗帐起飘飏"两句,从表面上看是在写秋风,实则借助秋风渲染一种孤寂凄凉的气氛。静静的秋夜,秋风将窗前的"罗帐"吹得高高地飘起来,使寒冷皎洁的皓月将幽幽的银光倾洒满屋,这怎能不唤起女主人公忧伤哀怨的情怀呢?

"仰头看明月,寄情千里光"这两句是借助明月直接写思妇的情怀,意境高远,引人遐想。"仰头",写思妇看到月光之后的动作行为,由月光洒满床榻而引得思妇"仰头看明月",看着明月,自然想起远在千里之外的亲人,思念之情愈加难以平复,无奈之中不得不寄希望于千里月光。短短两句十个字,竟然将思妇的行为举止和心理活动描述得如此鲜活而又明晰。

全篇虽然无一句写女子的泪眼与叹息,但是由于把女主人公的感情与秋风、明月等自然景物融汇在一起,借助于"秋风""罗帐"创造了凄清的环境气氛,然后又借明月的千里清辉传达出深婉的情思,勾画了一幅悲凉的画面,渲染了一种哀婉的气氛,很好地体现了古乐府民歌那种清新浅近风格,也表现出了强烈的艺术感染力,可谓是情景交融的佳作。

## 054 子夜四时歌·冬歌

【内容简介】本篇是《冬歌》中的第一首。这首民歌借岁寒而不凋的松柏形象,表明了抒情主人公对爱情的坚贞,同时也流露出对对方情移意变的隐忧。语言清丽,情感细腻,充分体现了南朝民歌的婉约之美。

【原文】

渊冰厚三尺,素雪覆千里。

我心如松柏,君情复何似①?

【译文】

深水潭里的冰厚达三尺,洁白的雪覆盖了千里大地。

（尽管如此寒冷），而我的心仍然像松柏一样坚贞不变，你的心又像什么呢？

【注释】①君：您。指她的爱人。何似：动宾倒装，似何。

**【阅读笔记·篇幅短而层次多】**

短短的四句诗，却有三层递升，构思缜密精妙。"渊冰厚三尺，素雪覆千里"这两句诗，第一层意思是以厚冰和深雪来衬托抒情主人公对爱情的坚定。第二层意思自在其中：厚达三尺的冰，覆盖千里的雪，在塞北是平常之景，而在江南则是极端之景。抒情主人公为什么要用江南的"冰""雪"来比喻自己对爱情的忠贞呢？当我们读到后两句的时候才明白，这是抒情主人公产生于内心的一种超越普通的情感、自然发诸语言的一种深一层的艺术表现手法，即借助极少见的寒冷衬托松柏坚贞不屈的高贵品格，进而衬托抒情主人公即使在极端恶劣的情况下，对爱情也不会有丝毫动摇的忠贞。

"我心如松柏，君情复何似"，这两句诗是在上两句所暗含的两层递升后，又递升到最高层——宣喻自己，担忧对方。抒情主人公在直接剖白自己对爱情无比坚贞的同时，又自然地发出"君情复何似"的疑问。这个发问既有担忧又有希望，既怕对方变心，又希望对方像自己一样。

## 二、北朝乐府诗 5 首

055　敕勒歌

【题意简释】敕（chì）勒歌，乐府杂歌篇名，北朝民歌。史载东魏高欢为西魏军所败，曾使敕勒族人斛（hú）律金唱此歌以激励士气。歌词是从鲜卑语译出的。敕勒是我国古代的一个民族，北齐时生活于今陕西省北部一带。

【原文】

敕勒川①，阴山下，
天似穹庐，笼盖四野②。
天苍苍③，野茫茫④，
风吹草低见牛羊⑤。

【译文】

敕勒平原，在阴山下。
天像蒙古包，笼罩四野。
天空一片青色，田野广阔无边。

风儿吹过,牧草弯腰变低,没在牧草中的牛羊才显现出来。

**【注释及有关提示】**①川:平原。阴山:山脉名,在内蒙古自治区中部及河北省北部,东西走向,西起狼山、乌拉山,中为大青山、灰腾梁山,南为凉城山、桦山,东为大马群山,全长1200公里。②穹庐:蒙古包,游牧民族居住的毡帐,形似穹隆,故曰穹庐。"笼盖四野"是仰望和环视的结果,极为准确。向上看,天是拱形圆顶;再向四周看,天向下垂,天空及四周像一个大锅盖,像一个大蒙古包,这是游牧人生活中目能所及的最贴切的比喻。③苍苍:深青色。④茫茫:广阔无边的样子。⑤见(xiàn):通"现"。

**【阅读笔记·形声并茂的场面】**

整首诗仅二十七个字,就形象地描绘出北国草原的壮丽风光和游牧民族的生活图景。读着这首诗,我们眼前仿佛出现蓝天、旷野、远山、草浪、牛羊、牧人;耳畔仿佛传来风声、草响、牛哞、羊鸣,甚或还有牧歌。这是一幅多么辽阔壮美的图画啊!特别是最后一句,用牛羊与牧草的相互映衬,既描绘出牧草的丰美,又表现出牛羊的肥壮,极为生动,极为传神。

## 056 折杨柳歌辞·其一

**【题意简释】**北朝民歌《折杨柳歌辞》共五首,内容相贯,主要为征人临行之际与其亲友相互赠答之词。折杨柳是古代送别的习俗,送者、行者常折柳以为留念。

**【内容简介】**第一首描写"行客"与亲友离别时难以抑制的愁苦心情。

**【原文】**

上马不捉鞭①,反折杨柳枝②。
蹀座吹长笛③,愁杀行客儿。

**【译文】**

(行客儿)骑上马却不去拿挂在马鞍上的马鞭子,反而折杨柳枝。

(正在这难舍难分之际)忽然又看到一个人伸开两足坐在那里横吹长笛(传来幽怨之声),(这怎么了得)简直要把远行之人愁死了。

**【注释及有关提示】**①捉:持,握。②柳:谐音是"留"。开篇就设置一个小小的悬念:按照常理,骑上马就要策马前行,而这位骑者却连鞭子也不拿,他要干什么呢?原来,不拿马鞭而折杨柳,是不忍离去。在古代习俗中折杨柳表示惜别之情,希望离别的人留下来或作为留念。这个细节描写，形象化地表现出"行客"依依惜别的心情。③跌（dié）座：箕踞而坐。箕踞，古时无椅凳，坐于席上，坐则跪，行则膝前，足皆向后，以此为敬。若伸两足，两手据（扶靠）膝，故若箕状，箕踞为傲慢不敬之容。诗中这位吹笛者箕踞，大概与"傲慢不敬"无关，不过是处于野外随便坐在地上而已。此句是诉诸视觉的描写，也有听觉的内容，而且从下句来看，所吹的不是一般的曲调，更不是欢快的曲调，而是幽怨之调。另解：行客儿折柳后更难抑制留恋之情，索性跳下马来，箕踞而坐，吹起横笛。被迫离别就是一愁；折柳只能寄情而不能解决离别问题，故只能加深离情别绪；而看到吹笛之人、听到幽怨之声，使远行者愁苦怅惘之情迅速发酵剧增，难以抑制，只好大呼一声"愁杀行客儿"。

**【阅读笔记·巧妙的抒情艺术】**

前三句不明言离愁而是通过简洁、具体的动作及视觉、听觉的描写，巧妙地把"行客"的离愁一步步地垒积至无以复加的高度后，自然逼出最后一句的直接抒情——愁杀行客儿。虽然戛然而止，却是意韵绵绵。

## 057　折杨柳歌辞·其二

**【内容简介】** 第二首写一位女子欲与所爱之人长相厮守、寸步不离的天真愿望。

**【原文】**

腹中愁不乐①，愿作郎马鞭。

出入擐郎臂②，跌座郎膝边③。

**【译文】**

腹中忧愁不快乐，（不能与郎长相厮守怎么办呢？有了！）干脆作郎的马鞭子。

（那样）郎不论出去，还是回来，奴都拴在郎的手臂上；郎不论行，还是坐，奴都在郎的膝边。

**【注释及有关提示】** ①古人认为情感、知识、思想等都是存在于腹中或心中而不是头脑中，如"满腹牢骚""满腹经纶""计上心来"等。读者不仅要问：这位女子缘何忧愁呢？下面三句写女子解决忧愁的方法，也回答了其忧愁的原因。②擐（huàn）：系，拴。《三国演义》第八十三回："（关）兴得了父亲的青龙偃月刀，却将潘璋首级，擐于马项之下。"③跌（dié）：行。座：同"坐"。有人说，"跌座"是偏义复合词，取"座"义。笔者认为，是否偏义词，要看是否与实际相符。如诸葛亮《出师表》"宫中府中具为一体,不宜异同"中的"异同",是与实际相符的偏义复合词,文意为"俱为一体,不应该异"。再如现代汉语中"听听动静"中的"动静",词义偏到"动"上,与实际相符。而本诗句中的"蹀座"说它偏到"座(坐)"上,就与实际不符,难道"郎"只坐不行吗?难道在郎行时那作为"鞭子"的"女"就离开郎的手臂吗?显然,此句中的"蹀座"与上句的"出入"一样,不仅是两个词,而且是条件句中表示排除一切条件(不论……还是)的两个分句,这才符合"女"幻想成为郎手臂上的鞭子从而与郎形影不离的实际,这是靠诗歌语言的精炼而浓缩成的。第四句是变换写法,表达与第三句相同的意思,即与郎形影不离,这是强调而不是重复。

【阅读笔记·源于生活的创作】

女主人公希望自己能变成一根马鞭,从此与所爱的人形影不离,出出进进都挂在他的手臂上,所爱的人无论行,还是坐,她都靠在他的膝边。这个愿望固然可笑,却是一片痴情的自然流露。生活是创作的唯一源泉。"愿作郎马鞭"的念头也只能萌发于游牧民族的生活习俗,生活在南方青山绿水间的姑娘是想象不出来的。

## 058 折杨柳歌辞·其五

【内容简介】第五首诗写一场激烈的马赛前的情景。

【原文】
健儿须快马,快马须健儿①。
蹀跋黄尘下②,然后别雄雌③。

【译文】
强健的男儿,必须配备奔驰如飞的快马(才能显示他的英雄本色),奔驰如飞的快马,必须由强健的男儿骑乘(才能显示它的超常价值)。

经过马蹄哒哒、黄尘飞扬的激烈角逐,这样之后,才能判别出高低胜负。

【注释及有关提示】①一、二两句议论,通过顶针手法和两个"须"字,突出了健儿与快马互相依赖、相得益彰的重要关系。②蹀跋(bìbá):指马飞奔时马蹄击地声。黄尘:指快马奔跑时扬起的尘土。③别雄雌:分高低、辨胜负。

【阅读笔记·虚映艺术】

赛马场上,人强马壮,参赛者跃跃欲试。作者不禁感叹:健儿要获胜,必须依靠快马;而快马要显示出其善奔,亦须依靠骑术高明的健儿。谁是技高一筹的英雄,要在激烈角逐后才能揭晓。诗人没有正面描写比赛的激烈场面,却通过尚未出现的马蹄哒哒、黄尘滚滚的听觉和视觉的描写,虚映出万马奔腾的阔大背景下,一位勇士一马当先、拔得头筹的动人景象。整首诗在健儿与骏马相互依赖的议论中、万马奔腾的虚映中迸射出豪迈威猛的阳刚之气。

### 059 木兰诗

【题意简释】《木兰诗》是一首北朝民歌,宋朝郭茂倩《乐府诗集》归入《横吹曲辞·梁鼓角横吹曲》中。

【内容简介】这是一首长篇叙事诗,讲述了一个叫木兰的女孩,女扮男装,替父从军,在战场上建立功勋,回朝后不愿作官,只求回家团聚的故事,热情赞扬了这位女子勇敢善良的品质、保家卫国的热情和英勇无畏的精神。此诗产生于民间,在长期流传过程中,有经后代文人润色的痕迹,但基本上还是保留了民歌易记易诵的特色。《木兰诗》与汉代乐府民歌中的《孔雀东南飞》合称"乐府双璧"。

第一段:

【原文】
唧唧复唧唧①,木兰当户织②。
不闻机杼声③,惟闻女叹息。
问女何所思④?问女何所忆?
女亦无所思⑤,女亦无所忆⑥。
昨夜见军帖,可汗大点兵⑦,
军书十二卷⑧,卷卷有爷名。
阿爷无大儿,木兰无长兄。
愿为(wèi)市鞍马⑨,从此替爷征。

【译文】
叹息声一声接着一声传出,木兰对着房门织布。
(可是)听不见织布机上梭子的声音,只听见木兰叹息的声音。
问木兰(在)想什么?问木兰(在)惦记什么?
(木兰)也没有想什么,也没有惦记什么。

昨天晚上看见征兵文书,知道君主在大规模征兵,

征兵文册那么多,每一卷上都有父亲的名字。

(木兰自语道)父亲没有大儿子,木兰(我)没有兄长。

木兰愿意为(此)去买马鞍和马,从此替代父亲去应征。

**【注释及有关提示】**①唧唧(jī):①织机声。②叹息声。《辞源》《古代汉语词典》都释为叹息声,且都以《木兰诗》中此二句为例句。复:重复做某事,反复。②当(dāng):面对,向。户:单扇门。首二句先展现一个织女停机叹息的镜头。③机杼(zhù):机,指织布机;杼,织布机上的梭(suō)子。惟:通"唯"。三、四句,紧承开篇之"当户织",交代一个反常现象——织女坐在织机上却不织布,只在叹息。④何所思:即"所思何",何……思,动宾倒装,即"思何",中间又嵌一"所"字,形成特殊的所字结构;何,什么。忆:思念,惦记。紧接着用重说的修辞手法强化地展现出木兰深深的忧思,突出了某种作用力在木兰这样一个闺房女子心中产生了重重(zhòng)的撞击作用。那么,到底是什么样的作用力使木兰深深思忆、不断叹息呢? ⑤⑥用"无所思""无所忆",为下文的所思、所忆作了极好的反衬性铺垫。⑦可汗(kèhán):中国古代西北地区民族对君主的称呼。军帖(tiě):军书,军中文告。⑧十二:与"三、九、百"等都是虚数,表示多,但若用"三、九、百"等,则与每句五言的字数不谐。下文的"十二转""十二年",用法与此相同。⑨为(wèi):为(此)。市:买。

**【段落大意】**

第一段:写木兰决定代父从军。开篇两句的特写镜头,展现出木兰农家织女的身份;停机叹息的反常之景,引发人们疑问;后面交代性的诗句道出了木兰叹息的原因和做出代父从军决定的思虑过程。其中,木兰的四句独白,表现出木兰经过叹息、忧思后决定以代父从军的方式解决家与国的矛盾,表现了她孝敬父母与忠于国家完美相融的担当精神,也初步展现出"巾帼不让须眉"的情景。

第二段:

**【原文】**

东市买骏马①,西市买鞍鞯②,

南市买辔头③,北市买长鞭。

【译文】

在东面集市上买了骏马,在西面集市上买了马鞍和鞯,

在南面集市上买了辔头,在北面集市上买了长鞭。

【注释】①东市:在(从)东市,名词作状语。下面"西市、南市、北市"用法同。②鞯(jiān):马鞍下的垫子。③辔(pèi)头:驾驭牲口用的嚼子、笼头和缰绳。

【段落大意】

第二段:写木兰准备出征的情景。用铺陈的方法写木兰四处购买战马和乘马用具,表现她对此事的极度重视。"东市买骏马"等句中的"东、南、西、北"都是虚位而非实指,只是夸张地形容木兰出发前紧张而有序的准备工作。

第三段:

【原文】

旦辞爷娘去①,暮宿黄河边。

不闻爷娘唤女声,但闻黄河流水鸣溅溅②。

旦辞黄河去,暮至黑山头。

不闻爷娘唤女声,但闻燕山胡骑鸣啾啾③。

【译文】

第二天早晨离开父母,晚上宿营在黄河边。

听不见父母呼唤女儿的声音,只听到黄河溅溅的流水声。

第二天早晨离开黄河,晚上到达黑山头。

听不见父母呼唤女儿的声音,只听到燕山胡人战马啾啾的鸣叫声。

【注释】①旦:早晨。辞:离开,辞别。②但:范围副词,只。溅溅(jiānjiān):象声词,流水声。③胡骑(jì):胡人的战马。胡,中国古代对北方少数民族的称呼。啾啾(jiū):象声词,所指随文而异,此指马鸣声。

【段落大意】

第三段:写木兰辞别爷娘,火速赶赴战场的情景。爷娘唤女声的亲情与黄河流水声的无情形成对比,爷娘唤女声的温馨与胡人战马鸣叫的凄厉形成对比,映衬出木兰按下闺房之女的柔情而身跨战马、飞赴疆场的豪情。诗人通过家庭温情与战争无情的对比,既展现出首次离家远行的少女对父母难舍难分的思亲之情,又展现出木兰保家

卫国、一往无前的铁姑娘性格。

第四段：
【原文】
万里赴戎机①，关山度若飞②。
朔气传金柝③，寒光照铁衣④。

【译文】
驰骋万里奔赴战场，像飞一样跨过重重（chóng）关口、越过座座山峰。

北方的寒气中传来用金柝打更（gēng）的声音，寒冷的月光映照着战士们身上冰冷的铁甲。

【注释及有关提示】①万里：数量词用作动词，奔驰万里。戎（róng）机：指战争。"赴"字写出木兰不远万里奔赴沙场，积极主动参加战斗的决心和热情。②"度"字用夸张的、漫画似的手法描绘出木兰身跨战马像飞一样地跨过一道道关、越过一座座山的精彩画面。①②两句，极为概括、极为夸张又极为直观地展现出一位身经百战、转战南北、英姿飒爽的女英雄形象。③朔（shuò）：北方。金柝（tuò）：即刁斗。古代军用铜器，三足一柄，白昼用于炊煮，晚间用于打更巡夜。《博物志》："番兵谓刁斗曰金柝。"④铁衣：铁甲。③④两句，极为典型、极为概括地用以动衬静的环境描写和月光映照铁甲的细节描写，形象地渲染出北方夜晚那种寒冷天气与军营暂时宁静而将士们不解铁甲、随时应敌的高度紧张的精神状况混合而成的凄冷气氛。这两句文字典雅，结构对称，声形并茂，意境深阔。

【段落大意】
第四段：概写木兰的征战生活。通过木兰转战万里，斩关夺隘的拼杀和不惧寒冷、随时应敌的情景，展现了木兰的勇武和坚强。

第五段：
【原文】
将军百战死①，壮士十年归②。
归来见天子③，天子坐明堂④。
策勋十二转⑤，赏赐百千强⑥。

可汗问所欲⑦,木兰不用尚书郎⑧;
愿借明驼千里足⑨,送儿还故乡。

【译文】

　　将士们身经百战,辗转十年,有的血洒疆场,为国捐躯;有的九死一生,获胜归来。
　　(木兰)胜利归来朝见天子,天子坐在明堂(论功行赏)。
　　(天子)给木兰记很大的功勋,还赏赐她很多的财物。
　　(天子封木兰做尚书郎)问(木兰)(还)有什么要求,木兰说"不愿做尚书郎";
　　希望借天子的能行千里的明驼,把儿送回到故乡。

　　【注释及有关提示】①②:这两句在结构上是极为巧妙的过渡,使前后两部分藕断丝连,自然地把镜头从血肉横飞的战场拉回到云消雾散的归途,而所用的互文交错的写法,不仅赞扬了众将士浴血奋战的忠勇,也如众星捧月般突出了木兰得胜回朝的英姿。③天子:即前面所说的"可汗"。④明堂:古代天子宣明政教的地方,凡朝会、祭祀、庆赏、选士、养老、教学等大典均在此举行。⑤策勋:把功劳记录在简册上。策,简牍,此处用为动词。转(zhǎn):迁职。勋级每升一级叫一转,十二转为最高的勋级。十二转,不是确数,形容功劳极高。⑥强:有余,略多。⑦所欲:想要的。用:需用,需要。⑧尚书郎:东汉后尚书的属官初任称郎中,满一年称尚书郎,三年称侍郎。尚书省是古代朝廷中管理国家政事的机关。⑨愿借明驼千里足:一作"愿驰千里足"。千里足:行千里之驼的脚,借指能行千里的驼。

　　【段落大意】

　　第五段:写木兰得胜回朝后不愿做官而愿回故乡的情景。"木兰不用尚书郎"而愿"还故乡",固然是她对家园生活的眷念,但也自有秘密所在,即她是女儿身。天子不知底细,木兰不便明言,颇有戏剧意味。

　　第六段:
　　【原文】
　　爷娘闻女来,出郭相扶将①。
　　阿姊闻妹来②,当户理红妆。
　　小弟闻姊来,磨刀霍霍向猪羊③。

【译文】

父母听说女儿回来了，走出外城亲切地挽着木兰。

姐姐听说妹妹回来了，向着门梳妆打扮起来。

弟弟听说姐姐回来了，忙着霍霍地磨刀准备杀猪宰羊。

【注释及有关提示】①郭：外城。相：有指代作用的副词，指木兰。扶将（jiāng）：搀扶，扶持（此指拉着、挽着）。②姊（zǐ）：姐姐。理：梳理。姐姐不能像爷娘那样出郭，甚至也不能到街上，到院子里总可以吧？当然可以，但是诗歌作者考虑的是典型环境。屋子里是姐姐"理红妆"的典型环境，但姐姐又下意识地巴望着妹妹回来时能第一眼看到她，所以就"当户理红妆"，这既是典型环境，又是典型细节。③霍霍（huòhuò）：象声词。向：朝着，面对，动词。这是符合弟弟身份的典型细节。"磨刀霍霍"，因其形象而通俗，已发展为成语。

【段落大意】

第六段：写家人欢迎木兰的情景，渲染欢乐气氛，展现浓郁亲情。


第七段：

【原文】

开我东阁门，坐我西阁床①；

脱我战时袍，著我旧时裳②；

当窗理云鬓③，对镜帖花黄④。


【译文】

推开我东阁的门进去坐坐里面的床，再推开我西阁的门进去坐坐里面的床；

脱去打仗时穿的战袍，穿上以前女孩子喜爱的裙子；

当着窗子、对着镜子整理漂亮的头发，在脸上贴上花黄。

【注释及有关提示】①床：坐具。此两句用互文的修辞手法，具体形象且以少胜多地表现了木兰长久离家、重返闺房后的无比喜悦、无比亲切的情态及女孩特有的细腻、活泼的性格。"东阁门""西阁床"的"东""西"都是虚位而非实指。②著（zhuó）：通"着"，穿。裳（cháng）：古人穿的下衣，裙，与上句的"袍"对应。③云鬓（bìn）：妇女盛美的鬓发。④帖（tiē）：通"贴"。花黄：古代妇女的一种面部装饰物。这两句也用了互文的修辞手法。

**【段落大意】**

第七段：写木兰回家的情景，写她对故居、对女妆的情不自禁的喜爱，表现出她原本的天然的女儿情态。

第八段：
**【原文】**
出门看火伴①，火伴皆惊忙②：
同行十二年③，不知木兰是女郎④。
雄兔脚扑朔⑤，雌兔眼迷离⑥。
双兔傍地走⑦，安能辨我是雄雌？

**【译文】**
出门去看曾一起打仗的伙伴，伙伴们都很吃惊。

（他们都说我们）同行（háng）数年之久，竟然不知木兰是女孩。

（提着兔子耳朵悬在半空中时）雄兔两只前脚时时动弹、雌兔两只眼睛时常眯着（所以容易分辨）。

雄雌两兔（一起）贴着地面跑，怎能分辨哪个是雄兔哪个是雌兔呢？

**【注释及有关提示】**①火：通"伙"。古时一起打仗的人用同一个锅吃饭，后意译为同行（háng）的人。②忙：一作"惶"。③同行：同一行业，同行业的人。④女郎：青年女子。⑤扑朔，扒搔。⑥迷离：眯着眼。此二句演化成一个扑朔迷离的成语。⑦傍（bàng）地走：贴着地面跑。以上四句，木兰用两种状态下的雄雌兔子易辨与难辨之比喻的意思大致是：在和平环境里男耕女织时，男女易辨，在战场上女扮男装一同拼杀时，就难辨男女了。形象的比喻显示了木兰自谦又自信、为人低调而又志气豪迈的可贵性格。

**【段落大意】**

第八段：以双兔一起奔跑、难辨雌雄的比喻，解开木兰女扮男装、代父从军多年未被发现之奥秘。此比妙趣横生而又令人回味不已。

**【艺术特色简析】**（一）独一无二的女性形象。这首诗运用多种方法成功塑造了木兰这一既富有传奇色彩，又真切动人的不朽形象。木兰既是奇女子又是普通人，既是巾帼英雄又是平民少女，既是能征惯战的勇士又是喜爱红装的女儿。她勤劳善良又坚毅勇敢,淳厚质朴又机敏活泼,热爱亲人又报效国家,不慕高官厚禄而热爱和平生活。一千多年来,木兰代父从军的故事在我国家喻户晓,木兰的形象一直深受人们喜爱。

（二）极具匠心的详略安排。作者根据木兰"女扮男装,代父从军"的整体构思,根据塑造人物的需要,来安排繁简详略。写的虽然是战争题材,但是着墨较多的却是生活场景和儿女情态。木兰购买战马和乘马用具的情景,用的是繁笔。"东市……西市……南市……北市……"这种铺排的写法把木兰紧张而又周密地准备戎装的气氛烘托了出来。

"旦辞爷娘去……但闻燕山胡骑鸣啾啾"这一繁笔（修辞上叫"重说"）,一箭双雕,既展现出木兰作为女儿思念爷娘的儿女常情,又展现出木兰作为应征的战士飞赴前线的巾帼豪情。

诗歌没有写送别"征女"的悲惨场面,而是着力写迎接亲人的欢快情景。作者按照家人的行辈、身份,从爷娘出郭相扶、阿姊望着屋外梳妆打扮、小弟宰猪杀羊备办佳肴的多角度,详细描写了家人欢迎木兰归家的情景,暗合"女扮男装,代父从军"的整体构思,以全家人欢天喜地迎接木兰映衬出木兰为父分忧的美丽心灵和为国担当的崇高精神。

木兰回家后来不及改换装束,就先到每间房子看看样子、摸摸旧物、坐坐床具;然后才脱去战袍,换上女装;然后是当着窗子、对着镜子,精心地梳妆打扮。很显然,此处的繁笔,正是为了具体地表现木兰的儿女情态,从而丰富了木兰的性格内涵。诗中使用繁笔,的确是"泼墨如水"。

诗人笔下的木兰形象,既不像从草莽英雄到三军统帅的穆桂英,更别于路见不平拔刀相助的顾大嫂,所以对战争情况的描写,只用了"万里赴戎机,关山度若飞。朔气传金柝,寒光照铁衣"四句二十字,便极为简要地概括了木兰十几年转战万里、出生入死的军旅生活,这的确是惜墨似金。

（三）多种修辞手法的恰当运用,增强了作品的艺术感染力。本着简易助读之目的,依次介绍一些较为明显的修辞手法。

1. 问女何所思……木兰无长兄：①以上十句,作者特意用设问修辞方法（自问自答）,揭示出木兰停机叹息的原因是遇到了家无正当年的男丁与国急需兵员的不可调和的矛盾。②问女何所思,问女何所忆：为了突出木兰忧思之深,用了重说的修辞方法（为了适应表达的需要,将同义词或词组或句子连用,以协调音节,加强语势,强调意味）。③女亦无所思……卷卷有爷名：以上六句,用了舛（chuǎn）互的修辞手法（对某一事物既全部肯定，又部分否定；或既全部否定，又部分肯定。从心理学角度说，全部肯定，是为了更有力地强调被否定的部分；全部否定，是为了更有力地强调被肯定的部分）。作者这样写，突出强调了征兵军帖在木兰心中产生了强大的撞击力，引起了木兰深思、忧虑和接连不断的叹息。④军书十二卷，卷卷有爷名：为了突出矛盾的一方——国（军情紧急），用了顶针的修辞法。⑤阿爷无大儿，木兰无长兄：为了突出矛盾的另一方——家（实在困难），用了重说的修辞法。

2. 东市买骏马，西市买鞍鞯，南市买辔头，北市买长鞭：从写作方法上说是铺陈，从修辞方法上说是排比；其艺术效果，上文提及，不再赘述。

3. 旦辞爷娘去，暮宿黄河边，不闻爷娘唤女声，但闻黄河流水鸣溅溅。旦辞黄河去，暮至黑山头，不闻爷娘唤女声，但闻燕山胡骑鸣啾啾：综合运用了对比、对偶与重说的修辞方法，形象生动地表现了闺房之女的柔情与疆场斗士的豪情。

4. 朔气传金柝，寒光照铁衣：用对偶与互文（参见《陌上桑》"盈盈公府步，冉冉府中趋"之互文简释）的修辞方法描绘出古代北方典型的军旅生活情景。

5. 将军百战死，壮士十年归：用对偶与互文的修辞方法极为精炼概括地描绘出惨烈悲壮的拼杀和壮士九死一生得胜回朝的情景。

6. 将军百战死，壮士十年归。归来见天子，天子坐明堂：顶针。

7. 策勋十二转，赏赐百千强：对偶。

8. 可汗问所欲，木兰不用尚书郎：蒙后省略。据后句"木兰不用尚书郎"（谢绝一事）及下文"愿驰千里足，送儿还故乡"（回答一问），知前句的完整式为"封为尚书郎，问还何所欲"。

9. 愿驰千里足："千里足"借代骆驼或马。

10. 爷娘闻女来，出郭相扶将；阿姊闻妹来，当户理红妆；小弟闻姊来，磨刀霍霍向猪羊：排比。

11. 开我东阁门，坐我西阁床：互文。

12. 脱我战时袍，著我旧时裳：对偶。

13. 当窗理云鬓，对镜帖花黄：互文。

14. 出门看火伴，火伴皆惊忙：顶针。

15. 雄兔脚扑朔，雌兔眼迷离：对偶。

16. 双兔傍地走，安能辨我是雄雌：比喻、反问。

## 三、南北朝文人诗 5 首

060　登池上楼（谢灵运）

【作者简介】谢灵运（公元 385—433 年），南朝宋诗人。陈郡阳夏（今河南太康）人，移籍会（kuài）稽（今浙江绍兴）。幼时寄养于外，族人因名"客儿"，世称谢客。东晋名将谢玄之孙，晋时袭封康乐公，故称谢康乐。中国文学史上山水诗派的开创者，也是见诸史册的第一位大旅行家，他还兼通史学，工于书法，翻译佛经，曾奉诏撰《晋书》，其最著名的作品是《山居赋》。入宋曾任永嘉太守（郡、府长官）、侍中（魏晋后相当于宰相）等职，后被杀。其诗大都描写永嘉、会稽、庐山等地的山水名胜，善以精丽之语刻画自然景物。

【题意简释】池上楼，在永嘉郡（今浙江温州）。

【内容简介】谢灵运官场失意后，寄情山水，但秀丽的山水并不能排遣其内心的孤独与苦闷。此诗便是诗人内心寂寞悲伤的集中体现，是一首官场失意郁郁不得志的即景抒情诗。谢灵运永初三年（422）出任永嘉太守，此诗当作于第二年，即景平元年（423）初春。诗中写作者官场失意的满腹牢骚以及久病后见到满目春色的新鲜感受，最后表达了隐居的愿望。作者终在任职一年后，称病去职。

【原文】

潜虬媚幽姿①，飞鸿响远音②。
薄霄愧云浮③，栖川怍渊沉④。
进德智所拙⑤，退耕力不任⑥。
徇禄反穷海⑦，卧疴对空林⑧。
衾枕昧节候⑨，褰开暂窥临⑩。
倾耳聆波澜⑪，举目眺岖嵚⑫。
初景革绪风⑬，新阳改故阴⑭。
池塘生春草，园柳变鸣禽⑮。
祁祁伤豳歌⑯，萋萋感楚吟⑰。
索居易永久⑱，离群难处心⑲。
持操岂独古⑳，无闷征在今㉑。

**【译文】**

潜于水底的虬龙，自怜深潜的美妙姿态，高飞云霄的鸿鸟，发出悠远的鸣声。

我想要追近云霄（仕进功名），却愧对天上的飞鸿；我想要栖息川谷（隐退沉潜），却惭对深渊的潜龙。

欲仕进修德，却智慧拙劣；欲退隐耕田，却又力不能任。

为了追求俸禄，反而在这偏远的海边（做官）；而且又卧病在床，面对光秃的树林。

（每天）蒙着被子，枕着枕头，浑不知季节气候的变化，偶然间撩起（帷幔），打开（窗子），暂且向下观望。

倾耳细听波涛（的声音），举目眺望险峻的高山。

初春的阳光代替了残余的冬风，新来的温暖改变了过去的阴冷。

池塘边无声无息地钻出了绿色小草，园中柳条上的鸣禽也变了种类、换了声音。

想起"采蘩祁祁"这句诗，真使我伤悲，想到"春草生兮萋萋"这首楚歌，更让我感慨。

独居的生活、离开朋辈的处境，容易让人觉得时间漫长而难以安顿自己那颗郁闷、烦躁的心。

（但是）坚持节操哪里仅仅是古人才做得到的呢？古人的"遁世无闷"今天已经在我的身上验证了。

**【注释及有关提示】**①媚：意动词，以……为美好。幽：深。②响：发出声音，动词，与上句的"媚"对应。吴均（南朝·梁）《与顾章书》："蝉鸣鹤唳，水响猿啼。"（蝉叫鹤鸣，水发出响声、猿不住啼叫。）

**【阅读笔记·（1）理想蓝图】**

本诗开篇便描绘了一个自由自在的理想蓝图：深深潜藏在水中的虬龙无拘无束地四处漫游，自我欣赏着优美的身姿；高高飞翔的鸿雁直冲云霄，那兴奋愉快的鸣叫声传得很远。海阔凭鱼跃，天高任鸟飞。这是一种何等自由的生活情景啊，这其中饱含着诗人无限的向往与渴求。虬龙潜藏时自赏美姿，孤鸿高飞时声播悠远，它们不管是进的还是退的，都是那样自适，那样得所。这正与谢灵运当时进退维谷的尴尬处境形成了鲜明的对照。

**【注释】**③薄（bó）：迫近。云浮：义即"云上浮"，这是借鸿鸟的飞翔之处，代指高飞云霄的鸿鸟。怍（zuò）：惭愧。《孟子·尽心上》："仰不愧于天，俯不怍于人。"（向上无愧于天，向下不愧于人。）"薄霄"句是说：我要像鸿雁那样飞近云霄，又自愧不如，实指自己不能飞黄腾达。④渊沉：义即"渊底沉"，这是借虬龙的潜伏之处，代指潜沉深渊的虬龙。"栖川"句是说：我若像潜虬那样栖于水底，又自惭于不能，暗喻自己也做不到真正的退隐潜居。⑤进德：即仕进立德，与前句"薄霄"意同。⑥退耕：即退隐耕作，与前句"栖川"意同。合之为：要在仕途上做一番事业，却愧于才智笨拙；要退隐躬耕，又非力所能任。"进德""退耕"两句，进一步说明有愧于虬龙、飞鸿的原因，当然，这是有意说自己德智、才力不行，而断然不能直言自己受到打压。这两句诗把诗人内心的矛盾痛苦向前推进了一步，从而使自己彷徨无着、无可奈何的抽象的感情形象地跃然纸上。⑦徇（xùn）：谋求。禄：俸禄。反：反而。这是一个结构特殊的转折紧缩句，连下一分句"卧疴对空林"也在所转折的句意内。"徇禄"的主观愿望是谋到好处、处在上游，而客观实际是远在海边、卧病在床、面对空林。穷海：海的尽头，指永嘉。穷，尽头。⑧卧疴（kē）：卧病。疴，病。空林：秋冬林木，因树叶落尽，故称空林。⑨衾（qīn）：被子。昧节候：即"昧于节候"（对季节气候不明），省略介词"于"。昧：昏暗。⑩褰（qiān）：撩起，提起。窥（kuī）：观看。临：站在高处向下看。这两句既开启观景的描写，也具体地展现出自己每天蒙被昏睡的生活状况。⑪倾耳：侧耳而听。聆：听。波澜：波涛。⑫岖嵚（qūqīn）：险峻的样子，此指险峻的高山。前句写所闻，后句写所见，都是远景。⑬景：日光。革：改变。绪风：余风。绪，残余。⑭阳：温暖。"初景""新阳"这两句写对和煦的初春的感觉，又为下联的所见所闻做好了铺垫。⑮变鸣禽：即"鸣禽变"。

【阅读笔记·（2）神助之语】

"池塘生春草，园柳变鸣禽"这联诗，初看似乎也没有什么特别惊人之处，细读方觉其美：诗人卧疴穷海、面对空林，心灰意冷，猝然看到春天美好的景色，感到季节的变化，触及新鲜的景物，便觉得格外清新。于是，诗人就不加雕饰，不用任何典故，把自己这种绝妙的视听感受复印出来，以至后人读起来仍然有常新之感。因而，这一联历来为诗论家们交口称赞。宋人吴可称此二句为"惊天动地"；金人元好问说："池塘春草谢家春，万古千秋五字新"；谢灵运本人也说"此语有神助，非我语也"。

⑯祁祁伤豳歌：典出《诗经·豳风·七月》"春日迟迟，采蘩祁祁，女心伤悲，殆及公子同归。"（春天的暑影缓缓移动，采白蒿的人很多，女孩心中伤悲：危险是和诸侯之女一同出嫁。日，晷（guǐ）影。蘩（fán），白蒿。公子，诸侯之女。归，出嫁。）⑰萋萋感楚吟：典出《楚辞·招隐士》"王孙游兮不归，春草生兮萋萋。"（王孙远游啊还不回来，春草已经长得很茂盛了。）这两句借典故表达的意思是：自己面

对满园春色，想起了《豳风》里描写女奴伤悲的诗句，想起了《楚辞》里招隐士的诗，感慨不已。⑱索居：独居。白居易《与元稹诗》："索居则以诗相慰，同处则以诗相娱。"（我们二人各自独居时就用诗互相安慰，同处一起时就用诗相互娱乐。）⑲群：人群、朋辈。处（chǔ）：安顿。这两句诗用互文的修辞手法，强化性地表达了离群独居的心理感受，这是一种典型化的感受。⑳持操：保持节操。㉑无闷：没有烦闷。出自《易经·乾卦》："遁世无闷（mèn）。"意为贤人能避世而没有烦恼。征：验证，证明。最后两句，诗情跳跃：经过一番感慨、忧思，自己终于可以安心于离群索居，可以像古人那样隐居避世而无烦恼了！诗人终于从进退维谷的思想困境中自我解脱出来，以高昂的声调收束了全篇。也就在大约半年之后，谢灵运终于称疾辞职，归隐到会稽始宁（上虞）的祖居。

【艺术特色简析】即景抒情。

### 061　拟行路难·其四（鲍照）

【作者简介】鲍照（约公元414—466年），南朝宋文学家。字明远，东海（郡治今山东郯城北）人。出身寒微。曾任临海王刘子顼（xū）前军参军（晋之后军府和王国所置的参谋军务的官员），故人称鲍参军。刘子顼起兵失败，鲍照为乱兵所杀。有《鲍参军集》。鲍照创作以诗为主，今存204首。《拟行路难》18首是其代表作，表现了为国建功立业的愿望、对门阀社会的不满、怀才不遇的痛苦、报国无门的愤懑和理想幻灭的悲哀，真实地反映了当时贫寒士人的生活状况。有些诗反映了军旅生活的艰辛，抒发了他的报国壮志。这类诗对唐代的边塞诗颇有影响。他长于乐府诗，其七言诗变句句押韵为隔句押韵，奠定了后世七言古诗的基本形式。

【题意简释】拟行路难，是模拟乐府诗《行路难》而写的组诗，共十八首。《行路难》是乐府《杂曲歌辞》调名，内容多写世路艰难和离别悲伤之意。

【内容简介】此诗用泻水的比喻和转折的手法，强烈地抒发了诗人在南北分裂、世族当权、篡乱不已的黑暗时代有志难伸、怀才不遇的悲愤之情。

【原文】

泻水置平地①，各自东西南北流②。

人生亦有命，安能行叹复坐愁③！

酌酒以自宽④，举杯断绝歌路难⑤。

心非木石岂无感，吞声踯躅不敢言⑥！

【译文】

倾泻的水置于平地,它们就会各自向东向西向南向北流。

人生像"泻水"一样,也是各有自己的命,(既然如此)怎能走着、坐着不是叹息就是发愁呢!

(而事实又是怎样呢?)面对不平而又无可奈何才借酒消愁,聊以自慰,然而,就连借以倾吐心中悲愤的《行路难》歌,也因为"举杯"难唱而"断绝"了。

心不是石头,岂能没有感慨!(然而,还是)徘徊犹豫,忍气吞声,不敢言语。

【注释及有关提示】①②:开篇两句即用以"水"喻人的比兴手法,形象地说明那流向"东西南北"的"水",恰似社会生活中高低贵贱不同处境的人。"水"的流向,是地势造成的;人的处境,是门第决定的。诗人通过"泻水"这一寻常物象的描写,形象地揭示出了当时社会门阀等级制度的不合理性。诗人悲愤、抑郁的心情一泄无余。③行叹复坐愁:互文,即"走着、坐着都叹息发愁"。诗人清醒地认识到人间的不平事不是社会地位低微之人的呼吁和呐喊所能改变的,既然如此,又何必一味地叹息发愁呢!此反问句的正面意思是:要振作起来,努力向上。④酌:斟酒喝。⑤路难:即《行路难》。"酌酒""举杯"这两句诗写得含蓄蕴藉,比直接诉说心中的悲哀和苦闷的正面描写,艺术效果都要好得多。⑥踯躅(zhí zhú):用脚踏地,徘徊不进的样子。

【阅读笔记·打掉门牙往肚子里咽】

"心非木石岂无感",是说人不是草木,心不是石头,长期处在这种门阀等级社会制度的压制下,面对眼前社会的重重黑暗,怎能无动于衷!按照常理,下文应该是以刀枪般语言,强烈地抨击时弊,愤怒地控诉世道;然而,出人意料的是,笔锋陡转为"吞声踯躅不敢言",极度激愤的话到了嘴中将要喷出之时,却又万般无奈地咽回去了。"打掉门牙往肚子里咽"是什么滋味呢?为什么会这样呢?这种转折的写法,形象深刻地凸显了一般人敢怒不敢言的社会现状。

【艺术特色简析】巧妙的转折艺术。前两句用水的比喻,主观上含蓄地宣泄对世道不平的悲愤之情,客观上含有如水一样顺其自然之意。而三四句承水之喻,却反转出另一种态度——人生既然如水,各有其命,就要摒弃空自叹息的消极态度,不言而喻,就是要采取振作、进取的积极态度。为什么又"酌酒以自宽"呢?原来,诗歌的跳跃省去了不便明言的内容——严酷的现实不允许振作、进取。于是,陡然有了第二次转折——推翻了前面"安能行叹复坐愁"的理论,表示面对现实要借酒消愁。出人意料的是,又有了第三次转折——想唱《行路难》以消愁解忧,却唱不得。然而,按照人性、人情，又有了第四次转折——"心非木石岂无感"。但是，按照现实，又有了最后一次转折——只能忍气吞声不敢言。

全诗经过五次巧妙的转折，顿挫有力地表现了有愁不能发、有感不敢言的现实状况。

062　落日怅望（谢朓）

**【作者简介】**谢朓（公元464—499年），南朝齐诗人。字玄晖，陈郡阳夏（今河南太康）人。曾任宣城太守，尚书吏部郎，后被始安王萧遥光诬陷，死于狱中，时年36岁。在永明体（南朝齐武帝永明时期所形成的诗体，亦称新体诗）作家中成就最高。其诗多描写自然景色，善于熔裁，时出警句，风格清俊，颇为李白所推许。后世与谢灵运对举，亦称小谢。

**【内容简介】**通过对"落日"背景下之秋景的所望及所"怅"的描写，表达了独善其身的处世态度。"怅望"是全诗的诗眼，具有画龙点睛的作用。

**【原文】**

昧旦多纷喧①，日晏未遑舍②。

落日余清阴③，高枕东窗下。

寒槐渐如束④，秋菊行当把⑤。

借问此何时？凉风怀朔马⑥。

已伤归暮客⑦，复思离居者⑧。

情嗜幸非多⑨，案牍偏为寡⑩。

既乏琅琊政⑪，方憩洛阳社⑫。

**【译文】**

天一亮，就有很多纷扰喧闹的冗务，（一直忙到）日暮，还没有闲暇休息。

太阳缓缓落下留给大地一片清阴之时（返回住所），高枕于东窗之下（这才舒口气，得宽余，观外景）。

窗外的槐树叶儿飘零，树干逐渐枯萎，仿佛被捆紧一般；秋菊（含苞欲放），将要适合采摘了。

借问现在是什么时候了？（是）北方吹来的寒风怀念南来的北马（的时候了吗）。

已经对日暮才归的旅居他乡的人感伤，又想到浪迹天涯离群而居的人。

（做官之时）自己的欲望和嗜好庆幸不多，而公事文书恰好也是（处理得）少。

既然缺少汉代朱博那样的美政成绩，就索性像隐者董威辇那样散淡悠闲，逍遥终日吧。

**【注释及有关提示】**①昧旦：天将亮，黎明。多：形容词用作动词，有很多。②晏：晚。遑（huáng）：闲暇。舍（shè）：休息，停留。首联把镇日忙于冗务及纷扰的工作环境交融在一起，高度概括写了出来，描写中自然流露出的烦厌之情，初步暗扣题目中的"怅"。③余：遗留。此联明扣题目中的"落日"。④束（shù）：捆，缚。⑤行（xíng）：将要。当（dàng）：适合。把：握，持。枯槐、秋菊，所显现的清冷景象，幻成丝丝寒冷之气浸入诗人心中，使诗人的暮秋怀归之感油然而生。此联明扣题目中的"望"，暗扣题目中的"怅"。⑥凉风怀朔马：是化用古诗《行行重行行》"胡马依北风"之意：胡马南来，但是仍然依念北方故乡的风土。这是故意把"朔马怀凉风"倒置为"凉风怀朔马"，诗人不说自己怀念故乡亲人，而说故乡亲人怀念在外的游子，这种透过一层的写法，更为深刻地把诗人的怀归之情表达了出来。这与杜甫的"今夜鄜州月，闺中只独看"有异曲同工之妙。⑦归暮客：即暮归客。⑧离居者：离群而居的人。"已伤""复思"一联：秋风阵起，诗人触物伤怀，归思难抑；而诗人又由己及人，"复思离居者"，他不仅为晚归的自己而感伤，还为浪迹天涯、南北飘零的"离居者"而惆怅。⑨情：主观愿望。⑩偏：恰好。前句蒙后句之"案牍"省略"做官"。情、嗜不多，足见是个清官；而案牍为寡，又确系"懒政"，此何以理解？清官显其道德修养，懒政则非素质问题，而是由其处世态度决定的。下联解开懒政之谜。⑪琅琊（lángyá）政：西汉琅琊太守朱博"文武从宜（文人武将各尽其才）"的美政。⑫洛阳社：指退隐者所居之处。晋朝葛洪《抱朴子·杂应》："洛阳有道士董威辇，常止白社中，了不食，陈子叙共守事之，从学道。"〔洛阳有个道士名叫董威辇，常宿于洛阳市东面白社的祠中，一点东西也不吃，陈子叙（与他）一同守护白社侍奉他，向他学习道术。〕"既乏琅琊政"既是诗人自谦之辞，也有让步、推论之意。即"既然不能取得朱博那样的美誉，便去……"。这是典型的"穷则独善其身，达则兼济天下"的思想。最后四句直抒胸臆，表达了独善其身的处世态度。

## 063 入若耶溪（王籍）

**【作者简介】**王籍（公元480—550年），南朝梁诗人，祖籍琅琊（lángyá）临沂（今山东临沂市）。自幼好学，颇有才华，官至中散大夫（官名，省称"中散"，参与议论政事，无固定名额），自感仕途不得志，为官不理政务，终日饮酒自适。诗学谢灵运，格调清丽。

【题意简释】若耶溪：发源于浙江绍兴若耶山，相传为西施浣纱之处。

【背景简介】《梁书·文学传》载："郡境有云门，天柱山，籍常游之。或累月不返。至若耶溪赋诗，其略云：'蝉噪林愈静，鸟鸣山更幽。'当时以为文外独绝。"郡：会稽（Kuàijī）郡。或：有时。累月：连月。文外：文章外，指押韵的诗、赋等。

【内容简介】这首五言古诗写作者泛舟若耶溪所见所闻的幽美景色，抒发厌倦仕途却不得归乡的感慨。其中"蝉噪林愈静，鸟鸣山更幽"是千古传颂的写景名句。

【原文】

艅艎何泛泛①，空水共悠悠②。
阴霞生远岫③，阳景逐回流④。
蝉噪林愈静⑤，鸟鸣山更幽⑥。
此地动归念⑦，长年悲倦游⑧。

【译文】

乘船在若耶溪上任意地漂游，天空与溪水（似乎约好），一道那么悠悠的。

远处，峰峦的北面生出层层云霞；近处，溪水的北面，阳光追逐着回旋的水流。

蝉噪声声，使树林显得越发寂静；鸟鸣啾啾，使山中显得更加幽静。

这样清幽的地方（使我联想到家乡的山水）摇动起归乡之念，（不觉）悲伤于多年厌倦仕途（却没有归乡）。

【注释及有关提示】①艅艎（yúhuáng）：原为吴王大舰名。句意是暗中以当年吴王乘艅艎在吴越一带江上横行无阻的情景类比自己乘舟在若耶溪任意漂游的情景。何：多么。泛泛：漂浮不定的样子。②空：天空。水：指若耶溪水。共：共同，一道。③阴：山的北面。岫（xiù）：峰峦。④阳：水的北面。景：日光。回：曲折，迂回。诗人乘船观山游水，就自然把笔锋落在了山和水上。然而，如果只写山，肯定太过单调，而诗人写云霞傍依着山生出，就给山披上了美丽的纱巾，一经点染，就突出了山的曼妙。如果只写水，也是太过单调，而诗人写阳光有意地追逐着回旋的溪流，好似在与溪流做游戏，拟人手法一用，就化无生命为有生命，情趣大增，诗意盎然。⑤蝉噪林愈静：是使动关系，即，"蝉噪"使"林愈静"。噪：（虫、鸟等）鸣叫。愈（yú）：越发，更加。⑥鸟鸣山更幽：也是使动关系。诗人欲写静，却独出心裁地从其反面落笔，巧妙利用动与静的辩证关系，以有声衬无声，更有效地突出环境的幽静。五、六句两句用蝉鸣、鸟叫共同来衬托林静、山幽，形成一种互文结构。⑦动：摇动，振动。归：返回。念：念头，想法。⑧长年悲倦游：常式为"悲长年倦游"，为与上句对仗而错位。倦：厌倦。游："游宦"的省说。游宦，即离开家乡到外地求官或在外地做官。

【诗句简析】一、二句：写乘船泛游若耶溪的畅行无阻和悠闲自适。

三、四句：写所见的远山近水的美景。

五、六句：写所闻的和所感的美景。

七、八句：点明主旨，抒发倦游而不得归的感慨。

【艺术特色简介】（一）景中寓情。"空水共悠悠"，实际是表现自己的内心悠悠。

（二）以动衬静。用蝉的噪声、鸟的叫声衬托林中、山间的幽静，是这首诗最突出的艺术价值。王籍这首诗之所以能够流传千古，很大程度上正是因为"蝉噪林愈静，鸟鸣山更幽"这两句诗的艺术魅力所起的作用。唐朝王维《鸟鸣涧》"人闲桂花落，夜静春山空。月出惊山鸟，时鸣春涧中"就是模仿王籍这一写法的。

## 064 拟咏怀·其二十六（庾信）

【作者简介】庾信（公元513—581年），北周文学家，字子山，祖籍南阳新野（今属河南），梁代诗人庾肩吾之子。他早年曾随其父及徐摛（chī）、徐陵父子出入宫禁，陪同太子萧纲（后来的梁简文帝）写作一些绮艳的诗歌，被称为"徐庾体"。梁武帝末，侯景叛乱，庾信时为建康（南京六朝时期的名称）令，率兵防守朱雀航，战败。建康失陷，他被迫逃亡江陵（今荆州市荆州区），投奔梁元帝萧绎。元帝承圣三年（554）他奉命出使西魏，抵达长安不久，西魏攻克江陵，杀萧绎。他因此被留在长安，历仕西魏、北周，官至骠（piào）骑大将军开府仪同三司（骠骑：将军名号。开府：开建府署，辟置僚属。始唯三公可开府，后开府者多，乃别置"开府仪同三司"之名。仪同三司：仪制同于三公），故又称"庾开府"。

杜甫在《戏为六绝句》第一首中说："庾信文章老更成，凌云健笔意纵横。"庾信被强留于长安，内心是很痛苦的，因为他从此永别了江南；同时从封建道德角度来看，他被迫在杀他"旧君"的鲜卑族政权下做官，身负"失节"之名；再加上流离颠沛的生活，也给他的家庭造成了许多不幸，所以他到北方以后的诗显得苍劲和沉郁，但时有雕琢和用典太多之病。

【题意简释】《拟咏怀二十七首》是庾信仿阮籍《咏怀八十二首》而作的。阮籍五言诗《咏怀八十二首》，写他生于改朝换代之际的内心痛苦，庾信的拟作，虽然寄寓的身世之感有所不同，但抒发内心的痛苦是相似的。庾信这些诗大都是追述乱离、感叹身世、羞愤羁留、怀念故乡的作品，写得悲壮苍凉，很有特色。

此诗作于其任北周弘农郡守时，此时南朝陈与北周通好，流寓北周的人士，南朝允许归还故国，唯庾信与王褒（江陵沦陷后入西魏，被扣留不复南返，授车骑大将军，仪同三司，在北朝与庾信才名相并）不得回南方。庾信内心非常痛苦，又不能直接倾诉，只好借助典型景象和历史人物来寄托难以直言的心情。本诗摹写北方景色，烘托出空旷辽远、苍莽悲凉的气氛，几个典型的历史场景，隐喻自己复杂难言的思想感情。

**【原文】**

萧条亭障远①，凄惨风尘多②。
关门临白狄③，城影入黄河④。
秋风别苏武⑤，寒水送荆轲⑥。
谁言气盖世⑦？晨起帐中歌⑧。

**【译文】**

远远望去，边境上的堡垒一派萧条景象；凄惨的死人流血的战乱之事经常发生。

关门之外相临的是狄人的地盘，城市的影子映入在黄河水中。

（远望堡垒，屡见战火，身临异族，面对黄河）不由地忆起当年秋风中李陵送别苏武的情景；寒冷的易水边燕国的太子丹为刺客荆轲饯行。

谁在感叹"力拔山兮气盖世"？原来是叱咤风云的楚霸王清晨在帐中吟唱。

**【注释及有关提示】**①亭障：边塞险要处的堡垒。《史记·大宛列传》："于是酒泉列亭障至玉门矣。"〔在这种情况下（汉朝）修建了从酒泉至玉门的一些堡垒。〕②风尘：比喻战乱。《晋书·刘颂传》："夫吴、越剽轻，庸、蜀险绝，此故变衅之所出，易生风尘之地。"（吴、越之地的人剽悍轻捷，庸、蜀之地形势险要与世隔绝，这本来就是祸端产生的场所，是容易产生战乱的地方。）③关门临白狄：把此句译为"关门的时候看见了白狄"，有三点欠妥：一是把"关门"错解为动宾结构；二是"临"是相邻，错解为"看见"；三是"白狄"是什么，没有说清。实际上，"关门"是个名词性的偏正结构，与下句的"城影"对仗。白狄：古民族名，春秋时狄族的一支，为什么不说"狄族"而说一个古名"白狄"呢？这是为了与下句的"黄河"对仗。庾信这首五言诗不仅结构对仗，而且在格律上，也大都暗合五言律诗的规则，已可视为唐人五律的先声。这句诗写自己当时所处的地理位置，平实的交代中涌动着复杂的情感。北周的弘农郡由于它地处长安、洛阳之间的黄河南岸,一直是历代军事、政治要地。这就是说自己不仅屈辱地身在异国,还处在一个战乱频仍,血雨腥风的环境中。④城影入黄河:这句描写,其景象是惨不忍睹,还是美丽动人?应该是后者,而且不是黄河之水天上来的那种奔腾咆哮的阳刚之美,而是缓缓流淌、水面倒映着城市美丽倩影的阴柔之美。水面是如此的平静,诗人的内心却是难抑的翻腾;景色是如此的美好,诗人的心情却是无比的凄惨。这正是以乐景抒哀情的写法,与杜甫的"感时花溅泪,恨别鸟惊心"有异曲同工之妙。三、四两句写身居异域,眼见与狄族相邻的关塞、平静地向东流去的黄河,更加增添思念故国而不得回归的悲哀。⑤秋风别苏武:一个典故写两个历史名人。一个是民族英雄苏武,他是西汉人,汉武帝天汉元年出使匈奴,匈奴让他投降,他坚决不从,被流放到北海放羊。汉昭帝即位数年,匈奴与汉和亲,苏武方得归汉。临回国时,李陵置酒送别。另一个是李陵,他是西汉名将李广之孙。初为西汉将领,善骑射,爱士卒,颇得美名。天汉二年(前99)奉汉武帝之命出征匈奴,率五千步兵与八万匈奴战于浚(jùn)稽(jī)山,最后因寡不敌众兵败投降。之后,投降匈奴的李绪,替匈奴练兵,汉武帝听信讹传误为李陵,夷灭李陵三族,致使其彻底与汉朝断绝关系。李陵一生充满国仇家恨的矛盾,他本人也因此引起争议。他的传奇经历使得他成为后世文艺作品塑造的对象及原型。李陵痛其亲族因李绪而被诛,便叫人刺杀了李绪。匈奴大阏氏(yānzhī)要杀李陵,单于将其藏于北方,大阏氏死后,李陵才回来。庾信借李陵送别苏武的典故所寄寓的意思非常复杂。他与苏武都是出使异邦而被拘留的,而苏武虽然历经十九年苦难,最终却完节返汉,流芳千古,故庾信对苏武大概是由衷的羡慕;而他与李陵都是屈仕异族,最终都落个万难抹掉的"失节"之名,故庾信借李陵的遭遇寄寓自己难以剖白的心曲和深沉的喟叹。⑥寒水送荆轲:荆轲入秦刺秦王,燕太子饯行于易水之上,荆轲歌曰:"风萧萧兮易水寒,壮士一去兮不复还!"庾信借"易水壮别"的典故所寄寓的意思大概是:像荆轲那样的壮士,虽然没有成功,但是几百年来人们仍然对他的侠义风节赞赏不已,而我呢?⑦气盖世:代指项羽《垓下歌》"力拔山兮气盖世"句。⑧帐中歌:在帐中吟诵("气盖世")。

**【阅读笔记·谁在帐中歌】**

有人认为在帐中歌的是"我",即作者自己。此解有两点欠妥:一、"气盖世"是对项羽《垓下歌》的借代式(部分代整体)概括;二、以庾信的身世、遭遇及性格绝对不可能有楚霸王那样"气盖世"的豪气。"谁言"二句是说:项羽兵败垓下,汉军围之数重,项羽夜闻汉军四面楚歌,夜起,在帐中饮酒,悲伤慷慨,乃作歌曰:"力拔山兮气盖世……"庾信用"垓下歌"典故的意思也非常复杂。揣摩一下：用"垓下歌"的典故，不引用"可奈何"而引用"气盖世"，这是不言其衰，而赞其盛；不说"夜起"而说"晨起"，这是摒弃黑色，抹上亮色。总之，不表现项羽的穷途末路、无可奈何的深沉慨叹，而聚焦他长盛不衰、无与伦比的万丈豪气，故对项羽是持一种极力褒扬的态度，以此来反衬自己难以洗清的屈辱。

那么，"谁言"如何理解呢？"气盖世"是项羽的专利，别人不能侵权，诗人也不是明知故问，而是说谁能像项羽那样即使断头在即，还高歌"力拔山兮气盖世"，虽死犹荣。以此反观自己，真是憋屈窝囊。

最后四句用典，写自己不能像苏武那样因保持节操而扬名后世，不能像荆轲那样以仗义献身而流芳千古，也不能像项羽那样虽兵败却气豪而令人赞叹，只能像李陵那样身负辱名，窝囊憋屈。总之，借几个历史人物从几个方面表现自己亡国羁旅的痛苦和屈仕北国的羞愤。

**【诗句简析】**第一句：借边塞堡垒的萧条景象，抒发内心的惆怅之情。

第二句：借经常见到的残酷无情的战乱，抒发厌恶战争、渴望安宁之情。

第三句：写自己处在一个尴尬的境地。

第四句：写美丽的景象更增心中悲哀。

第五句：写由苏武引发的感慨。

第六句：写由荆轲引发的感慨。

第七、八两句：写由项羽引发的感慨。

# 第三编　隋朝至初唐

## 第一章　隋朝

065　人日思归（薛道衡）

**【作者简介】** 薛道衡（公元540—609年），字玄卿，山西人。历仕北齐、北周；隋朝建立后，任内史（隋朝改中书省为内史省）侍郎（隋唐以后，中书、门下、尚书省所属各部均以侍郎为长官的副职），因得罪了隋炀帝而被迫自杀。是隋代艺术成就最高的诗人。

**【题意简释】** 在人日这天写的思乡欲归的诗。人日：农历正月初一为鸡日，初二为狗日，初三为猪日，初四为羊日，初五为牛日，初六为马日，初七为人日。

**【原文】**

入春才七日①，离家已二年。
人归落雁后②，思发在花前③。

**【译文】**

入春才七日，离开家已经两年了。
回家的日子要落在北归的大雁之后了，但是回家的念头却在春花开放以前就有了。

**【注释】** ①入春：把春节当成春天开始，故言"入春"。②雁：大型游禽，每年春分后飞回北方繁殖，秋分后飞往南方越冬。传说大雁正月从南方返回北方。③发：产生。花：名词用作动词，花开。

**【内容及艺术简析】** 薛道衡是北方人，曾在南朝的陈朝任职，《人日思归》这首五绝，便是此时所作。这是一首构思新巧、想象奇妙的思乡之作。据说南朝陈人看了此诗的一、二句，觉得薛不会作诗而加以嘲笑；等到看了三、四两句便立即夸赞说："真是名不虚传的诗人。"其实，开头两句也有相当的艺术性。表面看是很平淡地写计算离家的时间，而诗人巧妙选择的计算角度使诗句渗透着一股深深的苦涩的思乡之情：实际"才七日"与按年头算"已二年"的对比，巧妙地表现出诗人度日如年的心情。

后两句，南朝陈人极力夸赞，但未说所夸赞的精妙于何。试作陋析。"人归落雁后"：人与雁相比，大雁已经动身北归了，而人却还不能北归，显然是落在大雁之后了。但是，北归落于雁后已成定局，对心弦的触动还算不上强烈，而在春花开放之前就动了归思却不得归，这才是深深触动心弦的强大力量。因而，欲归而不得的痛楚，通过"人归落雁后""思发在花前"的比衬，表现得更加鲜明强烈。

066　送别诗（无名氏）

【题意简释】隋代无名氏的这首《送别诗》，其平仄等完全符合近体七绝的要求，是一首很成熟的七言绝句，就整首诗看，应是一首"怀人"诗，《送别诗》这个题目是别人加上去的，无名氏的诗，往往有这种情况。

【内容简介】此首七绝用即景生情、借题发挥的方法，巧妙地写出了送行者对"行人"的无限深情。

【原文】

杨柳青青着地垂①，杨花漫漫搅天飞②。

柳条折尽花飞尽，借问行人归不归③？

【译文】

青青的柳枝下垂触到了到地面，柳絮无边无际地在天空乱飞。

柳条已经折尽了，柳絮也已经飞尽了；请问远行的人，你回不回来呢？

【注释及有关提示】①杨柳：诗词中有时指杨柳科的杨树和柳树，如毛泽东《蝶恋花·答李淑一》"杨柳轻飏直上重霄九"中的"杨柳"承上句"我失骄杨君失柳"分别谐音指"杨"（花）与"柳"（絮）；有时单指柳树，如本句。着地垂：是近体诗句法中的"错位"（为适应平仄对仗的要求而使句子成分与常序有所不同），常式是"垂着地"。②杨花：柳絮。庾信《春赋》："新年鸟声千种啭（zhàn），二月杨花满路飞。"（新年的鸟叫有千百种婉转的发声，二月的柳絮满路飘飞。）搅天飞：与上句的"着地垂"工整对仗，但句法更为复杂，不仅有错位，而且有省略，即"（于）天搅飞"。搅：乱。③行人：出行或出征之人。

【艺术特色简析】优美的诗章，能使人从已经写到的东西联想到没有写到的东西，即有"言外之意""象外之象"。本诗的前两句是柳条垂地、柳絮飞扬这种送别的典型环境，而正在送别时或过了不长时间就发问"你到底回不回来"，令人费解。仔细阅读，慢慢悟出：前两句既是当日（年）情景，也是今日（年）情景。送行者送别"行人"后，过了一年（甚至多年）又来到当年的送别处，又目睹当年送别的景物，于是融合着怨恨的思念之情自然迸发：柳条折光、柳絮飞尽了，你到底回不回来呀！柳絮届时就会飞尽，而柳条岂能折尽呢！这是思念者盼归落空的激愤而又凄婉的语言，当然也是作者的夸张写法。

# 第二章　初唐

【文学常识简介·唐诗】唐诗是我国文学史上的一座高峰。唐诗一方面继承汉魏以来的五言、七言古体诗，并使之更为完善；一方面在梁陈诗人对诗律研究和创作实践的基础上创造了律诗和绝句这两种新诗体，从而扩大了诗的表现范围。唐代诗人辈出，灿若星辰，李白、杜甫、白居易等就是杰出代表。无论从思想内容或艺术技巧来看，唐诗的成就都明显地超越了前代。

## 一、虞世南 2 首

【作者简介】虞（yú）世南（公元 558—638 年），字伯施，唐初余姚（今浙江省余姚县）人，博学，擅长诗文，书法亦著名。

067　奉和咏风应魏王教

【题意简释】太宗的第四子李泰，封为魏王，他作了一首咏风的诗，请陪同的大臣也作一首，于是虞世南作了这首五言绝句。咏：用诗词等来叙述或赞扬。

【原文】
逐舞飘轻袖，传歌共绕梁。
动枝生乱影，吹花送远香。

【译文】
（舞殿内）风追逐着蹁跹的舞步，吹拂着轻飘的舞袖，风所传送的诸多优美的歌声，共同绕着殿梁萦回不息。

（舞殿外）风吹动着树枝，使树影变得摇曳杂乱，风吹动着盛开的鲜花，送来远处幽幽的花香。

【诗句简析】一、二句：舞殿内的风，大概因舞而起，而诗人为了扣题写"风"、给风增加美感，而翻转了主动与被动的关系，且用了拟人的方法说风追逐舞步、传送歌声，把自然的风与人舞蹈的曼妙之姿、轻歌的悦耳之音巧妙地融为一体。

三、四句：第三句，将镜头移至殿外，借助婆娑的树影，创造出风的可见性之美。第四句，又将镜头从远处缓缓拉回殿内，借助盛开的鲜花，把风染上了香味。

**【艺术特色简介】**侧面映衬。风本无形无色无味，难以描摹，而诗人通过"舞""歌""枝""花"在风吹动下各种动态的描写，使人看得见、听得到、闻得到，直观形象。

068　蝉

**【内容简介】**这首五言古诗通过对蝉生活习性的描写和议论，形象地说明品格高洁的人，并不需要某种外在的凭借而自能声名远播的真理。

**【原文】**

垂绥饮清露①，流响出疏桐②。

居高声自远，非是藉秋风③。

**【译文】**

低下头吸吮清凉的露水，水流一样的连续不断的叫声，从树叶稀疏的梧桐树上传出。

居于高处，其叫声自然就传得远，不是凭借秋风。

**【注释及有关提示】**①绥（ruí）：帽子上或旗杆上的缨子，此先借喻蝉的触须，进而借代蝉的头。蝉"饮清露"，这是古人的误会，其实蝉是吸取树叶的汁水的。②流响：比喻蝉长鸣不已的叫声。出句表面写蝉的形状、食性，实际含有比兴、象征。古代常以冠缨指代贵宦，故"垂绥"暗示显宦身份。显贵身份的人，在一般人心目中，与"清"有矛盾，甚至是不相容的，但是在作者笔下却把它们统一在"垂绥饮清露"的形象中了。③藉（jiè）：同"借"。"居高自能致远"是诗人的独特感受。

**【艺术特色简介】**（一）托物寓意，比兴言志。

（二）议论破俗，气韵清华。

## 二、王绩2首

**【作者简介】**王绩（公元585或589或590—644年），字无功，绛州龙门（今山西河津）人，尝居东皋，号东皋子。仕隋为秘书省（掌图籍的官署）正字〔掌校雠（chóu）典籍，刊正文章的官〕，唐初以原官待诏门下省〔门下省：中央官署名，掌受天下之成事（成功、战胜之事），审查诏令等）。后弃官还乡。绩清高自恃，放诞纵酒。其诗多写饮酒及隐逸田园之趣，赞美嵇康、阮籍和陶潜，嘲讽周、孔礼教，以抒怀才不遇之苦闷。语言朴素自然。也能文。

### 069　野望

【内容简介】这首五言律诗描写了隐居之地的清幽秋景，在闲逸的情调中，带着几分彷徨、孤独和苦闷，是王绩的代表作，也是现存唐诗中最早的一首格律完整的五言律诗。全诗言辞自然流畅，风格朴素清新，摆脱了初唐轻靡华艳的诗风，在当时的诗坛上别具一格。

【原文】
东皋薄暮望①，徙倚欲何依②。
树树皆秋色③，山山唯落晖④。
牧人驱犊返⑤，猎马带禽归⑥。
相顾无相识⑦，长歌怀采薇⑧。

【译文】
傍晚时分，站在东皋纵目远望，我徘徊不定不知该归依何方。
层层树林都呈现出秋天的色彩，重重山岭所披覆的唯有落日的余光。
牧人驱赶着牛群返还家园，猎人骑着马带着猎物回归家园。
大家互相看着，彼此互不相识，我长啸高歌真想隐居在山林。

【注释及有关提示】①东皋（gāo）：诗人家乡绛州龙门的东皋村。他归隐后常游北山、东皋，自号"东皋子"。薄暮：傍晚，太阳快落山的时候。薄（bó），迫近。②徙倚（xǐyǐ）：徘徊，彷徨。何依：归依何处。疑问代词"何"，作"依"的宾语，前置。③④：上下两句是典型的"互文"，意即山林、树木都染上秋天的色彩，都被落日的余晖覆盖着。⑤犊（dú）：小牛，这里指牛群。⑥禽：鸟兽，这里指猎物。⑦相顾：相视，互看。⑧采薇：薇，是一种植物。相传周武王灭商后，伯夷、叔齐不愿做周的臣子，在首阳山上采薇而食，最后饿死。古时"采薇"代指隐居生活。此处也暗用《诗经》中《小雅·采薇》有关"采薇"的诗意，借以抒发自己的苦闷。

【阅读笔记·四联之起承转合】
首联扣题点明"望"的时间、地点，借"徙倚"的动作描写和"欲何依"的心理描写，抒发了百无聊赖的苦闷心情,这是此首律诗中的"起"。

颔联所写"野望"景中的树与山,虽是怡静的,而通过"秋色"和"落晖",也着上隐隐的萧瑟之意,这是承"起联"的苦闷而于萧瑟景中寓孤独之情。

颈联写"野望"景中的牧人与猎人,使静谧的画面突然动了起来,诗人所溢出的心情也似乎有所改变,所以从生动的画面和诗人"松动"的心情两个方面看,都是典型的"转"。

然而"牧犊""猎禽"的田园生活并没有使诗人找到慰藉,"相顾无相识"的现实,最终还是使诗人"长歌怀采薇"。尾联这样借典抒情,情景交融,归结"野望"后的选择——追踪夷齐,隐居山林,这正是典型的"合"。

070 秋夜喜遇王处士

【内容简介】这首五言绝句,描写田园生活情趣,质朴平淡中蕴含着丰富隽永的诗情。处士:对有德才而不愿做官、隐居民间之人的敬称。

【原文】
北场芸藿罢①,东皋刈黍归②。
相逢秋月满③,更值夜萤飞④。

【译文】
在屋北豆秧地里锄草完毕,又从东边田地收割黍子归来。

在月圆朗照的秋夜,与老友王处士相遇(已令人喜悦);更遇到萤火虫在身边飞来飞去(令人倍添喜悦之情)。

【注释及有关提示】①北场:房舍北边的场圃。芸(yún):通"耘",田地里除草。藿(huò):豆类作物的叶子,此指豆秧。②东皋(gāo):房舍东边的田地。皋,水边高地。这是暗用陶渊明《归去来辞》"登东皋以舒啸"诗句,点明归隐躬耕身份。刈(yì):割。黍(shǔ):即黍子,生长在北方,耐干旱,籽实淡黄色,常用来做黄糕、酿酒。③满:(月亮)圆满。《史记·日者列传》:"日中必移,月满必亏。"(太阳到了中午必定向西移动,月亮到了圆满必定出现亏缺。)④值:逢,遇。

【艺术特色简介】(一)语言质朴无华,诗情隽永自然。如,前两句写锄草、割黍归来,没有任何刻画渲染,平淡到几乎不见有诗。但是这种随意平淡的语调和舒缓从容的节奏中透露出诗人对田园生活的习惯和悠闲自如的情趣。

（二）以景托情。全诗没有一笔正面写"喜"字，而诗人劳动之景和与王处士相逢之景无一不托出诗人的喜悦之情。诗人不论"芸藿"，还是"刈黍"，都只是他田园生活的一种轻松愉快的点缀，因而"秋夜遇王处士"的这种背景自然是以"喜"为底色的。二人相逢于秋夜明月辉映之中，其情定然是喜不自禁。更值有萤火虫飞来飞去，岂不是更加增添了相逢之人的喜悦之情吗？以喜庆之景来烘托遇友之喜，使诗歌境界呈现着一种欢快的氛围。因此，诗人没有直笔喜字，而字里行间无不洋溢着喜情。

## 三、王梵志3首

【作者简介】王梵志（？—约670年），初唐诗僧，原名梵天，卫州黎阳（今河南浚县东）人，唐代初期白话诗人。其诗以说理劝世为主，多宣扬佛教思想，与偈（jì，佛经中的唱词）语相近，对世态人情也有讽刺，语言浅近俚俗，时有诙谐嘲谑之趣。唐时流传甚广，寒山等颇受其影响。集后世失传，至清末甘肃敦煌石室中发现数十种其诗写本，始重为世人所知。

071 吾富有钱时

【内容简介】这首语似白话的古诗，通过"我"富有钱与贫无钱时"家人"对我的亲与疏的截然相反的态度的直白描写，慨叹人情冷暖，并从因果宿命的观点奉劝那些"图财不顾人"者，回心转意。

【原文】
吾富有钱时，妇儿看我好①。
吾若脱衣裳②，与吾叠袍袄③。
吾出经求去④，送吾即上道⑤。
将钱入舍来⑥，见吾满面笑。
绕吾白鸽旋⑦，恰似鹦鹉鸟⑧。
邂逅暂时贫⑨，看吾即貌哨⑩。
人有七贫时⑪，七富还相报。
图财不顾人，且看来时道⑫。

【译文】
当我富裕有钱的时候，妻子儿女待我都非常好。

如果我脱下上衣和裙子、长袍等,他们就帮我叠好上衣和裙子、长袍。

如果我出门去经营求财,他们就会殷勤地送我,一直(把我)送到大路上。

如果我带着钱进入家门,他们见到我就满脸堆笑。

他们像白鸽一样绕着我盘旋,又如鹦鹉学舌一样,一点不走样地呼应我说的每一句话。

如果我偶然暂时贫穷,他们看到我时脸色就不好看。

人有多次贫困的时候,也还有多次富裕回还,来报偿那贫穷。

如果只图钱财而不顾念亲人,那就等着看来日人生道路上(的报应吧)。

【注释及有关提示】①妇:妻。儿:孩子。②衣:特指上衣,与"裳"相对。裳(cháng):古人穿的下衣,裙的一种。③与:给。袍:长外衣。袄:有衬里的上衣。衣、裳、袍、袄,都指衣服,而诗人用了四个词,既避免词语重复,又丰富了视觉形象。④经:筹划。⑤即:至,到。上道:大路。⑥将(jiāng):携带。⑦白鸽:像白鸽一样,情态状语,倒置于动词"绕"之后了。⑧鹦鹉:鸟名。俗称"鹦哥",舌肉质而柔软,经反复训练,能模仿人言的声音。⑨邂逅(xièhòu):偶尔。暂时:短时间内。⑩哨(qiào):不正的样子。⑪七:虚数,指多次。还:回还。相:用于动词前,有指代作用的副词,指上句的"七贫"。⑫来时:将来,来日。道:道路。

【艺术特色简介】(一)观察敏锐。诗人以锐敏的观察力捕捉到了日常生活中许多不易被人重视的细节,如,"叠袍袄""满面笑""貌哨"等,活画出了贪钱者前恭后倨的丑态。

(二)语言通俗。全篇不用典故,没有警句,全用通俗语言,却是言近旨远,发人深省。

(三)对比奇巧。诗人所对比的不是迥然相异的两种人,而是同一种人前后截然相反的态度。这种让贪钱者自我表演的巧妙对比,产生了强大的讽刺和鞭挞力量。

(四)比喻形象。白鸽绕人旋转的比喻,精妙地表现了贪钱者恭顺可爱的憨态;鹦鹉学舌的比喻,精准地表现了贪钱者极尽逢迎的媚态,因为在一定情况下,逢迎者对被逢迎者的话不能有丝毫的缺失增补和改动,也不能有微点的润色和发挥,只能是像鹦鹉学舌一样地原声录音,这真是逢迎到了极致!

072　诗二首·其一

【内容简介】通过刻画一个弱者形象及其奉若法宝的处世哲学,引发人们深刻的社会思考。

**【原文】**

我有一方便①，价值百匹练②。

相打长伏弱③，至死不入县④。

**【译文】**

我有一个处世法宝，它价值百匹练。

人家打我，我永远趴着示弱，到死也不上县衙门（申诉）。

**【注释及有关提示】**①方便：佛教语，指多方诱导，使领悟佛之真义，此指处世法宝。孟浩然《还山赠湛禅师》："念兹泛苦海，方便示迷津。"（想到世俗之人浮沉于苦海，因人施教的佛法能够指点迷津、使之脱离苦海。）②练：白色熟绢。③相：有指代作用的副词，用在动词前，此指我。弱：形容词用作动词，示弱。④县：此指县衙门。

**【艺术特色简介】**（一）以人物语言刻画人物形象。四句诗全是通过"自述"，刻画出一个地位卑微、性格柔弱而又透出刚强精神的人物形象。

（二）人物语言个性化。主人公的处世法宝，以其卑微的社会地位所能想到的"百匹练"来喻其宝贵；主人公处世哲学的精髓是"永远示弱"，而诗歌以"相打长伏弱""至死不入县"的这些生动形象的个性化语言替代了一些概念化的说法。

**【阅读笔记·弱者的强大】**

有人说此诗"画出了一个甘居弱小、不与人争的小人物形象"。我们认为，似乎不是"甘居"而是"迫于无奈"。至于"至死不入县"，就更不是"弱"了。"一死无大难"，还怕"入县"吗？大概"入县"不只是受刑，还要因为判得不公而受气；不只是自己"受刑""受气"还要牵连到家人，而一牵连到"受气"、一牵连到家人，弱小的人就变得强大无比——"至死不入县"。因此，这是一个为了自己生存、为了免受衙门之气、也为了家人免受牵连而被迫示弱，但是骨子里还透着倔强之气的社会底层者。

## 073　诗二首·其二

**【内容简介】**通过"骑大马""跨驴子""担柴汉"三幅画，漫画式地描绘出盼富不得而不平，较之底层者又稍有心安者的形象。

【原文】

他人骑大马，我独跨驴子。

回顾担柴汉，心下较些子①。

【译文】

别人骑着大马（行进在路上），（为什么）唯独我骑着驴子跟在大马后？

回头看到我身后还有一个挑着薪柴的汉子，两相比较后，心中不满之气（少了）一点儿。

【注释】①些子：一点儿。唐·贯休《苦热寄赤松道者》："蝉喘雷干冰井融，些子清风有何益？"（蝉呼吸急促，雷声干涩，冰井融化，一点儿清风对消暑去热有何裨益？）

【阅读笔记·有趣的连环画】

此诗用三句行动描写、一句心理描写，完成了对人物的精妙塑造。三句行动描写就是三页精妙的连环画。第一幅画是一个富贵者骑着高头大马奕奕前行的样子。第三幅是一个汉子挑着薪柴、不顾劳累匆匆前行的样子。中间的一幅最耐人寻味：从下句的"回顾"看，骑驴者先前是两眼直勾勾地盯着"骑大马"者的，而且联系最后一句看出，他是一个十足的拜金主义者。贪慕富贵而不得，心灵正在被毒蛇噬咬得无比难受之时，不经意地"回顾"到一幅与"骑大马"有云泥之别的"担柴汉"的画面，于是骑驴者难以压抑的不平之气忽然稍微平复了一下。那么，骑驴者是个"比下而心安理得"者呢，还是暂弱贪欲之火者呢？诗人特意用的"些子"一词，就是选项的答案。连环画的中心页，既是行动描写也是心理描写，把前后两幅画勾连起来，形成一个情节简单而又妙趣横生的场面。最后，骑驴者"心下较些子"的自语，似乎不是内心世界的完全展露，而令人感到还是"犹抱琵琶半遮面"。

## 四、上官仪 1 首

074 入朝洛堤步月

【作者简介】上官仪（约公元 608—665 年），初唐诗人，字游韶，陕州陕县（今河南）人，贞观进士，官（做官）弘文馆（唐高祖武德四年于门下省设修文馆，九年改为弘文馆）直学士（官名）、西台（中书省的别称）侍郎（隋唐后，中书、门下、尚书省均以侍郎为长官的副职）等。唐高宗永徽时见恶于武则天（见……于……：被），高宗麟德时被告发与废太子忠通谋,下狱死,其一子上官庭芝也同时被诛,籍(没收入官)其家。诗多应制、奉和之作,但因婉媚工整,适合宫廷需要,士大夫纷纷仿效,称为"上官体"。

【背景简介】唐高宗承贞观之后,天下无事。上官仪独自主持国政。唐初,百官上早朝没有待漏院可供休息,必须在破晓前赶到皇城外等候。东都洛阳的皇城,傍洛水,城门外是天津桥。唐代宫禁森严,天津桥入夜锁闭,断绝交通,到天明才开锁放行。因此上早朝的百官都在桥下洛堤上隔水等候放行入宫,宰相也须如此。上官仪曾经于凌晨入朝时,骑马缓行于洛水堤,即兴吟成此诗,"音韵清亮,群公望之,犹神仙焉"。

【内容简介】《入朝洛堤步月》是唐高宗朝宰相上官仪在洛阳皇城外等候朝见时创作的一首五绝。此诗通过描写作者经过洛水河堤时的见闻观感,充分表现了作者的显扬得意之情。洛堤:东都洛阳皇城外百官候朝处,因临洛水而名。

【原文】

脉脉广川流①,驱马历长洲②。
鹊飞山月曙③,蝉噪野风秋④。

【译文】

宽广的洛水安详地流向远方,我气定神闲地驱马走在洛河长堤上。

喜鹊在月落将曙之际不时地飞过,寒蝉在野外清晨秋风中嘶声鸣叫。

【注释及有关提示】①脉脉:原意指凝视的样子,此处用以形容水流的悠远绵长状。广川:洛水。②历:经过。长洲:长长的洲,指洛堤。洛堤是官道,路面铺沙,以便车马通行,故喻称"长洲"。出句,化用《古诗十九首·迢迢牵牛星》之"盈盈一水间,脉脉不得语"诗句,以男女喻君臣,暗写皇帝对自己的信任,以洛水脉脉流淌的状态,映衬出自己显扬的状态和得意的神气;对句,以自己策马行进的亮相,直接地表现出悠然洒脱的神态。③曙:明亮。④野风秋:野秋风。此联,既是写路上所见之实景(吉祥之鸟,报道喜兆)及所露实情(喜悦兴奋);又化用曹操《短歌行》"月明星稀,乌鹊南飞""周公吐哺,天下归心"的诗句,寄寓自己执政治世的自信与气魄。

【艺术特色简介】(一)全诗共四句,一句一景,四句即四幅画面:川流、驱马、鹊飞、蝉噪。四幅画面皆统一于曙月之下,声、色、形交织,构成和谐而清丽的意境,流露出诗人绝佳的心绪和悠然自得的神态。

(二)全诗寥寥二十字,却"音韵清亮",于质朴的文字中生发出浓烈的画意,读来十分优美，是一首难得的精心佳作。

## 五、寒山 1 首

075　杳杳寒山道

【作者简介】寒山，唐诗僧，唐代宗大历年间（766—779）人，一说太宗贞观（627—649）时人。其诗多表现山林隐逸之趣和佛教的出世思想，对世态亦有所讥讽。语言通俗诙谐，近于王梵志。

【内容简介】这首具有乐府民歌风味的五言律诗描写寒岩左近（附近）高山深壑中的景色，表现超然物外的冷淡心情。

【原文】

杳杳寒山道，落落冷涧滨①。

啾啾常有鸟，寂寂更无人②。

淅淅风吹面，纷纷雪集身③。

朝朝不见日，岁岁不知春。

【译文】

寒山道上一片寂静幽暗，冷寂的涧边一片零落稀疏。

（此处）常常有鸟儿啾啾地鸣叫，却空虚冷清，罕见人烟。

风淅淅沥沥刮向脸面，雪纷纷扬扬洒在身上。

（身处其中）天天见不到阳光，年年不知道有春天。

【注释及有关提示】①杳杳（yǎo）：幽暗状。落落：零落，稀疏的样子。②啾啾（jiū）：象声词，此指鸟鸣声。参见《木兰诗》"但闻燕山胡骑鸣啾啾"。寂寂：寂静，冷清。更：反而，却。无人：结构上与上句"有鸟"对仗，不是绝对的"无人"，而是人烟稀少。相同的环境中鸟与人的境况形成鲜明对比。③淅淅：象声词，形容风声。纷纷：多而杂乱。

【艺术特色简析】（一）用景物渲染气氛、以气氛烘托心情。首联写山水，渲染幽远、寂寥的气氛。颔联写鸟鸣，以动衬静，烘托山中幽静冷寂的气氛。颈联写风雪，烘托出山中冷峻的气候环境。尾联上句总结山幽林茂、不见阳光的客观环境；下句表现诗人心如古井，不知春秋的主观心境。总之，前七句从不同侧面渲染幽冷的环境，最后一句表现诗人超然世外的态度。

（二）巧用叠字。顾炎武（著名思想家、史学家、语言学家，与黄宗羲、王夫之并称为明末清初三大儒）《日知录》说"诗用叠字最难"。要达到他说的"复而不厌，赜（zé，幽深）而不乱"（重复而不令人厌烦，幽深而不杂乱）的要求，关键在于变化。"杳杳"具有幽暗的色彩感；"落落"具有稀疏的空间感；"啾啾""寂寂"都诉诸听觉，而一个是有声的"动"，一个是无声的"静"；"淅淅"模拟刮风的声音；"纷纷"描写飞雪的状态；"朝朝""岁岁"虽同指时间，但又有长短的区别而用于不同的对象，太阳是按天升起落下的，故用"朝朝"，春天是按年周而复始的，故用"岁岁"。八组叠字，描摹对象各不相同，词性有别，情态各异，变化多姿，井然不乱。叠字的巧妙使用，不仅借助形式上的划一，把本来分散的山、水、风、雪、境、情，组织成一个整体，产生了回环往复、和谐贯穿的表达效果；还借助音节的复沓，产生了连绵不断、一气盘旋的音乐美感。

## 六、骆宾王 3 首

【作者简介】骆宾王（约公元638—？），唐文学家，婺（wù）州义乌（今属浙江）人，高宗末年为长安主簿，以言事获罪，贬临海丞，后随徐敬业起兵反对武则天，兵败后下落不明，或云被杀，或云为僧。与王勃等诗文齐名，为"初唐四杰"之一。其诗以七言歌行见长，多悲愤之词。又善骈文，所作《代李敬业传檄天下文》（后人改作《讨武曌檄》），相传，则天见之，有"宰相安得失此人"之叹。李敬业祖父系唐初大将李勣（jì），字懋公，本姓徐，赐姓李。

076　咏鹅

【内容简介】相传这是骆宾王七岁时写的一首咏物诗。这首千古流传的诗歌，没有什么深刻的思想内涵和哲理，而是以清新欢快的语言，抓住事物的突出特征来进行描写，写得自然、真切、传神。

【原文】
鹅、鹅、鹅，曲项向天歌。
白毛浮绿水，红掌拨清波。

【译文】
鹅、鹅、鹅，弯着脖子，仰着头，朝着天，嘎嘎地长鸣。

水面上，一只只白白的鹅悠然地浮在绿绿的湖水上；水面下，每只鹅的两只红红的掌来回地划动着清清的水波。

【诗句简析】前两句：写鹅在岸上嘎嘎长鸣的神态。首句，自然运用反复咏唱的方法，表达了小诗人对鹅的喜爱，增强了声韵、情感效果。次句，先写所见：颈的形状——曲项，叫的姿态——向天；再写所闻：鹅之所叫——唱歌。

后两句：写鹅在水中悠悠拨水的情景。一只只白鹅从陆地扑通扑通跳入水中的情景，小诗人不自觉地用诗歌的跳跃法带过了。

【阅读笔记·对对子的童子功】

《咏鹅》的后两句是很工整的对偶句。鹅毛是白的，湖水是绿的，"白""绿"对照，非常鲜明，这是当句对。鹅掌是红的，水波是青的，"红""青"映衬，十分艳丽，这也是当句对。上下句又是"白"与"红"相对，"绿"与"清"相对，体现出小诗人对色彩观察得细致、对对子基本功的扎实。另外，水面上，鹅悠然地"浮"的情态，与水面下，鹅不停地"拨"的动作，一上一下，相映成趣。小诗人准确地捕捉到这两个镜头，使鹅在水面游走的情态跃然纸上，既美又妙。

077  咏蝉

【内容简介】闻一多先生说，骆宾王"天生一副侠骨，专喜欢管闲事，打抱不平、杀人报仇、革命，帮痴心女子打负心汉"。骆宾王屈居下僚十多年而刚升为侍御史就因上疏论事触忤（wǔ）武后，遭诬，以贪赃罪名下狱。囹圄（língyǔ）之中的骆宾王以蝉喻己，以此首五律抒发了诗人品行高洁却蒙受不白之冤的哀婉悲伤之情，表达了辨明无辜、昭雪沉冤的愿望。

【原文】

西陆蝉声唱①，南冠客思深②。

不堪玄鬓影③，来对白头吟④。

露重飞难进⑤，风多响易沉。

无人信高洁，谁为表予心？

【译文】

秋天，蝉的鸣唱，引起了被囚之人的深思。

不能忍受黑首的蝉来对我这头发早白的人吟唱。

秋露浓重，蝉儿纵使尽力展翼，也难以飞进；秋风频繁，蝉的鸣声很容易沉落（被压下）。

没有人相信你是居高食洁的，谁为（我）表达我的心声？

**【注释及有关提示】**①西陆：二十八宿（xiù）中的昴（mǎo）宿，指秋天，古人以日行"西陆"谓之秋。②南冠（guàn 戴帽子）：囚徒的代称。语出《左传·成公九年》："晋侯观于军府，见钟仪，问之曰：'南冠而絷者，谁也？'有司对曰：'郑人所献楚囚也。'"（晋景公视察军用仓库，见到钟仪，问人说："戴着南方人的帽子而被囚禁的人是谁？"官吏回答说："是郑国人所献的楚国俘虏。"）"西陆"与"南冠"不仅词性对应，而且词的结构也对应得很工整。③玄鬓影：指看不很清的蝉。玄鬓，黑色的鬓发，此指蝉，蝉首色黑，故云"玄鬓"。玄（xuán），黑。影，模糊的形象。④白头吟：语意双关，既明写"对着白头发的人吟唱"，又暗用典故。相传西汉时司马相如对卓文君爱情不专后，卓文君作《白头吟》以自伤。《白头吟》是乐府曲名，卓文君所作《白头吟》："凄凄重凄凄，嫁娶不须啼，愿得一心人，白头不相离。"狱中人听到蝉声之第一反应就是不堪忍受，所暗含的《白头吟》的典故，说明诗人不能明言的"不堪"，就是不能忍受负屈含冤之痛。⑤飞难进：常式为"难飞进"，为了与"响易沉"对仗而错位为"飞难进"。

**【四联大意】**

首联：用起兴的手法，以蝉声来逗起客思。秋蝉居高吟唱，无甚用意，不关谁人，而尘世中的人对其吟唱的反映却各不相同。因被诬陷而失去人身自由的人听到蝉鸣引起的深思是什么呢？

颔联：用双关的手法写不堪忍受蝉的鸣叫。

颈联：纯用比体，而且用到物我难分，妙合无垠的佳境。两句中每字都在写蝉，而每言都在说自己。"露重""风多"写蝉的环境，也比喻人的处境；"飞难进"写蝉有力而不能使，也比喻人有冤而不得申；"响易沉"写蝉的鸣声被强大的风声吞没，也比喻人的言论被残酷的政治压制。蝉的遭遇如此，诗人遭遇亦如此，物我一体，密不可分。

尾联：仍用比体。秋蝉高居树上，餐风饮露，没有人相信它的高洁。这句诗也比喻诗人品性高洁，却不为时人所了解，相反地还被诬陷入狱。蝉、人，处境、遭遇相同，无人承认其高洁，也就更无人替其雪冤了，于是既是用拟人的方法，代蝉而言，又是诗人自己直接发问"谁为表予心"，蝉、人一体，深沉感慨，耐人寻味。

【艺术特色简介】全诗情感充沛，取譬明切，用典自然，语意双关，达到了物我一体的境界，是咏物诗中的名作。

078　于易水送人

【题意简释】易水：也称易河，位于河北省西部的易县境内，分南易水、中易水、北易水，为战国时燕国的南界，燕太子丹送别荆轲的地点。荆轲曾在此慷慨悲歌："风萧萧兮易水寒，壮士一去兮不复还。"

【背景简介】唐高宗仪凤三年，骆宾王以侍御史职多次上疏讽谏，触忤（wǔ，违逆）武后，不久被诬下狱。次年秋遇赦出狱。冬，奔赴幽燕一带，厕身于军幕之中，决心报效国家，此诗大约写于这一时期。

【内容简介】此首五绝描述作者在易水送别友人时的感受，借咏史以喻今，曲折地反映了对武则天统治的深为不满之情及壮志难酬的彷徨苦闷之情。

【原文】
此地别燕丹①，壮士发冲冠②。
昔时人已没③，今日水犹寒④。

【译文】

当年，英雄荆轲就是在此地作别燕国太子丹的；当时，壮士荆轲愤怒得头发上竖，冲起帽子。

昔日的英雄豪杰已经长逝；今天这易水还是那样凄寒。

【注释及有关提示】①燕丹：又称燕太子丹，战国时燕王喜太子。曾为质于秦，后逃归。当时秦国日益强大，军队将要到达燕国。燕王喜二十八年，燕丹使荆轲入秦谋刺秦王，没有成功。秦发兵击燕，燕王喜斩燕丹，献给秦国。五年后，秦又出兵，俘虏燕王喜，灭掉燕国。

【阅读笔记·（1）拉开历史帷幕】

开篇，诗人抛开题目中现实的"送人"，而特意点出历史上大英雄诀别太子丹的地点，足见是借题发挥，借史喻今。一句看似普通而又富含画面的交代性的话，猝然拉开了历史的帷幕：舞台上霎时依次出现了流淌的易水、将行的壮士、送别的太子及其宾客的情景，传送出萧萧的风声、慷慨的击筑声、悲壮的歌声等各自分明又融为一体的交响声。这是诗人精心选择典型地点、典型事件、典型人物作用于读者的联想翅膀而产生的综合阅读效果。

②壮士：这里指荆轲，战国卫人，刺客。发冲冠：形容人极端愤怒，因而头发直立，把帽子都冲起来了。冠（guān）：帽子。《史记·廉颇蔺相如列传》："相如因持璧却立，倚柱，怒发上冲冠。"

【阅读笔记·（2）凸现特写镜头】

次句，紧承首句再现了一个惊天泣地、振魂夺魄的伟大的历史细节，对古代英雄无与伦比的崇敬之情井喷而出。相如之怒发冲冠是由面前的强敌所引发的，而荆轲未见强敌之面而已怒发冲冠是由强大无比的侠肝义胆的力量所引发的，是一种无与伦比的精神力量。此时的骆宾王也没有面对强敌，而他对强敌的愤怒堪比荆轲，因而便把荆轲尊为精神的偶像来比附自己激愤不平的强大精神力量。

③人：一种说法为单指荆轲，另一种说法为当时在场的人。没（mò）：死。第三句，表达了对历史人物的深深的痛惜、感慨之情。④水：指易河之水。犹：仍然。末句，是这首诗的中心所在，既表达了对失败英雄无比的惋惜之情，也倾诉了自己壮志难酬的无尽的苦闷之情。尤其是诗尾的"寒"字，以景结情，画龙点睛，寓意丰富，深刻而又形象地表达了诗人对历史和现实的感受。

【艺术特色简析】（一）借题发挥，借史喻今。从诗的题目看，显然是送别诗；从诗的内容看，又是一首咏史诗。题目为"送人"，其正文却未写送别之景，未云所送何人，而是巧借送别之地，咏怀古事，追思古人，寄托自己对现实的深刻感慨。

（二）构思巧妙。现实是送别友人，却有意设为暗线；历史是壮士诀别，却有意设为明线，一今一古，一暗一明两条线索交汇于典型的送别地点——易水河畔，从而使诗情穿越时空隧道而幽深，使古今人物邂逅相会而比照，特别通过一个"寒"字，既咏史又抒怀，既充分肯定了古代英雄荆轲的人生价值，也倾诉了自己的抱负和苦闷。

（三）表现手法含蓄而精炼。骆宾王长期怀才不遇，悲愤难言，感情强烈无比却不能直抒胸臆，只好借助含蓄精炼的手法，化强烈为深沉，委婉地倾吐了自己满腔热血无处可洒的极大苦闷。而至他《代李敬业传檄天下文》时，则把胸中阴霾扫荡一空，义愤填膺，无所顾忌，挥动如椽巨笔，直戳武后之靶，先声夺人，理直气壮，慷慨果断，气势磅礴，酣畅淋漓。一诗一文对比阅读，更能品到芳香各异的醇醪。

# 七、李峤3首

【作者简介】李峤（qiáo）（公元644—约713年），字巨山，赵州赞皇（今河北省属地）人。麟德元年进士，历仕高宗、武后、中宗、玄宗四朝，官至中书令（唐初，中书省的长官）。善诗文，与同乡苏味道齐名，合称"苏李"，又与苏味道、崔融、杜审言合称"文章四友"。

### 079　风

【内容简介】从几个方面描写出风随着季节而生的作用（促衰与催荣）及自身的力量（掀起巨浪与摇斜竹竿）。

【原文】
解落三秋叶①，能开二月花②。
过江千尺浪③，入竹万竿斜④。

【译文】
风，能使晚秋的树叶脱落，能使早春的鲜花开放。
（它）经过江河时（能掀起）千尺巨浪，（它）进入竹林时（能使）万棵翠竹倾斜。

【注释】①解（jiě）：脱去，脱下。三秋：指秋季的第三个月，即夏历九月。②开：使……开放。二月：指夏历二月。③过：经过。④竹：据其后"万竿"看，当指竹林。万竿：指万竿竹，承前省略中心词"竹"。斜（旧读 xiá）：使……倾斜。

【诗句简析】首句：表现秋风吹落树叶的物候特点。

次句：表现春风（送暖）的催化作用。

第三句：表现风行江上能掀起惊涛骇浪的巨大威力。

第四句：表现风入竹林能使万竿竹子倾斜的巨大威力

【艺术特色简介】语言通俗而生动。风，无形，难以描摹，而诗人借助四幅动态感极强的画——风使叶落，风催花开，风掀巨浪，风摇竹斜——巧妙地刻画了看不见、摸不着的风的形象。

### 080　中秋月·其一

【内容简介】李峤写的两首五绝《中秋月》，构思新奇，他没有描写皓月当空的美丽景色，没有歌咏月圆人团圆的人间美好，也没有借中秋月抒发离愁别绪，而是由月亮引出了一些有关自然、宇宙的奇妙遐想。第一首以月中丹桂为中心发出疑问，旨在启迪人们敢于对一些缺乏根据的传说质疑。

【原文】

盈缺青冥外①，东风万古吹。

何人种丹桂②？不长出轮枝。

【译文】

月亮在青天外圆了又缺，千秋万代东风一直在（对它）吹拂。

什么人（在它上面）种了桂树？那桂树为什么没有长出超出月轮的树枝呢？

【注释】①盈缺：指月亮圆了又缺。青冥：青天，蓝天。②丹桂：桂树的一种。

【诗句简析】首句：写月亮高悬于青天之外，给人以无垠的空间感，而"盈缺"又给人以无尽的时间感。

次句：写东风亘古吹拂月亮，着重突出邈远的时间感。

第三句：诗人又由月中的阴影想到了月宫桂树，并发问：树是谁种的？

最后一句：诗人又进一步想到，经历千秋万代，桂树的枝子为什么没有超出月轮呢？

【艺术特色简析】铺垫坚实有序，发问水到渠成。诗人的两个发问都是奇思妙想，但都不是无根之木、无源之水，而是在坚实有序的铺垫后自然发出的。读到第三句，经仔细咂摸，方悟出第一句写月亮遥不可及的奥秘所在。一、三句结合而为：既然月亮远在天外，那么月宫桂树是哪方高人种上的？读到第四句，再经揣摩，才晓得第二句写东风万代吹拂月亮的机杼之谜。二、四句结合而为：既然桂树经历春风千秋万代的吹拂，而它的树枝为什么没有长出月轮呢？前有铺垫，后有发问，表现了构思的缜密。就连用词也受通盘的布局驱遣，如，次句若用"秋风"，就会因其所含有的"萧瑟""摧枯拉朽"等义，使此句游离中心；而用"东风"，则以其所含有的"和煦""催生万物"等义，使第四句的发问更加有理有据。

081 中秋月·其二

【内容简介】第二首不是发出疑问，而是直接否定"中秋月，四海同"的说法，表明世上万物不可能完全一样，存在着千差万别。

【原文】

圆魄上寒空①，皆言四海同。

安知千里外，不有雨兼风②。

**【译文】**

皎洁的中秋圆月升上了寒冷的天空,人们都说四海之内都是天气晴好月光普照。

哪里知道远在千里之外,就没有雨加风呢?

**【注释及有关提示】**①圆魄:圆圆的桂魄的简语。桂魄,月的别称。相传月中有桂树,故云。王维《秋夜曲》:"桂魄初生秋露微,轻罗已薄未更衣。"(月亮刚刚出现,秋夜露水细微,轻疏的罗衣已显单薄却还未更换衣服。)魄:月亮。②不:无。用反问句加强了质疑的力度。中秋之夜(此处指皓月当空之时),你怎么知道千里之外不是既下雨又刮风呢?诗人借月言理,否定了人人"皆言"的以此代彼、以偏概全的习惯看法,反映了诗人在认知上敢于"出众",大胆怀疑,深入探索的可贵精神。

## 八、杜审言 1 首

### 082 渡湘江

**【作者简介】**杜审言(约公元 645—708 年),唐代诗人,字必简,祖籍襄阳(今属湖北),迁居河南巩县,杜甫祖父。高宗咸亨进士。中宗时,因与张易之兄弟交往被流放到南方极为偏远的峰州。后官修文馆直学士。与李峤、崔融、苏味道齐名,称"文章四友"。诗歌多为应制、酬和及写景、纪行之作。其五言律诗,格律谨严。

**【内容简介】**这是诗人渡湘江时写的一首七绝。诗人被贬南下途中看到江南花香鸟语的美丽景象,反向想到自己被贬远地的凄惨处境;看到江水滔滔北去,反向想到自己却离乡背井踽踽(jǔ)南游,生动深湛地抒发了被贬之人的悲思愁绪。

**【原文】**

迟日园林悲昔游①,今春花鸟作边愁②。

独怜京国人南窜③,不似湘江水北流。

**【译文】**

目睹春光明媚、园林如绣的美景,想起昔日在园林里快乐游玩的情景,却是感到悲伤;今年春天花开鸟鸣的景象反而成为我被流放边远之地的愁绪。

可怜京城之人独自向南放逐,不像湘江之水向北流去!

**【注释及有关提示】**①迟日:春日。《诗经•豳风•七月》:"春日迟迟,采蘩祁祁。"(春天的太阳缓缓地移动,采白蒿的人密密麻麻。)②作:变成,成为。杜甫《悲陈陶》:"孟冬十郡良家子,血作陈陶泽中水。"(初冬时节,从十几个郡征来的良家子弟，一战之后鲜血都变成陈陶水泽中的水。）③独："窜"的状语，为与下句的"不"对仗而"错位"于句首。京国：京城，指长安。

【诗句简析】首句：通过写今与昔的景及所引发的情，设置一个悬念：为什么由眼前美景想起昔日欢乐景象，不感到惬意而感到悲伤呢？

次句：又设置一个悬念：为什么看到花开、听到鸟鸣不感到心旷神怡反而成为边愁呢？这又是一个悬念。

第三句：是全诗的中枢——承上，解开了上面两个悬念；启下，立起了人与江的对比。上文第一个悬念的答案就是：因为触景生情的人是向南放逐之人，所以他由眼前美景想起昔日乐景（难再）而感到悲伤。上文第二个悬念的答案就是：因为触景生情的人是向南放逐之人，所以他把鸟语花香当作边愁。这是反衬的修辞方法，也是缘情写景、景随情迁的艺术手法。杜甫深受其祖父影响，其《春望》诗中的"感时花溅泪，恨别鸟惊心"一联，可能是从其祖父"花鸟作边愁"这一句化出的。

末句：紧承第三句以"水北流"反衬"人南窜"，也点破诗题，强化了诗歌的中心内容。

【艺术特色简介】主要艺术特色就是巧妙自然地运用衬比手法。今与昔的衬比、哀与乐的衬比、人与物的衬比贯穿全篇。

# 九、苏味道1首

083　正月十五日夜

【作者简介】苏味道（公元648—705年），唐文学家，赵州栾城（今河北栾城）人。高宗乾封年间进士，圣历（武后称帝，改国号为周的年号）初年官居相位，处事圆滑，模棱两可，人称"苏模棱"。中宗复位后被贬为眉州刺史。诗多写景咏物之作，《正月十五夜》较有名。

【内容简介】此首五律，描写了神都洛阳（武后于光宅元年改洛阳为"神都"）元宵之夜"端门（宫殿的正门）灯火"的盛况和游人赏灯的欢乐景象。此诗是诗人于神龙（中宗复位后年号）元年正月十五夜诗歌比赛中的夺魁之作，也是深受后人推崇的佳作。也有人说"这首诗是描写长安城里元宵之夜的景象"。

【原文】

火树银花合①，星桥铁锁开②。

暗尘随马去，明月逐人来。

游伎皆秾李③,行歌尽落梅④。
金吾不禁夜⑤,玉漏莫相催⑥。

**【译文】**

元宵之夜,灿烂绚丽的灯光、焰火四面围合着,端门外星津桥上的铁锁打开着。

马蹄扬起的暗中飘飞的尘土随着马的奔腾而消散,明月也追随着观灯的人流而来。

表演节目的歌伎打扮得艳若桃李,(她们)全都一边行走一边唱《梅花落》。

禁卫军特许不行宵禁(而可通宵欢庆),计时器也不催促游赏观灯的人们(早归)。

**【注释及有关提示】**①火树银花:比喻灿烂绚丽的灯光和焰火,特指上元节的灯景。此句对后世影响甚大,成语"火树银花"即由此而来。合:闭,收拢。②星桥:星津桥。东都洛阳,洛水从西面流经上阳宫南,流到皇城端门外,分为三道,上各架桥,南为星津桥,中为天津桥,北为黄道桥。铁锁开:比喻京城开禁。唐朝都城都有宵禁,但在正月十五这天取消宵禁,连接洛水南岸的里坊区与洛北禁苑的星津桥、天津桥、黄道桥上的铁锁打开,任平民百姓通行。③游伎:歌女、舞女。一作"游骑(jì)"。秾(nóng):(花木)繁盛。《诗经·召南·何彼秾矣》:"何彼秾矣?华如桃李。"(那是什么东西那么繁茂?鲜艳华丽如同桃花李花。)④行歌尽落梅:即"尽行歌落梅"的倒装。落(lào)梅,曲调名。尽,全,都。⑤金吾:"执金吾"的省说,掌管京师治安的长官。金吾,仪仗棒。不禁夜:指取消宵禁。唐时,京城每天晚上都要戒严,对私自夜行者处以重罚。一年只有三天例外,即正月十四、十五、十六。⑥玉漏莫相催:玉漏只是计时,不管催人;城门的开关是掌管者根据上司命令按照玉漏所示的时间执行的,这种人们尽兴游赏不担心天晚的形象说法,显示了诗人不着痕迹地运用"移情"手法的艺术效果。玉漏:古代用玉做的计时器皿,即滴漏。莫:不。《论语·阳货》:"小子何莫学夫《诗》?"参见《离骚》"莫好修之害也""莫"之解释。

**【四联大意】**

首联:一个"合"字,实写出绚丽的灯火四面环绕的美景;一个"开"字,虚映出观灯赏景的游人来往如梭的盛况。

颔联:是从地上到空中的立体全镜头——地上,马去人来,游者如潮;空中,月亮被美景吸引而悄悄地跟随着赏灯的人流,这实际是写凡有游人处,都有月光照耀,而用拟人的手法写明月跟着人走,则写法新颖,平添情趣。

颈联:专写节目表演者艳若桃李的打扮和边走边唱的表演方式。

尾联：从朝廷的规定和人们的心理两个方面写出了游人尽情游赏的情景。

**【艺术特色简介】**主要艺术特色是所用词语形象准确，生命力旺盛。如"火树银花"已滤为成语；"合"的妙用对王维的"白云回望合"之"合"、孟浩然"绿树村边合"之"合"的措辞，可能也有启发作用。

## 十、王勃 3 首

**【作者简介】**王勃（公元650或649—676年），字子安，绛州龙门（今山西河津）人。他是初唐一位才华出众的年青诗人，少年聪慧，十四岁就已成名，被目为神童，二十岁以前对策及第（通过"对策考中"。对策，自汉代以来考试取士，以政事、经义等设问并写在简策上，让应考者对答，叫对策。及第，科举考试中选，因列榜有甲乙次第，故名），做过几任小官，两次因事被废，最后在前往交趾（治所在今越南河内西北）探望父亲途中，渡海溺水，惊悸而死。王勃和杨炯、卢照邻、骆宾王并称初唐文坛四杰。他们的作品突破了齐梁以来形式主义绮丽诗风的束缚，对开创唐代新诗风有一定贡献。其文多为骈体，重辞采而有气势，以《滕王阁序》为较有名。

### 084　咏风

**【内容简介】**五律《咏风》不仅是王勃咏物诗的代表作，也是历代咏风诗中的佳作。此诗采用了托物言志的写法，以风喻人，借风抒怀，赞美风的高尚品格和勤奋精神，寄寓了诗人普济天下苍生的情怀。

**【原文】**

肃肃凉风生①，加我林壑清②。
驱烟寻涧户③，卷雾出山楹④。
去来固无迹⑤，动息如有情⑥。
日落山水静，为君起松声。

**【译文】**

凉风肃肃吹来，施及我们恩惠，使树林和山沟变得清爽。

它吹散（弥漫涧中的）烟云，（令人）找到沟底的人家；它卷走山上的云雾，使山顶的房屋显出。

它来来去去本来没有踪迹，可是它的吹起和停息却好像很有感情。

太阳缓缓落下,山山水水一片寂静的时候,它又为人们吹奏起悦耳的松涛声。

**【注释及有关提示】**①肃肃:象声词,形容风声。古诗《有所思》:"秋风肃肃晨风飔(sī),东方须臾高知之。"〔秋风飔飔晨风凉,东方一会儿天亮了,我就知道这事该怎么办了。高,通假字"皜"(hào),白。〕②加:施及。《史记·律书》:"今陛下仁惠抚百姓,恩泽加海内。"(现在陛下以仁德惠爱抚治百姓,恩泽施及天下。)③驱:赶走。户:人家。④出:使……显露。楹:房屋的柱子,代指房屋。⑤固:本来。⑥动息:活动与停息。

**【四联大意】**

首联:概写凉风送爽的情景,暗含诗人的惬意。一个"我"字,巧妙地把施惠者和受惠者纽系在一起。

颔联:用互文和以点带面的方法写出了风不辞辛劳,为沟底、山顶的住户驱走烟雾送去凉爽的忙碌身影,化无形为有形,为下联的夹叙夹议蓄足了艺术的和逻辑的双重力量。

颈联:在结构上起承上启下的作用,在立意上点出全诗的主旨——有情。

尾联:承接颈联的"有情"写风继白天的穿行送爽后,又在夜晚穿行于松林间,为人们送来松涛之声,赞美其不舍昼夜的勤奋精神和无私惠人的高尚品格。

**【艺术特色简介】**全诗立意新颖,构思奇巧,抓住了秋风凉爽、令人愉悦、无所不在的特点,以拟人化的手法,把风写得慷慨无私,独具性灵。

## 085 送杜少府之任蜀州

**【题意简释】**少府:官名。之:到、往。蜀州:今四川崇州。

**【内容简介】**这首五言律诗意在慰勉友人勿在离别之时悲哀,尤其是"海内存知己,天涯若比邻"两句,一扫缠绵的儿女之情,变悲凉为豪迈,既表现了朋友之间不受任何困难阻碍的亲密友谊,也表现了作者旷达的情怀和开阔的胸襟,成为历代传诵的名句。

**【原文】**

城阙辅三秦①,风烟望五津②。

与君离别意③,同是宦游人④。

海内存知己⑤,天涯若比邻⑥。

无为在歧路⑦,儿女共沾巾⑧。

**【译文】**

我们所在的长安城由三秦之地护卫着,风烟之中我们遥望着您任官之地的五个渡口。

之所以与您有依依惜别的情意,是因为你我都是在仕途上奔走的游子。

四海之内(只要)有知心朋友存在,(即使)远隔万里(也)如同近邻一样。

在岔路口分手时,像那小儿女一样,(两人)共同悲伤流泪,沾湿佩巾,没有意义(所以就不要啼哭而欣然离别吧)。

**【注释及有关提示】**①城阙(què):城门两旁的楼台,泛指宫阙、京城,字面上是两个词,与下句的"风烟"工整对仗。辅,护卫。三秦,指长安城附近的关中之地,项羽灭秦后,把战国时期的秦国故地分为三部分,分封给秦朝的三个降将,因此称为"三秦"。②五津:四川岷江古有白华津、万里津、江首津、涉头津、江南津五个著名渡口,合称五津,此则泛指四川。城阙辅三秦:"城阙"是中心,"三秦"是周围,所以应是"三秦辅城阙",而为了与下句对仗用了"错位"的句法。③君:对人的尊称,相当于"您"。④宦(huàn)游:出外做官。

**【阅读笔记·(1)同病相怜】**

颔联,紧承首联微微露出惜别之情,直接点明两人伤别的最直接最重要的原因为"同是宦游人"。诗人劝慰朋友不是居高临下,也不是隔靴搔痒;不像王维"西出阳关无故人"那样悲怆的体贴,也不像高适"天下谁人不识君"那样慷慨的打气,而是以一种近乎"同病相怜"的角度,把自己与朋友列为一类,视为一体,因而能够动人心弦,引起共鸣。

⑤海内:四海之内。古代传说我国疆土的四周有海环绕,故称国境以内为"海内"。⑥比:接近,挨着。

**【阅读笔记·(2)海天境界】**

既然"同是宦游人",那么离别之情在诗人的心海中绝不是波澜不惊的,而是波涛汹涌的。然而,王勃的超俗拔凡之处在于他没有沉溺在离别的凄恻苦涩中,而是用一个超然的跃起,唱出了慰藉自己、温暖朋友的豪迈之曲。那时,朋友特别是宦游之友,分别是经常的,大多是无可奈何的,但是心理感觉各不相同,悲凉凄怆者有之,缠绵唏嘘者有之,而王勃认为友谊是不受空间阻隔的,只要朋友存于心中,即使远隔天涯,也是近在咫尺。初唐的这位诗人不仅才华横溢,而且胸襟旷达,所以铸造伟词,熔成名句,豪迈高远,流传千古。

⑦无为:无用,无意义。《国语·吴语》:"危事不可以为安,死事不可以为生,

则无为贵智矣。"（危险的事情不能把它变成安全的，死的事情不能把它变成活的，那么崇尚智就没有意义了。）歧（qí）路：岔路。古人送行常在大路分岔处告别。

**【阅读笔记·（3）谦恭态度】**

"无为"，若解为"不用""无须"，有两点欠妥。第一点不妥是不符合整首诗诗意推进的脉络。首联写送别地与朋友任职地，透出惜别之意；颔联紧承首联写同是宦游之人的更深一层的离别之情；颈联紧承颔联写自己对离别的超俗的态度；尾联紧承颈联写对一般人之离别态度的看法（无意义），而不是说不要怎么样。四联环环相扣，步步推进，气脉贯通。第二点不妥是不合诗人劝人勉己的角度和语气。若云"不用"，是阻止性的，语气较硬；而说"没意义"，则只亮出自己的价值观，不强行教训或阻止别人，从而充分照顾到了对朋友的必要的尊敬。"无为在歧路，儿女共沾巾"，按照诗歌断句的标准，当然是两句；而从语法看，是一句，只不过是"无为"置于句首，是主谓倒装的"错位"，按常式句，则为"在歧路，儿女共沾巾无为"，当然，这就不成其为诗了。

**【注释】**⑧儿女：青年男女。巾：佩巾。

**【阅读笔记·（4）英雄之气】**

尾联紧承颈联"海内存知己，天涯若比邻"的旷达之意，幽默地指出，虽然朋友一别，难再相会，但是像那些少男少女一样缠缠绵绵，哭哭啼啼就没有意义了。尾联暗含一个省略"果"的因果推论：既然流涕对离别没有作用，所以离别时就不要哭鼻子了。诗人送别朋友，排除了"儿女情长"，立起了"英雄之气"，以劝慰朋友欣然启程而收束全篇，堪称送别诗的高格独调。

**【四联大意】**

首联：写送别的地点和朋友任职的地点，精心选择了含有数字的名词，以送别地的雄伟、阔大，友人任职地的苍茫、辽远来显示两人将相隔万里之遥，从而暗含依依惜别之情，同时也显示出诗人开阔的胸襟。

颔联：以同是宦游之人的贴心话语宽慰友人。

颈联：抒发朋友之情不在距离远近的豪迈之情。

尾联：否定一般人离别时的态度，劝朋友不必太伤感。

**【艺术成就简介】**本首诗最主要的艺术成就就是一洗古送别诗中的悲凉凄怆之气，以达观的情怀、开阔的意境，为传统送别诗开一代新风。

086 滕王阁诗

【题意简释】滕王阁：故址在今江西南昌赣江滨，江南三大名楼之一。

【内容简介】唐高宗上元三年（676），诗人远道去交趾（今越南）探父，途经洪州（今江西南昌），参与阎都督宴会，即席作《滕王阁序》，序末附这首凝练、含蓄的七律，概括了序的内容。《滕王阁诗》融情于景，寄慨遥深，气度高远，境界宏大，与《滕王阁序》双璧同辉，相得益彰。

【原文】

滕王高阁临江渚①，佩玉鸣鸾罢歌舞②。
画栋朝飞南浦云③，珠帘暮卷西山雨④。
闲云潭影日悠悠⑤，物换星移几度秋⑥。
阁中帝子今何在⑦？槛外长江空自流⑧。

【译文】

巍峨高耸的滕王阁俯临江心的沙洲，当年那些贵人身挂琳琅佩玉，乘坐銮铃鸣响的马车，前来阁上参加歌舞宴会的繁华场面已是一去不复返了。

早晨，南浦的云飞上了楼阁的画栋；傍晚，西山的雨卷入了楼阁的珠帘。

天上的云、潭中的影子整天闲静地飘浮在空中、水中（不管世事变化），（而）景物改换，星辰推移，不知已经度过了多少春秋。

昔日游赏于高阁中的滕王如今在哪里呢？（歌舞停止了，事物变化了，时光流逝了，帝子亡故了）只有那栏杆外的长长的赣江水依然空无感觉地流向远方。

【注释及有关提示】①临：靠近。江：指赣江。渚（zhǔ）：水中小块陆地。②鸾：同"銮"，装配于车、马、刀、镳（biāo，马嚼子）等物之上的铃铛。③画栋朝飞南浦云：主谓倒装，动宾倒装，即"南浦云朝飞画栋"。南浦：地名，在南昌市西南。浦：水边或河流入海的地方（多用于地名）。④珠帘暮卷西山雨：句法与上句完全相同，即"西山雨暮卷珠帘"。西山：南昌名胜，另名南昌山、厌原山、洪崖山。⑤悠悠：安闲静止貌。物换星移：景物改换，星辰推移。形容时序世事的变迁。⑥几（jǐ）：多少。⑦帝子：指滕王李元婴。何在：动宾倒装，在何。⑧槛（jiàn）：栏杆。江：本为"长江"专名，后他水亦称江，乃成公名。王勃时可能还是专名，因此"长江"就是长长的赣江。空："空空"的省说，一无所知的样子。"空"与"闲云潭影日悠悠"之"闲"用法、寓意相近，即借自然景物之无关人世，寄寓宇宙永恒、盛衰无常的深沉感慨。

【四联大意】

首联：用今昔对比、"随立随扫"的方法，非常鲜明地概括出整首诗物是人非、盛衰无常的主题。出句开门见山，交代滕王阁的地理形势：高耸入云，下临赣江，可以远眺，可以鸟瞰。这幅壮美的画面令人精神昂扬，意兴浓厚。对句写歌舞已罢，盛景不再，令人惋惜无奈，意兴骤消。

颔联：交织着描写滕王阁居高临远的自然景色和冷落寂寞的现实境况。"朝飞南浦云""暮卷西山雨"，既是滕王阁自然方面的秀美景色，也是滕王阁人文方面的落寞状况。

颈联：由滕王阁的变迁慨叹社会变化，年华易逝。出句以闲云潭影的静止，比衬物换星移的变迁；对句直接写滕王阁随着时代的变迁也度过了许多春秋。

尾联：总结全篇，紧扣题意，以帝子难再、长江永流的人与物之对比抒发深沉感慨。

【艺术特色简析】《滕王阁诗》用语凝练，表意含蓄，情景交融外，还有一个突出的特点是抒情寓意的方法新颖别致，独具匠心。

例一，首联："随立随扫"的方法。沈熙乾先生说："诗人运用'随立随扫'的方法，使读者自然产生盛衰无常的感觉。"

例二，尾联："借问发挥"的方法。尾联一问一答，而所问与所答的并不是"阁中帝子今何在"这个小儿科的问题，而是"借问发挥"，巧妙地以"槛外长江空自流"这样的景物作答，扣合首联的"罢歌舞"表达了自己对盛衰无常、年华易逝的深沉而又含蓄地慨叹。

# 十一、杨炯 1 首

087 从军行

【作者简介】杨炯（公元 650—？），唐诗人，华阴（今陕西）人。十岁举神童（考中童子科。唐宋时科举考试特设有童子科，赴举者称应神童试），后授校书郎（掌校雠典籍的官），官至衢（qú）州盈川令，为"初唐四杰"之一，擅长五律，其边塞诗气势较盛，但有些作品未能尽脱绮艳之风。亦工骈文。约卒于公元 693 年。

【题意简释】从军行：乐府《平调曲》名。行：乐府和古诗的一种体裁，如汉乐府有《长歌行》《短歌行》，魏晋有《燕歌行》《从军行》等。后人所作，内容多写边塞情况和战士的生活。

【内容简介】杨炯的《从军行》借用乐府旧题，形象而又概括地描写一个书生在敌寇犯边的紧急之时慷慨从军、驰骋沙场、杀敌报国的过程，并通过书生的抉择，表现他弃文从武、保边卫国的壮志豪情和坚决态度。

**【原文】**

烽火照西京①，心中自不平。

牙璋辞凤阙②，铁骑绕龙城③。

雪暗凋旗画④，风多杂鼓声⑤。

宁为百夫长⑥，胜作一书生。

**【译文】**

烽火报警的消息传到京都长安，（志士的）心中自然不能平静。

（主帅）手执兵符，辞别京城。率领精锐骑兵围攻龙城。

大雪弥漫，天色昏暗，使军旗上的彩画黯然失色；狂风连续地呼啸声中，夹杂着咚咚的战鼓之声。

宁愿做个下级军官为国驰骋沙场，也胜过当个只会雕句寻章的白面书生。

**【注释及有关提示】** ①烽火：古代边境报警的烟火。照：照耀。在长安不一定能看见边塞的烽火，而用"照"，则具体形象，有画面。西京：长安。②牙璋辞凤阙：省略句：（主帅，手执）牙璋辞凤阙。牙璋代指领命出征的主帅。牙璋：古代发兵所用之兵符，分为两块，相合处呈牙状，朝廷和主帅各执其半。凤阙：阙名。汉代建章宫的圆阙上有金凤。阙，古代宫殿、祠庙和陵墓前的高建筑物，通常左右各一，建成高台，台上起楼观。以两阙之间有空缺，故称"阙"或"双阙"。③铁骑绕龙城：省略句，即（主帅，率领）铁骑绕龙城。龙城：匈奴名城，泛指敌方要塞。颔联，是流水对（字面对仗，意思相承）：主帅手执牙璋，辞京出师；（然后火速奔赴前线）率领铁骑围攻龙城。④凋：草木枯败，凋落，此指使……失去了鲜艳的色彩，使动用法。颈联从战旗失色、战鼓不停两个方面虚写敌我交战的激烈场面。⑤杂：夹杂。⑥百夫长：一百个士兵的头目，泛指下级军官。

**【四联大意】**

首联：写边情紧急，激起书生报国之情。

颔联：写唐军出征围敌的紧急情景。

颈联：写敌我交战的激烈场面。

尾联：写书生抒发豪情，表达弃文从武的无怨无悔的态度。

【艺术特色简析】描写形象,画面鲜明。前六句共含有五个画面。

第一句:用"烽火"和"照"两个词,描绘出烽火从边塞到京城连成片,报警的驿卒快马加鞭飞驰京城的精彩画面。

第二句:写志士心中不平,显示出志士听到边防军情紧急的消息后,心旌摇荡,掷笔于地,拍案而起的画面。

第三句,描写主帅手执牙璋,号令三军,庄严誓师,隆重出征的画面。

第四句,描写主帅奔赴前线,号令铁骑四面围攻龙城的画面。

第五、第六句从视觉和听觉两个方面渲染双方激战的场面,所显示的是军旗在呼啸的风中猎猎飘飞,传令的士兵在厮杀、呐喊声中奋力击鼓的画面。

## 十二、东方虬 1 首

088 春雪

【作者简介】初唐诗人。

【内容简介】这首五言古诗描写初春雪景。

【原文】

春雪满空来,触处似花开①。

不知园里树,若个是真梅②。

【译文】

春雪满天飘扬而来,到处像花开一样。

不知园里的树,哪个是真的梅树(而不是枝上落满雪花的别的树)。

【注释】①触处:随处,到处。《宋书·良吏传》:"凡百户之乡,有市之邑,歌谣舞蹈,触处成群,盖宋世之极盛也。"(凡是百户人的乡村,有集市的城镇,唱歌跳舞的,到处成群,这大概是宋极盛的反映。)②若个:谁,哪个。

【艺术特色简析】衬托手法运用得恰当而自然。园子里有很多树,下雪之前很容易看出哪是梅树;而下雪后所有树的树枝上都挂满像白梅花一样的雪花,就难以分辨哪个是真的梅树了。诗人以梅花喻雪花非常恰当,而以梅花衬雪花则不着痕迹,非常自然,把人带入梅花盛开、雪花洒落、梅雪浑然一体的美景之中。

## 十三、宋之问 1 首

089　渡汉江

**【作者简介】** 宋之问（约公元656—约713年），初唐著名诗人，一名少连，字延清，汾州（今山西汾阳）人，一说虢（guó）州弘农（今河南灵宝）人。唐高宗上元进士，玄宗先天年间赐死。诗与沈佺期齐名，并称"沈宋"。多应制唱和之作，文辞华丽。放逐途中诸诗则表现了感伤情绪。

**【题意简释】** 汉江亦称汉水，长江最大支流，源出陕西，经湖北流入长江。此指襄阳附近的一段汉水。

**【背景简介】** 宋之问从泷州（今广东罗定县）贬所逃归，途径汉江时写了这首五绝。

**【内容简介】** 此首五言绝句真实地刻画了诗人久别还乡，即将到家时的激动而又复杂的心情。

**【原文】**

岭外音书断①，经冬复历春②。

近乡情更怯，不敢问来人③。

**【译文】**

被贬岭南与亲人断绝了音信，熬过了冬天又经历一个新春。

（逃归途中）越走近故乡，心里就越是胆怯，（以致）不敢向从家乡那边过来的人打听家中情景。

**【注释及有关提示】** ①岭外：五岭以南的广东省广大地区，通常称岭南。唐代常作罪臣的流放地。书：信。被贬"岭外"，与亲人遥距万里的空间阻隔，这已经是非常难耐的孤苦，而又音讯断绝，这就更加加深了精神上的痛苦。②复：又。首联平实地交代"渡汉江"的来龙去脉，而字里行间蕴含着深沉的主观情感，也显示出遣词造句的深厚功力。"岭外"这普通的字眼，却是令罪臣不寒而栗的；"断"似乎是不经意用的，对诗人而言却是残酷的现实，难以说清蕴含着诗人多少思念、忧虑和悲苦。"经冬""历春"，好像是平常地度过，深层却是度日如年的煎熬；一个简单的"复"字，表面是写客观上时间的推移，深层蕴含的是主观上思乡之苦的难耐和盼归之情的急切。③来人：指"从家乡方向来的人"。第二联，诗情出现转折：不是急切探问家中音讯，而是不敢询问家中情景。为什么会出现这种"反常"呢？再细读一遍四句诗，便明晓谜底所在。

【阅读笔记·出人意料的抒情】

诗人所抒发的是似乎有悖于常理却又完全符合诗人思想发展逻辑的感情，诗人深湛的艺术修养使他的抒情构思完美地适应了抒情目的的需要。首联艺术地表现了围绕思乡这一中心而逐渐加深的情感。从官场热闹、乡情温馨的中原之地（其家是河南巩县）被贬到万里之遥的蛮荒之地，其被空间隔绝的孤独与苦闷可想而知；当时被贬至此地的官员因为不适应当地的自然、地理条件和生活习俗，往往不能生还；不仅穷僻之所的生活难耐，而且从与家人的朝夕相处到音信断绝的精神悲苦更为剧烈；苦苦挨过了一个冬天，又苦苦地熬过了一个春天，其度日如年的久别之苦更是难以忍受。逃归之中，离家越近，心跳越加速，盼望与亲人团聚的心情当然就越急切。作者并没有悖谬这种常情，但是"逃犯"的特定身份、特殊处境使他也并不是一味逆想美景，甚至预先沉浸在与家人团聚的无比幸福之中，而是心中隐隐作痛的精神病灶（家里人是否会受自己的牵连或其他原因发生变故），离家越近，发作越剧。于是诗人经过空间、音讯、时间这三层逐渐加深的铺垫后，该是像"八十始得归"的老兵问"家中有阿谁"那样，顺势表达"近乡情更切，急欲问来人"这样符合常理的情感；孰料诗人陡转笔锋，写出"近乡情更怯，不敢问来人"这样的句子，把既希望听到平安之声，又害怕听到不详之音的极为复杂、极为矛盾的心情非常真切、非常艺术而又出人意料地表现了出来，令人玩味无尽，颔首不已。

## 十四、陈子昂1首

090　登幽州台歌

【作者简介】陈子昂（公元659—700年），唐代文学家，字伯玉，梓州射洪（今四川省遂宁市射洪县）人，高宗开耀进士，解职回乡后，为县令段简所诬，入狱，忧愤而死。所作《感遇》等诗，指斥时弊，书写情怀，风格高昂清峻。陈子昂是唐代诗歌革新的先驱，对唐诗发展颇有影响。

【题意简释】幽州：古十二州之一，现今北京市。幽州台：即黄金台，又称蓟北楼，故址在今北京市大兴，是燕昭王为招纳天下贤士而建。

【背景简介】公元696年，契丹攻陷了营州，武则天委派武攸宜率军征讨，陈子昂在武攸宜幕府担任参谋，随军出征。陈子昂屡次进言，武不听，反而把陈降为军曹。诗人眼看着报国的良策无法实现，悲愤之极，登上了幽州台，想起了战国时广招天下贤士的燕昭王，写下了这首杂言古诗《登幽州台歌》。

【内容简介】这首古诗通过描写登楼远眺，凭今吊古所引起的无限感慨，表现了诗人怀才不遇的境况和寂寞苦闷的情怀。

【原文】

前不见古人①，后不见来者②。

念天地之悠悠③，独怆然而涕下④！

【译文】

向前，看不见古代招贤的圣君；向后，望不见后世求才的明主。

想到天地遥远，无穷无尽；我独自悲伤，潸然泪下。

【注释及有关提示】①前：过去。古人：古代那些能够礼贤下士的圣君。②后：未来。来者：后世那些重视人才的贤明君主。像燕昭王那样的贤君既不复可见，后来的贤明之主也来不及见到，真是生不逢时，苦闷至极。③念：想到。之：主谓间助词。悠悠：遥远的样子。《诗经·王风·黍离》："悠悠苍天，此何人哉！"〔遥远的上天，（请问）这（周幽王）是怎样的人啊！〕④怆（chuàng）然：悲伤的样子。涕：眼泪。参见《孔雀东南飞》"涕落百余行"之词语解释。生不逢时，已是苦闷至极，再想到自己不能有所作为的一生将在悠长的历史长河中倏忽而逝，更是难禁悲伤，怆然涕下。

【艺术特色简析】（一）语言简约而富有表现力、感染力。全诗虽然只有短短的二十二个字，却描绘出一幅境界苍茫辽远、人物栩栩如生的艺术画面：在空阔苍茫的天地间，一个七尺男儿登上历史古迹幽州台，前瞻后顾，仰天长叹，悲怆难耐，独自潸然泪下。《唐诗快》（清代诗人黄周星）云："古今诗人多矣，从未有道及此者。此二十二字，真可以泣鬼。"

（二）对比鲜明，意蕴深沉。诗中天地之悠远实际是指历史悠长，而人在历史的长河中就像转瞬即逝的小水泡一样。尽管如此，诗人还是想在有限的生命中积极有为，建功立业，但是连遭打击，无缘展志。于是天地悠远与自己生命短暂的鲜明对比，令诗人感慨万端，悲伤难禁，怆然流泪。

## 十五、贺知章 3 首

【作者简介】（公元 659—约 744 年），唐朝诗人，字季真，越州永兴（今浙江省萧山县）人。少以文辞知名，武后证圣初举进士，官至秘书监（秘书省长官）。性放旷，善谈笑，好饮酒，与李白友善。醉后属（zhǔ）词（写文章），动（常常）成卷轴。

功书法，尤擅草隶。晚年自号"四明狂客"。天宝初请为道士，敕赐镜湖，后终于其地。

091　咏柳

【原文】

碧玉妆成一树高①，万条垂下绿丝绦②。
不知细叶谁裁出，二月春风似剪刀。

【译文】

高高的柳树满是翠绿鲜嫩之色，就像用碧绿色的玉打扮而成的；无数轻柔的柳枝垂下来，就像万条绿色丝带轻轻飘动。

这细细的嫩叶是谁裁剪出来的呢？原来那二月里温暖的春风，就像一把灵巧的剪刀。

【注释及有关提示】①碧玉：碧绿色的玉，诗中用以比喻春天翠绿的柳树。另解，人名。碧玉是古代文学作品里年轻貌美的女子的泛称，诗中暗用典故。一：满，全。②绦（tāo）：用丝线编织成的带子。

【诗意辨析】人们无不称赞贺知章的这首写柳的七绝是好诗，而对其诗意的理解却不尽相同。为助小读者提高辨析能力，简列几种，并对笔者所持之第四种理解做简要辨析。

（一）整首诗写杨柳。此诗描写的是早春二月的杨柳，诗中把杨柳比作婀娜的美女，形象地描绘出枝条细柔修长的杨柳摇摆于春风之中的迷人风态。

（二）整首诗写春。一、二句写春天的景象，三、四句抒情。

（三）主要写春风。此诗借柳树歌咏春风，把春风比作剪刀，说她是美的创造者，赞美她裁出了春天。

（四）通过赞美柳树，进而赞美春天，讴歌春天的无限创造力，表达了诗人对春天的无限热爱之情。讴歌春天，不能空喊，要有抓手，诗人巧借美丽的柳树作为赞美春天的媒介。首句的重点词是"碧玉"。诗人用"碧玉"准确地形容柳树在早春中翠绿晶莹的颜色，洋溢着诗人的珍爱喜悦之情。次句的重点词是"丝绦"。诗人用"丝绦"生动地形容柳枝在早春中轻柔曼妙的美丽姿态。第三句虽然没有重点词，却最见出诗人在布局上的匠心。它既是承接前两句，继续描写柳树的细叶，又是通过这个别出心裁的发问，把人们愉悦的赏柳之情收拢起，引导人们按照诗人的美丽遐思，去尝试揭示一个非常有趣的谜底。人们心中的答案大概不乏精彩的,但是人们看到诗人自己设置一个看似普通平常,实乃神奇无比的比喻。"似剪刀"的比喻化无形为有形、化虚像为实像,令人想见到二月的春风轻盈地穿过树林、草地,把原本一张张硕大的绿色布幔灵巧地剪成一片片柔美纤细的叶子,多么动人啊,多么神奇啊!思至此,就该明悟诗人写此诗的用意是赞美春天的,而且是巧妙地用咏物诗的形式、巧借仲春中的杨柳来既生动又含蓄地达赞春之目的的。诗中的柳树只是初春景象的一个代表,而春风也是春天的一个重要组成方面。诗人把柳树描写得越美,就越能突出春天的无限创造力。最后瓜熟蒂落地推出主旨句,但是最后的谜底句若说"二月春'天'似剪刀",就大煞风景了。因此,贺知章《咏柳》的诗意是通过赞美柳树,进而赞美春天。

## 092 回乡偶书·其一

【内容简介】《回乡偶书》共二首,两首都是七绝。第一首含蓄地抒发了久客归乡的感慨以及自伤年老体衰的悲情,借描绘孩子们天真活泼的形象,自嘲反主为客的尴尬。偶书:偶然地随意地书写下来。

【原文】
少小离家老大回①,乡音无改鬓毛衰②。
儿童相见不相识③,笑问客从何处来。

【译文】
我年少时离开家乡,到迟暮之年才回来;我的乡音虽未改变,而鬓角的毛发却已稀少。

家乡的儿童们看见我,都不认识我;他们笑着问我:这位客人是从哪里来的呀?

【注释】①少小离家:贺知章三十七岁中进士,在此以前就离开家乡。老大:年纪大了。贺知章回乡时已年逾八十。②无:没有。鬓(bìn)毛:脸两旁靠近耳朵的毛发。衰(cuī):减少。③相见:即看见我。相,有指代作用的副词。参见《孔雀东南飞》"及时相遣归"之词语解释。不相识:即不认识我。

【诗句简析】首句:高度概括了从离家到回乡的漫长时间,暗含着在外漂游的诸多难言的酸楚以及绵绵无尽的乡愁。

次句:以乡音不变与鬓发大变的对比含蓄地表明,回到故乡的游子虽然赤诚未变,而人已衰老，可还有人认得"我"？从而为下两句做好铺垫。

第三句：平实地交代儿童笑问的原因。

末句：内涵丰富，一石三鸟：一是刻画出儿童的天真活泼，二是借儿童之问写出了自己"反主为客"的处境，三是令人感受到诗人内心的琴弦被儿童笑问所叩击而发出的哀婉低回之音，久响不绝。

**【艺术特色简介】**（一）以乐景写哀情。诗人少小离家，老大方回，久别故乡的感慨，年老衰颓的悲哀却借儿童"笑问客从何处来"的幽默场面表现出来。这也不是刻意用什么方法，而是由老人广博的学识、丰富的阅历、豁达的心胸所决定的。

（二）感情真挚，语言通俗。

## 093 回乡偶书·其二

**【内容简介】**这首七绝通过家乡人事巨变与景物不变的对比，抒发了作者对世事沧桑、物是人非的感慨与无奈之情。

**【原文】**
离别家乡岁月多①，近来人事半消磨②。
唯有门前镜湖水③，春风不改旧时波④。

**【译文】**

我离别家乡的时间已经很长了（有关家乡的人事忘掉很多了）；近期以来记忆中仅存的家乡的人事又有一半消除了。

只有门前那镜湖的水，不管春风怎样吹拂（世事如何变化），它都不改变旧时的湖波。

**【注释】**①离别家乡岁月多：仅从表面看，所包含的意思是，离别的时间越长，所知的人事消磨的就越多、不知的人事变化的就越多。②近来：近期以来。近，历时未久。来，以来。消磨：逐渐消失、消除。诗人强调"近来"这个时间段，明着交代"人事半消磨"的现状，暗着说明"半消磨"的两条原因：一是"近来"已经是八十多岁高龄，人老易伤感、易忘事，故"人事"被岁月的风沙"消磨"了不少；二是"近来"已经由当高官的入世转为当道士的遁世，故"人事"被新的"三观""消磨"得更多。③镜湖：湖泊名，在今浙江绍兴会（kuài）稽山的北麓，方圆三百余里。贺知章的故乡就在镜湖边上。④春风不改旧时波：紧缩兼省略句，即"（不管）春风（怎样吹拂它），

（它都）不改旧时的湖波"。春风，一语双关，既代指四季变化等自然，也代指社会风云等世事。

【诗句简析】首句：平静地写离别家乡时间久长，既蕴含着深沉的感慨，又为后面写家乡的实况和借景抒情打好基础，定好基调。

次句：强调"近来"，暗含因年事渐高及人生态度的大变，有关家乡的记忆所剩无几了。

最后两句：水到渠成地借镜湖水波历经数十年仍是一如既往的荡漾，抒发"物是人非"的深沉感慨。

【艺术特色简介】（一）借景抒情。典型的是后两句，借镜湖之景抒发感慨之情。

（二）反衬。以湖波不改反衬世事变化。

## 十六、七岁女 1 首

094　送兄

【作者简介】作者姓名、生平不详，因作此诗时年仅七岁，故人称"七岁女"。

【内容简介】相传唐朝女皇武则天听说这个小女孩很有才华，就召她面试，以"送兄"为题要她当场作诗。这个年仅七岁的女孩子应声吟出了这首五绝。

【原文】
别路云初起，离亭叶正稀①。
所嗟人异雁②，不作一行飞。

【译文】
送别的路上，天边秋云初起；送别的亭旁，树上的叶儿正纷纷飘落而显稀少。

令人叹息的是，人与大雁不同：大雁能排成行一起飞向远方，而我们兄妹却要就此别过，不能同向远方。

【注释】①离亭：离别的路亭。②嗟（jiē）：叹息。

【诗句简析】

前两句：写送别时的环境，渲染出深秋特有的树叶凋零、景象萧索的气氛。

后二句：自然地承接首句的"云初起"，以天边的雁与世间的人作比，形象地抒发与兄离别的深沉的感慨。

【艺术特色简介】自然运用正衬、反衬手法。开头两句以离别时初起的秋云、凋零的树叶渲染出萧索的气氛,进而映衬兄妹离别时的凄凉心情,这是很自然的正衬。后两句嗟叹人不如雁,雁能齐飞,而兄妹却不能同行,这是自然的反衬。

## 十七、沈如筠 1 首

095　闺怨

**【作者简介】** 沈如筠(yún),句容(jùróng,今江苏省句容市)人。约生活于武后至玄宗开元时,善诗能文,又著有志怪小说。曾任横阳主簿。与著名道士司马承祯友善,有《寄天台司马道士》诗。

**【内容简介】** 这首五绝写思妇托鸿雁为信使、借梦境团聚的希望先后落空后,只好随着月光流动千里洒泻亲人身上,生动、深刻地表达了思妇对征戍在外的亲人的一往情深。

**【原文】**
雁尽书难寄,愁多梦不成。
愿随孤月影,流照伏波营①。

**【译文】**
南飞的大雁都已经飞尽了,写给亲人的书信难以通过雁足传递;愁绪多得让人难以入眠(因而,也不能凭借梦境与亲人做短暂团聚)。

(既然如此,就只好)希望能追随那孤独的月影,将流动的月光照射到夫婿的军营(洒泻到亲人身上)。

**【注释】** ①伏波营:指后汉伏波将军马援,他南征交趾,有功,封侯。唐诗中多用"伏波营"指代征人所在军营。诗中的"伏波营"代指征夫所在的南疆军营,进而代指征夫。

**【艺术特色简析】** 明暗结合、层层铺垫,突出女主人公对夫婿的一往情深。诗歌写思妇的哀愁是从"雁尽书难寄"切入的。读完全诗后会生一个疑问,思妇为什么舍易求难,把愿望寄予那传说中的雁足传书呢?再思,就有答案:这是诗歌这种巧妙的构思中所套着的一个无须明写的事实——普通戍卒夫妇难以通过官方信使书递信,正如《诗经》所写"靡使归聘"(没有使者回家代我们探问)一样。现实之路不通,笃情的思妇又把希望寄予雁足传书的幻想,但是雁已飞尽,何以寄书?执着的思妇又生出第二个幻想——与夫婿梦中相会。然而,这位思妇比起张仲素(唐人)《春闺思》中那位"提笼忘采叶,昨夜梦渔阳"的思妇来真是更不幸了,她竟然因为愁多难眠而连梦也做不成。女主人公的希望经过明暗三次打击而破灭后，最后寄予月光来实现愿望，女主人公对夫婿真是一往情深，诗人的艺术描写真是巧妙动人。

## 十八、张纮 1 首

096　闺怨

**【作者简介】**张纮（hóng），一作张泫（xuàn），生卒年籍里（籍贯居处）不详。公元 700 年（武后称帝后之久视元年）进士及第。曾任监察御史（唐朝至明清的官名，行使纠察之权）、左拾遗（武则天时置左右拾遗，掌供奉讽谏）等官。

**【内容简介】**唐初边地战火不断，诗人有所感而作此首七言绝句，写一位少妇，独处空闺，深深地思念着远征边塞的丈夫，情真意切。

**【原文】**
去年离别雁初归①，今夜裁缝萤已飞②。
征客近来音信断③，不知何处寄寒衣。

**【译文】**
去年离别正是北雁南飞之时，一年后的今夜灯下缝制衣服直至流萤已经飞走。
远征的丈夫近来没有消息，棉衣做好了不知该寄向哪儿。

**【注释及有关提示】**①雁初归：诗中所写去年夫妻离别是秋季，而"雁初归"显然是以向南飞为"归"。唐朝诗人王湾的《次北固山中》"归雁洛阳边"的诗句，则是把向北（洛阳）飞的大雁称为归雁；王维的《使至塞上》"归雁入胡天"也是把向北（胡地）飞的大雁称为归雁；杜甫的《归雁》诗中则直接说"高高向北飞"。大雁是候鸟，其"归"是南飞，还是北飞，因人及其所处地不同而不同。②今夜：与上句关联，今夜当是一年后的"今夜"，是一个秋夜。萤已飞：萤火虫已经飞去，天亮了。③征客：出征打仗的人。

**【艺术特色简析】**心理描写含蓄而又生动。首句的回忆不仅点明夫妻离别的时间，也以"雁初归"与"人离别"的对比，映衬思妇当时对丈夫远离的悲苦心理。次句明写为征夫缝制衣服而点灯熬油，暗写思念亲人而通宵达旦。二句合之，则为：从送别之日到缝衣之夜，思妇是天天想，夜夜思，无时无刻不在牵挂边关之人的冷暖安危。这一夜思妇回想有多少，惦念有多深，都通过夜缝征衣这个横断面含蓄地表现了出来。连夜赶制征衣之苦，可以忍受；而做好之后不知寄往哪里却是情何以堪。从对残酷现实的交代中含蓄而又生动地表现出女主人公焦急、担忧、愁苦,却又无可奈何的心理。

## 十九、张若虚 1 首

097　春江花月夜

【作者简介】张若虚(约公元660—约720年),扬州(今属江苏)人。官兖州兵曹(即兵曹参军,掌管军防的烽火、驿马传送、门禁、田猎、仪仗等,为州郡职官)。中宗神龙中与贺知章、张旭、包融并称"吴中四士",仅有两首诗存于《全唐诗》中。

【题意简释】《春江花月夜》原是乐府吴声歌曲名,相传为南朝陈后主所作,原词已不传。春、江、花、月、夜,这五种事物集中体现了人生最动人的良辰美景,构成了诱人探寻的奇妙的艺术境界。

【内容简介】张若虚这首七言古诗借用古题,创造出崭新的内容,全诗以富有生活气息的清丽之笔,创造性地再现了江南春夜的景色,描写出真挚动人的离情别绪,抒发了极富哲理的人生感慨。诗篇意境空明,词清语丽,韵调优美,洗净了六朝宫体诗的浓脂腻粉,素有"孤篇盖全唐"之誉。

1. 原句:春江潮水连海平,海上明月共潮生①。

【译文】春江潮水连着大海,一碧万顷;海上一轮明月与海潮一起涌现出来。

注释及有关提示:①生:出生。

2. 原句:滟滟随波千万里②,何处春江无月明。

【译文】照耀江面的月光,随着流动的水波达万里之遥;(不论眼前还是万里之外)哪一处春江没有明月的朗照?

【注释及有关提示】②滟滟(yàn):水光。南朝·梁·何逊《望新月示同羁》:"的的与沙静,滟滟逐波轻。"〔(水中那个美女的倩影)明显地与水边的沙一样静,水上的月光随着水波的荡漾是那样的轻。〕

3. 原句:江流宛转绕芳甸③,月照花林皆似霰④。

【译文】江水弯弯曲曲地绕过芳草遍生的原野;月光泻在春花、树林上,都像洒上了一层洁白的雪霰。

【注释及有关提示】③芳甸(diàn):长满花草的原野。④花林:鲜花与树林。霰(xiàn):空中降落的白色不透明的小冰粒。

4. 原句:空里流霜不觉飞⑤,汀上白沙看不见⑥。

【译文】空中流动的白霜,人们不觉其飞;水边平地上的白沙,人们看不见(它)。

【注释及有关提示】⑤流霜：古人认为霜像雪一样是从空中飘落下来的，故说"流霜"。⑥汀（tīng）：水边平地。人们感觉不到白霜，看不见白沙（注意力何在？全在天上皎皎的圆月上）。

5. 原句：江天一色无纤尘，皎皎空中孤月轮⑦。

【译文】江天一色，全无微尘；长空朗朗，圆月高悬。

【注释及有关提示】⑦皎皎：明亮。

6. 原句：江畔何人初见月，江月何年初照人。

【译文】江边什么人初次见到月亮，江上明月哪一年初次照到人？

7. 原句：人生代代无穷已，江月年年只相似

【译文】人类代代相传，生生不息；江上的明月年年不变，只是相似。

8. 原句：不知江月待何人，但见长江送流水。

【译文】不知江上的明月在等待什么人（可什么人也没等到，它的愿望年年落空）；而长江没有什么顾念，只见它一年一年地送着江水奔流东去。

9. 原句：白云一片去悠悠⑧，青枫浦上不胜愁⑨。

【译文】天上一片白云飘飘悠悠地离去了，青枫浦上（游子）禁不住悲愁。

【注释及有关提示】⑧悠悠：悠闲自在。⑨"青枫浦"：地名，亦称南浦，今湖南浏阳浏水中。在诗中"枫""浦"又常用为感别的景物、处所。白云之悠闲与游子之悲愁恰成反调。

10. 原句：谁家今夜扁舟子⑩？何处相思明月楼⑪？

【译文】今夜谁家的游子乘着小船飘荡？今夜谁家的思妇在明月楼上苦苦地思念那个人？

【注释及有关提示】⑩扁舟子：飘荡江湖的游子。扁（piān）舟，小船。⑪明月楼：明月下的闺楼。代指闺楼中的人，即思妇。

11. 原句：可怜楼上月徘徊⑫，应照离人妆镜台⑬。

【译文】可怜思妇的身影在楼上来回移动，（明月）大概为帮思妇解愁而把清辉洒在了她的妆镜台上。

【注释及有关提示】⑫月徘徊：月影来回移动。实际月影是不会来回移动的，这里是用了拟人的手法。⑬应：大概。杜甫《遣兴》："衰疾那能久，应无见汝时。"〔我衰老有病，哪能久留于世，大概没有见到你们（弟、妹）的时候了。〕离人：指与丈夫离别了的人。

12. 原句：玉户帘中卷不去⑭，捣衣砧上拂还来⑮。

【译文】门帘上的月光卷不去；捣衣石上的月光拂走了，而它又来了。

【注释及有关提示】⑭玉户帘中卷不去：月光有情，出于好意，把清辉洒进玉户内，而思妇却是触景生情，思念更甚，她想关闭思念的闸门，于是就本能地想把引起思念、也制造了烦乱的月光卷走，但是月光怎能卷走呢！正如李白的"抽刀断水水更流"一样，是"卷不去""拂还来"的。玉户：形容楼阁华丽，以玉石镶嵌。⑮砧（zhēn）：捣衣石。"卷""拂"两个细节描写，精准地表现出思妇内心的烦乱和无着。

13. 原句：此时相望不相闻⑯，愿逐月华流照君⑰。

【译文】此时远望千万里之外的游子，（眼前出现他的身影）却不能听见他的语声；（只好让相思之情）随着月光流淌照耀到夫君那里。

【注释及有关提示】⑯相：单指游子，下文"相闻"中的"相"也是单指游子。⑰逐：随着。月华：月光。

14. 原句：鸿雁长飞光不度⑱，鱼龙潜跃水成文⑲。

【译文】能传书的鸿雁虽然能够飞得很远，但是它也渡不过这无边的月光（把信传到天涯人手中）；能传书的鱼儿在深水跃动，只是激起江面阵阵波纹（也不能把信传到天涯人手中）。

【注释及有关提示】⑱鸿雁长飞光不度：是个转折复句，即"鸿雁虽然能够传递书信，能够飞得很远，但是它也渡不过这无边的月光（把信传到天涯人手中）"。⑲鱼龙潜跃水成文：转折复句，即"鱼儿虽然能够传递书信，能够在深水跃动，但是只能激起江面阵阵波纹。"鱼龙：偏义复词，偏指"鱼"。文：纹理，花纹。《左传隐公元年》："仲子生而有文在其手。"〔仲子（宋武公之女）生下来就有花纹在其手上。〕

鱼、雁，在中国古代与书信有密切的渊源。古称信使为"鱼雁""鸿鳞"等。"鸿雁""鱼龙"这两句，写思妇想到向来以传信为己任的雁和鱼，如今也无法帮自己传递音讯。诗人以高超的艺术把思妇睹物生情、产生希望，而残酷的现实又使其希望破灭以致无可奈何的心理刻画得极为曲折、微妙。

15. 原句：昨夜闲潭梦落花⑳，可怜春半不还家㉑。

【译文】昨夜梦见花落在悠闲的潭中，可怜春过了一半了游子还不能还家。

【注释及有关提示】⑳昨夜闲潭梦落花：这句为变式句，常式为"昨夜梦花落闲潭"。闲潭：娴静的水潭。句中说"闲潭"而不说"深潭"或"幽潭"，是以悠闲之潭反衬奔忙之人。㉑春半：字浅义深，耐人寻味，结合后面"江水流春去欲尽"之"流春"来看,这里的"春"与前面"春江"的"春"内涵不尽相同。这两句中的"春",不仅指自然的春,也指人生的春,这也正符合游子春光易逝、人生短暂、漂泊天涯、有家难归的痛楚心情。"昨夜"与"可怜"两句结合起来看:春花,一般在暮春时候落,而游子这时正处在春分期间,花尚未落,而游子说"落花"是梦见的。这就艺术地、曲折地反映出游子内心的焦虑和担忧。思家而不得归,因而非常焦虑;春花将落,春光将老,而人还远在天涯,因而非常担忧。凄苦之情既是由梦显现,又是直接抒发。

16. 原句:江水流春去欲尽,江潭落月复西斜㉒。

【译文】江水载着春一天天地流去了,春将要尽了;落在江水中的月影又向西斜了。

【注释及有关提示】㉒斜:在当时洛阳方言中读 xiá,这才与这四句诗的韵脚"ɑ"符合,当时洛阳方言是标准用语。一个"复"字,明写月影,虚写游子不止一次地江边伫望,遥思故乡,惆怅不已。

17. 原句:斜月沉沉藏海雾,碣石潇湘无限路㉓。

【译文】西斜的月亮慢慢地下沉,终于又回落到水雾弥漫的大海中;北方的碣石山与南方的潇湘水却是天各一方,道路遥远。

【注释及有关提示】㉓碣石潇湘:借代,分别借代北方、南方,进而借代处在北方、南方的人。碣(jié)石:山名,在河北昌黎西北。潇湘:湘江的别称,在湖南。释为"潇水和湘江",似欠妥,因为不论与"碣石"的语言结构还是实物的配合均欠严密。碣,通"揭",耸立貌,"碣石"即山势兀立。"碣石",偏正结构。"潇湘",亦是偏正结构,"潇",水清深貌,"潇湘"即因湘江水清深而得名。从语言结构和实物上看,都是一山对一水,而不是一山对二水。"斜月沉沉藏海雾,碣石潇湘无限路"前后两句间的关系是难点。前句既是写景,也是对远隔天涯之人的一种对比性映衬:月亮一夜走了很多路,但是它能往复不断地从起点回到起点,而天各一方的人怎样才能相聚呢?

18. 原句:不知乘月几人归㉔,落叶摇情满江树。

【译文】游子思忖:在这美好的春江花月之夜,不知有几人能趁着这月光归回自己的家乡;此时,风吹落叶摇荡情思洒满在江边的树林之上。

【注释及有关提示】㉔乘:利用(机会等)。几(jǐ):多少。最后两句,用移觉(通感)的修辞方法把抽象的"情"描写成能见、能动的东西,再借助风吹落叶的帮衬,渲染出一个形声并茂的镜头,既表现出作者不绝如缕的情思,也扣动着读者的心弦久响不已。

【艺术特色简介】(一)主干贯穿全篇,枝叶纷呈异彩。全诗紧扣春、江、花、月、夜的背景来写，又以月为主体。"月"是写景抒情的主线，贯串全诗。诗人笔下，江水、沙滩、天空、原野、思妇、游子等形象在月光照耀下各呈异彩，协助"月"组合成一幅主次分明、清丽有趣的画卷。

（二）过渡极为自然。诗中由描写月夜画面到提出哲理思考，靠一句巧妙的景物描写——"皎皎空中孤月轮"（暗含人望月），就自然地转接到"江畔何人初见月"的人生思考上来。诗中由描写自然景色转到描绘人生图像，更是巧妙。诗人用拟人手法写"不知江月待何人，但见长江送流水"之景，暗含转折：尽管江月没有等到什么人，尽管长江只是一味东流，而人间那一幕幕男女情思的悲剧还是在江湖的扁舟上、明月的闺楼中上演着。诗人出神入化的过渡使诗歌内容既有明显转换，又看不出转换的痕迹，从而使诗情的推进如行云，似流水。

【段落大意及简析】

第一部分（春江潮水……送流水），描绘春江花月夜的美景，提出对人类及其与宇宙关系的哲理思考。

第一段（春江潮水……看不见），开篇点题，由远及近，由虚到实，勾勒出一幅春江月夜的壮丽画面，创造了一个幽静恬淡的美妙境界。

第二段（江天一色……送流水），由高悬空中的月轮引出飞扬的神思：人生怎样？明月如何？人类与月（宇宙）关系如何？诗人对自然界的永恒和人类社会的代谢进行了超越个人情感的理性思考，在当时的历史条件下实属难能可贵。

第二部分（白云一片……满江树），描写思妇和游子的相思之苦。

第一段（白云一片……明月楼），交织着总写春江花月夜中思妇与游子的两地思念之情。

第二段（可怜楼上……水成文），写思妇思念游子的愁苦。

第三段（昨夜闲潭……满江树），写游子思念思妇的愁苦。

# 第四编　盛唐

## 二十、张九龄 1 首

098　望月怀远

**【作者简介】**张九龄（公元678—740年），唐玄宗时大臣、诗人，字子寿，一名博物。韶州曲江（今属广东）人，长安（武后称帝后年号）进士，开元二十一年任中书侍郎同中书门下平章事（唐朝以侍中、中书令为宰相之职，以他职参掌宰相加"同中书门下三品"，后改为加"同中书门下平章事"），主张不循资格用人。玄宗怠于政治，他常评论得失。开元二十四年为李林甫所谮（zèn，诬陷，中伤），罢相。所作《感遇诗》，抒怀感事，以格调刚健著称。著有《曲江集》。

**【内容简介】**通过主人公望月时思潮起伏的描写，表达了诗人对远方之人殷切怀念的情思。《望月怀远》是望月怀思的名篇，情真意切，感人至深，被清代姚鼐盛赞为"五律中《离骚》"（《五七言今体诗钞》）。

**【原文】**
海上生明月，天涯共此时。
情人怨遥夜①，竟夕起相思②。
灭烛怜光满③，披衣觉露滋④。
不堪盈手赠⑤，还寝梦佳期⑥。

**【译文】**
茫茫的海上升起一轮明月，此时你我都在天涯共同遥望明月。
有情之人都怨恨月夜漫长，整夜不眠，怀想远方亲人。
之所以熄灭蜡烛，是因为怜爱月光普照；披衣步入庭院，久望圆月，露水沾湿衣裳。
（既然）不能把美好的月色满把捧着赠给你，（不如）回屋就寝在梦中得到与情人相会的日期。

【注释及有关提示】①情人：多情的人，指作者自己；一说指亲人。遥：长。宋玉《九辩》"靓杪秋之遥夜兮，心缭悷而有哀。"〔寂静的暮秋长夜啊，心中缠绕着深深的哀伤。靓（jìng），通"静"，安静。杪（miǎo），末端，末尾。缭悷（liáolì），缠绕纠结，曲折不顺。〕②竟夕：整夜。竟，自始至终。③灭烛怜光满："灭烛"与"怜光满"是因果倒装，即因为怜爱"光满"而"灭烛"。怜：爱。④滋：润泽，此处为润湿。⑤堪：能够。⑥还（huán）：返回。

【四联大意】

首联：紧扣诗题，写望到海上的明月，想起天涯的亲友。出句，意境雄浑阔大，对句暗用南北朝谢庄的《月赋》："隔千里兮共明月。"诗人因景生情，创造出一幅宁静空灵、清新淡雅的画面。

颔联：情景交融，生动地刻画出有情之人内心之怨难以排遣的状态。

颈联：紧承颔联之意，通过描绘怀远之人步出室外，月下久伫，露沾衣裳的情景，深刻地表现出有情之人的怀思是那样的幽深、那样的坚执。

尾联：写解决相思之苦的办法——寻梦约会。诗人并没有沉于"怨"中而不能自拔，而是找到一个自我安慰的方法。这就足见此诗情意缠绵而不见感伤的一个特点。

【艺术特色简介】

（一）写法情景交融。

（二）意境幽静秀丽。

（三）情意真挚感人。

（四）语言自然浑成。

"海上生明月。"这样雄浑的意境，没有修饰，不加雕琢，完全是脱口而成的，足见诗人心胸之博大、用语之娴熟。"天涯共此时"，暗用谢庄的《月赋》"隔千里兮共明月"而不露痕迹；"不堪盈手赠"，暗用晋陆机"照之有余辉，揽之不盈手"诗意，不仅不露痕迹，而且翻出新意，为末句的寻梦约会，托出悠悠情思。

# 二十一、王翰 1 首

099  凉州词·其一

【作者简介】王翰，一作瀚，字子羽，并州晋阳（今山西太原）人，生卒年不详。睿宗景云元年（710）进士。曾在京城做过官，后来被贬为道州司马（郡的属官，唐时为闲职，用以安排贬斥官员）。他任侠使酒，恃才不羁。其诗善写边塞生活，《凉州词》最负盛名。

**【题意简释】**凉州词，即《凉州曲》的歌词。《凉州曲》是唐代乐府曲调名，原是凉州（今甘肃省武威市）一带流行的乐曲，唐代诗人多用这个曲调写歌词，描写西北边塞风光和战争情景。王翰的《凉州词》共二首。

**【内容简介】**第一首诗渲染了出征前盛大华贵的酒筵以及将士们痛快豪饮的场面，表现了将士们置生死于度外的旷达、豪放的思想感情。

**【原文】**

葡萄美酒夜光杯，欲饮琵琶马上催①。

醉卧沙场君莫笑②，古来征战几人回。

**【译文】**

葡萄美酒盛在精美的夜光杯中；将士们举杯欲饮美酒之时，恰好传来在马上琵琶弹奏的劝酒曲。

今天开怀畅饮，即使喝得酩酊大醉，卧在沙场，也请先生不要见笑；（因为）自古以来，出征打仗，有几个人能够活着回来。

**【注释】**①催：（音乐）侑（yòu）酒。即用音乐劝酒。白居易《忆旧游》："修蛾慢脸灯下醉，急管繁弦头上催。"〔涂脂抹粉的美女们醉卧灯下（已经俯下头），那竹管乐器和丝弦乐器所演奏的时而急促时而繁复的劝酒曲，依旧在美女们头上传响。修蛾，细长的眉毛，借指美女。慢，通"墁"，涂抹。〕②莫：不要。

**【诗句简析】**

首句：以绮丽绚烂的名词，推出两样精美绝伦的物品，创造出光鲜亮丽、夺人眼目的特写镜头。这个镜头，不仅触动人的视觉，还"勾引"人的嗅觉，还引发人的联想：西域所产的葡萄美酒加西域所进的珍贵夜光杯，令人展眼、惊喜、兴奋；酒香四溢，令人垂涎欲滴；规格如此之高，令人不由想到，是哪家高门贵府的酒宴？这要招待谁呀？

次句：写具有西域特色的骑在马上弹奏琵琶劝酒曲之事，简洁地描绘出军中、战前，饮酒壮行、乐曲助兴的既慷慨又欢乐的场面。

第三句：是承接前两句描写而发的议论——大战之前，用珍贵的酒杯饮酌可口的美酒，还有优美的琵琶劝酒曲，军中任何一员，哪个还会酒分量饮，有所保留呢？如果我们开怀畅饮，醉卧沙场，也请先生不要见笑。

末句：以自古至今的残酷事实和军人特有的方式给出了"醉卧沙场君莫笑"的答案，抒发了极为复杂的感情。

**【艺术特色简介】** 语言明快，情思奔涌，慷慨豪放，震撼人心。

**【阅读笔记·慷慨报国】** 千余年来，无人否认王翰的《凉州词》是唐诗的绝唱，然而对其感情基调却是见仁见智。有人说此诗的感情基调是"悲"。我们认为"悲"说，不能把前两句的欢乐与后两句的所谓"悲"，顺通起来。清代一位大家说：(后两句诗)"作悲伤语读便浅，作谐谑语读便妙。"笔者不知这位大家所持的依据是什么，不敢妄言。而解释"谐谑语"的人说，"醉卧沙场君莫笑,古来征战几人回"是席间将士之间说的话。我们认为，此时此地将士们都是群情振奋、同仇敌忾的，基本不存在谁劝谁莫贪杯与被劝者谢绝好意之"谐谑"。再者，句中的"君"，不是酒席间的战友，而是诗人虚拟的或有所指的军外不懂军旅生活、不懂军人秉性的人。基上所述可说：此诗的感情基调，不是"悲"，也不是席间的"谐谑"；而是军人、盛唐边塞诗人特有的、也交融着作者的侠士之气的以身报国的慷慨。

## 二十二、王湾1首

### 100 次北固山下

**【作者简介】** 王湾，洛阳人，生卒年不详。先天（唐玄宗年号）进士，官荥（xíng）阳主簿、洛阳尉（古代的武官）。曾往来于吴、楚间。多有著述。殷璠（yīnfán，唐代诗选家）《河岳英灵集》载："湾词翰（辞章）早著……游吴中作《江南意》诗云'海日生残夜，江春入旧年'，诗人以来少有此句。"开元（唐玄宗年号）中卒。《全唐诗》存其诗十首。

**【题意简释】** 次：（旅途中）停留，这里是停泊的意思。北固山：在今江苏镇江北，三面临水，临长江而立。题目一作《江南意》。

**【背景简介】** 诗人往来于吴楚间时，在一年冬末春初，由楚入吴，沿江东行途中泊舟于江苏镇江北固山下，触景生情而吟成这一千古名篇。

**【内容简介】** 这首五言律诗精准地描写了冬末春初时作者在北固山下停泊时所见到潮平岸阔、日升残夜等壮丽之景，抒发了作者淡淡的思乡之情。

**【原文】**

客路青山外①，行舟绿水前。

潮平两岸阔，风正一帆悬。

海日生残夜②,江春入旧年③。
乡书何处达④,归雁洛阳边⑤。

**【译文】**

外乡客的前路在一座座青山之外,客船的所向在一条条绿水之前。

潮水上涨与堤岸齐平,两岸之间显得更加宽阔;顺风吹来,一条船帆垂直高悬。

海上的旭日在夜色将尽之时已经升起;江中的春意在旧年未尽之时已经来到。

家书送往何处?希望北归的大雁帮忙,把家信送到故乡洛阳。

**【注释】**①客:旅居他乡的人。②生:升起。③入:到。④乡书:家信。⑤归雁:北归的大雁。大雁每年秋天飞往南方,春天飞往北方。古代有用大雁传递书信的传说。

**【四联大意】**

首联:交代客路、行舟的方向,暗含前路漫漫之虞(忧虑)和游子思乡之情。

颔联:素以观察细致、描写精准著称。上句准确地表现出"平"与"阔"的因果关系,给人一种境界博大的感觉。下句的"正"字尤见观察之细、体验之深。正因为不是胡风,也不是狂风,而是既顺又和的风,所以船帆才是"悬"(垂直地挂)。这句寓含一种淡定而奋发的力量。

颈联:写拂晓行船所见所感的情景。出句是所见之景:残夜未尽,新的太阳已经升起。对句是所感之意:旧年未完,新的春意已经显现。此联隐含事物转化的哲理,给人积极向上的力量。

尾联:写见雁思亲,与首联呼应。

**【艺术特色简析】**借景抒情,而且是景、情、理熔于一炉。诗人对秀山丽水的赞美之情、令人深思的生活理趣、淡淡的乡思愁绪,都和谐交融于所写景物之中。首联既交代漫漫的前行之路,又寓含隐隐的思乡之情。颔联赞美壮丽的景象,寓含心境阔大、奋发向上之意。颈联描写白昼替代残夜之时旭日东升的景象和新年替代旧年之时江上萌发春意的景象,以自然的理趣表现出具有普遍意义的生活真理;还以时序推移了,而人仍在异乡的现实处境,映衬出诗人淡淡的思乡愁绪。不论"日生残夜"之"天"的变化,还是"春入旧年"之"年"的变化,都是时序在不理人意地交替,而诗人还要向东漂游,回家已是无望,而写封家书怎样送达呢?那就劳烦大雁传书洛阳吧。这个自我安慰的悲剧性结局,照应颈联,呼应首联,以雁足传书的幻想挽合了全篇,而诗人没有消解的淡淡乡愁,仍在缓缓地流溢。

## 二十三、王之涣 2 首

**【作者简介】**王之涣（公元688—742年），唐诗人，字季凌，晋阳（今陕西省太原市）人，官衡水主簿、文安县尉。豪放不羁，常击剑悲歌。其诗善写边塞风光，意境雄浑，多为当时乐工制曲歌唱，名动一时。传世之作仅六首，《凉州词》和《登鹳雀楼》尤为有名。

### 101　登鹳雀楼

**【题意简释】**鹳（guàn）雀楼：故址在今山西省永济县西南，楼有三层，前面对着中条山（在山西省西南部，东北西南走向，长约160公里），下面临近黄河，常有许多鹳雀栖息楼上，后来楼被河水冲没。

**【内容简介】**《登鹳雀楼》这首五言绝句，描写诗人登鹳雀楼之所见所感，展现出太阳缓缓西下、黄河滚滚东流的雄阔壮丽的景色，更以形象的语言说明了只有站得高才能看得远的深刻哲理，表达了奋发向上、不断发现新境界的进取精神。

**【原文】**

白日依山尽①，黄河入海流。

欲穷千里目，更上一层楼②。

**【译文】**

太阳依着远处连绵起伏的群山冉冉而没，黄河滚滚流入大海。

想要使视线达到千里的极点，就要再上一层楼。

**【注释及有关提示】**①白日：名词，太阳。称太阳为"白日"，一是与下句的"黄河"色彩辉映，结构对仗，二是这首五绝的平仄格式用的是首句仄起仄收式，"白"古为入声，是仄声字，故用"白"符合作者选定的平仄格式。依：傍着，挨着。尽：完，完全消失。②穷：形容词的使动用法，使……达到极点。目：目光，视线。更（gèng）：再。

**【艺术特色简析】**景物描写既浓缩又开阔。开头两句先写仰望，由高而低，由东向西；再写俯视，由西向东，由近及远。这样，就把下落的白日，屹立的山峦，东流的黄河以及望中不见的东海等景物皆浓缩为咫尺之近。而诗人所展现出的画面则显得特别广阔、特别辽远，景象恢宏，气势雄浑，这样，就又把笔下的景物推至万里之遥。

**【阅读笔记·由景入理，天衣无缝】**

由景入理，天衣无缝。如果说"欲穷千里目，更上一层楼"是中华文化宝库中一句智慧瑰宝的话，那么使这件瑰宝产生的秘籍将同这件瑰宝一起永远熠熠生辉。这个秘籍就是王之涣由景入理的高超艺术。《登鹳雀楼》本质上就是一首写景诗，而且似乎写作之始，作者也没有想到要特意阐发什么深奥的道理，给人的感觉似乎是在登楼赏景的过程中，作者被眼前白日西沉，黄河东去的壮阔景象所撞击而爆发出灵感一样，于是脱口而出"欲穷千里目，更上一层楼"的千古名句。从诗情发展的脉络看，也是这个道理。诗人在前半首里似乎已经写尽了望中的景色，但是诗人博大的胸襟、积极进取的精神决定了他还要进入更高境界，穷尽更大视野，于是，要想看得更远，就必须站得更高的哲理便随着诗人赏景的体验而自然而然地产生了。诗中景物与哲理虽然各有自身特点，却被共同的主旨融为一体，天衣无缝，使读者既领略到壮阔的画面，又感悟到深刻的哲理。

## 102　凉州词

**【题意简释】**《凉州词》：详见王翰《凉州词》之"题意简释"。王之涣的《凉州词》，一名《出塞》。

**【内容简介】**王之涣这首《凉州词》，描写古代西北边境凉州一带既雄伟壮阔又荒凉苦寒的景象，含蓄地表现了戍边将士的怨恨之情。

**【原文】**

黄河远上白云间，一片孤城万仞山①。

羌笛何须怨杨柳②，春风不度玉门关③。

**【译文】**

仰目溯流望去，黄河越上越高，一直缭绕在与天相接的白云之间；一座小小的城堡，孤零零地立在高高的群山之中。

寂静之中传来羌笛吹奏《折杨柳》曲的哀怨之声，而这里常年荒寒，又何必怨恨杨柳呢？春风（本来）就吹不到玉门关。（杨柳一类草木怎么生长呢！）

**【注释及有关提示】**①片：量词，用以形容"孤城"，既符合诗人的观察角度，也符合孤城在高山峻岭中显得单薄的实际景象。仞：长度单位，一仞相当于七尺或八尺。②羌笛：古代羌族人制作的笛子。何须：何必。杨柳：双关，既指《折杨柳》曲，又指植物中的杨柳，进而代指春天生机勃勃的景象。"怨杨柳"，是说听到《折杨柳》曲引发了戍卒的离情别绪，而眼前不见杨柳，何以折枝寄情呢？此种寂寞凄凉的心情比离人折柳送别时的难舍难分更为悲苦。"羌笛何须怨杨柳"一句,含蓄,委婉,深刻。可以理解为戍卒的自我宽慰,也可以理解为诗人代戍卒发声,为其鸣不平。③玉门关:汉武帝置,因西域输入玉石取道于此而得名。故址在今甘肃敦煌西北,古为通西域重要关塞。出玉门关者为北道,出阳关者为南道。

【诗句简析】

首句:描写自下而上地仰望黄河,把人带入悠悠白云与浩瀚蓝天相接的雄奇美丽的境界;与李白"黄河之水天上来"由上而下、无可阻挡的瑰奇景象有异曲同工之妙。

次句:聚焦到画面中心——塞上孤城,这是此诗主要意象之一。在高入云端的黄河和连绵起伏的群山的阔大背景中,这座城堡更显得孤、小、险。引入"孤城"的意象,为下两句写征夫的怨情或代征夫抒情做好了环境、事理的铺垫。

第三句:借题发挥,提出一个既含蓄又尖锐的问题——怨杨柳。

末句:指明不必怨恨杨柳的原因——春风不度。"春风",一语双关,既指自然界的春风,也指社会(朝廷)的"春风"。

前两句描写的景象既壮阔又荒寒,联系后两句就看出分明是偏向荒寒。就整首诗看,前两句是铺垫,后两句是抒情。因而得知,戍边将士怨恨的不只是环境的荒寒,更是人文关怀的缺失。东汉著名将军班超,长期戍守西域,晚年,给皇上上书说:"不敢望到酒泉郡,但愿生入玉门关。"足见玉门关在西域戍边将士心中与国家及个人利益密切相关的位置。古代,玉门关是中原和西域的分界点,只要进了玉门关,就离家乡不远了;只要出了玉门关,那就离家乡越来越远,连"春风"都吹不到了。

【艺术特色简介】景象开阔,感情含蓄。

## 二十四、孟浩然 4 首

【作者简介】孟浩然(公元689—740年),襄州襄阳(今属湖北)人,本名不详,以字行,盛唐时期著名诗人。青年时期隐居故乡鹿门山,四十岁时游京师,应进士举,不第。一生多次求官,屡遭挫折。他曾漫游过很多地方,写过很多描写山水风景的好诗,在文学史上与王维并称"王孟诗派"。他写的诗为李白、张九龄、王维所赞赏。其诗的风格是意境清新高远,语言朴素自然。

103 望洞庭湖赠张丞相

【题意简释】洞庭湖:中国第二大淡水湖,在今湖南省北部。张丞相:指张九龄,唐玄宗时宰相。诗题一作《临洞庭上张丞相》。

**【内容简介】**唐玄宗开元二十一年（733），孟浩然西游长安，写了这首五言律诗赠给在相位的张九龄，希望得到张九龄的引荐。这首诗描写洞庭湖壮丽的景象和磅礴的气势，借此抒发自己的政治热情和出仕的希望。

**【原文】**

八月湖水平，涵虚混太清①。

气蒸云梦泽②，波撼岳阳城。

欲济无舟楫③，端居耻圣明④。

坐观垂钓者，徒有羡鱼情。

**【译文】**

八月的洞庭湖湖水上涨，与岸齐平；湖水包容天空（之影），与天空混为一体。

蒸腾的云气，笼罩着云梦泽一带，汹涌的波涛撼动着湖边的岳阳城。

想要渡过洞庭湖却苦于没有船只，而闲居又有辱当今盛世。

坐着观看垂钓之人，可惜自己空怀一片羡鱼之情。

**【注释及有关提示】**①涵（hán）：包容。虚：天空。混（hùn）：杂糅，混同。太清：天空。②云梦泽：古代云梦泽分为云泽和梦泽，长江之南为梦泽，长江之北为云泽，后来大部分变干变淤，成为平地，只剩洞庭湖。诗人不说"洞庭湖"而说"云梦泽"，除了平仄因素外，主要是过去的云梦泽比眼下的洞庭湖面积大得多，从而突出洞庭湖"气蒸"笼罩区域之大。岳阳城：在洞庭湖东岸。③济：渡。舟楫：船和桨。泛指船。④端居：闲居。耻：侮辱。《左传·昭公五年》："耻匹夫，不可以无备，况耻国乎？"（侮辱一个普通人，还不可以不做防备，何况侮辱一个国家呢？匹夫，古指平民中的男子，也泛指寻常的个人）圣明：对当世的颂称。

**【四联大意】**

首联：通过湖水上涨，水映天空的景象，极写洞庭湖的广大浩瀚。

颔联：通过水气弥漫的景象，映衬出洞庭湖的涵容丰厚，通过波涛撼动岳阳城的气势，映衬出洞庭湖充满活力。

颈联：由前面的写景转入抒情，通过比喻向张丞相提出引荐做官的要求，委婉地表达了希望为圣朝干一番事业的真切心情。诗人用欲渡洞庭而无船只，比喻想做官却苦于没有门路；用在家闲居有愧盛世，比喻有做官的力量却不能有所建树而愧对圣明之世。

尾联：化用《淮南子·说林训》"临渊羡鱼，不如退而结网"典故，形象地画出了自己所处的空有出仕之愿而无用武之处的尴尬境地，以其言外之意恳请张大人引荐自己，使自己摆脱窘境，步入仕途，一展才华。

【艺术特色简析】借景抒情。干谒（gānyè，有所求而请见）诗是古代文人为推销自己而写的一种诗歌，类似于现代的自荐信。古人的自荐大多不像现代人那样直接，往往比较含蓄。达到含蓄效果的方法有多种，孟浩然选择的一种方法就是借景抒情。孟浩然所借的景就是洞庭湖。如果单看诗歌的前半部分，从诗人大笔渲绘洞庭湖的阔大景象、磅礴气势和撼人心魄的艺术效果来看，就完全可以说这是一首描写山水的五绝杰作。然而，诗人的目的不是赞美山河，而是寻求引荐，所以写景和抒情不是两张皮，而是靠一种内在的逻辑关系紧密地融为一体。二者之间暗存何种内在关系呢？

首先，诗人把洞庭湖写得如此的浩瀚丰厚，衬托出自己具有积极进取的精神和干一番事业的能力。这是才华的自述，委婉地向张大人表明自己不是庸才，如果出面举荐自己，不会担荐人失察之责。

接着，就地取材，仍以洞庭湖为话题，推进意旨，以欲横渡洞庭而无舟楫，含蓄地摆出自己无人引荐的困难，言外之意希望张大人给自己解决这个困难。

再进一步，以坐观湖边垂钓，徒有羡渔之情的典故，恳请张大人不要使自己的希望落空。

诗人巧妙地使用借景抒情这种艺术形式，使这首诗成为干谒诗的上品。

## 104　过故人庄

【题意简释】过：拜访。故人：旧友。庄：田庄。

【内容简介】这首以五律形式创作的田园诗，叙写受老朋友之邀从往访到告别的过程，描绘了美丽的山村风光和平静的田园生活，表现朋友情谊的真挚和自己对田园生活的向往。

【原文】

故人具鸡黍①，邀我至田家②。
绿树村边合③，青山郭外斜④。
开轩面场圃⑤，把酒话桑麻⑥。
待到重阳日，还来就菊花⑦。

**【译文】**

老友备好了鸡和黄米饭,邀请我到他们农家做客。

村子外边,绿树环抱着;城郭外边,青山斜立着。

推开窗子,迎面是打谷场和菜园;与老朋友端起酒杯对饮,闲聊桑麻之农事。

等到九月九日重阳节那一天,我还来(这里)品尝菊花酒。

**【注释及有关提示】**①具:准备,置办。鸡黍:指农家待客的丰盛饭食(字面指鸡和黄米饭)。黍(shǔ):黄米,古代认为是上等的粮食。②田家:农家。《汉书》:"田家作苦,岁时伏腊,亨羊炰羔,斗酒自劳。"〔农家劳作辛苦,一年中遇上伏日、腊日的祭祀,就蒸煮羊肉烤炙羊羔,斟上一壶酒自我慰劳一番。亨,通"烹"。炰(páo),同"炮",把带毛的肉用泥裹住在火上烧烤。〕有的解"田家"为姓田的人家,似乎欠妥。③合:闭,收拢。一个"合"字,简约而又形象地写出了绿树四面环绕的宜人美景,与苏味道《正月十五夜》"火树银花合"之"合"描写绚丽的灯火四面环绕的美景,有异曲同工之妙。④斜(xiá):倾斜。因需与上一句押韵,所以应读xiá。一个"斜"字,或许是错觉,却陡生动感,别具情趣。⑤轩(xuān):窗。杜甫《仲夏叹》:"仲夏苦夜短,开轩纳微凉。"(仲夏以夜短为苦,打开窗子接纳轻微的凉气。)场(cháng):晒打粮食的平坦空地。圃(pǔ):种植蔬菜瓜果花木的园子。⑥把酒:手持酒杯。桑麻:代指庄稼,进而泛指农事。⑦还(hái,旧读huán):再。就:接近,靠近。

**【阅读笔记·花名还是酒名?】**

"还来就菊花"之"菊花",究竟是花名,还是酒名?一种意见是花名,一种意见是酒名,还有一种意见是两种理解都可以。著名学者张中行先生断定此句中的"菊花"是花名。张先生在《文言津逮》中论述"望文生义容易错"的第七种情况——"表非习见之义",所举的第一个例子就是该句中的"菊花"。张先生说:"'菊花'这里不是花名,而是酒名。"

我们感到张先生所言极是。《西京杂记》(古代历史笔记小说集)卷三云:"菊花舒时,并采茎叶,杂黍米酿之,至来年九月九日始熟,就饮焉。"(菊花开放时,一齐采摘茎和叶子,混合黍米酿造它,到来年九月九日才熟,随即饮用它。)

再者,重阳佳节饮菊花酒,是中国古代的传统习俗。孟浩然说"待到重阳日,还来就菊花",就是表明到重阳节这天,还来老朋友这里按照习俗品尝菊花酒。若来这里观赏菊花,则时间范围较大,没有必要特别点明含有"饮菊花,度佳节"之义的"重阳日"这一天。

**【四联大意】**

首联：表现老朋友的朴实热情。

颔联：描写山村风光。

颈联：既写田园风光，又写主客临窗举杯，敞开心扉，闲聊农事。

尾联：写诗人被主人的好客、惬意的农庄生活所吸引，情不自禁地表示再来赏菊的愿望。

**【艺术特色简介】**（一）此诗叙事自然完整。由应邀访友开始，至把酒对饮，闲话桑麻，直至提出再来赏菊的愿望作结，层次分明，前后呼应。

（二）以形象的画面展现往访的全过程和农村生活的侧面。首联是老朋友摆酒设食、热情待客的忙碌画面，颔联是绿树环抱、青山斜立的优美远景，颈联是开窗面对谷场菜园的明丽近景和主客对饮、闲话桑麻、情真意惬的画面，尾联也是一个虚映的秋高气爽、主客相携，共同赏菊的动人画面。

（三）全诗用语平淡无奇，不事渲染雕琢，然而感情真挚，诗意醇厚，确实达到了"清水出芙蓉，天然去雕饰"的境界。


105　春晓

**【内容简介】** 这首五绝描写了春天一个雨后的早晨百鸟齐鸣的实景和春花被风吹雨打而落的想象之景，表现了诗人爱春、惜春的思想情感。

**【原文】**

春眠不觉晓①，处处闻啼鸟②。

夜来风雨声，花落知多少③。


**【译文】**

春夜睡觉不知不觉天已亮了，醒来听到处处有鸟儿啼叫。

（想起）昨夜风呼呼吹的声音和雨哗哗下的声音，（令人担心）那娇美的春花不知经风吹雨打而落了多少。

**【注释及有关提示】**①晓：天明。②啼鸟：鸟啼，主谓倒装，不仅是为了押韵，更重要的是突出"春鸟"的意象。③知：不知，用了"节短"的修辞手法。节短：古诗文中为适应句式或字数的需要而减省一字（多是副词"不"）使句子短的修辞方法。

如，《宋史·郭永传》中"吾知行吾志而已,遑恤其它"之"遑",就是"不遑,即无暇";南宋·姜夔《扬州慢》中"念桥边红药,年年知为谁生"之"知",就是"不知";鲁迅《无题》中"忍看朋辈成新鬼,怒向刀丛觅小诗"之"忍",就是"不忍"。

【艺术特色简介】（一）表现手法独特。所有画面都是通过听觉表现出来的。

（二）语言浅近，自然天成。

（三）感情真挚。爱春、惜春之情都是从心底流淌而出的。

## 106　宿建德江

【题意简释】建德江：浙江上游的一段，因在建德县境内，故称建德江。

【背景简介】这首五绝写于《望洞庭湖赠张丞相》之后、因求仕失败而漫游吴越之时。

【内容简介】借宿建德江时所见之景物，含蓄地抒发了人生失意之情。

【原文】

移舟泊烟渚①，日暮客愁新②。

野旷天低树，江清月近人。

【译文】

移动小船停靠在烟雾迷蒙的小洲边；（因为）天黑了，（所以）客子之愁又增添新的内容。

（因为）原野旷远无边，（所以）远处与地相接的天，比（近处的）树还低；（因为）江水澄清，（所以）明月在水中的倒影格外清晰姣美，似来与人相亲近。

【注释】①烟渚（zhǔ）：指江中雾气笼罩的小沙洲。②客：旅居他乡的人。此指诗人自己。

【诗句简析】

首句：一个"烟"字，明是点染泊船地的景色特点，暗是映衬自己迷茫无着的心情。

次句：一个"暮"字，和一个"新"字构成的因果关系，有一个明显的层面，也有一个含蓄的层面。天黑、天阴、起凉风、下冷雨等天气必然会引起旅居之人的乡愁，这是明显的；而"新愁"是什么呢？诗人未说，大概是一种隐痛，不便直言。读者联系诗人创作此诗前后的"隐居—求仕—失败"的这段人生路程，也许能推想出诗人"新愁"的内容是甚于乡愁而又难以消弭的人生失意之愁，即求仕未得之愁。面对迷蒙的小洲，又在天黑时分，除了乡愁之外，人生失意之"新愁"，难免在诗人心中悄然滋生。

第三句：写在江边所见的独特景象。诗人不是死钻牛角尖的人，一个转身，就寻得自我解脱的办法：跻身宦林不得，驾舟自游总可。在这种心境的暗中作用下，作者看到了在天地相接的立体大屏幕中天比树还低的奇特美妙的景象。

末句：以拟人的手法写出了江月对人的态度，表现出自我宽慰的心理。随着心情逐渐好转，诗人产生了月遂人愿，来与孤独之人相近的美好感觉。

按近体诗的句法看，二、三、四句都是因果紧缩句："日暮（故）客愁新""野旷（故）天低树""江清（故）月近人"。再如杜甫的诗句"城春（故）草木深"。

【艺术特色简介】

景中寓情，诗味隽永，具有含而不露的艺术美。

【阅读笔记·暮江图，羁旅思，幻灭情】

有人说这是一首刻画秋江暮色的诗，也有人说这是一首抒写羁旅之思的诗。笔者认为它既不是一首描绘山水的诗，也不是一首抒写游子思乡的诗，而是一首借游子羁旅之形抒写求仕幻灭之实的诗。说"这是一首刻画秋江暮色的诗"太过肤浅，无须多言。"日暮客愁新"是整首诗的灵魂。既是"新愁"，就不是先前已有的羁旅之愁，而应是另一种因时因地而生的愁。此前，诗人一直在故乡隐居，希望以隐求仕，却未获成功，便到长安应举，还煞费苦心地给时在相位的张九龄写了一首著名的干谒诗《望洞庭湖赠张丞相》。然而，天不遂人愿，科举未中，正所谓"皇皇三十载，书剑两无成"（《自洛之越》）。求仕不得，只好以漫游来自我排遣——"扁舟泛湖海，长揖谢公卿"（《自洛之越》）；甚至是自我解嘲——"且乐杯中物，谁论世上名"（《自洛之越》）。由孟浩然《自洛之越》可以印证他漫游吴越时"日暮客愁新"之"新愁"，就是费尽全力而未入仕途之愁。

# 二十五、李颀1首

107 送魏万之京

【作者简介】李颀（约公元690—约751年），唐代诗人。望（门族）出赵郡（今河北赵县），家居河南颍阳（今河南登封西）。开元十三年（725）进士及第，曾任新乡县尉。所作边塞诗，风格豪放，七言歌行尤具特色。寄赠友人之作，刻画人物形貌神情，颇为生动。有《李颀集》。

【题意简释】魏万：后改名颢。上元（唐肃宗年号，760—761）初进士。曾隐居王屋山，自号王屋山人。之京：到京城长安。

**【内容简介】** 这首七律，描写朋友赴京途中的萧瑟景象，特别谆谆告诫朋友千万不要被京城行乐处吸引而陷入其中，蹉跎时光，荒废大业。

**【原文】**

朝闻游子唱骊歌①，昨夜微霜初度河。

鸿雁不堪愁里听，云山况是客中过②。

关城树色催寒近③，御苑砧声向晚多④。

莫见长安行乐处，空令岁月易蹉跎⑤。

**【译文】**

清晨送魏万去京城时，听到魏万唱起了离别之歌，昨夜微霜刚刚渡过黄河。

怀愁之人不堪听到鸿雁的鸣叫，况是作客途中经过令游子黯然神伤的高山。

潼关草木摇落的萧瑟景象催促着寒气临近京城，京城的捣衣之声到晚上更多。

不要只看见长安城是个繁华行乐之地（它也是"长安一片月，万户捣衣声"之所），以免白白地让时光轻易地消磨掉。

**【注释及有关提示】** ①游子：指魏万。骊歌：离别时唱的歌。②云山：高山，为常人向往之景，却是令游子伤怀之景。客中：做客途中。③关城：指潼关。树色：有的版本作"曙色"。色：事物的面目或样子。陈师道（北宋诗人）《后山诗话》："退之以文为诗，子瞻以诗为词，……虽极天下之功，要非本色。"〔韩愈以文为诗，苏轼以诗为词，……即使达到天下此种功力的极点，关键不是（诗、词）本来的样子。〕④御苑：皇宫的庭苑。这里借指京城。砧（zhēn）声：捣衣声。向晚多：接近傍晚愈多了。⑤易：轻易。《后汉书·梁统传》："故人轻犯法，吏易杀人。"（所以人们随便犯法，官吏轻易杀人。）蹉跎（cuōtuó）：失时，虚度光阴。

**【四联大意】**

首联：先写清晨送魏万启程的情景，然后补叙昨夜的天气情况。诗人为什么把今晨之事与昨夜的天气情况倒装呢？诗人这样安排一件实事（送别朋友）和一个虚景（微霜渡河），有一明一暗两个方面作用。明：以听觉带出视觉，让人随着离歌的声音，想见到主客分别的情景。暗：用拟人手法写微霜渡过黄河，点染出寒气逼人的时令特点，暗中衬托出离别时朋友间难舍难分的凄凉心情。再简单说，就是为了开篇就扣题凸显送别的画面。

颔联：两句都是宾语前置的错位句，常式为：不堪愁里听鸿雁，况是客中过云山。这是作为过来人的诗人按照自己的体验来描摹晚辈朋友离乡赴京时怅惘凄切的心情。"鸿雁"和首联的"微霜"点染出离别时深秋时节萧瑟的气氛，衬托出离别时凄凉的情绪。

颈联：承接颔联的意思，进一步推想魏万前行途中的自然的寒气逼近和社会的砧声向晚多的景象，为尾联写对京城的独特视角和谆谆告诫做好铺垫。颈联出句中树色和寒气的因果关系是颠倒的。本应是寒气催得树变了样子，而说"树色催寒近"，这是由视觉到感觉的写法，是故意用悖理的写法来突出树叶变黄、飘落的凄凉景象。长安可写的东西很多，为什么单写"砧声"呢？首先从写的变化来看，出句从视觉写，对句从听觉写，更重要的是与尾联呼应，劝这个初出茅庐的后辈不要只看到京城的雄伟、华丽、气派，还要看到"万户捣衣"的这种民生凄苦情状。

尾联：直抒胸臆，劝勉魏万莫把长安当作行乐之所而虚度大好时光，谆谆告诫，语重心长。

【艺术特色简介】诗人把叙事、写景、抒情融合在一起，叙写送别之事，描写友人路途的情景，终结于对友人的真切劝勉。

## 二十六、綦毋潜 1 首

### 108　春泛若耶溪

【作者简介】綦（qí）毋潜（公元 692—约 749 年），綦毋，复姓，字孝通，虔州南康（今属江西）人，唐代著名诗人。开元进士，历任校书郎、右拾遗，终官著作郎（专掌编纂国史的官），安史之乱后归隐，游江淮一带，后不知所终。其诗喜写方外（域外、边远地区）之情和山林孤寂之境。綦毋潜才名盛于当时，与许多著名诗人，如：李颀、王维、张九龄、储光羲、孟浩然、卢象、高适、韦应物等过从甚密。其诗清丽典雅，恬淡适然，后人认为他诗风接近王维。

【内容简介】这首五言古体诗，描述诗人于春夜泛舟若耶溪所见的幽美景色，寄托了诗人闲适隐逸的情怀。若耶溪：在今浙江省绍兴市东南，相传为西施浣纱处。

【原文】

幽意无断绝①，此去随所偶②。

晚风吹行舟③，花路入溪口。

际夜转西壑④，隔山望南斗⑤。

潭烟飞溶溶⑥，林月低向后。

生事且弥漫⑦，愿为持竿叟。

【译文】

寻访僻静、安闲之处的心意没有断绝，此次去（泛舟），听任（舟行）遇到什么景物（都可）。

晚风吹送行舟，（行舟）沿着河岸开满鲜花的路荡入溪口。

至夜船儿又转过西边的山谷，隔山仰见天上的南斗。

水潭上如烟的水蒸气飞腾盛大；（夜色更深，而船行不止）两岸树木及下沉的月亮悄悄地退向船后。

人生之事繁多，愿做溪边持竿垂钓的老翁。

【注释】①幽：僻静、安闲。断绝：同义复合词。②随：听任。偶（ǒu）：遇，遇合。颜延之《五君咏·嵇中散》"中散不偶世，本自餐霞人。"（嵇康没有遇到适合他的时代，他本来是道家的服食日霞之人。嵇康仕魏曾任中散大夫。）③晚：一作"好"。④际：到，接近。王守仁（明朝）《瘗（yì）旅文》："连峰际天兮，飞鸟不通。"（连绵的山峰接近天啊，连飞鸟也不能通过。）⑤南斗：星宿（天上某些星的集合体）名称，由六颗星组成。烟，像烟一样弥漫于空中的水蒸气。⑥溶溶：云盛。⑦生事：人生之事。且（jū）：多，众多。《诗·大雅·韩奕》"笾豆有且。"（盛果脯的竹器和盛食物的高足盘很多。）弥漫：布满，充满。

【诗句简析】首二句：开门见山地点出了"春泛若耶溪"的目的是寻访幽静之处，且是随舟所行，任其自然。

三、四句：点明泛舟的起始时间，描写入溪口前一路鲜花盛开的美景。没有惊涛，更没有艰险，所有的是晚风吹送，鲜花盛开，顺风顺水的行程描写，透露出诗人寻幽览胜的闲适喜悦之情。

五、六句：描写随船转过山谷的行程和隔山仰见星斗的美景。船行景换，心旷神怡。

七、八句：描写月下雾气飞腾的景状，创造出幽美迷蒙的意境。后句，以林、月向后的视物错觉反衬船行向前的情景。月低，既是交代时间的推移，也是交代游程的继续，更是暗寓游兴不因夜深月沉而消减。

最后两句：在描写了自由自在地泛舟，满满地感受了一路美丽寂静的"幽意"后，对比人事的烦乱喧嚣，情不自禁地直抒胸臆——愿做出尘离世的钓叟。

【艺术特色简介】全诗景物清新，极富画意；文在泛舟历景，意在寻幽寄情。

## 二十七、王昌龄 10 首

【作者简介】王昌龄（？—约 756 年）唐诗人。字少伯，京兆长安（今陕西西安）人。开元进士，授校书郎，改汜水尉，再迁江宁丞，故世称"王江宁"。晚年贬龙标（今湖南洪江西）尉，因乱世还乡，为刺史闾丘晓所杀。开元、天宝间诗名甚盛，有"诗家夫子王江宁"之称。其七绝与李白并列第一，多写当时边塞军旅生活，气势雄浑，格调高昂。《从军行》七首、《出塞》二首皆有名。其宫词善写女性幽怨之情，也为世所称。

109　烽火城西百尺楼（从军行七首·其一）

【内容简介】《烽火城西百尺楼》这首乐府诗，非常艺术地写出了边塞戍卒怀乡思亲之情。

【原文】
烽火城西百尺楼，黄昏独坐海风秋①。
更吹羌笛关山月②，无那金闺万里愁③。

【译文】
在烽火台的西边耸立着一座高达百尺的戍楼；黄昏时分，一个戍卒独自坐在瞭望台上，被从青海湖吹来的秋风吹打着（这种情景已经使人难耐了）。

不料，静寂之中又传来羌笛吹奏《关山月》的幽怨之声，（这就更令人伤怀难耐了）；塞外的戍卒，不得与万里之外的妻子相见，绵绵之愁不能消解；家中的妻子不能见到万里之外的夫婿，深深闺怨无人抚慰：夫与妻都是无可奈何啊！

【注释及有关提示】①独坐：一作"独上"。海：青海湖。②更：又，还。羌笛：羌族竹制乐器。关山月：乐府曲名，属横吹曲，多为伤离别之辞。③无那：犹无奈。无可奈何。《辞源》云：奈何，急读为那。王维《酬郭给事》诗："强欲从君无那老，将因卧病解朝衣。"〔想竭力继续跟从君王，而无可奈何已经年老（力不从心了），将要因为卧病而脱下朝服（不能为官了）。〕金闺：闺阁的美称。

【艺术特色简析】经层层铺垫后，自然出现了"一点两面""一线双牵"的写法。"曲笔"说、"暗示"说，似乎都不足以显示王昌龄这首诗在艺术上的高妙之处。诗的最后一句不是刻意地用什么写法,而是在前三句层层铺垫之后,水到而渠成的。巧妙之处是铺垫之中有铺垫。前两句所写:远离亲人的边塞、四顾苍茫的大漠、孤独耸立的戍楼、凉气袭人的秋季、天色将暗的黄昏、飒飒吹拂的海风、戍楼瞭望的独自当值,这些情景已经够戍卒忧愁寂寞的了,第三句一个"更"字,因笛声撩起的乡愁把抒情主人公在情感上的孤单推向极致。在这样一层紧于一层的铺垫后,抒情主人公自然而然地呼出了深旋于心底的无奈之声。

更高妙的是,主人公这一声深呼融汇着"一点两面""一线双牵"的抒情艺术并显示出独特的艺术效果。"无那",一个点关着戍卒和妻子两个面;"万里",一条线牵着"百尺楼"和"金闺"两个端。"戍卒"这一面、这一端是,远望故乡而不能见到万里之外的妻子,忧愁难消,无可奈何;"妻子"这一面、这一端是,望眼欲穿而不能见到万里之外的夫婿,无人抚慰,无可奈何。

## 110 琵琶起舞换新声（从军行七首·其二）

【内容简介】《琵琶起舞换新声》,截取了边塞军旅生活的一个片段,通过描写征戍者在军中听乐、观舞的反映,表现了戍守将士深沉的边愁。

【原文】

琵琶起舞换新声,总是关山旧别情①。
撩乱边愁听不尽②,高高秋月照长城③。

【译文】

琵琶之声在军中起舞的伴奏中换成了新的曲调;(但是)琵琶曲不管怎样翻新,它所激起的总是旧的远隔关山的离乡别亲之情。

(琵琶曲不管新的还是旧的)它总是能够扰乱将士们的戍边之愁,也总是令人听不够;此时高悬天空的秋月正默默地照着长城。

【注释及有关提示】①关山:关隘山川,也指《关山月》曲。旧别:一作"离别",还是用"旧"好,与上句的"新"相反相成。这一句与首句是转折关系;这一句本身是个省略式的条件句,省略的条件是"不管琵琶曲怎样翻新"。②尽:完。③高高秋月照长城:末句以景作结,妙在既上托"听不尽"之意,又把诗情引入微茫不尽之境,似脱实粘,正如评家所云"末句景中含情,更惨。"(明·唐汝询《唐诗解》)

【艺术特色简介】精妙地刻画人物心理。王昌龄能够通过戍边将士听琵琶曲的微妙反映,透视到他们痛苦而又复杂的心理,并形象而又深刻地描绘出来,真是心理大师、丹青高手。

**【阅读笔记·戍卒听曲的反常心理】**

正常,听新声,应该起新情,而戍卒听新声,还是起旧别情。这种看似反常的现象,就戍卒而言,却是正常现象。他们远涉关山,举目无亲,日日夜夜,心心念念,都是家乡的亲人,因而不论琵琶曲如何翻新,总是激起他们抛家别亲的痛苦之情。

正常,撩起边愁、扰乱心绪之曲,少听或不听,而戍卒却是"听不尽",这是为何?生活单调,精神苦闷,这是一个方面;更重要的是,他们最敏感的神经就是边愁,他们怕边愁,又离不开边愁,于是就以回味咀嚼苦涩的边愁来自我慰藉干涸的心田,因而就"撩乱边愁听不尽"了。

## 111 青海长云暗雪山(从军行七首·其四)

**【内容简介】**《青海长云暗雪山》赞颂了戍边将士为保卫祖国而艰苦奋战、矢志不渝的崇高精神。

**【原文】**

青海长云暗雪山①,古城遥望玉门关②。
黄沙百战穿金甲③,不破楼兰终不还④。

**【译文】**

青海湖上的漫漫云雾,使洁白的雪山变得黯淡;(将士们,从青海湖畔、雪山脚下)遥望千里之外故乡方向的古城玉门关。

大漠万里,鏖战无数,狂风吹送黄沙,磨穿了将士们的铠甲;(将士们决心)不打败敌人绝不回还。

**【注释及有关提示】**①青海:指青海湖。暗:使……暗。②古城遥望玉门关:即"遥望古城玉门关"。古城与玉门关是同位语,将其移到句首,使句子避免呆板。开头二句写戍边将士战斗、生活的典型环境,以雄浑苍茫、浩渺无涯的景象,映衬边关将士纵马驰骋的战斗英姿和挥戈杀敌的万丈豪情,为下文表现将士们身经百战的磨砺和全败顽敌的誓言,做好了环境的铺垫和气氛的烘托。③穿:穿透。金甲:金属制的铠甲。④楼兰:汉代西域国名,这里泛指当时骚扰唐朝西北边疆的敌人。终:死。边关将士以死报国的慷慨豪言声震大漠,保国卫家的崇高精神光耀千古。

**【艺术特色简介】**典型精当的环境描写有力地映衬出人物的英雄气概。诗人以浩瀚无垠的"青海"、连绵不尽的雪山、广袤万里的疆场、长年不断的黄沙这样艰苦无比的生活、战斗环境，自然地映衬出将士们卓越无比的英雄本色。

### 112　大漠风尘日色昏（从军行七首·其五）

**【内容简介】**这首诗描写戍边将士出征的情景和听到前方部队首战告捷的消息时的欣喜心情，反映了唐军强大的战斗力。

**【原文】**

大漠风尘日色昏①，红旗半卷出辕门②。
前军夜战洮河北③，已报生擒吐谷浑④。

**【译文】**

塞北沙漠中大风狂起，尘土飞扬，天色为之昏暗；（前线军情十分紧急）将士们接到命令后打着半卷的红旗冲出军营。

（后军还在急行之中）前军已于黑夜在洮河北岸与敌激战；（后军将士还没有悬想出交战结果）就已经传来前军俘获敌军首领的消息。

**【注释及有关提示】**①日色昏：并不是指天色已晚，而是指风沙遮天蔽日，对严峻的军事形势起着烘托的作用。②半卷：风狂尘猛，红旗难以全张，故半卷。"半卷"前行，说明将士们顶风冒沙，一往直前，英勇顽强。对将士们不顾风狂沙猛而紧急出征的描写，让人感到一场恶战迫在眉睫。辕门：此指军营之门。③洮（táo）：河流名，在今甘肃省。夜：有的释为"昨夜"，应是"今夜"。在同一夜中，后军还在急行军中，前军已俘获敌酋，从而更符合诗人渲染唐军强大战斗力的本意。④吐谷浑（tǔyùhún）：中国古代西北的一个民族。此指敌军首领。

**【艺术特色简介】**（一）构思精巧。此首诗"但写边军战胜之事"，却未做正面描写，而是以出征的情景渲染唐军的同仇敌忾、一往无前的气势；以传来前军活捉敌酋的消息，侧面写出了唐军强大的战斗力。罗贯中的《三国演义》第五回"关云长温酒斩华雄"，通过侧面描写，表现关羽的神威，可谓匠心独运，而王昌龄的这首七绝，则更早运用侧面描写的方法，而且不是写一个人，而是写整个一支军队的前军与后军，其战争场面之大令人遐思无限，军情的戏剧性发展令人回味不已。

（二）词语内涵丰富。如："昏"，原因是风沙遮天蔽日；"半卷"，原因及目的是顶风冒沙、紧急出征;"已",巧妙呼应唐军进攻之凌厉、战绩之辉煌。

113　秦时明月汉时关(出塞二首·其一)

【内容简介】这首七绝是王昌龄两首《出塞》(乐府)诗的第一首,此首通过对明月和关隘的独特描写及对历代征人情景的高度概括,形象而深刻地写出了连年征战给人民带来的灾难;通过对汉代抗敌英雄的赞扬,委婉地表达了对朝廷不能选贤任能的不满,鲜明地表达了早日平息边塞战乱、使人民过上安定生活的愿望。

【原文】
秦时明月汉时关①,万里长征人未还②。
但使龙城飞将在③,不教胡马度阴山④。

【译文】
(还是)秦朝、汉朝时的明月和关隘,长期戍边,征战万里的人还未回还。
只要让龙城的飞将李广那样的良将在(边关镇守),(就)不会让胡人的兵马越过阴山。

【注释及有关提示】①此句是典型的"互文",展开为:(还是)秦朝时的明月和关隘,(还是)汉朝时的明月和关隘。此句运用"互文见义"的修辞手法,不仅使句子精炼,而且突出了时间的久远,边患的深重,说明边关战火延烧近千年,从未停止。②万里:突出战场的辽阔。长征:长期征战。此句不是指一代征夫,实指自汉代李广之后至今的,重点指唐朝的一代代征夫。句中潜在的征战不息的内涵,既与上句的时间久远呼应,又是诗人代表一代代征夫及其亲人发出的怨恨之声。③但:只要。使:让。龙城飞将:一说为汉朝车骑将军卫青。他出上谷,至笼城,斩首虏数百。"笼"与"龙"同。一说指汉朝飞将军李广。龙城是唐代的卢龙城,而卢龙城即汉代的李广练兵之地。其实,"飞将"是谁并不重要,重要的是借古讽今。在:居于,处于。④教(旧读 jiāo):使,令,让。《左传·襄公二十六年》:"通吴于晋,教吴叛楚。"〔(从楚逃亡到晋的子灵)使吴国和晋国通好,让吴国背叛楚国。〕胡马:指侵扰内地的外族骑兵。度:越过。阴山:古代中国北方抵御游牧部落的天然屏障。详见《敕勒歌》词语解释。

【阅读笔记·"但使"】
对"但使"的理解,至关重要。它不是"假使",而是两个词——"但"与"使"。但,只要。诸葛亮《劝将士勤攻己阙教》:"但勤攻吾之阙,则事可定。"(只要尽力指责我的缺点，那么事情就可以确定了。）使：让。

把"但使"理解为"假使"，则三、四两句就是假设复句了，句意就成为慨叹世无良将的意思了，从而也就从根本上曲解了王昌龄此诗的意旨。

其实，三、四两句是条件关系"只（让）……（就）……"句意不是说连续几代没有良将，而是对良将不得任用、守将平庸无能的边关状况发出深沉强烈的喟叹，抨击的矛头直指唐廷，而又不仅指唐廷。

【艺术特色简介】此诗以平实的语言，对长期的边塞战争生活做了高度的艺术概括，把写景、叙事、抒情与议论紧密结合，在诗里熔铸了丰富复杂的思想感情，使诗的意境雄浑深远，使诗的内容耐人寻味。明代诗人李攀龙推奖它是唐人七绝的压卷之作。

## 114　荷叶罗裙一色裁（采莲曲二首·其二）

【题意简释】采莲曲：汉乐府清商曲名，本于汉乐府《江南曲》。王昌龄、李白、白居易等都借用"采莲曲"名为诗题，表明是模拟乐府诗体的，同时"采莲"两字还表明诗歌的题材。王昌龄的《采莲曲·二首》是其七言绝句组诗作品。这两首诗都描写了采莲女子的美貌，都具有诗情画意。

【内容简介】王昌龄《采莲曲》的第二首，巧借荷叶、荷花赞美采莲姑娘美丽容貌和青春活力。

【原文】

荷叶罗裙一色裁①，芙蓉向脸两边开②。

乱入池中看不见③，闻歌始觉有人来④。

【译文】

荷叶与罗裙像是用同一种颜色的衣料裁剪而成的，出水的荷花朝着采莲女的脸庞，（采莲女的脸庞朝着荷花）两边相对开放。

（采莲女）混杂进入莲池中就看不见（她们）了，听到歌声才发觉莲池中有人来（采莲）。

【注释及有关提示】①罗裙：罗裙本是人工裁成的，这不奇；而荷叶也用一个"裁"字，这既是赞美自然造化之妙，更是"人工"地让罗裙借来荷叶鲜活的色彩，从而暗中映衬采莲女的衣着之美。②芙蓉：荷花的别名。此句语言精练，表达精妙。由"两边开"见出"芙蓉向脸"后省略了"脸向芙蓉"，而且暗用了"脸像芙蓉"的比喻。③乱：混，混杂。句中的"看不见",不是看不清哪是花、哪是人(若此,则是对前面内容的重复),而是由前面人花难辨的情景——,进而写出混杂一片的情景——看不见采莲女。④始:才,方才。结句非常巧妙,写得既符合人的感知,又饶有趣味。

【艺术特色简介】此首以写意(国画的一种画法,以精炼之笔勾勒物之神意,不以工细形似见长)法,勾勒出采莲女置身于荷花丛中与荷花相互掩映、人花难辨的优美景象,表现采莲女子的整体神意,使全诗别具一种引人遐思的优美意境。

115　闺怨

【题意简释】古人"闺怨"之作,一般是写少女的青春寂寞,或少妇的离别相思之情,以此题材写的诗称"闺怨诗"。

【背景简介】唐代前期国力强盛,从军远征,立功边塞,成为当时人们"觅封侯"的一条重要途径。岑参《送李副使赴碛(qì,沙漠)西官军》中"功名只向马上取,真是英雄一丈夫"的诗句,就概括出当时许多人的这种社会价值取向。

【内容简介】王昌龄这首七绝,形象地描写了一个上流贵妇赏春时心理的急骤变化:原本无忧无虑,精神充盈,看到陌头柳色所显示的盎然春意,忽然意识到自己辜负了大好的青春年华,感到精神空虚,后悔让夫婿"觅封侯"而导致夫妻别离、青春虚度。

【原文】
闺中少妇不曾愁①,春日凝妆上翠楼②。
忽见陌头杨柳色③,悔教夫婿觅封侯④。

【译文】
闺中少妇未曾有过什么愁,明媚春日,精心妆饰,登上翠楼(观赏春景)。
忽然看到路旁的杨柳春色(惆怅之情涌上心头),后悔当初不该让丈夫从军边塞,建功封侯。

【注释及有关提示】①不曾愁,有两层含意:一是物质层面的,即不曾因为缺吃少穿而忧愁,说明这是一个生活优裕、餍甘饫肥的贵妇;二是精神层面的,即乐观浪漫,精神愉悦,诗意重在这个层面。不曾:一本作"不知"。②凝妆:盛妆。第二句紧承首句之"不曾愁",写这位少妇"不曾愁"的具体表现:精心打扮,自我欣赏;登楼观景,自我娱乐。前两句点出并概括写少妇"不曾愁"的具体表现,为后两句写其"忽""悔"蓄足了反衬性力量。③陌头：路旁。此句是全诗的关键，一个"忽"字精妙地写出了看似平常的"杨柳色"瞬间对这位闺中少妇内心所产生的巨大的冲击力量，形象地描绘出特定身份的观景者看似突然，实则必然的心理遽（jù）变。④觅封侯：寻求从军建功封爵。为什么"悔教夫婿觅封侯"呢？"陌头杨柳色"到底触动了这位闺中少妇哪条神经呢？诗人还是没有明说，而答案读者都能想象得五彩缤纷而又不偏经纬，这正是诗歌含蓄的魅力所在。

【艺术特色简析】（一）自然而又独特的起承转合。律诗的起承转合以"联"为单位，绝句的起承转合以句为单位。首句概括写"少妇不曾愁"，次句紧承首句具体写这位少妇"不曾愁"的表现，第三句笔锋陡转，写少妇"忽见陌头杨柳色"而心理骤变，最后一句近接第三句的陡转，远应一二句的"不曾愁"，以独特的翻转方式收束整首诗。

（二）含蓄委婉的抒情手法。诗贵曲而忌直，王昌龄的这首七绝以其含蓄的艺术手法，让人得到了隽永的美感享受。本诗着重描写了一个上流贵妇赏春时心理的急骤变化，而再突然的心理变化也有起因、过程、结果。心理骤变的"导火索"是"忽见柳色"，而由"见景"而"生情"之间的"催化物"是什么呢？诗人没有明说而诗中却蕴含着合乎这位闺中少妇心理变化轨迹的答案，让读者充分地想象、仔细地寻味。

## 116　芙蓉楼送辛渐·其一

【题意简释】此诗原题共两首，都是七绝。第一首写的是第二天早晨作者在江边送别辛渐的情景；第二首写的是第一天晚上作者在芙蓉楼为辛渐饯别的情景。芙蓉楼：原名西北楼，在润州（今江苏省镇江市）西北。登临可以俯瞰长江，遥望江北。辛渐：诗人的一位朋友。

【背景简介】此诗当作于天宝元年（742），王昌龄当时被贬为江宁（今江苏南京）县丞。辛渐是王昌龄的朋友，这次拟由润州渡江，取道扬州，北上洛阳。王昌龄可能陪他从江宁到润州，然后在此分手。

【内容简介】这一首诗巧妙地借题发挥，向世人表白自己冰清玉洁的品质。

【原文】
寒雨连江夜入吴①，平明送客楚山孤②。
洛阳亲友如相问③，一片冰心在玉壶④。

【译文】

寒冷的雨连接着长江的水在夜幕中进入吴地,天刚亮,送别好友时被寒雨淋了一夜的楚山显得非常孤寂。

洛阳亲友如果有人问到我的情况,(就请转告他们)我的一片冰清一样的心依然装在晶莹透明的玉壶里。

【注释及有关提示】①吴:古代国名,这里泛指江苏南部、浙江北部一带。连:连接。首句写景,不仅渲染出一种凄清寒冷、迷蒙无边的气氛,还显示出画面后之人辗转难眠、耳边不断传来潇潇的雨声和滔滔的江水声、身上感到阵阵的寒意、心中萦回着别样的思绪等情景。②平明:天亮的时候。次句,不像首句有画外音,而是以近景的离别之人和远景的孤峙之山,烘托出送友人时的依依不舍之情,也烘托出自己的凄寒孤寂之情。③相:我,用在动词前。④一片冰心在玉壶:这句诗,整体上是诗人自喻高洁清白的人格,也可以稍做玩味,把冰心和玉壶分开讲。冰心是诗人自喻原本的品质就像冰一样洁白透明,光明磊落。"在玉壶",则比喻用玉壶一样的操守准则自励、自律,洁身自好,未曾受到玷污。

【艺术特色简介】构思新颖。写送别朋友是借用来抒发自己心情的媒介,实质在剖白自己光明磊落的胸怀和表里澄澈的品节。寓情于景的写法和新颖独特的比喻也是本诗明显的写作特色。

## 117 饮马渡秋水(塞下曲四首·其二)

【题意简释】《塞上曲》和《塞下曲》皆出于汉乐府《出塞》《入塞》等曲(属横吹曲),为唐代新乐府题,歌词多是描写边境风光和战争生活的。这首诗的体裁实际是五言古诗。

【内容简介】这是王昌龄四首《塞下曲》的第二首,此首诗通过描写军旅生活的艰辛及战争的残酷,表现出反对黩武战争的思想情绪。

【原文】

饮马渡秋水①,水寒风似刀。

平沙日未没,黯黯见临洮②。

昔日长城战,咸言意气高③。

黄尘足今古,白骨乱蓬蒿④。

**【译文】**

让战马喝足水,渡过了秋天中的那条河;河水寒冷刺骨,秋风凛冽如刀。

广大空旷的沙漠上,夕阳尚未下落;昏暗中看见遥远的临洮。

过去长城脚下的一次次鏖战,都说戍边战士的意气高。

弥散的黄尘充满在自古以来的大漠之中,遍地的白骨混杂在蓬蒿野草之中。

**【注释及有关提示】** ①饮(yìn):给(让)……喝。《礼记·檀弓下》:"平公曰:'寡人亦有过焉,酌而饮寡人。'"〔晋平公说:"我也有过失,倒杯酒来,而让我喝(自罚)一杯。"〕特指给牲畜水喝。《左传·宣公十二年》:"将饮马于河而归。"(将在黄河给战马水喝,然后返回。)秋水:秋天中的某一条河,不具体指哪条河,则更具广泛性,与电影《上甘岭》插曲中"一条大河波浪宽"之"大河"有异曲同工之妙。②平沙:广漠的沙原。杜甫《后出塞》诗五首之二:"平沙列万幕,部伍各见(xiàn)招。"(广漠的沙原排列着万座帐幕,众多队伍各显现箭靶。招,箭靶。)黯黯(àn):昏暗模糊的样子。临洮(táo):古县名,秦置,治所在今甘肃岷县,以临近洮水得名。秦筑长城,西起于此,故有"昔日长城战"之语。③昔:有的作"当",欠妥,因为"当"只局限于一次激战。长:有的作"龙",也欠妥,因为"龙"只局限于一个战场。"当"与"龙"都与下联的"今古"不符。咸:皆,都。王羲之《三月三日兰亭诗序》:"群贤毕至,少长咸集。"(众多有才德的人,年轻的、年长的都到了。)④足:充实,充足。乱:混杂。

**【四联大意】**

首联:泛写将士们在荒寒的塞外时常渡过寒冷的河流、忍受刺骨的秋风的艰苦的军旅生活。

颔联:精彩地描写出一幅辽阔苍茫的大漠眺望图,景中所寓含的将士们的心情是非常复杂的,他们在大漠茫茫之中、天色黯淡之时眺望临洮,会不由地生出何样的感慨呢?是万丈的豪情,还是不尽的怨尤?是悠悠的乡愁,还是默默的哀叹?不管将士们的是何种情感,诗人的见解却是理智深刻、震撼人心的。

颈联:为尾联的描写性议论作反衬性铺垫。

尾联:以弥漫的黄尘、遍地的白骨这些铁的历史和残酷的现实,震撼人心地表述了反对黩武的鲜明观点。

**【艺术特色简介】** 此诗在构思上的特点,是用侧面描写来表现主题。诗中没具体描写战争,而是通过对边塞将士的军旅生活、塞外景物和昔日战争遗迹的描绘,来表达诗人对战争的看法。

118　西宫怨

**【题意简释】** 西宫：代指西宫中的宫女。怨：点明本首诗的主旨。

**【内容简介】** 这首七绝生动地描写了一个被幽闭在深宫里的女子在一个花气袭人的春夜的一连串的动作、意态，精妙曲折地表现出她内心的幽怨。

**【原文】**

西宫夜静百花香①，欲卷珠帘春恨长②。
斜抱云和深见月③，朦胧树色隐昭阳④。

**【译文】**

西宫内，春夜寂静，百花飘香；（四溢的花香诱使这位宫女）想要卷起珠帘（走到院中，观景赏花），（但是，不赏春景）已是春恨绵绵了。

只好斜抱琴瑟，凝望冷月（独自出神）；（她逐渐把视线移向昭阳宫方向），只见夜幕中，远处，一片朦胧的树色隐蔽着昭阳宫。

**【注释及有关提示】** ①西宫：妃嫔居住的宫。首句用自然环境的百花飘香，反衬这位宫女孤独凄凉的处境。宫女的地位决定了她们大多都有春怨，而这位宫女此夜的春怨是由何引发的呢？王昌龄非常巧妙地通过描写宫女典型的生活环境，点出了其中之一的百花，而更为巧妙细腻的是精准地点明了触发宫女春怨的是随风飘来的阵阵花香。为什么不是姹紫嫣红的花色呢？当句中一个"夜"字，交代了一个方面的原因：一般来说，夜色笼罩下不易看清花的颜色，而容易闻到花的香味。另一个方面的原因，诗人在下句中解答。②珠帘：珍珠缀成的或饰有珍珠的帘子。

**【阅读笔记·细腻曲折的心理刻画】**

"欲卷珠帘春恨长"一句，是一个紧缩的转折复句，意为：想卷起珠帘走到院子中赏花，但是（不见春景）已经是春恨绵绵了，（何必再自寻没趣呢？）这个内容复杂的紧缩句，既自然地回答了上句所写的宫女只闻到花香的第二个方面的原因——人在室内，又曲折地反映出宫女在"卷"与"不卷"间的心理矛盾，还有句外意，即还含有宫女的选择结果——不卷珠帘，仍然闷于室内。真是：夜静宫深百花香，诱得斯人欲外赏。春恨已存绵绵长，何必卷帘添忧伤！

③云和：古时琴瑟等乐器的代称。这位宫女不到室外赏花，就能恬然而眠吗？肯

定不能。而闷坐在室内，还是时间难熬，幽恨难销，于是就想到了弹琴。而她弹了没有呢？肯定没有。为何？可能是夜深人静不便弹，也可能是百无聊赖不想弹了。于是，斜抱着琴瑟，深深地望着天上清冷的月亮。"深见月"的外在动作，折射出女主人公幽怨之深的内心活动。④昭阳：宫殿名。"武帝时，后宫八区，有昭阳……殿。"有的说，昭阳宫是汉成帝作的。后世小说、戏曲多以昭阳宫为皇后所居之宫。女主人公心存希望，所以由望月转为望昭阳宫。结果呢？即使一个微小的希望也不能实现，因为夜幕之中，又隔着重重门户，还被朦朦胧胧的树影隐蔽着，怎能看得见呢？这种染有悲剧色彩的景，加倍映衬出女主人公处境之可怜、心境之凄凉。

【诗句简析】

首句：描写宫女的生活环境，引起下面对宫女的矛盾心理和无限幽恨的描写。

次句：精妙地描写出女主人公欲卷珠帘又终不卷的心理变化过程。

第三句：通过抱琴望月的行动描写，形象地表现出了女主人公欲排遣幽恨又终不得排遣的精神状况。

第四句：通过描写女主人公遥望昭阳宫的情景，展示出女主人公心存希望而又希望破灭的怅惘之状。

【艺术特色简介】情景交融。一、二、三句，是叙事中有情，第四句是景中寓情。

## 二十八、金昌绪 1 首

119　春怨

【作者简介】金昌绪，余杭（今属浙江省余杭县）人。唐玄宗时人（生卒年不详）。现仅存《春怨》诗一首，历代流传。

【题意简释】春怨：春光引起的愁怨。

【内容简介】此首五绝，通过描写一位女子怀念从军辽西的丈夫的悲剧性情景，反映了当时社会的兵役制度给人民带来的痛苦和怨恨。

【原文】

打起黄莺儿，莫教枝上啼①。

啼时惊妾梦②，不得到辽西③。

【译文】

把黄莺儿从房前的树上打起来（让它飞走），不让它在树枝上叽叽喳喳地啼叫。

它在枝上啼叫时，惊破了我的梦，（我就）不能（在梦中）到辽西（去会见亲人了）。

**【注释及有关提示】**①教（jiāo）：使，令，让。②妾：古代女子自称，表示谦卑。③辽西：辽河以西，是唐代边防重地，诗中指女主人公丈夫所在的边防地，唐与契丹曾长期在此地交战。

**【艺术特色简析】**（一）语言特色：生动活泼，口语化，具有民歌色彩。

（二）章法特点：通篇句句相承，环环相扣，四句诗形成一个不可分割的整体。古人把诗的章法分为两种：①一句一意，如杜甫的《迟日江山丽》和《两个黄鹂鸣翠柳》，是一句一绝格，"摘一句亦成诗"。②"一篇一意"，"摘一句不成诗"，本首《春怨》即属此格，且被誉为绝句一气连贯之章法的代表。

（三）构思特点：①句句设疑，层层剥笋。首句平地起奇峰：黄莺是讨人喜欢的鸟，为什么要打它呢？第二句承上启下，既释首句之疑，又设新疑。打起它的目的是不让它在枝上啼叫，又暗含"在枝上啼叫又如何"的新疑。第三句如同第二句，既释疑又设疑：在枝上啼叫就惊了妾的梦，而为什么这样怕惊醒自己的梦呢？于是又自然地逗出结句。结句托出连环相扣的最后谜底：原来女主人怕惊醒的不是一般的梦，而是到辽西的梦。结句虽然已经托出最后的谜底，但仍是言已尽而意未尽，还包含一个疑问，"不得到辽西"又怎样呢？虽有疑问，却又不言而喻："不得到辽西"，连梦中在辽西与亲人相会的愿望也不得实现。②层层倒叙，步步回推。为见亲人，只好做梦，为免惊梦而不让莺啼，为不让莺啼而把莺打起。而诗人却倒过来写，把目的设成谜底，最后揭晓答案，产生出人意料又令人回味无穷的艺术效果。

## 二十九、常建2首

**【作者简介】**常建（公元708—765年），唐代诗人，字号不详。唐玄宗开元十五年（727）与王昌龄同榜进士。曾任盱眙（xūyí，县名，在江苏省淮阴市西南）尉。天宝间卒。其诗多为五言，常以山林、寺观为题材，兴旨幽远。《题破山寺后禅院》一首，为世传诵。也善作边塞诗。殷璠（唐代诗选家）《河岳英灵集》（选开元、天宝间二十四人诗，二卷）首列其诗。有《常建集》。（节录自《辞海》）

120 **玉帛朝回望帝乡（塞下曲四首·其一）**

**【题意简释】**塞下曲：为唐代新乐府题，本诗体裁实际是七绝。

**【内容简介】**唐朝的边塞诗，大致分为两类，一是慷慨高昂的建功报国之调，二是凄婉低回的怀远思乡之曲。前者如王昌龄的《从军行·四》："青海长云暗雪山，孤城遥望玉门关。黄沙百战穿金甲，不破楼兰绝不还。"后者如柳中庸的《征人怨》："岁岁金河复玉关，朝朝马策与刀环。三春白雪归青冢，万里黄河绕黑山。"常建的这首《塞下曲》（四首之第一首）却独辟蹊径，弹出了不同寻常的音响。诗人借西汉朝廷与乌孙古国友好往来的历史一幕，讴歌化干戈为玉帛的美好局面，表达民族友好的主题，赋予边塞诗一种全新的意境。

【原文】
玉帛朝回望帝乡①，乌孙归去不称王②。
天涯静处无征战③，兵气销为日月光④。

【译文】
（西汉时乌孙使者）执瑞玉、束帛朝见汉皇完毕，归途中频频回望帝京长安；乌孙使者归回后，乌孙国不再称王。

天涯之处如此安静，是因为没有了往日的血腥征战、残酷厮杀；战争的阴云消散净尽，代之以日月的光华（普照人间）。

【注释及有关提示】①玉帛：瑞玉和束帛，古代典礼最重玉帛，因泛指礼器，又指朝聘、会盟时所持的礼物，引申为和好的意思，如"化干戈为玉帛"。朝（cháo）：朝见（皇帝）。回：返回（本土）。"望"的细节描写，形象地表现出乌孙使者感念汉皇恩重义笃，恋恋不舍的情景。帝乡：皇帝的故乡，此指京城。②乌孙：汉代西域国名，在今新疆伊犁河流域。此处借指唐代的西域国家。不称王：放弃王号。③"静处"与"无征战"是倒装的因果关系，即，因"无征战"，故"天涯（为）静处"。④兵气：战争的云气。兵，关于军事或战争的。气，云气。销：消失，消散。

【阅读笔记·诗眼"静"字之妙】

诗眼"静"字，显示了今日边关和平宁静的情景，令人不由想起往昔狼烟滚滚，杀声阵阵，尸骸遍地，血流成河的凄惨景象，从而巧妙地把今日的和平与昔时的战乱作了明暗交织、实虚互映的对比，并与下句的"销"挽合，显示出战争的阴霾消散净尽、日月的光华照彻寰宇的静美和平景象。

121 题破山寺后禅院

【题意简释】破山寺：即兴福寺，在今江苏常熟市西北虞山上。

【内容简介】《题破山寺后禅院》这首题壁五律诗，通过描写破山寺后禅院幽深寂静的境界，抒发了诗人忘却世俗、寄情山水的隐逸胸怀。

【原文】

清晨入古寺，初日照高林①。

曲径通幽处，禅房花木深②。

山光悦鸟性③，潭影空人心④。

万籁此俱寂⑤，但余钟磬音⑥。

【译文】

清早走进古老寺院，初升的太阳照耀着山上高处的树林。

弯曲的小路通向幽深之处，禅房前后的花草树木苍翠欲滴。

山，光亮明媚使鸟性愉快；潭，清澈映影使人心空净。

万物在此都沉默静寂，只留下了敲钟击磬的声音。

【注释及有关提示】①高林：语意双关，明写高处的山林，与出句的"清晨"对应，太阳平射，只照到高处的山林，足见诗人观察之细；暗赞佛家所称僧徒聚集处的"丛林"。"丛林"既然是"高林"，那么"禅院"就是"高院"了，故礼赞佛宇之情不露痕迹地寓于景物描写之中了。②禅（chán）房：僧人坐禅之室。深：（颜色）浓。陆游《春望》诗："波光迎日动，柳色向人深。"（波光迎着太阳潾潾地晃动，柳枝朝着人们泛出浓浓的翠色。）

【阅读笔记·色浓意更深】

诗人用一个"深"字，不只是为了押韵，更重要的是抓住关键，以少胜多。写花木的颜色，如同画人的眼睛。通过人的眼睛能看出人的精神状态，甚至能透视到人的心灵隐秘。同样道理，通过花木的颜色能映出花木的体态、生长趋势等。一般情况下，颜色深的花木，不管是高树，还是矮草，不管是芬芳争艳的鲜花，还是悄悄攀爬的藤蔓，都是生机勃勃、旺盛繁茂的。一个"深"字，产生了连锁效应——浓浓的颜色，显示的是花木的繁茂；而繁茂的花木遮蔽中的禅房，更显得清幽静谧。

③光：明亮，光辉。与首句的"初日"呼应，指太阳照耀下的山光亮、明媚的样子。悦：使……悦。性：性情。④空：使……空。⑤万籁：自然界的各种声响。籁（lài），孔穴里发出的声音，泛指声音。此：指示代词作处所状语，在此，即在后禅院。⑥钟：古代一种响器，中空，挂于架上，以槌叩之而鸣，祭祀、宴享等用作乐器。磬（qìng）：

古代一种用美石或玉制成的打击乐器，形状像曲尺，此指佛教徒用的一种铜制打击乐器。

**【四联大意】**

首联：写游破山寺的时间及所见之旭日初升、光照高林的亮丽景色，好像是游记散文对时间和景点的常规交代和即兴描写，继续阅读下文，就知还有更深刻的寓意和更精巧的艺术。

颔联：写穿过寺中弯曲的小路，来到寺院幽深之处，眼前突然展现出繁花丛林簇拥着禅房的幽静而美妙的意境。读至此，人们方悟：首联的平淡无奇，是为颔联的异景突现蓄势的；首联的亮丽景色，是为映衬颔联的幽静景象铺垫的。宋代欧阳修十分喜爱"曲径"两句，欲"效其语作一联，久不可得，乃知造意者唯难工也"（仿效"曲径通幽处，禅房花木深"那两句创作一联，很长时间不能得到，才知道创造意境的艺术是最难工巧的），最终还是"莫获一言"（没有想好一个字）。

颈联：以"悦鸟性"映衬"空人心"，形象而又含蓄地写出了这种幽美绝世的境界使人灵魂净化，自然产生愉悦、忘俗、空明的心灵感应。

尾联："俱"与"但"不矛盾，既是用舛互的修辞方法（参见《木兰诗》"主要艺术特色简析"），突出破山寺唯一的声响——钟磬音；又是以动衬静，用袅袅的钟磬之音衬托出万籁俱寂的境界，这与南朝王籍的"蝉噪林愈静，鸟鸣山更幽"有异曲同工之妙。如果说颈联主要突出了后禅院的幽美，那么尾联则主要突出了后禅院的幽静，而且静中又凸显出代表佛门深微意义的钟磬主调。这就见出由"空人心"至唯闻"钟磬音"的波澜不惊的心理变化过程：诗人在心灵净化后，随之萌生了欲遁入空门的禅念。

**【艺术特色简析】**（一）层次分明。从纯粹的山水诗来看，常建的这首诗犹如一篇浓缩的游记散文，按照游踪，移步换景，一路写来，清清楚楚。开篇交代时间、景点，顺势描写旭日东升，光照高林的景象；然后描写通过弯弯曲曲的小路，到达寺院的幽深之处，见到禅房掩映在繁花翠木之中的景象；接着描写山美悦鸟兴，谭幽空人心的中心佳景，最后以万籁俱寂，钟声袅袅的幽静之景收束全篇。

（二）常建这首诗的本质特点在于"曲径通幽"的巧妙构思。诗人在引导你漫步游览之中，在你漫不经心之时，突然把你引入胜境，然后让你自己体会幽美寂静之景中所蕴含的禅意、旨趣。

（三）本诗的语言随同诗的构思、风格，不雕琢辞藻而工于造意，含蓄精妙。如，一首诗创造出"曲径通幽""万籁俱寂"两个成语，足见此诗语言的洗练和隽永。

## 三十、王维 13 首

【作者简介】王维（约公元701—761年），唐诗人，画家。字摩诘，先世为太原祁（今山西祁县）人，其父迁居于蒲州（治今山西永济西），遂为河东（古代指山西境内黄河以东地方）人。开元进士。累官至给事中（唐属门下省的官。给，读 jǐ）。安禄山军陷长安时曾受伪职，乱平后，降为太子中允（太子官属）。官至尚书右丞（与左丞一起主持尚书台，监察百官，权势极大），故世称王右丞。中年后居蓝田（县名，属陕西省）辋川（水名，在蓝田县南），过着亦官亦隐的优游生活。前期写过一些以边塞为题材的诗篇。但其作品以山水诗最为后世所称，通过田园山水的描绘，宣扬隐士生活和佛教禅理；艺术上极见功力，体物精细，状写传神，具有独特成就。兼通音乐，精绘画。北宋苏轼称他诗中有画，画中有诗。

### 122　使至塞上

【题意简释】担任使者到边塞。塞，读 sài。

【背景简介】开元二十五年（737）夏，河西节度副使崔希逸大破吐蕃（tǔbō，我国古代少数民族，在今青藏高原。唐时曾建立政权），唐玄宗命王维以监察御史的身份赴凉州河西节度幕府宣慰，察访军情，并在那里任节度判官。这实际上是将王维排挤出朝廷。此诗作于赴边途中。

【内容简介】这首纪行的五言律诗，描写这次出使途中所见的边塞雄浑景象，并流露出对此行的不满情绪。

【原文】

单车欲问边①，属国过居延②。
征蓬出汉塞③，归雁入胡天④。
大漠孤烟直⑤，长河落日圆⑥。
萧关逢候骑⑦，都护在燕然⑧。

【译文】

独自乘坐一辆车要慰问边塞将士，作为使臣要到居延看望戍边将士。

奉命远行的人就像随风而去的蓬草飘至汉朝时的边塞，（此时）归巢的大雁飞入了北方的天空。

浩瀚无边的沙漠上，冉冉飘升的狼烟直直的；横贯大漠的一条河上，缓缓下落的太阳圆圆的。

到了萧关遇到骑马的侦察兵，（侦察兵说）都护府的长官在燕然前线。

【注释】①单车：既无随从，也无护卫，结构上，为下文的"征蓬"作铺垫；情感上有不露痕迹的怨尤。问：慰问。晁错《论贵粟疏》："吊死问疾。"（慰问丧家和患病之人。）②属国：官名，典属国的简称，唐人有时以典属国代称出使边陲的使臣，此是诗人自指。过：拜访，探望。居延：边塞名，汉初为匈奴南下凉州的要道。

【阅读笔记·（1）属国何谓】

有的释"属国"为"附属于唐的少数民族政权""汉地域名称"等，似均欠当。因为：一是本句句意不通；二是五言诗的一句中若无特别的艺术构思，则没有必要用四个字（属国、居延）交代地名；三是有伤于次句与首句及第三句联系的逻辑性。首句交代什么事情，次句紧承首句交代什么人到什么地方，两句暗含问与答的关系。首句暗含谁乘单车？欲到何地？次句答：朝廷使臣典属国（乘单车），到居延（问边）。第三句中"征蓬"一样的人之实际状况与次句所铺垫的堂堂的大唐"属国"身份的人之所应有的境况形成反差，从而含蓄地抒发了典属国（诗人）的不满情绪。所以，"属国"应是"问边"的使臣，而不是一个什么"政权"或什么地名。

③征蓬：随风飘飞的蓬草，比喻远行的人。④归雁：雁是候鸟，春天北飞，秋天南行，这里是指大雁北飞。胡天：胡人的领空。这里是指唐军占领的北方地方。

【阅读笔记·（2）正衬与反衬】

古诗中多用飞蓬比喻漂流在外的游子，这里却借飞蓬的喻体，形象地写出了与大唐使者身份极不相称的孤寂、飘零的窘况。蓬草的命运与诗人的命运相似，这是正衬。诗中说"汉塞"而不说"关塞、边塞"等，不只是为合于平仄、对仗，还在空间概念上加进了对历史问题的思考——从汉初至唐玄宗这九百多年间，边塞情况及对国家、百姓的影响究竟如何呢？在一派大好春光中大雁北归旧巢生子育雏，是顺其性，得其所，这与诗人被排挤出朝廷单车跋涉于浩瀚大漠的境况迥然相异，这是反衬。

⑤孤烟：一说古代边防报警时点燃狼粪，"其烟直而聚，虽风吹之不散"。二说塞外多旋风，"袅烟沙而直上"（摇动着烟和沙而直上）。据后人有到甘肃、新疆实地考察者证实，确有旋风如"孤烟直上"。⑥长河：指流经凉州（今甘肃武威）以北沙漠的一条内陆河。圆：大漠、长河背景下的太阳，显得格外圆。

【阅读笔记·（3）千古名句】

"大漠孤烟直，长河落日圆"，这一联描写塞外奇特壮丽的风光，画面开阔，意境雄浑。王国维称之为"千古壮观的名句"。《红楼梦》中香菱对黛玉说:"诗的好处,有口里说不出来的意思,想去却是逼真的。有似乎无理的,想去却是有理有情的。"黛玉说:"这话有了些意思,但不知你从何处见得?"香菱笑道:(王维的《塞上》)"那一联云'大漠孤烟直,长河落日圆。'想来烟如何直?日自然是圆的。这直字似无理,圆字似太俗。合上书一想,倒像是见了这景的。若说再找两个换这两个,竟再找不出两个字来。"曹雪芹借初学写诗之人的口,极为通俗又极为艺术地赞扬了王维这两句诗平实而又无可更易的用语和独特而又高超的艺术境界。

诗人描写沙漠风光,把自己的孤寂情绪融进自然景象中。沙漠,大而空旷;狼烟,直而孤立;大河,长而辽远;落日,圆而温暖。这一切景所寓的情是孤寂而又有点自我慰藉。

⑦萧关:古关名。候骑(hòu jì):巡逻侦察的骑兵。⑧都护:边疆重镇都护府的长官。燕(yān)然:汉朝窦宪领兵出塞三千余里,打破匈奴,登燕然山,刻石记功而返。此借代前线。

**【四联大意】**

首联:出句交代"问边"的事件;对句承接出句,点明乘车之人是使臣、问边之地是居延。这是纪行诗,要交代时间、地点、人物、事件。

颔联:描写自己作为使者孤孤单单赴边宣慰的情景,景中明显寓含着怨愤之情。

颈联:精准地描写了大漠特有的孤烟直、落日圆的景象。

尾联:写得很含蓄,代表皇帝宣慰而没有见到主帅,可能还要单车前行。其实,就本诗的主旨看,是否见到主帅并不重要。

**【艺术特色简介】**用词锤炼至极。清代王士禛评此诗:"'直''圆'二字极锤炼,亦极自然。后人全讲炼字之法,非也;不讲炼字之法,亦非也。"

### 123 送元二使安西

**【题意简释】**元二:诗人的友人元常,排行老二,故名"元二"。使:出使。安西:指唐代安西都护府,在今新疆维吾尔自治区。

**【内容简介】**这首诗又叫《赠别》,因为是乐府诗,故又叫《渭城曲》《阳关曲》《阳关三叠》。这首诗写出了极具普遍性的惜别之情,而且语言朴实,形象生动,在唐代便被谱成了《阳关三叠》,后来又被编入乐府,成为饯别的名曲,历代广为流传。大约作于安史之乱前,是古代送别诗中的名作。

## 【原文】

渭城朝雨浥轻尘①，客舍青青柳色新②。
劝君更尽一杯酒③，西出阳关无故人④。

## 【译文】

清晨的微雨沾湿了渭城地面的灰尘；旅馆的青砖绿瓦、旅馆周围的柳树，经微雨润湿都显得格外清新明朗。

劝您再饮一杯酒，您向西出了阳关到了人烟稀少的地方，就见不到老朋友了。

【注释及有关提示】①渭城：秦时咸阳城，汉代改称渭城，在今西安市西北，渭水北岸。浥：（yì）：沾湿，润湿。②客舍青青柳色新：这句用了互文的修辞方法，意即"客舍、柳色都青青，客舍、柳色都新"。参见《陌上桑》"盈盈公府步，冉冉府中趋"之写法简释。

## 【阅读笔记·（1）清新之景不舍之情】

清代徐增《而庵说唐诗》中说："人皆知此诗后二句妙，而不知亏煞前二句提顿得好。"此语精准地点出了许多人阅读《渭城曲》，因为后两句太过打动人心而忽略了前二句的妙处的问题。说"前二句提顿得好"，大概至少有两点"好"。第一，清新宜人的美景"提顿"（铺垫）出主人对客人恋恋不舍的深情。细雨蒙蒙，浮沉浥湿，客舍青青，柳色变新，在这春意浓浓，空气清新的早晨，一对知心朋友怎忍心就此别过呢？因此，内在的依依不舍自然地就外化为频频举杯。第二，前二句对渭城清新之景的描写，为后两句"更尽一杯"的劝酒做好了暗中扣合的、反衬性铺垫。阳关之外不仅没有"故人"，而且相比渭城，常年荒寒，"春风不度"，于是主人就真诚地"劝君更尽一杯酒"。

③更：再。

## 【阅读笔记·（2）彻夜长饮】

"劝君更尽一杯酒"，凸显出一个举杯劝酒的特写镜头。一个"更"字，包含着主客之间重复多次的推杯把盏和绵延无尽的互诉衷肠；甚至令人想到，这送别的酒宴，主客何时入席，酣饮多少，畅谈多久。大概不会是清晨刚入座吧，若然，则何以"更尽一杯"呢？大概也不会是半夜入座吧，如此，则有点悖谬常情。可能是送行的晚宴，一直持续到"朝别"。由此来看，首句特别强调的清晨的"雨"，已为后文的"更"埋下伏笔，从而前后照应，说明主客依依惜别，彻夜长饮。此种暗施轻功的写法较之明用蛮力的写法更费周章，因而也更有韵味。

④阳关：在今甘肃省敦煌西南，与玉门关同为通西域重要关塞。出玉门关者为北道，出阳关者为南道。故人：老朋友。

**【阅读笔记·（3）设身处地】**

诗人平实的话语，包含了对友人西去绝荒之域设身处地的担忧，对友人离别亲友的孤独处境的情深意笃的体贴，也深深地叩击了一代又一代惜别之人的心弦，久响不绝。清代沈德潜《唐诗别裁》中说："阳关在中国（中原）外，安西更在阳关外。言阳关已无故人矣，况安西乎？此意须微参（精微地考察）。"

**【诗句简析】**

首句：描写式交代送别的时间、地点、环境气氛。

次句：承接首句的"朝雨"，描写送别之地经过微微细雨轻轻洗涤后的清新景象。

第三句：描写劝客再饮一杯的细节。

末句：承接第三句，说明劝友人再尽一杯酒的理由。

**【艺术特色简介】**语言平实，诗味隽永。清代吴瑞荣在《唐诗笺要》中说："不作深语，声情沁骨。"（不用深刻的语句，而声韵情感沁入人的骨头。）全诗以洗尽雕饰、明朗自然的语言抒发离别之情，写得情景交融，韵味深永，具有很强的艺术感染力，落成之后便被人披以管弦，殷勤传唱，成为流传千古的名曲。明末清初黄生《唐诗摘抄》中说："先点别景，次写别情，唐人绝句多如此，毕竟以此首为第一，唯其气度从容，风味隽永，诸作无出其右（没有超出在他的上面的。右，上，古代以右为尊）故也。失粘（写作律诗、绝句时平仄失误，声韵不相粘贴）须将一二倒过，然毕竟移动不得，由作者一时天机凑泊（凝合，聚结），宁可失粘而语势不可倒转。此古人神境，未易到也。"清代徐增《而庵说唐诗》中说："此诗之妙只是一个真，真则能动人。后维（王维）偶于路旁，闻人唱诗，为之落泪。"

## 124　鸟鸣涧

**【题意简释】**王维为友人皇甫岳云溪别墅五处景点写一组诗《皇甫岳云溪杂题五首》，《鸟鸣涧》是该组诗之第一首。

**【内容简介】**这首五绝描绘山间春夜中幽静而美丽的景色。

**【原文】**

人闲桂花落①，夜静春山空②。

月出惊山鸟，时鸣春涧中③。

【译文】

　　人，极为悠闲，因而感知到了桂花花瓣的飘落；夜阑人静之时，春天的山显得格外空寂。

　　月亮升起，(银光四射)惊动了将要栖宿的山鸟；(它们)在春涧中不时地鸣叫几声。

　　【注释及有关提示】①桂花：桂花有春桂、秋桂、四季桂等不同种类，此处所写的当是春日开花的春桂。花瓣飘落，理论上是有声音的，而实际是听不到的；诗人是像"闲敲棋子落灯花"一样观察到的，还是感知到的？诗含禅意，难以断言。总之，"人闲"与"花落"相互映衬：人若不"闲"，则难察静悄悄的"花落"；能察静悄悄的"花落"，则人一定"闲"极。只此一句就令人惊叹于诗人的捕捉能力、感知能力、造境能力。②"夜静"与"山空"也是相辅相成的映衬：夜静就映衬得春山更为空寂，山空就映衬得春夜更为静寂。③时：不是"时而""偶尔"的义项，句中义是"不时""不定什么时候"，用了"节短"的修辞方法。三、四两句表面写月亮和山鸟，实际还是为了突出一、二两句的"人闲"和"夜静"的，只不过是改换为以动衬静的表达方式。正当夜静山空之时，明月升起，投射银辉，使将要栖宿的山鸟因突现光亮而惊觉而鸣叫，以至于夜幕之下、山涧之中不时回荡着的鸟鸣之声使人倍感夜之静、山之空。这正是契合"鸟鸣山更幽"的心理感觉而自然产生的艺术效果。

　　【艺术特色简介】正衬与反衬相结合的艺术手法。整首诗围绕"静"这个核心，正反两面用力。一、二句是以静衬静的正衬："人闲"与"花落""夜静"与"山空"相互映衬，相辅相成。三、四句是以动衬静的反衬：山鸟惊动、"时鸣春涧"之动，反衬得春夜更幽、春山更静。

## 125　杂诗三首·其一

　　【题意简释】本组诗以五言绝句的体裁，表现思妇思夫、游子思乡的题材。

　　【内容简介】第一首诗生动地描写了女主人公陈述能够得到家信的"充足"理由和希望落空的悲剧结局。

　　【原文】

　　家住孟津河①，门对孟津口。

　　常有江南船，寄书家中否？

【译文】

家住在孟津河旁,家门对着孟津渡口。

常有来自江南的船,是否有夫君自江南寄回家中的书信呢?

【注释】①孟津河:指河南洛阳北部的黄河南岸一带,是"武王伐纣,与八百诸侯会盟"之地,为古代交通要道。

【艺术特色简析】逐层反衬,语尽景现。前三句看似是对得天独厚的家居条件的平实交代,实际是女主人公认为夫君应该有家书寄回的理由陈述:家住交通便利的要津,不是书信难达的僻壤;而且家门正对乘船方便的渡口;而且河中常有南来北往的商船。通信条件如此地优越,经常收到家信是理所当然的呀!于是,女主人公一次次地向船家询问:有没有从江南寄至我家的书信啊?诗人未写船家的回答,而答案却是不言而喻的:没有啊!诗人通过层层叠加的铺垫,把女主人的希望举得高高的,突然,重重地跌落为希望的破灭。不仅如此,最后一句是真真正正的言尽意未了,悲剧性的结局,含蓄而又形象地映衬出女主人公愿望落空后无奈与迷惘的精神状况。人们情不自禁地拍案叫绝:诗中有画的王维竟以极为通俗的诗句,活画出了人物极难描摹的精神世界。

126 杂诗三首·其二

【内容简介】第二首诗通过游子一人连续的四句话,独问家中寒梅花开与否的情形,艺术地表现出游子思念家人的深厚情感。

【原文】

君自故乡来,应知故乡事。

来日绮窗前①,寒梅著花未②?

【译文】

您是刚从我们家乡来的,应该了解家乡的事情。

请问您来的时候我家雕画花纹的窗户前,那一株蜡梅,长出花朵了没有?

【注释】①来日:来的时候。绮(qǐ)窗:华丽的窗子。②著(zhuó)花:长出花蕾或花朵。著,"着"的本字,附着。未:用于句末,相当于"否",表疑问。

【艺术特色简析】独问梅花,构思精巧。久居于外的游子,见到故乡的亲友,大概最关心的首先是人,如父母妻子儿女亲朋等;其次是物,如庭院堂舍、庄稼菜园等。而主人公独问寒梅,读者绝不会认为这是一种爱梅的癖好,而是从中咂摸出一些独特的味道。如,也许有宋之问那样"近乡情更怯,不敢问来人"的深层担忧。而"不敢问"不等于"不想问"。主人公急于要问的是"人",却巧妙地采用迂回的方法——通过问物,达到问人的目的。在主人公眼中,故乡最有典型性的物,就是自己家中绮窗前的那株寒梅。绮窗代指妻子闺房,寒梅大约是夫妻共同的喜爱,因而绮窗前寒梅的状况,也就能透射出与之朝夕相伴的女主人的状况。这大概是诗人安排主人公独问梅花的妙旨所在。

## 127 杂诗三首·其三

**【内容简介】** 承接第二首的"问梅",通过见梅发、"闻啼鸟"、"视春草"这些时间延续的形象说法,抒发游子逾时不归的灼心的乡愁。

**【原文】**
已见寒梅发,复闻啼鸟声。
心心视春草①,畏向阶前生。

**【译文】**
已经看见梅花开了,又听见鸟儿的啼叫声。
一次次怀着惶恐之心看着春草(生长),愈来愈害怕茂盛的春草眼看就要蔓延到阶前了。

**【注释及有关提示】** ①心心:清代黄叔灿的《唐诗笺注》说,"心心"字妙,若作"愁心",浅矣。黄老先生说,"心心"字妙,而"妙"在何处呢?笔者揣测,"心心"二字迭用,显然不是指两人或多人的,而是一人多次的,即"一次次……"。联系下句的"畏"字看,"心心"在此句中特定含义,大概是"一次次怀着惶恐之心"。

**【艺术特色简析】** 逐层加深的铺垫。短短的四句诗,竟用三句铺垫。而此组诗中一、三篇的铺垫各具特色,各臻其妙。第一首是层层加高的铺垫,铺垫到最高处,突然摔下,与末句形成强烈反差。第三首是层层加深的铺垫,铺垫到最深处,自然地把结句所凝结的核心情感推涌出来。"已见"是此组诗中后诗承接前诗的加深;"复闻"不仅由视觉转换为听觉,更是程度的加深;"心心"使思乡之愁达到最深的程度,最后一个"畏"字,在三层连续地铺垫下,达到抒情的最高潮。

## 128　九月九日忆山东兄弟

【题意简释】九月九日：即重阳节。山东：具体指华山以东诗人的故乡山西蒲州。

【内容简介】这七绝是诗人十七岁时创作的一首游子思乡的佳作。

【原文】

独在异乡为异客①，每逢佳节倍思亲②。
遥知兄弟登高处③，遍插茱萸少一人④。

【译文】

独在异乡身为异乡之客；每到佳节，更加思念亲人。

远远地料想兄弟们今日登高之处；一个个在头上插上茱萸，却遗憾少了一人。

【注释及有关提示】①开篇用一个"独"字和两个"异"字，明确地交代了自己举目无亲的生活环境，也流溢着自己寂寞凄然的内心感觉，这就为下句引起广泛共鸣的抒情，做好了逻辑发展、诗情推进的绝好铺垫。②倍：倍加，更加。

【阅读笔记·叩击心弦响千秋】

独在异乡的游子，平时生活上得不到亲人的照顾，情感上得不到亲人的慰藉，而每到佳节良辰家人欢聚之时，就更加凄然于处境之孤独，因而也就更加思念故乡的亲人。"每逢佳节倍思亲"是人人心中之所有的，因而千百年来引起广泛的共鸣；又未必是人人口中之所能出的，因而千百年来赞誉不绝，广为传诵。

③登高：古有重阳节登高的风俗。④茱萸（zhūyú）：植物名，香味浓烈，可入药。古代风俗，农历九月九日佩茱萸可避灾去邪。后两句，通过想象的画面，间接地抒发自己的思乡情感。

【艺术特色简介】（一）诗中有警句的功力。"每逢佳节倍思亲"这一警句，之所以令人赞叹、折服、传诵，就是因为它以通俗的语言高度概括出了人人心中所有而未必口所能出的情感体验。

（二）透过一层的抒情。诗歌的后两句由前两句的直接抒发自己的思乡之情，跳转为想象中兄弟们登高处、插茱萸的情景，犹如电影运用蒙太奇的手法一样，推出华山以东兄弟几人遍插茱萸的画面，画外音是兄弟们七嘴八舌地议论缺少一人的遗憾。而这种想象的感人的场面，曲折而又更加突出地映衬出诗人自己的深深的思乡之情。

129　过香积寺

【题意简释】过：与孟浩然《过故人庄》的"过"相同，是"过访""探望"义。香积寺：在长安县（今陕西省西安市）南。

【内容简介】这首以山水为题材的五言律诗，通过描写香积寺的幽静，表达了通过修禅抑制心中毒龙的思想。

【原文】

不知香积寺，数里入云峰。

古木无人径，深山何处钟？

泉声咽危石①，日色冷青松②。

薄暮空潭曲③，安禅制毒龙④。

【译文】

不知香积寺（在何处，是何样），走了几里，进入到云雾缭绕的山峰之下。

四周古木参天，小路无人行走；深山老林之中，哪处传来钟声？

高耸的山石，阻滞了泉水的流淌，使其发出幽幽的呜咽之声；青幽的松林使夕阳透过层层密林照射进来的光色显得寒冷。

迫近夜晚，行至空静水潭边的偏僻之处，触景生情：以安然的坐禅抑制心中的欲望。

【注释及有关提示】①②：颈联，在句法和词法上都很有特色。句法上使用了主谓倒装的变式句。常式句为：危石咽泉声，青松冷日色。词法上用了使动用法，"咽"是"使……咽"，"冷"是"使……冷"。③薄暮：迫近夜晚，薄，音 bó。曲：偏僻之所。《史记·游侠列传序》："诚使乡曲之侠，予季次、原宪比权量力，效功于当世，不同日而论矣。"〔如果使乡里偏僻之所的游侠与季次（孔子弟子）、原宪（孔子弟子）等比较地位、衡量能力，看他们对当时社会的贡献，那是不能相提并论的。予，介词，同。〕④禅（chán）：梵语"禅那"的省译。佛教徒静坐敛心的一种修行方法，又叫禅定或坐禅。毒龙：在西方的一个水潭中，曾有一毒龙藏身，累累害人。佛门高僧以无边的佛法制服了毒龙，使其离潭他去，永不伤人。诗人在潭边自然地联想起毒龙的故事，进而想到，佛法可以制毒龙，亦可以克制世人心中的欲念。

【四联大意】

首联：开篇说"不知"，就设一"X"，因而就照应诗题去求证，即"过"。这个"不知"应包含三层意思，即不知寺庙的所处（环境）怎样，不知寺庙的建筑怎样，不知寺庙的内涵怎样,因而它是全诗探幽揭秘的总领。清代张谦宜先生所撰的《茧斋诗谈》中说:"'不知'两字领起全章脉。"对句的"入云峰"回答了香积寺所处的第一个方面——寺在白云缭绕之处。

颔联:以古木参天、杳无人迹的所见和隐隐钟声空谷传响的所闻,回答了香积寺所处的第二个方面——寺在寂静安谧之地。

颈联:以泉水幽咽的所闻和日色寒冷的所感,回答了香积寺所处的第三个方面——寺在荒僻幽冷之所。

尾联:以有关毒龙的联想,回答了香积寺的内涵,即在此地修禅,可以抑制欲念。

【艺术特色简析】(一)由远而近地写景,由隐而显地抒情。由山外某一处而"入云峰"之景,隐含云深之处乃修身养性之好处所之意;距寺渐近,古木参天,人迹罕至,传来源自古寺的悠悠钟声之景,隐含羡慕于深山密林,在山寺钟声陪伴下参禅之情;距寺更近,泉声幽咽、青松冷日之景,隐含虽是荒僻幽冷之处强于熙攘喧嚣之地之情;傍晚,寺边空潭僻静之景,使诗人愈积愈深的隐含之情终于从心底流溢出来,直接地,画龙点睛般地表达了"安禅制毒龙"的思想。

(二)侧面烘托。题意在山寺,而正文却不描写山寺外观、佛事等,而是以所见、所闻、所感突出山寺幽静的环境,有意略去了首句"不知"所含的第二项内容(山寺建筑、佛事等)。近代知名学者、诗人俞陛云的《诗境浅说》中说,常建《过破山寺》咏寺中静趣,此咏寺外幽景,皆不从本寺落笔,游山寺者,可知所着想矣。

(三)以动衬静。诗中隐隐的钟声和鸣咽的泉声,更反衬出深山老林的幽静。此与南朝王籍"蝉噪林愈静,鸟鸣山更幽"同出一境,然王籍是直接说出来的,而王维是把这种动静关系融于形、色、声兼备的客观场景中,因而更形象,更艺术。

(四)炼字精巧。"泉声咽危石,日色冷青松"之"咽""冷",历代被誉为炼字典范。

130 山居秋暝

【题意简释】山中居所秋天的黄昏。暝(míng):黄昏,日暮。

【内容简介】这首以山水为题材的五言律诗,描绘了诗人山中居所秋雨之后宁静美丽的自然风光和淳朴民风,表现了诗人寄情山水的高洁情怀及对田园生活怡然自得的心情,也流露出对官场仕途的厌倦之情。这是王维山居题材诗中最为有名的一首。

【原文】

空山新雨后①，天气晚来秋。

明月松间照，清泉石上流。

竹喧归浣女②，莲动下渔舟。

随意春芳歇③，王孙自可留④。

【译文】

空寂山中，新雨之后，夜幕降临，使人感到凉爽舒适的秋意。

明亮的月光从密密的松林中静静地洒下，清澈的泉水在白白的山石上淙淙地流淌。

听到竹林传出喧哗之声，始知洗衣姑娘们归来了；看见莲叶摇动之状，方晓从上游荡下了渔船。

春天的芳菲任意它消逝吧，我自然可以在这怡人的秋景中流连徜徉。

【注释及有关提示】①新：刚，才。

【阅读笔记·（1）绝妙的山水画卷动听的山泉乐曲】

"明月松间照，清泉石上流"，描写银辉默默地洒向松林，清泉淙淙地流于石上的自然美景，绘形，绘色，绘声，不仅是赏心的风景名句，也是悦目的山水画卷，还是动听的山泉乐曲，脍炙人口，流传千古。

②喧：声音大而嘈杂。浣（huàn）：洗涤衣物。

【阅读笔记·（2）因声而形的大手笔】

颈联写听到竹林喧声，看到莲叶分披，不经意地看到了劳动归来的浣女和收网回村的渔船。有人说，此联应是"浣女归而竹喧，渔舟下而莲动，作者故意颠倒顺序"。按照意境来看，应该不是故意颠倒顺序，而是自然地按照人的听觉和视觉反应的先后来写的。正如高步瀛（清末民初）《唐宋诗举要》中说："随意挥写，得大自在。"此种写法与王昌龄的"闻歌始觉有人来"，异曲同工，各有千秋。

③随意：任意。庾信《荡子赋》："游尘满床不用拂，细草横阶随意生。"（满床浮游的尘土不用拂拭它，横生到阶前的细草任随它长吧。）芳：花，花卉。歇：尽，消失。④王孙自可留：反用了《楚辞·招隐士》"王孙兮归来，山中兮不可以久留"的诗意，说山居的景色特别留人。王孙，古代贵族子弟的通称，此指诗人自己。

【四联大意】

首联：紧扣诗题，概括地写出了山中居所、秋天傍晚、雨后初霁、寂静清爽、令人惬意的景象特点。

颔联：描绘出山村夜晚明净幽美的自然风景。

颈联：描绘出村民劳动归来的快乐场景。

尾联：直抒胸臆，鲜明地表达了脱离流俗，决然归隐的态度。尾联用了两个取舍明确的对比。一个是春天与秋天的对比，诗人的取舍是：春天的芳菲任意它消逝吧，令人生悲的秋天我却非常喜爱。再一个是古代招隐士者与今天自己这个隐士的对比，诗人的取舍是：古代招隐士者说山中不可久留，而今天我这个隐士却要久留山中。

【艺术特色简析】诗中有画。此首诗的中间两联最能体现王维的诗"诗中有画"的艺术特色。颔联把明月、松林、清泉、山石这些散见的景物，通过生花妙笔聚合点染成一幅意境清幽的明月山泉图，赏心悦目，精美绝伦。颈联的镜头转向了人，读这两句诗，人们的耳畔响起竹林中的洗衣姑娘嬉笑喧闹的欢乐之声，眼前浮现荷叶纷披中的渔舟顺流而下的轻快之状，画面奇妙，意境祥和。

## 131 观猎

【内容简介】这首五律生动逼真地描写了一位将军出猎、罢猎的情景，塑造了一位武艺高强、英姿勃发的将军形象，流露出诗人效命疆场、建功立业的期盼之情。

【原文】

风劲角弓鸣，将军猎渭城①。

草枯鹰眼疾，雪尽马蹄轻。

忽过新丰市②，还归细柳营③。

回看射雕处④，千里暮云平。

【译文】

强烈连续的风声中夹杂着射箭的弓弦鸣叫声，（循弓弦声望去，只见）一位威武的将军正在渭城打猎。

野草枯萎，鹰眼发现目标更快；积雪融化，骏马飞驰更轻。

打猎归来的将军迅速穿过了新丰的集市旁，立即回到了细柳的军营中。

回头远眺射雕之处，千里暮云平展到天边。

【注释及有关提示】①劲（jìng）：猛烈，强烈。角弓：用兽角装饰的弓。猎：打猎。

**【阅读笔记·递进性烘托】**

猛烈的风声中能够听到射箭拉弦的响声,则将军所用之弓肯定是硬功;能用硬弓的则肯定是力大之人,这种逐层递进的烘托方法使一个张弓射箭的将军完成了一个光彩照人的亮相。"风劲角弓鸣",五个字,言简义丰,虚实互映。"风劲",描写北风呼啸,为将军出场亮相渲染出典型环境;"角弓鸣",用劲风中弓弦的响声映衬出旷野中将军张弓射箭的特写镜头。

②忽:迅速,快。《离骚》:"日月忽其不淹兮,春与秋其代序。"〔太阳与月亮迅速(运行)不停留啊,春季与秋季它们按时序更相替换。〕新丰:古县名,故址在今陕西省西安市东北。③还(xuán):迅速,立即。《荀子·王霸》:"如实则舜禹还至,王业旋起。"(如果这样,那么舜、禹这样的君主就会迅速到来,称王天下的大业就会立刻兴起。)细柳:陕西有两处地名都叫细柳,细柳后着一"营"字,指汉代名将周亚夫屯军之地,故址在今陕西省咸阳市西南渭河北岸,诗人借此指代打猎将军所居军营。④射雕处:北齐斛(hú)律光射雕的地方。斛律光精通武艺,曾射中一雕,人称"射雕都督"。此处与上文"细柳营"相同,都是暗用典故赞美打猎将军的威武。暮云平:傍晚的云层与大地连成一片。

**【四联大意】**

首联:出句渲染典型环境、描写典型细节;对句交代人物、事件、地点,上下句用烘托和交代相结合的方法使一位威武的狩猎射箭的将军形象跃然纸上。

颔联:两句都是典型的因果紧缩句,即,(因)草枯(故)鹰眼疾,(因)雪尽(故)马蹄轻;而这两句又构成精妙的流水对,即,猎鹰发现猎物,展翅而去,狩猎将军纵马紧追猎鹰也疾驰而去。鹰眼疾,马蹄轻,一鹰一马,一前一后,一空一地地追捕猎物的场景描写,既大气豪放,又细腻传神,倍得盛赞,千古传诵。

颈联:紧呈颔联的"马蹄轻",用节奏轻快的"流水对"描写将军罢猎还归之迅速,映衬出主人公的欢快心情。诗人说将军打猎归来迅速穿过了新丰县的集市旁,大概还有暗赞将军不炫耀、不扰民之意。

尾联:写得较含蓄,出句用回看的动作和典故映衬出将军豪兴未尽的情怀;对句以风平云定照应开头的"风劲",以将军所见之天地相接的阔大视野,映衬出将军从容自若的心境。

**【艺术特色简析】**(一)运用逐层铺垫、侧面烘托、细节点染、活用典故等多种艺术手段来刻画人物。

（二）明、暗两条线索紧密契合。诗脉给人展示的明线是：将军从军营出发，来到猎场，张弓搭箭，放鹰走马，捕获猎物，满载凯旋。而联系标题的"观"字，人们会发现一条紧随明线的暗线，即将军从出猎到罢猎，不论是风中射箭，还是纵马驰骋，每一个场景，每一处节点，都有一位骑马的"随军记者"步步紧随将军，分分秒秒都在"摄像"。暗线的情趣是诗人巧妙的整体构思所带给人们的"副"韵味。

132　鹿柴

【题意简释】王维与友人裴迪在辋（wǎng）川赋诗唱和，为辋川二十景各写一首五绝，得四十首，结成《辋川集》。《鹿柴》是《辋川集》中王维的二十首诗中的第四首，是描写鹿柴这个村居的，是王维后期山水诗的代表作。柴（zhài）：通"寨"（砦），指有篱落的村居。王维《辋川集序》："余别业在辋川山谷，其游止有孟城坳……鹿柴、木兰柴……"（我的别墅在辋川山谷中，那游览驻足的地方有孟城坳……鹿柴、木兰柴……）

【内容简介】这首五绝描写鹿柴这个地方人迹罕至、古木参天的景象，创造出空寂幽深的境界，寄托着一定的禅意。

【原文】

空山不见人，但闻人语响①。

返景入深林②，复照青苔上。

【译文】

幽静的山谷里看不见人，只听到人说话的声音。

（从空中云彩上）折回的阳光进入到深深的树林中，（那折回的阳光，不仅照在树枝上、树叶上）还照在青苔上。

【注释】①但：只。

【阅读笔记·（1）高人妙境】

"但闻人语响"，似乎是紧承首句之脱口而出的自言自语。这种身临其境的感觉，也不是以动衬静的写法在先，而是具备赏幽悦静的审美情趣而且文学造诣臻于化境之人对自然景物的自然感觉化为诗句的自然呈现，这与贾岛"推敲"之苦吟迥然相异。

②返：折回。景（jǐng）：日光。左思《咏史诗》八首之五："皓天舒白日，灵景耀神州。"（晶莹的天空中舒展着白日，美丽的阳光照耀在神州大地上。）

**【诗句简析】**

一、二句：主要是突出鹿柴的幽静。首句与其说先正面描写空山的杳无人迹，毋宁说是对幽静深山之第一感知的脱口而出；次句似乎是紧承首句而略有所思后的自言自语。

三、四句：由上幅画描写空山传语转为描写深林返照，由声音转为色彩，画面感更强。三、四句主要是突出鹿柴的幽深。

**【艺术特色简介】**反衬。以人的语声反衬山之空寂，以返照的日光反衬景之幽暗。

**【阅读笔记·（2）观察景物细致景中寓情入微】**

毫无疑问，王维这首诗也极具诗中有画的特点，然而其更为突出的特点则体现在观察景物和景中寓情方面。古诗中描写夕照的名句不胜枚举，如，唐代贯休《马上作》中的"柳岸花堤夕照红"、唐代白居易《暮江吟》中的"一道残阳铺水中"、宋代王禹偁（chèn）的《村行》中的"数峰无语立斜阳"，这些名句所写无论是夕阳之光映照堤岸、江面，还是山峰，都是直接照。唐代张贲（bēn）的《旅泊吴门》中"反照纵横水"、唐代刘长卿的《碧涧别墅喜皇甫侍御相访》中"荒村带返照"，虽然描写的都是阳光折回的间接照，但是在观察上似乎没有太过用心。而王维写的"返景入深林"，则需要平时的细心留意。下落的太阳在山外（或山后），但还不是在地平线下，它的光照到空中的云上，再折回到地面的景物上，许多人大概不太在意此种情景，而王维以画家的视觉准确地写出了此种景象。这与欧阳修的亲家吴育从古画中牡丹的形状、色泽及花下猫的瞳孔的形状断定是"正午牡丹"，具有异曲同工之妙。"复照青苔上"，句子很平常，如同大白话，但是诗人的眼光又投射到"青苔上"却是别具寓意的。诗人笔下，鹿柴这个地方已经非常幽静，非常幽深了，再写到生长于阴暗处的青苔，就显得幽暗了。而这幽暗的青苔上又抹上了落日的余晖，就又现出微微的亮色了。不太过鲜亮，也不太过幽暗，大概就是王维这个半官半隐之人所乐享的一种生活状态，而青苔上那抹亮色似乎是王维参禅之心有所得的外化表现。

### 133 相思

**【内容简介】**这是一首借咏红豆寄托相思的五言绝句。

**【原文】**

红豆生南国①，春来发几枝？

愿君多采撷②，此物最相思。

【译文】

红豆树生长在南方;春天来到了,它生出多少新枝呢?

希望你多采摘一些红豆,(因为)这个东西最能够引起人们的相思之情。

【注释】①红豆:又名相思子,是一种生在岭南地区的植物——相思木,它所结出的籽,像豌豆而稍扁,呈鲜红色。南国:古时称南方诸侯之国,也泛指南方。②撷(xié):摘取。

【诗句简析】

首句:看似是平实地交代红豆的产地,实际是逗起下面的询问以及对友人的祝愿,因为友人就在南国。

次句:是双关语,表面是问相思木生出多少新枝子,实际是关怀、体贴地表达朋友的相思又增加了不少吧?

第三句:与上句明、暗双双挽合,明着的逻辑是,新发了不少枝子,那就请你多多采摘吧;暗着的逻辑是,新增了不少相思,那就多采摘一些红豆,来寄托相思吧。

末句:点明"多采撷"的原因。三、四两句用因果倒装句,表达了对朋友的殷殷叮嘱,而更艺术的是含而不露地表达了自己的浓浓相思之情。

【艺术特色简介】语言浅显,感情深厚,艺术感染力强。整首诗用语平实,而表达的感情不仅深厚,而且真挚、典型,能够引起读者共鸣。据晚唐范摅(shū)《云溪友议》载,安史乱后,唐宫廷乐师李龟年流落江南,"曾于湘中采访使筵上唱'红豆生南国,秋来发几枝?赠君多采撷,此物最相思。'……歌阕,合座莫不望行幸而惨然。"〔曾经在湘中采访使的酒席上唱"红豆生南国,秋来发几枝?赠君多采撷,此物最相思。"……歌曲终止,满座的人无不望着唐玄宗所幸临的地方(蜀中)而(显出)悲惨的样子。〕

134 汉江临泛

【题意简释】在汉江上泛舟。汉江,一称汉水,长江最长支流,发源于陕西,流经湖北,在武汉市入长江。

【背景简介】唐玄宗开元二十八年(740),时任殿中侍御史的王维,因公务去南方,途经襄阳,写下此诗。

【内容简介】此首五律生动地描绘了泛舟汉江的所见所感,表达了诗人追求美好境界、寄情山水的思想感情。

**【原文】**

楚塞三湘接①，荆门九派通②。

江流天地外，山色有无中。

郡邑浮前浦，波澜动远空③。

襄阳好风日④，留醉与山翁⑤。

**【译文】**

襄阳一带地处楚国北界的汉江与南面的三湘之水相连接，也与楚之西塞荆门山下的长江水以及东面的九派相联通。

滚滚江水好像奔流于天地之外，绵绵青山在云雾中时隐时现。

汉水两岸的城镇仿佛飘浮在眼前的江边，翻滚奔涌的波浪好似使远处的天空摇荡。

在襄阳能过这样风景美好的日子，真希望留在此地与山翁那样的人一起长醉不归。

**【注释】**①楚塞：楚国的边界，指汉江，因为襄阳一带的汉江在楚国北界。三湘：湘水合漓水为漓湘，合蒸水为蒸湘，合潇水为潇湘，总称三湘。②荆门：此指荆门山，在今湖北省枝城市西北的长江南岸，战国时为楚之西塞。九派：长江在湖北、江西一带，分为很多支流，因以九派称这一段的长江。派：江河的支流。③郡邑：此指汉水两岸的城郭。浦（pǔ）：水边。动：使……动荡。④风：景象。日：日子。⑤山翁：指山简，晋代竹林七贤之一山涛的幼子，西晋将领，镇守襄阳，有政绩，好酒，每饮必醉。

**【四联大意】**

首联：以工整的对仗，既交代自己所泛舟的这段汉江的地理位置，又特意用表示多的数词和恢大的语势，渲染出汉江南接三湘、东通九派的浩瀚气势。

颔联：描写诗人汉江泛舟的视觉印象。出句，用夸张的手法直接写出汉江悠长邈远得简直要奔涌流淌到天地之外了；对句，以所见的两岸清淡、迷蒙、变幻不定的山色烘托出江势的浩渺苍茫。

颈联：描写诗人汉江泛舟的幻觉印象。两岸的城镇像是在江水上漂浮，水天相接的天空像是在波浪中摇荡。

尾联：直接赞美襄阳风光美好，并借典故表达寄情山水的愿望。

**【艺术特色简介】**

（一）诗中有画。

（二）景中寓情。

（三）写景章法缜密。

首联以语言上的宏大气派、地域上的四方连接，突出汉江的博大浩瀚。颔联以夸张的视觉印象，突出汉江的浩渺苍茫。颈联以富含趣味而传神的幻觉印象，突出了汉江带给人的波浪奔涌而不惊险的惬意感觉。三联由远处不能见到的"三湘""九派"到能望到的流到"天地外"，直到眼前的江水漂浮郡邑、波澜摇动远空，由远及近，而又各有侧重地描绘了诗人"汉江临泛"的美妙情景。

## 三十一、李白 38 首

【作者简介】李白（公元701—762年），字太白，号青莲居士，我国伟大的积极浪漫主义诗人。祖籍陇西郡成纪县（今甘肃平凉市静宁县西南）。隋末其先人流寓碎叶（唐时属安西都护府，在今吉尔吉斯斯坦北部托克马克附近）。五岁时随其父迁居绵州昌隆（今四川省江油县）青莲乡。后来自号青莲居士。少年时期即在蜀地求学漫游，二十五岁起离川，远游全国各地。天宝元年（诗人时年四十二岁）奉诏任翰林供奉（在皇帝左右任职的官），但在政治上不受重视，又遭权贵谗毁，仅一年余即离开长安。天宝三载（744）在洛阳与杜甫结交。安史乱中，怀着平乱的志愿，为永王李璘幕僚，李璘败后以附逆罪被流放夜郎，中途遇赦放还。晚年漂泊困苦，六十二岁时病逝于安徽省当涂县。他的诗歌在内容上，尖锐批判腐败的时政，强烈抨击权贵，蔑视封建礼教，同情人民疾苦，讴歌维护国家统一的正义战争，赞颂祖国锦绣河山。在艺术上，侧重抒写豪迈气概和激昂情怀，很少对客观事物和具体时间做细致的描述。洒脱不羁的气质、傲视独立的人格、易于触动而又易于爆发的强烈情感，形成了他的诗歌抒情方式的鲜明特点。他的抒情宛若火山喷发，光焰万丈；犹如长江波涛，滚滚而来。他的想象丰富奇特，情思变化万端。他善于从民歌、神话中吸取营养和素材，构成其特有的瑰玮绚烂的色彩，是屈原以来最具个性特色和浪漫精神的诗人，他的诗歌成就达到盛唐诗歌艺术的巅峰。《蜀道难》《行路难》《梦游天姥吟留别》《静夜思》《早发白帝城》等诗，皆为人传颂。有《李太白集》传世。

### 135 峨眉山月歌

【题意简释】峨眉山是蜀中大山，也是蜀地的代称。李白是蜀人，因此峨眉山月也就是故园之月。此诗是李白初离蜀地时的作品，大约作于开元十三年（725）以前。

**【内容简介】** 此首七绝以离峨眉、下渝州为线索,展现出一幅美丽的蜀江行旅图,塑造了内涵丰富的峨眉山月的艺术形象,含蓄地表达了对故乡依依惜别的深情。

**【原文】**

峨眉山月半轮秋①,影入平羌江水流②。

夜发清溪向三峡③,思君不见下渝州④。

**【译文】**

峨眉山秋月像半个车轮,月影投射到流淌不止的平羌江的水面上。

夜里我从清溪出发奔向三峡;(因为)奔向渝州(船行转弯),(所以)想念您却见不到您。

**【注释及有关提示】** ①秋:①按照语义,应是修饰"月";而按照常式语序说"峨眉山秋月半轮"(或"峨眉山半轮秋月"),则索然无味。②时期、日子,则句意为"峨眉山半轮月的时候"。②平羌:江名,即今青衣江,在峨眉山东北。流:一语双关,既写出了江水的流淌,又表现出月影随着观者的漂流而移行的奇妙景象。③清溪:指清溪驿,在峨眉山附近。三峡:指长江瞿塘峡、巫峡、西陵峡,在今四川、湖北两省的交界处。④君:指峨眉山月。一说指作者的友人。笔者认为此句中的"君"就是实指峨眉山月,因为这不仅是拟人的写法,而且峨眉山月就是诗人塑造的一个象征家乡的优美而完满的艺术形象。说"君"指友人,则嫌狭窄平直,索然失味。渝州:今重庆一带。

**【诗句简析】**

首句:照应诗题,点明仰望所见峨眉山秋月的所处与形状,营造出青山吐银月的优美意境。

次句:描写俯视所见峨眉山秋月之影浮动在水流滔滔的江面上的美丽景象。开头两句,以巍巍的峨眉山、滔滔的平羌水作为背景,描写故乡的明月,既自然而然,又自出机杼(zhù),平实而奇妙,令人叹服。

第三句:交代离蜀的时间、地点及所向。

第四句:以因果倒装的紧缩句,说明不见故乡明月的原因,流露出淡淡的遗憾之情。

**【艺术特色简介】** (一)语言浅近,音韵流畅。

(二)就地取材。以故乡的名山陪衬故乡的明月,以故乡的江水陪衬故乡明月的倩影,自然天成而意境优美。

(三)妙用地名。明朝人王世懋在《艺圃撷余》中说:"太白《峨眉山月歌》,四句入地名者五,古今目为绝唱,殊不厌重。"〔太白的《峨眉山月歌》,四句诗中写入地名的有五处,古今的人都视为绝唱,一点也不厌恶它相重(chóng)。〕

### 136 渡荆门送别

【题意简释】关于诗题中的"送别",清人俞陛云在《诗境浅说》中说,"此诗首二句,言送客之地"。有人与俞老先生观点一致,说"这是李白从四川至湖北,在荆门送别同舟的人继续东去时写的作品"(笔者注:"写的作品",有语病)。清人沈德潜在《唐诗别裁》中说,"诗中无送别意,题中二字可删"。对沈语,有人说"这并不是没有道理的";而又有人说,这是"断章取义"。笔者认为诗中有无送别意,关键是主、客问题,若认为李白是"主",则诗中无送别意;若认为李白是被送的"客",则诗中有送别意。李白自幼随其父迁居蜀地至出蜀时约二十个春秋,蜀地就是他的故乡,他对蜀地父老乡亲的感情是任何一地所无法比拟的。李白出蜀时情不自禁地要表达对故乡父老乡亲的深情厚谊,于是在尾联,经过与上面两联所写的美景对比后而总结性地说"仍怜故乡水,万里送行舟"。由此看出:此诗有送别意,却不是李白在荆门送别客人,而是家乡的父老——"故乡水",把远游的客人——李白,一直送到荆门。因此,题目很含蓄(未言谁送谁),又很恰当:长江水流至荆门就不能再称其为"故乡水"了;"亲人"送别,止于荆门,而且诗的中心内容是描写"荆门所见"。这不是诗人故意地独出心裁,说故乡的水(借代故乡父老乡亲,或借喻故父老乡亲的深情)"万里送行舟",而是本首诗的总体构思所决定的,是诗情发展的必然。当然,这也与"太白天才超绝,用笔若风樯阵马,一片神行"(俞陛云语)有关。

【内容简介】《渡荆门送别》这首五律描写诗人青年时期漫游途中出蜀至湖北荆门时所见的雄奇景象,抒发浓厚的思乡之情,洋溢出昂扬向上的精神。

【原文】

渡远荆门外,来从楚国游①。
山随平野尽,江入大荒流②。
月下飞天镜③,云生结海楼④。
仍怜故乡水⑤,万里送行舟。

【译文】

乘船渡长江远行,驶至荆门外,来由楚地(起)游览。

长江两岸的山随着地势变为平野而逐渐消失了；汹涌的江水，冲出荆门后进入了广袤的荒原。

　　（夜晚）空中月亮飘然落下，江面上宛如飞来一面明亮的天镜；江上似云的水雾冉冉飘升结成了绮丽的海市蜃楼。

　　（渡远至荆门一带，虽然见到了前所未见的雄奇壮美的山与水，见到了瑰丽柔美的云和月，但是）我依然喜爱故乡的江水，（因为）它奔流万里一直陪送着我的行舟。

　　【注释及有关提示】①荆门：山名，位于长江南岸，与北岸虎牙山对峙，地势险要，自古即有楚蜀咽喉之称。楚国：楚地，指湖北一带，春秋时期属楚国。从：由。诗人乘船出蜀顺流而下，在我们看来也是"游"，而诗人心中的"游"是要"南穷苍梧，东涉溟海"（向南漫游到苍梧的尽头，向东跋涉到大海）。②江：长江。荒：荒野。有人说。"山随平野尽，江入大荒流"，此太白壮语也；子美诗"星随平野阔，月涌大江流"二语，骨力过之（"山随平野尽，江入大荒流"，这是李太白的壮美语句；杜甫的诗"星随平野阔，月涌大江流"二句，刚健雄劲超过李白的"山随平野尽，江入大荒流"）。又有人说，李是昼景，杜是夜景；李是行舟暂视，杜是停舟细观，未可概论（不能用相同的标准评论）。③月下：不是"月亮下面"，而是"月亮落下"，与下句的"云生"对仗。④海楼："海市蜃楼"之省说，借喻江上云霞的美丽景象。明明是月影投射到江面，而李白竟然说月亮下到江面，在常人看来是匪夷所思的，而李白却以生花妙笔化静为动，平添奇幻色彩，且与下句的"云生结海楼"相映生辉。⑤仍：依然，表示照旧，连续不变。怜：怜爱。

　　【四联大意】

　　首联：交代渡远所至及出蜀目的。

　　颔联：描写航行至荆门后出现的山尽水阔的雄奇景象。

　　颈联：描写江面月影如天镜、江上彩云似蜃楼的奇幻景象。

　　尾联：以因果倒装复句、借代手法（故乡水代故乡人）、主客对调（把自己思乡说成江水送己）及俞陛云所说的"图穷匕见"的做法，委婉而形象地表达了深挚的思乡之情。

　　【艺术特色简介】（一）大手笔的景物描写，雄浑壮阔。

　　（二）巧妙的艺术铺垫，出人意料的结语。诗人极尽笔力地描写了荆门一带雄奇瑰丽的景象后，笔锋陡转，说"仍怜故乡水"。而人们正期待着诗人要说出故乡的水，比荆门的水美在何处时，诗思飘逸的诗人，又陡转笔锋说"万里送行舟"，这就既直接回答了依然喜爱故乡水的原因；又照应题目，揭示谜底——故乡水送故乡人。真是诗仙笔法，既出人意料，又令人回味无穷。

137　望天门山

【题意简释】《望天门山》是李白于开元十三年（725）赴江东途中行至天门山时所创作的一首七言绝句。天门山：今安徽省当涂县的东梁山与和县的西梁山，隔江对峙，形同天设的门户，两山"总谓之天门山"。

【内容简介】此首七绝通过对所望的天门山一带的青山、碧水、白帆、红日等景象的描绘，赞美了大自然的神奇壮丽，洋溢着作者初出巴蜀时乐观豪迈的情感。

【原文】

天门中断楚江开①，碧水东流至此回。

两岸青山相对出，孤帆一片日边来。

【译文】

高高的天门山从中间断开，似乎是被汹涌的长江水冲开的，碧绿的江水东流到此激荡回旋。

（随着船行向前）两岸对峙的青山在眼前联翩出现，（从狭窄的天门向东望去）一片白帆背着火红的太阳缓缓漂来。

【注释】①楚江：即长江。因为古代长江中游地带属楚国，所以叫楚江。

【诗句简析】

首句：既总写天门山的气势，又借山势的奇险衬托江水的汹涌。

次句：明写江水，又借江水的激荡回旋暗写山势的雄奇险峻。

第三句：以一个"出"字，化静为动，逼真地写出了夹江对峙的连绵青山，扑面而来的神奇感觉。

末句：描写一只挂着白帆的小船在红日映衬下由东而西缓缓漂移的美丽画面。

【艺术特色简介】（一）在"望"字统领下，展现一幅精美的长轴山水画卷。

（二）精准巧妙的移步换景的观察。

【阅读笔记·诗人的观察点】

有人说末句是写诗人自己乘一叶孤舟从天地相接的远处驶来，并且以上句的"出"为由，说诗人并不是站在岸上的某一个地方遥望天门山，他"望"的立脚点便是从"日边来"的"一片孤帆"上。我们认为，说诗人不是定点观察而是移步（船）换景的观察，是正确的；但是说诗人是在"一片孤帆"上是错误的。一、诗中诗人的观察点没有也无须交代，是在对"望"的描写中自然蕴含着的。二、说诗人自己乘船从日边来，与诗题"望"的涵盖不符，因为"孤帆一片日边来"，也在"望"之中。三、方向颠倒：诗人是由西而东顺流而下地"望"，"孤帆"是由东而西逆流而上地来。四、方向颠倒了，也就与诗人所"望"的正面的"天门""碧水"，两侧不断涌现的隔江对峙的"青山"，正面远处红日映照下缓缓移动的"孤帆"所组合的完美画面不符合。

### 138 长干行

**【题意简释】** 长干，里名（在今南京市），靠近长江。《长干曲》是乐府《杂曲歌辞》名，写长干里一带江边女子的生活和感情。唐诗人崔颢有《长干曲》，李白有《长干行》。

**【背景简介】** 此诗大约为李白出三峡后初游金陵时所作，时间在唐玄宗开元十三年（725年）秋末之后。

**【内容简介】**《长干行》以一位居住在长干里的商妇自述的口吻，回顾了与丈夫相爱的过程，表达了对远行丈夫的殷切思念之情，塑造了一个爱情专一、情感丰富的少妇形象。

**【原文】**

妾发初覆额①，折花门前剧②。

郎骑竹马来，绕床弄青梅③。

同居长干里，两小无嫌猜④。

十四为君妇，羞颜未尝开⑤。

低头向暗壁，千唤不一回⑥。

十五始展眉，愿同尘与灰⑦。

长存抱柱信⑧，岂上望夫台⑨。

十六君远行，瞿塘滟滪堆⑩。

五月不可触，猿声天上哀。

门前迟行迹⑪，一一生绿苔。

苔深不能扫，落叶秋风早。

八月蝴蝶黄，双飞西园草。

感此妾伤心，坐愁红颜老。

早晚下三巴⑫,欲将书报家⑬。

相迎不道远⑭,直至长风沙⑮。

【译文】

记得我的头发初盖前额的时候,常折一枝花朵在门前嬉戏。

(那时)郎跨着竹竿当马骑着来,我手里拿着青梅,(我们两人)绕着坐具追逐嬉戏。

(我俩)一起住在长干里,两个小孩天真无邪,互不猜疑。

(我)十四岁时成了您的妻子,(成婚时,我)羞赧(nǎn)的脸面不曾展开。

(我)低头面向昏暗的墙壁,(任您)呼唤千次,(我)也不把头回一次。

(我)十五岁时才高兴地笑开了双眉,愿意(与您在一起,直至)一同化为尘灰。

(您)常存尾生那样抱柱而死的信用(不会舍我而去),(我)怎么会登上望夫台呢!

(我)十六岁时,(您)离我远行,经瞿塘峡要过那吓煞人的险滩——滟滪堆。

五月水涨淹没险滩,滩中的礁石千万别碰到(哇),两岸山头上的猿声像是从天上传来的哀鸣(多么凄厉呀)。

门前那些我们缓步而行留下的足印,一个一个都生了青苔。

足印上的苔藓长得太厚不能扫除;落叶飘零,秋风似乎比往年来得早。

八月秋高气爽,黄色蝴蝶:在西园草丛中双双飞舞。

感念此景,不由伤心;闲坐发愁,红颜早衰。

(您)什么时候下三巴呀,(启程时)希望您把信(寄来)告知家中。

(得信后,我去)迎接您,不以路途(长)为远,(即使)直至很远的长风沙(我也心甘情愿)。

【注释及有关提示】①复:通"覆",遮盖。②剧:嬉戏。首二句,交代自己孩提时一人在门前折花嬉戏,为下面"郎"出场,做好时间、地点的铺垫。③床:这里指坐具。弄:游戏。《左传·僖公九年》:"夷吾弱不好弄。"〔夷吾(晋国公子)年轻时不喜好游戏。〕青梅:青色的梅子,梅子未熟时为青色。三、四两句看似简单,却是整首诗中语言表现力最强的。第三句写男孩,胯下是竹竿,却当马骑,再配上一个"来"字,既现骑马的情态,又传驱马的声音,活脱脱地表现出一个天真、顽皮、可爱的男童形象。第四句既单写女孩,又合写两人:(手持)青梅是单写女孩,绕床追逐嬉戏是合写男孩与女孩。这两句按照男孩、女孩的不同特点,准确地描写各自所用的玩具及玩乐方式。这些儿童世界里习见习闻的情景,常人也许视而不见、听而不闻,而李白以童真之心,将其捕捉模拟，使其流传千年，熔为成语，不愧是独具只眼的诗人，不愧是匠心独运的语言大师。④小：借代小孩，以年龄方面的特征代本体。嫌猜：疑忌。⑤颜：面容。⑥一回：与"千呼"结构对应，是"回一"的倒装，即回（头）一次。⑦始：才。同：副词用作动词，共同成为。尘与灰：即灰尘，为适应诗句结构、字数的要求，而把一个词展为一个联合词组。⑧长（cháng）：常。抱柱信：《庄子·盗跖》："尾生与女子期于梁下，女子不来，水至不去，抱梁柱而死。"（尾生与一女子约会于桥下，女子未来，大水来到而尾生不离开，抱着桥的柱子而被淹死。尾生，古代传说中战国时鲁国坚守信用的人。）⑨望夫台：即望夫石，古迹名。各地多有。均属民间传说，出于一源，大同小异。古传云："昔有贞妇，其夫从役，携弱子饯（jiàn）送北山，立望夫而化为立石。"为押韵而把"石"改为"台"，也使语句通顺。岂上望夫台：反问句，即绝不会上望夫台。此两句，有的解释为商妇表白自己信念坚贞，有的释为夫妻山盟海誓。这两种解释都欠妥。从行文内容看，前面的"愿同尘与灰"已是商妇的表白了，在这样的短诗里，李白不会安排商妇重复表白。从整首诗都以商妇的口吻叙述看，先叙两小无猜，次叙商妇婚初羞涩，再叙商妇对夫君及夫妻永不分离的希望（不是夫妻盟誓），最后叙商妇对远行的夫君的担忧和思念。从这两句的结构关系看，是因果句：夫权社会夫妻是否分离取决于夫的态度，因此，夫君不失信（长存抱柱信）是因，商妇不上望夫台是果。⑩滟滪（yànyù）堆：长江三峡瞿（qú）塘峡中的险滩。⑪迟：徐行，缓慢。⑫早晚：疑问词，何时。李白《口号赠杨征君》："不知杨伯起，早晚向关西。"（不知您这位杨伯起式的人物，何时才能入关西？口号，古体诗的题名，表示随口吟成，与"口占"相似。杨伯起，即汉代杨振，通晓诸经，当时称为"关西孔子"。）下三巴：即"下于三巴"，省介词"于"。下：从高处到低处。三巴：地名。指巴郡、巴东、巴西。⑬欲：希望，期愿。《商君书·定分》："为治而去法令，犹欲无饥而去食也，欲无寒而去衣也。"（为了国家太平而去掉法令，犹如希望没有饥饿而去掉食物，希望没有寒冷而去掉衣服。）欲，不能解为命令性的"要"或规导性的"应"，只是商妇自己的希望。⑭不道远：不说远。不以路途（长）为远。道远，是"远道"的动宾倒装。道，路途（长）。远，以……为远，意动用法。联系下句及女主人公的态度看，不以……为远，比"不说远"更合适。⑮长风沙：地名，在今安徽安庆市东的长江边上。

**【段落大意】**

第一段（妾发初……无嫌猜），写商妇回忆孩提时与郎欢乐相处、没有嫌猜的情景，塑造了一对天真无邪，活泼可爱的儿童形象。

第二段（十四为……不一回），细腻地刻画出少女初为新娘时的羞涩情景。

第三段（十五始……望夫台），写商妇对夫君的表白和对夫君守信而使夫妻永不分离的希望。

第四段（十六君……天上哀），写商妇对夫君远行而担惊受怕的情景。

第五段（门前……秋风早），以行迹生苔且苔深难扫的具象表现夫妻分离时间漫长的抽象，从而含蓄而又形象地表现商妇对夫君的殷殷思念之情。

第六段（八月……红颜老），写商妇见蝴蝶双飞反向联想到自己独处闺房，感叹红颜早衰。

第七段（早晚……长风沙），写商妇希望夫君返回时写信告知家中，自己定会远迎夫君。

【艺术特色简介】（一）按时间顺序叙事。从"初复额"时的两小无猜，至"为君妇"时的羞涩难耐，继至"始展眉"时同为尘灰的誓愿，接至"君远行"时的担惊受怕，再至独处时的睹物伤怀，直至拟想夫归时的远道相迎，按序而叙，脉络清晰。

（二）精心绘制连环画。商妇每一年龄段的生活情景，诗人都予以具体摹写，创造出一幅幅鲜明生动的图画。如，折花嬉戏图、青梅竹马图、羞涩向壁图、苔深难扫图、落叶飘零图、黄蝶双飞图、坐愁容衰图等。

（三）语言通俗而又有极强的表现力。"青梅竹马""两小无猜"脍炙人口，成为描摹幼男幼女天真无邪的成语。

139 望庐山瀑布

【背景简介】这首诗一般认为是唐玄宗开元十三年（725）前后李白出蜀后初游庐山时所作。

【内容简介】这首七绝形象地描绘了庐山瀑布雄奇壮丽的景色，洋溢着诗人对祖国大好河山的无限热爱之情。

【原文】
日照香炉生紫烟①，遥看瀑布挂前川②。
飞流直下三千尺，疑是银河落九天③。

【译文】
香炉峰在阳光照射下，生起紫色烟霞；远远望见瀑布悬挂在山前的河流上。

飞腾的瀑布直贯而下三千尺，让人恍惚以为银河从天的最高处泻落下来了。

【注释及有关提示】①香炉：指香炉峰，在庐山西北，形状尖圆，像座香炉。紫烟：指日光照射云雾，远望如紫色的烟云。由于瀑布飞泻，水气蒸腾而上，在丽日照耀下，仿佛有座顶天立地的香炉冉冉升起了紫烟。一个"生"字把烟云冉冉上升的景象写活了。②川：河流。③九天：古人认为天有九重，九天是天的最高层。

【阅读笔记·想落天外】

诗人思维的"抛物线"，由人间的瀑布驰骋到天上的银河，以超凡的想象写出了人间堪比仙境的奇妙景象。特别是一个"疑"字，空蒙迷离，亦真亦幻，明明是在用比，而其空灵奇妙又超越所有蹩脚的比喻，以其巨大魔力拉动读者也在以幻当真，沉吟思忖：莫非银河真的从九天飘落下来了？真是想落天外，绘象奇妙，惊人魂魄。

【诗句简析】

首句：为瀑布设置了雄奇的背景，渲染了奇幻的气氛。

次句：用一"挂"字，化动为静，别出心裁地写出了遥望中的瀑布。诗的前两句，从大处着笔，概写望中全景：山顶紫烟升腾，山间白练悬挂，山下激流奔腾，构成一幅绚丽壮美的图景。

第三句：用夸张的手法，写出了山势之高峻陡峭、水流之急湍迅猛，将超长瀑布高空直落、势不可挡之状生动地展现出来。

第四句：用奇妙的比喻写出了瀑布下落的瑰丽景象。后两句，由实而虚，幻化出一幅令人遐想无尽的瑰奇图画。

【艺术特色简介】大胆而合理的夸张，奇妙而率真的想象。

140　金陵酒肆留别

【题意简释】金陵：今南京。酒肆：酒店。留别：离开某地时赠送礼品或做诗词给留在那里的朋友。

【背景简介】李白出蜀当年的秋天，往游金陵，大约逗留了大半年时间。726年（开元十四年）春，诗人欲赴扬州，临行之际，朋友在酒店为他饯行，李白留诗作别。

【内容简介】这首七言古诗描绘了诗人在江南水乡的一家酒肆，与前来送别的朋友开怀畅饮、不忍离别的情景。

【原文】

风吹柳花满店香，吴姬压酒劝客尝①。

金陵子弟来相送②,欲行不行各尽觞③。
请君试问东流水,别意与之谁短长?

【译文】

风吹柳絮飘进店中,花香融合着酒香弥漫店内;吴地女子榨取美酒劝客人品尝。

金陵的年轻人来送我,(不论)将要离去的人,(还是)前来送行的人(都)各自(一杯接一杯地)一饮而尽。

请君试问滚滚东流的长江水,我们不忍离别的心意与它相比谁短谁长?

【注释及有关提示】①吴姬:吴地的女子。姬(jī),古时对妇女的美称。压(yā)酒:米酒酿制将熟时,压榨取酒。一个"香"字,意蕴丰富:柳花及店外各种花的香味,透出了春之气息;酒肆里的浓郁的酒香,暗含了压酒女招待顾客的热情和李白与朋友之间的深情。开篇两句,精炼形象地写出了与朋友离别时可心适意的环境气氛。②子弟:对后辈的统称,此指年轻人。相送:即送我。相,有指代作用的副词,用在动词前。③欲行不行:解为李白一人,与后面的"各"(各自),扞(hàn)格不通;解为并列关系也欠严密;当是选择关系"不论欲行的,还是不行的"。欲行,将要离去(的人),指诗人自己。不行,不离开(的人),指来送行的朋友。行,离去。《左传·僖公五年》:"宫之奇以其族行。"〔宫之奇(人名)率领他的族人离开(虞国)了。〕尽:范围副词活用作动词"喝光"。觞(shāng):古代喝酒用的器具。此借代觞中的酒。有的把"觞"释为进酒,劝饮,如此,则与句中的"各"(各自)不谐。作为豪爽之人的李白与一帮年轻朋友聚饮,不拘虚礼,不待相劝(或喝到一定程度后),各自频频举杯,不是小呷或半饮,而是一饮而尽。李白着力描写"各尽觞"的细节,具体生动地表现出主客关系融洽,感情深厚,尽情畅饮,其乐融融的热烈场面。

【阅读笔记·借水抒情】

金陵酒肆中,主客无论怎样畅饮,离情别意总是表达不尽。李白顺势拉过眼前滚滚东流的长江之水来对比心中绵绵无尽的离别之意,化抽象为具体,美妙绝伦。李白借水表达心情,总能就地取材,因势赋情。要表达深挚的思乡之情,就顺势借承载渡船的江水,说"仍怜故乡水,万里送行舟",出人意料,又令人叫绝。朋友汪伦来送别时,李白就势抓过"桃花潭"来,而潭水是静止的,李白就言其深,巧妙而自然地运用夸张和较喻的手法说"桃花潭水深千尺,不及汪伦送我情",耐人寻味,奇妙无比。写愁思排遣不掉,也用上水,"抽刀断水水更流"的比喻,多么形象,多么奇特,多么富于独创性。这些"水",看似是随意抓来的,实际是来源于诗人丰富的生活积累、深厚的文化涵养和睿智独到的捕捉能力。最后两句综合运用了拟人、比喻、比较、设问(实际是反问)的修辞手法。

【艺术特色简介】(一)基调昂扬。同样是留别,这次留别,没有之后权贵所致的"不得开心颜"的遭遇;同样是与友人饮酒,这次饮酒,没有之后"举杯销愁愁更愁"的背景,因此也就谈不上"以乐景写哀情"。李白参加的这次饯行宴,完全是好友间的欢聚——花香、酒香弥漫店内,侍女殷勤压酒劝尝,主客各自频举酒觞,一饮而尽,气氛热烈,其乐融融——哪来的哀情?莫把诗人当时恋恋不舍的友情,误为诗人之后才有的怀才不遇的哀情,该怎么着就是怎么着。

(二)用语自然天成,清新俊逸。

(三)兼用拟人、比喻、对比、反问等手法,形象突出地表现了李白与金陵友人的深厚友谊。

## 141 夜宿山寺

【背景简介】《夜宿山寺》大约是开元十三年(725),诗人自三峡东下后,到处游历时写的。

【内容简介】这首五绝描写了寺院楼宇的高耸,表达了对古代庙宇工程艺术的惊叹,含蓄地表现出对神仙般生活的向往之情。

【原文】
危楼高百尺①,手可摘星辰。
不敢高声语,恐惊天上人。

【译文】
山上寺院的高楼高达百尺,在楼上,一伸手就可以摘到天上的星星。
人在楼上不敢大声说话,害怕惊动了天上的人。

【注释】①危:高。《庄子·盗跖》:"使子路去其危冠,解其长剑,而受教于子。"(让子路摘掉他的高帽子,解除他的长剑,而受你教育。)

【艺术特色简介】(一)全诗运用多种夸张手法。首句用夸张的数字,正面突出寺楼之高;次句用瑰奇的想象,夸张地烘托出寺楼耸入星空的情景;最后两句用倒装的因果句,以真有其事的严肃态度写凡间人与天界人毗邻而居的情景,极为夸张地渲染出寺楼之高。

（二）想象瑰丽。站在高楼上伸手可以摘到星辰，语声大了会惊到天上的人，这些表面看童稚化的想法，被诗人信手拈入诗中，勾画出触手可及的星空美景，营造出几乎与天宫中仙人同处的生活画面，真是瑰丽奇特，情趣盎然。不是知识丰富，饱览山川，性格豪放，壮思逸兴之人是难以想象得出的。

（三）语言朴素而形象。全诗无一生僻字，却"平字见奇"，字字惊人。"危""百尺"突出了楼的高；"手可摘星辰"分明是说楼高入云霄；"恐惊天上人"巧妙地说高楼中的人似乎与天宫中的人为邻。

142　越中览古

【题意简释】题目的字面意思是在越中看古迹。越，周代诸侯国，在今浙江一带。

【内容简介】描写越国昔日繁盛今日凄凉的巨大变化，形象而深刻地揭示出历代王朝都是因荒淫无度而自取灭亡。

【原文】

越王勾践破吴归，战士还家尽锦衣。

宫女如花满宫殿，只今惟有鹧鸪飞①。

【译文】

越王勾践灭掉吴国，胜利而归；战士们回到家中全部卸下铁衣而换上锦绣衣服。

春意融融的宫殿中满是美丽如花的宫女；而今（人们所能看到的是）只有几只鹧鸪在王城故址上飞来飞去。

【注释】①鹧鸪：鸟名。

【艺术特色简析】（一）客观记叙，不作议论。此首诗无一字议论，而全部记叙都显示出一句议论——荒淫逸乐是历代王朝由盛而衰的原因所在。

（二）结构独特。一般的绝句，四句的"起、承、转、合"之转折点都在第三句。本首诗首句是"起"，二、三句是"承"，末句是"转"兼"合"（重在"转"）。前三句写了越国的繁盛、美好、热闹、欢乐，末句突然转折，将前面所写的一切一笔勾销。过去曾有过的胜利、威武、富贵、荣华，现在还有什么呢？过去曾有的一切都消失得无影无踪，只有几只鸟在王城故址上飞来飞去。此种破"格"的结构，自然有力地适应了诗人表达深刻思想的需要。

【阅读笔记·深刻的寓意】

有人说李白《越中览古》这首诗"表达盛衰无常的感慨"。若只认识到这个层面，则似乎还未看到这首诗更为积极的思想意义。

李白在诗中写道：越王勾践大获全胜，班师回朝，满城尽是锦衣之士，满宫尽是如花之女，勾践不仅踌躇满志，而且荒淫逸乐。越王勾践完全陶醉在胜利的欢乐中，他在宫女的簇拥中、侍候下，昏昏然，飘飘然，不知所以然，把卧薪尝胆之事完全丢到了爪哇之国。

然而，旧时代所有统治者莫不希望他们的富贵荣华能够传承万世，而恰恰事与愿违。李白的这首诗，不仅形象地刻画出他们希望的破灭，还含蓄而尖锐地讽刺了其破灭的原因。李白对古今盛衰的描写，不仅是感慨，更是形象地告诉人们，今日之衰败就是往日之荒淫发展的必然结果。这还会使人联想到欧阳修《伶官传序》中的名句："盛衰之理，虽曰天命，岂非人事哉！"因此，形象地揭示以勾践王朝为代表的历代王朝破灭的原因，才是这首诗深刻的思想意义所在。

## 143　静夜思

【背景简介】唐玄宗开元十四年（726）秋，时年26岁的李白，在离开家人一年后的扬州旅舍写成《静夜思》。

【内容简介】诗人独在异乡，望月生情，抒发了旅途寂寞的感觉和思念故乡的深情。

【原文】

床前明月光①，疑是地上霜。
举头望明月②，低头思故乡。

【译文】

短梦初醒，看到透过窗子照射到坐具前的明亮的月光，怀疑是地上的霜。
抬起头仰望窗外空中明月；低下头思念远方的故乡。

【注释及有关提示】①床：①井台；②井栏；③"窗"的通假字；④胡床、绳床类似马扎的东西；⑤"床"的本义，坐具或卧具。五种解释分为两类：前两种是室外的，后三种是室内的。究竟是室内的还是室外的，由下一句的"疑"字看出是室内的。如果不是室内的，而是在外散步或伫立，头脑应是清醒的，则可用"犹""似""若"等词。

**【阅读笔记·（1）精准的错觉】**

李白用"疑"字，准确而又生动地写出了瞬间的错觉。如果是对月饮酒，头脑清醒之时不会有这种错觉。这大概是短梦而醒，睡眼惺忪，看到透过窗子照在床前的月光，才疑为地上的霜。一个"疑"字，传神地写出了短梦后对月光的初感。或曰李白《望庐山瀑布》之"飞流直下三千尺，疑是银河落九天"，不是在"日照香炉生紫烟"的大白天所见吗？不也是用了一个"疑"字吗？是的，是的。但是，此"疑"非彼"疑"。把月光疑为地上霜，是深蕴心底的浓挚的思乡之情所致，是在异地月光的特定条件作用下自然幻生的错觉。许多人都有这样的瞬间错觉，却不能及时将其捉住，更不能吟成震烁千古的绝妙诗句。李白的"疑为地上霜"是醇厚的情感与超凡的艺术完美结合的产物；而把瀑布疑为银河从九天直落而下，就不是错觉了，而是故意地"疑"，是一般人所无从"疑"的，只有诗仙把瑰奇的想象与非凡的表现艺术完美地融为一体，才能"疑"得出来。一个"霜"字，收一石三鸟之效：既写出了月光的皎洁（洁白、银白色），又创造出"秋"的意象，还烘托出诗人漂泊他乡的孤寂、凄凉之情。

②举：向上抬。用"举"而不直接用"抬"，一是更准确地描绘出半夜醒来由月光引发而努力地把头向上抬起以更好地望月的情状，二是这是一首绝句，讲究平仄，用仄声韵的"举"与前、后两句首字"疑""低"的平声韵相谐。

**【阅读笔记·（2）秋月的"杀伤力"】**

秋月分外明亮，又是非常清冷的。对孤身远客来说，凝望明月，最容易触动旅思秋怀，感到客居的孤寂，易生遐思，想到家里的亲人，想到家乡山水草木，想着想着，头渐渐低了下来，完全陷入沉思之中。秋月对羁旅之人的"杀伤力"何其大呀！

**【艺术特色简介】**（一）情感之溪自然流淌，如同在向朋友简述一次旅居中的生活片段：半夜醒来，见到月光，疑为秋霜，由光望月，由月思乡。叙事顺妥，抒情自然，不像写诗，却又是诗中奇葩。

（二）情感具有高度的典型性。诗人不仅抒发了自己的思乡之感，也代表旅居之人抒发了超越一定区域、超越一定时代的共同感受，且能引起一般人的普遍共鸣。

（三）语言通俗而深曲。明朝人胡应麟说："太白诸绝句，信口而成，所谓无意于工而无不工者。"（李太白的各首绝句，随口说出而成，就是所说的无意于工巧却无不工巧的。）明朝人王世懋说："（绝句）盛唐惟青莲（李白）、龙标（王昌龄）二家诣极。李更自然，故居王上。"〔（绝句）盛唐只有李白、王昌龄两位诗家造诣达到极点。李白的更加自然，所以处于王昌龄之上。〕

**【阅读笔记·（3）鲜明而又含蓄的月下思乡图】**

这首五绝从"疑"到"举头"，从"举头"到"低头"，细腻地折射出诗人的内心活动，鲜明地勾勒出一幅形象生动的月下思乡图。短短四句诗，其内容是单纯的，又是丰富的；情感是容易理解的，又是令人体味不尽的。因其情感真挚深长，语言明白如话，故雅俗共赏，流传千年，历久不衰。

### 144　黄鹤楼送孟浩然之广陵

**【题意简释】** 黄鹤楼：中国著名的名胜古迹，故址在今湖北武汉市武昌蛇山的黄鹄（hú）矶（jī，水边突出的岩石、石滩）头。宋代乐史撰写的《寰宇记》载："昔费祎登仙，每乘黄鹤于此憩驾，故号为黄鹤楼。"〔过去费祎（yī）成仙，常常乘着黄鹤在这座楼上休息其大驾，所以称（这座楼）为黄鹤楼。〕黄鹤楼与岳阳楼、滕王阁并称江南三大名楼。原楼，历代屡毁屡建，1985年在今址（蛇山西端高观山西坡）重建。孟浩然：李白的朋友。之：去、到。广陵：即扬州。

**【背景简介】** 李白寓居安陆（古郡名，在今湖北）期间，结识了长他十二岁的孟浩然，并很快成了挚友。开元十八年（730）三月，李白得知孟浩然要去广陵（今江苏扬州），约孟浩然在江夏（旧县名，治今武汉市）相会。几天后，孟浩然欲乘船东下，李白亲自送到江边。送别时写下了这首《黄鹤楼送孟浩然之广陵》。

**【内容简介】** 这首七绝，巧妙地交代了送别朋友的时令、地点，传神地描写了诗人伫立江边望断帆影的动人情景，表现了诗人对孟浩然的挚情和自己以及盛唐时代人们积极奋发的精神面貌。

**【原文】**
故人西辞黄鹤楼①，烟花三月下扬州②。
孤帆远影碧空尽③，唯见长江天际流。

**【译文】**
老朋友由西东行，告别了黄鹤楼，在这柳絮如烟、繁花似锦的阳春三月，顺流而下扬州。

一片帆影渐漂渐远，最后在蔚蓝的天边看不见了，只看见长江在天边流淌。

**【注释及有关提示】** ①故人：旧友，这里指孟浩然，此时已经诗名满天下，李白与之过从甚密，视之为老朋友。②烟花：如烟的柳絮和似锦的繁花，指艳丽的春景。下：

去,到。常指由北往南,由上游往下游,由城市往乡间。③碧空:蔚蓝的天空。尽:完,没有了。尽,不是蓝天尽头,而是"孤帆"在水天相接处看不见了。

【阅读笔记·(1)画中有画】

"孤帆远影碧空尽",描写一片孤帆在蓝天下,不断作线性移动的景象,真是无比美妙。而美妙之处,不仅如此,还在于画中有画,人们把镜头再放大一点,就会另有收获:一位送行者,伫立江边,凝视帆船由近而远,视线慢慢推移至水天相接处,所凝望的目标倏(shū)然消失,由此产生类似"你站在桥上看风景,看风景人在楼上看你"的艺术效果;而艺术效果,不仅如此,人们还会分明地体会到这画中之画中所溢出的诗人恋恋不舍的心情。

【阅读笔记·(2)景中有情】

最后一句写得最为自然:盛唐时代,"烟花三月",举目江面,不是近处的航船上下穿梭,就是远处的白帆点点漂动,而诗人眼中只有一片"孤帆",甚至连波涛奔涌的长江都未入眼,心无旁骛,目送帆影渐去渐远。天边全不见帆影的"踪影"了,诗人还在搜索式远望,结果,只看到滚滚的长江在天边流淌。所以,把"天际流"释为"流向天际",虽然符合长江从近处流向远处的实际,却不符合诗人的观察实际;应该是诗人的目力在天际见不到帆影后,只见到长江,绝不是见不到帆影后,收回目力,再从脚下望到天边。因此,体味"唯见长江天际流"一句,至少应注意三点:首先,从画面上看,此句是目送友人的写真;其次,从逻辑上看,此句是对上句"望断"动作的自然接续;再次,从情感上看,此句是上句所流露的恋恋不舍的情感的延续。总之,诗的后两句,传神地描写目送朋友远去的情景,含蓄地表现了对朋友恋恋不舍的情景。

【诗句简析】

开篇首言"故人",亮亮堂堂地向世人宣示送者与被送者情深谊厚的朋友关系,自豪之情溢于言表;而"黄鹤楼"三字,则明着交代送别的地点,暗借"黄鹤楼"蕴含的神话故事悄无声息地为这次送行染上了浪漫色彩。

第二句,紧承首句,写送行的时令、被送者要去的地方及方式:时令,是繁花似锦的阳春;所去,是自古繁华的都会;方式,是乘船顺流而下。李白以轻快的笔调,展现出一幅明丽的画面,让人感到老朋友孟浩然这次去扬州不论有何事情,都不啻(chì)一次轻松愉快的旅游。前两句的有关交代中,洋溢着轻快豪迈的情感。

第三句,描写帆影在长江上漂移的美丽景象。

第四句,描写帆影漂移到天边的美丽景象,表现诗人恋恋不舍的心情。

【艺术特色简介】（一）基调开朗明快，没有一般送别诗的忧戚情感。

（二）描写传神，抒情含蓄，诗味隽永。

145　蜀道难

【题意简释】《蜀道难》是乐府旧题。

【背景简介】明朝顾炎武《日知录》中说："李白《蜀道难》之作，当在开元、天宝间。时人共言锦城之乐，而不知畏途之险（却不知使人害怕的道路的艰险），异地之虞（他乡的忧患），即事成篇，别无寓意。"

【内容简介】本诗袭用乐府旧题《蜀道难》，写出了更为丰富的内容，以浪漫主义的手法，艺术地再现了蜀道峥嵘惊险的磅礴气势，借以歌咏蜀地山川的壮美，进而显示出祖国山河的雄伟壮丽，同时告诫当局，蜀地险要，应当好好用人防守，劝诫朋友不要久留蜀地。

【原文】

噫吁嚱，危乎高哉！蜀道之难，难于上青天①！

蚕丛及鱼凫②，开国何茫然③！

尔来四万八千岁④，不与秦塞通人烟⑤。

西当太白有鸟道⑥，可以横绝峨眉巅⑦。

地崩山摧壮士死，然后天梯石栈相钩连⑧。

上有六龙回日之高标⑨，下有冲波逆折之回川⑩。

黄鹤之飞尚不得过⑪，猿猱欲度愁攀援⑫。

青泥何盘盘⑬，百步九折萦岩峦⑭。

扪参历井仰胁息⑮，以手抚膺坐长叹⑯。

问君西游何时还？畏途巉岩不可攀⑰。

但见悲鸟号古木⑱，雄飞雌从绕林间。

又闻子规啼夜月⑱，愁空山。

蜀道之难，难于上青天⑳，使人听此凋朱颜！

连峰去天不盈尺㉑，枯松倒挂倚绝壁。

飞湍瀑流争喧豗㉒，砯崖转石万壑雷㉓。

其险也如此㉔，嗟尔远道之人㉕，胡为乎来哉㉖！

剑阁峥嵘而崔嵬㉗，一夫当关，万夫莫开㉘。

所守或匪亲㉙，化为狼与豺㉚。

朝避猛虎，夕避长蛇，磨牙吮血，杀人如麻。

锦城虽云乐㉛，不如早还家。

蜀道之难，难于上青天，侧身西望长咨嗟㉜！

【译文】

哎呀嗬，高啊太高了！蜀道难，比上青天还难！

（蜀国的）蚕丛和鱼凫（fú）两位君主，他们开国的事情是多么茫然（难知）啊！

那时以来，四万八千年了，（当初，蜀地的人）不与秦地的人相互往来。

（秦地）西面挡住（入蜀之路的）太白山上，只有一条鸟道，（鸟）可以凭借（它），横着越过峨眉山。

地崩山摧壮士死亡，然后天梯一般的栈道才互相勾连。

上面有使六龙所驾的太阳神的车子返回的高高的标识那样高的山峰，下面有波涛冲荡、水流回旋的弯弯曲曲的回流的水。

黄鹄那样善飞，（它）尚且飞不过去；猿猴想越过去，（可它们）以攀缘为愁。

青泥岭多么弯曲，山路百步九折盘绕着高峻的山峰。

（行人）从参宿、井宿下面经过，伸手可以摸到参宿的星和井宿的星，（一会儿）仰头（看天）敛住呼吸；（一会儿）坐下来，用手抚着胸口长叹。

请问老兄西游（入蜀），何时回还？（令人）害怕的路途、高峻险要的山岩，（实在）不可登攀。

山野间，只能看到悲伤的鸟在古树间号叫；雄鸟在前、雌鸟跟从，绕着树林飞（就是飞不过山去）。

又听到子规在夜间月下悲啼，（它们）在空山中发愁。

蜀道难，比上天还难；使人听到子规的悲啼原本红润的容颜像草木凋零一样变得憔悴。

连绵的高峰离天不满一尺，干枯的松树倒挂着依在绝壁上。

山中的急流、瀑布都争着发出巨大的声响；江水砯砯地冲击山岩（之声）、江中碎裂的石块被水冲得滚动（之声），在千山万壑间像雷鸣一般。

蜀道的险就是这样；唉，你这远道之人为什么呀来这里呢！

剑阁险峻高大，一人把住关口，万人不能打开。

把守剑阁的人，如果不是朝廷的亲臣忠士，（他们就会据险作乱），化为豺狼一般的叛匪。

（善良的人）从早晨到晚上就要躲避猛虎、长蛇般的叛匪，（而那些叛匪）则磨砺牙齿，吸吮鲜血，杀死的人如乱麻一样数不清。

锦官城虽说是个使人快乐的城市，（但是还是）不如早点回家（好）。

蜀道难，比上青天还难；侧身向西望，长长地叹息。

**【注释及有关提示】**①噫吁嚱（yī xū xī）：三个都是惊叹词，蜀地方言。危：高。乎：语气词，用在形容词或名词之后，表示赞美、叹息等语气。哉：语气词，用在句末，表示感叹，可译为"啊""吧"等。之：主谓间助词，取消句子独立性。于：比况介词，比。开篇先连用三个惊叹词，强化了先声夺人的效果，接着用反复的修辞方法连声喊"高啊，高"，而"危"与"高"又是同义避复。开篇连声惊叹后，连呼"高啊，高"，令人不由地想：什么"高"啊？读下文，方知是"蜀道"高。这与其说是故意用主谓倒装的手法，不如说是诗人情不自禁地感叹。然后用一个夸张兼较喻（且是本体超过了喻体）的句子，照应前面特别强化的感叹，简洁形象地点明蜀道之难竟到了比登天还难的程度。开篇概括渲染蜀道之难，为全诗奠定了雄放的基调。②蚕丛及鱼凫：传说中古蜀国两位国王的名字。③何：多么。茫然：模糊不清。④尔：那。韩愈《送侯参谋赴河中幕》："尔时心气壮，百事谓己能。"（那时心气旺盛，认为自己百事都能干。）⑤秦塞（sài）：秦的关塞，指秦地。秦地四周有山川险阻，故称"四塞之地"。人烟：住户的炊烟，泛指人家。⑥西：从"横绝峨眉巅"看，是由秦入蜀，所以"西"当指秦的西面。当（dāng）：挡住。《汉书·高帝纪上》："行前者还报曰：'前有大蛇当径，愿还。'"（在前面走的人返回报告说："前面有条大蛇挡住路，希望返回。"）太白：太白山，又名太乙山，在咸阳西南（今陕西眉县、太白县一带）。⑦可以：可以凭借（它）。以，凭借，后面省略宾语"之"。绝：渡过，越过。⑧石栈：在山间险绝处凿石架木所成的道路。原来，由秦入蜀只有一条人不能过的鸟道。公元前306年秦惠王灭蜀，派张仪筑都城，置蜀郡。当秦国开发蜀地时流传有五丁力士开山的神话。传说，秦惠王许嫁五位美女给蜀王，蜀王派五丁力士去迎接。返回时，见一大蛇钻入山穴中，五力士共掣（chè）蛇尾，把山拉倒，力士与美女都被压死，山也分成五岭。⑨六龙：古代神话中载，羲和驾着六条龙拉的载着太阳的车子。回：使……返回。神话说，太阳由东向西行，至虞泉（即虞渊，唐人为避高祖讳，改作虞泉）再由西而东返回。标：标识（zhì），使太阳神回车的标识。⑩冲：涌动。逆折：（水流）回旋。回川：旋流，回流的水。⑪黄鹤：指黄鹄（hú）。古人常把黄鹤与黄鹄混而为一。黄鹄，鸟名，即天鹅。《商君书·画策》："黄鹄之飞，一举千里。"（黄鹄飞翔，一飞就是千里。）之：主谓间助词。⑫愁：意动词，"以……为愁"。猱（náo）：猿猴的一种。⑬青泥：山岭名。何：多么。盘盘：曲折回旋的样子。⑭萦：绕，旋绕。岩峦：高峻的山峰。⑮扪参历井：用了互文的修辞方法，按方位及动作先后，即历井、参，扪井、参。扪（mén）：摸。参（shēn）：即参宿（xiù），猎户座的七颗亮星。历：经过。井：即井宿，双子座，有主星八颗。古人把天上的星宿分别指配于地上的州国，叫作"分野"。井宿为秦之分野，参宿为蜀之分野。胁息：敛气、屏息。《墨子·兼爱中》："昔者楚灵王好士细腰，故灵王之臣皆以一饭为节，胁息然后带，扶墙然后起。"〔从前楚灵王喜欢细腰之人，所以灵王的臣下都以一天只吃一顿饭作为节制（腰粗的办法），敛气然后才系上腰带，扶着墙然后才站得起来。〕⑯膺：胸。坐：徒然。⑰畏：害怕，动词作"途"的定语。巉（chán）：险峻陡峭。⑱号（háo）：大声哭，大声喊叫。⑲子规：即杜鹃鸟，鸣声悲哀，若云"不如归去"。诗人用"子规"名，而不用"杜鹃"名，是为了从名字上作暗中渲染。⑳蜀道之难，难于上青天：用与开篇相同的句子，形成间隔反复，内容上强化主题，结构上勾连全篇，情感上一唱三叹。㉑去：距离。盈：满。写山之高，用天做参照物，极其夸张而又合理；写山之险，以枯松倒挂绝壁的特写镜头展示，令人心颤。㉒湍（tuān）：急流的水。喧豗（huī）：轰响声。㉓砯（pīng）：象声词，水击山崖声。此处用作动词，砯砯地冲击。转（zhuǎn）：滚动，旋转。此处是使……滚动。雷：名词用作动词，打雷。前句用了拟人的修辞方法，后句是个暗喻。高山深壑间传出的雷鸣般的声音，更令人心颤。㉔其：代蜀道。也：主谓间语气助词，可译为"啊""呀"，或不译。㉕嗟：叹词，唉。尔：第二人称代词，你。㉖胡为（wèi）：介宾倒装，即为胡，为什么。乎：句中语气助词，起舒缓语气的作用，可译为"呢""呀"。㉗剑阁：栈道名。在今四川剑阁县东北大剑山小剑山之间，相传为诸葛亮所修筑，是川陕间的主要通道，军事戍守要地。峥嵘、崔嵬（wéi），都是山势高峻的样子。用词义相同而字面不同的两个词，既能产生强化效果，又能避免字面重复。㉘当关：把守关口。莫：不能。李白《江上望皖公山》诗："默然遥相许，欲往心莫遂。"〔默默地远远地答应你（陪着你），（但是）要前往你处的心愿（现在还）不能顺遂。〕㉙所守："所"字结构，把守的人。或：如果。《汉书·隽不疑传》："……或亡（wú）所出，母怒，为之不食。"（……如果没有被救出的囚徒，母亲就生气，因为这而不吃饭。）匪（fěi）：通"非"，不，不是。《诗·邶风·柏舟》："我心匪石，不可转也。"〔我心不是石，（石虽坚尚可转），（我心）坚不可转。〕亲：亲近可靠的人。㉚狼与豺：借喻，豺狼般的人。㉛锦城：成都的别称。㉜蜀道之难，难于上青天，侧身西望长咨嗟：再间隔复用一次"蜀道之难，难于上青天"后，诗人情感达到高潮，以长长地叹息收束全篇。咨嗟（zījiē）：叹息。蔡邕《陈太丘碑文》：（陈寔去世）"群工百僚，莫不咨嗟。"〔（陈寔（shí）去世）众位官员，无不叹息。工，官吏。〕

**【段落大意】**

第一段（噫吁嚱……相钩连），介绍蜀道的历史和神话传说。

第二段（上有……不可攀），从视觉角度描写蜀道之高的情景。

第三段（但见……凋朱颜），从听觉角度描写蜀道使人愁的情景。

第四段（连峰……来哉），描写蜀道之险的情景。这一段从听觉和视觉两个方面，按照所见到的几欲触天的连峰、倒挂的枯松，所听到的飞湍瀑流的轰响声、砯岩转石的雷鸣声，突出了蜀道之险。

第五段（剑阁……长咨嗟），写与蜀道相关的人世的事。

**【艺术特色简介】** 笔势纵横，豪放洒脱，感情强烈，一唱三叹，气象宏伟，境界阔大，集中体现了李白诗歌的艺术特色和创作个性。


## 146　客中作

**【题意简释】** 题目一作《客中行》。客中：指旅居他乡。

**【背景简介】** 这是诗人入长安前的作品。这时社会呈现着财阜物美的景象，人们的精神状态一般也比较昂扬振奋。此时李白虽抱有经世济民之志，但对隐逸山林也很羡慕。在这优美的环境中，诗人纵酒高歌，怡情自然。

**【内容简介】** 这首七绝讴歌了兰陵美酒的馥郁、主人的热情，表现了诗人豪迈开阔的精神境界，同时从一个侧面反映出盛唐时期的繁荣景象。

**【原文】**

兰陵美酒郁金香①，玉碗盛来琥珀光②。

但使主人能醉客③，不知何处是他乡。

【译文】

兰陵美酒弥散着郁金的香气,玉碗盛来泛着琥珀一样光的美酒。

只是如果主人能够源源不断地提供美酒使客居之人畅饮至醉,(那么,客中之人)不论身在何处,都不觉得是他乡了。

【注释及有关提示】①兰陵:地名,山东省临沂市苍山县兰陵镇,现将苍山县改名为兰陵县。郁金香:①偏正词组,郁金的香气。郁金,多年生草本植物,姜科,有香气。②名词,多年生草本植物,百合科。从与下句中"琥珀光"的对应来看,应该是指郁金的香气。前两句写美酒,由香味到光泽,由远而近:郁金之香,从远处弥散入鼻;琥珀之光,于近处见得清晰。②琥珀光:借喻美酒。琥珀,一种树脂化石,呈黄色或赤褐色,透明且具有光泽。前两句极力赞扬兰陵美酒馥郁的香气与光亮的色泽及主人的热情好客。③但:只,只是。使:假如。醉:使……醉。后两句不仅说在兰陵受到款待而感觉与在故乡无二,而且扩大至不论在任何一个地方,只要主人以美酒款待客人,就会使客人化解乡愁,感觉不到身处异地。

【艺术特色简介】(一)语浅情深。

(二)不落此类题材客愁之窠臼,一扫客居的凄楚情绪,给异地染上一种令人迷恋的感情色彩,抒发了豪放潇洒的情怀。


147 春夜洛城闻笛

【题意简释】题目表明在春天之夜、东都洛阳听到笛声,触动情怀,发而为诗。洛城:洛阳城,隋、唐等朝代以此为陪都,今河南洛阳。

【背景简介】这是735年(开元二十三年)李白游洛阳时所作。

【内容简介】这首七绝描写夜深人静之时,听到笛声而引起思乡之情。

【原文】

谁家玉笛暗飞声①,散入春风满洛城。

此夜曲中闻折柳②,何人不起故园情③。


【译文】

谁家的玉笛在黑夜中飞传出声音,(那笛声)随着春风飞传,洒满整个洛阳城。

在这样一个春夜,听到这首饱含离愁别绪的折杨柳曲,什么人能不产生思念故园的情感呢?

【注释及有关提示】①暗：夜。为避与题中的"夜"重复，而用"暗"。玉笛：精美的笛子。②折柳：即《折杨柳》笛曲，乐府"鼓角横吹曲"调名，内容多写离情别绪。③何人：指每一个客居的人。故园：故乡，家园。

【诗句简析】

首句：扣题中的"夜"，点出笛声响起的时间。

次句：点出洛城，既是写实，也是以陪都的繁华反衬难以转移、难以淡化的乡愁。用一"满"字，通过合理的夸张，渲染出一种氛围：春风徐徐的夜晚，满城的人都在凝神静听那缥缈的笛声。

第三句：点明触发思乡之情的关键所在——闻折柳。春风习习的夜晚，喧嚣了一天后渐渐静寂下来的陪都，客栈中的诗人或许已经入眠，或许正读书、闲坐或思虑它事，忽然听到从远处传来缥缈的笛声，而那笛声正是表现离情别绪的，它把羁旅之人久贮于心底的思乡水潭掀起了波澜，而本诗的主旨就是抒发思念故乡之情，因而，全诗的关键词语是"闻折柳"。

末句：用否定式反问句，强化了肯定的语气，突出了"闻折柳"对所有客居之人的思乡之情的极其强烈的触发作用。

【艺术特色简介】结构谨严，抒情自然。诗人以"闻"字为结构和抒情的中心环节，勾连全诗，严谨合理，抒情巧妙自然。前三句是末句抒发思乡之情的自然有序的铺垫：首句点出笛声响起的时间，次句描写笛声飘散的情景，第三句点明所"闻"的笛声原来是表现离情别绪的折杨柳曲。最后一句水到渠成地抒发闻笛的感受。此种抒情，让人感到不是在刻意写诗，而是讲述客居的一段生活经历、一段心路历程。

## 148 越女词五首·其三

【题意简释】《越女词》是李白描写越地女孩的组诗，共五首，都是五言古诗，运用白描手法，塑造出不同性格的人物形象。

【背景简介】这五首诗是李白于天宝元年（742），从东鲁游吴越时写的。

【内容简介】第三首诗塑造了活泼天真的采莲女子的鲜明形象。

【原文】

耶溪采莲女①，见客棹歌回②。

笑入荷花去，佯羞不出来。

【译文】

在若耶溪上采摘莲子的女孩,(她)看见别的船上的客人时,便唱着歌掉转了船头。

(她)笑着把小船划入了荷花丛中,假装害羞而不出来。

【注释】①耶溪:即若耶溪,在今浙江省绍兴市南面。②棹(zhào)歌:船工行船时所唱之歌。回:掉转。《离骚》:"回朕车以复路兮,及行迷之未远。"(掉转我的车子以返回原路啊,趁着走路迷失方向还不算远。)

【诗句简析】

首句:虽然只是开门见山地点出采莲女,但是联系整个画面可以看出一位姑娘驾着小船在忙碌而欢快地采摘莲子的情景。

次句:字面上的见、唱(棹歌)、回三个动作,映射出采莲女见到陌生人后反应之不急不忙,划动船桨之熟练,特别是一面划桨、一面唱歌的活泼情态。

第三句:用一个"笑"字,精准而又形象地写出了采莲女躲避陌生人的情态。

末句:把采莲女羞羞答答的心理与情态刻画得惟妙惟肖。精妙绝伦的"佯羞",无疑是诗人根据已见的女孩的一系列行为而推测出的。

【艺术特色简介】诗句明白如话,人物神态逼真。

149 子夜吴歌·秋歌

【题意简释】六朝乐府《清商曲·吴声歌曲》中有《子夜四时歌》,因属吴声曲,故又称《子夜吴歌》。李白的《子夜吴歌》是沿用南朝乐府旧题创作的新词,并且改原体的四句为六句,丰富了诗歌的内容。

【内容简介】通过对秋夜捣衣之声及捣衣者期盼的描写,塑造了长安思妇的群像,从一个侧面深刻地反映了战争转嫁给人民的深重代价。

【原文】

长安一片月①,万户捣衣声②。
秋风吹不尽③,总是玉关情④。
何日平胡虏⑤,良人罢远征⑥。

【译文】

长安一片皎洁的月光(下),(响起)千家万户用棒槌捶击衣服的声音。

(尽管)秋风(能够摧枯拉朽),但是(它却)吹不尽(千千万万捣衣者的情思);

（因为）（不论怎样）（她们心中）总是袅袅不断地飘升着对玉门关的牵挂之情。

何时平定侵扰边境的敌人，良人（才能）结束远征。

**【注释及有关提示】**①一片：是形容月光而不是描写月亮的。用"一片"，从阔大的区域上，为下句数量上的"万户"巧妙设伏。②捣衣：把衣料放在石砧上用棒槌捶击，使衣料绵软以便裁缝。③秋风吹不尽：是一个紧缩的转折复句，即"(尽管）秋风……，（但是）（它却）吹不尽……"。受诗歌字数限制，前一分句"秋风"的谓语（"威猛"之类）及后一分句"吹"的宾语（"捣衣者的情思"之类）省略。此处暗用了移觉的修辞方法：把抽象的情思移为具象的视觉形象（树叶、砂石之类的东西）。④总是玉关情：是个紧缩的条件复句，即"不论……，总是……"。玉关，玉门关的省称，此处代指良人戍边之地。三、四两句又是因果倒装的多重复句：（尽管）秋风（威猛），但是（它却）吹不尽（捣衣者的情思）；（因为）（不论怎样）（捣衣者心中）总是不断地飘升着对玉门关的牵挂之情。⑤胡虏：指侵扰边境的敌人。⑥良人：古时妇女对丈夫的称呼。

**【诗句简析】**

首句：交代地点，描写典型环境。

次句：以劳动之声虚写劳动之景，读者吟诵"万户捣衣声"，眼前会出现千万把棒槌上下翻飞的情景。"万户"呼应上句的"一片"，展现范围之广、人数之多。

第三句：巧妙地赞扬捣衣者缠绵而坚韧的情思。

第四句：指明捣衣者情思吹不尽的原因——心中总是飘升着"玉关情"。

第五句：直接代思妇发出久积心底的呼声。"何日"，对丈夫已被调走远征的闺中之人来说，一是不知已经过去了多少时日了，二是不知还要再过多少时日（才能返回）。这是直接喷发的疑问，又是难卜时日的期盼，也蕴含着难以言说的幽怨。

末句：承上句点明思妇期盼早日"平胡虏"的目的不过是希望丈夫结束远征与家人团聚的最简单的要求。

**【艺术特色简介】**（一）巧妙塑造思妇群像。

（二）不鞭挞戍边战争，却对广大思妇的悲惨命运寄予了深切同情，反映出诗人英雄之气与儿女之情完美融合的性格。

150 子夜吴歌·冬歌

**【内容简介】**通过描写一位女子"一夜絮征袍"的事情，塑造出一个思妇的典型形象，生动地表现了思妇对征夫的真挚感情。

【原文】

明朝驿使发①，一夜絮征袍②。
素手抽针冷③，那堪把剪刀④。
裁缝寄远道⑤，几日到临洮⑥？

【译文】

明晨驿使就要出发，思妇连夜为远征的丈夫赶制棉衣。

白白的手连抽针都冷得不行了，（更）哪能受得了手拿冰冷的剪刀来裁衣服的寒冷呢！

（忍着寒冷）将裁制好的衣物寄向远方，（可是）几时才能到达临洮呢？

【注释及有关提示】①驿使：驿站传送文书及物件的人。②絮：在衣服或被褥里铺丝绵或棉花。③素手：指妇女洁白的手。④那（nǎ）：旧读（nuó），后作"哪"，疑问代词。堪：经得起，忍受。把：拿。⑤裁缝：动词用作名词，即裁缝好的征衣。⑥临洮（táo）：甘肃省古县名，以临洮水得名。此泛指边地。

【艺术特色简介】（一）人物形象鲜明。诗人通过行动与心理描写，塑造了鲜明的思妇形象。

（二）叙事生动，情节紧张、曲折。开篇不写景、不抒情、不铺垫，直接就说"明朝驿使发"，令人感到突兀。再看第二句恍然大悟：原来思妇要在一夜之间絮好征袍，托驿使捎给戍边的丈夫。诗人巧妙安排，让主人公一出场就面临与时间的矛盾斗争。而诗人又顺情安排主人公与天寒的矛盾斗争。第二个矛盾的发展情况直接影响着第一个矛盾的解决情况：如果人赢不了天寒，则人也赢不了时间，赢不了时间则不能在驿使出发前送到征袍。因而，人们读到"素手抽针冷，那堪把剪刀"，就真的替这位古人担忧。主人公大功告成，本应稍展眉头了，令人想不到的是她又有了新的忧愁：天这么冷，驿使什么时候才能把征衣送到临洮？一件絮征袍的平常之事，李白竟能巧妙而又自然地把思妇安置在与紧促的时间、寒冷的天气之不可调和的矛盾斗争中，有力地显示出思妇顽强的毅力，灵巧的手工，特别是对亲人的执着的思念之情，从而从一个侧面显示出中国女性的传统美德。

151　南陵别儿童入京

【题意简释】南陵：山东曲阜县南有陵城村。一说是今安徽南陵。

**【背景简介】**此诗写于诗人四十二岁之时。然李白素有大志,早在二十七岁时创作的檄文《代寿山答孟少府移文书》中就不同凡响地表示要"申管晏之谈,谋帝王之术,奋其智能,愿为辅弼,使寰区大定,海县清一"(伸张管仲、晏婴所谈论的称霸天下的道理,谋求成就帝王的途径,发挥自己的能力,愿意成为辅政的大臣,使得天下安定,国家统一)。十五年后(天宝元年),终于得到唐玄宗召他入京的诏书,他认为时来运转,实现政治理想的时机到了,立刻从在外游玩中回到南陵家中,与儿女告别,并写下了这首激情洋溢的诗篇。

**【内容简介】**这首七言古诗营造了轻松愉悦的生活氛围,表达了迫不及待入京面圣的激动心情,抨击了轻视自己的世俗小人,描绘出踌躇满志的情态,表现出狂放不羁的性格。

**【原文】**

白酒新熟山中归①,黄鸡啄黍秋正肥。
呼童烹鸡酌白酒②,儿女嬉笑牵人衣。
高歌取醉欲自慰,起舞落日争光辉③。
游说万乘苦不早④,著鞭跨马涉远道。
会稽愚妇轻买臣,余亦辞家西入秦⑤,
仰天大笑出门去,我辈岂是蓬蒿人⑥!

**【译文】**

我从山中游玩归来时,白酒刚酿熟,黄鸡在秋天里啄黍吃得正肥。

呼唤童仆烹煮黄鸡舀取白酒,小孩子们牵着我的衣服玩乐嬉笑。

我要安慰自己便放声高歌而博取一醉,兴之所至起身舞蹈与夕阳争时光(尽量多欢快一会)。

苦于不能早见君主实现辅弼之志,(恨不得)跨马扬鞭一下跑完遥远的路程。

当年会稽愚妇看不起贫穷苦读的朱买臣,如今我也要辞家西入长安(面圣)。

仰面朝天大笑着走出门去,我这样的人岂能是草野之人!

**【注释及有关提示】**①白酒:古代酒分清酒、白酒(浊酒)两种。《礼记·内则》"酒清、白。"(酒有清酒和白酒之别。)新:刚。②童:未成年的奴仆。酌:舀取。苏辙《武昌九曲亭记》:"撷林卉,拾涧实,酌水而饮之。"(采撷林中的花卉,捡拾涧中的果实,舀取水而饮它。)诗人自己一进家门就呼唤童仆杀鸡备酒,欢愉之情溢于言表;

儿女们也受到父亲异常兴奋之情的感染,"嬉笑牵人衣"。这些表现和烘托诗人兴奋之情的特写"镜头",生动传神。③自慰:动宾倒装,安慰自己。光辉:光阴,时光。杜甫《巫山县唐使君十八弟宴别,兼诸公携酒乐相送,卒题小诗,留于屋壁》:"诸公不相弃,拥别惜光辉。"(各位先生不嫌弃我,我们聚集宴别,痛惜这将逝的时光。)④游说(shuì):说客策士劝说君主采纳自己的主张。万乘(shèng):君主。周制,天子地方千里,兵车万辆。后因以"万乘"称天子。苦:以……为苦。⑤会(kuài)稽愚妇轻买臣:《汉书·朱买臣传》:"朱买臣,会稽郡吴人,家贫,好读书,不治产业。常艾(yì,割)薪樵,卖以给食(卖掉它来供给吃饭),担束薪行且诵读(挑着捆扎好的薪柴一边行走一边诵读)。其妻亦负戴相随,数止买臣毋歌呕(讴)道中,买臣愈益疾歌,妻羞之求去。(他的妻子也背负木柴随着他,多次阻止朱买臣,让他不要在路上歌唱,朱买臣更加用力歌唱,他的妻子以此为羞,要求离开他。)买臣笑曰:'我年五十当富贵,今已四十余矣。女(汝)苦日久,待我富贵报女(汝)功。'妻恚怒曰:'如公等,终饿死沟中耳,何能富贵?'('像您这样等待,最终只不过是饿死在沟里罢了,怎能富贵?')买臣不能留,即听去。后买臣为会稽太守,入吴界见其故妻、妻夫治道(修整道路)。买臣驻车,呼令后车载其夫妻到太守舍(房舍),置园中,给食之(把他们二人安排在园子中,供应他们饮食)。居一月,妻自经(自缢,上吊自杀)死。"秦:指唐时首都长安,春秋战国时为秦地。"愚妇轻买臣",借古讽今,矛头直指势利小人;"辞家西入秦",书写现实,扬眉吐气之状溢于言表。⑥蓬蒿人:草野之人。蓬、蒿:都是草本植物,这里借指草野民间。

**【六联大意】**

首联:点明从山中归家的时间,描写家中"白酒新熟""黄鸡正肥"的美酒佳肴齐聚的可人之状,衬托出诗人兴高采烈的情绪。

次联:描写自己及儿女们的喜悦之情。

第三联:描写自己高歌畅饮的欢乐之情。

第四联:描写(恨不得)跨马扬鞭、早酬壮志的急切心情。

第五联:借古讽今直斥势利小人,抒发扬眉吐气之豪情。

第六联:生动地描写了大笑出门的情态,坚决地否定了视己为乡野之人的蔑视。

**【艺术特色简介】** 夹叙夹议,正面描写与侧面烘托相结合,生动地表现出从山中归家至出门西去的具体过程及与之相随的曲折的心理变化过程。

## 152 塞下曲六首·其一

【题意简释】《塞下曲》出于汉乐府《出塞》《入塞》等曲（属《横吹曲》），为唐代新乐府题，歌词多写边塞军旅生活。李白所作共六首，此其第一首。

【背景简介】这组诗当作于唐玄宗天宝二载（743），李白送友人去西域时写下的。当时李白任职长安，胸中正怀有建功立业的政治抱负。

【内容简介】这六首诗借用唐代流行的乐府题目叙写时事，表达心声，其主题是要求平定边患。全组诗以乐观高亢的基调和雄浑壮美的意境反映了盛唐的精神风貌，描绘了守边将士在沙场上征战的艰苦生活，歌颂了他们忠心报国的英勇精神。诗中有对战斗场景的描述，也有对闺中柔情的抒写，内容丰富，意境浑成，格调昂扬，豪气充溢，表现了诗人高尚的爱国情操。第一首着重描写边塞恶劣的环境和艰辛的军旅生活，表达将士们及诗人杀敌报国的豪情壮志。

【原文】

五月天山雪①，无花只有寒。
笛中闻折柳②，春色未曾看③。
晓战随金鼓④，宵眠抱玉鞍⑤。
愿将腰下剑⑥，直为斩楼兰⑦。

【译文】

已是夏季五月，天山仍有积雪，不见鲜花开放，只觉寒气逼人。

忽然听到有人吹起"折杨柳"的笛子曲，（可是在这荒寒的地方）不曾见过春色，（哪有杨柳可折！）

白天，将士们按照击鼓鸣金的命令或进或止；夜晚，将士们抱着马鞍子打盹（随时备鞍上马厮杀）。

愿取下腰中的剑，正是为了像当年的英雄那样斩杀楼兰王（为国立功）。

【注释及有关提示】①天山：唐时称伊州（今新疆哈密县）、西州（今吐鲁番盆地一带）以北一带山脉为天山。内地盛夏，酷热难当，而天山却仍有积雪；内地五月，"榴花照眼明"（韩愈），而边塞却没有鲜花只有寒冷。②折柳：古代乐府歌曲《折杨柳》的简称，这是一支表现离愁别绪的曲子，听起来很悲凉。③春色未曾看：不曾见到柳绿花红的春色。看：此处读"kān"。④晓：此处既指天刚亮，也指整个白天，意即天刚亮就整装集合，一整天都在行军作战。金鼓：打仗时用于指挥进退的军鼓和铜锣。有的释为"铜锣",大概是只考虑与下句的"玉鞍"对仗。打仗是有进有退的,一般情况下不可能只是鸣金收兵。⑤宵:夜。玉鞍:此指马鞍,与上句的"金鼓"字面上对仗。⑥将:取,拿。⑦直:正。斩楼兰:《汉书·傅介子传》:"介子与坐饮,陈物示之。饮酒皆醉,介子谓王曰:'天子使我私报王。'王起随介子入帐中,屏语,壮士二人从后刺之,刃交胸,立死。"〔傅介子与(楼兰王)坐着饮酒,出示那些财物给他看。楼兰王及其手下都喝醉了,介子对楼兰王说:"汉朝天子派我秘密禀报你一些事情。"楼兰王起身随介子进到帐篷里,使他的随从退避,独与(介子)谈论,两个壮士从后面刺杀了他,两把剑之锋刃交叉穿透了楼兰王的胸,(楼兰王)立即死去。〕楼兰,汉代西域小国,在今新疆鄯善县东南一带。这里泛指侵扰边疆的敌人。前六句描写边塞环境荒寒、将士生活紧张,似有怨尤,而最后两句却语意陡转,语势突起,慷慨激昂地表达了边关将士不畏环境恶劣、不怨生活艰辛,只为报国杀敌的豪情壮志。"直"与"愿"字呼应,语气高亢激昂,心声喷涌而出,惊人耳目,夺人心魄。

【四联大意】

首联:从视觉和感觉两个方面极写边地苦寒,是写边塞环境的名句。

颔联:承接首联,以耳闻(听到折柳曲)与目睹(不曾见春色)的对比,加深描写边地之苦寒情景。

颈联:由描写环境转为描写边关将士紧张的战斗生活。

尾联:借用傅介子计斩楼兰王的故事,表现诗人甘愿赴身疆场,为国杀敌的雄心壮志。

【艺术特色简介】本诗为五律,依惯例当于二、三联分别作意思上的承、转,但是李白却突破了格律诗四联"起、承、转、合"的常式,而以气脉直行,豪纵不拘。首、颔两联"起":分别从视觉和听觉上写荒寒的环境;颈联"承":承接前二联的艰苦环境,写紧张的战斗生活;尾联既"转"又"合":直抒慷慨报国之志。

【阅读笔记·各联的表达技巧】

第一联的表达技巧是:举轻而见重,举隅而反三。仲夏五月没有雪花飘落时,寒气尚且如此逼人,则春、秋、冬三季的寒冷就可想而知了,以寒冷之最轻衬托出寒冷更重的,从而更有力地反衬出戍边将士的英勇精神。

第二联的表达技巧是:用典中套用反衬手法。折杨柳的典故,令人想起家乡特有的春色和家中翘首盼归的亲人。然而,眼前却是春色全无,一片荒凉,亲人相隔万里,不能相见。这样的生活环境反衬出将士们积极参战、奋力杀敌的忠勇。

第三联的表达技巧是：巧妙地运用了渲染烘托和以点带面的写法。以"金鼓"之声烘托出军旅生活的气氛之紧张和军纪之严明。以"晓"和"宵"两个点，概括出从白天至夜晚的整个状况，言简意赅。

第四联的表达技巧是：画龙点睛。在前三联描写边塞生活，将士们若有怨尤的情况下，尾联急折陡转，直接抒情，慷慨激昂，卒章显志，雄壮有力。

### 153  清平调词三首·其一

**【题意简释】** 清平调词是七言乐府诗。

**【背景简介】** 唐玄宗天宝二年（743）或天宝三年（744），春季一日，唐玄宗与杨贵妃在宫中沉香亭观赏牡丹，伶人们正准备以歌舞助兴，唐玄宗说："赏名花，对妃子，岂可用旧日乐词！"于是急诏翰林待诏李白入宫填写新歌词，李白即在金花笺上写了这三首七言乐府诗。

**【内容简介】** 这一首先暗赞贵妃之美艳及君王宠幸之神效，再明赞贵妃超绝凡俗的天姿仙容。

**【原文】**

云想衣裳花想容①，春风拂槛露华浓②。
若非群玉山头见③，会向瑶台月下逢④。

**【译文】**

见到绚烂的云霞就想到美人美丽的衣裳，见到艳丽的花朵就想到美人美艳的容貌；春风吹拂栏杆，露珠润泽，花色更浓。

（如此神姿仙貌）如果不是在群玉山头见到的话，那一定只有在瑶台月下，才能遇到。

**【注释及有关提示】** ①"想"有两解：一是人想，即见到云、花，令人想到衣裳、容貌；二是云、花想，即云见到美人的衣裳不由得想自己的色彩形状怎样，花见到美人的容貌不由得想自己的容貌怎样。不论"谁"想，都是在巧妙地赞美杨贵妃衣着如绚烂的云，容貌似美丽的花。②槛（jiàn）：栏杆。华：通"花"。③群玉山：神话中的仙山，传说是西王母住的地方。④会：一定。向：在。《水浒全传》第一回："风过处，向那松树背后，奔雷也似吼一声，扑地跳出一只吊睛白额锦毛大虫来。"瑶台：古代神话中神仙居处。

【诗句简析】

首句：以云霞比拟贵妃华丽的衣服，以花朵比拟贵妃美丽的容貌。

次句：以花受春风露珠润泽而色更浓，暗喻妃子受君王宠幸而貌更美。

三、四句：诗人的想象由现实中所常见的云、风、花、露忽然飘到天堂中西王母所居的群玉山、瑶台，而且精心选用一个假设兼选择的复句，而且表面故作选择，其实意思非常肯定：这样超绝人寰的花容，只有天上仙境才能见到，如果不是群玉山头美艳无比的仙子，就是瑶台月下光彩照人的神女，不露痕迹地把杨贵妃比作天女下凡，真是才华横溢，精妙至极。

154 清平调词三首·其二

【内容简介】这一首用借古喻今、抑古尊今的写法，以压低巫山神女和赵飞燕，来抬赞贵妃美艳无比。

【原文】

一枝红艳露凝香，云雨巫山枉断肠。

借问汉宫谁得似①？可怜飞燕倚新妆②。

【译文】

犹如一枝红艳的沐浴雨露、凝聚香气的牡丹，楚襄王思念梦中之巫山神女，他那肠子简直就是白断了。（为什么呀？因为比起眼前这位绝世美女来，那巫山神女有何美可言！）

请问，汉宫美女谁能与眼前的美女相比？只有一个可爱的赵飞燕算得上绝代美人了，但是她还得倚仗新的妆饰打扮。

【注释及有关提示】①得：能。似：相像，类似。②可怜：可爱。参见《孔雀东南飞》"可怜体无比"中"可怜"之解释。飞燕：赵飞燕，汉成帝的皇后，体态轻盈，能站在宫人手托的玉盘中歌舞。倚：倚仗。

【诗句简析】

首句：写花的颜色又写花的香气，写人之天然美又写人之含露之美。既是写花，又是写人，美妙绝伦。

次句：借神话故事中的美女衬托出现实的美女更美。

后两句：用设问句自问自答。诗人提出赵飞燕是一着险棋，但是"倚新妆"语出，不仅有惊无险，而且使赞美之意登峰造极。后两句是借历史上有名的美女衬托出现实的美女更美；因为赵飞燕与杨贵妃虽有一比，但她是靠涂脂抹粉的，这怎比得上天然丽质的杨贵妃呢！

【阅读笔记·精准的选择高妙的转折】

李白选择衬托杨玉环的人拿捏得恰到好处。唐之前的著名美女很多，但是不能以"唯美"为标准。如春秋时的西施虽有沉鱼之容而终有永远抹不去的事敌主之耻辱，楚汉时的虞姬虽品貌双全而终有英雄救不了美女的缺憾，西汉时的王昭君虽有落雁之貌而终有为胡主妻之遗恨，这类美女都是断然不能选的，因为她们远比不上杨玉环地位尊、名分正。李白所选之人的诸多方面若有一丝欠细密，弄不好辱没了贵妃，触怒了龙颜，会立马让他卷铺盖走人。李白肯定不能选地位低于杨贵妃、名声逊于杨贵妃的，而在美貌上还得选顶尖的美妃，不能糊弄唐玄宗和杨贵妃，不然怎么能以美衬美呢！于是，经过瞬间完成的缜密考虑，李白首先把范围锁定在汉宫，而汉宫中各个方面达标的妃子则非赵飞燕莫属。

选择赵飞燕却是李白走的一着险棋。赵、杨二人相比，若杨略逊赵一筹则断然不可，若二人平分秋色也是不行的，必须是杨优于赵。而怎样才能达此佳境呢？李白巧妙地使用了"无中生有"之计，说赵飞燕之美是依仗打扮的，于是诗情陡然转折，杨优赵逊的比较结果赫然显现。唐明皇急诏供奉翰林李白写乐府诗，本来就是为配曲演唱以达愉悦生活的目的。李白妙笔生花，佳篇迭出，君主、贵妃都得到了心理满足，还会在意赵飞燕是否靠打扮充美的问题吗！

如果说李白选择陪衬对象的过程，显示了他的思想的严密性，那么他让诗情的陡然转折，则显示了他的艺术的绝妙性。

## 155 清平调词三首·其三

【内容简介】这一首交融着赞美鲜花与美人对君王的作用。

【原文】
名花倾国两相欢①，长得君王带笑看②。
解释春风无限恨③，沉香亭北倚阑干④。

【译文】
名贵的牡丹花和能使国家倾覆的美人两者互相欢愉，她们长得君王带着笑来看。

解除消释君王无限恨；沉香亭北，人倚着（鲜花相簇的）栏杆（多么优雅，多么风流）。

【注释及有关提示】①名花：指牡丹。倾国：借喻色艳惊人的美女。典出汉代李延年《佳人歌》："北方有佳人，绝世而独立。一顾倾人城，再顾倾人国。宁不知倾城与倾国？（难道不知道佳人能倾覆城池与倾覆国家吗？）佳人难再得！（知道。可是佳人难以再得到。）"②看：此处读"kān"。③春风：借喻君王，指唐玄宗。④沉香亭：亭名，沉香木所筑。阑干：同"栏杆"。

【诗句简析】

首句：诗笔到此才正面点出所赞扬的人是杨贵妃，并用"两相欢"把花与人合为一提。

次句：既承接上句赞扬牡丹和贵妃，又逗出下两句专写贵妃的作用和美姿。

第三句：以"释恨"写出了观花赏人的特别作用，从侧面把贵妃美丽动人的姿色写得情趣盎然。

末句：以一个背景豪华，风姿优雅的造型，定格了贵妃光彩照人的形象。

【艺术特色简介】这三首诗最突出的写法是将花与人浑融在一起写，似写花又似写人，人物交融，言此意彼，满目春风，流光溢彩，满纸盛赞而不着意刻画，无怪当时就受唐玄宗赞赏。

156 月下独酌四首·其一

【背景简介】《月下独酌四首》约作于唐玄宗天宝三载（744），当时李白在长安翰林院，正值李林甫、杨国忠等皇亲贵宦们当权的黑暗时期。李白得不到统治者的赏识，也找不到多少知音与朋友，心情苦闷，就独自一人到花间月下饮酒。他面对壮志难酬的现实，没有沉沦，更不愿与权贵同流合污，而是追求自由，向往光明，因此创作了《月下独酌四首》。

【内容简介】《月下独酌》四首五言古诗之第一首流传最广，该诗写诗人由政治失意而产生的一种孤寂忧愁的情感，也表现了不愿与权贵为伍的耿介秉性和向往自由天堂的高洁情怀，还表现了诗人善于排遣寂寞的旷达不羁的个性。

【原文】

花间一壶酒，独酌无相亲①。

举杯邀明月，对影成三人。

月既不解饮②，影徒随我身③。

暂伴月将影④，行乐须及春⑤。

我歌月徘徊，我舞影零乱。

醒时同交欢，醉后各分散。

永结无情游⑥，相期邈云汉⑦。

【译文】

花丛之间，一壶美酒，独自饮酌，没有亲近的人。

举起酒杯，邀请明月（共饮），（连同）自己的身影成为三人。

明月既然不会喝酒，（那么，月光照耀所形成的）影子也就徒然随在我的身边（不能与我一起饮酒）了。

（但，我还是）暂且伴着明月和自己的影子（交往），（因为）（人生）行乐要趁着春光明媚之时。

（于是）我吟咏歌唱，明月随着我徘徊移动；我手舞足蹈，身影随着我移动纷乱。

我清醒之时，我们共同交相欢乐；我醉了之后，我们各自离散。

（有憾于"醉后各分散"，我）愿和你们永远结为没有情感的交往，相约在高远的银河岸边。

【注释及有关提示】①酌：斟酒喝。《诗经·周南·卷耳》："我姑酌彼兕觥，维以不永伤。"（我姑且喝了那犀牛角酒杯中的酒，借此免去长久忧伤。）无相亲：没有亲近他的（人）。相，有指代作用的副词。详见《孔雀东南飞》"及时相遣归"的"相"之解释。

【阅读笔记·千古绝句】

"举杯邀明月，对影成三人"被誉为千古绝句。

其之"绝"，首先是想象之"绝"。明明是月下独酌，却以超凡的想象，幻化成三"人"——从月下的人飞升到天上的月，再折回到花间的影——只有诗仙才能这样思驰天外，神骋万里，亦真亦幻。

其"绝"之二，是这个想象还非常艺术地把客观的孤寂和主观的旷达熔铸在同一个凄清而又热闹的场景中。

②既：解为"已经"，不合诗意。因为"月"与"影"不是并列关系，而是决定与被决定关系，即"月"的有无决定"影"的有无；"月"既然不会喝酒，那么由"月"而生的"影"也就枉随"主人"了。所以，既，应当解作"既然"，与下句所暗含的"那么"（或

"就")形成推论关系。解:能,会。陶潜《九日闲居》:"酒能祛百虑,菊解制颓龄。"(饮酒能消除种种思虑,赏菊能抑制衰老。)③徒:徒然,白白的。④将:连词,和。卢纶《与畅当夜泛秋潭》:"离人将落叶,俱在一船中。"(离别的人和飘落的叶子,都在一条船上。)⑤及:趁着。《左传·隐公元年》:"及庄公即位,为之请制。"〔(武姜)趁着郑庄公即位的时候,替共叔段(郑庄公的弟弟)请求把制邑分封给他。〕⑥游:交往,交际。韩愈《柳子厚墓志铭》:"所游皆当世名人。"("所交往的人都是当世的名人。")⑦期:邀约,约会。邈(miǎo):遥远。云汉:银河。

【各联大意】首联:简洁交代花间独酌的凄清情景。

次联:想象邀约对饮而成三人的奇幻景象。

第三联:转入现实,诗人又清醒地感受到处境的孤独寂寞。

第四联:这是诗人的自我安慰之辞。诗人清醒地认识到邀请明月及自己的身影一起饮酒,纯系虚幻之事,但是即使如此,也要以假当真,以自我排遣郁闷,及时行乐。有人过多地看到了此种"及时行乐"的消极因素。其实内中所含的更多的是不甘寂寞,不愿屈服的积极因素。

第五联:对明月、身影的煞有介事的描写,荒诞离奇而又合理有趣:两位受邀者似乎难却盛情,一个徘徊脚步聆听主人歌唱,一个紧随主人舞姿变换影形。

第六联:理智地写明与月亮、身影的相处状况——醒时,诗人与两位朋友似乎是情感相融了;醉后,终不免各奔东西。

第七联:诗人既无奈又愤慨、既遁世又自强地表示世间无人可游,就与明月和身影在不染世俗污浊之气的天上仙境交游,曲折地表现出可贵的反抗精神和追求自由的高洁情怀。

【艺术特色简介】(一)想象丰富,奇特。

(二)诗脉曲折,情感复杂。由"独酌无相亲"的孤独,到"对影成三人"的不孤独,又转折为"影徒随我身"的孤独;由"暂伴月将影"的不孤独,到"醉后各分散"的孤独,最后转折为"永结无情游"的不孤独。这种曲折复杂的情感是严酷的处境与李白孤傲的性格和不屈的精神交织在一起而产生的综合作用的自然的显现,不是刻意用什么技巧。

## 157 行路难三首·其一

【题意简释】《行路难》是乐府旧题,内容多写世路艰难和离别悲伤之意。

【背景简介】李白奉诏入京,供奉翰林,很想干一番大事业,却没被唐玄宗重用,还受到权臣的谗毁排挤,两年后被"赐金放还"。李白被逼出京,朋友们都来为他饯行,李白深感仕路艰难,满怀愤慨地写下了组诗《行路难》。

【内容简介】李白《行路难》三首都抒写了诗人在政治道路上遭遇艰难后的郁愤之情。这第一首抒发了怀才不遇的愤慨和迷茫,同时也坚信自己终有出头之日。此诗以其独特的艺术魅力,称誉千古。

【原文】

金樽清酒斗十千①,玉盘珍羞直万千②。
停杯投箸不能食③,拔剑四顾心茫然④。
欲渡黄河冰塞川⑤,将登太行雪满山⑥。
闲来垂钓碧溪上⑦,忽复乘舟梦日边⑧。
行路难,行路难⑨,多歧路,今安在⑩?
长风破浪会有时⑪,直挂云帆济沧海。

【译文】

金杯中的美酒一斗价值十千,玉盘里的美味价值万钱。

(面对美酒佳肴,再经主人盛情相劝),端起酒杯却又放下,拿起筷子却又撂下,(苦闷愁烦得)不能进食;(离开座席)拔出宝剑,环顾四周(欲寻出路),(然而)心中一片茫然。

想要渡过黄河,而坚冰堵塞河川;想要登上太行,而大雪遍布高山。

(总有一天,自己会像)姜太公在碧绿的磻溪垂钓一样(得遇重才的文王);忽然,又(感到自己像)伊尹梦见乘船从日边经过一样(被商汤重用)。

行路难啊,行路难,有很多岔路,(能通往目的地的道路)(究竟)在哪里?

(尽管世路艰难,岔路很多),(然而我)坚信乘风破浪的时机定当到来,到那时,我要扬起云帆,横渡沧海。

【注释及有关提示】①樽(zūn):古代盛酒的器具,以金为饰。清酒:古代酒分清酒、白酒(浊酒)两种。斗(dǒu):盛酒器,又名羹斗,有柄。《诗经·大雅·行苇》:"酌以大斗,以祈黄耇(gǒu)。"(用大斗斟酒喝,来祈求长寿。)十千:万(钱)。②羞,同"馐",美味的食品。直:通"值",价值。③停:放置,停放。投:掷,扔。箸(zhù):筷子。④拔剑四顾心茫然:拔出宝剑(却没有可劈刺的东西)环顾四周(却没有什么目标)于是心中一片茫然。⑤塞(sè):隔阻,堵。⑥将(jiāng):打算,想要。《左传·隐公元年》："国不堪贰，君将若之何？"（一个国家受不了两个国君的统治，您打算怎么办？）。五、六两句，进一步形象地解释"心茫然"的原因。⑦垂钓碧溪上：姜太公吕尚曾在渭水的磻溪上钓鱼，得遇周文王，助周灭商。⑧乘舟梦日边：伊尹曾梦见自己乘船从日边经过，后被商汤聘请，助商灭夏。这两句是比喻中套用典故，分别暗用姜太公和伊尹的典故，比喻自己一定能大展宏图。⑨行路难，行路难：用反复的修辞方法突出世路艰难，表达诗人强烈的愤慨之情。⑩多歧路，今安在：用疑问句生动地表现出寻路不得的急切不安的心态。安在，动宾倒装，即"在安"。安，疑问代词，哪里。四个三字句，节奏短促、感情强烈，不自觉地把原本的内心独白转化为高亢澎湃的呼喊之声，传神地表现出政治受挫后的郁闷、愤慨、急躁的复杂心理。⑪长风破浪：比喻实现政治理想。《宋书·宗悫传》载，宗悫（què）少年时，叔父宗炳问他的志向，他说："愿乘长风破万里浪。"

【阅读笔记·（1）永不言败的斗士】

遭遇了严重的政治挫折的李白，还是那个"我辈岂是蓬蒿人"的李白，还梦想着"直挂云帆济沧海"。他的坚定和执着，使他冲破了世路艰难的精神桎梏；他的倔强和自信，使他摆脱了歧路彷徨的思想苦闷。他高唱着奋发乐观的曲调，想象着乘长风，破巨浪，挂云帆，济沧海，直达理想彼岸的辉煌胜利，震撼人心地显示出一个永不言败的斗士的强大的精神力量。

【诗句简析】

一、二句：极写清酒、珍馐之昂贵，为下文之转折（不能食）作反衬性铺垫。

三、四句：形象描写不能食清酒、珍馐的情景和欲寻出路的情景及结果。"停杯投箸"至"拔剑四顾"是烦闷而不甘，欲再寻出路的心理外化，结果却是"心茫然"。

五、六句：以黄河不能渡、太行不能登的情景，形象地显示路路不通的困境。

七、八句：用吕尚、伊尹两位先贤的经历表明自己对"辅弼天下"仍然有极大的期待。

九、十、十一、十二句：以直接地呼喊，突出世路的艰难，表现寻路不得的郁闷而急躁的情态。

十三、十四句：借用典故，表达实现理想的坚定信念。

【阅读笔记·②跌宕起伏的感情】

开篇极写酒之美、肴之珍。对此，按照李白惯常的性格，不用朋友相邀也"会须一饮三百杯"。但是，诗人却"停杯投箸不能食"。这面对美酒却喝不下去的转折，原因何在？因为诗人心中有块垒。诗人要消除块垒，便离开座席，拔出宝剑，似要斩截什么，然而无可斩截；便四下张望，要寻找什么，但是"心茫然"。主观上想寻条道路，客观上却一无所获，这又是一个转折，是令诗人大失所望的转折。

水路冰塞川、陆路雪满山，现实的政治道路已全被阻遏，一般人或许意志消沉，选择放弃。然而，积极用世的李白，人可以倒下，但是理想不能抛弃，他仍然超自信地想到吕尚、伊尹，念念不忘他"辅弼天下"的宏伟志向。仕途，被踢出局，而理想的之光却永不熄灭，这个转折见出李白是多么坚定，多么执着。

可是，世路艰难、岔路多多。由理想至现实的转折，又把诗人推向了政治之途的绝境。

至此，如果打住，自行歇菜，那还是李白吗？伟大的诗人在遭受严重的政治挫折，寻找出路而路路不通之时，面对"行路难"的严酷现实，毅然决然地从沉郁中振起，以高亢的声调，强大的气势，坚定的信心，向世人宣布：要乘风破浪，直挂云帆，横渡沧海，直达理想彼岸。

## 158 梦游天姥吟留别

【题意简释】这是一首记梦诗，也是游仙诗。"吟"，是古诗的一种体式，内容大多是悲愁慨叹，形式上自由活泼，不拘一格。留别，是离开某地时赠送礼品或做诗词给留在那里的朋友。"梦游天姥吟留别"就是把梦中游历天姥（mǔ）山的情形以"吟"的体式写成诗，留给东鲁（今山东）的朋友作别。天姥山：在今绍兴新昌县东五十里，东接天台山。传说曾有登此山者听到仙人天姥的唱歌之声，故名。诗题也作《梦游天姥山别东鲁诸公》《别东鲁诸公》。

【背景简介】李白早年就有济世的抱负，但不屑于经由科举登上仕途，希望由布衣一跃而为卿相。因此他漫游全国各地，结交名流，以此广造声誉。天宝元年（742），终经朋友道士吴筠推荐，被唐玄宗召到长安。李白初到长安，也曾有过短暂的得意，但是他一身傲骨，不肯与权贵同流合污，连玄宗也对他不满。于是，天宝三年（744）就被"赐金放还"，于是，他那由布衣而卿相的理想大厦瞬间轰然倒塌，但他的腰板却挺得更直。李白离开长安后，先到洛阳相会杜甫，结下友谊，随后又同游梁、宋故地，这时高适也赶来相会，三人一同往山东游览。天宝四年（745）李白将离开东鲁南下吴越，行前写了这首诗。

【内容简介】这是一首以游仙诗的形式写的表现蔑视权贵、追求自由生活的政治抒情诗。诗中借梦游天姥山的经过，曲折地反映了诗人政治理想破灭的情景，直接地表示出决不"摧眉折腰事权贵"的坚决态度，表现出千古文人的骨气和诗人高尚的人格魅力。

第一段：
【原文】
海客谈瀛洲①，烟涛微茫信难求②。
越人语天姥③，云霞明灭或可睹④。
天姥连天向天横⑤，势拔五岳掩赤城⑥。
天台一万八千丈⑦，对此欲倒东南倾。

【译文】
航海的人谈起瀛洲，（说，瀛洲处在）烟波渺茫的大海之中，实在难以寻求。

绍山一带的人谈到天姥山，（说，天姥山）在云雾霞光之中有时能够看见。

天姥山连着天际，遮盖天空，山势高峻，超过五岳，遮掩赤城。

天台山高一万八千丈，对着天姥山好像要向东南面倒下去似的。

【注释及有关提示】①瀛（yíng）洲：传说中的东海三座仙山之一。另两座为蓬莱、方丈。②微茫：隐约模糊。李白《惜余春赋》："试登高而远望，极云海之微茫。"（尝试登高远望，极尽目力看那云海隐约模糊的景象。）信：实在。③越人：此指浙江绍兴一带的人。④云霞明灭：云霞忽明忽暗。或：有时；或许。照应"云霞明灭"之"明"，译为"有时"更准。⑤横：遮盖。李白《古风十四》："白骨横千霜，嵯峨蔽榛莽。"〔累累白骨如同遮盖着层层白霜，这么多的白骨又被丛生的草木遮蔽着。嵯峨（cuó'é），盛多的样子。〕⑥赤城：和下文的"天台"都是山名，在今浙江天台县北。⑦一万八千丈：一作"四万八千丈"，都是夸张的说法。

【阅读笔记·（1）梦游天姥之由】

任何梦都不是事先设定的，李白也不可能事先规划其梦的性质、内容等，因而他的梦是有针对性的假托，是奇特无比的想象。他要以仙境的美好痛斥现实的龌龊，而这个仙境，他又不沿袭旧说，而是要自己创造，并且从人间借助一定的途径能够到达的，是亦真亦幻的。于是，他借宾定主，舍弃"烟涛微茫信难求"的瀛洲，定位"云霞明灭或可睹"的天姥；于是，他请客陪主，临机把山峦之尊的五岳、巍峨高峻的赤城、一万八千丈的天台等"贵客"都请来陪衬天姥。此种巧妙的取舍、鲜明的对比，令人信服地显示：要从尘世进入仙境，非天姥莫属。

第一段：交代梦游之由。

第二段：
【原文】
我欲因之梦吴越①，一夜飞度镜湖月②。
湖月照我影，送我至剡溪③。
谢公宿处今尚在④，渌水荡漾清猿啼⑤。

【译文】
我要根据越人的话梦游吴越，一夜间，就飞渡到了明月映照的镜湖。
镜湖的月光照着我的影子，一直送我到了剡溪。
谢灵运住的地方如今还在，这儿绿水荡漾，猿啼凄清。

【注释及有关提示】①因：依据。之：代指前段越人的话。②度：渡河，后作"渡"。镜湖月：即"月镜湖"（月下镜湖），为与上句"越"韵脚相协而倒装。镜湖，即鉴湖，在绍兴，唐朝有名的城市湖泊。③剡（shàn）溪：水名，在今浙江省嵊（shèng）县南。诗人一入梦，就如同仙人一般，在美丽的镜湖上空，在皎洁的月光之下，飘然飞行，字里行间流露出满满的轻松、惬意之感。④谢公：指南朝宋诗人谢灵运。谢灵运喜欢游山。他游天姥山时，曾在剡溪居住。⑤渌（lù）：清澈，一作"绿"。清：这里是凄清的意思。这儿的环境既不同于尘世——特别是政治中心的繁盛和喧嚣，也有别于仙境的热闹与祥和，只能是凄凉和清幽。

第二段：描绘由人间至仙境的过渡地带清幽的环境。

第三段：
【原文】
脚著谢公屐①，身登青云梯②。
半壁见海日③，空中闻天鸡④。
千岩万转路不定，迷花倚石忽已暝⑤。
熊咆龙吟殷岩泉⑥，慄深林兮惊层巅⑦。

云青青兮欲雨⑧，水澹澹兮生烟⑨。
列缺霹雳⑩，丘峦崩摧。

【译文】
脚上穿着谢公当年穿的那种木鞋，身子登上云梯般的山路。

在山的东半边见到从海上升起的太阳，听到空中天鸡的叫声。

千重山岩万道转弯，道路方向不定；迷恋着奇花，依倚着异石，天色不知不觉已经昏暗。

（雷声）像熊在怒吼，龙在长鸣，震响（在）山岩和泉水中间，使深深的山林战栗，使层层的山巅惊惧。

黑云沉沉啊，天要下雨；水波动荡啊，生起白烟。

电闪雷鸣，山峦崩塌。

【注释及有关提示】①谢公屐（jī）：谢灵运（穿的那种）木屐。谢灵运游山时穿的一种特制木鞋，鞋底下安着活动的齿，上山时抽去前齿，下山时抽去后齿。著（zhuó）：穿着。②青云梯：借喻直上云霄的山路。③半壁：半边。此指天姥山东半边。④天鸡：古代传说，大地东南有桃都山，山上有棵大树叫桃都，树枝绵延三千里。树上栖有天鸡。每当太阳初升，照到这棵树上，天鸡就叫起来，天下的鸡也都跟着它叫。至此，梦游的时间，已从月夜到了天亮；所见的景色，已从幽美变为壮美。诗人看到万顷碧波中一轮红日喷薄而出，冉冉上升，光华四射；听到万里长空中传来金鸡报晓的悦耳之声，被这壮美的景色所陶醉，游性大增，继续前行。⑤暝（míng）：昏暗。宋玉《神女赋》："暗然而暝，忽不知处。"〔忽然间天昏地暗，不知自己处在什么地方。暗（àn），昏暗。〕这两句描写登山途中秀美的景色。一个"忽"字，顺手而用却耐人寻味：天色已晚而浑然不觉，巧妙地衬托出诗人迷恋于奇花异石的游性，更显示出诗人傲视尘俗，纵情山水的旷达性格。⑥殷岩泉：即"殷（于）岩泉"。殷（yǐn），（雷声）响。⑦慄深林兮惊层巅：用了拟人的手法，其中的"慄"和"惊"都是使动用法。⑧青青：黑色。雨（yù）：动词，下雨。⑨澹澹（dàn）：水波摇动的样子。（参见《观沧海》）⑩列缺：指闪电。电光使云裂开，露出缝隙。列，通"裂"，分裂。霹雳：雷之急掣者为霹雳，即疾雷。以上六句描写的景象陡起变化：由秀美壮丽变为阴森可怖。这个变化过程，艺术地反映了诗人精神历险的过程。

第三段：描绘由山脚至仙府前的各种奇妙景象。

第四段：

【原文】

洞天石扉①，訇然中开②。

青冥浩荡不见底③，日月照耀金银台④。

霓为衣兮风为马，云之君兮纷纷而来下⑤。

虎鼓瑟兮鸾回车⑥，仙之人兮列如麻⑦。

【译文】

仙府的石门，訇的一声从中间打开。

天空浩大，不见边际，太阳和月亮一起照耀着金银筑成的宫阙。

以彩虹为衣，以清风为马，云中的神仙纷纷飘然而下。

老虎奏着瑟啊，鸾鸟驾着车，众多的仙人啊排列如麻。

【注释及有关提示】①洞天：道教所说的神仙所居之处。石扉：石门。②訇（hōng）：形容大声。③青冥：天空。④金银台：金银筑成的宫阙，指神仙居住的地方。⑤云之君：云里的神仙。之，结构助词"的"。⑥鸾（luán）：传说中凤凰一类的鸟。回：回旋、运转。⑦仙之人：即仙人。之，衬音。如麻：形容多。

【阅读笔记·（2）仙人盛会】

诗人描写仙人盛会，展现了无限美妙的仙界情景。洞天仙府，青冥无际，日月齐辉，宫阙耀金——多么奇异，多么辉煌啊。在这里，众多仙人，没有尔虞我诈，更没有排挤打压；在这里，兽中之王竟成为鼓瑟的艺术家，鸟中之王竟成为回车的好把式；在这里，不论仙人，还是鸟兽，都和平相处，都相亲相爱，真可谓太平极乐世界！这正是作者梦寐以求的乐土。然而，这自由的乐土，诗人却不能真正地居于其中，这正是诗人美好的理想与现实处境相矛盾的真实反映。仙境虽然无限美好，但是归根结底它是虚幻的，是可想而不可即的，作者是无论如何都不可能生活于这样的环境中的。写仙人盛会，反映了诗人追求自由生活的积极态度，写自己不在其中，表现了诗人对自己处境的清醒认识。

第四段：描绘仙府的浩茫、奇特及其中的仙人、鸟兽自由欢乐的生活景象。

第五段：

**【原文】**

忽魂悸以魄动①，恍惊起而长嗟②。

惟觉时之枕席③，失向来之烟霞④。

世间行乐亦如此，古来万事东流水。

别君去兮何时还？

且放白鹿青崖间，须行即骑访名山⑤，

安能摧眉折腰事权贵⑥，使我不得开心颜！

**【译文】**

忽然间，魂惊魄动，恍然惊醒，起身长叹。

醒来时只有身边的枕席，刚才梦中所见的仙境消失了。

人世间的行乐也是如同这虚幻的梦境；自古以来，万事都像东流的水一样（一去不复返）。

告别各位离开啊，什么时候回来？

暂且把神仙高士骑的白鹿放在青青的山崖间，等到要走的时候就骑上它去访问名山。

怎能卑躬屈膝侍奉权贵，使我不能开心展颜！

**【注释及有关提示】** ①悸（jì）：因害怕而心跳。以：连词，表并列关系。②恍（huǎng）：忽然。而：连词，表顺承关系。嗟（jiē）：叹息，慨叹。③觉（jiào）：睡醒。④向来：副词，刚才。烟霞，指前面所写的仙境。⑤须，等待。此二句，故意不回答自己提出的"何时还"的问题，而以不定何时骑着白鹿、访问名山的潇洒态度表现蔑视权贵、纵情山水的旷达性格。⑥摧眉：即低头。眉，代指头。

**【阅读笔记·（3）梦后感喟】**

梦醒时分的感想，自然流露了诗人人生如梦的消极态度，也更鲜明地表现了诗人从瑰丽美好的神仙世界转回到冷酷无情的现实世界后，愈益憎恨丑恶污浊的现实世界、决不与邪恶势力同流合污的明朗、强硬的态度。特别是最后两句，直抒胸臆，铿锵高亢地唱出了这首诗的基本思想，令人如闻诗人铮铮铁骨的作响之声，如见诗人傲视权贵的豪迈之姿。

第五段：描绘梦醒情景及自己的认识与态度。

【艺术特色简介】（一）思路清晰。诗人清晰的思路外化在清楚的结构和了然的游踪上。从结构上看，梦前、梦游、梦后三个部分清楚分明。从别东鲁游吴越的总体行程看，由东鲁启程，一夜至镜湖，再至剡溪，地点转换清楚有序。从登山的具体过程看，从"身登青云梯"至"半壁"，再是"千岩万转"直至最后"洞天石扉，訇然中开"，游踪及相应的时间的推移也都交代得清清楚楚。

（二）想象奇特。如果说"半壁见海日，空中闻天鸡"的想象令人感到意境博大而不算离奇；而至仙府前熊咆龙吟、云青欲雨、水波摇动、电闪雷鸣，山峦崩塌的想象则是惊心动魄；而"日月照耀金银台"的想象令人感到不仅富丽堂皇，而且太阳和月亮同时照耀，不分昼夜，真是匪夷所思；而"虎鼓瑟兮鸾回车"的想象更令人先是惊奇后感温馨。

（三）格调高昂。本诗高昂的格调，不仅表现在"安能摧眉折腰事权贵"的骨气上、"须行即骑访名山"的旷达上，还表现在对自己"飞度镜湖月""身登青云梯"等行为描写上，甚至"势拔五岳掩赤城"等景物描写也令人感受到磅礴的气势、高昂的格调。

### 159　登金陵凤凰台

【题意简释】凤凰台：故址在金陵城西南凤凰山上。相传南朝宋文帝元嘉十六年，有三只异鸟飞集山上，它们状如孔雀，鸣声和谐，人们以为是传说中的凤凰，便在山上修了凤凰台，山也因此得名。

【背景简介】此诗是唐玄宗天宝年间作者被排挤离开长安，南游金陵时所作。一说是唐肃宗乾元年间，作者流放夜郎遇赦返回后所作。据说天宝三年李白漫游路过武昌时与朋友同登黄鹤楼，凭栏远眺，意欲题诗，忽见壁上已有崔颢《黄鹤楼》之题诗，连呼"好诗"，搁笔作罢，朋友力劝李白再题一首，一决高下，李白叹道："眼前有景道不得，崔颢题诗在上头。"虽然如此，李白总是心有不甘，直至登金陵凤凰台，诗兴大发，便步崔颢《黄鹤楼》原韵，写了这首唐代律诗中脍炙人口的佳作，以与崔颢争胜。

【内容简介】诗人登上凤凰台，触景生情，借古喻今，表现出对权贵的极大蔑视和报国无门的郁愤之情。

【原文】
凤凰台上凤凰游，凤去台空江自流①。
吴宫花草埋幽径②，晋代衣冠成古丘③。

三山半落青天外④,一水中分白鹭洲⑤。
总为浮云能蔽日⑥,长安不见使人愁⑦。

**【译文】**

凤凰台上曾经有凤凰来游;凤凰离去后凤凰台上空空的,只有台下的长江水依旧向东流淌。

当年东吴宫廷的鲜花芳草处,如今已是被荒草遮掩着的幽径;晋代多少王族豪门已成为荒冢古墓。

远处三山,若隐若现,似乎飘落在青天之外;一条长江水被白鹭洲从中间分成两条河流。

总因为浮云能遮蔽太阳,(所以)望不见长安,使人愁闷。

**【注释及有关提示】**①江:长江。②吴宫:三国时孙权建都金陵,先后修建太初宫、昭明宫等。③晋代:指东晋,南渡后也建都于金陵。衣冠:借指士大夫、官绅。④三山:山名,在金陵城西南长江边,因三峰并列,南北相连,故称。半落青天外:形容极远,看不大清楚。从审美角度看,是一种朦胧美。⑤一水中分白鹭洲:即"一水中分(于)白鹭洲"。一水:一作"二水"。白鹭洲:在金陵西的长江中,把长江分割成两道。⑥总为浮云能蔽日:既写景,又比喻邪臣蔽贤。此句已熔铸为成语"浮云蔽日"。为(wèi),因为,由于。浮云,比喻奸邪小人。日,语义双关,明是太阳,暗指皇帝。⑦长安:这里用京城长安指代朝廷和皇帝。

**【四联大意】**

首联:写凤凰台的传说和现状,概括而又极为自然地展现古今之貌。在封建时代,凤凰是一种祥瑞。当年凤凰来游象征着王朝的兴盛;而凤去台空,则象征六朝的繁华也一去不复返了。

颔联:承上句"凤去台空"形象地写出了昔日繁华的宫廷已经荒芜,曾经的烜赫人物也已进入古墓。

颈联:诗人由对历史的感怀转为对大自然的投注。诗人笔下,天外的三山、无尽的长江,都是境界阔大,气象壮丽的;而诗人博大胸襟中也寓有"看不清"隐忧,从而不露痕迹地与尾联的"愁"衔接起来。

尾联:既照应题目中的"登",也与上联"看不清"的隐忧扣合,用双关和比喻描写出皇帝被群小蒙蔽的情景,抒发了报国无门的忧愤心情。

【艺术特色简介】

（一）写景、咏史、抒情有机结合在一起。

（二）语言自然流畅，对仗工整，用典得体。

（三）景物描写气势磅礴。"三山半落青天外，一水中分白鹭洲"，是写山水的千古名句。

【评价简介】贾岛对"推"还是"敲"，沉吟不已，不能定夺。唐代大文豪韩愈认为"敲"好，所述道理令人信服；现代美学大师朱光潜则认为"推"好，所述道理也令人颔首。如此有趣的美学问题，不能以简单的对错高下而论，而应见仁见智。基于此，将古今之人对李白《登金陵凤凰台》的一些评价简列出来，以助初学者拓展思路。

（一）李诗优于崔诗。袁行霈（今人）："作为登临吊古之作，李诗更有自己特点，它写出了自己独特的感受，把历史的典故，眼前的景物和诗人自己的感受交织在一起，抒发了忧国伤时的怀抱，意旨尤为深远。"

（二）李、崔各臻其妙。方回（古人）："太白此诗与崔颢《黄鹤楼》相似，格律气势未易甲乙（不容易区分等次）。"

（三）李诗远逊崔诗。纪昀（古人）：（李诗）"气魄远逊崔诗，云'未易甲乙'，误也。"


160　听蜀僧濬弹琴

【题意简释】题意是听蜀地法名叫濬（jùn）的和尚弹琴。

【背景简介】这首诗是在唐玄宗天宝十二年（753），李白被"赐金放还"后在宣城（今安徽）期间所作。

【内容简介】此首五律赞美蜀僧濬的美妙琴声，也寄寓知音同心相应的感慨和眷恋故乡的情怀。

【原文】

蜀僧抱绿绮①，西下峨眉峰。

为我一挥手②，如听万壑松。

客心洗流水③，余响入霜钟④。

不觉碧山暮，秋云暗几重。

【译文】

蜀地的名僧濬怀抱着名琴绿绮,从西面名山的峨眉山的山峰上走下来。

琴师为我弹奏了一支曲子,(我)如同听到万壑松鸣之声。

(听蜀僧濬的琴声)自己的心好像被流水洗过一般的畅快、愉悦,弹奏停止后,琴的余音久久不绝,汇入寺庙的钟声里。

不知不觉,青山已罩上暮色,秋云黯淡,重重叠叠布满天空。

【注释及有关提示】①绿绮(qǐ):是汉代著名文人司马相如的琴名,诗中借以形容蜀僧濬的琴很名贵。②挥手:暗用典故。嵇(jī)康(三国,"竹林七贤"的精神领袖)《琴赋》:"伯牙挥手,钟期听音。"③洗流水:洗(于)流水,即被流水洗。暗用《列子》"高山流水"的典故。《列子·汤问》载:"伯牙鼓琴,志在高山,钟子期曰:'善哉,峨峨兮若泰山!'志在流水,钟子期曰:'善哉,洋洋兮若江河!'"〔伯牙弹琴的时候,心里想到高山,钟子期听了赞叹道:"好啊!这琴声就像巍峨的泰山!"(伯牙弹琴时),心里想到江河,钟子期赞叹道:"好啊,这琴声宛如奔腾不息的江河!"〕④霜钟:《山海经·中山经》,说丰山有九钟,霜降则钟鸣。用这个典故,借"霜"字点明时令,与下面的"秋云"照应外,还暗含诗人与琴师知音相应的意思。

【四联大意】

首联:写名僧怀抱名琴从名山飘然而下,以巧妙的三"名"联动,表现出僧人不同凡俗的风姿。这是未听"奇"音先见"奇"人的绮丽镜头。

颔联:不露痕迹地高度赞扬峨眉山这位高僧的琴技如同古代弹琴高手伯牙,并用大自然宏伟的音响比喻其琴音之强烈无比的震撼力。

颈联:借"高山流水"的典故赞誉琴音带给自己的精神享受,借霜钟的典故暗寓琴师与诗人成为知音的自然与默契。

尾联:以不觉天色已晚,衬托琴音的美妙动人。

【艺术特色简析】本诗立意、结构、用典等方面都是精心安排,却不露痕迹。单说用典方面。用典的最高境界是自然运用,即所运用的典故与上下文自然衔接,浑然无迹。读者即使不知用典,也不影响对基本意思的理解;如果知是用典,则另能咀嚼出一些深蕴的滋味。本诗首联首句的"绿绮",表面看就是一张叫绿绮的琴,而如果知道这张琴是梁王送给司马相如的,则感到这位僧人琴师的背后竟有一位既擅写赋又擅弹琴的大文豪的身影。颔联的"挥手",极为普通,但是作为文化信息写到诗里却最为巧妙。原来这是嵇康《琴赋》中写的伯牙为钟子期弹琴，这不仅是暗中赞颂蜀僧濬弹琴技艺之高，也是暗喻两人是知音。"霜钟"，就是自然地写寺庙秋天的钟声，也是用《山海经》中的典故，点明时令，暗寓诗人知音同心相应的感慨。这种"清水出芙蓉，天然去雕饰"的自然的艺术美，更难营造，也更有艺术魅力。

## 161 将进酒

【题意简释】《将进酒》是乐府诗旧题。李白用这个旧题所写的内容，既是劝朋友进酒，更是劝自己狂饮。将（qiāng）：请。

【背景简介】李白"赐金放还"八年后，多次到隐士元丹丘家做客，这期间写了这首劝酒歌。

【内容简介】李白借题发挥，尽吐郁积在胸的不平之气，流露出施展抱负的愿望。

【原文】

君不见黄河之水天上来，奔流到海不复回①。

君不见高堂明镜悲白发，朝如青丝暮成雪②。

人生得意须尽欢，莫使金樽空对月。

天生我材必有用，千金散尽还复来③。

烹羊宰牛且为乐④，会须一饮三百杯⑤。

岑夫子、丹丘生⑥，将进酒，杯莫停。

与君歌一曲，请君为我倾耳听。

钟鼓馔玉不足贵⑦，但愿长醉不复醒。

古来圣贤皆寂寞⑧，唯有饮者留其名⑨。

陈王昔时宴平乐⑩，斗酒十千恣欢谑。

主人何为言少钱⑪，径须沽取对君酌⑫。

五花马⑬，千金裘⑭，呼儿将出换美酒⑮，与君同销万古愁⑯。

【译文】

君不见黄河之水从天而降，奔流到海，不再回还吗？

君不见高大的厅堂上、明亮的镜子中令人悲伤的白发，（它）早晨还像青丝一样黑，傍晚就成了雪吗？

（所以）人生得意之时就应当纵情欢乐，不要让这么好的金杯空空地对着皎皎的明月（而不饮酒）。

老天生出我们这样的人才一定有用，千金之财散尽，（会）再返回来。

我们烹羊宰牛姑且作乐（暂时丢开不快之事），（今天）应当一次痛饮三百杯！

岑勋先生，丹丘先生，请喝酒，酒杯（连续端），不要停下来。

我为你们歌唱一曲，请你们为我倾耳细听。

听钟鼓音乐、吃精美食物的豪华生活不值得崇尚，只希望长醉不再醒。

自古以来圣贤都是（被世人）冷落的，只有那些寄情诗酒的人才能够留传他们的美名。

陈思王曹植过去设宴（于）平乐观（guàn），饮酌美酒，纵情欢乐。

主人呀，你为何说钱不多？（你）就应该买酒来让我对着你喝个够。

（你钱不够不打紧）你不还有名贵的五花良马，昂贵的千金狐裘吗？喊出你的小童，（让他）拿去换成美酒，让我（喝个痛快，借着醉意）与您一起来消除这万古的长愁！

**【注释及有关提示】**①回：回来。

**【阅读笔记·（1）"黄河之水天上来"——奇观·奇喻·奇旨】**

黄河之水，仰视，从天而降；俯视，东到大海；不论仰视，还是俯视，都不是肉眼可以穷极的；而诗人思绪飘逸的描写，真像现代航拍的奇观。

朋友聚酌，话题多多，或亲情、友情、爱情，或桑麻、宅院、车马，或棋艺、文趣、传闻，不一而足。诗人开口就提黄河之水是什么意思呢？黄河之水既不是全诗所描写的主景，也不是背景，而是借此比喻时光流逝，一去不返。原来，这是"别有用心"的比喻；原来，这是缜密的推论——既然时光像黄河流水一样，一去不返，那么，短暂的人生就"莫使金樽空对月"。

这非同凡响、前无古人的劝酒辞，意旨深湛明了，格调壮美高亢！

②如青丝：像青色的丝，明喻。成雪：成为雪，暗喻。这是通过比喻达到的夸张，极言人生短暂。"人生如梦，转眼百年"的俗语，也是通过比喻达到的夸张，虽然简洁，却不如李白的一"朝"一"暮"、一"青丝"、一"雪"形象直观，震撼力强。③还：再，旧读huán。复：返回。来：句末语气词。

**【阅读笔记·（2）及时行乐超绝自信】**

从开篇至"空对月"，是一个因果推论语段：既然时光一去不返，就要不辜负美景；既然人生短暂，就应及时行乐。这是从时光易逝，人生易老的自然规律方面劝酒。按坊间的说法就是："猛吃猛喝"。但是，李白的及时行乐之内涵大大有别于坊间所云"猛吃猛喝"的人生观基础，不等同于那种消极的自怜自爱。李白的"天生我材必有用"是何等的积极而自信，"千金散尽还复来"是何等的潇洒而慷慨，"还复来"是令人咋（zé）舌的超绝自信。

④烹羊宰牛：互文，即宰羊烹羊，宰牛烹牛。⑤会须：该当、应当。杜甫《三绝句》（三）："会须上番看成竹，客至从嗔不出迎。"〔一定要看（kān）护好头批（竹笋，使之好好地）长成竹子，客人到了任凭他怎样嗔怪，我也不出门迎接。〕

**【阅读笔记·（3）旷世豪饮】**

诗仙豪饮令人瞠目：那下酒菜，不是仨瓜俩枣，也不是一盘两碗的小炒小余，而是整羊整牛的宰杀烹制，大盘大碗地盛上；那饮酒，不是小酌慢啜，而是"一饮三百杯"，痛快淋漓，豪气冲天，旷古未有。

⑥岑夫子：岑勋。丹丘生：元丹丘。二人均为李白的好友。⑦钟鼓：指富贵人家宴会时用的乐器，借代用钟鼓演奏的音乐。馔（zhuàn）玉：形容食物珍美如玉。

**【阅读笔记·（4）激愤至极】**

读至"但愿长醉不复醒"，人们方始明悟诗人缘何非要"一饮三百杯"不可，因为他不稀罕那种富贵生活，他要借酒浇愁，长醉不醒，借以远离尘嚣。这两句是全诗的主旨：本想施展抱负，却被"赐金放还"，事与愿违；于是感到富贵"不足贵"，欲采取"长醉不复醒"的对策。这不是实话实说，而是激愤语，实际表达的是不能出将入相、施展抱负的愤慨和远离尘嚣几欲出世的自我解脱之策。

⑧⑨：这两句是诗人为自己的价值观和处世态度列出的权威根据。实际这还是激愤语，旨在借古代圣贤的寂寞，表现自己的寂寞，进而说明，既然古今圣贤都是寂寞的，那就干脆以酒浇愁，长醉不醒吧。饮者：指寄情诗酒的人。饮，喝酒。⑩陈王：指陈思王曹植。平乐：观名，在洛阳西门外，为汉代富豪显贵的娱乐场所。曹植《名都篇》："归来宴平乐，美酒斗十千。"恣（zì）：放纵，肆意。谑（xuè）：喜乐。承上句"唯有饮者留其名"，举陈思王曹植的例子。其实，曹植虽然能喝到名贵的酒，但是不能真正的纵情欢乐。李白举此例，表面是仿效曹植，不问政治，饮酒取乐，实际是借曹植在曹丕、曹睿两朝备受猜忌，有志难展的古例，来抒发自己内心的激愤不平。⑪何为：介宾倒装，为何。⑫径：就。《史记·滑稽列传》："执法在旁，御史在后，髡恐惧俯伏而饮，不过一斗径醉矣。"〔（淳于髡说：大王当面赏酒给我）执法官站在旁边，御史站在背后，我心惊胆战低头伏地地喝，喝不了一斗就醉了。〕沽：买。取：助词，表示动态，相当于"着""得"。白居易《短歌行》："歌声苦，词亦苦，四座少年

君听取。"（歌声愁苦，吟唱的词也是愁苦的，四座的少年们请听着。）对君酌：不是"与君酌"，而是"我对着你们自斟自饮"。言外之意，你们喝高了或者有意节制，而我还没喝够呢，你们看着我喝。酌：斟酒喝。⑬五花马：指名贵的马。一说毛色作五花纹，一说颈上长毛修剪成五瓣。⑭千金裘：《史记》载"孟尝君有一狐白裘，值千金，天下无双。"⑮将（jiāng）：取，拿。⑯销：消除，排遣。诗人的朋友是隐士，无须借酒浇愁，而诗人内心郁积的块垒难以消除，必须借助酒力，于是豪放不羁，反客为主，替钱不够的主人想办法——拉出五花马，拿出千金裘，换取美酒——不醉不休，以与隐士朋友同销万古长愁。

【艺术特色简介】（一）诗风豪放不羁。句式长短参差，节奏跌宕急促，韵脚随时转换，即兴而写，尽意挥洒，如大河奔流，一泻而下。诗中无论写景还是抒情，都显示出豪迈气势。同是写黄河，王之涣的"黄河远上白云间"，是溯流蜿蜒而上，展现白云与蓝天相接的美丽境界；而李白的"黄河之水天上来"则是从天而降，一贯而下，展现无可阻挡的雄奇景象。诗人抒发及时行乐之情非同一般：酒，是"须尽欢"；酒肴，是"烹羊宰牛"；喝酒的量，是"一饮三百杯"；喝法，是连续端杯不停下；主人钱不够了，诗人就反客为主，提出以五花马、千金裘换美酒；目的，是借此排遣"万古愁"。真是汹涌奔腾，放荡不羁。

（二）情感悲而不伤。

## 162 闻王昌龄左迁龙标，遥有此寄

【题意简释】李白在听到王昌龄被贬为龙标尉以后，写了这首诗，从远道寄给他。王昌龄：唐代著名诗人，李白的好友，于唐玄宗天宝七载被贬为龙标县尉。左迁：贬谪，降职。古人尊右卑左，因此把降职称为左迁。龙标：古县名，唐时，把龙檦县改名为龙标县，今湖南省黔阳县（现并入洪江市）。

【背景简介】唐玄宗天宝七载（748）王昌龄从江宁丞被贬为龙标县尉，次年李白在扬州听到好友被贬后写下了这首诗。

【内容简介】李白这首七言绝句表达了对王昌龄怀才不遇的惋惜与同情之意，也借以抒发自己的感愤。

【原文】
杨花落尽子规啼①，闻到龙标过五溪②。
我寄愁心与明月③，随风直到夜郎西④。

【译文】

在柳絮落完杜鹃啼鸣的时候,我听说您(被贬),(赴任)要经过偏远的五溪。

我把忧愁的心思寄托给明月,让它随风飘行,一直到达您所在的夜郎以西。

【注释及有关提示】①杨花:柳絮。子规:即杜鹃鸟,相传其啼声哀婉凄切。②龙标:诗中指王昌龄,古人常用官职或任官之地的州县名来称呼一个人。五溪:湖南西部五条溪流的总称。在唐代,这一带还被看作荒僻边远的不毛之地。五溪所指,尚有争议。③与:给。④夜郎西:龙标在夜郎以西。这里的夜郎,指唐代在今湖南沅(yán)陵所设的夜郎县,不是指古代在贵州的夜郎国。

【诗句简析】

首句:平实地写眼前的所见所闻,暗中点名时间,并以柳絮落尽、杜鹃悲啼的典型景物写出了春光消逝时的萧条景况,渲染了环境气氛的黯淡、凄楚,为全诗定下悲戚的基调。

次句:是对王昌龄"左迁"赴任路途险远的叙写,叙事聚焦于"五溪",流溢出对诗友跋山涉水的深切关怀与同情。

第三句:相隔千里,难以晤面;驿传尺素,何时送达?天才的诗人又想到了好朋友——明月,让明月代为信使,一夜传书。这种超凡的想象力,令人拍案叫绝,内中所包含的傲岸不屈的精神,更令人击节赞叹。

第四句:既在逻辑上完成了对寄托愁心的目的地的交代,又自然地带出了另一拟人化之物——风。迭出的奇语,丰富了意象,加深了对友人的真挚情感,正如《增订唐诗摘抄》(清朱之荆)中所说,"末句且更见真情"。

【艺术特色简介】想象丰富,意境朦胧,构思奇特,情景交融。


163　宣州谢朓楼饯别校书叔云

【题意简释】宣州:今安徽宣城一带。谢朓(tiǎo)楼:又名北楼、谢公楼,是南齐诗人谢朓任宣城太守时所建。李白曾多次登临,并且写过一首《秋登宣城谢朓北楼》。饯别:以酒食送行。校(jiào)书:秘书省校书郎的简称,掌管朝廷的图书整理工作。叔云:李白的族叔李云,是当时著名的古文家,任秘书省校书郎,为官刚直清正、不畏权贵。李白称李云为叔,但不一定是近亲关系,因为唐人同姓者常相互攀连亲戚,李云长李白一辈。云,又名华,故一题为《陪侍御叔华登楼歌》。

【背景简介】李白被排挤离开朝廷后,又重新开始了漫游生活。大约在天宝十二载(753年)的秋天,李白来到宣州客居。不久,他的一位族人李云至此,很快又要离开,李白陪他登谢朓楼,设宴送行,并作此七言古诗。

【内容简介】这是送别诗中的千古佳篇,但是诗中没有写离情别绪,而是曲折酣畅地写出了自己壮志难酬的烦忧苦闷。

【原文】

弃我去者昨日之日不可留①,乱我心者今日之日多烦忧②。

长风万里送秋雁③,对此可以酣高楼④。

蓬莱文章建安骨⑤,中间小谢又清发⑥。

俱怀逸兴壮思飞⑦,欲上青天揽明月。

抽刀断水水更流,举杯销愁愁更愁。

人生在世不称意⑧,明朝散发弄扁舟⑨。

【译文】

离我而去的昨天这种扰乱我心绪的日子无法使它停止,扰乱我心绪的今天这样的日子(接踵而至,更给我)增多烦忧。

长风吹送万里南飞的鸿雁,对此可以畅饮于高楼。

(从古至今有许多文人志士,如)东汉的那些文章大家及那些被称为"建安风骨"的诗人,中间(南齐)谢朓又以清新的诗风出现(在诗坛)。

我们都是(像上述志士一样)心怀豪兴、雄心飞动的人,(我)真想登上青天,摘取那一轮明月。

(但是,落身人间,要想去掉内心的愁思)好像抽出宝刀砍断流水一样,水不但没有被斩断,反而流得更急了。(本想)举起酒杯借酒消愁,(结果)愁情更加严重。

人生在世不能称心如意,(干脆)明天去冠散发,划一只小舟(在江湖上自在地漂流罢了)。

【注释及有关提示】①弃:离开。昨日之日:不是啰唆或复沓,而是李白用词的一个创造:在自然的时间基础上简洁地加进了社会经历、政治遭遇、人生感悟的丰富内涵。之,代词,这样。留,停止,使滞留。②多:增多。《荀子·天伦》:"因物而多之,孰与骋能而化之。"(依靠万物的自然增多,哪里及得上施展人的才能而使它们根据人的需要来变化?)

**【阅读笔记·（1）破空喷发】**

一、二两句是互文，从二者相互联系上理解为：不论是昨天，还是今天，忧愁烦恼接连出现，不能阻止，排遣不尽。诗人自从被排挤出京城后，对朝政腐败的忧愤、对个人有志难伸的郁闷越积越深，在饯别族叔的时候找到了抒发愤慨的恰当时机，随之自然地出现了极为恰当的表现形式，于是破空发端，分别以两个长达十一字的句子，不可遏制地喷发出深积心底的郁结、忧愤。开篇不写景、不叙事，也不言别情，而是直接抒发自己的郁愤之情，这不仅是李诗，也是古诗中少见的格局。

③长风：远风，大风。④此：指上句的长风秋雁的景色。酣（hān）：畅饮。高楼：指谢朓楼。

**【阅读笔记·（2）酣饮高楼】** 三、四两句，诗情陡然转折：诗人面对寥廓秋空，遥望长风送雁的壮美景色，突然间引发了酣饮高楼的逸兴。似乎刚刚的满腔忧愤倏忽间飘散到九霄云外去了。从极愤到极喜，瞬间转换，不可思议。然而，这正是谪仙诗人真情实感的自然流露。李白自信"我辈岂是蓬蒿人"，入朝后本想大展宏图，不料事与愿违，被挤出京城，阻断了"济苍生"之路。然而，李白不仅"安能摧眉折腰事权贵"，还梦想着有朝一日再被重用，虽然忧愁而不绝望，虽然愤慨而不气馁，所以诗人精神潜质中豪放不羁的元素一经与大自然中辽阔壮丽的美景相遇，便碰撞出酣饮高楼的豪情。

⑤蓬莱：东汉时称中央政府著述藏书的东观为蓬莱山，这里代指东汉的一些文章大家。建安骨：汉献帝建安年间的"三曹"和"七子"等作家的诗文风骨遒劲而被称为"建安风骨"。⑥小谢：指谢朓，南朝齐诗人。后人将谢灵运和他并称为大谢、小谢。清：清新。发（fā）：生，出，不应没有根据地解为"诗文俊逸"。⑦逸兴（xìng）：超脱、豪迈的兴致。壮思：雄心壮志。以上三句列举从东汉至诗人所处时代的这个时间段里东汉的文章大家、汉末的建安诗人、"中间"（南齐）的小谢、当今的叔侄俩及在座的朋友（暗提）。因此，说"蓬莱文章"代指李云的文章，逻辑不通；说"小谢"是诗人自指，也欠妥。

**【阅读笔记·（3）壮思飞动】** 李白登楼怀古，所想到的都是些慷慨磊落之士，特别是谢朓，他诗风清丽却冤死狱中。李白借盛赞汉代文章大家、建安诗人及南齐谢朓，抒发自己壮志难酬的苦闷，更表示与族叔及朋友像古代仁人志士一样"俱怀逸兴壮思飞"，还特别强调自己"欲上青天揽明月"，抒发了作者的旷世豪情和远大抱负。

**【阅读笔记·（4）抽刀断水】** 李白心怀豪兴、雄心飞动，甚至"欲上青天揽明月"，在幻想的世界里自由驰骋,大展身手。但是,神思回到现实世界,自己依然处在被污浊的现实绳索的束缚之中,欲斩断束缚自由之身的"网络",恰如"抽刀断水水更流"一样。"抽刀"一句,比喻内心的苦闷无法排解,形象新奇,隽永无比。诗人神思回到现实,有志难伸的郁闷犹在,因此,欲销万古之愁,只好借助杜康,结果却是"举杯销愁愁更愁"。"举杯"一句,言人所欲言而未能言,代多少人倾诉出内心忧愁难排难遣的感受。

⑧称(chèn)意:称心如意。⑨明朝(zhāo):明天。散发(fà):发不束整,指解冠隐居。弄扁舟:划小舟,借喻归隐江湖。弄,玩弄,游戏,此指划(船)。扁(piān):小,多与"舟"搭配。

【阅读笔记·(5)散发弄舟】李白素怀大志,欲济苍生,被挤出京城,仕路断绝之后,仍然巴望实现"闲来垂钓碧溪上,忽复乘舟梦日边"那样的理想。但是,污浊的现实之网总是陷他于"不称意"的苦闷之中,他苦苦挣扎了十几年,还是没有找到一条能够摆脱苦闷的出路,最后只能无可奈何地表示"明朝散发弄扁舟"。有人说,这个结论不免有些消极,甚至还有逃避现实的成分。然而,从本质上看,这是诗人对现实不满的激愤之词,表现出诗人不向恶势力低头、不愿与权贵同流合污的可贵性格。

【艺术特色简介】(一)波澜起伏的情感与腾挪跌宕的结构完美熔铸在一起。

(二)明朗清新的语言与慷慨豪迈的风格完美结合在一起。

(三)想象奇特,比喻新颖。

## 164 独坐敬亭山

【题意简释】敬亭山在今安徽宣城市西北。

【背景简介】有人说这首作于753年(天宝十二载)李白秋游宣州时,也有人说作于唐肃宗上元二年(761)的可能性更大。李白一生共七游宣城,根据《独坐敬亭山》所表现的思想感情看,大概是后几次或最后一次游宣城登敬亭山时所作。总之,李白被排挤出长安,跌落政坛,长期漂泊,加深了内心的烦闷,增添了孤寂之感,于是这样一位丝毫不改变傲岸性格的天才诗人,便一如既往地以登山、饮酒、赋诗的方式,寄情山水,排遣苦闷。《独坐敬亭山》是李白生命的后期所写的这类山水诗中表现苦闷心情比较突出的一首。

【内容简介】《独坐敬亭山》通过对众鸟、孤云与敬亭山的对比描写,反映出诗人心灵的孤独和寂寞。

【原文】

众鸟高飞尽①，孤云独去闲②。
相看两不厌③，只有敬亭山④。

【译文】

山上，众多的鸟都飞光了；天上，一片孤单的云也悠闲地独自离去了。

（与我）互相看着，彼此之间两不厌烦的，只有这敬亭山了。

【注释及有关提示】①尽：完，没有了。②孤：单独，孤单。独：独自。乍看，"孤"与"独"同义。其实不然。两个词所搭配的对象不同，则其义不同。"孤"所修饰的是"云"，表示的是数量；"独"所描摹的是"去"，表示的是情态。"独自去"在诗句中所包含的另一个判断是"不理睬敬亭山，也不邀约坐在敬亭山上的我"。当然，这里的"孤云""敬亭山"都是被诗人拟人化了的。闲：悠闲，描写"去"的情态，为与上句句式对称，而且为押韵而置"去"之后。这是近体诗中状语后置的一种错位。再如杜甫《夔州歌》："晴浴狎鸥分处处，雨随神女下朝朝。"〔晴天，洗濯游玩的鸥鸟（在水中）处处分着；雨季，雨随着神女天天下着。〕杜诗中的"分处处"即"处处分"，"下朝朝"即"朝朝下"。前两句，眼前之景中，已经暗寓着心中之伤感：山上，鸟儿高飞远去，天上，白云，也越飘越远，似乎世间万物都在厌弃诗人。前两句明写鸟和云，也暗画出诗人"独坐"出神的形象，为后两句"相看两不厌"做好了铺垫。③相：互相。④厌：满足，厌烦。从语法上看，三、四句是一个单句。"相看两不厌"是对比"众鸟"和"孤云"而言，其意是"（与我）'相看两不厌'的"，是个隐形的"的字结构"，作主语。

【艺术特色简介】（一）以宾陪主的写法。此诗的前三句，表面写景，实际言情，妙笔勾勒的景，映衬出深沉含蓄的情，若以借景抒情解，似也可以。其实，诗人在谋篇上还有别具的匠心。诗人用众鸟飞尽、孤云去闲两个实像，陪衬出"相看两不厌"的一个复合虚像，以独坐敬亭山之所见，逼出独坐敬亭山之所感，其做法自然而又深邃，这大概是这首五言绝句被古人推崇为"此作于五言绝中，尤其佳者也"（"这个作品在他的五言绝句中，是尤其好的一首"）的主要原因。

（二）恰当运用拟人的手法。把敬亭山写成知心朋友，因而对世态的抨击、对郁闷心情的排遣都是含蓄而强有力的。

（三）用词平而含义深。如，"高"不仅指飞翔的空间位置，还有拟人化的暗寓的世间位置，进而令人联想到"众鸟"所暗指的似是名利之徒。再如，"独"，不仅指数量，再结合"闲"字看，完全是一种自娱甚至是自傲的情态，进而令人联想到"孤云"所暗指的似是隐逸之流。

【阅读笔记·知心朋友唯有山】一、二两句已经暗写了"我"之独坐、独观之景，三、四两句由暗写"人"，自然地转为明写"人"与"山"，并且将敬亭山人格化，把它写成了诗人唯一的知心朋友。尽管鸟飞光了，云去远了，而"我"仍然独坐而且久久地凝望着幽静秀丽的敬亭山，而敬亭山也正脉脉地看着"我"。人与山，不必说什么话，已经达到了感情上极为默契的交流。结句中"只有"两字与其说是经过锤炼的，不如说是诗人真实情感的自然流露。诗人的遭遇告诉他：不管"鸟"还是"云"，都是无情的，而那敬亭山对诗人却是"有情"的。这样巧妙的对比，就把诗人那怀才不遇、处境凄凉、心灵寂寞等遭遇、心情，含蓄而又形象地表现出来了。

## 165 秋浦歌·其五

【题意简释】《秋浦歌》是李白在秋浦时创作的五言组诗，共十七首。秋浦，唐时属池州郡，故址在今安徽省贵池县西，因境内有秋浦水而得名，是唐代银和铜的产地之一。李白一生多次游秋浦，留下七十余篇佳作。

【内容简介】《秋浦歌·其五》描写秋浦白猿跳荡、飞腾及在树上、水边嬉戏的情景。

【原文】

秋浦多白猿，超腾若飞雪①。

牵引条上儿，饮弄水中月②。

【译文】

秋浦（河畔）多产白猿，它们跳越奔腾就像飞速闪过的雪。

它们在树枝上牵引着儿女，（老猿带着小猿）在水边一面饮水一面戏耍水中月亮。

【注释及有关提示】①超：跃上，跳上。腾：奔跑。②条上儿：指树枝上的小白猿。饮弄水中月：喝（水），戏耍水中月。运用了"合叙"的修辞方法。弄：戏耍。

【诗句简析】

首句：点明地点和描写对象。

次句：用比喻从速度、颜色两个方面交织着描写白猿的跳和跑给人的总体视觉形象。

第三句：描写老猿拉着小猿在树枝间攀越戏耍、练习生存能力的情景。

第四句：巧妙地运用合叙（或"双提分承"）的修辞手法，描写白猿饮水戏月的情景，凝练而生动。

【艺术特色简介】描写生动逼真，给人身临其境之感。

166　秋浦歌·其十四

【内容简介】《秋浦歌·其十四》展示了一幅瑰玮壮观的秋夜冶炼图，正面颂扬冶炼工人的劳动热情。

【原文】
炉火照天地①，红星乱紫烟②。
赧郎明月夜③，歌曲动寒川④。

【译文】
炉火照彻天地，红色的火花在紫色的烟中飞溅。
脸被炉火映红的汉子在明月之夜，一边唱歌一边劳动，他们的歌声响彻了寒峭的平野。

【注释及有关提示】①炉火：此指冶炼之炉火。②乱：错杂。③赧（nǎn）郎：红脸汉，此指冶炼工人。赧，原指因羞愧而脸红，此指脸被炉火所映红。④川：平野。

【诗句简析】

首句：以无比鲜艳的亮色展现出天地间被炉火映照的彤红一片的巨大画面。

次句：把镜头缩小，对准由炉中升向夜空的滚滚紫烟和错杂在其中的闪烁红光的火花。

第三句：把镜头又扩展至明亮的月夜，然后逐渐移向炼炉前的工人，以特写镜头定格在冶炼工人红色的脸膛上。"赧"的细节描写精准地凸显了冶炼工人典型的肖像特征。

末句：以冶炼工人激荡平野的歌声展现了他们豪迈乐观的精神风貌。

【艺术特色简介】由宏大场面至特写镜头，诗人的画笔自然流转；由脸庞被映红到歌声震平野，精炼地展现出冶炼工人健美的外貌特征和乐观的内心世界。

167　秋浦歌·其十五

【背景简介】《秋浦歌·白发三千丈》大约作于唐玄宗天宝末年，此前李白曾北游幽燕，亲见安禄山势力已经坐大，而朝政日渐腐败，已经五十多岁的诗人忧虑时局，关心国运，却有志难伸、报国无门，因而内心久积的愁绪很深很重。

【内容简介】这首诗通过描写自己头发白与长的惊人情景并揭示其原因，含蓄而又强烈地地抒发了愤世嫉俗、壮志难酬的情怀。

【原文】

白发三千丈，缘愁似个长①。

不知明镜里，何处得秋霜②。

【译文】

白发足有三千丈，（为什么呢？）是因为我心里的忧愁就像这白发一样长。

不知明亮的镜子中（我头发变成这般模样），是哪处的秋霜落在了我的头上。

【注释及有关提示】①缘：因为。个：这样。②秋霜：一语双关，明着是借喻白发，暗着是借喻自己的坎坷遭遇，特别是奸佞小人对自己的排挤打压。

【诗句简析】

首句：劈空凸现一个白发千丈的特写镜头，设下一个令人咋（zé）舌的疑团。

次句：以"缘愁似个长"释疑后，令人豁然感到"白发三千丈"，不是故弄玄虚，而是内心淤积得久而深的愁绪之自然、合理、艺术的反映。

第三句：照应首句，描写性说明"白发"是照镜子所见。

第四句：故意提出疑问——头发是怎么变白的呢？

【艺术特色简介】夸张奇特新颖而又合情合理，令人信服。

【阅读笔记·设疑解疑与设疑而不解疑的艺术】

古书叙说伍子胥一夜之间头发忽然全白的事，之前有一个很长的铺垫；而李白的"白发三千丈"却是劈空而来，令人顿生疑窦。诗人劈空设疑后，自己立马解疑——"缘愁似个长"——即刻令人恍然明悟，原来诗人心底淤积着很深很深的愁。那么，这愁真有"三千丈"吗？真的！纵使换成另外一万种说法也不如李白这种貌似荒谬而实际合理的夸张的说法，才能完全到位达度地把这种看不见摸不着的"愁"立体地凸现出来。

伍子胥头发之突变是他的人生突遇重大变故、精神突遭强烈刺激所致，而李白头上突现的"秋霜"是怎么来的呢？这回诗人却与上回相反——只设疑而不解疑。难道诗人真的百思不得其解吗？不是！李白的"愁"不是家仇难报之"愁"，而是壮志难酬之"愁"、时局堪忧之"愁"。而解愁的方法与朝廷当权者的利益水火不相容，所以不能说，而且无处说，说也没有用，只能把这种悲愤深埋在心底。李白在年逾五十，抱负未能施展，政治前途更加渺茫之时，再次压抑对理想追求失败的苦衷，自然地流露出年华老去的感伤，却仍然能够令人分明地感觉到诗人那顽强抗争的浩然之气和不变初衷的可贵人格。

诗人针对不同的问题，采取不同的方法。对愁的样子，诗人采取自行设疑自行解疑的方法，读至"缘愁似个长"后，人们方知"白发三千丈"之突兀句并不突兀，它是由诗人内心深重之愁的强大反弹力推射而出的，并使之产生化抽象为形象的艺术效果。而对愁是从哪里来的问题，诗人采取的是只设疑而不解疑的方法，令人真切地感受到诗人心海中的愁涛上下起伏、翻滚不止的情景，令人真切地感受到诗人言已止而情不已的无奈和悲愤。

## 168 赠汪伦

【题意简释】汪伦，李白在安徽省泾（jīng）县结识的一位朋友。李白曾"往候之，款洽不忍别"（前往看望汪伦，亲密融洽不忍分别）。

【背景简介】李白游泾县时，与汪伦结下深厚的友谊。李白将离别时，汪伦又踏着歌来送行，李白便写下了这首送别诗。

【内容简介】这首七言诗描写汪伦送别李白的隆重和对朋友情谊的深厚。

【原文】

李白乘舟将欲行，忽闻岸上踏歌声①。

桃花潭水深千尺，不及汪伦送我情。

【译文】

李白坐上船将要离去（的时候），忽然听到岸上踏歌的声音。

桃花潭水千尺深，比不上汪伦送我的情谊深。

【注释及有关提示】①踏歌：汉、唐时风俗性歌舞，参加者手拉手以脚踏地打着节拍唱歌。

【艺术特色简介】（一）采用民歌常用的就地取材的方法。李白信手拈取当地的习俗（踏歌）、眼前的景物（桃花潭），来描写送行的情景、比喻汪伦的情谊，新鲜活泼，情趣盎然。

（二）比喻兼夸张运用得自然而真挚。说"桃花潭水深千尺"，用夸张手法写潭水之深，目的不是描写桃花潭怎么样，而是以此比喻汪伦之情，而且还是用了较喻中"不及"的比喻：喻体（潭深）不及本体（情深）。"桃花潭水深千尺，不及汪伦送我情"这脱口而出的两句，以其情感的真挚和取譬的巧妙，脍炙人口，千古流传。

### 169 送友人

【背景简介】这首五律是李白于唐玄宗天宝末（约754）在安徽宣城送别友人时所作。宣城是南齐大诗人谢朓居住和任太守之地，景色优美。

【内容简介】这是一首充满诗情画意的送别诗，作者通过送别环境的描绘、气氛的渲染，表达出依依惜别之意。

【原文】
青山横北郭①，白水绕东城②。
此地一为别③，孤蓬万里征④。
浮云游子意⑤，落日故人情⑥。
挥手自兹去⑦，萧萧班马鸣⑧。

【译文】
青翠的山峦横亘在外城的北面，清澈的河水依绕着城的东面（流淌）。

我们在此一旦作别，你就像蓬草万里远征漂泊。

你因不知漂游何处而起伏不定的心绪，恰似天上飘游无定的浮云，我对朋友依依送别之情感如同缓缓下落的太阳。

（我们两人）挥手作别从这儿离去，（我们所乘的马）也为主人离别而萧萧嘶鸣。

【注释及有关提示】①郭：古代在城外修筑的一种外墙。②白水：清澈的河。③一：一经，一旦。《庄子·徐无鬼》："其于不己若者不比之，又一闻人之过，终身不忘。"〔他（鲍叔牙）对不如自己的人从不去亲近他，而且一经听到别人的过错，一辈子也忘不掉。比，亲近。〕为：作。④蓬：古书上说的一种植物，干枯后根株断开，遇风飞旋，也称"飞蓬"。诗人常用"孤蓬"喻指远行的孤客。征：远行。⑤⑥：两句都是曲喻：出句由天上飘游的浮云，转移、联想到朋友对将面临四处漂游的遭际之所思。对句由太阳缓缓地落下，转移、联想到诗人自己对朋友离去的恋恋不舍之情状。这两句都是先说喻体（浮云、落日）后说本体（游子意、故人情），但都不是有意为之，而是由观察到联想的自然思维过程。游子：此指朋友。故人：此指诗人自己。

【阅读笔记·"浮云游子意"与"浮云游子"等同吗】"浮云游子意"一句，有的解为"象征着友人行踪不定"，这岂不是把它解释为"浮云游子"了！"浮云游子意"之"意"，可以理解为"游子逆思前路而起伏不定的心绪"，也可以理解为"游子将行未行的恋旧情意"，还可以理解为"游子身行而心留之复杂意绪"，凡此种种，均可；但是，决不能把"意"有意无意地切割掉。因为，割掉此字就与对句之"故人情"不对称了。少了一个字，形式上，不对称，毋庸多言；内容上，若认为出句之"游子意"，是诗人对"友人行踪不定"的描写，小而言之是对一句诗的曲解，大而言之是对李白的误解。李白这样的大诗人在这句诗的前面已经写了"孤蓬"了，也写了"征"啦，还会在后文重复笔墨写"友人行踪不定"吗？其实，李白这两句诗都是因景生情：出句，因"浮云"揣测到友人此时此刻像"浮云"一样飘忽不定的心情；对句，因"落日"联想到自己此时此刻像"落日"一样恋恋不舍的心情。要言之，解读"浮云游子意"一句，断不可把其中的"意"切割掉。

⑦兹：此。⑧萧萧：马的嘶叫声。班马：离群之马。班，分别，离别。李白引用诗经中的"萧萧马鸣"，创造性地嵌入一个"班"字，翻出新意，烘托出恋恋不舍的气氛，堪称神来之笔。

【四联大意】

首联：以工整的对偶句描摹出一幅色彩青白相间、态势动静相映的山水画，既交代告别的地点，又在翠山秀水中饱含依依惜别之情。

颔联：以流水对（两句语义相承）的形式，用孤蓬的比喻写出了主客分别后，友人所将面临的漂泊生涯。字里行间溢满沉重、无奈、不忍之情。

颈联：巧妙地用"浮云"比喻客人飘忽不定的心情，用"落日"比喻主人恋恋不舍的心情。

尾联：化用典故，烘托主客分别时的气氛。

【艺术特色简介】（一）画面新颖别致呈暖色。诗中翠山横卧，青水绕流，白云飘浮，红日西下，真可谓色彩斑斓；而末句的班马嘶鸣之声，又平添了整个画面的灵动性。这样充满诗情画意的场面，虽是离别，却不冷凄；山水之美与友情之美交织在一起，流溢出的是温馨的情意。

（二）情景交融。整首诗几乎每联都是情景交融，单说首联。首联之景是清秀宜人的，而其中所融注的情是深长而又多样的。首先，宣城的青山绿水在送友人的特定时刻提起，明显含有对彼此在这座山清水秀的名城共处过一段时光的难忘与留恋。其次，山依着城，水恋着城，而水毕竟要流去，青山却依然留驻，这也包含着主、客依依惜别之情。再次，那横亘在郭外的远山，引人产生丝丝怅惘之意，暗透出主客对眼前离别的无可奈何；而那绕着城的东面潺潺流淌的河水，似乎又是在轻轻地安慰：朋友，不要难过，我们的友情像这流水一样，绵绵不绝。

## 170　西上莲花山（古风·其十九）

【题意简释】莲花山：即华山西峰。古风即古体诗，它相对于格律诗（也称近体诗或今体诗）而言，不必讲究平仄，用韵也没有限制，有五言的、七言的及杂言的（乐府体）。李白以《古风》为题的诗共五十九首。

【背景简介】这首诗大约作于安禄山攻破洛阳后的天宝十四年（755）。

【内容简介】这首用游仙体写的古诗，表现了诗人出世和用世的思想矛盾，反映了诗人忧国忧民的沉痛感情。

【原文】

西上莲花山，迢迢见明星①。
素手把芙蓉②，虚步蹑太清③。
霓裳曳广带④，飘拂升天行。
邀我至云台⑤，高揖卫叔卿⑥。
恍恍与之去⑦，驾鸿凌紫冥⑧。
俯视洛阳川⑨，茫茫走胡兵⑩。
流血涂野草，豺狼尽冠缨⑪。

【译文】

（想象中）登上西岳华山的最高峰——莲花峰，远远地看见了华山的明星玉女。

（玉女）白皙的手握着粉红的莲花，在天空轻轻地虚步行走。

（玉女身着）虹霓衣服，拖着又宽又长的飘带，向天空飘飘地升去。

（玉女）邀我到了空中的台阁，与仙人卫叔卿长揖见礼。

（我）心神不定地与她一起离开，驾着大雁，升上了高空。

（忽然）低头看到洛阳一带平野上，到处奔跑着胡人的军队。

无辜的百姓惨遭屠戮，血流成河，染红野草；豺狼般的逆臣叛匪，全都戴上了官帽子！

**【注释及有关提示】**①迢迢：遥远的样子。明星：传说中的华山玉女的名。②把：握，持。芙蓉：荷花，又名莲花。③虚步：没踩着什么。蹑（niè）：轻步行走之貌。太清：天空。④霓裳（ní cháng）：虹霓制成的衣裳。曳（yè）：拖。广带：宽大的、长长的飘带。⑤云台：不是华山东北部的高峰云台峰，而是高耸入云的台阁；因为诗人在莲花峰远远看到玉女"飘拂升天行"，然后在玉女的邀请下于"太清"中的"台阁"会见了卫叔卿。⑥高揖（yī）：即长揖，拱手高举自上而下落下的一种敬礼。这是古代平等的相见礼。卫叔卿：传说中的仙人。东晋葛洪的《神仙传》载：卫叔卿者，中山人也。服云母得仙。汉元凤二年八月壬辰，武帝闲居殿上，忽有一人，乘浮云驾白鹿集于殿前，武帝惊问之为谁。曰："我中山卫叔卿也。"帝曰："中山非我臣乎？"叔卿不应，即失所在。〔卫叔卿，是中山人。服用云母成仙。汉元凤二年八月二十九日，武帝闲坐在殿上，忽然有一人，乘云车，驾白鹿停在殿前，汉武帝惊奇地问他是谁。（叔卿）说："我是中山的卫叔卿。"汉武帝说："中山人不是我的臣子吗？"叔卿不回答，立即就从他所在的地方消失了。〕李白用卫叔卿的故事暗比自己的遭遇。天宝初年，李白也曾怀着匡世济民的宏图进入朝廷，而终未为玄宗所重用，三年后遭谗离京。⑦恍恍：心神不定的样子。⑧鸿：大雁。紫冥：高空。诗人赤诚的报国之愿不得实现，只好像当年卫叔卿离开汉武帝一样，横下心不管他们那档子事了。⑨川：平野，平地。⑩茫茫：不是"模糊不清"义，而是"盛多的样子"，下文的"流血涂野草"可佐证。走：跑。胡兵：指安史叛军，因为安禄山为胡人，所以称其叛军为"胡兵"。⑪豺狼：借喻，指安史叛军。冠缨：官帽和系官帽的带子，借代，指做官者。

**【阅读笔记·没有按键的选择】**正当诗人在没有谗毁和陷害，更没有屠戮和流血，而只有灿烂与缥缈，只有美妙与宁静的太空飘游之时，低头看到了人间尸横遍野，血流成河的惨相。这惨不忍睹的一幕突然显现之后，诗歌戛然而止，留下了至关重要、非此即彼的选项——要么离去、要么留下。从诗人伟大的人格、不凡的抱负和诗中暗含的去留天平的倾斜——关切现实，谴责叛军，担忧民生——来看，完全可以推断出诗人虽然没有按下选择键，但是心中已经做出了明确的选择。

**【诗句简析】**

一、二句：写登上莲花峰，来到一个明星闪烁的神话世界。诗人不说见到"玉女"，而说见到"明星"，既是为了押韵，也是故意在字面上给人造成天上明星闪烁的幻觉，以增强对神话世界渲染的目的。

三至六句（素手……天行）：诗人用生花妙笔，描写玉女手持莲花，身着彩虹，驾风飘行,升向天空的情景,恰如一幅缥缈奇幻的神女飞天图。

七至八句(邀我……紫冥):描写诗人心神不定地跟从仙人卫叔卿飞升天空的情景。

九至十二句(俯视……尽冠缨):描写诗人从天空看到洛阳平野血流成河的惨景。

【艺术特色简介】

这首诗最突出的艺术手法是对照。诗歌前半部分所描写的美妙祥和的仙境与后半部分所描写的血雨腥风的人间,形成强烈的对照。诗人独善其身与兼济天下的矛盾思想造成了这首诗的情调从悠扬到悲愤的急速转换。

171　早发白帝城

【题意简释】白帝城,故址在今重庆市奉节县东白帝山上。

【背景简介】唐肃宗至德二年即安史之乱发生的第三年(757),李白应召入永王李璘幕府。永王与肃宗发生了争夺帝位的斗争,兵败之后,受牵累的李白,于唐肃宗乾元元年(758)春天,被流放夜郎(今贵州省境内),取道四川赴贬地,逆长江而上,第二年途经江陵到达白帝城,忽闻赦书,惊喜交加,旋即放舟东下,返回江陵,故诗题一作"下江陵"。

【内容简介】此首七绝借小船从长江上游顺流而下之无比轻快的航速,抒发主人公重获自由后极为愉快的心情。

【原文】

朝辞白帝彩云间①,千里江陵一日还②。
两岸猿声啼不住③,轻舟已过万重山④。

【译文】

清早,辞别高高地矗立于彩云间的白帝城,千里之遥的江陵一天之间就返回了。

两岸猿叫之声连续不断,轻快的小船已经驶过连绵不绝的万重山峦。

【注释及有关提示】①彩云间:首先给人的感觉就是白帝城就像天上的一座仙城,其高无比;其次是呼应"朝"字,描写曙光初照的绚丽景色,映衬诗人通透豁亮的心境;再是暗中为轻舟下行如飞之快做好了地势上的合理的铺垫。②千里江陵一日还:不是夸张,而是写实。南朝盛弘之《荆州记》载:"朝发白帝,暮宿江陵,凡一千二百余里,虽飞云迅鸟,不能过也。"〔清早(乘船)从白帝城起航,傍晚在江陵住宿,(其间)共一千二百余里,即使如飞的云、迅疾的鸟,也不能超过(航船)。〕还(huán):

返回。③两岸猿声啼不住：写猿猴的叫声是实写两岸的一个突出的景色特点，使画面更加灵动；更重要的是为下句所洋溢的舒畅心情及上下两句结合在一起所产生的言外之意做好了极为巧妙的铺垫。④两岸猿声啼不住，轻舟已过万重山：这两句所描写的景是，尽管两岸猿叫不停，却丝毫不能影响轻舟甩过万重山，如箭飞向前。景中蕴含着不少哲理，最为明显的是：尽管前进途中有许多聒噪声音、阻遏势力，但是历史的潮流是不可阻挡的，而且只有一往直前，冲破险境，方能进入开阔安全境界。

【诗句简析】

首句：照应题目，描写性交代乘船下行的起点。

次句：概写一日到达江陵，显现一泻千里的气势。

第三句：描写两岸猿猴叫声不停的景色。

末句：以舟之轻、行之迅、山之多的多重组合的动态景象，映衬出诗人轻松无比的心情。

【艺术特色简介】景中寓情。整首诗几乎都是在叙述事件、描写风景，看不到一字一句的抒情，而字字句句都溢满轻松、舒畅之情，真真正正地达到了一切景语皆情语的艺术境界。

## 172 与夏十二登岳阳楼

【题意简释】夏十二：姓夏，排行十二，李白的朋友。岳阳楼：在湖南岳阳县城的西门上，三层，下瞰洞庭湖。

【背景简介】唐肃宗乾元二年（759），李白流放途中遇赦，回舟江陵，南游岳阳，秋季作此诗。

【内容简介】通过描写登岳阳楼所见景象及饮酒情景，抒发了快乐开朗的心境。

【原文】

楼观岳阳尽①，川迥洞庭开②。

雁引愁心去③，山衔好月来④。

云间连下榻⑤，天上接行杯⑥。

醉后凉风起，吹人舞袖回⑦。

【译文】

（登上）岳阳楼（向东）俯瞰，岳阳城中的景色尽收眼底；（向远处看）江水（流向）远方，洞庭湖汪洋开阔。

（南飞的）大雁，牵挽着（我）忧愁的心情离去了；（湖中的）君山，口含着美好的明月走来了。

云间、天上连接着岳阳楼上安放的几案和行酒的酒杯（两人如同在云间天上合榻对饮）。

醉后凉风吹起，吹得这醉酒之人挥动着衣袖回转。

**【注释及有关提示】**①楼：指诗歌题目中的"岳阳楼"。岳阳：此指岳阳城。尽：全部。②川：河流。迥：远。开：舒展。③雁引愁心去，有的版本作"雁别秋江去"。引：牵挽。去：离开。

**【阅读笔记·（1）意境美与主旨深】**"雁别秋江去"与"雁引愁心去"各有千秋。"雁别秋江去"之"千秋"在于意境美。"雁"与"秋江"配合，意象丰富，再加上"别"字而营造的大雁南飞、江流不止、离情绵长的意境，的确美。然而，这是一种凄美，与本诗的欢快格调相反。"雁引愁心去"虽然在意境上逊于"雁别秋江去"，但是运用了拟人的手法，巧妙地表达了诗人的苦闷忧愁烟消云散的情态，"听命"并加深了诗歌的主旨。而且，"愁心"与下句中"好月"是语义相反的对仗，而"秋江"在对仗的工整上则逊于"愁心"。因而，从此首诗的整体构思、格调、主旨来看，"雁引愁心去"更妙。

④山：此指洞庭湖中的君山，又名湘山。衔：用嘴含。好：美好。⑤⑥：互文，上下句互相补充表达一个完整的意思。榻：几案。《三国志·吴书·鲁肃传》："（孙权）乃独引肃还，合榻对饮。"〔（孙权）竟只领着鲁肃回来，（两人）凑到几案前对着饮酒。〕行杯：行酒的杯。

**【阅读笔记·（2）"下榻""行杯"是写实，还是幻想？】**从整首诗的构思来看，描写角度大致可以分为两个方面：一是首联、颔联从登上岳阳楼所见景象及其感觉的角度，表现主旨；二是颈联、尾联从自己在楼上的行为及其感觉的角度，表现主旨。颈联是写自己（包括朋友）在楼上饮酒的情景及其感觉，尾联是写自己在楼上酒后起舞的情景及其感觉。因此，在岳阳楼上的"下榻"与"行杯"是写实而不是幻想。

为什么会把"下榻""行杯"理解为幻想？大概与对"下榻"的理解有关。"下榻"若按原本的典故义理解，是"礼遇宾客"，这与本首诗没有关系。若按后起的"留宿"义理解，则似乎有点关系了。但是，李白并没有在岳阳楼上留宿，他自己说喝完酒，就挥动着衣袖回去了，哪"留宿"来？此说不通，便另寻一说：李白喝高了，飘飘欲仙了，幻想着在岳阳楼上"留宿"。其实，说诗人幻想在岳阳楼上"留宿"，远不如说诗人在岳阳楼上饮酒更符合此诗的本意。李白在这首诗中并没有按原本的典故义和后起的"留宿"义使用"下榻"，而是按照两个词来使用"下榻"（偏正结构）的，即放下的"榻"（几案）。"榻"前为何着一"下"字限定呢？一是与下句"行杯"的"行"字对仗，二是表明此榻并非常设，而是为饮酒方便而临时安放的。同理，那杯子也不是在什么地方空自摆放着杯子，而是正在喝酒用的杯子，所以，"杯"前着一"行"字限定。由此可见，"云间连下榻，天上接行杯"，是用夸张和想象的手法描写在岳阳楼上饮酒的实景，不是幻想。

⑦舞：舞动。回：返，归。"吹人舞袖回"，衬托出诗人潇洒自如的仪态，舒展流畅的情调，超脱豁达的态度。事实上，衣袖的舞动是风吹的，还是醉酒之人走路摇摆两臂甩动所致的，还是二者兼而有之？难以分清，也没有必要分清。总之，这种朦胧的写法惟妙惟肖地写出了饱览佳景、痛饮美酒后的惬意之态。

【四联大意】

首联：写俯瞰岳阳城、眺望洞庭湖的情景，衬托出岳阳楼的高，显示出自己豁达开朗的心境。首联，景中寓情：尽收眼底的岳阳城之景与汪洋无际的洞庭湖之景，寓含着诗人舒展开朗的心情；以果衬因：望得远的结果，衬托出原因是站得高，即衬托楼之高。

颔联：借写雁去、月来之美景，抒发自己愁去喜来的惬意。

颈联：运用夸张的手法描写在岳阳楼饮酒的情景，形象地衬托出了岳阳楼高耸入云的情状。

尾联：描写酒后袖子舞动的情态，表现出无比兴奋的心情。

【艺术特色简介】

（一）景中寓情，借景抒情。

（二）妙用衬托、夸张等多种手法。

## 三十二、崔颢 1 首

173　黄鹤楼

【作者简介】崔颢（hào）（约公元704—754年），汴州（今河南开封市）人，唐玄宗开元十一年（723）中进士。唐玄宗天宝初年，入朝为官，至尚书司勋员外郎。其前期诗作多描写妇女生活，风格轻艳；后来的边塞诗慷慨豪迈，雄浑奔放。

【题意简释】黄鹤楼位于湖北省武汉市长江南岸的武昌蛇山的黄鹄（hú）矶（jī，水边突出的岩石、石滩）头，俯见长江，面对北岸的龟山。相传古代仙人子安乘黄鹤经过这里，古代有一位名叫费祎（yī）的人，在此乘鹤登仙。参见李白《黄鹤楼送孟浩然之广陵》之"题意简释"。

【背景简介】诗人登临黄鹤楼，即景生情，创作了这首千古传颂的名篇。

【内容简介】这首七言律诗描写黄鹤楼的传说和周围的景色，抒发了对故乡深切怀念之情。传说此诗曾使李白折服。严羽（宋）《沧浪诗话》说："唐人七言律诗，当以崔颢《黄鹤楼》为第一。"

【原文】

昔人已乘黄鹤去①，此地空余黄鹤楼。

黄鹤一去不复返，白云千载空悠悠。

晴川历历汉阳树②，芳草萋萋鹦鹉洲③。

日暮乡关何处是④？烟波江上使人愁。


【译文】

昔日的仙人已经乘着黄鹤离开了，这个地方空空地只余下一座黄鹤楼。

黄鹤一离开就不再复返，千年以来空余天边的白云悠悠地飘荡。

晴朗的原野中，对岸汉阳城的树木清晰分明，江中鹦鹉洲上的芳草繁茂浓绿。

暮色中哪个地方是故乡？烟波浩渺的江上使人愁。

【注释及有关提示】①去：离开。②川：平原。历历：清楚可数。汉阳：地名，在黄鹤楼之西，汉水北岸。③萋萋：形容草木茂盛。"萋萋"含有《楚辞招隐士》中"王孙游兮不归，春草生兮萋萋"的诗句意，隐含思归之意。鹦鹉洲：在武汉市汉阳西南长江中，相传东汉末江夏太守黄祖的长子黄射，在此大宴宾客，有人献上鹦鹉，祢衡作《鹦鹉赋》，故称鹦鹉洲。"鹦鹉洲"是东汉末年祢衡被黄祖杀死后的埋葬处。崔颢特别提到"鹦鹉洲"是由眼前景物引起的心灵的微妙悸动，诗人自然联想到祢衡那充满辛酸和血泪的遭遇，进而由叹惜古人之不幸引起自己的乡愁。④乡关何处是：即"何处是乡关"。乡关，故乡。

【四联大意】

首联：巧用典故，由仙人乘鹤归去引出黄鹤楼；用"以无作有"写法，抒发世事渺茫之感。

颔联：继续用"以无作有"的写法，承接首联的意思抒发岁月不居（停留）、古人不可再见之憾。

颈联：笔锋一转，进入景物描写，写登楼所见，景物描写中含有典故，含义很深。颈联，触景生情，景中寓情。另外，颈联的"川""洲"是地理类，"树""草"是草木类，上下互换成对，这是很别致的"犄角对"。

尾联：所营造的渺茫不可见的境界与首联所营造的渺茫无处寻的境界，丝毫不露痕迹地前后照应，相映生辉，非大手笔不能出此艺术。

**【艺术特色简介】**（一）从总体上看，全诗虽不协律，但音节嘹亮而不拗（ào）口，信手而就，一气呵成；情景交融，意境深远。

（二）从几个方面看。1. 从体裁上看，是"不古不律，亦古亦律，千秋绝唱"。首、颔二联是七古体式，颈、尾二联是严格的七律体式。当然，这不是有意在写拗（ào）律（不合平仄格式的律诗），而是以立意为要而冲破了格律的限制。2. 从写法上看，神行语外，一气呵成。"黄鹤"一词接连三次出现，令人不觉得重复，不感到厌烦。这是由神贯全诗、气冲整篇的写法折射出的艺术效果。3. 从律诗的起、承、转、合来看，四联的连接最有章法。首联巧用典故破题；颔联承接首联世事渺茫的意思，继续抒发岁月难再、空间渺茫的感慨。颔联对于首联，"如骊龙之珠，抱而不脱"（杨载《诗法家数》）。颈联突然转折，格调上由变体归正体，境界上由过往的渺不可知突然转为眼前的"历历"之景，使文势产生起伏波澜，完全符合律诗章法的要求。尾联以暮霭沉沉、烟波浩渺、乡愁难禁作结，使诗意与开头那种渺茫不可见的境界完满挽合。

## 三十三、高适 3 首

**【作者简介】** 高适（约公元 702—765 年），字达夫，渤海蓨（tiáo）（今河北景县南）人，盛唐时著名边塞诗人。曾任刑部侍郎、散骑常侍（随侍皇帝的官。三国时魏国把先前的散骑和中常侍合称散骑常侍，并开始以文人担任），封渤海县侯（古代五等爵位公侯伯子男的第二等），世称高常侍。于永泰元年正月病逝，卒赠礼部尚书，谥号忠。作为著名边塞诗人，他与岑参并称"高岑"，与岑参、王昌龄、王之涣合称"边塞四诗人"。他早年贫寒不得志，过了多年的流浪生活，了解民间疾苦。他参军的时间很久，对边塞风光和军队生活有所了解，写有大量边塞诗，反映士兵征战的苦痛。其诗笔力雄健，气势奔放，洋溢着盛唐时期所特有的奋发进取、蓬勃向上的时代精神。有《高常侍集》。

## 174　别董大二首·其一

**【题意简释】**董大：唐玄宗时著名的琴师董庭兰，在兄弟中排行第一，故称"董大"。

**【背景简介】**唐玄宗天宝六年（747）春天，吏部尚书房琯被贬出朝，门客董庭兰也离开长安。这年冬天，董庭兰与高适会于睢（suī）阳（故址在今河南省商丘县南），高适写了二首七绝《别董大》。

**【内容简介】**《别董大》第一首，诗人以开朗的胸襟，豪迈的语调，真诚的体贴，劝慰朋友满怀信心地踏上征途，迎接未来。

**【原文】**
千里黄云白日曛①，北风吹雁雪纷纷。
莫愁前路无知己，天下谁人不识君②。

**【译文】**
弥漫千里的黄云，使天色昏暗；（此时）呼啸的北风，吹送着大雁在纷纷扬扬的雪花中，向南飞行。

不要担心前路渺茫，没有知己，普天之下哪个人不认识您？

**【注释】**①黄云：大风卷起黄沙遮天蔽日，使云彩也呈黄色。白日：白天。《三国志·魏庞淯传》："淯母娥自伤父仇不报，乃帷车袖箭，白日刺李寿于都亭前。"（庞淯的母亲赵娥悲伤父仇未报，于是自己乘坐带帷幔的车，衣袖中藏着利剑，白天在都亭前刺杀了李寿。都亭，城邑中驿舍。）曛（xūn）：昏暗。②君：指董大。

**【诗句简析】**前两句：诗人独具匠心地描写的送别董大这位突然落魄的朋友时的环境，既是真实的眼前之景，又具有微妙的象征意义和暗示意。描写本来璀璨亮丽的天色因千里黄云而突然昏暗，象征惬意的生活突然遭到严重的挫折。对"北风吹雁雪纷纷"的所见所感则因人而异。如果是弱者，所见是北风凛冽，大雪纷飞，大雁被迫南迁；所感是去国怀乡之愁。如果是强者，所见是大雁凌寒冒雪，奋然前行；所感是遇逆境志弥坚的启迪。当然，高适是希望董大正确对待人生变故，像大雁那样笃志前行。

后两句：紧承前两句景物描写中已经微妙寓含的同情、勉励之意，以更加豪迈的气概，更加响亮的语气，更加入心的体贴，以夸张而又真诚的语句劝慰朋友，激励朋友抖擞精神，满怀信心地走向茫茫前路。这两句，不仅对董大有琴技高超，名扬天下的赞颂之意，更有人生知己无贫贱，天涯处处有朋友的劝慰之意。

【艺术特色简介】（一）格调高昂。诗人"气质自高"，所以写离别诗自能跳出缠绵凄恻的窠臼，以开朗的胸襟，豪迈的语调把临别赠言说得激昂慷慨，鼓舞人心。

（二）景中寓情。开头两句写送别时的天色、大雁，既是写真，又微妙地寓含人生旅途突遭严重挫折，不应一蹶不振，而应继续奋然前行的象征意义和暗示意义。

175　别董大二首·其二

【内容简介】《别董大》第二首，通过向朋友诉说自己困顿不达的境遇，委婉地劝慰朋友不要气馁，要向前看。

【原文】

六翮飘飖私自怜①，一离京洛十余年②。

丈夫贫贱应未足③，今日相逢无酒钱。

【译文】

我像鸟儿那样四处奔波，私下可怜自己，一离开国都（就这样奔波），（已经）十几年了。

大丈夫不应该安于贫贱，（可是）今天相逢我却没有买酒的钱。

【注释及有关提示】①六翮飘飖：借喻像鸟一样四处奔波。六翮（hé），鸟翅上的大羽毛，此借指鸟。飘飖（yáo），飘动。自怜：动宾倒装，即"怜自"。②一离京洛十余年：从唐玄宗开元二十三年（735），高适去长安参加进士科考试，不第，至唐玄宗天宝六年（747），随着房琯被贬出朝，董大也被迫离开长安，已经十多年。京洛，即洛阳，因东周、东汉曾建都于此，故称京洛。泛指国都。③贫贱应未足：动宾倒装，即"应未足贫贱"。足，满足。

【阅读笔记·巧妙的诗外之意真诚的人生劝慰】《别董大》的第二首，是诗人自己前半生经历的艺术概括，完全可以从自况诗的角度独立成篇，但是它也在《别董大》总题的统领下，与第一首构成"姊妹篇"。"姊妹俩"既有共同的任务，又有分工。共同的任务是"别"（赠别、劝慰）。分工是：第一首，直接向朋友赠别、劝慰；第二首，借自况，以诗外之意间接地向朋友表示赠别、劝慰之意。诗人叙述自己十几年漂游经历的言外之意是，我们都有坎坷的遭遇，都是失意之人。这样，就以命运相同、情感相通的心理劝慰，给朋友以真挚体贴的温暖。高适在诗中所表现的自己对待坎坷遭遇的态度，以落魄不落志的潇洒，给朋友以积极向上的精神力量，暗中劝慰朋友，既然生活还在继续，我们就要继续为实现"丈夫贫贱应未足"的理想而孜孜努力。

【诗句简析】

前两句：用借喻手法描写与董大自京城分别后自己四处漂游的境遇。

后两句：诗人把理想的生活和现实生活鲜明地对比亮出，感慨理想很丰满而现实很残酷。字面上看似自嘲，实际却不自馁。

【艺术特色简介】言在此意在彼。诗人写自己的困顿及其态度，意在暗示朋友，人生遇到点挫折算不了什么，应该相信自己的力量，继续奋然前行。这样间接劝慰，令人自悟，避免了居高临下的说教，拉近了与朋友的距离。这不仅是说话（作诗）的艺术，而且显示了为人的厚道。

176　营州歌

【题意简释】营州：唐朝设置营州都护府，治所在今辽宁省朝阳县。这里是汉族和契丹族杂居的地方。

【背景简介】唐代东北边塞营州草原辽阔，各族杂居，牧猎为生，惯习骑射。高适于天宝中从军出塞于燕赵一带，将边塞所见所感凝成若干诗篇。

【内容简介】《营州歌》这首七绝形象生动地刻画了北方少数民族青少年的形象，表现了他们的生活风貌和豪放的性格，赞扬了他们豪迈勇武的精神。

【原文】

营州少年厌原野①，狐裘蒙茸猎城下②。
虏酒千钟不醉人③，胡儿十岁能骑马④。

【译文】

营州一带的少数民族青少年习惯在原野上生活，他们穿着狐皮袍子在城下打猎。

他们即使喝上千杯胡酒也不会醉倒，这些少数民族的孩子十岁就能骑马。

【注释及有关提示】①厌：通"餍"，饱，满足。这里作饱经、习惯于之意讲。②狐裘蒙茸：语出《诗经·邶风·旄丘》"狐裘蒙戎"。狐裘（qiú），狐皮袍子，毛向外。蒙茸（róng），裘毛纷乱的样子。"茸"通"戎"。③虏酒：指当地少数民族酿的酒。④胡儿：指少数民族的孩子。

【诗句简析】

首句：点明描写对象并顺便概括他们的生活习性。

次句：写营州少年的穿着与狩猎场所。写穿着显示寒冷地区猎人的特征。而写"猎城下"则点明城镇附近的少年也爱射猎，可见其尚武风气之浓。

第三句：以夸张的手法写胡地成年人大得惊人的酒量，突出他们的豪放。

第四句：以胡地少年十岁就能骑马，突出他们尚武之风代代相传，勇悍豪气自幼形成。

【艺术特色简介】诗人善于捕捉能够反映生活现象本质特征的镜头，并能准确而简练地用白描手法表现出来。

【阅读笔记·信手拈来与丰富积累】赏读此诗，感到诗人不是在作诗，而是在讲述东北营州的旅游见闻，那些人物形象、边地风貌似乎是信手拈来，即兴吟诵。然而，事情远没有那么简单。高适之所以能够描绘出富有特色而又充满生机的古代东北边地的生活画卷，正是因为他有丰富的边地生活阅历。原野、狐裘、豪饮、骑马这些极具边地特色的典型形象，已经了然于诗人心中，写诗时就像有创作冲动且技艺高超的作曲家，手指一经触摸琴弦，那些响亮的音符就自然地蹦跳出来形成优美的旋律。

## 三十四、刘方平 1 首

### 177 月夜

【作者简介】刘方平，洛阳（今河南省洛阳市）人。唐玄宗开元、天宝年间在世。天宝间举进士不第，遂隐居不仕。其诗多写山水、乡思、闺怨等，内容较贫乏，而艺术上较有特色。其《月夜》《春怨》《新春》《秋夜泛舟》等都是历来为人传诵的名作。

【题意简释】月夜，又题作《夜月》。

【内容简介】诗人通过描绘静谧的春夜中突然传进屋内的虫鸣声，展现出万物复苏的情景，流露出对春回大地的喜悦之情。

【原文】
更深月色半人家①，北斗阑干南斗斜②。
今夜偏知春气暖③，虫声新透绿窗纱。

【译文】
夜深了，（月亮偏斜了），庭院的一半沉浸在月光下，另一半则笼罩在夜色中；天上，北斗星和南斗星都已经横斜。

在这万籁俱静之夜，（虫儿）单单地感到春夜气息的和暖；虫鸣声刚刚响起就透过绿色的窗纱（传进屋子里了）。

【注释】①更（gēng）深：指半夜以后。更，旧时一夜分成五更，每更大约两小时。②北斗（dǒu）：即北斗星，二十八宿（某些星的集合体）之一，大熊星座的七颗明亮的星，分布成勺形。南斗：在北斗星以南有六颗星，形似斗，故称"南斗"。阑干：横斜的样子。③偏：只，单单。

【阅读笔记·人"偏知"，虫"偏知"】"今夜偏知春气暖"，是谁"偏知"呢？有人说："'春气暖'是诗人对'今夜'的细微感觉，而'虫声'只是与其感觉冥合（暗中匹配）的一个物候。"此说虽然有一定道理，但是偏离诗意，也欠含蓄。首先，从整体构思上看，诗人主观上是让静谧的春夜中突然传进屋内的虫鸣声，以点代面地展现出万物复苏的情景（当然，客观上不自觉地显示出诗人的敏感度和捕捉能力及艺术表现水平），因而月夜背景下的主体形象是春虫，而不是诗人自己。其次，从语法上看，有"今夜偏知春气暖"之原因，才有"虫声新透绿窗纱"之结果，不过是前句之主语"虫"，蒙后句"虫声"之"虫"省略罢了。再次，从对气候的反应看，人是大逊于虫的，因而"今夜"谁"偏知春气暖"不言而喻。再次，从画面上看，"人"是显像，在屋内；"虫"是隐像，在屋外。画面中"虫"之形未现，与齐白石"蛙声十里出山泉"的画作中"蛙"之形未现有异曲同工之妙。诗人明写春虫偏知春气暖而鸣叫，暗写诗人夜不能寐，透过纱窗静观庭院、仰望星空已是很久，含蓄地显示出在屋内听到春虫鸣叫的欣喜之情。

【诗句简析】

首句：以七个字写出了三层连锁的因果关系，营造出静穆深邃的意境——因为"更深"而月轮西斜，因为月轮西斜而月光半照人家，因为月光半照人家而整个画面是半明半暗；而这半明半暗的对比更加衬托出月夜的静谧和庭院的空寂。

次句：把读者的视线，由地面的"人家"引向天际的星宿，不仅以斗转星移的描写表现时序的流变，而且寓含着在这静谧的时刻将要发生什么事。

三、四两句：显示出两组非常有趣的因果关系。诗人先推测春虫单知春气和暖，再写原因是诗人听到了春虫鸣叫的声音，这是诗人采用的倒装的因果写法；而春虫则是因为感知到春气的和暖，才"惊蛰"鸣叫的，这是春虫感知与反应的常式的因果关系。

【艺术特色简介】构思精巧，选材新颖。此诗主要是让春虫报道春天来到的喜讯，而为凸显这个核心的以声传情的场景，诗人先营造了一个以月夜为背景的画面：月夜更深的庭院、星斗阑干的天宇。在这样万籁俱寂的阔大背景中传出的春虫的鸣叫声，是那样的细小微弱却又是那样的突出入耳。选材的新颖独特，也显示出以小见大、以微显著的艺术表现手法。

## 三十五、杜甫33首

【作者简介】杜甫（公元712—770年），字子美，河南巩县人，因曾居住长安城南的少陵以西而自称少陵野老，后人称为杜少陵，又因曾做过检校工部员外郎被称为杜工部。杜甫出身于世代"奉儒守官"的家庭，祖父杜审言是著名诗人，武则天时做过膳部员外郎；父亲杜闲做过兖州司马、奉天（陕西乾县）县令。杜甫自幼好学，知识渊博，颇有政治抱负。唐玄宗开元二十三年（735）二十四岁的杜甫在洛阳举进士不第，次年开始漫游齐赵。三十岁时又回洛阳，天宝三载（744）杜甫（33岁）在洛阳与李白相识。后寓居长安近十年。天宝五载（746）至长安，次年杜甫（36岁）又一次参加考试，但在奸相李林甫把持下竟无一人及第。直到天宝十四年（755）杜甫（44岁）才被任为河西尉，但他拒绝了这一直接压榨百姓的官职，不久又改授右卫率府胄曹参军（杜甫所任的参军，是掌管兵甲器杖及门禁锁钥的正八品下的小官）。安绿山陷长安后，被困城中半年，只身逃至凤翔（县名，属陕西省），谒见肃宗，任左拾遗。不久，因上书营救被罢相的房琯，被贬为华州（陕西华县）司功参军。后弃官入蜀，筑草堂于浣花溪上。一度入剑南节度使严武幕府任参谋，被严武表荐为检校工部员外郎（虚职）。晚年携家出蜀，病死于由潭州往岳阳的一条小船上。一说死于耒阳（县名，属湖南省）。

杜甫的诗，对人民的苦难寄予深切同情，许多优秀作品，艺术地显示出唐代由开元、天宝盛世转向分裂衰微的历史过程，因而被称为"诗史"。杜诗继承和发展《诗经》以来注重反映社会现实的优良文学传统，成为我国古代诗歌艺术发展的又一高峰。宋以后，杜甫被称为"诗圣"，他的作品对后代诗歌创作产生了巨大影响。有《杜工部集》。杜甫与李白双峰并峙，世称"李杜"。

### 178　望岳

【题意简释】杜甫以《望岳》为题的诗有三首，先后描写东岳泰山、西岳华山和南岳衡山。这首作于唐玄宗开元二十四年（736）的《望岳》诗，是杜甫青年时创作的描写泰山的名篇。岳，高大的山。此指五岳之尊的泰山。

【背景简介】唐玄宗开元二十三年（735），诗人到洛阳应进士，结果落第而归，开元二十四年（736），二十四岁的诗人开始过一种不羁的漫游生活。诗人北游齐鲁时，远望泰山，深受触动，满腔之激情发而为此首千古名篇。

【内容简介】这首五言古诗通过描绘望中所见的泰山和将来登顶所见的景象，热情赞美了泰山高大巍峨的气势和神奇秀丽的景色，表达了对祖国山河的热爱之情，流露出诗人青年时代敢攀峰顶的无畏精神和卓然独立的豪迈气概。

【原文】
岱宗夫如何①？齐鲁青未了②。
造化钟神秀③，阴阳割昏晓④。
荡胸生层云⑤，决眦入归鸟⑥。
会当凌绝顶⑦，一览众山小⑧。

【译文】
五岳之尊的泰山，到底怎么样呢？（它）横亘在齐鲁大平原上青苍一片，连绵无尽。

大自然把神奇秀美的景色都会聚（它一身），（它）把山北、山南的同一时段分隔成黄昏和清晨两个明暗迥然不同的世界。

升腾的层层云气，涤荡心胸；入林归巢的飞鸟，使眼角（几乎）瞪裂。

一定要登上泰山最高峰，举目纵观周围那些（平时高耸峻峭的）山峦，（相形泰山）都变得矮小了。

【注释及有关提示】①岱宗：对泰山的尊称。岱，泰山的别名。夫（fú）：句中语气助词。②了（liǎo）：结束，完毕。③造化：指大自然。《庄子·大宗师》："今一以天地为大炉，以造化为大冶，恶乎往而不可哉！"（如今把整个浑一的天地当作大熔炉，把大自然当作高超的冶炼工匠，那么驱遣我到哪里去而不可以呢？）钟：聚集。神秀：形容词用作名词，神奇秀美的景色。此处的活用与"将军身披坚执锐"（《史记》）中之"坚"与"锐"的活用相同。④阴阳：阴，指山的北面；阳，指山的南面。这里指泰山的南北。割：分。昏晓：黄昏和早晨。⑤⑥五、六两句都是主谓倒装兼使动用法，即，"生层云使胸荡，入归鸟使眦决"。此两句中的"生""入"都是动词作定语，分别修饰名词"云"和"鸟"。"生层云"，不是动宾关系"升起层云"，而是偏正关系"升腾的层云"；"入归鸟"，不是动宾关系"（眼底）收入归鸟"，而是偏正关系"入（林）归（巢）之鸟"。决：断，断裂。眦（zì）：眼眶，眼角。

**【阅读笔记·秀美之景陶醉之人】**

五、六两句，由上四句描写泰山的博大巍峨，转入描写泰山的缥缈秀美。缭绕于山间、冉冉上升的白云和倦飞于林间、愈飞愈远的归鸟这两处精妙之笔，点染在磅礴雄浑的水墨画中，不仅使画面灵气飞动，而且把作者心胸激荡的豪迈情怀和伫立久望的专注神态也都惟妙惟肖地凸显出来。诗人以奇妙之笔把秀美之景与观景而陶醉之人完美地融合在一起，使诗歌产生出与泰山本身价值相吻合的自然与人文的双重不朽的艺术价值。

⑦会当：唐人口语，"一定要"。凌：升，登上。⑧一览：举目纵观。小：形容词意动用法，以为矮小。

**【诗句简析】**

首句：照应题目，点明所望；开门见山，提出问题，振起全诗。

第二句：一箭双雕，既点明泰山正当古代齐鲁两国边界的地理位置，又以一个广袤（mào）的背景展现泰山全貌，突出其大，从总体大观方面回答了首句提出的问题。

明人莫如忠认为杜甫此句诗无人能及——"齐鲁到今青未了，题诗谁继杜陵人？"。

清人施补华说："'齐鲁青未了'五字，囊括数千里，可谓雄阔。"如果坐实看，无论是立足齐鲁的"远望"之说，还是走出齐鲁"还能望见峰顶青"之说，都不能"囊括数千里"，除非当代的航拍。其实，这是心胸博大的诗人的一个超凡的想象之景。

今人木心盛赞说："这是全唐诗中最奇句。"

三、四句：用夸张的手法极写泰山之美、之高。

五、六句：以"层云"和"归鸟"的具体形象表现泰山雄奇之中的秀美，显现出诗人"构图"的匠心。

最后两句：写诗人从望岳产生了登岳的想法，以想象之景、对比之法，突出了泰山的高峻无比，也表现出青年诗人虽然考场失意，但是仍然不怕困难，雄视一切的心胸和气魄。此两句，言简意赅，所透射的敢于进取、勇攀高峰的精神，千百年来一直在鼓舞着人们勇往直前，因而广为传颂，历久不衰。

**【艺术特色简介】**（一）构思独特。诗人以类似知识问答的形式，从大到小、从面到点逐一描绘解答"岱"之为"宗"的问题，逻辑谨严，无懈可击。

（二）以诗题中的"望"字统摄全篇。先是望其连绵无尽，次是望其巍峨高大，再是望其神奇秀美，最后是将然的"凌绝顶"之望。全诗字面上没有一个"望"字，而给人的感觉却全是"望"之景及由"望"而生之情。谋篇和笔法的艺术确是精妙奇绝。

（三）景情互映。山岳之大气，激诗人之豪情；诗人之豪情，发山岳之灵光：景情互映，物我合一。

179　房兵曹胡马

【题意简释】房兵曹：姓房的一位担任兵曹的官。兵曹，兵曹参军的省称，是唐代州府掌管军防、驿传等事的小官。胡：指西域。

【背景简介】杜甫善于骑马，也很爱马，写过不少咏马诗。此诗大约作于唐玄宗开元二十八年（740），当时杜甫在洛阳。

【内容简介】这首咏物言志诗，借胡马的骨相神态比喻自己的抱负，反映了青年杜甫锐于进取的精神。

【原文】
胡马大宛名①，锋棱瘦骨成②。
竹披双耳峻③，风入四蹄轻④。
所向无空阔⑤，真堪托死生⑥。
骁腾有如此⑦，万里可横行⑧。

【译文】
房兵曹的这匹胡马是产自大宛国的名马，（它的身架）由像刀锋、棱角一样的瘦骨构成。

它的双耳如同斜削的竹片一样尖锐；（它奔驰起来），四蹄生风，像飞行于空中一样轻。

（这匹胡马）所向之处，不论多么遥远的道路，都不觉得空阔辽远，真可以把生命托付给它。

（这匹胡马既然）有如此奔腾的能力，（那么，你真可以凭借它）横行万里（建功立业了）。

【注释及有关提示】①大宛（yuān）：汉代西域国名。②锋：刀剑等兵器的尖端，泛指器物的尖端或锐利部分。棱（léng）：器物的棱角。用锋与棱的比喻，精准地描写出此马神峻健悍之状。③竹披双耳峻：常式句为"双耳竹披峻"。竹，竹子。披，劈开，此指削（xiāo）。峻，高峭，此指尖锐。④"风入四蹄轻"一句，照应上句写"耳"，本应写"蹄"，却写风入四蹄，别具神韵。从骑者的感受说，当骑着马风驰电掣之时，好像马是不动的,而是两旁的景物飞速后闪,风也向蹄间呼啸而入。⑤所向:奔向的地方。无空阔:没有空阔辽远,即不论多么空阔、不论多么辽远,胡马都不觉得空阔辽远。这句不仅承上句的"风入四蹄"进一步写其跑得快,还写出了它一往无前的勇敢精神。写到这里,人们领悟到了,看似写马,实则写人,这难道不是一个忠实的朋友、勇敢的将领、侠义的豪杰形象吗?⑥堪:可以,能够。死生:即生死,为押韵而颠倒顺序为"死生",偏义复词,指生命。托死生,指马能和人同生共死,使人临危脱险。"真堪托死生",以强烈的语气说出了此马无比宝贵的价值以及对其无比信赖的态度。⑦骁(xiāo)腾:勇健飞腾的样子。⑧万里可横行,即"可横行万里"。尾联是个推论复句,而其推论的依据不只是"骁腾有如此"一句,而是包括此句在内的前七句,因而整联的意思是:既然是大宛名马,骨相健悍,双耳峻锐,四蹄生风,所向无前,堪托生死,骁腾无比,那就骑上它驰骋万里,建功立业吧。

**【四联大意】**

首联:简洁交代这匹胡马的产地,入木三分地刻画出其总体外形特征——瘦骨锋棱。

颔联:按照从上至下的观察顺序,描写此马的双耳和四蹄。写双耳是直接描写其静态的特征——直竖,如刀削斧劈一般锐利劲挺。而对于马蹄,则不是拘泥地写其外形特征,而是用以虚映实的写法,借写马的四蹄表现马的奔腾速度,又是以"风入四蹄"写出了马速的风驰电掣。

颈联:高度赞扬这匹胡马所向无前、可以让主人以生命相托的宝贵价值。

尾联:用推论句,既是写马驰骋万里的骁腾,也是对房兵曹建功立业的期望,更是诗人欲展宏图的自我写照。

**【艺术特色简介】**此诗咏物和言志既"各司其职",又浑然一体。诗中写马也是写人:马有马的品格,而马的品格又映射出人的精神。写人又以写马为凭借:借马的神俊骁腾表现人锐意进取的胸襟和抱负。

**【参考阅读】**杜甫一生写过很多有关马的诗篇,这些诗篇从某些侧面折射出他的心路历程。杜甫29岁时写的《房兵曹胡马》洋溢着锐意进取的精神,而19年后48岁时写的《病马》则流露出落魄失意的心态,也表现出深深的忧国之情。从整首诗看,通过病马,写对自己的悲悯,也是写对国家的悲悯,因为此时由盛而衰的唐王朝正如一匹病马,令人担忧。

病马

乘尔亦已久,天寒关塞深①。

尘中老尽力②，岁晚病伤心③。

毛骨岂殊众④？驯良犹至今。

物微意不浅⑤，感动一沉吟⑥。

【注释】①深：指跋涉的路途远。②尘中老尽力：风尘征途中，你逐渐衰老，却还为我尽力。③岁晚病伤心：你年岁已老，患病在身，令人伤心。岁晚，不是"岁暮"意，而是"晚岁"意，为了与出句中的"尘中"对仗而颠倒顺序。说此马到了年底患病，是误解；应当是与诗中的"久""老"扣合，说年老患病。④毛骨岂殊众：反问句，毛发与骨骼难道不同于众？"殊众"，即"殊于众"，"殊"后省略介词"于"。殊，不同。⑤物微意不浅：你这马作为物虽然低微，可是对人的情谊却很深厚。⑥感动一沉吟：（使我）感动得竟（情不自禁地）低声吟咏起来。一，乃，竟。

180 春日忆李白

【背景简介】这首诗是唐玄宗天宝五载（746）或天宝六载（747）春杜甫居长安时所作。天宝三载（744），李白和杜甫在洛阳相遇，二人十分投机，从此结下了深厚的友谊。同年秋他们同游宋州（今河南商丘），在单父（今山东单县南）以北的汶水上，和大诗人高适相逢，三人一起前往大梁（今河南开封）城。第二年（745）秋，李白、杜甫在东鲁第三次会见。这年冬天，李白南游江东，杜甫奔赴长安，两人此后再未见面。到达长安后，"公怀太白，欲与论文也。……因忆向所与言，犹粗而未精，思重与论之"〔杜公怀念太白，想与他讨论诗歌（创作的问题）……于是回忆先前与他讨论的问题，还是粗疏而不精细，想重新与他讨论这些问题。〕（明·王嗣奭(shì)《杜臆》）。于是杜甫写了几首怀念李白"思重（chóng）与论之"的诗，这是其中之一首。

【内容简介】此诗抒发了作者对李白的赞誉和怀念之情。前三联都是名句，其中"清新庾开府，俊逸鲍参军"更为有名。

【原文】

白也诗无敌①，飘然思不群②。

清新庾开府③，俊逸鲍参军④。

渭北春天树⑤，江东日暮云⑥。

何时一尊酒⑦，重与细论文⑧。

【译文】

李白,他的诗作无人能敌;他那飘逸的才思远远地超出一般人。

李白的诗作既有庾信诗作的清新之气,也有鲍照诗作的俊逸之风。

如今,我在渭北独对着春天的树;李白在江东远望那日暮的云(我们天各一方,只能遥相思念)。

我们什么时候才能一起饮酒,再次仔细探讨我们的诗作呢?

【注释及有关提示】①也:句中语气词,起提顿作用,相当于现代汉语的逗号。更重要的是,在讲究对仗的律诗中,"也"与下句"飘然"的"然"配合运用,加强了赞美的语气,精妙绝伦。首句,开门见山,直接称赞李白的诗无人能敌。②不群:不平凡,高出同辈。次句,既是对李白的诗作无人可比的原因的说明,又是对李白的才思的高度赞扬和精准概括。③庾开府:指庾信。在北周官至骠骑(piàojì)大将军、开府仪同三司(司马、司徒、司空),世称庾开府。④鲍参军:指鲍照。南朝宋时任荆州前军参军,世称鲍参军。庾信、鲍照都是南北朝时的著名诗人。⑤渭北:渭水北岸,借指长安(今陕西西安)一带,当时杜甫在此地。⑥江东:自汉至隋唐称安徽芜湖以下的长江下游南岸地区。

【阅读笔记·"淡中之工"】颈联两句只是叙写了作者和李白各自所在的地方及其景物,看似平淡无奇,却被明代散文家王慎中誉为"淡中之工"。何以见得?实际上颈联两句分别是两幅隐含着两个人物的风景画:一幅是北国树下的杜甫遥望南天,只见天边漂游的云;一幅是江南暮云下的李白翘首北望,只见目力所及处的树色。这样两幅绝妙的画,"淡"而"工"地表现出了一对挚友天各一方,互相思念的真切情状。正如清代张谦宜《茧斋诗谈》所说:"渭北春天树,江东日暮云,景化为情,造句三昧也。似不用力,十分沉着。"〔"渭北春天树,江东日暮云"两句,把景化为情,这是造句诀要。好像不用力,(实际)十分深沉厚重。〕

⑦尊:通"樽"。⑧重(chóng):再。杜甫盼望再次与李白把盏对饮,不是为了一般的叙旧话别,而是要重新细细地切磋诗歌创作问题,足见诗仙与诗圣交往的清纯高雅。论文:即论诗。六朝以来,通称诗为文。

【四联大意】

首联:因果倒装,盛赞李白才思飘逸,卓然不群,故其诗天下无敌,冠绝一世。

颔联:承接首联对李白无人能敌的总括性赞美,再以庾信、鲍照为比,赞扬他清新、俊逸的诗风。

颈联：由盛赞李白的才思、诗品，转而描写两人深挚的离别之情。

尾联：表达了再次相会、把酒论诗的热切期盼。

【艺术特色简介】（一）缜密自然的结构。李、杜二人的友谊就是建立在共同的高尚的写诗言志的兴趣爱好基础上的，因而杜甫回忆李白，开篇就是赞誉李白的诗，接着由赞誉其诗转到思念其人，又以思念其人自然地回转到欲重新与其论文。这样的立意结构，不仅完全符合律诗四联起承转合的要求，而且情感的表达也极其严密自然。

（二）以景寓情的手法。颈联中的景与情水乳交融，浑然一体，因为，"少陵在渭北，太白在江东，写景而离情自见。"（沈德潜《唐诗别裁》）

181　兵车行

【题意简释】行：是乐府歌曲中的一种体裁，与《琵琶行》的"行"等同属歌行体。参见《长歌行》之【题意简释】。

【背景简介】唐玄宗天宝中后期，唐王朝对西南少数民族不断用兵，天宝八载（749）进攻吐蕃（tǔbō，我国古代藏族所建立的地方政权）石堡城一役，死数万人；唐玄宗天宝十载（751）进攻南诏（唐时有六诏，蒙舍诏在最南，称南诏。南诏皮逻阁统一六诏，建立地方政权）一役，死六万人。为补充兵力，杨国忠遣御史分道捕人，用连在一起的枷锁把所捕之人送往军队驻所。

【内容简介】这是一首反对唐玄宗穷兵黩武的政治讽刺诗。全诗借征夫对老人的答话，倾诉了开边战争及地方官吏的横征暴敛给百姓带来的深重灾难。这是诗人深切地了解民间疾苦并寄予深刻同情的名篇之一。

第一章：
【原文】
车辚辚①，马萧萧②，行人弓箭各在腰③。
耶娘妻子走相送④，尘埃不见咸阳桥⑤。
牵衣顿足拦道哭，哭声直上干云霄⑥。

【译文】
（大路上）车声辚辚，马鸣萧萧，出征的人各自把弓箭挂在腰间。
他们的爹娘妻子儿女奔跑来相送，行军时扬起的尘土遮天蔽日以致看不见咸阳桥。

（送行的人）拉着行人的衣服、跺着脚，拦在路上痛哭，凄惨的哭声直冲云霄。

**【注释及有关提示】**①辚辚（lín）：车子行走的声音。②萧萧：马鸣声。③行人：出行的人，出征的人。此指后者。④耶娘妻子：父亲、母亲、妻子、儿女的并称。从军的人既有少年，也有成年人，所以送行的人有的是出征者的父母，有的是其妻子和孩子。耶，同"爷"，父亲。走：跑。一个"走"字，真可谓"言简"极，"意赅"极。状写送行的情态，只用一个字（词），简得不能再简了；而其意之完备在于一笔（字）不仅展现两个方面，而且也蕴含着其因果关系。耶娘妻子缘何跑着送行人呢？因为行人也是跑着的，行人缘何跑着呢？因为他们在队伍里被连在一起的枷锁拘在一起，只能一起急速前行，无法驻足；所以送行的人也就只能边跑边说，匆匆话别。⑤咸阳桥：又叫便桥，汉武帝时建，唐代称咸阳桥，后来称渭桥，在咸阳城西渭水上，是长安西行必经的大桥。⑥干（gān）：冲。

**【阅读笔记·（1）凄惨的场景】** 第一章是典型的场面描写。诗人先以车、马之声衬托出车、马急速行进的状态；然后描写征人腰挎弓箭出征的情景；接着就自然地推出家人送别的镜头。"耶娘妻子走相送"展现出被送者和送者无奈地跑的情景；"尘埃不见咸阳桥"的尘土弥漫之景，以结果倒映出马蹄杂沓，车轮碾压，特别是不计其数的出征人、送行人的脚步反复踏在干燥的土路上而出现的情景；"牵衣顿足拦道哭"的细节，令人似见其凄景、似闻其惨声；哭声尤其惨烈，竟至直冲云霄。这个场面描写极有层次而又自然地融合了车行声、马鸣声、脚步声、哭喊声，简直是一支令人心碎的杂响曲；同时，这个场面描写也极为艺术地展现出战马、兵车、行人、送行人的情景，既有"牵衣顿足"的细节描写，也有尘埃弥漫的大镜头描写，简直是一幅触目惊心的大画卷。

**【段落大意】**

第一章（车辚辚……干云霄）：记事——摹写送别的惨状。


第二章第一段：

**【原文】**

道旁过者问行人①，行人但云：点行频②。

或从十五北防河③，便至四十西营田④。

去时里正与裹头⑤，归来头白还戍边。

边庭流血成海水⑥，武皇开边意未已⑦。

君不闻汉家山东二百州⑧，千村万落生荆杞⑨。

纵有健妇把锄犁，禾生陇亩无东西⑩。

况复秦兵耐苦战⑪，被驱不异犬与鸡。

【译文】

路旁经过的人问出征的士兵（怎么会出现这种情景），出征的士兵只说：点派人员入伍很频繁。

有的人十五岁到黄河以北去戍守，纵然到了四十岁还要到西部边疆去屯田。

（有年幼的人离开时）里长给（他们）把头发束起来，（他们）回来时头发已经白了，还要去戍守边疆。

边疆无数士兵流的血形成了海水，武皇开拓边疆的念头还没有停止。

您没听说汉家华山以东两百州，百千村落长满了草木。

即使有健壮的妇女手持锄、犁耕种，田地里的庄稼，还是（因为种得散乱不整）而长得不成行列。

何况秦地的士兵又耐苦战，被驱使去作战（与驱使）鸡狗没有分别。

【注释及有关提示】①过者：路过的人。这里指诗人自己。②行人：出征之人。点行（háng）：按名册征发人员入伍。点，查点、点派。行，古代军队编制。

【阅读笔记·（2）诗眼——"点行频"】"点行频"是这首诗的诗眼。它概括而尖锐地揭露说明百姓生离死别、边庭血流成海、村落荆棘丛生、田园一片荒芜，都是"点行频"所致的人祸。另说"武皇开边意未已"是诗眼。其实，二者大同小异。"点行频"，是从皇帝的命令及其实施上说的；"武皇开边意未已"，是从皇帝的黩武政策和旨意上说的。

③或：不定指代词，有的、有的人。北防河：唐玄宗时，为抵御吐蕃侵扰，唐王朝每年征调大批兵力驻扎河西（今甘肃河西走廊）一带，因其地在长安以北，故称"北防河"。④便：纵然，即便。营田：即屯田。戍守边疆的士卒，不打仗时需种地以自给，称为营田。⑤去：离开。里正：唐制凡百户为一里，设一里正，负责管理户口、检查民事、催促赋役等。与：给，"与"后省略代词"之"。裹头：古时以皂罗（黑绸）三尺裹头，因年纪小，自己还裹不好头，就由里正给他们裹头。⑥边庭：即边疆。血流成海水：形容敌对双方战死者之多。⑦武皇：汉武帝，这里借以指代唐玄宗。因为汉武帝与唐玄宗在黩武开边上有共同之处，而且作者不敢明言当朝皇帝，所以就以汉武帝比拟唐

玄宗。⑧汉家：汉朝，这里借指唐朝。山东：指当时华山（或函谷关）以东的广大地区。二百州：唐代函谷关以东共217州，这里说"二百州"是举其整数。⑨荆杞（qǐ）：荆棘和杞柳，泛指野生灌木。⑩陇亩：田地。陇，同"垄"。无东西：不成行列。

**【阅读笔记·（3）第一个反常现象】**封建社会本是男耕女织，而"山东二百州"却是"健妇把锄犁"。朝廷把男劳力都抓走了，只能由妇女在家里耕地犁田。这种反常现象是对开边恶果的真实写照，是对开边政策的悲愤控诉。

⑪况：况且，何况，表示更进一层。复，又，再。

**【阅读笔记·（4）第二个反常现象】**

"耐苦战"本来是关中士卒的长处，但是在统治者频繁发动开边战争的特殊条件下，"耐苦战"的长处不仅没有使关中士卒降低一些伤害，反而给统治者提供了驱使的方便，把他们当作鸡犬一样任意驱赶。悲剧不止于士卒本身，灾祸更殃及他们的家人。函谷关以东已是田园荒芜、万户萧疏了，那么被抓丁更多、驱使时间更长的关中，其田园、村落岂不更是惨不忍睹了吗！

**【段落大意】**

第二章（道旁过者……声啾啾），记言——记述役夫的答话。

第二章第一段（道旁过者……犬与鸡）：役夫诉说征战之苦。

第二章第一段第一层（道旁过者……还戍边），役夫超期服役之苦。

第二章第一段第二层（边庭……未已），戍卒死伤无数之惨。

第二章第一段第三层（君不闻……无东西），村落萧疏、田园荒芜之悲。

第二章第一段第四层（况复……犬与鸡），"耐苦战"反而被驱更甚之灾。


第二章第二段：

**【原文】**

长者虽有问①，役夫敢申恨②。

且如今年冬③，未休关西卒④。

县官急索租⑤，租税从何出？

信知生男恶⑥，反是生女好；

生女犹得嫁比邻⑦，生男埋没随百草。

君不见青海头⑧，古来白骨无人收。

新鬼烦怨旧鬼哭⑨，天阴雨湿声啾啾⑩。

【译文】

虽然老人家有疑问，（但是）服役的人怎敢申诉怨恨？

就像今年冬天，还没有停止征调函谷关以西的士兵。

县官紧急地催逼百姓交租税，（可是）租税从哪里出呢？

如果确实知道生男孩是坏事情，反而不如生女孩好。

（因为）生下女孩还能够嫁给近邻，生下男孩死于沙场埋没在荒草间！

您没看见，在那青海的边上，自古以来白骨遍野无人收吗？

新鬼烦恼地怨恨旧鬼哭泣，天阴雨湿时众鬼凄厉地发出啾啾的哭叫声。

【注释及有关提示】①长者：对老年人的尊称。这里是说话者对杜甫的称呼。"长者虽有问"，在结构上巧妙地过度并领起下一段的内容，而问的内容则更为巧妙地寓含在役夫的答词中。②役夫：应政府兵役的人，这里是说话者的自称之词。敢，不敢、岂敢的省词。《左传·庄公二十二年》："敢辱高位，以速官谤。"〔岂敢辱没（接受）这样的高位以致迅速招来官员的指责。〕"敢申恨"是用反诘语气说不敢诉说自己的冤屈愤恨，说明役夫敢怒而不敢言。但是下面役夫又愤愤地诉说了征兵未休、县官逼租、生儿不如生女等怨愤，这样先顿后进、先阖后开的写法，把役夫心怀恐惧而又终于压抑不住愤怒的心理过程，逼真而又细腻地表现出来。③且：句首语气助词，表示提挈语气，不译。④关西卒：函谷关以西的士兵，即秦兵。⑤县官：官府。

【阅读笔记·（5）丁去税犹在】役夫面对的是没完没了的征战劳役，连冬天也不得休息。但是，令人痛恨的远不止于此，扩边战争要多用粮饷，就要索租，而且是"急"索租。一个"急"字，言简意赅地写出了官吏催逼租税的紧急、凶残之状。但是，男丁被抓走了，田地无人种了，租税照样收。据史载，天宝年间，"租庸调"（按人丁交租税，或出钱雇人服役，或交布、绢等）税法已经受到严重破坏，造成了丁去田荒而赋税犹在的不合理现象。"租税从何出"就是对丁去税犹在的深刻揭露和强烈控诉。

⑥信：确实。恶（è）：坏，不好。⑦得（dé）：能够。比邻：近邻。参见王勃《送杜少府之任蜀州》"天涯若比邻"之注释。

【阅读笔记·（6）第三个反常现象】在封建社会里，人们重男轻女，生男则喜，生女则悲；而"信知生男恶，反是生女好"的社会心理，则完全颠覆了这种传统观念。这种反常的变化，是百姓无法抗拒、无法躲避的残酷现实导致的。造成这个残酷现实的最根本、最直接的原因就是"点行频"。因为"点行频"，各家各户的男丁被不断地征发到边庭参加恶战,结果是难逃流血战死、抛尸荒野的厄运。而家中的女孩长大成人,嫁给近邻,则能免得像男孩那样落个"埋没随百草"的悲惨结局。其实,所谓"生女好",也好不到哪里去,只是保住命而已。诗人以社会心理的扭曲来反映人们的心灵所受到的严重戕害,增强了对穷兵黩武政策的抨击力度。

⑧青海头:即青海边,指今青海省青海湖边。这里是自汉至唐,汉族经常与西北少数民族发生战争的地方,唐和突厥、吐蕃曾经常在这一代发生大规模的战争。⑨新鬼烦怨旧鬼哭:互文,即新鬼旧鬼怨恨哭泣。⑩啾(jiū)啾:象声词,形容凄厉惨烈的叫声。《楚辞·九歌·山鬼》:"猿啾啾兮狖夜鸣。"〔猿与狖(yòu,长尾猿)在夜间凄惨地啾啾鸣叫。〕

**【阅读笔记·(7)人哭始,鬼哭终的首尾照应】**前人评论"新鬼烦怨旧鬼哭,天阴雨湿声啾啾"两句诗说:"结与起对看,悲惨之极。见目中之行人,皆异日之鬼队也。"(结尾与开头对比看,悲惨到了极点。现在眼中所看到的征夫,都是日后鬼队的成员。)开边所造成的严重后果,诗的主体部分已经历数,结尾又以虚实结合的笔法,以白骨遍野(实)、鬼声啾啾(虚)的阴森凄厉的景象,给人以触目惊心之感,更进一步揭露了开边黩武政策的罪恶。再从全诗的结构看,从人哭写起,以鬼哭作结,两相对照,使人自然地想到今日咸阳桥上的"行人",就是明日荒原上的新鬼,这就进一步点明了"哭声直上干云霄"的原因,从而加强了诗歌的抨击力量。

**【段落大意】**

第二章第二段(长者……声啾啾),役夫申诉心中之恨。

第二章第二段第一层(长者……关西卒),一恨征战不休。

第二章第二段第二层(县官……何出),二恨索租不止。

第二章第二段第三层(生女……百草),三恨生男送死。

第二章第二段第四层(君不见……声啾啾),四恨冤鬼日多。

**【艺术特色简介】**(一)思想感情与艺术魅力的因果关系。世间万事万物有果必有因。明朝人周珽评论《兵车行》结尾时说"写至此,应胸有鬼神,笔有风雨"。此种精辟而形象的评论也可以说道出了整首诗思想感情与艺术魅力的因果关系。扩而大之,杜甫所有表现人民苦难的诗篇都能催人泪下,无一不是因为"穷年忧黎元,叹息肠内热"(终年忧虑百姓疾苦,叹息不止,忧心如焚)。《兵车行》之所以能够生动地展现生离死别的场景,深刻地揭露"点行频"给人民带来的血流成海、白骨露野、生产凋敝、田园荒芜的巨大灾难以及对百姓心理的严重扭曲,产生出如此撼人心魄的艺术力量，是因为诗人创作此诗的目的就是代人民发声，是因为诗人了解人民的疾苦，是因为诗人洞悉人民疾苦的根源，更是因为诗人敢于把矛头直指最高统治者。毫无疑问，诗人笔下的风雨就是由诗人胸中的情感生成的。

（二）"一头两脚体"的结构。第一章是"头"，描写送别场面，其核心意旨是表现生离死别。第二章的两段，分别以"点行"和"索租"的"两脚"与"头"之生离死别相互印证。

（三）藏问于答的技巧。道旁过者（诗人）目睹悲惨的送别场面，不由地"问行人"，问什么呢？诗人未明言，而从行人"但云点行频"的答词中见出诗人所问的是：生人作死别是何原因？这是第一问。由"君不闻"见出诗人又有第二问，从役夫诉说的内容见出诗人所问的是：男丁都被抓走了，家里怎么办？由"役夫敢申恨"的回话，见出诗人又有第三问：面对这种妻离子散的状况，难道心无怨恨吗？役夫说生男不如生女好并提出"生男埋没随百草"的事实，诗人对此十分惊讶，役夫说，您没看见青海边上那些无人收的白骨吗？您没听见那些新鬼旧鬼的啾啾哭声吗？由此看出诗人不由地提出的第四问是：真的会这样吗？这种藏问于答的技巧不只是节省了文字，更重要的是使结构紧凑，使情节顺畅推进。

（四）首尾照应。

## 182 前出塞九首·其六

【题意简释】汉乐府有《出塞》《入塞》曲，是一种以边塞战斗生活为题材的军歌。杜甫作《出塞》曲多首，先写的九首称为《前出塞》，后写的五首称为《后出塞》。杜甫的前后《出塞》曲，并非军歌，而是借古题写时事，意在讽刺当时进行的不义战争。《前出塞》通过集中描写一个战士戍边十年的从军过程，反映了开边战争给人民带来的深重灾难。这组诗采用第一人称的写法，以点映面，结构紧凑，九首如同一首。

【背景简介】《前出塞九首》是作于天宝末年的组诗。这个时期是唐朝在军事上的扩张期，朝廷上上下下的预估大多是乐观的，杜甫却对唐玄宗的军事路线不太认同。唐玄宗即位以后，为了满足自己好大喜功的欲望，在边地不断发动以掠夺财富为目的的不义战争。天宝六载（747）令董延光攻吐蕃石堡城；天宝八载（749）又令哥舒翰领兵十万再次攻打石堡城，兵士死亡过半，血流成河；天宝十载（751）令剑南节度使鲜于（复姓）仲通攻南诏，死者六万；又令高仙芝攻大食（穆罕默德所建立的阿拉伯帝国），安禄山攻契丹（我国古民族名），于是征调半天下，巨大的灾难落到了人民头上。这组诗就是在这样的历史背景下创作的。

【内容简介】此诗提出了"擒贼先擒王"的具有哲理性的军事见解，表示了反对穷兵黩武和贪功滥杀的鲜明态度。

【原文】

挽弓当挽强①，用箭当用长②。
射人先射马③，擒贼先擒王④。
杀人亦有限⑤，列国自有疆⑥。
苟能制侵陵⑦，岂在多杀伤⑧！

【译文】

拉弓要拉最坚硬的弓，用箭要用最长的箭。
射人先要射马，擒贼先要擒住他们的首领。
杀人也要有个限度，各个国家本来各自都有疆界。
如果能够制止敌人的侵犯（就可以了），哪里在于多杀人呢！

【注释及有关提示】①挽：拉，牵引。强：强硬的弓。以性质代本体的借代。②当：应当。长（cháng）：代指长的箭，用法与上句的"强"相同。③④："射人先射马，擒贼先擒王"这两句，可能是直接引用当时的作战歌诀，也可能是诗人据当时的作战实况提炼出的。诗人写这两句几乎不是为了推广一种军事战术，主要的是为了形象地表达对外战争中的一种战略思想。这两句谚语极富哲理性，人们常以此比喻处理问题要抓住关键，注意解决主要矛盾。⑤限：限度。⑥列国：春秋战国时诸侯国。此指各国。⑦苟：如果。制：制止。侵陵：侵犯，侵略。⑧岂：哪里。在：在于，决定于。

## 183 丽人行

【题意简释】行：乐府歌曲体裁。丽人：诗中的"丽人"主要指杨贵妃兄妹。

【背景简介】《旧唐书·杨贵妃传》载："玄宗每年十月幸华清宫，国忠姊妹五家扈从（zòng）。每家为一队，着一色衣。而国忠私于虢国，每入朝，或联镳（biāo）方驾，不施帷幔。"（唐玄宗于每年十月，驾临华清宫，杨国忠姐妹五家随从护驾。每家为一队，穿着一样颜色的衣服。而杨国忠与虢国夫人私通，每当入朝，有时两人的车驾并排相连，车厢不用帷幔遮蔽。）李林甫于天宝十一载（752）死，杨国忠于这年十一月为右丞相。这首诗当作于十二载春。

【内容简介】此诗通过描写杨国忠兄妹于上巳节曲江边的一次宴饮活动，讽刺了他们的骄奢淫逸，曲折地反映了君王的昏庸和时政的腐败。

【原文】

三月三日天气新①，长安水边多丽人②。
态浓意远淑且真③，肌理细腻骨肉匀。
绣罗衣裳照暮春④，蹙金孔雀银麒麟⑤。
头上何所有？翠为匐叶垂鬓唇⑥。
背后何所见？珠压腰衱稳称身⑦。
就中云幕椒房亲⑧，赐名大国虢与秦⑨。
紫驼之峰出翠釜⑩，水精之盘行素鳞⑪。
犀箸厌饫久未下⑫，鸾刀缕切空纷纶⑬。
黄门飞鞚不动尘⑭，御厨络绎送八珍⑮。
箫鼓哀吟感鬼神⑯，宾从杂遝实要津⑰。
后来鞍马何逡巡⑱，当轩下马入锦茵⑲。
杨花雪落覆白蘋⑳，青鸟飞去衔红巾㉑。
炙手可热势绝伦㉒，慎莫近前丞相嗔㉓！

【译文】

三月三日天气清新，长安城外曲江水边有很多美丽的女人。

（她们）姿态浓艳，神情高远，贤淑而且不做作；皮肤的纹理细嫩光滑，骨骼不高不低，肌肉不肥不瘦，很匀称。

刺绣的丝绸衣服被暮春的阳光映照得闪闪发光，华丽的衣服上用金线、银线镶绣着孔雀和麒麟。

（她们）头上有什么？以翡翠鸟羽毛所做的匐彩花饰的叶子一直垂到鬓发边。

（她们）的背后看到什么？坠着珠子压得下垂的裙带妥帖合身。

其中云状帷幕中有皇后的亲戚，有赐名虢国夫人的三姐和赐名秦国夫人的八姐。

紫色的驼峰肉从翠色的锅中烹出，用水晶盘盛着烹制好的白鳞鱼送到宴席上。

（她们）吃腻了山珍海味，面对色香味俱佳的驼峰肉、白鳞鱼却是久久不能下箸，厨师们操着柄上带铃的刀像镂刻一样细细地切，却是白白的忙乱。

宦官骑马飞驰，连尘土也来不及扬起，从天子的厨房络绎不绝地送来许多珍美的食品。

以箫与鼓为伴奏的悲哀吟唱感动鬼神，宾客和仆从多而杂乱地充满要道。

一个后来的人骑在马上缓缓行进，大模大样，（直到）对着厅堂前的平台处才下马，然后直接踏着地毯进入。

杨花像雪一样飘落覆压着白蘋，青鸟口衔红巾飞来飞去。

势焰灼人，无与伦比，千万不要近前（以免）丞相嗔怒！

**【注释及有关提示】** ①三月三日：古代以夏历三月第一个巳（地支的第六位）日为"上巳"节，每至上巳节官民皆于东流水上洗濯，以消除尘垢和疾病。魏晋之后改为三月三日；节日活动从晋代起演变为"曲水流觞"，唐朝开元以来，长安仕女（贵族妇女）多在这天游赏曲江。②水边：指长安东南郊外的曲江和芙蓉苑一带的园池胜景。③淑且真：贤淑而且自然本真。这是反语，她们实际是娇媚做作。④绣罗：刺绣的丝绸衣服。⑤绣罗衣裳（cháng）照暮春，蹙金孔雀银麒麟：用金线、银线镶绣着孔雀和麒麟的华丽的丝绸衣服与暮春的美丽景色相映生辉。蹙（cù）金：用拈紧的金线刺绣，使刺绣品的纹路皱缩起来，又名拈金。⑥翠：翡翠鸟。此指翡翠鸟的羽毛。匎叶（èyè）：古代妇女发髻上的花饰（匎彩）上的叶子。鬓唇：鬓边。⑦腰衱（jié）：裙带。稳：妥帖。称（chèn）：相称，合适。⑧就中：唐代口语，即其中。云幕：指宫殿中的云状帷幕。椒房亲：汉代皇后的居室以椒末和泥涂其壁，后世因称皇后为椒房，称皇后亲属为椒房亲。⑨天宝七载（748），唐玄宗赐封杨贵妃的大姐为韩国夫人、三姐为虢（guó）国夫人、八姐为秦国夫人。诗中受文字所限，三个夫人不能都提到，只能提两个：一个是为押韵需要的秦国夫人之"秦"，再一个是与杨国忠有暧昧关系的虢国夫人。⑩紫驼之峰：骆驼蜂的肉为珍贵食品，唐贵族食品中就有"驼峰炙"。翠釜：以翠玉为装饰的锅。另解，"翠"与上句的"紫"相互映衬，当为形容锅的颜色。⑪水精：即水晶。素鳞：即白鳞鱼。⑫犀箸：犀牛角做的筷子。厌饫（yù）：吃饱，吃腻。厌（yàn）：同"餍"，饱足，满足。饫（yù）：饱。⑬鸾刀：柄上带铃的刀。鸾，通"銮"，一种铃。镂切：像镂刻一样切。空：徒然，白白地。纷纶：乱貌，多貌。⑭黄门：宦官，太监。飞鞚：驰马，使马奔驰。鞚（kòng），带嚼子的马勒头。此代指马。不动尘：灰尘不扬。指速度极快，连尘土也来不及扬起。⑮御厨：帝王的厨师，此指帝王的厨房。八珍：形容珍美的食品之多。⑯箫鼓：箫与鼓。箫，管乐器。鼓，打击乐器。感鬼神：上巳节活动，至唐朝虽然"赐宴曲江"，但是还沿袭之前一些吟唱去垢除疢（chèn，病）曲的内容，所以有"感鬼神"之说。⑰宾从：宾客和仆从的合称。杂遝（tà）：同"杂沓"，众多杂乱貌。实：充满。《战国策·齐四》："狗马实外厩，美人充下陈。"（猎狗骏马充满了宫殿外的厩棚，美女站满了宫殿阶下的歌舞场。）要津：重要的渡口，此指要道。⑱何：多么。逡巡：欲进不进、迟疑不决的样子。此指缓慢徐行，兼有大模大样、旁若无人的样子。⑱轩：殿堂前沿下的平台。锦茵：锦垫，锦织的地毯。茵：垫子、褥子、毯子的通称。⑳杨花覆蘋：曲江沿岸盛植杨柳，又因隋唐时期，关中地域气温较高，所以上巳之时飘杨花，当是实情。古有杨花入水为萍的说法，萍之大者为蘋。杨花、萍、蘋虽然是三种东西，实际出于一体，所以杨花覆蘋既是曲江边实景，又是影射杨国忠兄妹苟且。史载："虢国素与国忠乱，颇为人知，不耻也。"㉑青鸟飞去衔红巾：用一个虚幻而形象的镜头隐喻杨国忠兄妹的暧昧关系。青鸟，古代神话传说中西王母的侍鸟，能为西王母传递信息。红巾，妇女的手帕。㉒炙手：热得烫手，比喻势焰灼人。绝伦：无与伦比。㉓慎：千万，切切。多与"无""毋""勿"等否定词连用。丞相：指杨贵妃之从兄杨国忠。嗔（chēn）：怒，生气。

**【段落大意】**

第一段（三月三日……稳称身），泛写曲江边游春诸女之艳丽。

第一段第一层（三月三日……多丽人），交代时间、地点。

第一段第二层（态浓意远……骨肉匀），写游女神态、体貌之丽。

第一段第三层（绣罗衣裳……银麒麟），写游女衣着之丽。

第一段第四层（头上何所有……稳称身），写游女头上花饰、背后裙带之丽。

第二段（就中云幕……实要津），写杨贵妃姊姊秦国夫人、虢国夫人之骄奢。

第二段第一层（就中云幕……虢与秦），点出皇亲国戚。

第二段第二层（紫驼之峰……送八珍），铺叙她们饮食之奢、规格之高。

第二段第三层（箫鼓哀吟……实要津），描写她们春游声势之显赫。

第三段（后来鞍马……丞相嗔），描写杨国忠的骄奢。

第三段第一层（后来鞍马……入锦茵），目中无人，意气骄横。

第三段第二层（杨花雪落……衔红巾），不讲礼仪，不顾廉耻。

第三段第三层（炙手可热……丞相嗔），势焰灼人，无与伦比。

**【艺术特色简介】**只尽情揭露事实，不发一句议论，而讽刺之意自然显现。正如清朝人浦起龙《读杜心解》评此诗所说："无一刺讥语，描摹处语语刺讥；无一慨叹声，点逗处声声慨叹。"（没有一句讽刺讥诮的话，但是描写处句句是讽刺讥诮；没有一点感慨叹息声，但是断句的点逗处声声是感慨叹息。）

### 184　月夜

**【背景简介】** 天宝十五载（756）春，安禄山由洛阳攻潼关，五月杜甫携家眷离开奉先（今陕西蒲城）到白水（今陕西白水县）他舅父处。六月长安陷落，叛军入白水，杜甫携家眷逃至鄜州，寄居羌村。八月，杜甫听到肃宗即位于灵武（今属宁夏）的消息，即从鄜州只身奔向灵武，欲为平叛效力。不料，启程不久就被叛军所俘，押回长安。杜甫在失去自由且与家人音讯不通的困顿中，望月思家，写下了这首情真意切、传颂千古的名作。

**【内容简介】** 此诗通过描写想象中异地的妻子独看明月的情景，深刻地表现了自己对家人的思念之情，寄托了对战乱平息后一家人幸福团聚的渴望。

**【原文】**

今夜鄜州月①，闺中只独看②。
遥怜小儿女③，未解忆长安④。
香雾云鬟湿⑤，清辉玉臂寒⑥。
何时倚虚幌⑦，双照泪痕干⑧？

**【译文】**

今夜鄜州上空那轮圆月，（羌村的家中）只有你在独自遥看。
远在他乡的我可怜幼小的儿女，还不懂得你为何思念长安。
染上香味的雾气打湿你的鬟发，明月的清光使你玉臂生寒。
什么时候才能双双在透明的窗帷前，让月光照干我们的泪痕呢？

**【注释及有关提示】** ①鄜（fū）州：今陕西省富县。当时杜甫的家属在鄜州的羌村。②闺：女子居住的内室。闺中：方位结构，代其中的人，此指杜甫的妻子，不要误为妻子在内室看月。看：读阴平声，kān。诗人不直说自己对妻子的思念，而是运用"从对面写"的手法，借助想象，写妻子在鄜州对月独看的情景，来衬托自己的思家之情。这种构思新颖，抒情曲折的写法，前人称之为"透过一层"，因为写妻子在鄜州独自看月思念丈夫，就更深一层地写出了自己在长安看月思念妻子的感情。③怜：哀怜。④解（jiě）：理解，懂得。颔联写可怜的小孩子们，天真幼稚，不懂得母亲独自望月思念父亲的心境，从而曲折地表现出对战乱中小儿女的怜爱，更深刻地表现出对战乱中为儿女们日夜操劳的妻子的惦念。而诗人身陷长安的情况反而从写鄜州中顺带出来，既出人意料，又十分自然。⑤香雾：雾本来没有香气，香气是从涂有膏沐（妇女润发用的油脂）的云鬟中散发出来的，所以说"香雾"。云鬟湿：动宾倒装，湿云鬟。鬟（huán），古代妇女梳的一种环形发髻。结合下句结构看，"湿"当为使动用法。⑥玉臂寒：动宾倒装，寒玉臂。寒，使……寒。颔联把首联的想象之景具体化，设身处地，细致入微地描写妻子被香雾沾湿云鬟、被月光照得玉臂寒凉而依然在月下痴望伤怀的情景。这个画面也映衬出诗人夜深不眠、情思不尽的情状。⑦虚幌（huǎng）：透明的窗帷。幌，帷幔，窗帘。⑧双照：与上面的"独看"互相照应。

【四联大意】

首联：紧扣题意，巧妙地推出一个特写镜头——远在鄜州的妻子面对夜空明月独自遥看。

颔联：以"未解忆长安"的蒙稚，反衬"闺中只独看"的凄苦。

颈联：承接首联的描写，继续借助想象，推进描写妻子独自看月的凄清情景。

尾联：表示对未来团聚的期望。一个"干"字，字面平常，含义深刻：现在，天各一方，因为互相思念亲人、不得团聚，而悲伤流泪；将来，祸乱平定，家人团聚，因为喜从天降能不流泪吗？因为痛定思痛，情不能堪，能不流泪吗？那悲喜交集的泪，就让它尽情地流吧，无须擦拭，就让月光把泪痕照干吧。

【艺术特色简介】构思别出心裁。诗人不说自己思念家人，而说家人思念自己。这种由对面着笔、透过一层的写法，更为深刻地写出了在兵荒马乱的年月，杜甫夫妻之同甘共苦，相濡以沫，伉俪情深，字里行间流露出对妻子儿女真挚、深切的爱，感人肺腑，催人泪下。这正是这首诗一直为人们所传颂的主要原因。

185　春望

【背景简介】天宝十五载（756）六月，安禄山叛军攻陷唐朝首都长安。七月，太子李亨即位于灵武，是为唐肃宗，改元至德。杜甫闻讯，由鄜州只身一人投奔肃宗朝廷，不幸途中被叛军俘获，解送至长安。第二年（757）春天，仍然陷身于长安的诗人，眼见山河依旧而国破家亡，春回大地却满城荒凉，悲情难禁，写下了这首感时伤世的著名诗章。

【内容简介】此诗描写了长安城被叛军攻陷后的衰败景象和自己未老先衰的身体

状况,抒发了忧伤国事、眷念家人的深沉情感。

**【原文】**

国破山河在①,城春草木深②。

感时花溅泪③,恨别鸟惊心④。

烽火连三月⑤,家书抵万金⑥。

白头搔更短⑦,浑欲不胜簪⑧。

**【译文】**

都城沦陷,山河依旧;都城的春天,(人烟稀少)草木茂盛,(一片荒凉景象)。

(因为)感伤时事,见到平日美丽养眼的鲜花,反而伤心流泪;(因为)怨恨离别,听到平日婉转悦耳的鸟鸣,反而惊悸不安。

战火已经从去年三月连绵烧到今年三月了,(战乱之中难知家人音信)一封家书真抵得上万两黄金。

白发本来就稀疏,(因忧虑而不断)搔挠(就)更加缺少了,简直连发簪也别不住了。

**【注释及有关提示】**①国:国都,指长安(今陕西西安)。破:碎裂,毁坏。山河在:山河依旧(而人事已非)。②城:长安城。深:茂盛。③感时:感伤时事。花溅泪:花流泪(拟人);人看到花而流泪。④恨别:怅恨离别。鸟惊心:鸟惊心(拟人);人听到鸟鸣而惊心。

**【阅读笔记·理解相异的语句结构情感相通的心理感应】**"感时花溅泪,恨别鸟惊心"是传颂千古的名句,而千百年来对其语句结构却有两种迥然相异的理解。一种说,面对宫殿被焚毁、住宅被洗劫、百姓遭屠戮的凄惨景象,花儿也会感伤时事,流出悲伤的眼泪(滴露珠);看到无辜的百姓处在战乱不息、亲人离别而不得团聚的困境,鸟儿也会发出惊心的鸣叫。这是移情于物的写法。另一种说,我(诗人)"感时"见"花"而"溅泪",我(诗人)"恨别"听"鸟(鸣)"而"惊心"。这是以乐景抒哀情的写法。人们虽然对语句的结构理解有异,但是被其情感深深打动的基本点上却是相同的。原因何在?这是由诗人的立场和此诗的主旨所决定的。诗人与人民站在一起,为人民代言,而此诗的主旨就是感时伤事、忧国思家,所以他的这首诗,尽管对其表现方法的理解有差异,但是它总体上所具有的震撼力还是能引起人们情感相通的强烈共鸣的。

⑤烽火:古时边防报警的烟火,这里指安史之乱的战火。连三月:连着遇到两个

三月，不是说正月、二月、三月，而是说战乱从叛军于唐玄宗天宝十五载（756）春攻潼关至现在（唐肃宗至德二年，757）已经连着经过了两个季春三月。诗人用"连三月"，不仅扣题"春望"，更是以季春应有的自然美景反衬战乱的人祸。⑥书：古义，信；今义，装订成册的著作。抵：值，相当。⑦白头：为适应平仄需要而以白头代指白发。搔（sāo）：挠，用指甲轻刮。短：缺少，不足。《楚辞·卜居》："夫尺有所短，寸有所长。"（尺有它所缺少的，寸有它所擅长的。）⑧浑：简直。欲：将要，就要。胜（shēng）：能承受，经得起。簪：一种束发的首饰。古代男子蓄长发，成年后束发于头顶，用簪子横插住，以免散开。

【艺术特色简介】意在言外。宋·司马光《续诗话》说："古人为诗贵于意在言外，使人思而得之……如'国破山河在'云云。'山河在'，明无余物矣；'草木深'，明无人矣。花鸟，平时可娱之物，见之而泣，闻之而悲，则时可知矣。他皆类此，不可遍举。"〔古人作诗，可贵之处在于所要表达的意思在言语之外，使人思考后而获得它……例如"国破山河在"等。"山河在"，说明没有多余的东西了；"草木深"，说明没有人了。花和鸟，是平时可以使人娱乐的东西，看见花却流泪，听到鸟（鸣）却惊悸不安，那么时世（的状况）就可想而知了。其他的都像这样，不能从头至尾提举。〕

同样的语句，也可以从用词的角度鉴赏。如清·吴见思《杜诗论文》："杜诗有点一字而神理俱出者，如'国破山河在'，'在'字则兴废可悲；'城春草木深'，'深'字则荟蔚满目矣。"〔杜甫的诗有着一字而诗句的精神和道理都显现出来的特点，如"国破山河在"，着一"在"字，就（令人生发）由兴盛而衰败的可悲之感；"城春草木深"，着一"深"字，则草木繁盛的荒凉景象就充满眼帘了。〕

186 天末怀李白

【题意简释】题意是在天边怀念李白。

【背景简介】唐肃宗至德二载（757），李白因永王李璘案受到牵连，下狱浔阳（今江西省九江市），于乾元元年（758）被判流放夜郎，中途于乾元二年（759）春夏之交遇赦放还，返回江陵。此时杜甫弃官远游，客居秦州（今甘肃省天水市），未知李白遇赦消息，仍然心心念念，忧思不止，写了《梦李白二首》之后，又写下《天末怀李白》以表达牵挂之情。

【内容简介】此诗设身处地地表达了对李白的深切牵挂之情，艺术地总结了才士不遇的历史事实，借屈原冤魂含蓄地为李白申冤并高度赞扬李白卓越的诗才和高尚的人格。

**【原文】**

凉风起天末①，君子意如何②？
鸿雁几时到③，江湖秋水多④。
文章憎命达⑤，魑魅喜人过⑥。
应共冤魂语⑦，投诗赠汨罗⑧。

**【译文】**

初秋的风从天尽头刮起（引起悲感），此时您的心境怎样呢？

（不知）您的消息多少时日能到，（我担心）江湖秋天水涨，路途险阻，鸿雁难飞。

文章憎恶命运亨通的人，奸佞喜欢人有过（以便陷害）。

料想您当与屈原一起诉说冤屈，写诗赠予汨罗江中的屈原（以相互诉说心中不平之事）。

**【注释及有关提示】** ①凉风：初秋的风。天末：天的尽头。当时杜甫所在的秦州地处边塞，所以说"天末"。落笔写凉风，不仅兴起自己的悲秋之感，而且给全诗罩上一片悲愁气氛，也暗含对朋友的关切之情。②君子：指李白。次句之问，推己及人，表现出对朋友设身处地的关切之情。③鸿雁：喻指书信。古代有鸿雁传书的说法。几（jǐ）：疑问代词，问数量，多少。④江湖：喻指充满风波的路途。这是为李白的行程担忧之语。鸿雁几时到，江湖秋水多：双关语。表面是说难以得到李白的消息，实际是说李白被流放，江湖浪大、路途艰险，从而含蓄地表达对李白深深的担忧之情。⑤命达：命运亨通。文章：这里泛指文学。文章憎命达：这是激愤语。诗人把才高而易遭厄运的被动，故意说成了才高不喜欢通达的主动，从而深沉有力地指出：有文才的人总是命蹇（jiǎn）倒霉。⑥魑（chī）魅：古代传说中山泽的鬼怪。这句以魑魅之习性隐喻奸佞小人总是争相陷害君子和有才能的人。

**【阅读笔记·天命，人事？】** 司马光说："古人为诗，贵于意在言外，使人思而得之。""文章憎命达，魑魅喜人过"两句最能体现"使人思而得之"的特点。读者、论者都说这是传诵千古的名句，而对其词义、句意的具体理解则有诸多不同。词义方面最突出的是"魑魅喜人过"中的"魑魅"和"过"。"魑魅"，解释为"山上的精，水中的怪"或"传说中的山神怪物"都是正确的，但是在句中的特定意义，则不如文成英先生"此指奸佞小人"的解释准确。原诗如果用"奸佞"，虽然勉强能与上句的"文章"对仗，但是远不如用"魑魅"与"文章"对仗得严谨；再者用"奸佞"太过直白，而直接用"奸佞"的喻体"魑魅"则大大增强了诗歌含蓄的谴责意味。

再说"过"，将其释为"路过，经过"，似乎是望文生义；而将其释为"过错，过失"（不达）则与上句的"达"相反相成，意义相连。

词义和句意是相辅相成的，有些时候词义是"受命"于句意的。对"魑魅"和"过"的词义之所以有些歧解，是因为对句意的理解有些偏误。有人说，一"憎"一"喜"，前后两句形成对比，道出了自古以来才智之士的共同命运。此说对错参半，说"道出了自古以来才智之士的共同命运"是对的（当然，只说准了对"文章憎命达"一句的理解，而不是两句），而说"前后两句形成对比"则是错的，因为仅凭一对反义词就说"两句"形成对比，有点想当然。事实上两句是因果关系，只不过"意在言外"，需"思而得之"："文章憎命达"的直白意思就是才智之士总是遭遇厄运。这难道真的是所谓的"命"决定的吗？杜甫给出的答案是："魑魅喜人过"（像魑魅一样的奸佞小人总喜欢君子才士有过错）。那么，奸佞小人为什么喜欢君子才士有过错呢？诗人没有说，人们"思而得之"——恍悟：原来"魑魅"之所以"喜人过"，是因为便于他们趁机陷害所谓的有过之人（李白就是因投永王之过而被下狱、被流放）。至此明白，"文章憎命达，魑魅喜人过"两句间是倒装的因果关系，而且"因"的部分是连锁的半显半隐的关系。将此两句的结构关系完全地显现出来是：文章憎命达，是因为魑魅喜人过；魑魅喜人过，是因为便于它们趁机对人作祟。

由此可言：包括李白在内的才智之士总是倒霉，无关"天命"，全系"人事"。

⑦应（yīng）：料想理当如此。冤魂：指屈原。屈原被放逐，投汨罗江而死。杜甫深知李白参与永王李璘幕府，实出于爱国，却蒙冤放逐，正和屈原一样。所以说，料想当和屈原一起诉说冤屈。⑧汨（mì）罗：汨罗江，湘江支流，在湖南省东北部。诗中"汨罗"是"投"和"赠"两个动词所共及的宾语，而"汨罗"作"赠"的宾语，则不是指汨罗江，而是指在汨罗江中的屈原的冤魂，这是用了以处所代本体的借代修辞方法。

**【四联大意】**

首联：奠定了全诗悲愁的情感基调，表达了对李白深沉的怀念和关心之情。

颔联：表达了盼望得到李白消息和对李白流放路途深切担忧之情。

颈联：以激愤语艺术地总结了自古以来才智之士命途多舛（chuǎn，困厄，不顺）的历史事实及其原因。

尾联：以想象之笔描写李白赠诗屈原的情景，不仅借屈原的千载冤魂为李白申冤，也流溢出对李白诗才高度景仰以及对其人格极力褒奖的真挚情意。

**【艺术特色简介】** 抒情低回婉转。以秋风起兴，以己之悲推问朋友现下心情怎样，继而表达盼望得到朋友消息和对朋友处境的深切担忧之情，然后转入对朋友及千古以来才智之士共同命运的概括并潜含为其不平之情，最后以设想之景表达对朋友遭遇的同情和卓越诗才的景仰之情。整首诗情感沉郁而不奔腾，思想深微而不直露。

187　月夜忆舍弟

**【题意简释】** 舍（shè）弟：谦称自己的弟弟。杜甫有四弟：杜颖、杜观、杜丰、杜占。

**【背景简介】**

安史之乱爆发后，唐肃宗乾元二年（759）秋，杜甫在秦州，他的四个弟弟除小弟杜占随着他外，其余三个弟弟都逃离散落在山东、河南一带叛军控制的地方。由于战事阻隔，音信不通，引起他对弟弟强烈的思念和深深的忧虑。于是山河破碎之悲、骨肉分离之痛，涌上异乡之人心头，流诸笔端，便成了这首催人泪下的诗篇。

**【内容简介】** 感叹由战乱造成的兄弟离散、无家可归、音信不通的悲惨遭遇。

**【原文】**

戍鼓断人行①，边秋一雁声②。
露从今夜白③，月是故乡明④。
有弟皆分散，无家问死生⑤。
寄书长不达⑥，况乃未休兵⑦。

**【译文】**

戍楼上响起禁止通行的鼓声，秋季的边境传来孤雁的哀鸣。

露水从今夜开始凝而变白，（抬头望月，感到）月亮还是家乡的更加明亮。

虽有兄弟，但都离散（不知去向）；没有家了，无从问知几个弟弟是死还是活。

所寄的书信也一直没有送达，何况是战争还没有结束（不知还要发生什么灾祸）。

**【注释及有关提示】** ①戍鼓：戍楼上守夜戍兵定时击的鼓。由"断人行"见出此句中"戍鼓"指将入夜时用以警示开始宵禁而所击的鼓。断人行：禁止行人，如后来称的"戒严"。②边秋：一作"秋边"，秋天边远的地方，此指秦州。一雁：古人以雁行（háng）比喻兄弟（从"雁行"的"并行、并列而有次序"义项引申为兄弟。意即兄长弟幼，年齿有序，如雁之平行而有次序），说"一雁"，隐含兄弟分散之意。③露从今夜白：这天适逢白露节。诗人巧妙地把"白露"顺序倒置，而且中间加上一个至关重要的"夜"字，不仅点出了时令、照应题目中的"月夜"、与下句"月是故乡明"形成严谨的对仗，更以"白露""夜"这些自然因素的渲染，突出了诗人的思亲之情。④月是故乡明：此语，从常识上说是假的，从特定人群的特定情感上说是真的，它道出了普天下背井离乡者对家乡明月的共同的情感。⑤无家问死生：因果紧缩句，即，因为没有家了，所以就无法从这已经消失的处所中问知几个弟弟是活着还是死了的消息。无家，杜甫在洛阳附近的老宅已毁于安史之乱。⑥长：长久。句中义是一直。达：到，至。⑦况乃：何况是。未休兵：战争还未结束。具体是，安禄山已死，史思明（唐玄宗时边防十节度使之一）从范阳引兵南下，再次攻陷汴州（今河南开封市）、洛阳等地，战事激烈。

**【四联大意】**

首联：描写战时边地秋天戍鼓禁行、孤雁哀鸣的凄凉景况。

颔联：以对自然景物的虚幻感觉，凸显出心底深处的浓浓的思乡之情。

颈联：高度概括了战乱给人民带来的骨肉分离、无家可归的深重灾难，抒发了伤心断肠的哀痛。

尾联：抒发家书难达的烦忧，更流露出对家人生死难料的隐忧。

**【艺术特色简介】**（一）层次井然。首先通过描绘边塞凄凉的秋景图，交代"忆舍弟"的典型环境；然后照应题目，抒发异乡之人对故乡的特殊感情；继而描写骨肉分离、无家可归的遭遇；最后以家书难达的明显的忧愁递升到更深的家人祸灾难料的隐忧。全诗按照眼前境况——当时情感——现实遭遇——难卜的前景之脉络，或描写或抒情，层次井然，结构紧密。

（二）前后照应。"断人行"因"未休兵"，"一雁声"因"有弟皆分散"，"无家"而"寄书长不达"；或前果后因，或前因后果，照应自然，诗思缜密。

## 188 蜀相

**【题意简释】**蜀相：指三国时蜀国丞相诸葛亮。诸葛亮（公元181—234年），字孔明，隐居隆中，自比管仲、乐毅，人称卧龙。刘备三次拜访才见他，为刘备谋划占据荆州、益州，联合孙权抗拒曹操的战略，帮助刘备取得荆州，平定益州，建立了蜀汉政权，使之与曹魏、孙吴形成三足鼎立的局面。曹丕代汉称帝后，刘备也在成都称帝，以诸葛亮为丞相。刘备去世后，诸葛亮又辅佐他的儿子刘禅，凭丞相职位封武乡侯。诸葛亮志复中原，屡次北伐，与魏国互相攻战，建兴十二年（234）病逝于五丈原（今陕西省郿县西南）军中，年五十四，谥为忠武侯。

【背景简介】唐肃宗乾元二年（759）十二月，杜甫结束了为时四年的颠沛流离的生活，到了成都。诗人喘息甫定，便于翌（yì）年（唐肃宗上元元年，760）春（此时，草堂尚未建成），探访了位于城西北的诸葛武侯祠，写下了这首感人肺腑的千古绝唱。

【内容简介】《蜀相》这首七律，歌颂了诸葛亮的卓越才智和崇高品德，痛惜诸葛亮功业未遂的悲壮结局，借此抒发了自己请缨无路的深沉感慨。

【原文】
丞相祠堂何处寻①，锦官城外柏森森②。
映阶碧草自春色③，隔叶黄鹂空好音④。
三顾频烦天下计⑤，两朝开济老臣心⑥。
出师未捷身先死⑦，长使英雄泪满襟⑧。

【译文】
诸葛丞相的祠堂去什么地方寻找？（它）在锦城官外一片郁郁苍苍的柏树之中。

石阶前的芳草一片碧绿，但只是自成春色；密叶间的黄鹂声婉转动听，也不过空作好音。

当年先主刘备三次拜访您，尔后又多次向您咨询统一天下的大计；您辅佐先主开创基业，建立帝国，又匡扶后主挽救艰危，继承帝业，两朝老臣为国呕心沥血，忠心耿耿。

可惜您出师征战未获胜利，自己先病死军中；永久地使古今英雄感慨痛惜，泪满衣襟。

【注释及有关提示】①丞相祠堂：即诸葛武侯祠，在今成都市武侯区，晋代李雄在成都称王时所建。开篇不称"蜀相"，而改用"丞相"，含义微妙，一方面是把先贤当成当朝的丞相，亲切之感、敬仰之情溢于言表，更重要的是巧妙地把局外叙述变为与先贤的"当面"对话，从而为下文情感的喷发设置好了畅通无阻的渠道。②锦官城：成都的别名。柏（bǎi）森森：柏树茂盛繁密的样子。首联上下两句不仅是就丞相祠堂所在地而简单的问和答的关系，而且提问中含有以"寻"显情的巧妙寄托，回答中含有以景衬人的深刻寓意。此时，安史之乱尚未平定，国难仍殷，杜甫刚搬入成都不久，就急于拜谒坐落在城南的武侯祠，而诸葛亮在历史上颇受人民爱戴，祭祀他的庙宇是很容易找到的。而诗人特意用了一个"寻"字，巧妙地寄托了诗人对武侯祠向往之久、对诸葛亮钦慕之高的寓意。写武侯祠前的柏树有两点寓意：一，传说祠前的柏树是诸葛亮亲手种植的，因此诗人提到祠前柏树，有睹物思人、吊古伤今的意思；二、以柏树生命长久、常年不凋的特点，象征诸葛亮"鞠躬尽瘁，死而后已"的精神永世长存。③映阶碧草自春色：副词"自"后省略动词"呈"。自，自然。④隔叶黄鹂空好音：副词"空"后省略动词"有"。空，白白地。

**【阅读笔记·"草自春色""鸟空好音"对谁而言】** 对颔联的解说有多种。有人说颔联写走了，是败笔。到底是"败笔"还是"妙笔"，论起来太费笔墨，我们只知"败笔"之说是明显站不住脚的就可以了。第二个问题，颔联描写的景色是荒凉还是美好？为了单纯明确景色的性质，不妨把上、下句中分别表示主观态度的两个字（词）"自"和"空"取出来，使联句成为"映阶碧草春色""隔叶黄鹂好音"，这样，答案就明白了，此时该不会再说加上"自"和"空"后，美好的景色就变成荒凉的了吧！第三个问题，"草自春色""鸟空好音"是对谁而言的？有人说，这两句诗衬托出了祠堂的荒凉冷落。我们不懂得这两句诗与祠堂之间的逻辑关系是怎么建立起来的，只知这两句诗是诗人借写对客观景物的主观感受来寄托别的意思。寄托什么意思呢？人们之所以欣赏、赞誉春色，就是因为它那明丽绚烂的景象、蓬勃向上的生机，能带给人巨大的欣喜，带给人全新的希望，使人或青春焕发、或精神振奋。面对具有如此魔力的春色，我们的诗人杜甫竟无动于衷，感到它自呈其美，与己无关。这是为什么呢？婉转的鸟鸣声，本来是悦耳的，能促使低沉的心情趋于好转，而我们的诗人杜甫竟感到它空作好音，没有意义。这又是为什么呢？原来，杜甫刚到成都，席不暇暖，急不可耐地寻访武侯祠，心思全在缅怀先贤上了，情感空间全被功业未遂的痛惜心情充塞着，自然地就对那碧草之春色、黄鹂之好音视若无见、听若无闻了。既如此，为何还要提到它们呢？这正是诗人匠心之所在，正如王安石所说，三、四止咏武侯庙，而托意在其中（《唐诗选脉会通评林》）。杜甫所"托"之"意"，就是以"春色"而"自"、"好音"为"空"来反衬自己对诸葛亮深挚的怀念之情。

⑤三顾：指刘备三次拜访诸葛亮。顾，拜访，探望。为了高度概括诸葛亮的雄才大略和丰功伟绩并使诗句结构对仗，巧妙地选用了"三顾"，借著名的三顾茅庐的典故，赞扬诸葛亮在隆中对策中所表现的天才预见，进而赞扬诸葛亮的雄才大略。频烦，

犹"频繁",连续多次。⑥两朝开济:指诸葛亮辅助刘备开创帝业,后又辅佐刘禅。开,开创。济(jì),帮助。⑦出师:出兵。捷:胜利,成功。身先死:指诸葛亮军与司马懿军在渭南相持百余日,至蜀建兴十二年(234),诸葛亮病逝于五丈原军中。身,自身,自己。"出师未捷身先死"一句,对诸葛亮悲剧性结局的叙写中,寓含着满满的痛惜之情,引起人们强烈共鸣。⑧长:长久。"长使英雄泪满襟"一句,承接上句,无比深刻、无比形象地写出了千百年来人们对这位先贤赍志而殁的极其痛惜的心情。一个"长"字,从时间上写出了诸葛亮之死令人痛惜的恒久性;一个"满"字,从程度上画出了诸葛亮之死令人痛惜的冲击力。这两句诗表达了人们对赍志而没的英雄的共同的心理,千载以来,强烈地震撼着千千万万志士仁人的心。南宋初年,爱国将领宗泽病危时,无一语提及家事,吟诵"出师未捷身先死,长使英雄泪满襟"后,又大呼三声"渡河"而薨(hōng,君主时代,称诸侯或大官死)。

【四联大意】

首联:巧妙点出丞相祠堂的所在地及其环境特点,也为后面的赞颂、痛惜之辞埋下伏笔,使得全诗和谐统一,首尾照应。

颔联:借写对祠堂庭内本来极可娱目悦耳的景象之主观感觉,反衬对诸葛亮深深的怀念心情。

颈联:高度概括诸葛亮的雄才大略、丰功伟绩和耿耿忠心。

尾联:以诸葛亮壮志未酬身先死的遗憾,表达包括诗人在内的后世千载英雄对诸葛亮的深切痛惜和感慨。

【艺术特色简介】(一)题目与诗歌正文的巧妙关系。题目是"蜀相",而不是"诸葛祠"或"武侯祠",以此可知杜甫此诗的主旨是写诸葛亮此人,而不是写诸葛亮之祠。写祠是由寻访古迹引起的,寻访古迹是受缅怀先贤支配的,换言之:借睹物(祠)而思人(亮),所以写祠是由物到人的天然媒介和巧妙过渡。再进一步说,整首诗不是闲极而空发思古之幽情,而是像诸葛亮一样壮志难酬,借凭吊古贤,抒发伤时感世之情。

(二)写景、抒情、议论熔于一炉。

(三)语言高度概括,具有强烈的艺术感染力。高度概括:如"三顾频烦天下计,两朝开济老臣心",高度概括了诸葛亮的谋略、伟绩和忠心。清人邵子湘曾说:"自始至终,一生功业心事,只用四语(后四句)括尽,是如椽之笔。"强烈的艺术感染力,如"出师未捷身先死,长使英雄泪满襟",以其呼出了壮志难酬之人的共同心声,千百年来持久地震撼着无数仁人志士的心魂。如唐代的政治家王叔文革新之举遭到挫败时,曾反复吟诵此诗,为之流涕不已;南宋爱国将领宗泽临终时,就是"诵此二语""三呼渡河"而卒的。

### 189　江村

**【题意简释】**江村:指成都浣花溪畔杜甫安身的村落。

**【背景简介】**唐肃宗上元元年(760)夏,杜甫在朋友的资助下,在四川成都郊外的浣花溪畔盖了数间草堂,生活暂时得到了安宁。这大概是建成草堂后所写的最早诗篇之一。

**【内容简介】**此首七律通过描写江村优美的环境和诗人舒适的生活,抒发了悠然自得的心情。

**【原文】**

清江一曲抱村流①,长夏江村事事幽。②
自去自来堂上燕③,相亲相近水中鸥。④
老妻画纸为棋局⑤,稚子敲针作钓钩。⑥
多病所需唯药物⑦,微躯此外更何求?⑧

**【译文】**

清澈的锦江一处弯曲的河段绕着村庄流过;夏日里,村中的一切都显得幽静安闲。

堂上的燕子自由自在地飞出飞进;水中的沙鸥相亲相近,相伴相随。

老妻在纸上画,是在画围棋棋盘;幼子敲打缝衣针,是在制作钓鱼钩。

我身体多病,所需要的只有药物;除此之外,我还能要求什么呢?

**【注释及有关提示】**①江:指锦江,岷江的支流,在成都西郊一段称浣花溪。一曲:河流弯曲的地方。《诗经魏风·汾沮洳》:"彼汾一曲。"(那汾河拐弯处。)抱:围绕,环绕。首联上句,描写自然环境,一个"抱"字生动地描绘出溪水围绕江村流淌的优美情态,也流溢出诗人生活于此江村的惬意。②长夏:农历六月为长夏,也泛指夏季。幽:幽静。首联下句抒发情感,"事事幽"三字,自然地吐露出对江村生活的各个方面的感觉。③自去自来堂上燕:主谓倒装,即"堂上燕自去自来"。④相亲相近水中鸥:即"水中鸥相亲相近"。领联,既是就地取材,又是精心选材:燕子,不仅与主人同居一室,而且在堂上飞来飞去,诗人以其自由地飞,衬托出主人居所的"幽";沙鸥,在村边的水中相亲相近,诗人以其没有受到任何惊扰地在水中嬉戏,衬托出居所周边的"幽"。⑤画纸,即"画于纸"。棋局:古时多指围棋棋盘。⑥稚子:幼儿。针:缝衣的用具。颈联,把镜头从村边的水中移回到家内,把描写对象由动物伙伴转换成家中亲人,一个是年长的妻子,一个是年幼的儿子,她们各自在神情专注地作适合他们年龄、身份的娱乐之事。⑦"多病所需唯药物"一句,有的版本也作"但有故人供禄米"。禄米:古代官吏俸给,皆以米计,因称禄米;此句中指朋友从自己的俸禄中分出资助杜甫的钱米。

**【阅读笔记·(1)各有侧重,各有千秋】**"多病所需唯药物"一句,有的版本是"但有故人供禄米"。两种版本所选,主旨上不是截然相反,艺术上除平仄外也无高下之别;两句中任何一句,都与下句衔接自然,也都能与整首诗融为有机的一体。只是选材各有侧重,表达各有千秋。

"多病所需唯药物"一句,侧重服药治病。这句并没有排除维持生计所必需的米粮,而是直接点出了困扰诗人最重的问题——缺药物。靠朋友资助买到药,治好病,能够健康地生活,也就别无他求了。所以从突出重点看,这句好。

"但有故人供禄米"一句,侧重吃米果腹,解决基本的温饱问题,而且不只是维持诗人一人的生活,而是要全家人都填饱肚子。这样的愿望,才更符合一家之主此外无所求的心境。所以,从全家的大局看,这句好。

⑧微躯:微贱的身躯,自谦之词。更(gèng):另,另外。何求:动宾倒装,即"求何"。

**【阅读笔记·(2)"更何求"是"无所求",还是"有所求"?】**"微躯此外更何求"一句所寓含的情感,非常复杂,不能以"有所求"或"无所求"而简单论之。从杜甫生活现状来看,应该是心满意足无所求。此前,最小的儿子活活饿死;家毁兵燹(xiǎn),兄弟离散;被困长安,夫妻分离;忠心事君,反遭贬官;弃官西游,历经颠沛;终得草堂,重获天伦。难道此时杜甫的"此外更何求"不是一种悠然自得、喜于现状的心情吗?由此看出,就个人利益而言,"更何求"真乃无所求。

然而,作为一个久负盛名的大诗人,却要依赖朋友资助才能维持生计,这平静的水面之下,难道没有酸楚凄凉的漩涡涌动吗?再者,杜甫不是一个庸人:当年是个"会当凌绝顶,一览众山小"的热血青年,是欲"致君尧舜上,再使风俗淳"的有志之士;晚年虽是漂泊零落得如"天地一沙鸥",而"大庇天下寒士俱欢颜,吾庐独破受冻死亦足"之初心未减丝毫。这样一位忧国忧民之士,怎能因自己暂得安宁之所、暂无饥饿之虞而心静情悠呢?这种表面无风无雨的闲淡,遮掩不住内心有志不得申的疾风猛雨。由此看出，就苍生利益而言，"更何求"还是有所求的。

【四联大意】

首联：描写江村优美的自然环境，总写"事事幽"的心理感觉。

颔联：分写幽静感觉之一——堂上的燕子、水中的沙鸥各自按照它们的本性自由地生活着。

颈联：分写幽静感觉之二——老妻在专注地画棋盘、幼子在认真地做钓钩。

尾联：表现诗人不求仕宦的平淡心境，也寓含着对政治理想不得实现的无奈和酸楚之情。

【艺术特色简介】（一）借景抒怀，表现了一种悠然自得的心情。

（二）结构独特。本诗突破了律诗四联间"起、承、转、合"的结构关系。首联以"事事幽"总起，颔联、颈联分别从景物之幽和人事之幽两个方面，承接首联。尾联以"此外更何求"一句，关合"事事幽"，总括全篇主题。四联的总体结构上呈"总——分——总"的关系。

## 190　春夜喜雨

【背景简介】这首五律写于上元二年（761）春。此时，诗人已在成都生活一年多。其间，他亲自耕作，种菜养花，加深了对春雨喜爱之情；而前不久（乾元二年，759 夏），华州及关中大旱给诗人造成的精神伤痛尚未消弭，一场滋润万物也滋润心灵的春雨悄然而至，于是诗人情不自禁地写下了这首喜气洋洋的诗。

【内容简介】生动地描绘了春天的雨景，抒发了无比喜悦的心情。

【原文】

好雨知时节①，当春乃发生②。
随风潜入夜③，润物细无声④。
野径云俱黑⑤，江船火独明⑥。
晓看红湿处⑦，花重锦官城⑧。

【译文】

好雨懂得时令节气，在春天（万物正需要雨水滋润）之时，它就来到了。

它随着春风悄悄地进入春夜，滋润万物，微细而且没有声音。

郊野，小路上空的云全是黑茫茫的；江上，渔船上的灯火却独自明亮。

天明，去看那红花被雨水淋湿的地方，（就会见到）整个成都饱吸雨水的红花都显得沉甸甸的。

**【注释及有关提示】**①时节：时候，节令。②当：在（某个时间）。发生：萌发，滋长。③潜（qián）：偷偷，悄悄。杜甫《哀江头》："少陵野老吞声哭，春日潜行曲江曲。"〔少陵野老（杜甫自称）忍气吞声地哭泣，春日里偷偷地来到曲江隐曲之处。〕④细：细小，微细。⑤野径云：郊野小路上空的云。⑥江船火：江上渔船上的灯火。火，火把、蜡烛等照明用具。此处不用"灯"而用"火"，是因为平仄声律方面需要一个仄声字，而且"火"比"灯"更醒目。⑦晓：天明。⑧重（zhòng）：分量大。锦官城：成都的别称，三国蜀汉管理织锦之官驻此，故名。尾联写饱含雨水的鲜艳的红花，绽放在整个锦官城，是以点带面：城里的红花如此，而那田间的禾苗，山上的树木等等，经春雨滋润、洗涮之后还不全都呈现一派清新美丽的景象吗？

**【四联大意】**

首联：写春雨懂得人心，适时而至。

颔联：写春雨毫不张扬，默默奉献。

颈联：写下春雨时室外的夜景。

尾联：写雨后早晨整个锦官城的红花经雨水浸润得又湿又重的想象之景。

**【艺术特色简介】**（一）"好"字总领，多角度赞颂。开篇第一个字就以一个响亮的"好"字，对这场春雨加以概括赞颂。当联就拟人化地赞颂她知道时令节气，正当万物需要她的时候，她就如期而至了。颔联写她之所以是"好雨"，是因为她不仅懂得时节，而且有不事张扬、悄悄做好事的美德。颈联写郊野之景，实际从"云俱黑"透露出的信息看，是说她不是随着一阵风飘过就停止了，而是要下好大一阵子。尾联写想象之景，用最能代表春色的红花被春雨滋润的情景，总结性地赞颂了"好雨"确确实实"好"。

（二）融情于景。题目中"喜"的字眼，未在诗歌正文里出现，但是在对春夜好雨的描绘、赞颂中，从头至尾，字字句句无不自然流溢出诗人的喜悦之情。

（三）用词通俗而表现力强。以"好""潜""润""细"等词表现春雨的品性、特点，十分细腻、准确。

191 客至

**【题意简释】**杜甫在题后自注："喜崔明府相过"（高兴于崔县令来看望我）。明府，唐人对县令的美称。崔明府何人,无考定。

【背景简介】唐肃宗上元二年（761）诗人历尽颠沛流离之后,终于结束了长期漂泊的生涯,在成都西郊浣花溪头盖了一座草堂,暂时定居下来了。不久,客人来访,诗人即以此题材作了这首七律。

【内容简介】这首诗具体生动地描述了接待客人的全过程,表现出诗人诚朴的性格和喜客的心情。

【原文】

舍南舍北皆春水,但见群鸥日日来①。

花径不曾缘客扫,蓬门今始为君开②。

盘飧市远无兼味③,樽酒家贫只旧醅④。

肯与邻翁相对饮⑤,隔篱呼取尽馀杯⑥。

【译文】

房舍的南面、北面都是不停流淌的春水,（但是）天天只见一群群鸥鸟飞来。

花间小路不曾为迎接客人打扫过,而今天为迎接崔君而打扫;蓬草之门不曾为迎接客人打开过,而今天才为迎接崔君而打开。

（因为）离街市远,（所以）盘中的菜肴只是一种;（因为）家境贫穷,（所以）杯中的酒只是未经过滤的隔年的旧酒。

（主客二人喝到高兴时）恰好可以与邻居的老翁一同对饮（增加兴致）,（于是）隔着篱笆（把老翁）喊过来,（大家一起）喝光了家中剩余的酒。

【注释及有关提示】①但:只。"但见群鸥日日来"的弦外音是不见人类的来访者,含蓄地表现出诗人寂寞的心情。首联描写僻静的环境,映衬出孤独寂寞和盼望客人来访的心情,为下文直接表现"喜客"心情,巧妙地做好了反衬性的铺垫。②始:才。颔联用互文的修辞方法,简洁而突出地描写出一反惯常的慵懒"自闭"的生活方式,为迎接自己看重的客人而扫径开门的情景,具体形象地表现出对客人来访的欣喜。③飧（sūn）:泛指熟食。兼:同时具有或涉及几种事物。④樽（zūn）:酒樽,酒杯。旧:指酒不新鲜,不等于现在的陈酿的老酒之"老"。由于制作方法等原因,在唐朝,新酿才是好酒,如白居易的"绿蚁新醅酒"（酒面泛起像绿色蚂蚁般酒渣的新酿的酒）。醅（pēi）:未经过滤的酒。这两句是杜甫对客人说的家常话,表现出对客人竭诚尽意的盛情及力不从心的歉意。这两句的句法是格律诗错位句法的一种,即在主谓结构中插进一个词或词组,成为"盘飧(市远)无兼味,樽酒(家贫)只旧醅",而这两句所插进的词组的"正位"应分别在句首,为"(市远)盘飧无兼味,(家贫)樽酒只旧醅",这又连带出紧缩的句法,其常式句为"(因)市远,(故)盘飧无兼味;(因)家贫,(故)樽酒只旧醅"。从内容到形式,把两句结合起来看,就知这两句也是用了互文的修辞手法。"无兼味"不只因为"市远",根本还是因为"家贫"。因为在唐代若家富,请客吃饭,不必亲自到酒楼,酒楼可派人把酒菜送到府邸。同理,"只旧醅"除"家贫"外,"市远"也是个原因。因此,综合考虑句法的错位、紧缩及修辞的互文,这两句可这样理解:(因)市远、家贫,(故)盘飧无兼味、樽酒只旧醅。⑤肯:恰好。苏轼《听武道士弹贺若》:"清风终日自开帘,凉月今宵肯挂檐。"(清爽的风整天吹得窗帘自动地打开着,清凉的月光今宵恰好像窗帘一样挂在屋檐上。贺若,琴曲名)这里的"恰好"有两点原因:一是主客都喝到高兴而尚未尽兴之时,把邻居的老头喊过来(不是"请过来",足见其关系融洽)对饮以尽兴;第二大概是杜甫与老头话桑麻以愉心情,崔明府顺便了解点民俗民情。⑥杯:借代家中的酒。用"杯",一是押韵,二是与前面提及的"蓬门""无兼味""只旧醅"在家境上、氛围上吻合一致。

**【阅读笔记·主客投机,邀邻尽兴】**尾联的内容,不是主人询问客人的话,因为句子是肯定语气,而不是询问语气。若是主人询问客人,则句子大致为"肯与邻翁对饮否?"。这是主客二人为尽酒兴而再叫一老翁同饮的共同行为。主、客的这个共同的举措把席间的气氛推向高潮,生动地表现出两位挚友越喝酒意越浓、越喝兴致越高的情景。诗歌因跳跃法而省去了很多有趣的内容:虽然菜肴单一、酒不新鲜,但是二人感情相投,越喝越来劲了,兴致之至,于是把篱笆那面的老头喊了过来,三人一起喝光了家中剩余的酒。

**【四联大意】**

首联:盼望客人。

颔联:迎接客人。

颈联:招待客人。

尾联:邀邻尽兴。

## 192 茅屋为秋风所破歌

**【题意简释】**茅屋为秋风所破:茅屋被秋风吹破。为(wéi)……所:被动格式。

歌：古诗体裁，与"行"并称"歌行"体。

**【背景简介】**唐肃宗上元二年（761）八月的一天，秋风卷走了杜甫浣花溪畔草堂上的许多茅草，晚上又下了一场持续很久的大雨，使得屋内没有干燥的地方。面对苦难的处境，诗人长夜难眠，感慨万千，不只哀叹自己的遭遇，还进一步联想到天下寒士，写下了这首忧国忧民的诗。

**【内容简介】**这首诗精细地描写了自己的茅屋被秋风吹破及屋漏难挨长夜的情景，表达舍己为人的坚定态度，反映了诗人的崇高理想和博大胸襟。

**【原文】**

八月秋高风怒号①，卷我屋上三重茅②。

茅飞渡江洒江郊，高者挂罥长林梢③，下者飘转沉塘坳④。

南村群童欺我老无力，忍能对面为盗贼⑤，公然抱茅入竹去⑥。

唇焦口燥呼不得⑦，归来倚杖自叹息。

俄顷风定云墨色⑧，秋天漠漠向昏黑⑨。

布衾多年冷似铁⑩，娇儿恶卧踏里裂⑪。

床头屋漏无干处⑫，雨脚如麻未断绝⑬。

自经丧乱少睡眠⑭，长夜沾湿何由彻⑮！

安得广厦千万间⑯，大庇天下寒士俱欢颜⑰，风雨不动安如山⑱！

呜呼⑲！何时眼前突兀见此屋⑳，吾庐独破受冻死亦足㉑！


**【译文】**

八月秋深，狂风大声吼叫，狂风卷走了我屋顶上好几层茅草。

茅草飘飞过江洒落在岸边的郊野，飞得高的茅草缠绕悬挂在高高的树梢上，飞得低的茅草飘飞旋转于深深的池塘中。

南村的一群儿童欺负我年老没力气，竟忍心当面做抢劫东西的人，明目张胆地抱着茅草跑进竹林里去了。

（我喊得）唇焦口燥还是喝止不住，回到家后拄着拐杖独自叹息。

不久，风停了，云呈现像墨一样的黑色，秋季的天空阴沉迷蒙，（天）快黑了。

布被子盖了多年又冷又硬像铁板似的，爱子睡觉姿势不好把被里子蹬破了。

屋内不论是床头处，还是西北角，没有一点儿干燥的地方，雨点像下垂的麻线一样密集，还正在下。

自从经过安史之乱后,我的睡眠时间就很少了,长夜漫漫,屋子被淋湿了凭借什么挨到天亮?

如何能得到千万间宽敞的大屋,全部庇护天底下贫寒的读书人,(让他们)都喜笑颜开,(那千万间广厦)在风雨中也岿然不动,安稳得像山一样。

唉!什么时候眼前出现这样高耸的房屋,即使我的茅屋被秋风吹破我受冻而死,也心甘情愿!

【注释】①秋高:秋深。怒号(háo):大声吼叫。②三重(chóng)茅:几层茅草。三,泛指多。③高者挂罥长林梢:省介词"于",即"高者挂罥(于)长林梢"。者:的茅草。挂罥(juàn):缠绕悬挂。长(cháng):高。④下者飘转沉塘坳:省介词"于",即"下者飘转(于)沉塘坳"。下:低。飘转(zhuàn):飘飞旋转。沉:深。塘坳(ào):池塘。⑤忍:残忍,忍心。对面:当面。盗贼:抢劫、杀人的人。⑥公然:明目张胆,毫无顾忌。⑦呼不得:喝止不住。

【阅读笔记·(1)真把群童当盗贼吗】从屋顶吹飞的茅草,许多无法收集,而那些还能收集的茅草,却被一群顽童公开抢走,抱入竹林。主人追赶不上,喝止不住,只好倚仗叹息。值得辩思的是,诗人不惜花大笔墨写顽童恶作剧的情景,是真的把矛头对准这些顽皮的"盗贼"吗?顽童们公开抢走的是些不值钱也没有玩赏价值的东西,大概他们也不想抱回家中据为己有,只是抱到竹林里让老头追不上、找不到,戏耍着老头玩罢了。而诗人越是想"抢回"那些茅草,越是写自己老而无力却还费力追赶,越是写自己唇焦口燥却喝止不住,就越衬托出那些不值钱的东西对自己是多么重要,从而也就非常形象地衬托出诗人的贫困,进而也就与之前所写的秋风破屋、之后将写的秋雨密注、长夜难熬等许多情节一起为最后令人震撼的抒情埋下伏线。

⑧俄顷(qǐng):不久,一会儿。⑨漠漠:迷蒙的样子。向昏黑:(天)快黑了。向,临近,将近。黑,古音读hè,与"裂""绝""彻"押韵。⑩布衾(qīn):布质的被子。⑪恶卧:睡相不好。

【阅读笔记·(2)一石三鸟】"娇儿恶卧踏里裂"这个看似不经意地细节描写,却是别具匠心。一是在"布衾多年冷似铁"基础上突出寒夜难熬;二是流溢出一个父亲不能照顾好娇儿的隐痛;三是暗为后文才提及的愿为天下寒士(及其娇儿)有广厦大庇而自己受冻独死亦心甘埋下伏线。

⑫屋漏:房子的西北角。古人设床在屋的北窗旁,因西北角上开有天窗,日光由此照射入屋,故称屋漏。"床头屋漏",不是并列关系的"床头和屋漏",而是选择

关系的"不论床头,还是屋漏"。⑬雨脚:密集落地的雨点。⑭丧(sāng)乱:战乱,指安史之乱。⑮沾湿:被淋湿。何由:介宾倒装,凭借什么。彻:通,指到天亮。⑯安:怎么。得:得到。广厦(shà):宽敞的大屋。⑰大庇(bì):全部遮盖、掩护起来。庇,遮盖,掩护。寒士:贫苦的读书人。欢颜:欢悦,开颜。⑱风雨不动:广厦在风雨中不动。承前省略主语"广厦","风雨"是状语。⑲呜呼:叹词,此处表示感慨。⑳突兀(wù):高耸的样子。见(xiàn):通"现",出现。㉑庐:简陋的房屋。亦:也。有人说,"亦,一作'意'",是错误的。因为,这是个"即使……也"格式的假设兼转折的复句,所以,若把"亦"换成"意",就成病句了。

**【段落大意及有关简示】**

第一节(八月秋高……沉塘坳),精细描写秋风吹破茅屋的情景。一个"怒"字,把秋风拟人化;"三重茅"以数量之多显示危害之大,进而显示出房屋主人的无比揪心和万分焦急。那些被卷走的茅草,有的远飘江郊,有的高挂林梢,有的低沉塘坳,令人替主人感到可惜、焦急和无奈。

第二节(南村群童……自叹息),生动描写茅草被吹走的次生灾害——顽童抱茅入竹,诗人追赶不上、呼喊不止的无奈情。详细描写顽童恶作剧的情景,是不露痕迹的言在此意在彼的巧妙艺术。

第三节(俄顷风定……何由彻),具体描写屋破雨密、长夜难挨的痛苦情况。诗人描写布衾似铁里又裂,屋漏偏遭连夜雨这些天灾方面的物质性困苦,特别是"自经丧乱少睡眠"这种人祸带来的精神痛苦,形象地展露了长夜难熬的情景。

第四节(安得广厦……死亦足),诗人推己及人,抒发忧国忧民的情感。诗人不仅由己及人,联想到天下寒士的类似处境,而且舍己为人,把自己的情感、精神推进到那个时代空前的境界——若能大庇天下寒士俱欢颜,自己即使死,也死而无憾了。

**【艺术特色简介】**句子长短不齐,每段句数不等,全诗用韵多变。杜甫正是有意以这种参差错落、押韵多变的形式,表现自己坎坷不平的生活和悲愤起伏的心情。

**【阅读笔记·(3)反复铺垫凸显主旨】**

诗人不厌其详地描写各种细节:自己茅草房上的茅草被秋风吹走了多少、它们飘飞的各种姿态、它们沉落的不同地点;南村顽童恶作剧的镜头、老头追赶呼喊都无济于事的窘状、归来倚仗叹息的无可奈何;风定天黑的具体情景;被子保暖效果极差的形象比喻、娇儿把被子里踏破的心酸;房子各个角落没有一处干燥的情景,秋雨密集不停的状况;长夜失眠难以挨到天亮的痛苦。诗人把秋风秋雨带给自己的各种苦难详加描述并推至高峰，正令人因哀其不幸而唏嘘时，诗人突然慷慨响亮地宣布：为了天下寒士免受贫寒俱欢颜，那么即使自己的茅屋独自破了，自己独自忍受寒冷，甚至自己一人死了，也心甘情愿！读完全诗，人们恍然明悟：诗人详细描写自己的不幸遭遇，不只是申诉一己之悲苦，而更是为了有力地表达忧国忧民的真情。

### 193　赠花卿

【题意简释】花卿：指花敬定，唐朝武将，是成都尹崔光远的部将。杜甫《戏作花卿歌》中有句为"成都猛将有花卿，学语小儿知姓名"（成都有员勇猛的将领是花先生，连牙牙学语的小孩子都知道他的姓名）。卿：对人表示亲热或尊敬的称呼。

【背景简介】此诗约作于唐肃宗上元二年（761），此时杜甫寓居成都。

【原文】

锦城丝管日纷纷①，半入江风半入云②。
此曲只应天上有③，人间能得几回闻。

【译文】

锦官城的音乐整日纷纷地演奏，那美妙的乐音轻轻地荡漾在江风之中，悠悠地升入到白云之间。

如此美妙的乐曲，只应该天上才有，世间的平民百姓，一生中能听到几回？

【注释及有关提示】①丝管：弦乐器与管乐器，此指代音乐。纷纷：繁多的样子。②半入江风半入云："半入"，并非数量上的各半，"半入江风"，是以声随风飘，形容乐声悠扬；"半入云"，是以声高入云，形容乐调高亢。③天上：天宫、瑶池等；代指皇宫。

【阅读笔记·"讽刺"说有理由，"赞美"说有根据】对这首七言绝句的主旨，历来异议颇多。概而言之，不外两种：一、表面上是赞美乐曲，实际上含有讽刺、劝诫的意味；二、只是赞美乐曲，并无弦外之音。为助小读者增加阅读兴趣，将"讽刺"说和"赞美"说所持理由集要整理，分列两则，供小读者辨析参考。

（一）《赠花卿》的主旨是委婉讽刺僭越行为。

花敬定曾因平定段子璋之乱，而立大功，但是居功自傲，骄恣不法，放纵士卒大肆掠夺东蜀百姓财物。他目无朝廷，僭（jiàn，超越本分）用天子音乐。杜甫赠此诗予以委婉的讽刺、劝诫。杜甫并没有对花卿名言指摘，而是采用了一语双关的巧妙手法。字面上看，这就是一首十分出色的乐曲赞美诗。然而，此诗的实质是寓讽于谀，意在言外。"天上"，是天子所居的皇宫；"人间"，是皇宫之外的地方。道理上，只应在"天上"所有的乐曲，不应在"人间"得闻；事实上，不仅在"人间"得闻，而且"日纷纷"。这样，就通过亮出这种道理与事实的矛盾对立而把作者的讽刺之旨委婉而确切地显现出来了。

（二）《赠花卿》的主旨是巧妙赞美乐曲动听。

说花敬定僭用天子音乐只不过是推论，可惜所推论的依据有几点欠实：一、难道"天上"就一定是指人间的"皇宫"吗？"天上"就不能指"天宫"或"瑶池"吗？"天上的曲子"就一定是皇帝享用的音乐吗？"天上的曲子"就不能比喻皇宫外之人演奏的音乐吗？二、花卿是花敬定还是一歌伎之争姑且不管，诗人写一首诗赠人就一定是讽刺所赠之人吗？三、花卿的家及其实力有那么大吗？那可是整个"锦城丝管日纷纷"啊！而天子之乐，又是何等规模，何等仪式，花敬定就是想僭用，他有这个能力吗？再说，就算花敬定有这个能力，杜甫就抹不开面子了吗！杜甫可是在朝廷做过掌管谏议的官啊，而且他也不是尸位素餐，他可是刚刚因为不顾触怒龙颜上书而被贬出朝堂的。难道面对僭用天子音乐这样极为严重的政治问题，凭杜甫这样一个一生念念不忘"致君尧舜上，再使风俗淳"的人，就只是不疼不痒地讽刺一下，就不了了之了吗？

总之，杜甫这首七绝，前二句形象地描写成都音乐的繁盛，后两句夸张地赞扬乐曲的优美。

194　江畔独步寻花七绝句·其六

【题意简释】江：此指锦江支流浣花溪。独步：独自散步。

【背景简介】唐肃宗上元元年（760），杜甫饱经离乱之苦后，终在四川成都西郊浣花溪畔建成草堂，暂得寓居之所。翌（yì）年，春暖花开，杜甫本想"走觅南邻爱酒伴"（到南邻寻找酷爱饮酒的伙伴），不料爱酒伴"经旬出饮独空床"（外出饮酒已经十余天了，室内独有空空的卧床），只好独步江畔寻花游赏。

【内容简介】诗人游赏（或远望）五处，赋诗七首。第一首写独步寻花的缘起，第二首写在江滨所见花景，第三首写竹林中两三户人家的花景，第四首写遥望成都小城所见的花景，第五首写黄师塔前的花景，第六首写黄四娘家的花景，最后一首总结。七首自成章法，又同为一体，构成"江畔独步寻花"的连环画。第六首通过描写江畔寻花至黄四娘家所见所闻的繁花盛开、彩蝶飞舞、娇莺欢唱的情景，渲染出美丽热闹的春色，流露出自己陶然沉醉的喜悦心情。

【原文】
黄四娘家花满蹊①，千朵万朵压枝低②。
留连戏蝶时时舞③，自在娇莺恰恰啼④。

【译文】
黄四娘家鲜花盛开，遮满院外小路；千万朵盛开的花把花枝压得弯弯地低垂下来。
花间的蝴蝶留恋不舍，时时飞舞；花间的娇莺自由自在，恰恰啼鸣。

【注释及有关提示】①黄四娘：唐代以姓氏后加行第为尊称，妇女则在行第后再加一"娘"字。蹊（xī）：小路。②千朵万朵：不仅是数量多，而且是分量重。由"压枝低"见出，"朵"字不仅表示量，而且表示态。朵，是花苞。此时的花，如果是花蕊初萌之态，定然不会把花枝压弯。能把花枝压弯，一是数量多，二是分量重，所以此时的花态是盛开或含苞待放。

【阅读笔记·谁家的花？谁家的蹊】杜甫这首诗中的"花"是黄四娘家的似乎不应有异议，但是说"黄四娘家的周围的小路上开满了缤纷的鲜花"，言外之意"花"不是黄四娘家的。杜甫这首诗中的"蹊"不是黄四娘家的似乎也不应有异议，但是说"首句点明寻花的地点，是在'黄四娘家'的小路上"，言外之意"蹊"是黄四娘家的。

谁的花、谁的蹊的问题模糊，也就难以体味到首句、次句描写的精妙所在。关于"花"和"蹊"，首句交代得很明确，描写得很艺术：花，是长在黄四娘家院内的，因为多，有些花隔着矮墙（或篱笆）开满在院外的小路上，这很能令人想到"春色满园关不住，一枝红杏出墙来"的韵味。如果说首句是描写黄四娘家花多的总体状况，那么次句"千朵万朵压枝低"就是对"花满蹊"的原因和情态的具体揭示和描写。

③留连戏蝶时时舞：主谓倒装（"留连"是连谓式的第一个谓语。当然，"留连"也可视为"舞"的状语，如此就不是主谓倒装，而是状语置主语前），常式为"戏蝶留连时时舞"。倒装的句法，突出了蝴蝶留恋不舍、时时飞舞的形象，从而巧妙地虚映出画面中看不出的花的芬芳。留连：留恋不舍。④自在娇莺恰恰啼：句法与第三句相同，把谓语"自在"置于主语"娇莺"前，突出了娇莺自在逍遥的情态，从而巧妙地衬托出花的鲜妍。自在，不受拘束。娇：美好可爱。恰恰：形容声音和谐。

【诗句简析】首句：描写黄四娘家繁花盛开的概况。
次句：具体描写繁花满枝和花朵沉甸甸的优美景色。

第三句：以蝴蝶在花间的戏耍飞舞衬托出花的芬芳。

末句：以娇莺在花间欢跳鸣唱衬托出花的鲜妍。

**【艺术特色简介】**语句自然明快，描写细腻，画面艳丽且充满生趣。

195　戏为六绝句·其一

**【题意简释】**戏为：此指随意戏作（诗文书画）。杜甫以小诗发大议论，褒贬有据，态度严肃，但是为何于诗题冠一"戏"字呢？这当然不是为了游戏娱乐。首先，杜甫不以导师自居，于诗题冠一"戏"字，是一种自谦的艺术。其次，诗中对"嗤点"者、"轻薄为文"者的批评毫不客气，而诗题冠一"戏"字，则冲淡一下教训性。

**【背景简介】**这组诗大约写于唐代宗宝应元年（762），当时文学界存在着文人相轻、夜郎自大、厚古薄今等弊病。

**【内容简介】**在我国文学史上以绝句这种体裁论诗，是杜甫的首创。杜甫这六首绝句既是文艺批评，也是他诗歌创作的经验总结。第一首，赞扬庾信，讽刺"嗤点"前贤的人。

**【原文】**
庾信文章老更成①，凌云健笔意纵横②。
今人嗤点流传赋③，不觉前贤畏后生④。

**【译文】**
庾信的文章到了老年就更加成熟了，笔力高超雄健，文思纵横奔放。

当今的人讥笑庾信留下的文章；（可是，我却）不觉得前贤（若活着）会敬畏你们这般后生。

**【注释及有关提示】**①庾信：南北朝时期著名诗人。文章：泛指文学。成：成熟。②凌云健笔：高超雄健的笔力。意：思想，此指文思。纵横：奔放。③今人：与杜甫同时的一些人。嗤点：讥笑、指责。流传赋：指庾信流传下来的文章，如《哀江南赋》等。赋，兼具诗歌和散文特点的一种文体。④畏后生：即孔子说的"后生可畏"。后生，诗中指"嗤点"庾信的人。杜甫是说"后生"的一部分不"可畏"，即借假设的前贤的态度表达自己对嗤点者（"后生"的一部分）的斥责态度。这个句子以"后生可畏"为话题，浓缩了一个转折的意思：虽然"后生可畏"，但是前贤并不会敬畏你们这般后生。

【诗句简析】前两句：高度赞扬庾信老年时更加成熟的奔放的文思和凌云的文笔。

后两句：尖锐斥责嗤点前贤的人。

【艺术特色简介】鲜明的对比。前贤之"凌云""纵横"与"后生"之"嗤点"形成鲜明对比，使"后生"的轻狂，不揭自露。

196　戏为六绝句·其二

【内容简介】正确评价初唐"四杰"及其作品的历史地位，痛斥讥笑"四杰"的轻薄者。

【原文】

王杨卢骆当时体①，轻薄为文哂未休②。

尔曹身与名俱灭③，不废江河万古流④。

【译文】

王杨卢骆的诗文正是代表初唐时期诗文风格的，轻佻之人写文章讥笑他们还没有停止。

你们这些人（就算一直讥笑"四杰"到你们）身与名都消失了，也不会使"四杰"的作品像万古奔流的江河那样停止流淌。

【注释及有关提示】①王杨卢骆：王勃、杨炯、卢照邻、骆宾王。这四人都是初唐时期著名的作家，时人称之为"初唐四杰"。当时体：那个时候诗文的体裁和风格。②轻薄为文：指当时人批评"四杰"的话。例如《旧唐书·文苑传》所载裴行俭的话："勃等虽有文才，而浮躁浅露。"再如当时有人嘲讽杨炯为"点鬼簿"，嘲讽骆宾王为"算博士"。宋代魏庆之《诗人玉屑》引《玉泉子》（唐·无名氏）语："王、杨、卢、骆有文名，人议其疵曰：'杨好用古人姓名，谓之点鬼簿，骆好用数对（用数字为对），谓之算博士。'"轻薄（bó）：轻佻（tiāo），浮薄。哂（shěn）：讥笑。③尔曹：你们这些人。曹，辈。④废：停止。此处是使动用法，使……废。江河万古流：借喻包括四杰在内的优秀作家的名字及其作品将像长江黄河那样万古流传。三、四句是个假设兼转折的复句，即"尔曹（即使）……（也）不废……"。

【艺术特色简介】褒贬态度分明，对比效果鲜明。"当时体"是不脱离时代环境的准确肯定，"哂未休"是对诋毁者的强烈斥责。最后两句更是在截然相反的结局中极大地嘲讽了"轻薄为文"者，热情地赞颂了包括"初唐四杰"在内的历史上的优秀作家及其作品。

### 197 两个黄鹂鸣翠柳（绝句四首·其三）

【背景简介】唐代宗宝应元年（762），杜甫的好友成都府尹（yǐn，长官）严武入朝，剑南兵马使徐知道以成都为据点叛乱，杜甫为避乱而迁往梓州（今四川省三台县）。叛乱平定后，唐代宗广德二年（764）严武重回成都任职，写信邀请杜甫，于是杜甫复归成都草堂。当"三年奔走空皮骨"后，杜甫再得安宁生活，更觉草堂春色可爱，于是情不自禁，写下四首七绝。

【内容简介】这首七绝描写了草堂周围明媚秀丽的春天景色。

【原文】
两个黄鹂鸣翠柳①，一行白鹭上青天②。
窗含西岭千秋雪③，门泊东吴万里船。

【译文】
两只黄鹂在翠绿的柳树间鸣叫，一行白鹭直冲向蔚蓝的天空。
透过窗子可看见西岭千年不化的积雪，门口停泊着从东吴开来的万里航船。

【注释及有关提示】①黄鹂：鸟名，即黄莺。②白鹭：亦称"白鹭鸶"，全身羽毛雪白，能振翅高飞，喜群居。③西岭：即西岭雪山，位于四川省成都市大邑县境内，是距离成都市区最近的雪山。④东吴：三国时吴国，因地处江东，又称东吴。

【艺术特色简介】（一）对仗工整。绝句的"绝"是"断"的意思。写绝句可任意断取律诗的任何两联。这首绝句恰好像断取了律诗要求必需对仗的中间两联。这两联所写事物及其情态、数量、颜色对仗得极为工整。前两句还分别是当句对。首句的"黄"与"翠"相对，次句的"白"与"青"相对，使色彩更加分明艳丽。

（二）此诗是"一句一绝格"，即一句一景，四景分别是黄鹂、白鹭、积雪、泊船。四景各自独立，合之构成一幅明净绚丽、开阔远大的春景图。

（三）这是一首以画入诗的佳作。首句，有声有色，以清脆欢快的鸣声及对比鲜明的色彩营造出绚丽优美的意境。次句，一行白鹭直飞青天的阔大画面，流溢出诗人自由奔放昂扬向上的情怀。第三句，一个"含"字变远为近，缩巨为微，像是把一幅雕刻而成的山水画镶嵌在窗框中一样。第四句，"泊"是眼前的，"万里"是画面外的，这样虚实结合，既把视线推移到"东吴"，又表现出诗人平定战乱的期盼和视通万里的胸襟。

### 198　迟日江山丽（绝句二首·其一）

【背景简介】这两首五言绝句的创作背景与"两个黄鹂鸣翠柳"等四首七言绝句的创作背景相同，都是在重返成都草堂、生活暂得安定后写的。但是漂泊之人，对景感怀，总难抑制思乡之情，所以又不免发出不知归年的慨叹。

【内容简介】第一首，诗人细致刻画出一幅亮丽绚烂而又宁静祥和的春光图，表现了自己的安适欢悦的情怀。

【原文】
迟日江山丽①，春风花草香②。
泥融飞燕子③，沙暖睡鸳鸯④。

【译文】
春天阳光照耀下，山河显得格外秀丽，和煦的春风送来花草的馨香。
泥土融化了，燕子飞来飞去忙碌地衔泥筑巢；被太阳晒得暖暖的沙滩上，鸳鸯正悠闲地栖息着。

【注释及有关提示】①迟日：春日，用典，语出《诗经·国风·豳风·七月》或《诗经·小雅·出车》"春日迟迟"。用"迟"既有典出，更为与下句的"春"避复。②：次句以看不见的"春风"为背景，又让人通过嗅觉，感到春风的"习习"之态。③泥融：泥土融化。④沙暖：江边的沙滩被太阳光晒得暖暖的。鸳鸯：一种水鸟，雄鸟与雌鸟常双双出没。

【诗句简析】首句：以"春日"为底色，粗笔勾勒出阔大明丽的江山图。

次句：以"春风"为媒介，通过馨香写出了花草的繁盛。

第三句：通过（泥土）"融"和（燕子）"飞"之间的关系，巧妙地写出了燕子飞来飞去衔泥筑巢的情景。

末句：不事修饰而又精妙地写出了鸳鸯恬静地享受日光浴的情景。

【艺术特色简介】（一）意境亮丽，格调清新，对仗工整。

（二）此诗是"一句一绝格"，即一句一景，各自独立，合之构成一幅明净绚丽的春景图。四景分别是江山（丽）、花草（香）、燕子（飞）、鸳鸯（睡）。需要注意的是，不要把"迟日""春风"看成一、二句中的景，因为它们不是"一句一绝"

中的具体的景，而是整个春光图中的背景。

### 199　江碧鸟逾白（绝句二首·其二）

【内容简介】第二首极力描绘暮春五彩斑斓的优美景色，抒发游子思亲怀乡的思想和感慨。

【原文】
江碧鸟逾白①，山青花欲然②。
今春看又过③，何日是归年④。

【译文】
江水碧绿衬托得水鸟更加洁白可爱；山峦青翠衬托得红花更加红艳，好像要燃烧起来。

今春转眼又要过去了，什么时候才是回乡的那一年！

【注释及有关提示】①逾（yú）：更加。②然：燃烧。"燃"的古字。③看：转眼。④日：泛指某一时间。

【艺术特色简介】（一）写景精妙。诗人挥动如椽巨笔，以寥寥十字就描绘出一幅蜀中山川大画卷。诗人主要聚焦江、鸟、山、花四种景物的色彩。巧妙之处在于，既以彩笔濡染四种景物自身的色彩：江水碧绿，江鸟洁白，山峦青翠，山花火红；又使色彩相互衬托，相映生辉，使整个画面更加斑斓绚丽，流光溢彩。

（二）抒情独特。以乐景写哀情。诗人先极力写春景的美好，然后抒发归乡无望的忧愁，客观景物与主观情感形成强烈反差，有力地突出了乡思之深厚。

（三）对比鲜明。诗中写时间流逝之迅疾与归乡时日之难期形成鲜明对比，从而深刻地表现了诗人悠悠的乡愁。

### 200　闻官军收河南河北

【题意简释】闻：听说。官军：指唐朝军队。河南、河北两地收复虽然跨年度，但是具体时间只是相隔一至三个月，在当时通讯条件下，杜甫可能是同时听到两地收复消息的。

【背景简介】唐代宗宝应元年（762）冬季，官军在河南洛阳附近大败叛军，顺势收复洛阳和郑州、汴州等州，叛军首领纷纷投降。翌年，唐代宗广德元年（763）正月，史思明的儿子史朝义兵败自缢,其部将田承嗣、李怀仙等相继投降,官军收复河北,至此,持续八年之久的"安史之乱"宣告结束。此时,流寓蜀地梓州、饱经战乱之苦、年逾半百的杜甫,忽闻捷报,欣喜若狂,挥笔疾书,写下这首感情洋溢、脍炙人口的名作。

【内容简介】这首诗生动地描写了自己及家人听到叛乱平定的消息后喜极若狂的情态,畅想了伴着融融春光返回家园的美好情景。

【原文】
　　剑外忽传收蓟北①,初闻涕泪满衣裳②。
　　却看妻子愁何在③,漫卷诗书喜欲狂④。
　　白日放歌须纵酒⑤,青春作伴好还乡⑥。
　　即从巴峡穿巫峡⑦,便下襄阳向洛阳⑧。

【译文】
　　剑门外忽然传来官军收复蓟北的消息,初闻喜讯高兴得泪水沾满衣衫。

　　再看,妻、儿的忧愁在哪里呢?她们胡乱地卷着诗册、书卷,已是欣喜欲狂(哪还有忧愁?)。

　　太阳照耀,应该放声高歌,开怀畅饮,春光明媚,恰好作伴,返回故乡。

　　(那就)立即从巴峡穿过巫峡,(接着)就下襄阳,奔向洛阳。

【注释及有关提示】①剑外:剑门关以南,也称剑南,代指蜀地。蓟(jì)北:蓟州以北,今河北北部地区,是安史叛军的老巢所在。②涕(tì):眼泪。裳(cháng):古人穿的下衣,裙的一种。③却:再。解作"回"也通,但是与下句的"漫"词性不谐。妻子:妻子和孩子。愁何在:愁在哪里呢?是疑问句,不是反问句;若解为反问句,则既不合诗歌自身逻辑,又大减诗味。诗人于下一句用妻儿的具体行为,形象地回答她们不仅愁容顿消,而且欣喜欲狂。何在:动宾倒装,在哪里。④漫:胡乱,随意。卷:读 juǎn。这句是说杜甫的妻、儿已经迫不及待地整理行装准备返回家乡了。⑤白日:太阳。须:应当。纵酒:开怀痛饮。⑥青春:春季。《楚辞·大招》:"青春受谢,白日昭只"〔春季承接着(冬季的)离去(而降临),太阳(多么)明亮啊。谢,消失。昭,明亮。只,句末语气词,啊。〕⑦即(jí):立即。巴峡:指巴县(重庆)以东江面的石洞峡、铜锣峡、明月峡,水程九十里。巫峡:长江三峡之一,因穿过巫山得名。⑧便:于是,就。下:往,到……去。通常指由西往东,由北往南,由上游往下游。襄阳:今属湖北省。洛阳:中国古都之一,今属河南省,隋、唐等朝曾以此为陪都。

杜甫于该诗"洛阳"（竖行）下自注"余田园在东都"。"东都"，即指洛阳。

【四联大意】

首联：写自己听到收复蓟北的消息后悲喜交集、泪沾衣衫的情景。"忽传"，深刻地写出了在年复一年颠沛流离的煎熬中，日复一日对和平生活的期盼中，终于炸响了一声春雷的情景。"初闻"真实地写出了瞬间迸发的感情波涛。

颔联：承首联写完自己，情不自禁地自问自答地写妻儿之愁烟消云散，而且还在打点行装，准备返乡的情景。

颈联：承上二联写在这全家狂喜之时应该放歌抒情，饮酒庆祝，然后趁着春光融融返回故乡。

尾联：承上三联，勾画水、路行程，以"即""穿""下""向"等词描绘了轻快的归途情景，突出了似箭的归心。

【艺术特色简介】此是律诗却不被格律束缚，而且一变自己惯常的沉郁顿挫之风，如行云，似流水，一气贯注，尽抒胸臆，被前人评为杜甫的"生平第一快诗"。

201  旅夜书怀

【背景简介】诗人54岁时，赖以存身的好友严武亡故，诗人失去依托，只好携家离开成都，在去渝州、忠州的途中创作了此诗。

【内容简介】这首五律借旅夜中所见各种景象或映衬或反衬自己漂泊无依的处境，抒发了作者因政治理想不得实现而极为深沉的愤慨。

【原文】

细草微风岸①，危樯独夜舟②。

星垂平野阔③，月涌大江流④。

名岂文章著⑤，官应老病休⑥。

飘飘何所似⑦？天地一沙鸥。

【译文】

微风（吹拂）着江岸上的细草，竖着高高樯杆的小船在夜里孤零零地（停泊）着。

（因为）平野广阔，（所以）天际的星辰似乎低垂在平野上；（因为）大江奔流，（所以）江上的月影，仿佛随着江涛在涌动。

人的名声怎能因为文章好而显著呢？做官倒是可以因为年老或多病而罢退的。

自己到处漂泊像什么呢？就像天地间的一只孤独飘零的沙鸥。

【注释及有关提示】①②：这是格律诗句法中省略动词谓语的典型例子，出句省略"吹拂"之类动词，对句省略"停泊"之类动词。当然，省略的是不能补的，补出来就不是诗了。出句的"岸"，点明地点；对句的"夜"，点明时间，"独"，暗示诗人孤独的处境。两句都是景中暗含比喻，比喻的本体是处在景中的人，即诗人自己，因而首联情景交融，景中所含的对自己的描述是：此时的"我"正如风中的细草一样微小，正如江中的孤舟一样寂寞。危，高。樯（qiáng）：桅杆。③④：见到"星垂"，要有视线不被遮挡的客观条件，如果有墙、楼、山、林等阻挡，则不能见到"星垂"。所以，见到此景的一个重要客观条件是视野无阻，一望无际，"山野"不行，必须是"平野"，因而，见到"星垂"的原因是"平野阔"。所以颔联出句是倒装的因果紧缩句，即"（因）平野阔（见）星垂"。人们常见月影"移"，而江中月影"涌"是真的吗？显然是错觉。而为何造成这种错觉呢？显然是因为"大江流"。因而，颔联的对句也是一个倒装的因果紧缩句，即"（因）大江流（见）月涌"。

【阅读笔记·(1)相类与相反】首、颔二联都是景中寓情，却有方法之别、关系之别。首联用了映衬的方法，景与人的关系是相类，即草与人都是微，舟与人都是孤。颔联用了反衬的方法，景与人的关系是相反，即以灿烂的星辰、辽阔的平野、皎洁的月光、浩荡的大江，反衬人孤苦伶仃的形象和凄苦无助的处境。

⑤文章：独立成篇的文字。对应下句的"老病"，应是"文"或"章"。⑥老病："老"或"病"。

【阅读笔记·（2）激愤语与反语】颈联出句"名岂文章著"是反问句，所包含的一反一正的意思是：名声不应该因为写文章而显著（而应该因为辅佐君王、治国利民、干一番轰轰烈烈的事业、实现自己的政治抱负而显著）。这不是反语，而是壮志难酬的激愤语。而要实现自己"致君尧舜上，再使风俗淳"（使当今皇帝的圣明在尧舜之上，使已经败坏的社会风俗再恢复到上古那样淳朴敦厚）的政治理想，必须做皇帝身边的大臣，可是44岁才做官，不久就被唐肃宗贬官，诗人不敢说皇帝不圣明，心中就是有一万个不服，嘴上也得说"谢主隆恩"，所以对句"官应老病休"才是反语，内心正面的意思是"凭谁问，廉颇老矣"一样的话。

⑦飘飘：飞升貌。潘安仁（晋）《秋兴赋》："蝉嘒嘒而寒吟兮，雁飘飘而南飞。"〔秋蝉嘒嘒（huì）地恐惧地鸣叫，大雁飘飘地向南飞去。〕

【阅读笔记·（3）令人唏嘘的境况感人至深的情怀】尾联以苍天邈远无边、大地浩瀚无垠的阔大无比的背景中一只孤零零的沙鸥的特写镜头，极其鲜明地写出了自己的漂泊无依、孤微无所的悲惨境况。然而，此联不仅以沙鸥自况飘零无着，更重要的是借景抒发因报国无门而极为深沉的感慨和即使不被"天地"在意也要"兼善天下"的无比高尚的情怀，正如金圣叹所说："天地自不以沙鸥为意，沙鸥自无日不以天地为意。"

【艺术特色简介】全诗情景交融，既写出了孤独的身世处境，又表达了深沉的愤慨之情。

202　漫成一首

【题意简释】漫成：随意写成。实际是以生活阅历广、文学造诣深为基础的一时得心应手而成。

【背景简介】诗人流寓巴蜀时，于唐代宗大历元年（766）从云安（今四川云阳）前往夔州，夜宿船上，随成这首小诗。

【内容简介】此首七绝，通过描写江边夜景，创造优美的意境，抒发对自然的热爱、对和平生活的向往之情。

【原文】
江月去人只数尺①，风灯照夜欲三更②。
沙头宿鹭联拳静③，船尾跳鱼拨剌鸣④。

【译文】
江水中的月影离人只有数尺之远；桅杆上的风灯照着黑夜，马上就要到三更天了。
沙滩上的白鹭蜷曲着身子静静地露宿（在皎洁的月光下）；船尾的鱼儿跳出水面发出拨剌的响声。

【注释及有关提示】①去：距，距离。

【阅读笔记·独具匠心的意象】诗人写夜泊之景，开篇不写空中的明月，因为它虽然最为皎洁，却是遥不可及；不写江中月影，因为它虽然最为美丽，却是虚不可得；而是在二者之间，独具匠心地创造了一个"江月"的意象。这个意象，与孟浩然"江清月近人"中"江月"意象的内涵及象征意义可有一比。孟浩然为消弭求仕未得之"新愁"而产生了月遂人愿，来与孤独之人相近的美好感觉。孟诗的"近人"，说明"月"与"人"之间似乎没有什么距离。而杜诗中的"江月"与人却是有距离的。什么原因呢？

因为孟诗中"江月"是知心朋友的象征,而杜诗中的"江月"是国家和平的象征。杜甫期盼国家安宁,而安史之乱平定后虽还有持续的内乱外忧,但离国家的安宁的确已经为期不远了,故云"去人只数尺"。"去人只数尺"是希望发展趋势是离人越来越近,而实际发展趋势就取决于统治者的才能和决策了。可见,诗人的主观愿望多么美好,对社会走势的预判是多么精准。总之,"江月去人只数尺"一句,不仅体现了江上夜景的特色,更重要的是以"江月"这个宁静美丽的意象,寄寓着饱经风雨、备尝艰辛之人对和平生活的既平静而又热切期盼的情感。

②风灯:有罩的灯。三更:半夜,十一点至凌晨一点。③沙头:沙滩边。"联拳"同"连卷(quán)",蜷(quán)曲的样子。《楚辞·招隐士》:"桂树丛生兮山之幽,偃蹇连蜷兮枝相缭。"〔桂树丛生啊在那深山幽谷,枝条弯曲啊互相缠绕在一起。偃蹇(yǎnjiǎn,屈曲的样子)〕④拨剌(bōlā):象声词。此状鱼跃声。白居易《放鱼》诗:"倾篮写地上,拨剌长尺余。"〔倾倒竹篮(把鱼)倒在地上,(鱼)拨剌地跳跃着有一尺多长。写,倾注,倾倒(dào)〕鸣:发出声音。

【诗句简析】首句:描写"江月"与人的距离,表现自己对国家安宁的期盼,形象地反映对现实状况及发展趋势的估测。

次句:描写桅杆上照夜的风灯,衬托月夜的宁谧。

第三句:写江边蜷曲身子安静而眠的白鹭,衬托环境的幽静。

第四句:描摹船尾鱼儿跳动的声音,反衬环境的寂静。

【艺术特色简介】(一)"一句一绝"。四句分别写月、灯、鸟、鱼,四景各自独立,又彼此照应,融为一幅完整的图画,构成一个统一完美的意境。

(二)借景抒情。借江边宁静而美丽之景,抒向往安宁、和平生活之情。

(三)以动衬静。拨剌的鱼跃之声,衬托出月夜江边的宁静。

203 咏怀古迹·其三

【题意简释】《咏怀古迹》是杜甫流落夔州时所作的五首七律,分别就夔州及三峡延伸带的庾信故居、宋玉宅、明妃村、先主庙、武侯祠古迹咏怀。

【背景简介】此诗是杜甫寓居夔州时,经过明妃村,有感于昭君的故事而作。

【内容简介】此首七律吟咏昭君村,借对昭君的伤吊,抒发自己隐隐的哀怨之情。

【原文】

群山万壑赴荆门①,生长明妃尚有村。

一去紫台连朔漠②,独留青冢向黄昏③。
画图省识春风面④,环佩空归月夜魂⑤。
千载琵琶作胡语,分明怨恨曲中论⑥。

【译文】

长江两岸的千山万壑连绵不断,如同江水顺势而下奔赴荆门;荆门山中还留有王昭君出生、成长的山村。

当年,昭君一离开汉宫,远嫁到北方的大漠,就把汉人和匈奴连接了起来;而今(昭君所有的悲欢早已消去),只在荒原上留下一座青冢向着笼罩四野的黄昏中的天幕。

(汉元帝)从画像上约略看到昭君的青春容貌(致使绝代美女远嫁匈奴),而远在朔漠的昭君即使在月夜魂归汉宫也是枉然。

千载之下,琵琶曲(不断地)传递着胡地的音乐语言,昭君的怨恨分明一直在曲中诉说着。

【注释及有关提示】①荆门:山名,在今湖北宜都西北。②紫台:帝王所居,犹紫宫。《文选·南朝·梁·江文通·恨赋》:"若夫明妃去时,仰天太息,紫台稍远,关山无极。"〔像那明妃王昭君离开汉宫(前往匈奴)时,仰望苍天长声叹息。汉宫越来越远,关山无边无际。稍,逐渐。〕朔漠:北方沙漠地区。朔,北,北方。③青冢:指王昭君墓。相传冢上草色常青,故名。黄昏:指黄昏中的天幕,因为冢在地上,它面向的当然是天幕。诗人这样描写实景,另有深意:首联以雄浑的景象烘托人物的惊天动地;颔联写青冢独处在茫茫大漠、渺渺天幕之间,而大漠的风沙吞食不了它,天幕的云影遮掩不住它,以此暗寓"天地虽无情,青冢常有恨"。④省(shěng):少,简。引申为约略。春风面:指女子美丽的面容。⑤环佩:借指带环佩的人,即王昭君。空:白白地,枉然。昭君本有绝代美貌,但是因遭画工陷害而未能见宠于皇帝,远嫁后即使魂归故里也是枉然。这与四处漂泊的贤士遭忌而怀才不遇,即使对中原故土魂牵梦绕,也是枉然,何其相似。诗中虽然无一字关涉诗人自己,但是令人感到字字在写诗人自己,由此看出,此诗的主旨是借写昭君的怨恨抒发自己的不平。⑥论(lún):诉说,读阳平声,因为律诗不押仄声韵。

【四联大意】

首联:描写王昭君出生地之山川的雄伟气势。而有人说"群山万壑赴荆门"这样气势雄伟的语句只能用于"生长英雄"的地方,而用在生长明妃的村子就不恰当。这是认识不到王昭君特殊的历史价值，更理解不到杜甫咏怀王昭君的深刻用意的看法。结合全诗看，杜甫是有意抬高昭君，但是，要把她写得"惊天动地"，以"小桥流水"的秀丽之景作烘托是不行的,只有高山大川的雄伟气象才配得上作"惊天动地"的烘托。

颔联：极为形象又极为概括地写尽了王昭君一生的悲剧，上句写远嫁匈奴的悲剧，下句写葬身塞外的悲剧。

颈联：写王昭君即使魂归故里也是枉然的更深层的悲剧。

尾联：借千载琵琶的曲调，写一代代人为昭君"怨恨"的民情，画龙点睛，揭示主题。

**【艺术特色简介】**（一）含蓄而深沉。全篇的主旨在"怨恨"二字：怨恨汉元帝始不见遇，造成昭君远嫁匈奴、客死塞外的终身悲剧；更重要的还在于表现一个远嫁异域的女子永远怀念乡土、怀念故土的怨恨忧思。此诗表面看，似咏昭君，实际是借咏怀古迹寄托自己漂泊不定、报国无路的感慨，借昭君月夜魂归的景象，寄托自己思念故乡的情怀。总之，全诗借昭君之遗恨写志士之失意。诗人的身世之感、家国之思，尽在诗中，含蓄而深沉。

（二）写昭君的怨恨不靠抽象的议论，而以形象表现，如"独留青冢向黄昏"的孤寂而雄浑、凄凉而不屈的形象，"环佩空归月夜魂"的执着而枉然的形象，给人留下难以磨灭的深刻印象。

## 204 登高

**【题意简释】**此诗又名《九日登高》。夏历九月九日为重阳节，历来有登高的习俗。

**【背景简介】**此诗作于唐代宗大历二年（767）秋天，杜甫时在夔州（长江之滨巫峡经过之处）。这是五十五岁的老诗人在极端困窘的情况下写成的。安史之乱结束后，地方军阀又乘时而起，相互争夺地盘。严武病逝后，杜甫失去依靠，只好离开经营了五六年的成都草堂，买舟南下。因病魔缠身，困居夔州三年。虽有当地都督照顾，但他的生活依然困苦。夏历九月九日重阳节这天，他独自登上夔州白帝城外的高台，登高临眺，百感交集。望中所见，激起意中所触，萧瑟的秋江景色，引发了他身世飘零的感慨，渗入了他老病孤愁的悲哀。于是，就有了这首被誉为"古今七言律诗之冠"的《登高》。

**【内容简介】**全诗通过登高所见秋江景色，倾诉了诗人长年漂泊、老病孤愁的复杂感情。

【原文】

风急天高猿啸哀①，渚清沙白鸟飞回②。

无边落木萧萧下③，不尽长江滚滚来。

万里悲秋常作客④，百年多病独登台⑤。

艰难苦恨繁霜鬓⑥，潦倒新停浊酒杯⑦。

【译文】

秋风迅疾，天空高远，猿鸣凄厉，水中小洲清，洲边沙粒白，鸟在疾风中飞舞盘旋。

无边的树木萧萧地飘下落叶，不尽的长江滚滚地涌来江水。

离家万里，秋景萧瑟，（不由令人）悲叹长年作异乡之客，暮年之时，百病缠身，（重阳之日）独自登上高台。

个人困顿、时势艰难的愁苦、遗憾使双鬓白发增多，潦倒多病，又刚刚戒了借以浇愁的浊酒。

【注释及有关提示】①猿啸哀：指长江三峡中猿猴凄厉的叫声。《水经注·江水》引民谣云："巴东三峡巫峡长，猿鸣三声泪沾裳。"②渚（zhǔ）：水中小块陆地。飞回：盘旋而飞。回，旋转。③无边落木萧萧下：此句既有无尽的纷纷飘落的秋叶形象，又有无边的树叶半落、树身枯瘦耸挺的秋树形象。落木：落（叶）之木。若直接用"落叶"，则与下句的"长江"，在气势上不匹配。萧萧：风吹落叶的声音。④万里：指远离故乡。作客：漂泊异乡。⑤百年：本指有限的人生，这里借指晚年，与上句的"万里"对仗。⑥艰：艰难。难：困难。苦：愁苦。恨：遗憾。繁：使……多，形容词的使动用法。霜鬓：白发。⑦潦倒：衰颓，失意。这里指衰老多病。新停：新近停止。浊酒：与清酒相对，未经过滤的酒，薄酒。

【四联大意】

首联：通过对风、天、猿、渚、沙、鸟的精准描绘，表现出苍茫、萧瑟的秋天景象。

颔联：通过对夔州无边的落叶、不尽的江水的典型特征的描绘，渲染出悲凉的气氛。

颈联：抒发久客更悲秋、多病独登台的感慨。

尾联：形象地写出了悲愁的原因及情状。

【艺术特色简析】除境界雄浑、情感深厚、格律工整等突出特色外，再一个就是写景与抒情既迥然分明，又巧妙配合。写景与抒情之所以能巧妙配合，主要是因为诗人的情感脉络将二者贯串为一体，而且写景的句子也绝不是单纯地写景，而是景中寓情。首联的苍茫之景就寓含着诗人身世飘零的感慨,颔联的夔州典型的萧瑟秋景更凸显出诗人情感脉搏的跳动之状。诗人仰望茫无边际、萧萧而下的木叶,俯视奔流不息、滚滚而来的江水,显现出心情的起伏不平,寓含着万端的感慨:韶光易逝,壮志难酬,心底之愁像无边的落叶、像不尽的江水,推排不尽,驱赶不绝。这种寓情之景就与后二联直抒的情紧密连接,融为一体了。

诗人面对苍凉萧瑟的秋景,不由地想到自己沦落他乡、年老多病的处境,故而生出无限悲愁之绪。诗人直接抒发的久客更易悲秋、多病独爱登台的感慨与既是叙述又是抒情的白发增多、无奈戒酒的情景,令人深深地感受到诗人那沉重跳动着的感情脉搏。

## 205　又呈吴郎

**【题意简释】**这是用诗写的信,之前已写过一封,这是又一封,所以说"又呈"。呈:敬辞。吴郎:杜甫吴姓亲戚。

**【背景简介】**唐代宗大历元年(766)秋,杜甫在夔州都督柏茂林的帮助下,在东屯租得一些公田,自己也居于东屯,翌年又在瀼(ràng)西买下四十亩柑林,遂移居瀼西。这年秋天杜甫又从瀼西迁回东屯,便将瀼西草堂让给一个姓吴的亲戚居住,并写了一首"诗的书札"《简吴郎司法》(给吴郎司法的信。简,信。司法,官吏名)邀吴居住。瀼西草堂前有几棵枣树,西邻的一个老妇常来打枣,杜甫从不干涉。不料这位姓吴的亲戚一来就在草堂前插上篱笆,以防人打枣。老妇向杜甫诉苦,杜甫又写给吴郎一首"诗的书札"。有趣的是,杜甫这次却题作《又呈吴郎》。吴郎年辈比杜甫小,杜甫派人把他迎接来居住而且并未提任何额外条件,所以第一首诗未用敬辞。而第二首杜甫把劝其不要禁止老妇打枣视为对吴郎的有所求,有意用了"呈"这个敬辞。从这一个词上就看出人民诗人为人民的情怀。

**【内容简介】**此诗通过劝吴郎任凭老妇打枣的议论,表现了作者对贫苦百姓的深切同情和关爱。

**【原文】**

堂前扑枣任西邻①,无食无儿一妇人②。
不为困穷宁有此③?只缘恐惧转须亲④。
即防远客虽多事⑤,便插疏篱却似真⑥。
已诉征求贫到骨⑦,正思戎马泪盈巾⑧。

【译文】

（我们应该）任随西邻来堂前打枣，因为她是一个无食、无儿、孤独无依的老妇人。

（若）不是因为艰难窘迫，（她）怎会做这样的事？正因（她）心存恐惧，（我们）反而应该对她更亲善。

即使（你是）防范远处来的人（扑枣），（老妇对此不满）虽然是她多管闲事，（但是）（你一来就）遍插稀疏的篱笆却像真（要防范老妇扑枣）。

（她）诉说官府征敛勒索已经（令她）穷到骨头了，（推而广之，我）想到战乱中（老百姓的遭遇更惨），不禁涕泪满巾。

【注释及有关提示】①堂前扑枣：开门见山提出"堂前扑枣"，不仅以此作为议论的核心问题，而且在文脉上便于下文衔接与推进。（首联下句交代"堂前扑枣"者的身份后，颔联上句"不为困穷宁有此"，与"堂前扑枣"的衔接更为紧密。）任：任凭。②食：食物，吃的东西。③不为困穷宁有此：假设复句，即"（若）不为困穷，宁有乎？"为（wèi）：因为。困穷：艰难窘迫。宁（旧读níng）：岂，难道。此：指西邻老妇打枣的事。④只缘恐惧转须亲：因果复句，即"只缘（西邻）恐惧，（故）（吾）转须亲"。转（zhuǎn）：反而。须：应当。⑤即：即使。多事：多管闲事。⑥遍插疏篱却似真：省略句，完整式为"（然，尔）遍插疏篱却似真（防其扑枣）"。

【阅读笔记·（1）"即"何义？"多事"真耶】"即"在诗句中当"立即"或"即使"讲，似乎都能讲得通，但是仔细推敲杜甫劝导吴郎的方法，就感到两种解释大不一样。当"立即"讲，则对吴郎防人扑枣的措施，有直白的批评之意。这不合整首诗婉劝的特点。当"即使"讲，有让步意，而且把吴郎的主观意图转移到防范远客上，这就为吴郎在心理上安放好了下台的梯子。因而，当"即使"讲，则能准确地表现出杜甫劝导吴郎不仅态度诚恳，而且方法恰当。

谁"多事"呢？当然是老妇，这是站在吴郎的立场上说的；从老妇的角度看，"遍插疏篱却似真"。可见老妇并非"多事"。

⑦已诉征求贫到骨：省略句，完整式为"（老妇）已诉征求（令其）贫到骨"。征求，征敛需索（勒索）。贫，穷。⑧正思戎马泪盈巾：紧缩且有省略，即"（吾）正思戎马，（吾）泪盈巾"。戎马：指代战争、战乱。盈：满。

【四联大意】

首联：用因果倒装句劝吴郎应任凭西邻堂前扑枣。

颔联：以强烈的语气说明老妇堂前扑枣的无奈，以温柔的语气劝导吴郎对老妇更应亲善。

颈联：从吴郎之意和老妇反应的两个方面分析遍插疏篱之举，重在婉劝吴郎勿防老妇扑枣。

尾联：描写由贫到骨的老妇想到战火中的百姓，不仅老泪纵横的情景。

【艺术特色简介】名家对《又呈吴郎》历来褒贬不一。关于整首诗，有的说，"通涉议论，是律中最下乘"；有的说，"纯用议论，亦是新体"。关于诗歌用语，也是毁誉参半。

我们应该看到，诗人以爱物济世之心劝导吴郎所自然呈现出的真挚感情，恳切语气，深刻说理，婉转方法等，应当是这首诗突出的、不可否认的艺术价值。

【阅读笔记·（2）谁"任西邻""堂前扑枣"】从杜甫给吴郎写信的直接目的及此句的祈使语气来看，"任西邻""堂前扑枣"的主语，应是吴郎；而从整首诗的立意、从诗人把自己也摆进去的亲和的劝导方法、特别是从诗人在此首诗中又一次表现出的"穷年忧黎元，叹息肠内热"（终年为百姓遭遇忧伤；叹息他们的苦难，心内如火烧般灼热）的挚情来看，其主语应是包括诗人在内的"吾侪"（我们）。

诗人直接摆出"我们"对老妇人"堂前扑枣"之事的应有态度，意在强调不管是诗人自己，还是吴郎、王郎、孙郎，只要有同情心的人都应该这样，因为西邻是"无食无儿一妇人"。古人说"'无食无儿一妇人'句，中含四层哀矜意"。"无食"，则难以维系生命，此第一层怜悯；"无儿"，则无防老的依赖，此第二层怜悯；"一"，不仅无儿，也无丈夫、兄弟姐妹，此第三层怜悯；"妇人"，是当时社会性别上的弱势，此第四层怜悯。从老妇人的意愿来看，"不为困穷宁有此"，所以，"我们"对她的态度，不仅不应阻止她"堂前扑枣"，反而应该对她更加亲善。"我们"还要设身处地地以弱势者的角度思考问题，从人格尊重的高度来体恤老妇。对老妇，"我们"还有能力给予一点同情和帮助，而对那些正在战乱中遭受更大苦难的人，"我们"连让他们"扑点枣"的微弱帮助也做不到，只能伤心流泪。

总之，不仅从本句，而且从全篇劝导吴郎、同情老妇的角度来看，"堂前扑枣任西邻"的人（主语），应是"吾侪"。

## 206 孤雁

【题意简释】这是一首以五律形式写的咏物诗。

【背景简介】安史之乱后的大历（唐代宗年号）初年（公元766年之后的几年），由于四川政局混乱，杜甫带着家人离开成都，乘船沿长江出川，滞留夔州。此时杜甫晚年多病，故交零落，处境艰难，心中充满哀伤之情。

【内容简介】用孤雁自况，形象地反映了诗人漂泊流离、无人可怜的凄凉处境。

【原文】

孤雁不饮啄①，飞鸣声念群②。

谁怜一片影③，相失万重云④。

望尽似犹见⑤，哀多如更闻⑥。

野鸦无意绪⑦，鸣噪自纷纷⑧。

【译文】

一只孤单的大雁不饮水，不啄食（只是一个劲地飞），它一边疾飞一边鸣叫，叫声（传递出）对群雁的深深思念之情。

有谁可怜这只只显出一片影子的孤雁，（可怜雁群）把它丢失在万重云中了。

（孤雁）望得（雁群）没有了，好像还看到雁群一样，（它）哀鸣声声，好像又听到同伴的叫声了。

一群野鸭头脑混乱，（全然不懂孤雁之苦）而只是自己乱纷纷地鸣叫。

【注释及有关提示】①饮啄：饮水、啄食。②飞鸣：边飞边叫。

【阅读笔记·（1）"一诗之骨"】清代学者浦起龙说"飞鸣声念群"是"一诗之骨"。孤雁声声地哀鸣，传递出思念自己团队的强烈之声。虽然彼此相隔"万重云"，孤雁仍然幻想要追上它们，所以，它不饮水、不啄食，只是一个劲地飞。整首诗都是围绕这个中心构思的。本诗的主旨就是借孤雁这种形象及其遭遇，表达对自己漂泊生涯的深沉感慨，对离散的亲人和朋友的思念之情，抒发不坠青云之志的高远追求。所以"飞鸣声念群"的确是"一诗之骨"。

③一片影：借代那只孤单的雁。用"影"衬托出它与雁群离得远，难以追寻雁群的凄凉。④相失：丢失它。

【阅读笔记·（2）互相迷失，还是被丢失？】"相失"的"相"是用在动词前，有指代作用的副词，此句中译作"它"，指代只显"一片影"的孤雁。整首诗是写孤雁的，因而说它与雁群互相迷失，不仅无甚意义，还会分散对孤雁形象的解读。诗人强调的是它被雁群丢失，所以出句提出"一片影"的可怜，对句则进一步解说孤雁可怜的具体情景是被雁群丢失在万重云中了。而下一联写孤雁"望尽似犹见""哀多如更闻"的幻觉和渴望，更证明"相失"，不是互相迷失，而是单指孤雁被雁群丢失了。

⑤尽：完，没有了。犹：还，仍然。⑥更（gèng）：再，复。此联中"似""如"二字，形象地表现了孤雁基于期盼而产生的未见雁群而似见、未闻群雁之声而如闻的幻觉。⑦野鸭：影射一些俗客庸夫。意绪：①心绪，心情；②思想。柳宗元《辩文子》："其意绪文辞，叉牙相抵而不合。"（《文子》一书的思想、语言，多头歧出、互相冲突而不一致。）

【阅读笔记·（3）"意绪"是"心绪"，还是"思想"】"意绪"释为"心绪""心情"或"心境"，均欠妥，应为"思想"。杜甫讥讽野鸭"鸣噪自纷纷"，是因为它们没有思想，并不是因为它们没有什么"心情"或"心境"等。诗人的讥讽中含有愠怒，说得直白一点，就是诗人讥讽并斥责这些野鸭是些无脑儿。

⑧鸣噪：鸣与噪是同义复合词。鸣，鸟叫。噪，虫、鸟鸣叫。自：自己。纷纷：杂乱、混乱的样子。

【四联大意】

首联：描写一只离群的孤雁在浩茫的空中疾飞哀鸣的情景。

颔联：用"一片影"的模糊和"万重云"的遥远，极言此雁之孤单、之可怜。

颈联：通过对孤雁幻觉的精妙描写，淋漓尽致地表现了它追寻同伴的强烈渴望和所受的痛苦煎熬。

尾联：写野鸭的鸣噪及其原因，曲折地反映出诗人不能与知己朋友相见却要面对一些俗客庸夫的厌恶心情。

【艺术特色简介】物我一体，情景交融，泣血饮泪，哀痛欲绝。

## 207　江汉

【题意简释】该诗是在湖北江陵、公安一带写的，因这里处在长江和汉水之间，所以本诗就以"江汉"为题。

【背景简介】大历三年（768）正月，杜甫离开四川夔州，秋天漂泊至湖北公安。此时老诗人历尽艰辛而忠魂不变，岁届暮年而痴心不改，写下此诗以表心迹。

【内容简介】诗人描写了自己困顿孤苦、年老多病的处境，抒发了漂泊无定、北归无望的感慨，表现出"烈士暮年，壮心不已"的精神。

## 【原文】

江汉思归客①，乾坤一腐儒②。
片云天共远③，永夜月同孤④。
落日心犹壮⑤，秋风病欲苏⑥。
古来存老马⑦，不必取长途⑧。

## 【译文】

我是漂泊在江汉一带思归故乡的异乡之客，在苍茫的天地之间，我只是一个迂腐的读书人。

我与片云一起游于远处的天空，和孤悬的明月一起度过黑暗的长夜。

我虽然已经像下落的太阳一样，到了垂暮之年，但是施展抱负的雄心壮志依然存在，在萧瑟的秋风中，我觉得我的病要好了。

自古以来使老马生存（是因为其智可用），而不一定为了取其能够长途（奔驰的体力）。

**【注释及有关提示】**①思归客：时刻思归故乡的异乡之客，杜甫自称。思归：双关，明指思归故乡，暗指思归报国之门。②腐儒：迂腐的儒生。这是诗人的自嘲，也颇有自负意，实指天地之间，像我这样身在漂泊，心忧国家的"腐儒"还能有几个呢？③片云天共远：这句为错位（状语"共"后置，定语"远"后置）兼省略（谓语"游"），常式为"共片云（游）远天"。④永夜月同孤：这句也是错位（状语"同"后置，定语"孤"后置）兼省略（谓语"度"），常式为"同孤月（度）永夜"。永夜：长夜。郎士元《宿杜判官江楼》："故人江楼月，永夜千里心。"（明亮月光下宿于老朋友江边的楼上，漫漫长夜中心驰千里之外。）⑤落日：借喻自己已是垂暮之年。⑥秋风：双关，明指自然界秋天萧瑟的风，暗喻诗人自己生命旅途中凄凉的最后阶段。苏：病好转。⑦⑧：这两句用了"老马识途"的故事。《韩非子·说林上》载：管仲，隰（xí）朋从于桓公伐孤竹，春往冬返，迷惑失道。管仲曰："老马之智可用也。"乃放老马而随之，遂得道。〔管仲、隰朋跟随齐桓公讨伐孤竹国，春季出征，冬季返回，迷失了道路。管仲说："老马的才智可以利用。"就放开老马（前行），（大家）跟随在后，于是找到了路。〕存：使……生存。老马：诗人自比。

**【四联大意】**

首联：交代地点和身份，以天地之大衬托一"腐儒"之孤、之倔。

颔联：照应首联出句，艺术地写出了浪迹天涯、孤苦无依的处境。

颈联：照应首联对句，表现"腐儒"不腐的倔强，抒发老当益壮的豪情。

尾联：总结全篇，以老马识途的典故，向世人宣示坚定执着的报国之志。

【艺术特色简介】怨而不怒，气概高远。

【阅读笔记·诗人真的"病欲苏"吗】久病之人，长期辗转流徙，至"落日"之年，反而"病欲苏"。这是身体实况，还是心理感觉？似乎不必详查有关杜甫晚年身体状况历史记载，这首诗中就寓含着明确的答案。颔联抒情，表明积极用世的态度和壮心不已的精神，单就所写的"心"与"病"来看，二者之间有一个内在的逻辑关系：因为"心犹壮"，所以"病欲苏"。伏枥的老骥，心心念念的是要驰骋千里，所以在垂暮之年竟感觉病要好了。这与其说是心理作用，毋宁说是内心强大的精神作用。

诗人命途多舛，壮志难酬，但是还想为国效力，而已是垂暮之年，那就不比体力而欲奉献智力。有这种扬己之长的认识、积极干事的态度、不甘沦落的精神，诗人的"病欲苏"只能是一种强大的心理感觉。

## 208　阁夜

【背景简介】这是杜甫于大历元年（766）冬寓居夔州西阁时所作的七律。此时，四川军阀混战，连年不息；吐蕃（tǔbō，我国古代藏族所建立的地方政权）也不断侵袭蜀地；杜甫的好友郑虔、苏源明、李白、严武、高适等都先后死去。

【内容简介】诗人感伤时世，忆念旧友，创作此诗，表达忧国忧民的异常沉重的心情。

【原文】

岁暮阴阳催短景①，天涯霜雪霁寒宵②。

五更鼓角声悲壮③，三峡星河影动摇④。

野哭千家闻战伐⑤，夷歌数处起渔樵⑥。

卧龙跃马终黄土⑦，人事音书漫寂寥⑧。

【译文】

到了冬季，阴阳变化的时序催促着使日光变短，遍布天涯的霜雪在这个寒冷的冬夜停住了。

五更天响起的战鼓声、号角声嘹亮悲壮，三峡江面上倒映着的繁星、银河之影摇曳动荡。

都邑中家家哭声一片，（原来，人们又）听到了交战攻伐的凄惨之声，几处夷人之歌，响起于汉民生活的地方。

历史上的人物，不论是不得志的贤良之士，还是得志的富贵之人，最终都免不了葬身地下（的结局），（所以）不管是眼前自己的事情，还是远地亲朋的音信，都任其孤单冷清吧。

**【注释及有关提示】**①岁暮：年末，指冬季。阴阳：指昼夜长短的变化。短：使……短。景（jǐng）：日光。范仲淹《岳阳楼记》："至若春和景明，波澜不惊。"（到了春风和暖，阳光明媚，没有波澜。）再参见《归去来兮辞》"景翳翳以将入"之解释。②霁寒宵：即"霁于寒宵"。霁（jì）：雨雪等停住，天气放晴。③鼓角：战鼓和号角。④星河：银河。此处对应上句的"鼓角"，可解为"繁星和银河"。⑤野：都邑。⑥夷：泛指四方的少数民族，此指入侵的吐蕃人。渔樵（qiáo）：打鱼砍柴之人，此指以劳动为生的普通百姓。渔：捕鱼的人。樵：打柴的人。

**【阅读笔记·比"野哭"更惨的"夷歌"】** 诗人写"野哭千家闻战伐"，很明显是直观地展现战乱给百姓带来的深重灾难，表示对百姓的同情、对时局的担忧。

那么，写"夷歌"且"起（于）渔樵"是何意呢？外族人的歌，响起于汉人劳动、生活的地方，这是什么情景呢？首先，要搞清是什么身份的人在唱夷歌。因为在夜间，谁唱的，当然看不清；而混杂在战鼓声、号角声中也听不清谁在唱。那就推测，如果是夷人在汉民居住区唱夷歌，则表明入侵者占领的区域已经很深了；而如果是汉人在唱夷歌，则表明异族入侵已经由武装占领渗透到精神侵略的层面了，这对于一直深深地忧国忧民的诗人来说，就更加感到凄怆了。

⑦卧龙：比喻隐居或尚未显露的杰出人才。也可解为指诸葛亮。跃马：策马驰骋腾跃。喻富贵得志。也可解为指公孙述。诗人化用左思《蜀都赋》"公孙跃马而称帝"句，意指公孙述在西汉末乘乱据蜀称帝。终：最终，到末了。黄土：名词用作动词，入黄土。⑧漫：任由。

**【四联大意】**

首联：出句点明时间外，一个拟人化的"催"字，使人觉得光阴荏苒，岁月逼人；对句描写冬夜阔大无边的寒冷，映衬诗人凄凉的处境和无尽的感慨。

颔联：出句写所闻，对句写所见。所闻，用战鼓声、号角声生动地渲染出战争频仍的社会惨状；所见，形象地描写出夜空群星灿灿闪光，江面星影摇曳不定的自然美景。前人评论此联写得"伟丽",其妙不仅在于寓情于景,更在于人事之景是悲的,自然之景是美的,二者的有机结合,蕴含着诗人悲壮深沉极为复杂的情感。

颈联:通过千家的哭声和数处的夷歌,形象地反映出百姓已经受到战火和精神的双重戕害了。

尾联:从形式上看,是流水对,即一联中的两句,字面上是对仗的,意义上有连贯、因果、条件、转折等关系。尾联从表面上看,所表达的思想情感是看得开,无所谓,而实际寓含着诗人极为忧愤感伤的情绪。

**【艺术特色简介】**此诗历来被誉为律诗的典范性作品。诗人围绕题目,从几个侧面描写夜宿西阁的所见、所闻、所感:从冬季日短的时间写到天涯茫茫的空间,从寒宵雪霁写到五更鼓角,从天上的银河写到地上的长江,从社会的战乱写到自然的美景,从殉难者亲人的悲哭写到入侵者渔樵的欢歌,从千年往迹写到现实状况,仿佛把整个宇宙都笼入了笔端。难怪明朝文学家胡应麟称赞此诗"气象(气势景象)雄盖宇宙,法律(章法格律)细入毫芒",并说它是七言律诗的"千秋鼻祖"。

## 209 登岳阳楼

**【背景简介】**唐代宗大历三年(768),杜甫从夔州出峡,开始了在今湖北、湖南一带新的漂泊,漂游至岳阳,登上岳阳楼,触景生情,写下此首杰出的诗篇。

**【内容简介】**此首五律描写漂泊途中登临岳阳楼的所见所感,形象地表现出忧国忧民的深挚思想。

**【原文】**

昔闻洞庭水,今上岳阳楼。

吴楚东南坼①,乾坤日夜浮②。

亲朋无一字,老病有孤舟。

戎马关山北③,凭轩涕泗流④。

**【译文】**

过去早就听说(名闻天下)的洞庭湖,而今竟登上了湖边的岳阳楼。

陆上的吴地和楚地(被洞庭湖水)分割在东面和南面,天上的(日月星辰)昼夜漂浮(在洞庭湖上)。

(漂泊无定)得不到亲戚朋友一点音信,年老多病(孤苦无依),只有一条船(载着到处漂流)。

（听说）北方边关又起战事，凭依着栏杆涕泪交流。

**【注释及有关提示】**①坼（chè）：裂开，分开。《战国策·赵策三》："天崩地坼，天子下席。"（天子逝世，如同天崩地裂，新继位的天子也得离开宫殿居丧守孝，下降威仪，睡在草席上。）②乾坤：偏义复合词，词义偏到"乾"上。乾，八卦之一，代表天，此指天上的星辰。坤，八卦之一，代表地。坤是不能浮在湖上的，但是诗中用"坤"字，是格律的需要。③戎马：借指军队、战争。④轩（xuān）：栏杆。涕泗（sì）：眼泪与鼻涕。

**【四联大意】**

首联：照应题目，叙写登楼，暗寓无限感慨。该联中的"夕闻"与"今上"并不是喜出望外的如愿以偿，而是被命运之舟的无情驱遣，蕴含着个人情感的无奈和社会生活的沧桑。

颔联：描写洞庭湖浩瀚无边、巨大无比的形象，既表现诗人博大的胸怀，也透露出对国家分裂、国势衰败的沉痛之情。

颈联：描写自己身世飘零的惨状。

尾联：描写国家灾难，抒发自己悲情。国家多灾多难的情景，诗人以心中的一幅忧国忧民的画来展现；诗人悲伤的情景，诗人以凭轩流涕的特写镜头来展现。

**【艺术特色简介】**意境开阔宏丽。这种特点的产生，在技法上仅仅起点次要作用，主要来源于诗人博大的胸怀、远大的抱负和先天下之忧而忧的高尚思想。伟大的人格和非凡的才华熔于一炉，锻造出了不朽的诗篇。

## 210 江南逢李龟年

**【题意简释】**李龟年：唐玄宗开元、天宝时期赫赫有名的大歌唱家，曾进入内廷歌舞团体梨园，"安史之乱"后，流落江南，以卖艺为生。

**【背景简介】**杜甫少年时，常出入于岐王李范和中书监崔涤的门庭，得以欣赏宫廷歌唱家李龟年的歌唱艺术。安史之乱后，唐代宗大历五年（770）三月，杜甫和流落到江南的李龟年在潭州（今湖南长沙）重逢，回忆起四十多年前与李龟年在岐王和崔九的府第频繁相见的情景，感慨万千，写下这首被称为杜诗压卷之作的七绝。

**【内容简介】**通过回忆当年与李龟年频繁接触及四十年后偶然相遇的情景，高度概括地反映了唐朝安史之乱前后由盛而衰的沧桑变化，蕴含着对个人沦落，特别是对国运衰微极为深沉的感喟。

**【原文】**

岐王宅里寻常见①,崔九堂前几度闻②。
正是江南好风景,落花时节又逢君③。

**【译文】**

当年,在岐王的府邸里,在崔九的厅堂前,常常见到(你),多次听到(你的歌声)。
现在,正是江南风景秀美的时候,在这落花时节又遇见了您。

**【注释及有关提示】**①岐王:唐玄宗李隆基的弟弟,李范,以好学爱才著称,雅善音律。宅:住所,家。寻常:经常。②崔九:崔涤,在兄弟中排行第九,中书令崔湜(shí)的弟弟,出入禁中,得玄宗宠幸。堂:正屋。古代房屋,阶上室外为堂,堂后为室。几(jǐ):多少。度:次,回。一、二两句是互文,即,在岐王宅里、崔九堂前经常见到(你)、多次听到(你的歌声)。③落花时节:暮春时节。

**【诗句简析】**一、二两句:追忆昔日与李龟年的接触,重在通过李龟年红极一时的情景,表现唐朝兴盛时的景象。

三、四句:描写两人在流离之中偶然相遇,在个人的心酸和悲伤中暗含对国运衰败的感叹。

**【艺术特色简介】**(一)语句平淡,内涵深厚。仅四句诗二十八个字,却概括了长达四十年的时代沧桑、人生巨变。清高宗弘历敕编《唐宋诗醇》载:"言情在笔墨之外,悄然数语,可抵白氏一篇《琵琶行》矣。"

(二)寓意精妙,耐人寻味。"岐王宅里寻常见,崔九堂前几度闻",诗人对李龟年的回忆中寓含深意:一个大名鼎鼎的皇家歌手、一个才华早著的少年,经常出入于王公豪贵府邸,那种太平盛世的情景可想而知。"落花时节"也有很多寓意,人的衰老、飘零及其感伤,社会的凋敝、丧乱及其悲叹都在其中。

## 三十六、岑参2首

**【作者简介】**岑参(约公元715—770年),江陵(今湖北荆州)人。天宝三年进士。曾于安西节度使高仙芝幕府任书记,后又入封常清北庭幕府任节度判官。安史之乱后与杜甫等五人入朝任右补阙(武后时置侍从讽谏的官,分为左右补阙,左补阙属门下省,右补阙属尚书省),后出任嘉州刺史。其诗与高适齐名,并称"高岑"。长于七言歌行。

他长期生活在西北边疆，对边塞生活有深刻体验，写下了许多著名的边塞诗。他的诗描绘塞上的奇异景色、军中将士的生活，都充满了不畏艰苦的英雄气概。

### 211　白雪歌送武判官归京

【题意简释】在白雪中为送姓武的判官回京都长安而写这首歌行体诗。歌：古诗体裁，与"行"并称"歌行"体。判官：官名，地方长官的僚属。

【背景简介】岑参怀着到塞外建功立业的志向，两度出塞。天宝十三载（754），岑参第二次出塞，充任安西北庭节度使封常清的判官，在轮台送他的前任武判官归京而写下了此诗。

【内容简介】此诗生动描写出塞外雪天冰地的壮丽景象和雪中送客的军旅情景，充满奇情妙思。

【原文】

北风卷地白草折①，胡天八月即飞雪②。
忽如一夜春风来③，千树万树梨花开④。
散入珠帘湿罗幕⑤，狐裘不暖锦衾薄⑥。
将军角弓不得控⑦，都护铁衣冷难着⑧。
瀚海阑干百丈冰⑨，愁云惨淡万里凝⑩。
中军置酒饮归客⑪，胡琴琵琶与羌笛⑫。
纷纷暮雪下辕门⑬，风掣红旗冻不翻⑭。
轮台东门送君去⑮，去时雪满天山路⑯。
山回路转不见君⑰，雪上空留马行处。

【译文】

北风席卷大地，白草被吹折，胡地八月就飘降大雪。

忽然像一夜之间春风吹来，千树万树（挂满雪花），就像梨花盛开一样。

雪花飘入珠帘沾湿帐幕，（就是穿着）狐皮衣也不觉暖和，（就是盖着）丝织的被子也嫌单薄。

（帐外）将军的角弓冻得拉不开，都护的铁甲冷得难以着身。

浩瀚的大湖结成纵横百丈的坚冰，暗淡的阴云凝结于万里长空。

（将士们）在帐中设宴欢送回京的人饮酒，以拉胡琴，弹琵琶，吹羌笛（劝酒助兴）。

暮雪纷纷，在辕门外飘落，晚风猎猎，吹不动冻硬的红旗。

在东门外送武君离开（轮台），武君前往京城时大雪布满天山的道路。

山路曲折看不见武君的身影，雪地上空留下马蹄的印迹。

**【注释及有关提示】**①白草：西域牧草名，秋天变白色。②胡天：指胡地（西北地区）的天气。③忽如：一作"忽然"。④梨花：春天开放，白色。这里比喻雪花积在树枝上，像梨花开了一样，是借喻。⑤珠帘：珍珠缀成的或饰有珍珠的帘子。罗幕：丝织的帐幕。⑥狐裘：狐皮衣。锦衾（qīn）：丝织的被子。⑦角弓：用兽角装饰的硬弓。控：引、拉。⑧都护：唐朝于西北边疆设都护使。此处都护和将军均为泛指。⑨瀚海：有多种解释，从"百丈冰"来看，当指轮台附近的"湖"。阑干：纵横。⑩愁：形容景色的惨淡。⑪中军："中军将军"的省称，此指中军统帅的营帐。饮：使……饮。⑫胡琴琵琶与羌笛：此指用演奏民族乐器劝酒助兴。⑬辕门：古代帝王外出止宿时，以车为屏藩，使车辕仰起为门，称"辕门"。后指军营之门或官方衙署。⑭掣（chè）：牵引，拉。翻：翻动，翻卷。⑮轮台：唐时轮台旧址在今新疆米泉县境。去：离开。⑯去：赴，前往。天山：亚洲内陆中部的大山系，横贯中国新疆中部，西端伸入哈萨克斯坦和吉尔吉斯斯坦，全长2500公里。⑰君：指武判官。

**【段落大意】**

第一段（北风卷地……梨花开），精妙描写边塞早雪奇景。内地八月，正是秋高气爽、艳阳高照之时，而边塞已是北风卷地、漫天飘雪。"忽如一夜春风来，千树万树梨花开"的奇妙描写，与其说是诗人视角的独特，毋宁说是诗人主动到边塞建功立业的满腔春风催开了心中千树万树的梨花。

第二段（散入珠帘……冷难着），生动描写天气的奇寒并反衬将士意志的奇坚。营房内，身着狐裘、眠盖锦衾不保暖；场地上，将军拉不开角弓（也得拉），都护难着铁衣（也得着）：从帐内到帐外写出了天气的奇寒及军旅的典型生活。

第三段（瀚海阑干……冻不翻），生动描写雪中饯行的情景：饯行前，以一场即将来临的铺天盖地的大雪，反衬帐内饮酒送行的热烈；饯行中，以三种乐器的演奏渲染送行的气氛；饯行后，以暮雪纷纷的全镜头和红旗被冻住的特写镜头形象反映异域的自然环境并渲染将行之人的艰难旅程。

第四段（轮台东门……马行处），生动描写雪后送别的情景。从轮台东门的揖别，到只见雪路上隐约的身影，再至山路回转、身影消失，直至雪地上空留下马蹄的印迹：过程精准，韵味深长。"雪上空留马行处"与李白的"唯见长江天际流"有异曲同工之妙。

**【艺术特色简介】** 此诗主要的艺术特色可用一"奇"字概括。

（一）"雪"的"身份"、功用奇。诗中的雪是诗人歌咏的主景，是边塞将士的自然强敌，是送别僚友的天气背景，是勾连全诗的行文线索。

（二）歌白雪与送武判官融为一体奇。咏雪与送别，不是两个主题，而是同一"飞鸟"上的双翼，二者相得益彰。

（三）情感奇。作为边塞诗，没有王之涣"春风不度玉门关"之幽怨，没有王昌龄"不破楼兰终不还"之慷慨，有的是对胡天早雪的欣赏、对苦寒环境的冷静、对归京使臣的热情相送。

（四）描写奇。把秋天早早飘落的大雪，想象成春天满树盛开的梨花，非是感情奇特，才识奇特，没有如此奇特的描写。

**【阅读笔记·是一天，还是若干天】** 有种说法："全诗以一天雪景的变化为线索，记叙送别归京使臣的过程"。此说有点问题，主要是出在"一天"上。

首先，从体裁上看，这是有重要艺术创作内容的诗歌，不是以写实为主的"战地日记"等。诗歌是有跳跃性的，在时间上跳跃而去的内容，不能人为地谬补。

其次，单从雪景来看，不是描写的"一天雪景"，而是多天的多次的雪景。"胡天八月即飞雪"算是诗中所写的第一场雪；"愁云惨淡万里凝"是第一场雪后又一次大雪将至时的天气景象；"纷纷暮雪下辕门"，算是诗中所写的第二场雪。

两场雪是在同一天下的吗？或者说，干脆就是"同一天的雪"，只不过中间停了一段时间呢？雪景究竟是不是"一天"的呢？再来看送武判官的情景。从诗中看出岑参送武判官明显地分为两个阶段：一个是启程前的饯别阶段，一个是动身前的送别阶段。岑参参与送武判官的饯别宴的地点是在"中军"（营帐），其时间可以提前几天，酒宴可以很晚才结束，然后主、客各回营帐歇息。此种宴别，不像长亭送别那样，主、客尽觞后继而依依惜别。岑参在武判官动身时的送别阶段的地点是在轮台东门，即县城的"东门"，不是军营的"辕门"。送别阶段的时间是"雪满天山路"之时，不是之前的"纷纷暮雪下辕门"之时。此时，应是若干天后，起码应是"纷纷暮雪下辕门"后的第二天。再者，岑参所说的"不见君"，不是因为"暮"，而是因为"山回路转"，因此，武判官不是在赴宴后的当天晚上或夜里启程赴京的，而且在塞外大漠，于当天晚上或夜里启程赴京有悖常理。

## 212　逢入京使

【题意简释】入京使：边地派往京城的使者。

【背景简介】唐玄宗天宝八载（749），诗人第一次远赴西域任职，回首东望故乡，不免泪水涟涟。路途中恰遇入京使者，便请使者捎个口信，向家人报个平安。之后，诗人就这一情景，写下这首脍炙人口的诗。

【内容简介】生动描写赴任途中巧遇入京使者并请其捎口信的情景，既表达了对家园的强烈眷恋之情，又反映出诗人开阔豪迈的胸怀。

【原文】
故园东望路漫漫①，双袖龙钟泪不干②。
马上相逢无纸笔，凭君传语报平安③。

【译文】
向东遥望家园，路途遥远，双袖（揩眼泪）已经沾湿，（可是）泪水仍流，擦不干。
在马上相逢没有纸和笔，（只好）烦请您捎句话，给家人报个平安。

【注释及有关提示】①故园东望：动宾倒装，即"东望故园"。故园：家乡，此指长安和诗人在长安的家。漫漫：此处形容距离远。②双袖龙钟泪不干：转折复句，即"双袖龙钟，（而）泪不干"。龙钟：沾湿的样子。③凭：请，烦劳。传：传送，转达。语：话。

【艺术特色简介】（一）选材普通而提炼独到。作为边塞诗，此诗没有写与家人作别的悲壮，没有写异域环境的艰苦，也没有写赴任途中的鞍马劳顿，而是有意截取了军旅生活中一个很小的片段——巧遇返京使者。源于生活的小事，一经诗人独到的提炼，即产生出打动人心的强烈效果，足见诗人的艺术功力非同一般。

（二）感情复杂而真挚。不仅新闻贵真，任何艺术也都贵真。岑参此首小诗之所以感人至深，千古传唱，一个很重要的原因就是抒发真情实感。诗人远赴西域是主动请缨，他在此次赴任途中写的《初过陇山途中呈宇文判官》长诗中的四句，足以为证："万里奉王事，一身无所求。也知塞垣（sàiyuán，边境地带）苦，岂为妻子谋。"然而，岑参再坚强也是血肉之躯；再慷慨也有人之常情。首次远赴西域，行于漫漫长路，难抑故园之情，以致"双袖龙钟泪不干"。而"凭君传语报平安"既表示对家人的关切之情，又显出自己的开阔胸襟。诗人把内心融为一体的眷恋家人的柔情、建功立业的豪情真实地抒发出来，能不感人至深吗！

## 三十七、张谓 1 首

### 213　早梅

【作者简介】张谓（生卒年不详），字正言，河内（今河南沁阳市）人。早年从军塞北，唐玄宗天宝二年（743）中进士，曾做过礼部侍郎、潭州刺史等官。

【题意简释】早梅，早开的梅花。

【内容简介】这首七绝生动新颖地表现了寒梅开花之早的特点，流露出对寒梅早发的惊喜和对其高洁品格的赞赏之情。

【原文】
一树寒梅白玉条①，迥临村落傍溪桥②。
不知近水花先发③，疑是经冬雪未销④。

【译文】
一株寒天的梅花，满树枝条洁白如玉条，（它生长在）远离村庄靠近溪水的桥边。

（最初）不知（它是）因为靠近溪水而早开放，还以为是枝头上的白雪经过一冬仍然未消融呢。

【注释及有关提示】①树：株，棵。刘禹锡诗句"玄都观里桃千树，尽是刘郎去后栽。"②迥：远。傍（bàng）：靠近，临近。③发：生长，长出。④经：经过。销：此指融化。

【艺术特色简介】（一）立意新颖。该诗中"不知近水花先发，疑是经冬雪未销"的意境，与王安石《梅花》诗中"遥知不是雪，为有暗香来"的意境有异曲同工之妙。

（二）通过"白玉条"的鲜明比喻和"雪未销"的巧妙设疑，凸显了早梅冰清玉洁的品质和凌寒独放的风姿，也使诗人对早梅情不自禁的惊喜之情跃然纸上。

# 第五编　中唐

## 三十八、张继 1 首

### 214　枫桥夜泊

【作者简介】张继，字懿孙，襄州（今湖北省襄阳市）人，一说南阳（今属河南）人，唐玄宗天宝十二年（约756—约779）进士，曾任检校祠部（专掌祠祀、享祭等事的官署）员外郎。其诗多登临纪行之作，不事雕琢。

【题意简释】枫桥：今江苏省苏州市阊（chāng）门外。夜泊：夜间把船停靠在岸边。

【背景简介】安史之乱后，诗人避乱江南，途经寒山寺，夜泊枫桥，写下此诗。

【内容简介】这首诗精准地描绘了诗人夜泊枫桥时所见所闻的江南水乡特有的秋夜景象，深沉地抒发了羁旅之人的愁思。

【原文】

月落乌啼霜满天①，江枫渔火对愁眠②。

姑苏城外寒山寺③，夜半钟声到客船④。

【译文】

月亮落下，乌鸦啼叫，寒气满天，（我）对着枫树和渔火伴着忧愁而眠。

姑苏城外寒山寺，半夜悠扬的钟声传到了客船上。

【注释及有关提示】①月落：上弦月（月相的一种，农历每月初七或初八，在地球上看到月亮呈 D 型），升起得早，半夜时已沉落不见。乌啼：乌鸦啼叫。霜满天：是诗人对秋夜凉气袭人的主观感受，不是自然景象的实际，因为霜是凝结于地（包括附着于地的草、树、屋等物）上的，不会弥散或飘飞于满天的。诗人无意诠释自然现象，读者也不会当作自然教科书阅读，所以，尽管有此一误，人们仍然喜爱这优美的诗句及其所营造的优美的意境。②江枫：江边的枫树。江，指源自太湖的吴淞江。渔火：渔船上的灯火。对愁眠：用了拟物的修辞方法。"愁"是抽象的，诗中当作与羁旅之人对着的物来写，突出了"愁"的直观性。"对愁眠"的主语若解为"江枫和渔火"，欠妥；说这是"拟人化"，则既牵强，也无意义；当是省略或无须明言的诗人自己。综合两句看，上句侧重描写性交代诗人"对愁眠"的时间，下句侧重描写性交代诗人"对愁眠"的地点。③姑苏：苏州的别称，因城西南有姑苏山而得名。寒山寺：苏州市西枫桥附近的一座寺院，因唐初诗僧寒山曾住于此而得名。④夜半钟声：有人质疑"半夜敲钟"之事。其实，史书中早有记载，称之为"无常钟"。

**【艺术特色简介】**（一）意境优美。首句"月落乌啼霜满天"，分别从视觉、听觉、感觉三个方面精准地描绘出落月、啼乌、繁霜三个紧密相连的意象，营造出清冷的情境；次句以模糊的江枫与闪烁的渔火为这寒江秋夜加深了凄清的浓度；夜半时分，寒山寺的钟声打破了秋夜的静谧，使客船上不眠之人悠悠的心绪更加不绝如缕。这一切精心选择的意象有机交融所形成的意境优美的艺术特色，是这首诗备受推崇的根本所在。

（二）结构疏密有致。此诗结构的疏密非常明显。前半幅很密，短短的十四个字就神奇地展现了五种客观景象和诗人伴愁而眠的情景。"月落乌啼霜满天"这个由三个分句构成的并列复句，其中两个词（"霜满天"是三个词）就组成一个表意精准、结构完整的主谓句，简直简约到不能再简的程度。后半幅很疏，长长的十四个字才写了夜闻山寺钟声一事。重要的是，特意这样疏密布局，其"致"何在？主要的意趣是众星托月，以美衬美。仅前两句所展现的江南水乡秋夜天空的落月、树上的啼乌、满天的寒气、江边的枫树、江船的渔火等别致的意象，就令人得到审美的愉悦而内心赏赞不已；而后两句又把人的审美带到了无以复加的高度：此时此地那最具地方特色，最具诗意的山寺钟声，一声声地、悠长地传到客船上，撞击着羁旅中不眠之人的心灵，也叩响着一代代读者的心弦而传响不已。

## 三十九、刘长卿 2 首

**【作者简介】** 刘长卿（？—约 786 年），字文房，河间（今河北省河间县）人。天宝进士，两遭贬谪，官终随州刺史，故人称"刘随州"。他擅于描绘自然景物，长于五言，自称"五言长城"，在当时诗坛上很有名。

215 逢雪宿芙蓉山主人

**【题意简释】** 遇到降雪借宿在芙蓉山一户人家。宿：住宿，过夜。芙蓉山，山名，地点不详。

【背景简介】从诗歌的内容、情感来看，诗人此次严冬之行不是自由自在地游赏，而是迫于生计或某次遭贬后赴任之行，诗人没有办法住在驿站，只能投宿在大山里的贫穷人家。

【内容简介】此首五言绝句通过描写旅途的艰辛、农家的贫穷及自己投宿的感觉，生动而深刻地赞扬了山里人善良、朴实的美德。

【原文】

日暮苍山远①，天寒白屋贫②。

柴门闻犬吠③，风雪夜归人④。

【译文】

暮色苍茫中，影影绰绰的青山显得很远，寒冷天气中，见到了一处茅草屋。

轻叩柴门，听到狗叫之声，风雪夜投宿农家，感到像回家一样。

【注释及有关提示】①日暮：傍晚的时候。苍山远：青山在暮色中影影绰绰显得很远。苍，青色。②白屋：平民所住的未加修饰、未涂油彩的房子。③柴门：用树枝、竹子等编的门。④归人：回乡、回家的人。

【诗句简析】

首句：写远望之景，勾画出暮色苍茫、山路漫长的画面，表现出画中人夜行山路的苦况和焦急的心情。

次句：以所见"白屋"显示投宿人家的贫穷状况，为后面主人的热情埋下反衬性伏线。

第三句：写轻叩主人家柴门时明（狗吠）与暗（主人接纳）的情景。

第四句：写风雪夜投宿的感觉。

【艺术特色简介】（一）每句诗都构成一个独立的画面，而几个画面不是"一句一绝"格的横列关系，而是情景转换、事情发展的纵式关系。情景的转换是：路途之景——主家之况——院门之状——入住之感；事情的发展是：赶路——见屋——问宿——入住。

（二）景中寓情。跋涉情景（日暮、山远）中寓含着投宿难的苦情；农舍的情景（"白屋"）中，巧妙地反向寓含着主人的热情。

【阅读笔记·"风雪夜归人"究竟是何人？】有人说"风雪夜归人"之"人"是"邻居"，这就有点滑稽了。无论何因，于风雪夜造访的"邻居"，都不能说是"归人"。何况，此诗从头至尾都没有与"邻居"搭上界的任何信息。

有人说"风雪夜归人"之"人"是"主人",此说只是与"归人"的词义相合,而与事理、诗的主旨相去甚远。

笔者认为"风雪夜归人"之"人"是"客人"(特指"宿芙蓉山主人"家的这位客人)。

首先,看题目。乍看,题目有点怪(就自己讲,是少见多怪)。题目为什么要缀一"主人"呢?像孟浩然《过故人庄》那样,在"芙蓉山"后缀一"庄"字,不行吗?或者在"芙蓉山"后缀一"农家",不也行吗?因为,不论借宿在哪家,哪家都是"主人"。而自称"五言长城"的大诗人,难道不知缀一"主人"是多此一举吗?(不敢说画蛇添足)

反复吟诵全诗,始知大诗人在题目上加"主人",真是匠心独运。独运在扣合诗中投宿情景的描写,而且与末句形成出人意料的照应关系。

其次,看情节。暮色苍茫中,山连山的路途中,寒冷的天气中,忽然显现一茅草之房,跋涉了一天的诗人几乎是本能地轻叩柴扉——于是狗叫起来了,主人来到了(把狗喝住了),把门打开了,把客人迎进了较外面不知暖和了多少倍的屋子里了。假如是你,会是什么感觉?可能与大诗人的感觉差不许多,只是表达方法不一定相同。

最后,看最后一句的话题。此时:风雪,不一定越来越大,却是一直未停;夜,肯定是越来越黑;天,肯定是越来越寒。在此情况下被主人接待至温暖如春的屋内,客人的感激之情油然而生。那么,怎么表达感激之情呢?短短的五个字,既要描写风雪的无情、黑夜的茫茫,更要表现主人的热情。若是按照常规,把话题放在主人一方,则无论怎么表达也显得情薄语软;而诗人超常地把赞扬对方的话题放在客人(自己)一方,满怀深情地说,自己就像"风雪夜归人"一样。这对感激、赞扬素不相识的"芙蓉山主人",几乎没有比这更好的语言来替换了。

## 216 寻南溪常山道人

【题意简释】常道士:生平不详。诗题一作《寻南溪常山道人隐居》。

【内容简介】此首五律借写寻访一位道士之行,描绘一路景色,最后表示虽然没有寻得道士却因获得"禅意"而未生失望之情,反而感到满足。

【原文】

一路经行处①,莓苔见屐痕②。
白云依静渚③,春草闭闲门④。
过雨看松色⑤,随山到水源⑥。
溪花与禅意⑦,相对亦忘言⑧。

## 【译文】

（登山寻道人）一路经过的地方，苔藓（道上）显出木屐的痕迹。

悠悠白云依恋地悬浮在幽静的沙洲上空；蔓延的春草，使道人闲置的院门关闭了。

一边欣赏着经过雨水洗礼后的青翠松色，一边循着山路寻访到溪水的源头。

目睹溪边美丽的鲜花、身处四周美景所显现的幽静的"禅意"中，（即使寻访着道人，与道人）互相面对着，彼此也心领意会，无须说什么。

【注释及有关提示】①经行：经过。②莓苔：青苔。《昭明文选·游天台山赋（孙绰）》："践莓苔之滑石，搏壁立之翠屏。"（踏着生满青苔的光滑石块，抓着攀附于峭壁上的翠绿如屏的藤蔓。）见：通"现"，显现。"屐"（jī）：木屐，木底有齿的鞋子。

【阅读笔记·（1）谁的"屐痕"】

诗人细致地观察到"莓苔见屐痕"，那么"屐痕"到底是谁的呢？可能是常道士的，可能是诗人的，也可能是其他人的。其实，是谁的并不重要，重要的是通过这样一个富含特色的细节，具体地展现一路上人迹罕至、清寂幽美之状。

③白云依静渚：这是巧妙地运用拟人的修辞手法，以白云的依恋，突出景色之幽美。依，依恋。静渚，安静的水中小洲。④闭：使……闭。

【阅读笔记·（2）巧妙的写法多层的用意】

"春草闭闲门"，在句法上是使动句：即"春草使闲门闭"；在意思上一箭双雕：既以春草的蔓延，形象地显示环境的幽静；又以春草遮蔽闲门，点出院主人已经外出且时间很长了。⑤过雨：经过雨水（滋润、冲洗）。⑥随：沿着，顺着。水源，此指溪水的源头。⑦禅意：佛教指清寂凝定的思想境界，这里指道家"无为"的禅理。⑧忘言：《庄子·外物》："言者所以在意，得意而忘言。"〔语言是用来表达意思的，明白了意思就（应该）忘掉原话。〕诗人所引"忘言"的意思是：彼此意会，不必言说。

【阅读笔记·（3）诗人见到道士了没有？】

说诗人寻到了道士，其理由是"相对亦忘言"。其实，诗人是否寻到了道士，不仅关系到对"相对亦忘言"这一句诗的理解，还关系到对诗歌题目、立意、内容的理解。

题目冠一"寻"字，其结果无非有二：寻到了，未寻到。若单从"寻到"的结果看，题目中可用"过""访"等，如《过故人庄》（唐·孟浩然）、《访杨云卿淮上别墅》（宋·惠崇）。若没有访到，就在诗题中加否定的字眼，如《访隐者不遇》（唐·贾岛）、《寻陆鸿渐不遇》（唐·皎然）。刘长卿此诗题目，用"寻"而不加"不遇"的字眼，这就设置了一个是否寻到的悬念，而这正是整首诗巧妙构思链条上的首要一环。诗人这首诗要表达的意思是：费尽心力去寻访常道人，却是没有寻到，但是，不是希望落空，因为是否寻得常道人已经不重要了，因为寻访途中所饱览的幽静景象及其所寓含的禅意，已经令诗人完满地实现了寻访的愿望。因此，说诗人见到了道人，大概是还没有探究到此诗立意的奥妙所在。

再从内容上看，"春草闭闲门"一句，已经明确地表明诗人这次寻访是吃了"闭门羹"，诗人不会违背诗情发展逻辑又说突然遇到了道人（当然，大千世界中，这种可能多的是，但是此诗的逻辑链条中没有铺设这种可能）。

那么，诗人不是自己说"相对亦忘言"吗？是的！但是，诗人并没有说见到了道士。语言常识告诉我们，"相对"与"忘言"是相反关系，二者间的联接词，不应该用"亦"而应该用"而"，而句中的"亦"是与省略的"即"呼应的，因而得知，"相对亦忘言"是个紧缩的假设兼转折的复句，其完整式为：即使与道人相对，彼此亦忘言。

【艺术特色简介】

（一）移步换景，脉络清晰。行踪，由山径至院门，再至溪水源头——寻禅之人，自然移步；景物，由莓苔履痕至白云静渚、春草闲门，再至过雨松色、潺潺溪水，直至溪边鲜花——幽静之景，依次显现。

（二）巧妙转折的艺术构思。此诗篇幅虽短，却是一波三折。题目冠一"寻"字，设立一个悬念。然后，绕着"寻"字，依次写寻访路上"莓苔见履痕"的幽静、"白云依静渚"的美丽，直至"春草闭闲门"——诗情出现了第一个转折。吃了闭门羹的诗人，并没有失望、沮丧，无奈地打道回府，而是延长原定的寻访点，一直寻到溪水的源头——诗情出现第二个转折。诗人此举，与其说执意寻访道人，不如说兴趣转移，劲头倍增。从春草关闭的闲门到溪水的源头，诗人又欣赏到青青的松色、弯弯的山路、潺潺的溪水、艳艳的山花。诗人精神惬意，心理满足，油然顿悟：即使寻得道人，"相对亦忘言"——诗情出现了最后的也是最重要的一个转折。

## 四十、司空曙 1 首

### 217　江村即事

【作者简介】司空曙，字文明，一作文初，广平（今河北省永年县）人。曾任水部郎中、虞部（属工部，掌京城种植、山泽园囿等事）郎中等职，为"大历十才子"（唐代宗大历年间的十个诗人)之一。

**【题意简释】** 江村即事：以当前江村之事所做的诗。即事，当前的事物，后称以当前事物为题材的诗为"即事诗"。

**【内容简介】** 此诗叙写一位垂钓者在深夜归来连船也顾不得系就上岸就寝之事，描绘了江村宁静优美的景色，表现了钓者悠闲的生活情趣，体现了诗人无拘无束的老庄思想。

**【原文】**
钓罢归来不系船①，江村月落正堪眠②。
纵然一夜风吹去③，只在芦花浅水边。

**【译文】**
垂钓归来，不把船拴在桩上，此时残月西沉，江村宁静，正可以安然入睡。
即使夜里起风，小船被风吹走，也只是停搁在苇滩畔、浅水边罢了。

**【注释及有关提示】**

①罢：完了。不系船：《庄子·列御寇》"巧者劳而智者忧，无能者无所求，饱食而遨游，泛若不系之舟。"（灵巧的人劳累，聪明的人忧虑，没有能耐的人也就没有什么追求，饱食终日，自由遨游，像不系缆索飘忽在水中的船只一样。）庄子文中以"不系之舟"为无为思想的象征。系船，把船拴在树上或其他桩上。②堪：可以，能够。③纵然：即使。

**【艺术特色简介】**

（一）语言清新。全诗用语不加任何藻饰，真切营造出宁静恬美的意境。

（二）诗情出人意料。首句既写"罢钓"，下文则自然以"系船"承之；而诗人却著一"不"字，则诗境翻空，出人意料。"不系船"，能安然入睡吗？能！因为江水的流速、风吹的方向、苇滩的所在，全装在钓者心中，即使夜间起风，也不会把钓船吹走。由担心到无须担心，这又是一个"意外"。两个"意外"不仅增加了诗歌的情趣，而且从侧面突出了江村环境的幽美和诗人心境的平和、生活的闲适、精神的自由。

**【阅读笔记·"不系船"而系全诗】**

诗中"不系船"三字既是勾连全诗的关键，又是表现诗意的灵魂。

首句撒出"不系船"之"纲"，然后，全诗之"目"顺次张开。次句点明"不系船"之原因：船停江村，月落夜深，人已疲倦，正好酣眠。三、四句深入一步说明"不系船"

的理由：即使风起，吹走钓船，至多吹到长满芦花的浅水边，这又何妨呢！

可见，"不系船"，并不是主人慵懒的表现，而是一种闲适惬意的生活情调，同时也映衬出江村的宁静幽美，所以说"不系船"也是全诗立意的灵魂所在。

# 四十一、郎士元 1 首

218　听邻家吹笙

【作者简介】郎士元，字君胄（zhòu），中山（今河北定县）人。生卒年不详。天宝进士，官至郢州（地属湖北）刺史。"大历十才子"之一，与钱起齐名。

【内容简介】此诗描写听邻家吹笙的情景，通过联想和想象创造出似真似幻的意境，用侧面烘托的方法含蓄而又形象地表现了乐曲的美妙悦耳。

【原文】

凤吹声如隔彩霞①，不知墙外是谁家。

重门深锁无寻处，疑有碧桃千树花②。

【译文】

吹笙的声音如同隔着彩霞（从天而来），不知墙外是谁家（的人在吹笙）。

重重大门紧锁，无法寻得吹笙人所在，推想那人吹笙的地方必有千树色彩鲜艳的碧桃花。

【注释及有关提示】①凤吹（chuī）：笙箫等细乐的美称。《文选·孔稚珪〈北山移文〉》："闻凤吹于洛浦，值薪歌于延濑。"（在洛水之滨听高人吹笙作凤鸣，在长河之畔遇隐士吟唱采薪歌。）②疑：猜测，推想。碧桃：植物名，桃的变种，春季开花，花重瓣，白色，粉红至深红等。可供观赏和药用。

【诗句简析】

第一句：用夸张和想象的方法虚拟奏乐环境的美丽绝伦。写吹笙的声音如同"隔彩霞"奇妙有加：首先是，以彩霞的明丽绚烂烘托出笙乐的美妙悦耳；其次是，以"隔彩霞"引人自然推想出，乐曲是来自天上的，从而不言而喻地赞美了乐曲的超凡绝俗。

第二句：写诗人凭第一感觉的悬想后，又转回现实，自言自语：美妙的乐曲由谁家传来？

第三句：写诗人欲循声寻人，却因"重门深锁"而阻隔。难以亲临的"景"中融着些许怅惘的"情"。

第四句：寻访不得的微弱的怅惘火星，立即被具有强烈冲击力的笙乐浇灭，于是诗人呼应首句，继续推想奏乐环境，不过笔触由仙境转回到人间——就是人间，也是一个千树碧桃盛开的烂漫绚丽之地。诗人巧妙地用一个"疑"字创造出似真似幻的境界，通过通感的手法以绚丽的视觉形象写出了美妙的听觉感受。

**【艺术特色简介】**（一）联想丰富，想象奇特。听到墙外邻家吹笙的声音，先想象是天上仙境传来的；现实中"无寻处"时，又想象是由千树碧桃花处传来的。从天上到地上，联想驰骋万里；由彩霞到碧桃，想象美丽奇特。

（二）运用通感的修辞方法，把抽象的听觉感受转化为直观的视觉形象，有力地烘托出了笙乐的奇妙明丽。

## 四十二、韩翃1首

### 219 寒食

**【作者简介】** 韩翃（hóng），字君平，河南南阳人，唐玄宗天宝十三年（754）中进士，"大历十才子"之一，官至中书舍人（中书省的属官。中书省，统领国家政事的官署）。唐·孟棨（qǐ）《本事诗》载，建中初（780—783），德宗需起草诏令的人，令中书省推荐，中书省先后推荐两人，德宗皆不中意，于是亲自书写"赐韩翃"。时有两个韩翃：一个时任江淮刺史，一个时任宣武节度使李勉幕府从事。中书省不敢擅定，报奏皇上，德宗亲自抄写《寒食》诗，曰："赐此韩翃。"

**【题意简释】** 寒食，即寒食节，在清明节前两天或前一天。过寒食节时，前后三天不生火做饭，只吃冷食。传说这是为纪念春秋时晋国隐士介之推而形成的习俗。介之推随晋国公子重耳流亡十九年，功成回国后，却与母亲隐居山西绵山。重耳回国后被拥立为国君（即晋文公），为逼介之推出山，下令放火烧山，而介之推抱着树，宁可被烧死，也不出山做官。

**【背景简介】** 唐代制度，到清明这天，皇帝宣旨取榆柳之火赏赐近臣，以示皇恩。有人认为此诗作于天宝中，其时杨氏擅宠，杨国忠、杨铦兄弟与被唐明皇册封的杨玉环的三个姐姐韩国夫人、虢国夫人、秦国夫人号为五家，豪贵荣盛，没有谁能比，诗人借汉王氏五侯喻唐杨氏五豪。

**【内容简介】** 此首七绝精妙地描写了京城寒食节生机勃勃的景象，并借汉代的往事委婉讽喻当今的现实。

【原文】

春城无处不飞花①，寒食东风御柳斜②。

日暮汉宫传蜡烛③，轻烟散入五侯家④。

【译文】

暮春的长安城，没有一处不是柳絮飞舞，寒食节的春风吹拂着皇都的柳枝摇曳生姿。

夜色降临，汉朝宫人忙着传送蜡烛，蜡烛的轻烟一路飘散，一直飘入五侯家。

【注释及有关提示】①春城：春天的城市。春，此指暮春。城，指唐朝都城长安。花，指柳絮。②东风：春风。《礼记·月令》："东风解冻，蛰虫始振。"（春风化解了冰冻，冬眠的动物开始活动。）御柳：京城的柳树。

【阅读笔记·"御柳"简辨】《辞源》"御"义第六项为"封建社会指与皇帝有关的事物"。"与皇帝有关的事物"可分为直接的、间接的两种：直接的如"御刀""御膳"，间接的如"御街""御沟"。显然，"御柳"是间接的，可以指御苑中的柳，也可以指"御街"上的柳，还可以指皇城中的柳。

韩翃此诗中"御柳"应指皇城中的柳。

首先，从首句与次句描写对象的分工看，首句写皇城的柳絮，次句写皇城的柳枝。

其次，从首句与次句的内在关系看，首句的满城飞絮，是因次句的满城春风吹拂致千树柳枝"斜"的连锁动力所致。

再次，从作者的观察点看，全景的移动观察，并没有止于"御街"或"御苑"。而且"御苑"是指皇宫内的还是皇宫外的？若指皇宫内的，而此时诗人还不是朝官，何以见得宫内柳枝"斜"的具体情态？若说是想象之语或说有帝王的意象，则太牵强了。

③传蜡烛：寒食节普天下禁火，但权贵宠臣可得到皇帝传给的蜡烛。④五侯：汉成帝王皇后的五个兄弟王谭等人皆被汉成帝封为候，受到特别的恩宠。这里泛指天子近幸。

【诗句简析】

首句：从柳絮飞舞的角度描写都城春天的美景。"春城"——全景扫描，"无处不"——双重否定，"飞"——精彩描摹：三力合一，既明夸了自然的盎然生机，也暗赞了社会的承平景象。

次句：从柳枝摇曳的角度描写都城春天的美景。一个"斜"字，平实而又生动地写出了柳枝在春风中轻摇曼舞、婀娜多姿的美丽景象。"柳"前着一"御"字，既点明了柳树的所在，又巧妙地赞颂了皇恩的浩荡。

第三句：写汉代往事，讽当今朝廷。唐代制度，"清明日取榆柳之火以赐近臣"。诗人描写"传蜡烛"的场面，表面看是轻松一笔，实际是独具匠心。"传蜡烛"大致可分为三个地段：起点，皇宫内；中程，天街上；终点：五侯家。起点、终点的情景，世人难以得见，而截取中程的情景能让更多人看到或想见到皇家的威势、权臣的殊荣。

第四句：侧面描写权贵们专宠的情景。蜡烛从皇宫内开始传的盛大场面到"五侯家"的那种隆重的交接仪式，世人难以得见，于是，诗人就描写"轻烟"，为何不写"烛光"呢？因为"烛光"不是冲天的火光，在皇宫，世人难以见到，到"五侯家"世人也不得而见，只有在"中程"才能见到；而"轻烟"，不仅沿途能见到，"散入五侯家"后因其袅袅上升，还能见到。"终点"的情景，不能避而不写，但又难以正面写，所以诗人就巧妙自然地选择了"轻烟散入五侯家"的侧面描写。

【艺术特色简介】写景传神，寓意含蓄。

## 四十三、戎昱 1 首

220 移家别湖上亭

【作者简介】戎昱（约公元 740—约 801 年），荆州（今湖北江陵）人。少年举进士不第，漫游各地，后中进士。建中三年（782）居长安，任侍御史（御史台的官员。御史台，专司弹劾之职的官署），翌年贬为辰州刺史，后又任虔州刺史，唐德宗贞元中卒。

【题意简释】因为搬家而来与湖上的亭子辞别。

【内容简介】这首七绝，用拟人的手法描写了湖上亭边的景物，创造了优美的意境，表达了对故居依依惜别的深情。

【原文】

好是春风湖上亭①，柳条藤蔓系离情②。
黄莺久住浑相识③，欲别频啼四五声④。

【译文】

（故居边的景物）我最喜爱的是春风中湖上的亭子，亭边柳条、藤蔓轻轻摇动，仿佛要拴住离情（以阻止我的离去）。

黄莺在这儿住久了，简直像认识我一样，在这即将分离的时刻，连续鸣叫四五声（以表达与我的离别深情）。

【注释及有关提示】①好（hào）：喜爱。是：判断词"是"。陶渊明《桃花源记》："问今是何世？"②藤蔓（wàn）：藤和蔓。系（xì）：缚，拴。③浑：全然，简直。相识：认识我。④频啼：连续鸣叫。

【诗句简析】

首句：紧扣题目，开门见山地点明最喜爱春风中湖上的亭子。

次句：回答（描写）喜爱湖上亭的理由之一——亭边的柳条、藤蔓要拴住离情，不忍主人离去。

第三句：回答（描写）喜爱湖上亭的理由之二——亭边枝头的黄莺似乎认识主人。

第四句：承接第三句，进一步描写黄莺不忍主人离去而频频啼叫的动人情景。

【艺术特色简介】（一）感情真挚深厚。诗人因为自己对故居的一草一木怀有真挚深厚的感情，所以就想象亭边的草木要拴住离情、枝头的黄莺以频频的鸣叫表达不忍离别的深情，从而以拟人的手法创造了童话般的境界。

（二）用词准确生动。动词"系"，既符合柳条、藤蔓自身柔、细、长的特点，又形象地写出了它们要拴住抽象的离情、要拉住主人不让其离去的动人情景。副词"浑"，用得亦真亦幻，令人真切感到与主人相处久了的鸟，对主人产生了深情，所以尾句的"欲别频啼四五声"也就以其合情合理而深深打动人心了。

## 四十四、柳中庸 1 首

### 221 征人怨

【作者简介】柳中庸（？—约 775 年），名淡，字中庸，河东（今山西永济）人，为柳宗元族叔，唐边塞诗人，大历（唐代宗年号）年间进士。

【题意简释】从诗中所提到的地名、景物、器物等方面看，这是一首边塞诗。唐朝的边塞诗，盛唐时就大致分为慷慨高昂的建功报国之调和凄婉低回的怀远思乡之曲这两类。晚唐时国力渐弱，边塞诗更是多写征戍之苦。柳中庸的这首代征人抒怨的佳作是其流传最广的一首诗。

【内容简介】这首七绝通过概括征人征战的景况和描绘塞外恶劣的气候与苦寒的环境，含蓄而生动地抒发了征人之怨。

【原文】

岁岁金河复玉关①，朝朝马策与刀环②。

三春白雪归青冢③，万里黄河绕黑山④。

**【译文】**

年年从内蒙古的金河到甘肃的玉关，来来回回，往复无尽；天天跃马挥戈，反反复复，征战不休。

时届暮春，塞外仍未着青色，所见唯有白雪落向青冢而已；万里黄河九曲百转，它绕过座座黑山，奔腾向前。

**【注释及有关提示】**①金河：即大黑河，是黄河上游末端一条大支流，流经呼和浩特市近郊。复：再，往复无尽。玉关：甘肃的玉门关。②马策：马鞭子，代马，进而代骑马奔驰。刀环：刀柄上的铜环，代刀，进而代挥刀厮杀。③三春：春季的三个月或暮春，此指暮春。青冢：在呼和浩特市南大黑河南岸的冲积平原上。传说塞外草白，唯独昭君墓上草色发青，故称青冢。④黑山：一名杀虎山，在今呼和浩特市境内。当然，黑山不能坐实，是由青冢联想到的，是相关联想。而黄河与黑山相去甚远，为何提到？诗人想到黄河是颇具匠心的：一是表现边塞的山川形势，以此暗喻征人生活之苦；二是用一个"绕"字暗喻征人绵绵无尽的怨情；三是语言形式上的"黄"，既与本句的"黑"相对，又与出句的"白"相对。

**【诗句简析】**

首句：点出边陲上两个相隔遥远的地名，生动地显示了征人年年不息、千里跋涉的艰辛。

次句：点出将士们随身所带的马鞭和战刀，生动地显示了征人天天不止、浴血拼杀的痛苦。

第三句：实写暮春雪落青冢的情景，形象地展现出长年不见春色的寒冷气候。

第四句：虚写九曲黄河绕着座座山川奔流的情景，形象地映衬出艰苦的生活环境和将士们连绵不尽的怨恨。

**【艺术特色简介】**在语言运用方面，这首诗的谨严工整，历来为人称道。全诗不仅每联对仗，而且每句自对。首联"岁岁"对"朝朝"、"金河"对"马策"、"玉关"对"刀环"、虚词"复"对虚词"与"，对仗工整。上句的"金河"对"玉关"，不仅名词对名词，而且修饰语"金"与"玉"的对仗，从质地到色彩都极为妥切。下句的"马策"与"刀环"，不仅是器具方面的工整对仗，而且所含的层层推进的借代，最终是指代戍边将士的征战生活。

第二联的对仗也是如此。每句的自对更为谨严。第三、第四句中"白""青""黄""黑"

四种颜色交相辉映，使诗歌形象富于色泽之美。另外"归"与"绕"都略带拟人色彩，别具情韵。对仗这样精工的绝句，的确是鲜见的。

**【阅读笔记·不着一字，尽得风流】**题目是"征人怨"，而通篇无"怨"字，但是句句有怨情。首句"岁岁金河复玉关"，写戍边将士年复一年，东奔西跑，这是一怨长年跋涉不止。

次句"朝朝马策与刀环"，写戍边将士天天扬鞭驱马，挥刀拼杀，这是二怨长年征战不休。

第三句"三春白雪归青冢"，写时届暮春，塞外边陲仍然大雪飘落，这是三怨气候恶劣。

第四句"万里黄河绕黑山"，写戍边将士的生活地域，这是四怨生活环境的荒寒。

由此看出，征人的怨情不是空喊出来的，而是通过所描写的征人生活的方方面面，具体生动地表现出来的，产生了正如晚唐诗人、诗论家司空图所说的那种"不着一字，尽得风流"的艺术效果。

## 四十五、胡令能 1 首

### 222 小儿垂钓

**【作者简介】**胡令能，唐德宗贞元、唐宪宗元和时期人。生卒年、籍贯皆不详。《唐诗纪事》载"令能圃田隐者，少为负局锼钉之业……世谓胡钉铰者也。"〔胡令能是圃田隐居的人，年轻时从事磨镜、镂刻、钉补的工作……是世人称为胡钉铰的人。圃（pǔ）田：古泽薮名，原址在今河南中牟县西。负局：背着磨镜的箱子，亦指磨镜。钉铰：指磨镜、补锅、锯碗等。〕注：把"圃田"写为"莆田"（地在福建），是一字之误的讹传。

**【内容简介】**此首七言绝句，生动地描写了一个小孩专心致志学钓鱼的情景，既表现了小孩天真活泼的性格，也反映了诗人对小孩的喜爱之情。

**【原文】**

蓬头稚子学垂纶①，侧坐莓苔草映身②。
路人借问遥招手③，怕得鱼惊不应人④。

**【译文】**

一个头发蓬乱的小孩正在学垂钓，他侧身坐在青苔上，绿草映衬着他的身影。

小孩听到有个路人向他问路，老远就摆着小手（示意不要出声），他怕鱼儿被惊而跑，所以不敢（说话）应答问路之人。

**【注释及有关提示】**①蓬头：发乱如蓬。稚子：幼儿。垂纶（lún）：垂丝钓鱼。纶，钓线。庾信《拟咏怀》："赭衣居傅岩，垂纶在渭川。"〔（傅说）穿着囚衣居住在傅岩（得遇殷高宗），（吕望）在渭水垂钓（得遇周文王）。〕②侧：倾斜，斜着。莓（méi）苔：青苔。参见刘长卿《寻南溪常道士》之注释。③借问：向人询问。④得：助词，用在动词后。应（yìng）：答应，回答。

**【诗句简析】**

首句：以特写镜头展现小孩蓬乱的头发，以此表现其幼稚、顽皮和可爱；然后全镜头展现小孩正在学习垂钓的情景。

次句：简洁而细致地描写小孩的坐姿及绿草掩映的情景。一个"侧"字，传神地表现出小儿专注垂钓而不顾坐姿的情景，为后面小孩不应问路者的情景做好了合情合理的铺垫。

第三句：描写一个普通而又精彩的情节，路人问路，小儿摆手不语。一个"遥"字，惟妙惟肖地表现了小儿的机敏：不仅自己不出声，还果断地预先采取有力措施——摆手——有效防止路人走到近前再问路以致吓跑鱼儿的后果发生。

第四句：承接第三句交代小儿只摆手而不回答路人的原因，从小儿的想法上表现了他的天真和机智。

**【艺术特色简介】**

细节描写典型传神。"蓬头"的肖像细节，表现出小儿天真顽皮的性格特点。"遥招手"的动作细节，使一个专心垂钓、机智应对外来干涉的小儿形象跃然纸上。

## 四十六、戴叔伦 1 首

### 223  兰溪棹歌

**【作者简介】**戴叔伦（公元732—789年），字幼公，润州金坛（今江苏省金坛县）人，贞元（唐德宗年号，785—805）年间进士，官至容管经略使（唐初边州别置经略使）。他的诗，题材丰富，体裁多样。

**【题意简释】**兰溪：水名，在今浙江兰溪县西南。棹歌：船工行船时所唱之歌，后演化为一种歌曲，多描写水乡情景及渔家生活。棹（zhào），用桨划船。

**【内容简介】**此首七绝仿拟民歌，以独特的视角，写出了兰溪美丽的山水夜景及渔家的欢乐之情。

**【原文】**

凉月如眉挂柳湾①，越中山色镜中看②。

兰溪三日桃花雨③，半夜鲤鱼来上滩。

**【译文】**

清冷的如眉毛一样的月亮挂在水湾边的柳梢上；越地秀美的山色从清平如镜的水面上倒映出来。

兰溪在三天的春雨后，水流加速；喜欢活水及蹦跳的鲤鱼，在夜半人静之时纷纷跃上溪头浅滩。

**【注释及有关提示】** ①凉月：清冷的月亮。如眉：像眉毛，此比喻蛾眉月（农历月初形状如弓的月亮）。挂柳湾：挂在水湾边的柳树上。②越：越地，泛指浙江一带。镜：镜子，此借喻为平静的水面。③三日：三天；指农历三月初三日。桃花雨：桃花开放时下的雨，即春雨。

**【诗句简析】**

首句：描写新月挂柳梢的美丽景象，并为全诗画面染上柔和明丽的底色。

次句：以水面的角度和妥帖的借喻，巧妙地表现出越地秀美的夜间山色。

第三句：交代连下三天春雨，既表现溪水水位、水速的变化之美，又为末句的鲤鱼上滩做好客观条件的铺垫。

第四句：以传神之笔描写鲤鱼上滩的情景，激活了整个画面。

**【艺术特色简介】** （一）选材独特，表现独特。选择江南水乡的夜景作为描写对象是很独特的。一般的"夜"的特点是静和暗，而此诗中的"静"不是毫无生气的"静"，而是涌动着活泼气息的"静"；此诗中的"夜"也不是漆黑一片的景象，而是月色皎洁、山水明丽的景象。此种独特的艺术效果，是靠独特的艺术表现产生的。

首句"凉月如眉挂柳湾"，就为全诗着好了明澈秀丽的底色。"越中山色镜中看"一句，借水观山，非常巧妙地把夜间难以看清的黯淡的山色倒映成明媚的画卷。尾句写鲤鱼溯游跳滩的传神之笔，不仅激活了整个画面，也含蓄地表现出渔家的欢乐之情。

（二）用语普通而有特定的表现力。如，第三句用"桃花雨"而不用"春雨"，不仅是字数的需要，还丰富了诗句的意象，令人想到桃花的艳丽、缤纷。

再如，尾句中的"上"，既包含了鲤鱼"蹦床"之空中舒展体态，也有"背越式跳高"

之落地优美身姿。若换成"跃""蹦""跳"等,都不通或不全面。

## 四十七、韦应物 2 首

【作者简介】韦应物(约公元737—约790年),长安人,15岁便成为唐玄宗的侍从"三卫郎",后来发奋读书,考中进士,曾做过苏州、滁州、江州等地刺史,世称"韦苏州""韦江州"。他的诗以描写景物和隐居生活著称,因为他历经玄宗、肃宗、代宗和德宗四朝,对安史之乱造成的社会动荡深有体会,也写了不少反映民间疾苦的作品。

224 寒食寄京师诸弟

【题意简释】寒食,节令名,在农历清明节前一天(一说前两天)。相传春秋时晋国介之推辅佐重耳(晋文公)回国后,隐于山中不仕,文公烧山逼他出来,之推抱树烧死。文公悼念他,禁止在之推死日生火煮食,只吃冷食。以后相沿成俗,叫作"寒食禁火"。诗人在寒食节写了这首怀念诸弟的诗。

【背景简介】这首诗写于唐德宗贞元二年(786)或三年,当时诗人在远离京都(长安)的江州(唐时辖境相当今九江市等县地)刺史任上,又遇上了寒食节,孤独思乡之情更甚,于是便即兴写下了这首诗。

【内容简介】这首诗借助描写与寒食节有关的景象、环境,抒发怀念诸弟及家园的深情。

【原文】
雨中禁火空斋冷,江上流莺独坐听①。
把酒看花想诸弟②,杜陵寒食草青青③。

【译文】
春雨之中,寒食禁火,独处书斋,更感寒冷;江边黄莺婉转的鸣叫多么悦耳啊,而我却是独自坐在书房中听。

饮酒赏花(该是多好的赏心乐事),然又想起了几个弟弟(却不能与他们一起共享欢乐……);寒食之时,老家杜陵这一带已是野草青青了。

【注释及有关提示】①江上:不是江水之上,而是江边(的树上或花丛间等)。上,是方位词,边,畔。《左传·僖公二四年》:"瑕甥郤芮不获公,乃如河上。"〔(三十日，晋文公的宫殿起火。作乱的）瑕甥、郤芮找不到晋文公，于是就到黄河边上去找。〕流莺，莺鸟。流，谓其鸣声圆转。不是江上水鸟，这种小鸟若在江水之上鸣叫，在江边书房中的人未必能听到。②把酒：手持酒杯。参见孟浩然《过故人庄》。"把酒"，要畅饮吗？可能是喝不下去。"看花"，是入迷吗？可能是心不在焉。③杜陵：诗人韦应物的故乡，在今陕西省西安市东南。古为杜伯国，本名杜原，汉宣帝在此筑陵，改名杜陵。

【诗句简析】

首句：阴雨的冷清、禁火的萧索、空宅的寂寞——一层加一层地展现了环境气氛的特点。

次句：以黄莺的叫声反衬独坐书斋的冷清。

第三句：写独在异乡饮酒赏花时，不由地想起家乡的各位弟弟。

末句：以景结情，通过对家乡景物的猜测性描写，含蓄地表达了对诸弟的怀念，也透露出隐隐的归思。

【艺术特色简介】此诗不完全是以乐景抒哀情，总体上应该是借景抒情。首句借景之"冷"，抒情之"冷"；二、三两句，借"江上流莺""把酒看花"之乐景，反向抒发思念诸弟而不得晤面之哀情；末句以景结情，想物思人，借故乡"草青青"之景，抒发思念诸弟、怀念故乡之情。

【阅读笔记·"独"字的妙用】

首句之"空斋冷"已经暗含"独处凄凉"之意；而面对春雨，赏听流莺之惬意，便翻转了上句之"独处凄凉"；而紧接着一个"独"字，又转折回来——如此悦耳怡神的鸟鸣之声却是我一人独自坐听，这是多么遗憾啊！这里的一个"独"字，又隐含着下句的内容，即与远在京城的兄弟共同听婉转的鸟鸣、共同饮令人陶醉的美酒、共同赏令人开心的鲜花，该是多么好啊！可是，事实是独酌独赏，故手持酒杯，因"想诸弟"却喝不下去，面对鲜花因"想诸弟"却心不在焉。因为"独坐听"而"想诸弟"，因为"想诸弟"而饮酒无趣，看花无致，于是诗人心底深处的手足之情牵引着诗人的思绪由眼前推向了遥远的故园。由此可见，整首诗句句相承，浑然一体，全由一个"独"字明暗交织地勾连而成。

225 滁州西涧

【题意简释】滁（chú）州：今安徽省滁州市。西涧：滁州西郊的一条小溪，又称上马河。

【内容简介】这首七言绝句，描绘了涧边的幽静景象和野渡的雨中晚景，流露出不慕高位、安于自适的情怀。

【背景简介】作者任滁州刺史时，游览滁州西涧，写下了这首山水名篇。

【原文】

独怜幽草涧边生①，上有黄鹂深树鸣②。

春潮带雨晚来急③，野渡无人舟自横④。

【译文】

我独爱生长在涧边的幽草；（尽管）涧上有黄鹂在茂盛的树上动听地啼叫。

傍晚时分，春潮带着雨水急急地涌来；野外渡口无人管理，渡船随着波浪自然地横在一边。

【注释及有关提示】①怜：爱。②黄鹂：黄莺。叫的声音很好听。深：茂盛。③春潮：春天的潮汐。④野渡：郊外无人管理的渡口。横（héng）：横放着。

【诗句简析】

首句：鲜明地指出自己独爱涧边幽草。

次句：以涧上深树、黄鹂之光鲜亮丽对人的冲击，反衬对所选的坚定不移。

第三句：描写晚潮加上春雨使水势更急的情景，为末句的情景做铺垫。

第四句：描写渡船被潮水所冲而横在一边的情景。

【艺术特色简介】（一）诗中有画。诗中描写的涧边的幽暗的草，树上的鸣叫的鸟，一低一高，色彩鲜明；带雨的春潮之滚滚之势、无人的渡口之空空之势、横在一边的渡船的悠悠之态都如画中一般。

（二）诗人的情绪若隐若现。头两句在一低位与一高位、一默默无语与一恰恰鸣叫的对比中隐隐显示出诗人恬淡的胸襟和安于寂寞的情怀。后两句春潮晚雨的激势与所形成的渡船自横的结果恰成反调的描写中，隐隐地显示出无人管束、自由漂流的情怀。

（三）诗句结构逻辑性较强，但是较隐晦。开头两句，其间是倒装的转折关系，即"（尽管）涧上有茂密的树、有婉转鸣叫的黄莺，（但是）我独爱涧边幽暗无语的小草"。结尾两句，其间是因果关系。

【阅读笔记·"独"——爱物的专选处世的淡泊】诗人对涧边幽草情有独钟，于首句首字，极为鲜明地用了一个"独"字，以郑重表明：唯爱此物，别无他选。"独"这个范围副词，与之相对的范围是全（全部）。诗文中用到"独"时，都会或明或暗地显示其"全（全部）"的内容。根据题目及首句得知，该诗与"独"相对的"全部"的内容是滁州西涧的自然景物，包括两面连绵的山、沟底流淌的水、沟水中的游鱼、沟水边的小草、沟上边的大树、树丛中婉转鸣叫的鸟等。诗人于"全部"中独选的草，不是生长在敕勒川上能够淹没牛群、羊群的丰美的草，也不是生长在古原上"野火烧不尽"的生命力旺盛的草，而是生长在西涧的最低位置（水除外），被山、树遮蔽而黯淡乏光的草。人们不论是喜欢菊花、牡丹，还是莲花，都因其有令人酷爱的光鲜之处，而韦应物没有说涧边幽草的一丝优点，难道就是因为它生长在低处且缺乏光彩而喜爱它吗？正是如此，韦应物就是借涧边幽草来表达自己想过隐逸生活的处世态度。

诗人选择了独爱之物后，又以涧上光鲜亮丽的深树和黄鹂反衬对自己所选的坚定不移。然后，视线移到了与人、社会有关的渡口、渡船上了。诗人自然流露的对"野渡无人舟自横"之社会情景的深爱，还是由"独怜幽草涧边生"的处世态度引发的。因为，隐逸生活的重要内涵，就是无拘无束，怡然自得。

## 四十八、卢纶 1 首

226　和张仆射塞下曲六首·其二

【作者简介】卢纶（公元739—799年），字允言，河中（府名，以位在黄河中游得名，府治是今山西永济市）人，大历十才子之一。屡试不第，大历中由王缙推荐，累官至检校户部郎中。其诗多送别酬答之作，有少数反映军士生活及抒写个人失意的悲壮苍凉的作品，其《和张仆射塞下曲》较有名。

【题意简释】《塞上曲》和《塞下曲》皆出于汉乐府《出塞》《入塞》等曲（属《横吹曲》），为唐代新乐府题，歌词多是描写边境风光和战争生活的。卢纶的《塞下曲》组诗共六首。这首的体裁实际是五言古诗。仆射（yè）：官名，为尚书省长官，位同宰相，后为虚衔。张仆射，大概指张延赏，德宗时曾拜相。

【内容简介】此首古诗描写将军夜猎的典型情节，赞扬将军的英武。

【原文】

林暗草惊风①，将军夜引弓②。
平明寻白羽③，没在石棱中④。

**【译文】**

昏暗的树林中，草突然被风吹动，将军在黑夜中连忙拉开弓。

天明寻找昨晚所射出的白羽箭，（只见）箭头钻入石头的棱角中。

**【注释及有关提示】** ①惊风："惊（于）风"，即"被风所惊"。②引：拉开。③平明：天刚亮。白羽：此借代箭尾有白色羽毛的箭。④没（mò）：沉入（水中）。此指钻入（石中）。石棱（léng）：石头的棱角。

**【诗句简析】**

首句：交代时间、地点，渲染紧张气氛，为写将军"引弓"做好铺垫。

次句：定格将军"引弓"的画面，既表现将军的从容镇定，又为写将军所射何物埋下伏笔。

第三句：交代翌日清晨搜寻猎物，又为写将军"引弓"之结果做好铺垫。

第四句：写"箭没石棱"的细节，以令人嗟叹的结果，赞扬将军的威猛。

**【艺术特色简介】**（一）气氛渲染精到。如"林暗草惊风"：幽暗的树林中，草突然因风而"惊"。这不是一般的气氛渲染，而是扣合将军夜巡之时、猛虎藏身之所、古之"风从虎"之说的渲染，以不见虎而似虎欲出之境，为将军沉着射虎做好了精到的气氛渲染。

（二）层层设伏，步步照应。"林暗草惊风"为下文将军登场亮相设伏；"将军夜引弓"为下文搜寻猎物设伏；"平明寻白羽"为揭晓出人意料的"谜底"设伏。这样写不仅自然地表现了时间的推移、场景的转换，还增强了情节的曲折性和趣味性。

（三）语言含蓄，意在言外。诗人写射虎之箭"没在石棱中"的细节，令人赞叹将军的英武，进而想到战场上将军一马当先，射翻敌酋，挥军掩杀，大获全胜的情景。

**【阅读笔记·活用典故】** 此诗基本上取材于汉代李广射虎的故事。《史记·李将军列传》载："广出猎，见草中石，以为虎而射之，中（zhòng）石没镞（zú，箭头），视之，石也。"李广射虎的故事，人们早已耳熟能详，而读卢纶此诗还有耳目一新的感觉，原因就是活用典故。

此诗并不是李广射虎故事的翻版或仿写，而是以历史典故为基础，作了巧妙的创新。短短二十个字的一首小诗，竟有三处以微见著的创新。将出猎时间定位于夜间，暗中以夜间的幽暗渲染恐怖气氛，进而衬托将军的英武，此其一。

将"射"改为"引"，此其二。一字之别，虽非天壤之别，却也大相径庭。"射"，包括搭（箭）、开（弓）、发（箭）三个前后相连的组合动作。"引"，是"拉开"，虽暗含"搭（箭）"，却不包括"发（箭）"。不是将军没有"发（箭）"，而是诗人故意定格于"引"的画面上，既是含蓄地照应后文的"没在石棱中"，更是以"引"的动作，带出将军张弓搭箭、屏声静气、瞄准目标等动作，有力地表现了将军胸有成竹、临危不惧的风采。

所射之箭，不是"中石没镞"，而是"没在石棱中"，此其三。人力之箭，射入石的平面尚且是神话，射入石棱（石的突起部分），更是匪夷所思。

诗人独运匠心的三处创新，以微见著，刷新了将军猎虎的形象，使诗歌韵味隽永，脍炙人口。

## 四十九、李益2首

【作者简介】李益（公元748—829年），字君虞，陇西（郡名，因在陇山之西得名）姑臧（古县名，治今甘肃省武威市）人。大历四年（769）进士，初授县尉一类小官，久不得升迁，遂弃官漫游北方各地，曾从军十年，深谙边塞生活，后官至礼部尚书。以边塞诗名世，擅长绝句，尤其工于七绝。

### 227　夜上受降城闻笛

【题意简释】题目扼要点明时间、地点、事件，既简明又含蓄。

【背景简介】李益登受降城时，唐朝国力大减，战乱不止，书生们不再有弃文从军、杀敌立功的壮志；将士们也不再有"不破楼兰终不还"的豪情，而是充溢着厌战情绪。在这样的背景下，李益秋夜登上辉煌一时的受降城，心中涌起无限感慨，于是代表戍边将士写下了这首抒发思乡之情的千古绝唱。

【内容简介】此首七绝，以典型的凄凉环境的衬托，通过对边城寒夜之笛声和征人长夜难眠的描写，含蓄而深刻地表现出征人哀怨不绝的思乡之痛。

【原文】
回乐烽前沙似雪①，受降城外月如霜②。
不知何处吹芦管③，一夜征人尽望乡④。

【译文】
回乐烽前沙白似雪，受降城外月光如霜。
不知何处吹起笛子，一夜间征人全都眺望故乡。

【注释及有关提示】①回乐烽：指回乐县的烽火台。回乐县唐属灵州，故城在今甘肃灵武县西南。一作"回乐峰"，指回乐县境内的某座山峰。

【阅读笔记·（1）"烽"，还是"峰"】"烽"或"峰"，在该诗句乃至整首诗中都说得通，没有太大区别。但是，从整首诗的意境看，"烽"更贴切。作为典型环境中典型意象的"烽"所寓含的狼烟升腾、探骑飞报、两军厮杀、刀光剑影等内容，是"峰"所不具有的。而且，这些内容与战争有关、与征人有关，而整首诗就是一首因景及情的"征人怨"。所以，当是"烽"字。

②受降城：唐代在西北筑有东、西、中三座受降城，分别在胜州、灵州、朔州。贞观二十年（646），唐太宗亲临灵州接受突厥一部的投降，而诗中提到的"回乐（县）"地在灵州，故诗人说的受降城，当指地在灵州的西受降城。③芦笛：用芦管制成的笛子。一作"芦管"。据诗题看，当是芦笛。④征人：远行或出征的人。此指戍边的将士。

【诗句简析】

首句、次句：写所见，也就是描写征人生活的典型环境。夜晚，沙土地、烽火台、受降城乃至整个荒漠，都被清冷如霜的月光笼罩着。这种苍茫寥廓的景象所渲染出的孤寂、悲凉的气氛，铺垫着、导引着后面非抒哀情则不合整首诗的整体韵味。

第三句：写所闻——听到笛声。什么笛声呢？诗人未说，但是就前两句铺垫的气氛看，就"一夜征人尽望乡"的引发作用看，肯定是哀婉的笛声。

第四句：写事件。什么事件呢？时间：一夜；人物：征人；数量：全部；事情：望乡。这是整首诗的结句，而征人哀怨的怀乡之情，却是绵长不绝化作一种凄婉的声音久久地回荡在受降城的上空，回荡在读诗人的心中。

【艺术特色简介】（一）颜色、声音、情感三者融为一体。清冷的月色笼罩全景，哀婉的笛声引发乡情，征人的情感又与如霜的月色、哀婉的笛声浑然一体。

（二）蕴藉含蓄。开头两句清冷苍茫的景中就含着怅惘惨淡之情。第三句的笛声中就含着哀婉之情。末句也不是直接抒情，而是通过描写征人的动作、情态，表现其内心的凄苦。

【阅读笔记·（2）巧妙而自然的结构】显而易见，前两句的写景是为后面的抒情作铺垫的；但是，第三句是写景，还是抒情呢？严格地说它不是"写景"，也不是"抒情"，而是"叙事"：某个烽火台旁或某个兵营中的某个戍卒在吹笛子。从"组织关系"看，它既不属于前面的铺垫"部门"，也不属于后面的抒情"部门"，但是，它是二者之间断然不能缺少的"中介部门"。对上，它起由色而声的转接作用；对下，它起由声而情的触发作用。所以，李益此诗的结构是非常巧妙而自然的。

228　江南曲

【题意简释】江南曲：乐府《相和歌》曲名。李益的《江南曲》是一首拟乐府，写得很有民歌色彩。

【背景简介】唐代出现了大量以闺怨为题材的诗作，这些诗作主要有两大内容：一类是思征夫，另一类是怨商人。李益的这首《江南曲》就是怨商人的代表作。

【内容简介】诗人仿拟商妇口吻，简洁而曲折地表现了商妇的怨情，表达了对商妇遭遇的同情，并认同商妇不重金钱而重夫妻团聚的价值观。

【原文】

嫁得瞿塘贾①，朝朝误妾期②。

早知潮有信③，嫁与弄潮儿④。

【译文】

嫁给瞿塘商人，他天天把与妾相会的佳期耽误。

早知潮水的涨落这么守信，还不如嫁给一个弄潮的青年。

【注释及有关提示】①瞿塘贾：在瞿塘峡岸边（长江上游一带）做买卖的商人。瞿塘，指瞿塘峡，长江三峡之首，在四川奉节县东。贾（gǔ），商人。②妾：古代女子自称的谦辞。期，预定的时间。③潮有信：海潮、江潮因受月亮的影响，涨落都有定时，故称"潮信"。信，讲信用。④弄潮儿：弄潮的青年。弄潮，也称迎潮，古代的一种水上游戏，类似今天的冲浪。

【诗句简析】

首句：点明所嫁之人的身份及其经商之地。

次句：直接发泄对丈夫的怨恨之情。

第三句、第四句：商妇自语，如果时光倒流，宁可嫁给一个贫穷而讲信用的弄潮儿。

【艺术特色简介】（一）使用白描手法，语言明白如话。

（二）诗思严密。商妇由瞿塘贾之"朝朝误妾期"，而反向联想到瞿塘峡潮水之"朝朝"有信，进而生出不如嫁与弄潮儿的离奇而又合情的想法，从而合乎逻辑地展示了商妇由盼生怨、由怨生悔的心理变化过程。

【阅读笔记·（1）"平"中有"奇"】说此诗"在布局上平、奇相配"，很好。

但是，细究一下，还不只如此，其"平"中也有"奇"。首句"嫁得瞿塘贾"看似平淡，却暗藏"玄机"："贾"，暗含"商人重利轻别离"的意思；而"瞿塘贾"，与下面的"潮有信""弄潮儿"在地理特点上暗中扣合。若说"峨眉贾"，则怨妇"嫁与弄潮儿"的奇特之想，就不合诗情了。

次句，写商妇直斥其夫，表面"直而平"，实际寓含爆发"奇"的充足的"火药"。因为商人"误妾期"不是偶尔，也不是时常，而是天天。语气如此之重、怨情如此之深，足见诗句的平中寓有奇了。

**【阅读笔记·（2）历史的假设离奇的重选】**"早知潮有信，嫁与弄潮儿。"诗人用高度精练的语言浓缩了一个二重复句：妾（如果）早知江潮有信（那么，与其嫁给这个不讲信用的瞿塘商人），（还不如）嫁给按照潮信如期弄潮的青年。商妇的自言自语，使诗歌画面突然蹿出一个弄潮儿的形象，商妇在幻想中穿越了时空隧道，把瞿塘峡上的弄潮儿与瞿塘江边的商贾并列在一起，按照自己的价值观重新比对、选择。商人富有，能给商妇大把的钱；弄潮儿贫穷，不会给妻子带来优裕的物质生活。该女子为什么一反常俗，坚决地舍富择贫呢？因为该女子在遭遇了商人丈夫"朝朝误妾期"的精神苦痛后，其重新修订的择婿的唯一的标准就是讲信用。这个历史的假设、荒唐的想法，最高程度地发泄出对丈夫的怨恨之情，惟妙惟肖地展露了商妇由盼望而失望、由怨恨而后悔的心理变化过程，也生动地显现了商妇天真率直的性格。

## 五十、孟郊 2 首

**【作者简介】**孟郊（公元751—814年），字东野，湖州（州、路、府名，唐朝辖境今浙江湖州、德清、安吉、长兴等市县地）武康（旧县名，今并入浙江德清县）人，祖籍平昌（今山东临邑东北），所以友人时称"平昌孟东野"。早年苦读，屡试不第，四十六岁始中进士，五十岁任溧阳县尉，不久辞官回乡侍母。其诗多倾诉个人穷愁孤苦，也有揭露贫富悬殊、同情人民苦难的诗作。其用词造句力避平庸，喜好苦吟，故韩愈称之为"酸寒溧阳尉"，与同时代的贾岛，被苏轼并称为"郊寒岛瘦"。

### 229 登科后

**【题意简释】**登科：唐制，考中进士称及第，经吏部复试取中后授予官职称登科。此诗是孟郊于贞元十三年（797）登科后作的一首七绝。

**【背景简介】**孟郊42岁时，赴京城长安应考，不中，作《下第》诗曰："弃置复弃置，情如刀刃伤。"(被扔在一旁反复被扔在一旁,心情如同被刀刃刺伤一样。)44岁时又考,复不中,作《再下第》诗曰:"一夕九起嗟,梦短不到家。两度长安陌,空将泪见花。"(一夜多次起来叹息,梦短得不能梦到家就惊醒。两次在长安城的路上,徒然含着眼泪看见花。)46岁时,又奉母命第三次赴京应考。第二年春天放榜,孟郊榜上有名,然后登科,孟郊喜不自胜,挥毫写下了生平第一快诗《登科后》。

【内容简介】此诗先以登科前之困顿无奈反衬登科后之自由舒畅的心情;然后生动地描写登科后骑马疾驰、长安观花的情景,活现出诗人神采飞扬、心花怒放的情态。

【原文】

昔日龌龊不足夸①,今朝放荡思无涯②。

春风得意马蹄疾③,一日看尽长安花。

【译文】

昔日不如意的事不值一提,今朝自由自在,情思无尽。

春风吹拂,踌躇满志,策马疾驰,一天看尽了长安城的花。

【注释及有关提示】①龌龊(wòchuò):肮脏。此是作者自谦、自嘲的说法,实指不如意的处境。足:值得。夸:炫耀。此指说,提。②放荡(dàng):恣意放任,没有检束。此是贬词褒用,指自由自在,无拘无束。思(sì):心绪,情思。③春风:双关,明指自然界的和煦春风,暗喻政治上皇帝的恩惠。疾:快,急速。

【艺术特色简介】

(一)心花怒放的感情基调决定了全诗节奏轻快、抒情酣畅的特点。

(二)语言表现力强,给后世留下了"春风得意""走马看花"两个成语。

【阅读笔记·"一日看尽长安花"之陋见】

时代、身份、事因、情境等不同,人们喜极而狂的表现形式不同:放声高歌,痛饮美酒,大哭大笑,神志错乱,昏厥跌地等等,不胜枚举;现代运动员则前后空翻,跪划草坪,多人叠压,被抛空中,被抛水中等等,花样多多。孟郊的狂喜则别具一格:既骑马疾驰"长安陌",又观尽城中美丽花。

而对孟郊能否"一日看尽长安花"却有不同看法。

有人说,城偌大,花无数,"一日"岂能看尽?无理却有情,也就不觉其荒唐了。

有人说,"一日看尽""虽然夸张了些,但在现实生活中不是不可能的事"。

笔者基本认同后种看法。京城虽大,然马蹄迅急;鲜花无数,然"走马看花",

不是一处处驻足,不是一朵朵细赏,焉有"不尽"之理。故"一日看尽长安花",是写实,不存在什么"夸张了些"。

## 230　游子吟

【题意简释】游子:离家远游的人。题下原注"迎母溧上作"(在溧水边迎接母亲时作)。

【背景简介】孟郊直到五十岁时才得到了一个溧阳县尉,结束了长年漂泊流离的生活,便将母亲接来溧阳住。诗人饱尝世态炎凉,更觉亲情可贵,于是写出这首感人至深的颂母之诗。

【内容简介】诗人描写慈母缝衣的细节,抒发母恩难报的情怀,以至情语言吟诵至性母爱,叩击无数读者心灵,使《游子吟》成为歌颂慈母恩情的伟大诗作,千年传唱,历久不衰。

【原文】

慈母手中线①,游子身上衣。

临行密密缝,意恐迟迟归②。

谁言寸草心③,报得三春晖④。

【译文】

慈母手中的针线,缝制游子身上的衣衫。

慈母在游子临行前(手上的动作是)一针一线地密密缝缀,(心中的)意思是担心儿子回来得晚(衣服破损无人缝补,所以要尽量缝得密一些)。

谁说子女一寸之长的小草之心,能够报答得了慈母三春之长的阳光之情呢!

【注释及有关提示】①线:借代,部分代整体,指针线。②意:意思。迟迟:晚。不是"行道迟迟"或"春日迟迟"中"迟迟"的意思,而是形容词重叠,加重词义。此处又与上句"临行密密缝"之"密密"节奏相谐。③寸草心:比喻,像一寸长的小草一样的心。用草(与阳光对比)比喻子女孝母之心,已很恰当,再于"草"前着一"寸"字,精准地说明不是没膝的长草,而是寸长的小草;又与"三春"形成鲜明对比。④三春晖:春天灿烂的阳光,此借喻慈母之恩。三春:孟春(农历正月)、仲春(二月)、季春(三月)之合称。晖:阳光。

【诗句简析】

首句：展现一个特写镜头——一个慈祥的母亲在飞针走线。

次句：镜头逐渐扩大——慈母在为游子赶制衣衫。

第三句：特意描写慈母"密密缝"的动作。

第四句：揭示慈母"密密缝"的心理原因——担心儿子回家晚。

第五句、第六句：用形象的比喻、鲜明的对比、反问兼感叹的强烈语气抒发了对伟大母爱的无限感激之情。

【艺术特色简介】（一）选材以少胜多，以小见大。一首抒情性的小诗不可能用太多的材料，孟郊精心选择了慈母缝衣这一典型材料，其余材料一概舍弃，而诗歌却能深深地打动人心，这就是以少胜多的奇效。慈母缝衣的一件小事却折射出伟大母爱的熠熠光辉，这就是以小见大的妙用。

（二）情感真挚自然，打动人心。苏轼《读孟郊诗》中说："诗从肺腑出，出辄愁肺腑。"（诗是从诗人肺腑里出来的，从诗人肺腑里出来的诗又总是感人肺腑。）诗人笔下慈母缝衣的场景与其说是诗人用面部的眼睛看到的，不如说是诗人用肺腑里的透视镜观察到的；而诗人就此抒发的真挚的感恩母爱的情感，不只是个人的，而且是全天下做儿女的共通的情感，所以它又是那样的感人肺腑的。

（三）语言素淡而又浓郁，脍炙人口。"手中线""身上衣""密密缝""寸草心"等语句表面淳朴平淡，但不是白开水，而是浓郁芳香的醇醪，饮之如饴，甘味无穷。

## 五十一、李约 1 首

231　观祈雨

【作者简介】李约（公元 751—约 810 年），字存博，陇西成纪（今甘肃省天水县）人，曾做兵部员外郎等官。

【题意简释】祈雨：祈求龙王降雨。古时干旱时节，朝廷、官府或民间，筑台或到龙王庙祈求龙王降雨。

【内容简介】此诗通过对春旱祈雨和"犹恐春阴"的两种不同生活的描绘，揭露了当时的阶级对立和贫富的悬殊。

【原文】

桑条无叶土生烟①，箫管迎龙水庙前②。

朱门几处看歌舞③，犹恐春阴咽管弦④。

【译文】

桑枝缺水,长不出叶子,土地干燥,好像要燃烧冒烟;龙王庙前,乡民吹奏乐器,迎接龙王(祈求降雨)。

(与此同时)多少富贵人家正观赏歌舞,还怕春阴的湿气使乐器阻塞(而发不出清脆悦耳的声音)。

【注释及有关提示】①桑条无叶:桑枝严重缺水,不长叶子。这是写实。土生烟:土地极为干旱,仿佛燃烧冒烟。这是夸张。②箫管:乐器。此处指吹奏各种乐器。水庙:龙王庙。③朱门几处:即几处朱门。几,多少。朱门,富豪权贵之家。古代王侯贵族的住宅大门漆成红色,后用"朱门"代称富贵之家。④阴:阴天。咽(yè):阻塞。此处为使动用法,使……阻塞。管弦:管乐器与弦乐器的合称。

【诗句简析】

首句:按照由上而下的顺序极写天旱的严重及将要发生的灾难:上,桑条无叶,何以养蚕?下,土地冒烟,怎么播种?这就是靠天吃饭的农民自发祈雨的根本原因。

次句:生动描写农民祈求龙王降雨的场面。

第三句:切换镜头——多少朱门大户正在观看歌舞。

第四句:揭示大户人家"恐春阴"的原因。

【艺术特色简介】(一)善于描写典型景物。同是写天旱,《水浒传》中是"赤日炎炎似火烧,野田禾稻半枯焦",写人的感觉,写稻田的情景,抓住了夏天天旱的特点。《观祈雨》中是"桑条无叶土生烟",突出了春天天旱的特点。

(二)对比鲜明。题目是《观祈雨》,实际包含因观祈雨而触发的感想,而这个感想又不是直接抒发的,而是渗透在对客观景物的描写之中。故可以说诗人生动地展现了"祈雨"和"看歌舞"两个场景。很明显,一方担忧的是生计问题,一方担忧的是娱乐问题。诗人非常巧妙地用一个"犹"字,把两个似乎不相干的场景,在逻辑上联系起来,从而在两个场景的鲜明对比中,诗歌的揭露意义就委婉而深刻地显现出来了。

【阅读笔记·言在此意在彼的巧妙艺术】诗人写"观祈雨",但对农民"祈雨"有多少可取之处,未发一言;对"祈雨"结果如何,不作一声。那么写祈雨究竟有何用意?读完全诗始知:诗人言在"祈雨",意在借用"祈雨"一事,表达更深的意思。诗人在构思此诗时就已经想到,穷人在"祈雨"时,富人在干什么呢?于是诗中就有

"朱门几处看歌舞"的答案了。更令人折服的是:诗人不仅想到穷人、富人各自在"干"什么,还想到他们各自在"想"什么,于是诗里就有了穷人急盼下雨、富人"犹恐春阴"的答案。这种言在此意在彼的艺术手法,不仅曲折地揭露了贫者与富人在物质生活上的巨大悬殊,而且艺术地揭露了他们在思想感情上的根本对立。

## 五十二、崔护 1 首

### 232 题都城南庄

**【作者简介】**崔护(?—831年),字殷功,唐代博陵(今河北定州市)人,唐德宗贞元十二年(796)中进士,官至岭南节度使(天宝初置安西……岭南等十节度使。一节度使统管一道或数州,军事民政,用人理财,皆得自主),以《题都城南庄》诗知名,后世的戏剧节目《崔护求浆》《人面桃花》等皆取材于此。

**【题意简释】**都城:指唐朝京城长安。

**【"本事"简介】**唐人孟棨(qǐ)《本事诗·情感》记载了此诗的"本事"。这段记载颇具传奇色彩,节录如下,权作参考。

博陵崔护……举进士下第(落榜)。清明日,独游都城南,得居人庄(遇到一处庄园)……寂若无人。叩门久之。有女子自门隙窥之,问曰:"谁耶?"以姓字对,曰"寻春独行,酒渴求饮。"女入,以杯水至,开门设床命坐(打开院门摆设座位让崔护坐),独倚小桃斜柯伫立(独自依着小桃树的斜枝站着),而意属殊厚(而情意属向很深,很含蓄)……崔辞去,送之门,如不胜情而入(像禁不住离情而入门),崔亦眷盼而归(崔护也不住顾盼,然后恋恋不舍地回去),嗣后绝不复至(此后决心绝不再至)。及来岁清明日,忽思之,情不可抑,径往寻之。门院如故(院门、院落像原来一样),而已扃(jiōng)锁之(可是已经关着门锁住了)。因题诗于左扉曰:"去年今日此门中,人面桃花相映红。人面不知何处去,桃花依旧笑春风。"后数日,偶至都城南,复往寻之,闻其中有哭声,叩门问之,有老父(fǔ,对老年人的敬称)出曰:"君非崔护也?"曰:"是也。"又哭曰:"君杀(害死)吾女。"护惊起,莫知所答(不知道怎么回答)。老父曰:"吾女笄年知书(我的女儿已经成年,懂得诗书),未适人(尚未嫁人),自去年以来,常恍惚若有所失。比(近来)日(一天)与之出,及归,见左扉有字,读之,入门而病,遂绝食数日而死。吾老矣,唯此一女,所以不嫁者(迟迟不嫁的原因),将求君子(就是用她求得一个可靠的君子),以托吾身(来托付我终身),今不幸而殒(yǔn,死亡),得非君杀之也(怎能不是您害死她的呀)?"又持崔(扶着崔）大哭，崔亦感恸，请入哭之。尚俨然在床（那女子还像活人一样躺在床上）。崔举其首（崔护抬起她的头），枕其股（使她的头枕在崔护的腿上），哭而祝曰（哭着祷告说）："某在斯（我在这里），某在斯。"须臾开目（一会儿女子睁开了眼睛），半日复活矣。父大喜，遂（于是）将女归（嫁）之。

**【内容简介】** 精心设置郊游偶遇美丽姑娘和故地重游却是物是人非两个场景，委婉地表达了人生带有普遍性的失落惆怅之感。

**【原文】**

去年今日此门中，人面桃花相映红①。

人面不知何处去②，桃花依旧笑春风③。

**【译文】**

去年的今天，就在这户人家门口中，那美丽的面庞和盛开的桃花互相映衬，更显得红艳。

一年后的今天，那美丽的姑娘不知道去了哪里，只有满树桃花依然在春风中笑一般地盛开着。

**【注释及有关提示】** ①人面：人的脸，指姑娘的脸。②人面：指代姑娘。③笑：拟人，形容桃花盛开的样子。

**【诗句简析】**

首句：点出一年前相同的时间、相同的地点。

次句：回放一年前那动人心魄的一幕。

第三句：写美丽的姑娘不知哪里去了的现实状况，流露出深深的难以名状的怅惘之情。

第四句：写桃花不解人意，仍然一如既往地在春风中怒放。这一状况补足了上一状况所隐含的感慨——物是人非。

**【阅读笔记·两个画面的美妙及其之间的美妙关系】** 毫无疑问，《题都城南庄》是一首抒情诗，但是它又有一定的故事情节。诗中两个精彩的画面，既是故事情节的主干，也是诗人赖以抒情的重要依托。

第一个画面——人面桃花相映红。表面是"人面"与"桃花"相互映衬，实际是以桃花的艳丽衬托姑娘的美貌，这是巧妙而又不露痕迹的以美衬美的写法。这幅画美妙至极，与王昌龄的"芙蓉向脸两边开"各臻其妙。所不同的是：王昌龄的侧重动态的描绘，崔护的侧重色彩的渲染。

第二个画面——桃花依旧笑春风。画面上春风是虚像，是背景。整个画面以虚衬实，以习习的春风衬托灼灼的桃花，特别一个"笑"字，把桃花盛开的艳丽之姿活灵活现地描绘了出来。孤立地看，这也是一幅不错的风景画。但是，有前一幅画的比衬，这幅画即使再美，也只能是给诗人心中蒙上挥之不去的阴影的一幅画，也只能是带给诗人最大缺憾的一幅画，因为画中缺少了最美的内容——那个日思夜想了一年的美丽姑娘。

这样看来，两幅画之间究竟是什么关系呢？这个问题，不能简单地从一个方面回答。从单纯的审美方面看，第一幅画是完美的、至美的；第二幅画是不完美的、是有重大缺憾的，当然没有断臂的维纳斯那样的缺憾美。从言志方面看，第一幅画是铺垫，是服务于第二幅画的，因为诗人所要抒发的就是一种美好事物不能再得的深深的怅惘之感。所以，第一幅画越完美，就越反衬出第二幅画的不完美之"美"。

完美的衬托不完美的，完美的服务于不完美的——这正是崔护的奇妙构思。

## 五十三、朱庆馀 1 首

### 233　闺意献张水部

【作者简介】朱庆馀，生卒年不详，名可久，以字行。越州（治今浙江绍兴）人。宝历（唐敬宗年号）二年（826）进士，官至秘书省校书郎。其诗词意清新，描写细致，为张籍所赏识。有《朱庆馀诗集》一卷。

【题意简释】朱庆馀在参加进士考试前把自己的诗文投送给以擅长文学而又提拔后进与韩愈齐名的张籍，作为"通榜"（唐时科举考试不糊名，由主试者定去或取。试前，有预列知名之士，荐于主司，得中者往往出于其中，谓之通榜），得张籍赞赏，而临近考试了，朱庆馀仍然担心自己的作品不一定符合主考的口味，就写了这首以闺意作为比拟的诗，征询张籍对自己作品的看法。张籍作诗巧妙回答，于是朱庆馀声名大震。朱庆馀这首诗又题为《近试上张水部》。

【内容简介】此首七绝以新妇自比，以新郎比张籍，以公婆比主考官，借以征询张籍的意见。全诗选材新颖，视角独特，以"入时无"三字为灵魂，将自己能否踏上仕途的担心与新妇紧张不安的心绪作比，寓意明确，方法巧妙。

【原文】
洞房昨夜停红烛①，待晓堂前拜舅姑②。

妆罢低声问夫婿，画眉深浅入时无③？

**【译文】**

昨夜，洞房里放置的红烛彻夜通明，等待天亮去堂前拜见公婆。

梳妆完毕后轻声问郎君：我所画的眉毛颜色的浓淡合乎流行的标准吗？

**【注释及有关提示】**①停：放置。②舅：公公。《礼记·檀弓下》："昔者吾舅死于虎。"（过去我的公公死在老虎上。）姑：婆婆。参见《桓帝初童谣》之词语解释。③无：句末疑问语气词，相当于"否"。

**【艺术特色简介】**出色使用传统的比拟手法。以夫妻或男女朋友爱情关系比拟君臣以及朋友、师生等关系，是我国古典诗歌中从《楚辞》就开始出现并在其后得到发展的一种传统手法。诗人以新妇自比，以新郎比张籍，以公婆比主考，闺房角色和考场角色之间的相似度极高。此种"言在此而意在彼"技巧运用得自然娴熟，特别是新妇拜见公婆前精致入微的心理描写，把一个即将应举之人对美好前景的热切期盼而又难免不安的复杂心情非常巧妙形象地显现出来，令人惊叹。

## 五十四、张籍2首

**【作者简介】**张籍（约公元767—约830年），字文昌，祖籍吴郡（今江苏苏州），生长在和州（今安徽和县），唐德宗贞元十五年（799）进士及第。曾任水部员外郎，又升任国子司业，故世称"张水部""张司业"；又因其家境贫困、眼疾严重，曾任太常寺太祝，故孟郊称他为"穷瞎张太祝"。与王建、韩愈、孟郊、白居易、元稹、刘禹锡、李贺、贾岛等人皆友善。张籍长于乐府诗，与王建齐名，并称"张王乐府"。

### 234 酬朱庆馀

**【题意简释】**唐敬宗宝历年间（825—827年）朱庆馀在进士考试前写《闺意献张水部》诗，询问时任水部郎中的张籍，自己的作品是否符合主考的口味，张籍大加赞赏并作诗回答。酬（chóu）：以诗文相赠答。张耒《屋东》诗："赖有西邻好诗句，赓酬终日自忘饥。"〔依赖西面的邻居有好的诗句，（吸引得我）整日以诗酬答而自然忘了饥饿。赓（gēng）酬：以诗歌相赠答。〕

**【内容简介】**以采菱女"一曲菱歌敌万金"的巧妙回答，帮助进士考试前的朱庆馀消除了心中的忧虑。

## 【原文】

越女新妆出镜心①，自知明艳更沉吟②。
齐纨未足时人贵③，一曲菱歌敌万金④。

## 【译文】

一个打扮一新的越地采菱女，从清澈明净的镜湖中（划船）驶来；她自知装扮得鲜明艳丽，反而犹豫不决。

尽管许多姑娘身着齐地出产的精美绸缎做成的衣服，却并不值得时人看重；采菱女这一曲菱歌相当万金。

【注释及有关提示】①越女：越地（今浙江绍兴）美女。出镜心：出现在镜湖中。镜湖（在今浙江绍兴西南），亦称鉴湖、长湖、庆湖，湖水清冽。②明艳：鲜明艳丽。更（gèng）：反而。《三国志·魏志·周宣传》：帝复问曰："吾梦摩钱文欲令灭而更愈明。此何谓耶？"〔皇帝（曹丕）又问（周宣）说："我做梦摩挲铜钱的花纹想让花纹消失，可是（花纹）反而更加明亮。这是为什么？"〕〕沉吟：犹豫不决。

【阅读笔记·（1）"自知明艳"为何反而"沉吟"呢？】"越女"自知装扮得鲜明艳丽，为什么反而犹豫不决呢？因为，如果自知资质、扮相低下或者一般，就没有多少戏，"有枣无枣打一杆"，心里反倒踏实；而自己认为漂亮，别人特别是决定自己前途的人是怎么看得呢？那个决定自己命运的人是欣赏朴质美，还是欣赏华贵美呢？所以"自知明艳"反而更加犹豫不决。

③齐纨（wán）：齐地出产的细绢，借代用齐纨做的衣服，进而借代身着齐纨而显貌美的姑娘；借喻华美的文章。时人：当时的人。足：值得。这句表面是说，许多身着齐纨衣服的姑娘，却并不值得时人看重；实际比喻华而不实的文章并不值得看重。④菱歌：指古曲《采菱》，是高雅的曲子，此借喻古朴而高雅的诗文。"菱歌"是"越女新妆出镜心"时，自然发出的心声，这才是真正宝贵的东西，价值万金！这是形象地告诉朱庆馀，你的文章很有价值，金榜题名没有问题。

## 【诗句简析】

首句：推出一个精彩的"舞台亮相"——人物：越地采菱美女；服饰：新妆；背景：清冽的鉴湖。

次句：描写采菱女自相矛盾的心理。

第三句：以时人对名贵的"齐纨"的态度之喻，指明时人对华美型诗文并不垂青的现实状况。

末句：以时人对原生态"菱歌"的态度之喻，指明时人对质朴型诗文推崇备至的审美时尚。

最后两句，一反一正，一贬一褒，用形象的比喻帮助朱庆馀消除了心理障碍，坚定了考前信心。

【艺术特色简介】朱庆馀的赠诗用了比体，张籍的答诗也用了比体，但不是就赠诗"新妇"的形象答疑，而是又另立了一个"采菱女"的形象，既含蓄蕴藉，趣味横生，又实实在在地帮助朱庆馀扫除了心中的疑云。一赠一答，各有千秋，文人相重，传为佳话。

【阅读笔记·（2）是"新妇"，还是"采菱女"】张籍诗中的喻体是"新妇"，还是"采菱女"？这个问题看似简单，实则难以简单论定。

说是"新妇"，不无道理。从承接朱庆馀的赠诗所用的喻体作答的一般情况来看，是"新妇"；从"新妆"（由姑娘转变成新娘）看，是"新妇"；从（见公婆前）的"出镜心"（揽镜自照）看，是"新妇"。

说是"采菱女"，也有理有据。

首先，从身份定位看，开篇即说"越女"而未说"新妇"（平仄、避复等诗人自当调整，或用别的说法），足见是越地一女。定位于"越女"，主要是因为"越女"在中国古代素以美貌著称，而朱庆馀恰好又是越州人，这就不露痕迹地夸赞朱庆馀的文章是"越女"般的天然丽质。

其次，"出镜心"就是在镜湖中（划船）出现，诗人让"采菱女"登场亮相以明澈如镜的"镜湖"为背景，既陪衬其天然丽质，又与唱"菱歌"身份相符、事理相通。

最后，"一曲菱歌"这个就地取材的巧妙比喻，也证明本诗的喻体是"采菱女"。

总之，是"新妇"，还是"采菱女"，不是孰高孰下的问题，更不是孰对孰错的问题，该以见仁见智归之吧。

## 235 秋思

【题意简释】因秋而引起的思念。

【背景简介】张籍客居洛阳城时，秋风吹起，勾起了诗人独在异乡的凄寂情怀，引起对家乡、亲人的思念之情，于是创作了这首诗。

【内容简介】这首诗通过描写写家信前后的思想活动和行动细节，平淡自然而又真实细腻地表达了深深的乡愁。

【原文】

洛阳城里见秋风①，欲作家书意万重②。
复恐匆匆说不尽③，行人临发又开封④。

【译文】

身居洛阳城内的游子见到了秋风，想写封家书，可是要表达的意思有千万层。

（所以，信写好了）又担心匆忙之中没有把想要表达的意思写完，（于是）捎信人将要出发时，又打开已经封好的信函。

【注释及有关提示】①见秋风：此用典。《晋书·张翰传》载："因见秋风起，乃思吴中菰菜、莼羹、鲈鱼脍，曰：'人生贵得适志耳，何能羁宦数千里，以要名爵乎？'遂命驾使归。"〔（张翰）因为见到秋风起，就思念吴地的菰（gū）菜、莼（chún）羹、鲈鱼脍（kuài）这些家乡菜，说："人生可贵的是能够满足志向，怎能在几千里外旅居为官，来索取声誉爵位呢？"于是命令驾者驾驶车使车归回老家。〕②作：写作。意：意思。重（chóng）：层。③匆匆：匆忙，急促。④行人：出行之人，此指捎信的人。临：将要。封：封缄起来的东西，如信函之类。

【诗句简析】

首句：点出地点、事情，写得简单却又含蓄。地点"洛阳"，暗含写诗者的身份——游子。事情"见秋风"，明写所见，暗用典故（因见秋风而起乡愁）。总之，首句平淡而又委婉地交代了写家书的原因。

次句：点明"见秋风"的情感反应——欲写家书倾诉万重思乡意。

第三句：细致入微地表现出羁旅之人写家信时的心理（唯恐"说不尽"）并揭示忧虑产生的原因——"意万重"与"匆匆"的矛盾对立。

第四句：生动地展现出诗人消除疑虑的应急措施措——"开封"（补写所漏）。"开封"这个细节，一方面非常直观地展现出诗人临机而生的补救措施；一方面又给人留下悬念——"临发又开封"，能"说尽""意万重"吗？结尾戛然而止，却耐人寻味。

【阅读笔记·缜密的文思】王安石《题张司业诗》中说："看似寻常最奇崛，成如容易却艰辛。"（看上去似乎普通平常，实际最特异奇突；写成好像轻松简单，实际写作过程却是艰难辛苦。）王安石的话单用于张籍这首《秋思》也是深中肯綮（qǐng），而最能体现《秋思》"奇崛""艰辛"的则是它的奇异诗脉。

不少诗歌在诗情、文脉上都有跳跃或是藕断丝连，张籍的《秋思》没有跳跃，也不是藕断丝连，而是诗思缜密，文脉通彻。

首句的"见秋风"，是引起全诗的至关重要的意象，在构思上的确达到了苦心孤诣的程度：局外人所见的原本习习的秋风，却吹起了羁旅人情感平湖上的阵阵思乡涟漪。

那阵阵思乡的涟漪又催生出了"作家书"的冲动。而离开家乡千里，阔别亲人多年，肯定要表达千种离情、万般别恨。

而孤身在外的游子，一封家书，即使已用千言，表达对父老的思念之情，即使已用万语，表达恳请亲人珍重的孝子之心，还是"复恐"千言万语不能说尽游子之情，不能表尽赤子之心。

于是，在担心"说不尽"的心理作用力下，诗人在行人临发时又打开了已经封好的家书。

全诗在诗情、文脉上，就是这样前启后承，因果相属(zhǔ)，句句相连，环环相扣的。

## 五十五、王建1首

### 236 新嫁娘词·其三

【作者简介】王建（约公元766—约830年），字仲初，颍川（今河南省许昌市）人，唐代宗大历十年进士，曾任县尉、司马等小官。擅长乐府诗，与张籍齐名，世称"张王乐府"。

【题意简释】新嫁娘：刚过门的新媳妇。词：此指乐府诗的歌词。这首的体裁实际是五言绝句。

【内容简介】这组诗描写一位新嫁娘的遭遇及感受，反映了新媳妇难当的社会现实。其中第三首诗通过描写新嫁娘用一个巧妙的方法解决难题的场景，刻画了一个聪明机灵的新嫁娘的形象。

【原文】

三日入厨下①，洗手作羹汤②。

未谙姑食性③，先遣小姑尝④。

【译文】

新婚第三天进入厨房，洗手之后制作羹汤。

不知婆婆什么口味，先让小姑品尝（然后再调五味）。

【注释及有关提示】①三日：古代风俗，新媳妇婚后三日须下厨房做饭菜。厨下：厨房。《水浒传》："阮小七宰了鸡，叫阿嫂同讨的小猴子在厨下安排。"②羹汤：用肉菜等调和五味做成的汤。③谙（ān）：熟悉。姑：婆婆，丈夫的母亲。食性：对食物的好恶。④遣：使，让。小姑：丈夫的妹妹。也称小姑子。

【诗句简析】

首句：点出特定身份的人在特定的时间进入特定的工作岗位。

次句：描写新嫁娘工作的程序及内容。

第三句：交代新嫁娘遇到不知婆婆口味的棘手难题。

第四句：描写新嫁娘解决难题的巧妙方法。

【阅读笔记·典型与真实】黄生先生《唐诗摘抄》评论王建这首诗说："极细事，道出便妙，只是一真。"此语堪称切要，我们从中领悟到两点：一是典型，二是真实。

生活中的"极细事"，每天、每时、每刻都在不断涌现或重复发生，但是大多都被时间浪涛淹没得难寻踪影，只有关注度极高的事才能漂浮在时间的浪涛之上而不被淹没。而这其中又有很多令人感到索然无味的，只有那些典型的"极细事"才能攫住人们的心灵。新嫁娘要过的第一关是拜舅姑时"画眉深浅入时无"的问题。王建慧眼独具，捕捉到了新嫁娘要过的第二关——侍奉公婆的厨艺问题。而且，不只是厨艺优劣问题，更重要的是口味喜恶问题。这就是题材的典型性。

为什么"道出便妙"呢？原因"只是一真"。"真"，当然是真实，但是不等于实录，而是符合生活本质的艺术的真实。刚入厨下的新嫁娘，如何得知公婆久成习惯的酸甜苦辣咸调和后的口味呢？一般的方法是赌一把：把自己认为五味调和恰当的羹汤奉进公婆，万一正中公婆食性，那就赌赢了，往后的事就迎刃而解了。赌输了呢，那就垂首恭听婆婆数落后再做调整，而且不一定毕其功于一役。这位聪明的新嫁娘摒弃了"赌"这个笨方法，眉头一皱，计上心来：自己正面对着熟知公婆食性的最好的"卧底"；若不用，那才叫黑瞎子叫门——笨到家了。于是新嫁娘不动声色地让小姑子先尝尝羹汤咸淡酸甜的味道。"卧底"尝好了，再奉进上去，岂能不合公婆食性！人们在为新嫁娘的聪明举措鼓掌时，也定会为诗人的精彩描写而喝彩。

## 五十六、韩愈 4 首

【作者简介】韩愈（公元 768—824 年），唐代文学家、哲学家。字退之，河南河阳（今河南孟县）人。自谓郡望昌黎，故世称韩昌黎；晚年任吏部侍郎，故称韩吏部；谥号"文",故世称韩文公。唐德宗贞元八年(792)进士及第,因谏阻宪宗奉迎佛骨被贬为潮州刺史。倡导古文运动,其散文被列为"唐宋八大家"之首,与柳宗元并称"韩柳"。其诗力求新奇,很有气势,以文入诗,自成一家。有《昌黎先生集》。

### 237 春雪

【背景简介】此诗作于唐宪宗元和十年(815),当时韩愈在长安。对北方人来说,新年(夏历)无芳华是正常的,但是到过岭南的韩愈却觉得北方的春来得晚,于是挥动生花妙笔写下一首描写春雪的七绝。

【内容简介】此诗通过对见草芽的惊喜、特别对春雪故作春花的浪漫性描写,艺术地表现了作者对烂漫春色的热切盼望之情。

【原文】

新年都未有芳华①,二月初惊见草芽②。
白雪却嫌春色晚③,故穿庭树作飞花④。

【译文】

新年已经来到了,(但是,不论地上还是树上)都没有鲜花的踪影;到二月,才惊喜地发现有小草冒出了嫩芽。

白雪却嫌春色来得太晚了,(所以)故意穿越庭院的树丛,扮作飘飞的花。

【注释及有关提示】①新年:指农历正月初一。都(dōu):范围副词,全。芳华:香花。华:同"花"。②初:才。惊:新奇,惊讶。③嫌:厌恶,不满。④故:故意。

【诗句简析】

首句:用紧缩的转折复句,表现春色晚的状况,流露出作者对此的不满情绪。

次句:描写作者初见草芽时的惊喜心情,同时映衬出春色初现的状况。

第三句:用拟人手法推出一个嫌春色晚的角色——白雪。转折连词"却",起承上启下的作用:虽然春色已经初现(承上),但是白雪仍嫌其姗姗来迟(启下)。

第四句:描写白雪的行动——故意扮作春花满院飞舞。

附:自圆其说的练笔两则

【言此意彼的艺术】说此诗表达了"作者对春雪的喜爱之情",这是对此诗"言此意此"的理解。实际上此诗最主要的艺术特色是"言此意彼"。搞清了这一点,也就基本搞清了此诗所抒发的情感了。

此诗的"言"是什么？就是"春雪"。这大概没有争议。而此诗的"意"是什么呢？说是"作者对春雪的喜爱之情"，则是对此诗的阅读尚欠仔细所致。

首句"新年都未有芳华"，这分明是诗人直抒胸臆，嫌春来得晚，正面说就是希望春早点来。

次句"二月初惊见草芽"，这是表达诗人对初现的春色的惊喜之情。

第三句"白雪却嫌春色晚"，这就使诗歌平添了很多趣味。本来是人嫌怨芳华迟迟不现，却因势单力孤而增加无可替代的"帮手"——白雪，让她出面嫌怨只"见草芽"未见百花的"春色晚"。

末句就更耐人寻味了。"新年都未有芳华"的直接原因就是春寒，而春雪又是春寒的重要表象之一，然而"春雪""却嫌春色晚"。那么，她到底是什么身份呢？她既然是雪，就理所当然隶属于寒。而她又是"春雪"，那么，她在四季轮回的演进中到底充当了什么角色呢？原来，她是站在寒与暖的递接部，给"寒"画上结束的句号，给"春"画上前行的破折号的重要角色。诗人盼望春天百花盛开的愿望暂不得实现，就驰骋美丽的想象，让春雪仿拟春花，穿飞于庭院将要泛绿的树枝之间，权且得到春花烂漫的审美享受。

原来，诗人借初现的草芽、似花的春雪表达盼春的心情竟是如此曲折巧妙！由此明悟：此诗的"意"，不是"作者对春雪的喜爱之情"，而是作者对鲜花盛开的春色的热且盼望之情。

**【善解人意的春雪】** 韩愈《春雪》的主旨是赞颂春雪，还是期盼春色呢？二者在诗中并不是"平分秋色"，而是有主辅之分。通观全诗得知：主，是赞颂春雪；辅，是期盼春色。或者说，以期盼春色的情感为衬托，赞颂了春雪填补审美空白的应急之举。诗人盼春越急切，春雪"嫌春晚"的态度就越扣合诗人心情；诗人盼春越不得实现，春雪及时扮花穿树飘飞的举措，就越有价值。

该诗首先直接表达作者对不见"芳华"的不满情绪，然后在首句的铺垫下抒发初现的草芽给人带来的惊喜之情。继而陡转笔锋，描写白雪：她在已有嫩草发芽的情况下，不仅在思想上仍嫌"春色晚"，而且在行动上，主动地故意地扮作春花飘飞在庭树间，为自己、为他人装点出一派春色。这难道不正是春雪的可爱之处吗！诗人明知北方的春较南方的春来得晚，却又耐不住盼春的心情，在这种审美需求提前的心理下，善解人意的春雪就应时而至了，所以说，以巧妙的铺垫方法赞颂春雪，才是这首诗的主旨所在！

## 238　晚春

**【题意简释】**《晚春》是《游城南十六首》中的一首，是一首写暮春景物的七绝。

**【内容简介】**此诗运用拟人的手法，描写出一幅暮春百花图：百花得知春天将归，各逞姿色争芳斗艳；杨花、榆荚也不甘示弱，作雪飞舞、展姿争春。诗中蕴含抓住时机，努力进取之意。

**【原文】**

草树知春不久归①，百般红紫斗芳菲②。
杨花榆荚无才思③，惟解漫天作雪飞④。

**【译文】**

花草树木知道春天不久就归去，（于是）千姿百态万紫千红的花草（在这将尽的春光中），尽展风采，争奇斗艳。

杨花、榆钱没有天然的美姿也没有聪明的办法，只知道漫天像雪花一样飞舞。

**【注释及有关提示】**①不久归：很快就要过去了。②百般：各式各样。红紫：借代各种颜色的花草。斗（dòu）：争。芳菲：花草芳香美盛。③杨花：柳絮。榆荚（jiá）：榆树的果实。初春时先于叶而生，连缀成串，形似铜钱，俗呼榆钱。荚老呈白色，随风飘落。才思：才气和思路。④解（jiě）：懂得，知道。

**【诗句简析】**

首句：点明草木知道自己面临春将归去的困境。

次句：描写百花应对困境的积极态度——奋身而起，争芳斗艳。

第三句：点明杨花、榆荚的客观状况——无才思。

第四句：展现杨花、榆荚的主观精神——不甘示弱，奋飞争春。

**【艺术特色简介】**

（一）全诗使用拟人方法。

（二）场面描写别开生面。写暮春，一反惯常的伤感之情，笔下不是百花凋零的颓败之象，而是百花争艳的盎然之景。

（三）寓理于景，寓意含蓄。

**【阅读笔记·杨花、榆荚何寓也】**对"杨花榆荚无才思，惟解漫天作雪飞"两句诗的理解，历来见仁见智。一、无甚托讽，不过是随寄一点幽默而已。二、表达对一些庸碌无为者的嘲讽。

笔者认为这两句诗决然不是随寄幽默。从字数限制看，不是唐传奇，也不是散文，只是仅有二十八个字的七绝，而大文豪、大诗人不会不懂得惜墨如金的道理，不会在一首小短诗中随寄幽默。当然，幽默是有的，却不是占用一半篇幅"随寄"的。

笔者还认为这两句诗似乎也不是嘲讽庸碌无为者。首先，作者对杨花、榆荚自身条件的定位是"无才思"。诗中"无才思"的肯定说法，差不多是"庸碌"，但是"庸碌"不等于"无为"。韩愈笔下的杨花、榆荚，不仅不是"无为"，而是"有为"，而且是大"有为"的。

其次，从范围上看，是"漫天"，还有比"漫天"更大的吗？

再者，从扮相上看，是"作雪"，这也是"有为"的一种积极态度吧。

最后，从动作行为上看，是"飞"，多么起劲，多么努力啊！

令人费解的是：作者用的"惟解"一语，是嘲讽，还是批评其不足，鼓励其不要"惟解"而要再"解"点别的，"解"得更多一些呢？

仔细想来，后两句诗，似乎是作者用揶揄的语气赞扬杨花、榆荚傻乎乎的表象下的有作为、有勇气的精神实质，从而寄托作者对"晚春"中一些"无才思"而又积极作为之人的深沉感慨。


239　听颖师弹琴

【题意简释】颖师，唐朝有一个从天竺（今印度）来到中国的和尚，名叫颖，善弹琴，人们尊称他为颖师。

【背景简介】颖师弹琴后，一些诗人应邀写诗品评，李贺写了《听颖师弹琴歌》，韩愈写了这首《听颖师弹琴》。

【内容简介】此诗主要用视觉形象生动地再现了颖师创造的音乐形象，又以自己听琴的各种反应，形象地烘托出乐声强大的感人力量。

【原文】

昵昵儿女语①，恩怨相尔汝②。

划然变轩昂③，勇士赴敌场。

浮云柳絮无根蒂，天地阔远随飞扬。

喧啾百鸟群④，忽见孤凤皇⑤。

跻攀分寸不可上⑥，失势一落千丈强⑦。

嗟余有两耳⑧,未省听丝簧⑨。
自闻颖师弹⑩,起坐在一旁。
推手遽止之⑪,湿衣泪滂滂⑫。
颖乎尔诚能⑬,无以冰炭置我肠⑭!

【译文】

（轻柔缠绵的琴声）犹如青年男女谈情说爱之私语，如同互称尔汝的亲热、嗔怪之声。

（正当人们沉浸在柔情蜜意的氛围中时）（琴声由柔转刚）忽然变得高昂，就像勇士挥戈跃马冲入敌阵一样。

（正当人们激奋不已时）（琴声又由刚转柔，忽然）像无根无蒂的浮云和柳絮在高阔辽远的天地间随着和风轻柔自由地飞行。

（蓦地，琴声像）百鸟聚集发出大而嘈杂的鸣叫声一样，忽然一只凤凰出现（在百鸟中，引吭长鸣）。

（琴音又像）不甘与凡鸟为伍的凤凰一分一寸地向上攀，却不能上去，失势跌落千丈还多。

可叹我空有两只耳朵，不懂得（如何）听（音乐）。

亲耳听闻了颖师弹奏的琴声，（尽管自己是个乐盲，也被感动得）在一旁起坐不安。

用手推他阻止他（你快别弹了，再弹，我就支撑不住了），（你看我，已经是）泪水滂沱，沾湿衣襟了。

颖师啊，你的确有能为，（请你）不要把像冰与像炭一样两种截然相反的东西同时放在我胸中（我简直要受不了了）!

【注释及有关提示】①昵昵（nì）：亲热的样子。开篇就写琴声，单刀直入。②恩：恩爱。怨：埋怨、责备。③划然：忽然。轩昂：形容音调高昂。④喧：声音大而嘈杂。啾（jiū）：象声词，此指鸟叫声。群：会合，聚集。⑤见（xiàn）：出现、显现。凤皇：即"凤凰"。⑥跻（jī）攀：攀登。⑦强（qiáng）：有余，略多。⑧嗟（jiē）：叹息。⑨省（xǐng）：懂，理解。丝簧（huáng）：犹言丝竹。丝竹，弦乐器和竹管乐器，也泛指音乐。⑩自：自己。⑪推手：即推（之）（以）手"，亦即"以手推之"。遽（jù）：急忙。⑫湿衣泪滂滂：因果倒装，即"泪滂滂湿衣"。滂滂（pāng），犹言滂沱（字眼活用，与押韵有关），雨大的样子。也指流泪或流血之多。⑬诚：的确。能：有才能。

诸葛亮《出师表》："先帝称之曰能。"（先帝称赞他说，有才能。）⑭无：毋，不要。冰：借喻像冰一样令人忧惧悲苦的东西。炭：借喻像火炭一样令人欢喜高兴的东西。

【阅读笔记·（1）冰炭同炉的艺术】冰和炭不可同炉，但是颖师的琴声一会儿把人引进欢乐的天堂，一会儿把人抛入悲苦的地狱，就好像同时把冰和炭置于听众的胸中，使人经受不了这种感情上的强烈震撼。这种弹奏艺术真是高超绝伦。

【内容及结构简析】

第一段（前十句），每两句一意，正面描写音乐境界的瑰丽多姿。

【第一联】以儿女私语之声比喻轻柔的琴声，显示琴声轻轻地拨动了人们的心弦，移动了人们的儿女之情。

【第二联】以勇士赴敌之画面比喻高昂的琴声，显示琴声重重地叩击了人们的心扉，移动了人们的英雄壮志。

【第三联】以浮云柳絮随风飘扬之画面比喻轻柔婉转的琴声，显示琴声移动了人们开阔恬适的心情。

【第四联】以一副"百鸟朝凤"图，比喻各种像鸟叫的群声中有一种更高亢、更嘹亮、更动人心魄的乐声。

【第五联】以凤凰缓慢攀登却一落千丈的情景，比喻跌宕起伏的琴声。

第二段（后八句），写听琴的感受和反应，侧面烘托乐声的巨大感染力。

【第六联】以自谦不懂音乐，为下文所写（还是被深深打动）做好反衬性铺垫，并兼有总领下面三联的作用。

【第七联】叙写自己起坐不安的样子，反衬琴声令人焦灼的感染力。

【第八联】叙写自己泪水涟涟的样子，反衬琴声令人悲伤的感染力。

【第九联】用冰炭同炉的比喻，把琴师演技的绝妙推进到最高点。

【艺术特色简介】韩愈此首《听颖师弹琴》与白居易的《琵琶行》、李贺的《李凭箜篌引》被清人方扶南同赞为"摹写声音至文"（描摹声音的最佳文辞）。韩愈此诗的突出特色是化听觉为视觉，变抽象为具体。

【阅读笔记·（2）曲中曲外各臻其妙】欣赏韩愈这首诗，还要注意他独辟蹊径创造的两个犹如并蒂花般艳丽的境界。一个是曲中的境界，即由乐曲的声音、节奏所构成的境界：由窃窃私语之柔到冲锋陷阵之刚，再折回到浮云柳絮般轻盈，又推进到高亢响亮的顶点，忽然一落千丈，跌入低谷。琴声高低相衬，急徐相映；意境变化多端，异彩纷呈。

再一个是曲外的境界，即乐曲声在听者（诗人自己）身上的反应：开始沉浸在充满柔情蜜意的氛围里；一会儿移到了豪情壮志；一会儿又进入到开阔恬适的境界；一会儿手足无措，局促不安；一会儿泪水滂沱，沾湿衣襟；到最后，胸中既装着冰块，又塞进火炭，荡气回肠，难以自已。

## 240　早春呈水部张十八员外二首·其一

【题意简释】呈：恭敬地送上。水部张十八员外：指张籍，他时任水部员外郎，在其兄弟排行中位居十八。员外：正员之外的官员，可用钱捐买，故旧时小说戏曲中常用以称有钱有势的豪绅。唐朝之后至明清，各部均有员外郎，位在郎中之后。

【背景简介】唐穆宗长庆三年（823）的早春时节，韩愈写了《早春呈水部张十八员外》两首七言绝句送给张籍。第一首"天街小雨润如酥"，广为流传。

【内容简介】作者凭借超凡的敏锐力，感知到独具特色的早春美景，以高妙的技法展现了令人回味无穷的朦胧美。

【原文】

天街小雨润如酥①，草色遥看近却无②。

最是一年春好处③，绝胜烟柳满皇都④。


【译文】

长安街上细密的春雨润滑如酥；远望，草色稀稀疏疏地连成一片，近看，却看不出草色。

（早春）是一年中景色最好的时候，它大大超过翠柳葱茏满皇城的暮春时刻。

【注释及有关提示】①天街：京城街道。酥：酥油。这里比喻春雨。②草色遥看近却无：即"草色遥看（有），近（看）却无"，蒙后之"无"省略"有"，承前之"看"省略"看"。

【阅读笔记·（1）"草色遥看近却无"之双绝】清人朱彝尊《批韩诗》中赞《早春呈水部张十八员外二首·其一》"景绝妙，写得亦绝妙"。朱老先生所说的韩愈此诗的绝妙之景，大概主要指"草色遥看近却无"之景；所说的"写得亦绝妙"，大概也是指对此景的独特巧妙的描绘。

韩愈笔下的早春草色这种美，不是绚烂之美，而是清淡之美；不是明丽之美，而是朦胧之美。这大概就是朱老先生所赞的"景绝妙"。此种绝妙之景，不一定能引起多少人关注欣赏；即便能引得一些人流连忘返，也不一定能激其大发诗兴，即便能引得一些人大发诗兴，也很少见到如韩愈之绝妙描写的。韩愈所写远与近所见之结果对比，乍看不合常理，仔细品读，越咂摸越觉有滋味，越吟咏越觉得美妙。诗人远望的不是一棵一棵的小草，而是小草生长的一片片地方——微微泛出绿色的一处处——"遥看"，就是一片"草色"了。近观，刚冒出地面的草芽又小又细，而且是疏疏朗朗地分布着的，所以看不到整片的"草色"。这大概就是朱老先生所赞的"写得亦绝妙"之所在。

③最：极。是：表示肯定判断。处（chù）：时间，时刻。岳飞《满江红》："怒发冲冠，凭栏处，潇潇雨歇。"

**【阅读笔记·（2）"一年春"如何理解】** 要准确理解"一年春"的意思，不妨先把它"代入"到原句中直译检测一下。有三种译法：①（早春）是一年中景色最好的时候；②（早春）是春季中景色最好的时候；③（早春）是一年四季的春季中景色最好的时候。

可以看出：译文"①"，漏掉原句中的"春"；译文"②"，漏掉原句中的"一年"；译文"③"，虽然"一年"和"春"两个信息都兼顾了，却有啰唆之弊，症结是把"一年"带入到译句中了。

那么，问题来了，如何理解"一年"与"春"之间的关系呢？假如原句不说"一年"（或换成别的说法），只说"春"，则不仅诗句简洁，且与下句（暮春）逻辑关系紧密。

问题又来了，"一年"也不是诗人为凑字数而随便加上的。反复阅读后明白：独特的艺术构思决定了独特的表达形式。

原来，诗人用了以美衬美的方法：一年中春季是美好的，春季中早春是最美好的。而要用七个字把这个巧妙的方法表达出来，在句式上的选用上就颇费匠心了，自然显现的是紧缩的复句。

④绝胜：远远胜过。绝，极，非常。烟柳：柳树长出嫩芽后，如云如烟。皇都：帝都，这里指长安。

**【诗句简析】**

首句：精妙地描写天街小雨无比润滑的特点。

次句：生动地描写出雨后的草色远有近无的奇妙景观。

第三句：用层进的方法，加倍赞扬早春的美好。

第四句：用比衬的方法，再进一步强调指明苍翠葱茏的暮春景色远比不上隐约朦胧的早春草色。

## 五十七、刘禹锡 6 首

【作者简介】刘禹锡（公元 772—842 年），字梦得，洛阳人，唐德宗贞元九年（793）进士及第，与柳宗元同榜，官至太子宾客（太子官属，掌调护、侍从、规谏），故世称刘宾客。唐代中晚期著名诗人、哲学家、文学家，有"诗豪"之称。所撰文章简练深刻，于韩柳外自成一家；所仿民歌体写的竹枝词等小诗，刚健清新，别具风格。

青年时代与柳宗元等一起参加王叔文（唐顺宗时出任翰林学士，时称内相）领导的政治改革，后被贬为朗州（今湖南常德）司马；奉诏还京后又因触怒新贵，被贬为连州（今属广东省）刺史（秦时设刺史，监督各郡。刺，检举不法；史，皇帝所使。隋以后刺史为一州的行政长官，之后成为太守的别称）。与柳宗元交谊最深，并称"刘柳"，晚年在洛阳常与白居易唱和，世称"刘白"。

241　元和十年自朗州至京戏赠看花诸君子

【题意简释】交代写诗时间及所写事件，表面意是写此诗开玩笑地赠送给看花的各位君子，实际意是寓讥讽于玩笑中。

【背景简介】唐顺宗永贞元年（805），刘禹锡等参加王叔文领导的政治革新，宦官具文珍勾结藩镇势力发动宫廷政变，逼迫顺宗李诵"让位"给宪宗李纯，革新失败。王叔文被赐死，刘禹锡被贬为连州刺史，不久又被贬为朗州司马。到了唐宪宗元和十年（815），朝廷有人想起用他以及和他同时被贬的柳宗元等人，于是把他从朗州召回京城。刚毅不屈的刘禹锡回到长安即写了这首著名的讽刺诗。

【内容简介】此诗借写人们游赏完玄都观后的热闹场面和玄都观里桃树的栽植时间，辛辣地讽刺了顽固守旧的新老权贵。

【原文】

紫陌红尘拂面来①，无人不道看花回②。
玄都观里桃千树③，尽是刘郎去后栽④。

【译文】

京城外大道上的飞尘扑面而来，看完桃花返回的人们没有一个不说桃花如何红艳美丽的。

（可是）玄都观里的上千株桃树，全都是在我离开京城后所栽的。

**【注释及有关提示】**①紫陌：京城郊外的大道。红尘：闹市的飞尘。拂面：迎面、扑面。②无人不道看花回：即"看花回无人不道（花之美）"。无……不：双重否定，语势更重。③玄都观：唐道观名，在长安城南崇业坊。桃千树：极言桃树之多。④刘郎：作者自指。

**【诗句简析】**

首句：以看花回者的车马所搅起的尘埃乱飞的具体形象，表现场面的热闹非凡。由"拂面来"见出，权贵们是返回，作者是前往。

次句：传神地写出了权贵们观赏完桃花兴犹未尽、议论纷纷的情景。

第三句：夸张地写玄都观里有很多桃树。

第四句：坚决、辛辣地点明这上千株桃树都是我刘禹锡离开京城后所栽的。

**【艺术特色简介】**使用比体。表面上看，写桃花之盛、桃树之多；实际上，是讽刺朝廷满是新贵，把持朝政，得意忘形。"尽是刘郎去后栽"，一语双关：明写桃树，暗写权贵，使新贵们原形毕露，无可遁藏，也狠狠地刺了其主子一枪。

242 再游玄都观

**【背景简介】**该诗是《元和十年自朗州至京戏赠看花诸君子》的续篇。十四年前，刘禹锡的"玄都观里桃千树，尽是刘郎去后栽"两句诗，不仅辛辣地讽刺了"桃千树"（新贵），而且深深刺痛了"栽"者（权相武元衡），于是被贬出京城任连州刺史。十四年（历德宗、顺宗、宪宗、穆宗、敬宗五朝至当朝文宗）后，重返京城，再游玄都观，又赋一诗，以示不屈之志。

**【内容简介】**《再游玄都观》这首七绝，仍以游玄都观为题材，以十四年前的繁盛景象为暗中衬比，生动地描写了玄都观今日之荒凉景象，无情地鞭挞了政敌，豪迈地宣示出不屈不挠的斗争意志。

**【诗前小序】**余贞元二十一年为屯田员外郎①，时此观未有花木。是岁出牧②连州，寻③贬朗州司马。居④十年，召至京师。人人皆言，有道士手植仙桃，满观如红霞，遂有前篇，以志一时之事。旋⑤又出牧。今十有⑥四年，复为主客郎中⑦，重游玄都观，荡然无复一树，惟兔葵⑧、燕麦⑨动摇于春风耳⑩。因再题二十八字，以俟后游。时大和二年三月。

**【序之译文】**（唐德宗）贞元二十一年我作屯田员外郎，当时这个观里没有花木。

那年我出京任连州刺史,不久又贬为朗州司马。过了十年,召我回京,人人都说有道士亲手栽植了仙桃,满观如红霞,于是才有前首诗,用以记一时之事。不久又出(京)任地方官。至今十四年了,我回(京)再作主客郎中。重游玄都观,(观里)空荡荡的不再有一株桃树,只有兔葵、燕麦在春风中摆动罢了。于是又写了二十八个字,以等待后来的游人(指教)。时间(是)大和二年(828)三月。

【序之注释】①屯田员外郎:唐置屯田郎中、员外郎各一人,属工部,掌屯田政令。②牧:古称州官为牧。这里是名词用作动词,即担任……牧。③寻:不久。④居:经过。表示经过若干时间。⑤旋:随即。⑥有(yòu):通"又",用在整数和零数之间。⑦主客郎中:隋唐以后于礼部设主客司,置主客郎中及员外郎,负责各藩属国朝聘、接待等事。⑧兔葵:草名。⑨燕麦:植物名。初为野生,燕雀所食,故名。⑩耳:句末语气助词,表限制,相当于"罢了"。

【原文】

百亩中庭半是苔①,桃花净尽菜花开②。
种桃道士归何处③?前度刘郎今又来④。

【译文】

道观百亩之大的庭院一半是青苔,(另一半)是桃花荡然无存后的野菜花。
当年观里种桃的道士身殁何处?前度于此一游的刘郎今日又来了。

【注释及有关提示】①中庭:古代庙堂前阶下正中部分,为朝会和授爵礼时臣下站立的地方。②净尽:一点不剩。菜花:野菜花。③种桃道士:双关——明,当年玄都观里那个种桃的道士;暗,当初打击王叔文、贬斥刘禹锡等人、提拔新贵的保守派当权者,具体指权相武元衡。归何处:殁于什么地方。这是不失文明的斥骂语。归:死称归。《尔雅·释训》"鬼之为言归也。"〔(死)在鬼话里叫归。〕④前度刘郎:《幽明录》载:东汉时,刘、阮二人在天台桃源洞遇仙,之后两人重到天台。后世称去而复来的人为"前度刘郎"。"前度刘郎"既明指自己,又暗用典故,以增加诗句的文化含量。

【诗句简析】

首句:点明朝会和授爵礼时臣下所站之处竟一半是青苔,明写自然的荒凉,暗讥朝政的衰败。

次句:更进一步,直刺保守派权贵们败落净尽。此句交融着双重对比:昔日的桃花与今日的青苔、野花之不同物的对比；桃花昔日"满观如红霞"与今日"净尽"情景之时间前后的自相对比。两组交织在一起的对比，寓意巧妙，辛辣无比。

第三句：询问当年的种桃道士身殁何处。表面是问与革新和保守的政治斗争毫无干系的种桃道士，实际是问打压革新人物、提挈保守新贵的当权者。这是故意问，因为道士身殁何处无关紧要，而作者明知政敌权相早已殁去十四年了（武元衡于元和十年被平卢节度使李师道所遣刺客刺死）。虽是无疑而问，而"桃花净尽"的原因却自在问中，从而更具讽刺力。

第四句：坚定地宣示：先前被"种桃道士"打压的"我"，今日又回来了。此语洋溢着作者豪迈乐观的情绪，显示着不屈不挠的精神。

【艺术特色简介】与前诗一样，仍然使用比体，但是描写的具体情况却迥然相反，因而自然就有强烈对比在内。前诗的情景是桃花繁盛，游者云集；此诗的情景是"桃花净尽"，中庭一派颓败之气。前后对比增加了对政敌嘲讽鞭挞的力量。

## 243 杨柳青青江水平（竹枝词二首·其一）

【题意简释】《竹枝词》是古代巴、渝（今重庆市一带）民歌的一种，歌词杂咏当地风情和男女爱情。唱者边舞边唱。

【背景简介】刘禹锡任夔州（旧府名，府治在今重庆市奉节县）刺史时，接触到这种优美的民间艺术形式，于是采用《竹枝词》的曲谱，创作出七言绝句形式且内容全新的《竹枝词》。

【内容简介】这首《竹枝词》巧妙地表现了一位少女春心萌动的缠绵之状。

【原文】
杨柳青青江水平，闻郎江上唱歌声①。
东边日出西边雨②，道是无晴却有晴③。

【译文】
岸上杨柳青青，江上风浪平平，忽然听到江上舟中传来男子唱歌声。

（郎的歌声就像）东边出着太阳、西边下着雨，说是没有晴吧，却又有晴。

【注释及有关提示】①郎：对青年男子的美称。②雨（yù）：动词，降雨。③晴：谐音双关。表面是"天晴"，暗指"感情"。

【诗句简析】

首句：以江面平静的景色，映衬出少女平静的心境。

次句：明写少女听到郎的歌声，暗写少女内心波澜起伏。

第三句：用自然现象为谜面，比喻郎之歌声模棱两可的状况。

第四句：用双关语揭开谜底——说它无晴（情），它却有晴（情）。

【艺术特色简介】（一）整首诗充满民歌风味。此首诗无论写景（风平浪静），叙事（听到郎的歌声），还是拟写姑娘心情，都是运用朴实通俗、充满民歌风味的语句，当然也都是经过作者提炼得更有艺术性的了。

（二）暗中对比。首句平实地交代"故事"发生的典型环境，其特点就是"平"。而次句似乎也是写一件平平常常的事——姑娘听到郎的歌声。郎的歌声未出现时，江上是风平浪静，姑娘的心情如同江面一样，不起涟漪；而一旦传来郎的歌声，姑娘心中便陡然激起浪涛。明写的"江水平"与暗含的姑娘心中不平静，形成对比，含蓄隽永，耐人寻味。

【阅读笔记·巧用双关活画心境】那位唱歌的郎或者是自娱自乐，别无他意；或者是意有所属，却又暧昧不清。然而，不管郎主观上怎样，在姑娘听来都是撩动人心的，关键是姑娘不能敲定郎是有心还是无心。姑娘思忖再三，还是捉摸不透；犹豫再三，还是不能搭腔；更为紧要的是一个姑娘家家也不能把少男少女之间的恋情之事说得太过直白了；于是聪明的姑娘巧妙地用比喻，用双关，说出了郎的感情似有似无、变化不定的特点，传神地反映了这位姑娘怀有希冀、心存狐疑、难失羞涩等多种情感交织在一起的心理状况。

当然，这是就诗中所表现的少女的形象说的，归根到底，与其说这位少女聪明，毋宁说我们的诗人刘禹锡高妙。

## 244 酬乐天扬州初逢席上见赠

【题意简释】刘禹锡与白居易（乐天）均奉诏返京，相逢于扬州，白居易在宴席上作诗赠予刘禹锡，刘禹锡写此诗作答。酬，赠答。乐天，白居易的字。见，放在动词前，表示对己怎么样。如"见教""见谅"。

【背景简介】刘禹锡参加王叔文集团政治改革失败后，被贬京外二十三年。唐敬宗宝历二年（826），刘禹锡奉诏从和州（今安徽和县）返回洛阳，白居易此时也奉诏从苏州返回洛阳，二人在扬州相逢，白居易在宴席上作诗赠予刘禹锡，刘禹锡写此诗作答。

白居易赠给刘禹锡的诗：

为我引杯添酒饮，与君把箸击盘歌。（您为我取酒杯添酒劝我饮，我为您拿筷子击盘对您歌。）

诗称国手徒为尔，命压人头不奈何。（写诗称上国手的只是你一个，可是命运压在人头奈何不得。）

举眼风光长寂寞，满朝官职独蹉跎。（满眼全是好景致，您却长久寂寞；满朝官员尽得意，您却独自失意。）

亦知合被才名折，二十三年折太多。（我也知道应该是被才名折损，但是被贬二十三年，折损得也太多了！）

【内容简介】《酬乐天扬州初逢席上见赠》这首回赠白居易的七言律诗，曲折地表现了自己受政敌打击而长期贬抑远地的愤慨，自然地显现了豁达乐观的胸怀，高昂地宣示了决不气馁消沉，而要振奋崛起"长精神"的坚定态度。

【原文】

巴山楚水凄凉地①，二十三年弃置身②。

怀旧空吟闻笛赋③，到乡翻似烂柯人④。

沉舟侧畔千帆过，病树前头万木春。

今日听君歌一曲，暂凭杯酒长精神⑤。

【译文】

在巴山楚水那些凄凉之地，我（被）抛弃了二十三年！

怀念故友空自吟诵闻笛赋，久谪归来恍然已是隔世人。

沉舟旁边正有千船驶过，病树前头却是万木皆春。

今天听君吟唱一曲（深触情怀），暂且凭借这杯美酒振奋精神。

【注释及有关提示】①巴山：代指古巴国地，今四川省东部一带。楚水：代指古楚国地。楚国原在湖北和湖南北部，后来扩张至今河南、安徽、江苏、浙江、江西和四川。刘禹锡先后被贬至朗州（今湖南常德一带）、连州、夔州、和州等边远之地，句中的"巴山楚水"概指这些地方。②二十三年：从唐顺宗永贞元年（805）被贬为连州刺史，至唐敬宗宝历二年（826）冬应召，约22年，因路途遥远，至第二年才能回到京城，所以说23年。弃置：抛弃；置，放弃："弃"与"置"，同义复用，与上句"凄凉"

对仗。身：自身，自己。③旧：故交。闻笛赋：西晋向秀经过被司马氏杀害的好友嵇康的旧居，听到邻人吹笛，不胜悲叹，于是作《思旧赋》。刘禹锡借此典故怀念亡友王叔文、柳宗元等人。④翻：副词，反而。庾信《卧疾穷愁》诗："有菊翻无酒，无纮则有琴。"（有菊反而没有酒，没有冠冕上的带子却有琴。）烂柯（kē）人：南朝梁任昉所撰的《述异记》载：晋人王质入山砍柴，见两童子下棋，于旁观棋至终，手中柯（斧柄）已烂。回到村里，才知已过百年，同辈人皆已亡故。刘禹锡以王质自比，表达隔世之感。⑤长（zhǎng）：增长。

【四联大意】

首联：接白居易赠诗"二十三年"的话头，从两个方面概括叙述自己的不幸：被贬地方之凄凉、被贬时间之过长。首联是两个诗句（偏正短语），而从内容上看是不可分割的一句，即"身弃置巴山楚水凄凉地二十三年"〔我（被）抛弃（在）巴山楚水凄凉地二十三年〕。写诗，分成两句，避免了语言的啰唆，增强了表达的力度。

颔联：用"闻笛赋"的典故，表达对亡友的怀念深切而徒然；用"烂柯人"的典故，表达对世事的感觉全非而沉重。

颈联：以两个形象生动的画面，借喻自己的处境，显现出豁达的襟怀，熔铸着辩证的哲理。"沉舟""病树"的自喻，极为形象地画出了自己长期遭贬后的落魄状态，怅惘之情自寓其中。但是，作为"诗豪"、又是哲学家的刘禹锡并没有一味地悲叹自己的不幸，而是高迈地跃起，以特有的豪气、以哲学家的视觉，看到了"千帆过"的浩荡气势，看到了"万木春"的蓬勃景象。这种发展的眼光、辩证的视觉历来备受赞誉，此外，还应该提及的是诗人将一己之私压下的阔大胸怀和思想境界。

尾联：接上联自己的处境和达观的态度，既答谢朋友的同情劝慰之意，更表示要振奋精神，继续进取。

【艺术特色简介】

（一）风格沉郁而豪放。

（二）用典含蓄恰当。

（三）哲理辩证，能醒己，也能醒人。

## 245 石头城

【题意简释】石头城故址在今南京市清凉山上，战国时为楚国的金陵城；三国时东吴孙权重建，并改名为石头城；六朝（吴、东晋、宋、齐、梁、陈）时是繁华的都城。

【背景简介】石头城从唐高宗武德九年（626）开始废弃，至刘禹锡写此诗时（唐敬宗宝历二年，826）已经过去200年了，早已成为空城了，而大唐帝国也已日渐衰落了。刘禹锡任和州刺史时，见朋友写的《金陵五题》，触动感思，也写了五首诗，总题也是《金陵五题》。《石头城》是《金陵五题》中的第一首。

【内容简介】该诗以山峦、潮水、明月三个自然形象对应石头城的精妙描写，形象地表现出借古讽今的诗意，也含蓄地抒发了诗人对国运衰微的忧虑之情。

【原文】

山围故国周遭在①，潮打空城寂寞回。

淮水东边旧时月②，夜深还过女墙来③。

【译文】

石头城外的群山依然围绕着旧日的都城，山之四周还是那个样子存在；（如今）长江的潮水拍打着一座空城（得不到任何回应），（只好）寂寞地退了回去。

秦淮河东边的明月，夜深了还有所惦念，越过女墙来探视空城的什么。

【注释及有关提示】①山：指石头城外东、南、西三面的山，作者说"周遭"（四周）是种笼统的说法。故国：旧都，指石头城，因为石头城一直是六朝的国都。②淮水：指贯穿石头城的秦淮河。旧时：指六朝时。③女墙：城墙上面呈凹凸形的小墙。

【诗句简析】

首句：有意点出围绕石头城的山依然如故，更特别点出它周遭任何一段无毁无缺，仍然以原有的状态存在。这样写就含蓄而鲜明地把自然的山与政治（人文）的城对比列出，形象有力地说明：青山依旧在，繁华不复有。

次句：用拟人的手法描写长江潮水拍打空城的落寞情景。主是"潮"，宾是"空城"，实际是以主衬宾，即用"潮"的"寂寞"衬托城的荒凉。

第三句：特别点出"淮水"东边的"旧时"之月，旨在请出一位饱览秦淮河繁华景象的历史见证人，从而形象地揭示出昔盛今衰的主题。

第四句：借"月"夜深之时还有的举动，含蓄地表现了诗人对国运日渐衰微的担忧之情。

【艺术特色简介】（一）对比。以山还是围着故国的山、潮还是依旧拍打城墙的潮、月还是六朝时的月，与繁华消尽的城对比，多角度地深刻表现了昔盛今衰的主题。

（二）用拟人手法塑造的月的形象，表意含蓄而深刻。

### 246　乌衣巷

**【题意简释】**乌衣巷：街名,在今南京市东南,秦淮河南岸,与朱雀桥相近。三国时,这里是吴国的兵营,士兵多穿黑衣,所以俗称乌衣巷。东晋时王导、谢安等许多世家贵族都居于此。入唐后,乌衣巷沦为废墟。

**【内容简介】**《乌衣巷》是《金陵五题》中的第二首。此诗凭吊昔日东晋南京秦淮河上朱雀桥和南岸的乌衣巷的繁华鼎盛,而今野草丛生,荒凉残照,感慨沧海桑田,人生多变。作者选取燕子寄居的主人家已经不是旧时的主人这一平常现象,使人们认识到富贵荣华难以常保,那些曾经煊赫一时的达官贵族,如过眼烟云,成为历史的陈迹。

**【原文】**

朱雀桥边野草花①,乌衣巷口夕阳斜②。

旧时王谢堂前燕③,飞入寻常百姓家。

**【译文】**

朱雀桥边野草开花,乌衣巷口夕阳斜照。

从前在王导、谢安大家世族厅堂前筑巢的燕子,如今飞进了平常百姓家。

**【注释及有关提示】**①朱雀桥:六朝时金陵正南朱雀门外横跨秦淮河上的一座桥。花:名词用作动词,开花。②斜:与首句之"花"用法相对应,形容词用作动词,斜照。③王谢:东晋时王导、谢安两大世族。

**【诗句简析】**

首句:用朱雀桥的荒凉之象映衬乌衣巷的衰颓之景。首句暗含昔盛今衰的对比:往昔,秦淮河两岸酒家林立,繁华无比,横跨河上由市中心至乌衣巷必经之处的朱雀桥更是人来车往,川流不息;今日,桥边长满野草、野花的荒凉之景就是人少车稀、繁华逝去的原因所致。

次句:表面平淡地描写乌衣巷口夕阳斜照的景象,实际以夕阳斜照的惨淡景象暗喻败落凄凉的社会现实。

第三句:回现四百年前燕子在权势煊赫的王公贵族之家飞来飞去的盛世之景。

第四句:出人意料地点明当年的燕子却入住了平常的百姓之家。以寄居者——燕子——未变,而寄居地却大变的古今反差,形象而又新奇地表现盛衰兴亡的巨大变化。

**【艺术特色简介】**(一)精心选择内涵深的意象(描写对象)。不论是光耀显赫的朱雀桥、乌衣巷、王谢堂，还是普通平常的野草、夕阳、燕子，都非常典型，内涵极为丰富。特别是"燕"的形象不合常理，而在艺术表现上却以历史见证人的身份出现，令人叹为观止。

（二）情寓景中。这是一首咏古抒怀诗，而诗人的"怀"，一句一字都没有直抒，而全部寓于对古巷今昔变化的精妙描写中。

## 五十八、白居易 9 首

【作者简介】白居易（公元 772—846 年），字乐天，原籍太原，生于河南新郑（今河南郑州新郑市），是中国唐代伟大的现实主义诗人，唐代三大诗人之一。贞元（唐德宗年号）十六年（800）进士及第，授秘书省校书郎。元和（宪宗年号）年间任左拾遗及左赞善大夫。元和十年（815）白居易 44 岁时，因上表请求严缉刺死宰相武元衡的凶手，得罪权贵，被贬为江州司马。长庆（穆宗年号）间任杭州刺史，宝历（敬宗年号）初任苏州刺史，后官至刑部尚书。晚年闲居洛阳香山，自号香山居士。白居易与元稹齐名，并称"元白"；晚年与刘禹锡唱和甚多，世称"刘白"。与朋友李绅、元稹提倡"新乐府运动"，产生了深远的影响。白居易主张"文章合为时而著，歌诗合为事而作"（文章应该为时事而著作，诗歌应该为现实而创作），强调继承《诗经》"风雅比兴"的传统和杜甫的创作精神，反对"嘲风雪，弄花草"（吟咏风雪，玩赏花草）而别无寄托的作品。其诗广泛深刻地反映了社会矛盾，有强烈的现实主义精神。其长篇歌行《长恨歌》《琵琶行》语言优美，形象生动，是古代长篇叙事诗中的翘楚之作。白居易今存诗 2800 多首，在唐朝诗人中存诗最多。他创通俗一派，影响深远。

### 247 赋得古原草离别

【题意简释】赋得：古人学习作诗或文人聚会分题作诗或科举考试时命题作诗的一种方式，此种诗歌体裁称为"赋得体"。

【背景简介】《赋得古原草送别》作于唐德宗贞元三年（788），作者当时实龄十六岁。唐·张固《幽闲鼓吹》载："白尚书应举，初至京，以诗谒顾著作。顾睹姓名，熟视白公曰：'米价方贵，居亦弗易。'乃批卷，首篇曰：'离离原上草，一岁一枯荣。野火烧不尽，春风吹又生。'即嗟赏曰：'道得个语，居即易也。'因为之延誉，声名大振。"〔白尚书（白居易官至尚书）（当年）参加科举考试，刚到京城，拿着自己的诗拜访顾况著作郎。顾况看到姓名，仔细看着白公说："（京城）米价正贵，（在此）居住也不容易。"于是翻阅诗卷，（见）首篇写道："离离原上草，一岁一枯荣。野火烧不尽，春风吹又生。"就赞叹说："说得这样的话，（在此）居住也就容易了。"于是为白居易播扬名声，（白居易）声名大振。〕

【内容简介】《赋得古原草送别》是应考的习作，是白居易的成名作。此诗根据题目限定，既写了古原之草，又抒了离别之情，而且能将春草生生不息与友情绵绵不绝有机地融合在一起，堪称绝妙。

【原文】

离离原上草①，一岁一枯荣②。

野火烧不尽③，春风吹又生。

远芳侵古道④，晴翠接荒城⑤。

又送王孙去⑥，萋萋满别情⑦。

【译文】

原野上茂盛的青草，一年（有）一次由枯萎到茂盛的变化过程。

野火烧不尽（它），春风一吹，（它）又生机勃发。

远望处的花草蔓延着古道，晴天下的绿色连接着荒城。

又送公子离去，浓浓的离情就像萋萋的芳草。

【注释及有关提示】①离离：分披繁茂的样子。②枯：枯萎。荣：茂盛。③野火：焚烧原野宿草之火。农民常在秋后焚烧田间荒草，使来年土地肥沃。④芳：花草。侵：侵占。⑤翠：青绿色。⑥王孙：对公子的尊称，此指离别的友人。⑦萋萋：茂盛的样子。

【四联大意】

首联：扣题"古原草"之意，描写古原上春草茂盛的样子及其由枯至荣、生生不已的规律。

颔联：紧承上联的"枯荣"，形象地赞颂春草顽强的生命力和坚韧不屈的精神。此联言简意畅，寓含哲理，给人以极大的顽强向上的力量，脍炙人口，传唱千古。

颈联：既更具体地描写春草四下蔓延、绵绵无尽的蓬勃之势，又借写友人将经历的"古道""荒城"，微微地流溢出离别时的怅惘之情。出句、对句都是写春草，而所见各有不同：出句虽然是写远望，但是还能看到蔓延的春草侵占"古道"的情景；对句则是望向更远之处，已经看不清春草的样子了，只能看到绵绵无尽的春草在晴空下所泛出的青绿色。因而，观察精细、描写准确也是此联的一个艺术亮点。

尾联：扣题目"送别"之意，信手拈来眼前春草以比喻送别之情。"萋萋满别情"，是本体（别情）与喻体（萋萋）倒装的比喻句（即，满满的别情像萋萋的芳草），用萋萋的春草比喻浓浓的别情，情景交融，既自然又别致。

【艺术特色简介】对平凡之物——春草，见出其不凡精神——坚韧不屈，此足以显出诗人睿智的眼光。对同样之物——春草，见出其不同情态：远的，草之体"侵古道"；更远的，草之色"接荒城"，此足以显出诗人观察之细、描写之工。

## 248 王昭君·其一

【题意简释】《王昭君》二首，都是乐府诗，是白居易十七岁时创作的。

【内容简介】第一首主要描写塞外的生活环境和内心的愁苦销蚀了昭君当年的美貌。

【原文】

满面胡沙满鬓风①，眉销残黛脸销红②。
愁苦辛勤憔悴尽③，如今却似画图中④。

【译文】

满脸满鬓都留有胡地风沙侵蚀的印迹；眉毛销去了残留的粉黛，脸上销去了昔日的红润。

（长年累月）愁苦辛劳（致使）形貌憔悴，达到极点，现在（这副模样）反倒是像当年画工毛延寿给她画的画图中的样子。

【注释及有关提示】①首句用了互文的修辞手法，即"满脸、满鬓胡沙；满脸、满鬓胡风"。②黛（dài）：青黑色的颜料，古代女子用以画眉。③尽：达到极限或顶点。《庄子·齐物论》："有以为未始有物者，至矣尽矣，不可以加矣。"（那时有人认为，整个宇宙从一开始就不存在什么具体的事物，这样的认识是最高的，达到顶点了，不能复加了。）④画图：据《西京杂记》（汉代刘歆著）记载，汉元帝因后宫女子众多，就叫画工画了像来，看图召见宠幸。宫人都贿赂画工，独王昭君不肯，所以她的像被画得最差，不得见汉元帝。后来匈奴来求亲，汉元帝就按图像选王昭君去，临行前才发现昭君优雅大方、容貌最美，悔之不及，追究下来，就把毛延寿、陈敞等许多画工都杀了。

### 249　王昭君·其二

**【内容简介】** 第二首写昭君盼望被赎回而又担心美貌销蚀、前途未卜。

**【原文】**

汉使却回凭寄语①，黄金何日赎蛾眉②。
君王若问妾颜色③，莫道不如宫里时④。

**【译文】**

汉朝使者返回，靠（他）传达我对汉皇的问话；什么时候才能拿黄金来赎我回去。如果国君问起我现在的样子，千万不要说不如当年在皇宫里的时候。

**【注释及有关提示】** ①却回：同"却还"，返回。《北史·裴仁基传》："世冲却还，我且按甲；世冲重出，我又逼之。"〔（裴仁基对李密说）"如果王世充退回，我们就按兵不动；如果王世充再次进军，我们就再逼近洛阳。"〕寄：托人递送。②蛾眉：由女子长而美的眉毛而借指美女。③颜色：容貌。④莫：不要。

**【艺术特色简介】** 两首诗的共同特点是情感上哀而不怨，语言上鲜明通俗。第一首着重正面描写人物憔悴的容貌；第二首模拟人物的语言，借以展示人物矛盾的心理。

### 250　琵琶行

**【题意简释】**《琵琶行》是一首歌行体七言叙事诗。

**【内容简介】** 本诗通过对琵琶女夜弹琵琶的描写，赞美了琵琶女高超的技艺，感叹琵琶女凄凉的身世，抒发了自己遭贬的抑郁，反映出一定的社会问题。

《琵琶行·序》

**【原文】**

元和十年，予左迁九江郡司马。明年秋，送客湓浦口，闻舟中夜弹琵琶者，听其音，铮铮然有京都声①。问其人，本长安倡女②，尝学琵琶于穆、曹二善才③，年长色衰，委身为贾人妇。遂命酒，使快弹数曲。曲罢悯然，自叙少小时欢乐事，今漂沦憔悴，转徙于江湖间。予出官二年，恬然自安，感斯人言，是夕始觉有迁谪意。因为长句，歌以赠之④，凡六百一十二言⑤，命曰《琵琶行》⑥。（注："一十二"乃刻传之误，当为"一十六"）

**【序之简释】**

（一）序，交代了《琵琶行》产生的历史背景及写诗的具体起因和动机，相当于一个"创作说明"。

（二）序之词语注释：

①铮铮：形容金属、玉器等撞击声。京都声：指唐代京城流行的乐曲声调。②倡女：歌女。倡，古称歌舞艺人。③善才：对当时琵琶师或曲师的通称，是"能手"的意思。④歌：动词，作歌。⑤言：字。⑥命：命名，题名。

（三）序之译文：

唐宪宗元和十年，我被贬为九江郡司马。第二年秋天，我送客人到湓江口，听到船上有夜弹琵琶的声音，听那琵琶声，铮铮作响有京城长安的韵味。问那弹琵琶的人，（她说，她）本来是长安的歌女，曾经向穆、曹两位琵琶师学习弹奏琵琶，（后来因为）年龄大了，姿色衰老，就托身与一个商人做他的妻子。于是（我）叫手下人摆酒，让她畅快地弹奏几支曲子。曲子弹完了，（她）显出忧郁的样子，自己叙述年轻时的欢乐事，而今漂泊沦落，面黄肌瘦，辗转迁徙于江湖间。我从京城外调已经两年了，心情平静，自觉安适，被这人的话触动，这天晚上，（我）才有被贬谪的感觉。于是写了这首七言诗，制作成词来送给她，共六百一十六个字，取名为《琵琶行》。

引子：
【原文】
浔阳江头夜送客，枫叶荻花秋瑟瑟①。
主人下马客在船②，举酒欲饮无管弦③。
醉不成欢惨将别，别时茫茫江浸月④。
忽闻水上琵琶声，主人忘归客不发。

【译文】
夜晚在浔阳江边送别客人，枫叶、荻花在秋风中瑟瑟作响。
我与客人下了马，登上船，举起酒杯想喝酒，可惜没有音乐（助兴）。
酒醉不能成欢，悲伤于将要离别；离别时孤独的月影淹没在茫茫江水中。
忽然听到从水面上传来琵琶声，我忘了返回住所，客人也忘了发船前行。

【注释及有关提示】①荻（dí）：多年生草本植物，形状像芦苇。瑟瑟：形容轻微的声音。②主人下马客在船：互文（即，主人、客人下马，主人、客人在船），两个或两个以上的语言结构相互拼合，共同地表达一个完整的思想内容，也就是说，上文里省略了在下文出现的词,下文里省略了在上文出现的词,上下参互成文,合而见义。如《木兰辞》中"开我东门,坐我西阁床",不是开了东阁门不进去,而又到西阁坐床,而是,开东阁门,进去,坐东阁床;又开西阁门,进去,坐西阁床。再如《岳阳楼记》中的"不以物喜,不以己悲",也是互文。③管弦:管乐器与弦乐器,此代指音乐。④茫茫:模糊。既是当时模糊不清的景,也映衬诗人寂寞无着的心情。浸(jìn):淹没。《史记·赵世家》:"引汾水灌其城,城不浸者三版。"(引来汾水灌晋阳城,城墙没有淹没的只剩三版高了。)

【阅读笔记·(1)"忽闻水上琵琶声"】"引子"以"忽闻水上琵琶声"为中心,写诗人送客时,忽然听到琵琶声并被深深吸引的情景。秋夜送别,秋风瑟瑟,秋江茫茫,依依惜别,醉不成欢——正当主、客感到气氛冷清、心情凄惨时,江面上忽然传来美妙的琵琶声,令人心驰神往,使得"主人忘归客不发"。这里没有直接写琵琶女和琵琶声,却从侧面表现了琵琶女演技之高超,琵琶曲乐声之动人,为下文的直接描写做好了铺垫。

【段落大意】

引子:送客忽闻琵琶声。


第一段:
【原文】
寻声暗问弹者谁①,琵琶声停欲语迟②。
移船相近邀相见③,添酒回灯重开宴④。
千呼万唤始出来⑤,犹抱琵琶半遮面。
转轴拨弦三两声,未成曲调先有情。
弦弦掩抑声声思⑥,似诉平生不得志⑦。
低眉信手续续弹⑧,说尽心中无限事⑨。
轻拢慢捻抹复挑⑩,初为《霓裳》后《六幺》⑪。
大弦嘈嘈如急雨⑫,小弦切切如私语⑬。
嘈嘈切切错杂弹⑭,大珠小珠落玉盘。
间关莺语花底滑⑮,幽咽泉流冰下难⑯。
冰泉冷涩弦凝绝,凝绝不通声暂歇⑰。

别有幽愁暗恨生,此时无声胜有声⑱。
银瓶乍破水浆迸⑲,铁骑突出刀枪鸣⑳。
曲终收拨当心划,四弦一声如裂帛㉑。
东船西舫悄无言㉒,唯见江心秋月白㉓。

【译文】

寻着声音飘来方向,轻声询问,弹奏琵琶的是谁;琵琶声停止了,(弹奏者)想要说话(又有点)迟疑。

移动坐船靠近弹奏者所乘之船,邀请见弹奏者;添上酒菜,拿回先前撤去的灯烛。

经过再三呼唤,(她)才(从船舱)出来,还是抱着琵琶半遮着脸。

转(zhuàn)动弦轴,拨动弦索,(只)调试了两三下,尚未成调,就先显示出感情。

每一弦音都抑郁悲伤,好像诉说平生不如意的心情。

低下头来随手连续地弹起来,好像要说尽胸中无限的心事。

轻轻地拢弦,慢慢地捻弦,一会儿抹弦,一会儿挑弦,开始弹《霓裳》曲,后来弹《六幺》曲。

大弦之音粗重如急雨,小弦之音轻细如私语。

大弦与小弦交错弹奏,(那清脆圆润的声音)好像大珠小珠落在玉盘中发出的声音一样。

(琵琶声)一会儿像黄莺在花下啼叫一样婉转流利,一会儿像泉水流于冰下那样遏塞不畅。

(琵琶声)又像冰泉那样又冷又涩,琴弦似乎像冰一样凝结不动;像冰一样凝结了,水流不通了,琴声突然停歇下来。

另一种潜藏于内心深处的愁苦、怨恨流露出来,此时没有声音比有声音还要感人。

(猛然间,爆发出)银瓶突然破碎、水浆迸射出来时(那种清脆的声音),铁骑突然出击、刀枪一齐碰撞时(那种铿锵的声音)。

乐曲终了,收回拨子,对着琵琶中心猛划一下,四条弦索一齐发出像撕裂丝绸一样的响声。

东西两边的船(早已聚拢来)都寂静无声,只见江心一轮银白色的秋月的倒影。

【注释及有关提示】①寻:有顺着、沿着这个义项,但是听者寻找琵琶声源是逆向的,所以释为"顺着",就欠严密。秋夜,江上,声音的方向一时难辨,所以有个短暂辨别声音来处的过程,似乎还是用"寻找"义为妥。暗问:轻声问,说明问者有礼貌,尊重对方。暗,隐秘,不显露。②欲语迟:说明答者有所顾忌,不愿与人周旋。③相:有指代作用的副词,用在动词前。第一个"相"指弹奏者所乘之船;第二个"相"指弹奏者。④回灯:①拨回灯(先前的亮度);②移回(撤去的)灯。⑤始:才。

【阅读笔记·(2)"千呼万唤始出来"】邀请琵琶女出场这六句,写诗人自己,连续用了十个动词:寻、问、移、近、邀、见、添、回、呼、唤,生动地表现了诗人听到琵琶声后,急于见到弹奏者的心情,从而衬托出琵琶声的美妙动人。

写琵琶女,主要用了三个诗句:"琵琶声停欲语迟""千呼万唤始出来""犹抱琵琶半遮面"。这三句精炼细腻地描绘出琵琶女矛盾复杂的心情,生动传神地再现了一位人生失意、羞于见人的琵琶女形象。

【阅读笔记·(3)"未成曲调先有情"】"转轴拨弦三两声,未成曲调先有情",这两句既明写弹者,也暗写听者。

弹者,不仅会弹,而且是弹曲高手。有些人拉二胡是"三年二胡杀鸡声"。而波兰大音乐家肖邦弹奏钢琴,第一个音符就给人特殊的感觉;琵琶女校弦试音就含有感情,不是弹技达到人琴合一的境界,不会出现此种情景。

听者,不仅会听,而且是听曲的高手。于弹奏者调弦定音之时,已听出包含感情,真是听曲的行家。有人拿《霓裳羽衣图》给白居易看,白居易说画的是《霓裳曲》中某个乐段,叫来乐队演奏,果然如此。

⑥⑦弦弦掩抑声声思,似诉平生不得志:概写琵琶女弦音对自己心情的反映。"弦弦掩抑声声思",用了互文的修辞方法,即"每一弦、每一声都掩抑、思"。思(sī),悲,悲伤。《诗·大序》:"亡国之音哀以思,其民困。"(亡国之时的音乐哀痛而悲伤,因为那时的国民困顿而贫穷。)⑧低眉信手续续弹:描写琵琶女自如的弹奏动作。眉,借代头,部分代全体。信,随意,随便。⑨说尽心中无限事:描写琵琶女借乐曲诉说心事的情景。⑩拢:左手手指按弦向里推。捻:揉弦的动作。抹:顺手下拨的动作。挑:反手回拨的动作。⑪《霓裳》:读 ní cháng,即《霓裳羽衣曲》,本为西域乐舞,唐开元年间西凉节度使杨敬述依曲创声后流入中原。《六幺(yāo)》:大曲名,又叫《乐世》《绿腰》《录要》,为歌舞曲。⑫嘈嘈:形容声音繁杂。此指声音大。⑬切切:形容声音轻微。⑭嘈嘈:代大弦。切切:代小弦。嘈嘈、切切,都是以特征代本体。⑮间(jiàn)关:象声词。此为鸟鸣声。语:指鸟叫声。滑:滑溜,光滑,不粗涩。⑯幽咽:低泣声,此比拟(以人拟物)受阻不畅的水流声。⑰暂:义为"突然",不是暂时。⑱此

时无声胜有声：这千古名句，描绘出余音缭绕、余意无尽的艺术境界，令人拍案叫绝。⑱乍（zhà）：忽然。⑳突出：突然出击。"幽愁暗恨"在"声暂歇"的过程中聚集了强大的力量，难以压抑，终于使"凝绝"的暗流涌向高潮，冲破阻遏，其声既如"银瓶乍破水浆迸"之清脆优美，又如"铁骑突出刀枪鸣"之铿锵响亮。㉑裂（liè）：撕开。帛：古时丝织品的总称。曲终收拨。当心一划，声如裂帛，戛然而止。

【阅读笔记·（4）精妙绝伦的乐声描写】诗人正面描写琵琶曲，主要是运用一系列恰当的比喻。音乐是飘忽无形、瞬息即逝的东西，而诗人运用了大量的比喻，变抽象为具体，化无形为有形，给人以鲜明的立体的形象。例如，以急雨比喻急促的声调，以私语比喻细微的声调；以黄莺在花底的婉转的叫声，比喻琴弦流利的声音，以泉水流于冰下受阻如幽咽、低泣之声比喻遏塞不畅的琴声；以银瓶乍破水浆迸出比喻突然爆发的清脆的声音，以铁骑突出刀枪齐鸣比喻突然爆发的高亢的声调。

诗人还调动视觉形象，充分展开联想和想象，通过"鸟戏花丛图""泉水冻结图""银瓶乍破图""铁骑突出图""撕裂布帛图"等几个优美的画面，把各种难以描摹的乐声，形象地描绘出来，令人叫绝。

琵琶女那悠扬的乐声、呜咽的乐声、柔微的乐声、雄壮的乐声，都被描写的声情并茂，使人如闻其声，如见其人，甚至能想见到歌女坎坷不平的生活路途。恰恰是因为描写千变万化的音乐形象中，特别精妙地展现了琵琶女起伏回荡的心潮，自然地为下面写琵琶女自述身世做好了逻辑性的铺垫和音乐性的渲染。

㉒㉓东船西舫悄无言，唯见江心秋月白：这两句描写寂静无声的环境，表现听众的反映，进而映衬出乐曲的感人至深——周边所有听众都被乐曲深深打动，在乐曲终了后的一段时间内仍然沉浸在乐曲所营造的艺术氛围中，静静地、下意识地看着江中的明月。

【段落大意】

第一段（寻声暗问弹者谁……唯见江心秋月白），琵琶女弹奏琵琶曲。

第一段第一层（寻声暗问弹者谁……犹抱琵琶半遮面），移船相邀，掩面出场。

第一段第二层（转轴拨弦三两声……四弦一声如裂帛），盛情难却，弹奏琵琶。

第一段第二层〔一〕（转轴拨弦三两声……说尽心中无限事），技艺高超，人琴合一。

第一段第二层〔二〕（轻拢慢捻抹复挑，初为《霓裳》后《六幺》），指法娴熟，擅弹名曲。

第一段第二层〔三〕（大弦嘈嘈如急雨……大珠小珠落玉盘），交错弹奏，音如落珠。

第一段第二层〔四〕(间关莺语花底滑……四弦一声如裂帛),弦音多变,起伏悦耳。

第一段第三层(东船西舫悄无言,唯见江心秋月白),打动人心,四周寂静。

第二段:
**【原文】**
沉吟放拨插弦中①,整顿衣裳起敛容②。
自言本是京城女,家在虾蟆陵下住③。
十三学得琵琶成,名属教坊第一部。
曲罢曾教善才服④,妆成每被秋娘妒。
五陵年少争缠头⑤,一曲红绡不知数。
钿头银篦击节碎⑥,血色罗裙翻酒污。
今年欢笑复明年,秋月春风等闲度。
弟走从军阿姨死⑦,暮去朝来颜色故⑧。
门前冷落鞍马稀,老大嫁作商人妇。
商人重利轻别离,前月浮梁买茶去⑨。
去来江口守空船⑩,绕船月明江水寒。
夜深忽梦少年事,梦啼妆泪红阑干⑪。

**【译文】**
(琵琶女)迟疑地把拨子插入弦索中,整顿一下衣服站了起来,收敛起弹奏时(幽怨)的脸色(显出庄重的神情)。

自说本是京城姑娘,家住虾蟆陵下。

十三岁就学成弹奏琵琶的技艺,名次列于教坊的第一部。

弹罢曲子曾让名师佩服,打扮起来曾让善歌貌美的歌妓嫉妒。

弹完一曲,富贵大家子弟争着赠送的红色缠头不计其数。

上端镶着金花的银钗(因为给音乐)打拍子而击碎了,血红色的绸裙子被打翻了的酒沾污了(全不在意)。

年复一年地欢笑,美好的时光都轻易地度过了。

弟弟离家从军,阿姨辞别人世;一天天晚上离去,早晨来到,容貌不知不觉地衰老了。

门前冷落，鞍马稀少；年龄大了，嫁给商人做他的妻子。

商人重视钱财，轻视夫妻别离；前月到浮梁买茶（做生意）去了。

（丈夫）离开之后，（我）在江口独守空船，（所见到的）只有江水中明亮的月影绕着江船移动，（所感到的）只是江水的寒冷。

深夜忽然梦见少年时的欢乐事，（因昔时欢乐已去，而）梦中啼哭，（致使）泪水在搽了胭脂的脸上冲出一道道红色的痕迹。

【注释及有关提示】①沉吟：此处义不是"低声吟咏"，而是"迟疑"。②裳（cháng）：古人穿的下衣，裙的一种，也泛指衣服。③虾蟆（hámá）陵：在长安城东南，曲江附近，是当时有名的游乐地区。说自己本是繁华的京城人，反衬流落江湖的凄凉。④教（jiāo）：使、令、让。自述才貌双全。⑤五陵：在长安城外，指长陵、安陵、阳陵、茂陵、平陵五个汉代皇帝的陵墓。叙说走红时情景，反衬后来的寂寞。⑥钿头银篦：顶端有镶嵌物的银钗。钿（diàn，又读tián），以金、银、介壳镶嵌器物。篦，通"鎞"（bī），钗。节：节拍。⑦走：去，离开。《三国演义》第六十四回："久无所资，不过百日彼兵必走。"⑧颜色：面色，容貌。李白《长干行》（之二）："自怜十五余，颜色（面色）桃花红"。韩愈《与崔群书》："目视昏花，寻常间便不分人颜色（容貌）。"⑨去：表示动作的趋向。⑩来：语气助词，无实义，如"归去来兮"之"来"。

【阅读笔记·（5）人难寐，江水寒】"绕船月明江水寒"是一个画面感很强的特写镜头。天上的月亮是多么明亮，江中的月影是多么清晰，这是一幅多么优美的明月江船图啊，但船上女主人公的心境却与优美的环境恰成反调：她无心聆听江水轻叩船舷的天籁之音；她也无心欣赏银光遍洒江面的美丽之景；只是独在船头，呆呆地看着月影绕着江船慢慢地移动，时间长了，才感到了江水的寒冷。江上美丽的环境与歌女凄凉的心境形成了强烈的反差。这种不露痕迹的反衬写法，有力地突出了琵琶女处境的寂寥和心境的凄凉。

⑪阑干：纵横交错，参差错落。

【阅读笔记·（6）梦往昔，泪满面】"梦啼妆泪红阑干"是一个具有深意的细节。琵琶女追怀往昔的欢乐，感慨现实的不幸，白天，意不能尽；深夜，幽思入梦；不仅入梦，还泪流满面，还把脸上冲出一道道纵横交错的红沟沟。这个细节包含的内容不止于此，还有更深层的画外意：梦中啼哭也算罢了，何以冲出许多红沟沟？难道琵琶女入睡前不卸妆吗？是不卸妆的。前面有一句是"绕船月明江水寒"，呆呆地看明月，看到什么时候呢？不知道。什么时候入睡呢？什么时候看得乏了，回到舱里，倒在床上便睡,还顾得上洗脸卸妆吗?顾不上。那白天还有心绪化妆吗?有!琵琶女满怀怨恨,但是还没有到绝望的程度。"女为悦己者容。"琵琶女还想象着她的丈夫不定哪天贩茶回转的情景,而她也不能以吊死鬼的形象面对夫君。所以白居易大人设计的这个细节,历经一千多年,还能如此强烈地搅动人心。

**【段落大意】**

第二段(沉吟放拨插弦中……梦啼妆泪红阑干),琵琶女自述冷暖事。

第二段第一层(沉吟放拨插弦中……秋月春风等闲度),叙说当红时奢华的生活。

第二段第二层(弟走从军阿姨死……梦啼妆泪红阑干),描述落魄时凄凉的生活。

**【阅读笔记·(7)形象塑造】** 诗人通过对琵琶女弹奏情景的精彩描摹,又通过琵琶女悲惨身世的自我叙述,完成了对女主人公的形象塑造。女主人公的形象塑造得真实、生动、传神,具有高度的典型性,深刻地反映了封建社会中被侮辱、被损害的乐伎、艺人们的悲惨命运,让人看到当时社会世态炎凉、人情冷暖的一个侧面。

第三段:

**【原文】**

我闻琵琶已叹息①,又闻此语重唧唧②。

同是天涯沦落人,相逢何必曾相识③。

我从去年辞帝京,谪居卧病浔阳城。

浔阳地僻无音乐④,终岁不闻丝竹声。

住近湓江地低湿⑤,黄芦苦竹绕宅生。

其间旦暮闻何物?杜鹃啼血猿哀鸣。

春江花朝秋月夜⑥,往往取酒还独倾⑦。

岂无山歌与村笛?呕哑嘲哳难为听⑧。

今夜闻君琵琶语,如听仙乐耳暂明⑨。

莫辞更坐弹一曲,为君翻作《琵琶行》⑩。

**【译文】**

我听了琵琶曲已经叹息了,又听了琵琶女这番话就加重了叹息。

同是沦落天涯的人,相逢一起(互诉心曲),何必曾经相识呢!

我从去年离开京都,被贬后抱病居于浔阳城。

浔阳这地方偏僻没有（能够）演奏音乐的人才，（因而）一年到头听不到音乐声。

住处靠近湓江，地势低而且潮湿，黄芦、苦竹绕着住宅蔓生滋长。

在那中间，一天从早到晚，听到什么东西呢？（只能听到）杜鹃悲切的啼声和猿猴悲哀的鸣叫声。

从春天到秋天，面对滔滔的江水，在花间月下，常常是拿过酒来，还是一人独饮。

难道没有唱山歌和吹笛子的吗？（有是有，但是，那声音）或者呕哑单调，或者嘲哳繁杂，难听死了。

今天夜里，听到您音乐语言，如同听到仙乐，耳朵突然清亮起来。

（请您）不要推辞，再坐下来弹奏一曲，我为您填写新词为《琵琶行》。

**【注释及有关提示】** ①②我闻琵琶已叹息，又闻此语重唧唧：这两句是诗人自述的领起句。重（zhòng），加重。《吕氏春秋》："今故兴事动众，以增国域，是重我罪也。"（现在故意兴办事情，扰动许多人，来增加国家疆域，这是加重我的罪啊。）

**【阅读笔记·（8）"重（chóng）"，还是"重（zhòng）"】** "重"，究竟读"chóng"，还是读"zhòng"，不能望文生义，而应由上下句甚至上下段之间的逻辑关系决定。"重"，读"chóng"，则句意是重新叹息。此读，此义，貌似讲得通，实则不然。诗人说听了琵琶女的琵琶曲"已叹息"，主要是因为琵琶女的琵琶曲"似诉平生不得志""说尽心中无限事"。这是琵琶女的音乐语言已经触动了诗人的情怀，而当琵琶女泣诉了自己的沦落遭遇时，诗人的叹息不是频率上的"重新"，而是程度上的"加重"。这既是因为琵琶女自述的语言，毕竟比其音乐语言更为明确，更是因为琵琶女自述的内容，无意地挠到了诗人心中最敏感的部位，从而引起了诗人更加强烈的共鸣。

"重"，所表现的不是中断后的重新"叹息"，而是爬坡式至顶峰的情感推进。若否，怎会触发出"同是天涯沦落人"的深沉感喟呢！

③何必：用反问的语气表示不必。

**【阅读笔记·（9）"同是天涯沦落人"】** "同是天涯沦落人，相逢何必曾相识"这两句，沟通了诗人和艺人的感情渠道，过渡到诗人官宦潦倒的自叙上，表达了诗人政治失意、沦落他乡、不满现状、感叹人生并深切同情琵琶女不幸遭遇的思想感情。

这两句还写出了既具有普遍性，又有超越性的人生现象：尘世中的人，不论其地位高还是低，如果都由得意转为失意，即使偶然相遇，也可以成为知音。唯其如此，这两句名言，千百年来一直叩击着人们的心弦，回响不已。

琵琶女生于繁华的京都，有一个多数歌女不可相比的优越的平台；自幼聪慧，才貌双全，有良好的主观条件；从师"善才"，有优越的受教资源——所以花天酒地，备受追捧。但是歌女的地位决定了她只能红极一时，绝不能善其一生。她的沦落不是某个恶人作祟所致，也不是靠她个人谨言慎行所能防范的。这不像现代明星，走红之后可以进豪门，开公司，成为人上人。白居易感叹歌女的沦落，不管主观上怎么想的，客观上是在抨击社会制度对下层人的不公平，像歌女这种职业，尽管你平台、天赋、演技均属一流，但是上流社会还是不会赐给你准进证的，你只能是被观赏的物件而已。而诗人自己，不管你对朝廷多么忠心，不管你有多大报国之才，既在宦海，就免不了沉浮。从朝官左迁为偏僻处之地方官，偶然遇到从京城流落至江湖的歌女时，心情怎能平静呢？此时，虽然遭受贬谪，但仍是朝廷命官的白居易，实实在在地触发了内心淤积已久的沦落之感。白居易坦言自己是"天涯沦落人"，是怒己不争吗？不是。是悔己进谏言吗？也不是。而是遭人陷害之愤懑淤积在心底而不能排遣，所以一旦遇到与自己遭遇相仿的人，即便是下层社会的歌女，他也能不顾政治身份、社会地位的悬殊，从心底喷发出"同是天涯沦落人，相逢何必曾相识"的深沉感喟。

④音乐：代指演奏音乐的人。⑤湓（pén）江：又名湓水，今名龙开河，在江西省。⑥春江花朝秋月夜：互文，即春天江边鲜花盛开的早晨及月明之夜，秋天江边鲜花盛开的早晨及月明之夜。⑦倾：倒出来。陶渊明《乞食》："谈谐终日夕，觞至辄倾杯。"〔（两人）终日畅谈不觉到了黄昏，（主人备好酒菜）每次劝饮，（客人）总是一饮而尽。〕白居易说的"倾"，不是喝酒尽兴，而是没有音乐相伴的那种细酌慢啜，是以酒浇愁的方式。⑧呕哑（ǒuyā）：拟声词，形容单调的乐声。嘲哳（zhāozhā）：也作"啁哳"，形容声音繁杂细碎。以上十二句（我从去年辞帝京……呕哑嘲哳难为听），诗人从政治遭遇、身体状况、生活环境、生活内容等几个方面具体形象地展现潦倒的处境和凄苦的心境。⑨暂：突然，一下子。《史记》（李广被俘，匈奴兵用大网子抬着李广）载："睨其旁有一胡儿骑善马，广暂腾而上胡儿马，因推堕儿，取其弓，鞭马南驰数十里。"（李广斜看他的旁边有一个匈奴兵骑着一匹好马，李广突然跃起上了匈奴兵的马，趁机推下胡儿，夺取他的弓，用弓当鞭子，鞭打马向南奔驰几十里。）⑩翻，按照旧曲谱制作新词（琵琶女弹奏的曲子，有原词）。以上四句，诗人高度赞扬琵琶女超群的技艺并提出再弹一曲的请求。

**【阅读笔记·（10）诗人自述】** 这一段，诗人直接抒发听歌女弹奏曲子和自述身世的感受。诗人从琵琶女流落江湖的悲辛，联想到自己谪居异乡的凄苦，把自己的命运与歌女的命运结合起来，抒发了两个人共有的抑郁感伤之情。

## 【段落大意】

第三段（我闻琵琶已叹息……为君翻作《琵琶行》），左迁人自述贬谪意。

第一层（我闻琵琶已叹息……相逢何必曾相识），自感同病相怜。

第二层（我从去年辞帝京……呕哑嘲哳难为听），自述沉沦之况。

第三层（今夜闻君琵琶语……为君翻作《琵琶行》），邀请再弹一曲。

第四段：

## 【原文】

感我此言良久立，却坐促弦弦转急①。

凄凄不似向前声，满座重闻皆掩泣。

座中泣下谁最多？江州司马青衫湿。

## 【译文】

（琵琶女）感慨于我的话而长久地站立，（然后）退回，坐下，把弦拧紧，弦音变得急促。

凄凉哀怨的声调，不像先前的声音；满座的人再次听了（这琵琶声）都掩面哭泣。

在座的人中谁眼泪流下最多？江州司马的青衫被泪水浸湿了。

【注释】①促：使紧，拧紧。

【段落大意】

第四段（感我此言良久立……江州司马青衫湿），琵琶女再弹琵琶曲。

【艺术成就简介】（一）《琵琶行》是我国古典诗词中描写音乐的杰作。诗人用丰富的比喻，精妙地再现了千变万化、瞬息即逝的音乐形象。

（二）《琵琶行》塑造了中国文学史上典型的琵琶女形象。

## 251 大林寺桃花

【题意简释】大林寺：在庐山西大林峰南

【背景简介】此诗作于唐宪宗元和十二年（817）初夏（四月），白居易时任江州（今江西九江）司马。

【内容简介】这首纪游诗描绘了同一时间内一隐一显两个迥然相异的场景——百花凋零、桃花盛开，用拟人的手法新颖有趣地解释了其原因。

【原文】

人间四月芳菲尽①，山寺桃花始盛开②。

长恨春归无觅处③，不知转入此中来④。

【译文】

人间四月百花已经凋谢净尽，而山寺中的桃花才刚刚盛开。

常常抱怨春光逝去无处寻觅，却不知它反而来到这山寺里了。

【注释及有关提示】①人间：指山下平地人员密集的地方。芳菲：芳香，也借指花草。②始：才；刚刚。③恨：抱怨、责怪。④转（zhuǎn）：反而。此：这，指山寺。

【诗句简析】

首句：叙述初夏百花凋零的情景，为表现下句的奇景作反衬性铺垫。"人间"一词在当句中给人的感觉是，下面要说"非人间"之景，而"非人间"有两个指向——地狱和仙境，而"芳菲"又限定了所指的是"非人间"中的"仙境"。

次句：对比展现两个场景。人间，百花凋零；山寺，突然出现夺人眼球的一幕——红艳亮丽的桃花刚刚绽放。

第三句：反思。抱怨春光逝去无处寻觅。

第四句：醒悟。原来，春光悄然搬迁了，由"人间"乔迁到"仙境"里了。

【艺术特色简介】观察细，感受奇。相同时间内，"人间"与"山寺"的自然景色迥然相异。对此，有些人或许视而不见，而诗人敏捷地捕捉到了此种差异。造成这种差异的原因是海拔高度和地势问题，奇特的是诗人不说这种索然无味的东西，而是以诗人的艺术感受揭示谜底——直接决定花开花落的春光从低势的"人间"搬迁到了高位的"山寺"。真的是：事情普通，而表现诙谐有趣；诗歌短小，而构思新颖奇巧。

## 252　钱塘湖春行

【题意简释】钱塘湖：从行政区划上说，位于钱塘县，故称钱塘湖；从地理位置上说，位于杭州市区西部，故称西湖。三面环山，湖中有白堤（白沙堤）和苏堤（宋苏轼所筑），将湖分为里湖、外湖和后湖。

【背景简介】长庆二年（822，唐穆宗时期）七月，白居易被任命为杭州刺史，宝历元年（825，唐敬宗时期）三月又出任了苏州刺史，因而这首《钱塘湖春行》可能是在杭州任内写的，也可能是在苏州任内写的。

【内容简介】此首七律以纪游的方式、以明丽的笔触生动地描绘了一幅西湖生意盎然、妩媚多姿的初春图。

【原文】

孤山寺北贾亭西①，水面初平云脚低②。
几处早莺争暖树③，谁家新燕啄春泥④。
乱花渐欲迷人眼⑤，浅草才能没马蹄⑥。
最爱湖东行不足⑦，绿杨阴里白沙堤⑧。

【译文】

孤山寺北面、贾亭的西面，（春天潮水上涨）湖水刚与湖堤相平，云脚低垂。

几只早来的黄莺争相占领向阳的树，谁家新归的燕子衔着春泥（忙着筑巢）。

到处开放的花渐渐使人眼花缭乱，浅浅的草刚刚能够遮没马蹄。

最爱湖东景色，即使游赏百遍也不满足；（策马穿过）绿杨夹岸的白沙堤。

【注释及有关提示】①孤山：在西湖的西北，位于里湖与外湖之间，是湖中最大的岛屿。它东连白堤，西接西泠桥，南临外湖，北濒里湖，湖水萦绕四周，山孤立于湖中，故名孤山。上有孤山亭。孤山寺：南朝陈文帝（522—565）初年建，位于孤山下。贾亭：又叫贾公亭，西湖名胜之一，唐朝贾全所筑。②初：时间副词，才，刚刚。云脚：云下端像人脚的部分。③早莺：初春早来的黄鹂。莺，黄鹂，鸣声婉转动听。暖树：向阳的树。④新燕：刚从南方飞归的燕子。啄：衔取。⑤乱花：不是"纷繁的花"，而是不在花圃、不按行列、到处开放的花。迷：迷乱。此是使动用法，即"使……迷乱"。⑥才：刚刚。能：能够。没（mò）：遮没。⑦足：满足。⑧阴：同"荫"。白沙堤：即白堤，又称"十锦塘""沙堤""断桥堤"，沿此西南行直通孤山。因名为"白堤"，曾误为白居易所修，实际唐朝以前已有。

【四联大意】

首联：点明春游起点，以湖面之水与湖上之云的情态表现西湖的早春轮廓。

颔联：生动描写仰视所见莺、燕寻常而又典型的情态，借禽鸟之态，具体表现春回大地的情景。本联的"几处""谁家"（禽鸟数量少），与上联的"初""低"（开春时间短），与下联的"乱""才"（生长程度浅）前后呼应，丝丝入扣，准确表现出早春特点。

颈联：生动描写俯察所见花、草寻常而又典型的情态，借花草之姿，具体表现万物勃发的情景。"乱"，于人看，是无序；于花言，如"早莺争暖树"一样——水湿处、土软处、向阳处的花，就抢着不按秩序地开放了。"浅"，配之以"马蹄"，既交代春游的方式，更形象地表现了绿草如茵的特点及诗人情不自禁的欣喜。

尾联：略写诗人最爱的湖东沙堤。之所以"略写"，是因为前面的"浅草才能没马蹄"已经情不自禁地流露出骑马踏青的惬意，而在中贯西湖的长堤上策马徐行，饱览湖光山色之美的那种陶醉，则是不言而喻了。"行不足"说明自然景物美不胜收，诗人百游不厌。

【艺术特色简介】（一）情景交融。诗人一路游春，一路报告春回大地的喜讯，一路流溢赞叹西湖美景的挚情。

（二）表现早春景象不用乏味的套话（如莺歌燕舞、绿草如茵等），而是用清新、活泼、鲜明、内涵丰富的词语（如"争暖树""啄春泥""迷人眼""没马蹄"等）。

## 253 暮江吟

【题意简释】暮江吟：吟诵暮江的诗。江，某处的一条江。若认为此诗是诗人在江州司马任上作的，则"江"可能是指浔阳江。吟，古代诗歌的一种形式。

【背景简介】此诗是元和十二年（817）前后诗人在江州司马任上作的。一说是长庆二年（822）诗人在赴杭州任刺史的途中写的。若说诗题中的"江"是"曲江"的话，则写作地点可能是长安，写作时间就不好确定了。

【内容简介】《暮江吟》这首七绝运用巧妙的写法，描绘出一个渐次推移的时间段中的江面、月亮、露珠的美丽景象，创造出和谐、宁静的意境。

【原文】
一道残阳铺水中①，半江瑟瑟半江红②。
可怜九月初三夜③，露似真珠月似弓④。

【译文】
一道残阳斜照在江中，（阳光映照不到的）半江一片碧绿，（阳光映照下的）半江一片红艳。

可爱这九月初三之夜，晶莹的露珠如同真的珍珠，弯弯的蛾眉月就像一张弯弓。

【注释及有关提示】①残阳：快要落山的太阳。②瑟瑟：碧色玉石，又指碧绿色。③可怜：可爱。九月初三：指农历九月初三。④真珠：真的珍珠。

【诗句简析】

首句：展现夕阳西下，彩霞铺在江面的阔大美景。

次句：精准描绘出夕阳斜照下，同一江面而色彩不同的奇妙景象。

第三句：点明由"残阳"之时而推移所至的另一个时间段，为下句描写对象的转换及其特点作了巧妙的过渡和必要的铺垫。

"初三夜"所见的"月"是"上蛾眉月"，月相是镰刀状的，故诗人说"似弓"；而"露"也只有在夜间或清晨才有。

第四句：用两个精当的比喻，分别描写出"露"之晶莹剔透的色彩特点和"月"之弯弯的形状特点，创造出和谐、宁静的意境。

【艺术特色简介】以细致的观察、精工的描绘，展现出两个前后相连又各具特色的美丽画面。

第一个画面。诗人捕捉到红艳与澄碧同框展现的奇妙景观，真实而又艺术地展现出大自然的斑斓色彩；而且波光闪动，炫人眼目。

第二个画面。诗人以色似珍珠的露珠和状如弯弓的蛾眉月两个远近、大小、形状有别而同具晶莹、洁净特点的意象构成的画面，给人清明、素雅的感觉。

254　白云泉

【内容简介】这首七绝通过对泉水冲下山去的批评，艺术地表现了随遇而安、出世归隐的思想。

【原文】
天平山上白云泉①，云自无心水自闲②。
何必奔冲山下去，更添波浪向人间。

【译文】
天平山上的白云和泉水啊，你白云本来没有什么心思（就在那里自由舒卷），你泉水本来（也）是从容悠闲（自由流淌）的。

（可是，泉水啊，你这样无牵无挂，自由自在的生活就很好了）何必奔腾冲向山下，给纷扰多事的人间增添波澜呢！

【注释及有关提示】①天平山：在今江苏省苏州市西。白云泉：天平山山腰的清泉，号称吴中第一水。②自：本来。心：心思。闲：悠闲。

【诗句简析】

首句：总提天平山上的白云和泉水。

次句：赞扬"云"原本的秉性是无牵无挂、自由自在的，强调指出"水"（泉水）原本的秉性也是悠闲自在的。

第三句、第四句：用反问句批评泉水给人间"添波浪"的"处世"态度。

【艺术特色简介】采取象征手法，写景寓志。诗歌以云水的逍遥自由，象征诗人恬淡的胸怀；以泉水激起的自然波浪，象征社会风浪；更以诗人对泉水"奔冲山下""添波浪"的批评，表达自己"与世无争"的生活态度。

【阅读笔记·不可忽视的诗歌结构，不能遗漏的情感一端】初读此诗，往往被此诗的优美意境和深邃象征所吸引，而忽视了诗歌的结构。诗歌的结构是受主旨统领的，因而，若忽视了诗歌的结构，则难以准确、全面地理解诗歌的主旨。

本诗的结构被忽略，大概主要是对"白云泉"的所指误解所致，而弄清了本诗的结构也就明白了"白云泉"在诗中的所指：二者互为因果。

首句"天平山上白云泉"，乍看是点明一处景点，为下文的借题发挥竖起议论的对象。从自然景观的角度看，"白云泉"是天平山山腰的清泉，的确是"一处"景点，而诗人却有意地将其拆分为"两个"意象。第二句说得明明白白："云自无心水自闲"。"云"，显然是指"白云泉"周边的白云；"水"，显然是指"白云泉"的泉水。

第二句"水"后暗含一个"亦"字，语意是强调"水"原本的秉性与"云"是一样的。暗含的"亦"，在逻辑上又连带出暗含着的两点微妙：（1）后面要专对"水"发话了；（2）对"水"的发话要转折了（因为"亦"在句中有让步义）。

弄清了本诗总提分承的结构，也就不会漏掉诗人情感上的另一端——对"云"的褒扬了。


## 255 南浦别

【题意简释】南浦：南面的水滨。古人常在南浦送别亲友，故"南浦"像"长亭"一样，成为送别之处的代名词，令人一见"南浦"，顿生凄凉之感。

【内容简介】《南浦别》这首五言绝句，刻画了送别过程中的传情细节，用凄凉的景色烘托出依依惜别的深情。

【原文】

南浦凄凄别①，西风袅袅秋②。

一看一断肠，好去莫回头。

【译文】

在南面水边凄凉地送别（离人），轻轻吹拂的西风，更增添了凄凉的秋意。

（离去的人回头）看一次（就令送行的人）肠子断一次，（你）好好地离去吧，不要再回头了。

【注释】①袅袅：微风吹拂的样子。②秋：名词用作动词，有秋意。

【诗句简析】

首句：不仅点出送别的地点，而且直接描写离别时的凄凉情绪。

次句：不仅点出送别的时间，而且以景衬情，进一步渲染离情的凄凉。

第三句：用使动句生动表现主客双方的悲伤情景。"看"，把离人那种难舍难分的心情和外化的动作，平实而又形象地表达出来。"断肠"，用夸张的手法生动地表现出送行人极度悲伤的情状。

第四句：既劝慰离人，又自抑情感。

【艺术特色简介】（一）典型化的细节描写。这首清淡如水的送别小诗，之所以给人深刻的印象，就是因为诗中所描写的惜别时的眼神、话语等细节，都是一般人亲身体会中所有而又经作者典型化了，更能牵动读者心弦。

（二）诗中有画。凄凄的水边、瑟瑟的风中，一对情深意笃的离人，千言万语，互祝平安，互道珍重，终于分手，以至离去的人不忍离去，走几步就回头看一眼；送行的人久久地伫立，目视着离人渐行渐远的背影。最后，离人淡出了读者的视线，而送行人临风伫立的镜头却深深地印在了读者的脑幕上久久不能逝去。

## 五十九、李绅 2 首

【作者简介】李绅（公元 772—846 年），字公垂，润州无锡（今江苏无锡）人。唐宪宗元和元年（806）进士，做过翰林学士和宰相。与元稹、白居易等人交往密切，在元、白提倡"新乐府"之前，就首创新乐府二十首。他的诗朴实真挚。

256　悯农·其一

【题意简释】悯：怜悯，怜恤。这两首诗的排序有分歧。笔者认为，当按照由轻到重的顺序排列，即由悯农劳作艰辛至悯农命运凄惨的顺序排列。

【内容简介】形象描写农夫头顶烈日、挥汗劳作的场面，由此推移到千家万户的餐桌上，向所有享用农夫劳动成果的人们发出的敬告——要尊重农夫的劳动，珍惜来之不易的每一粒粮食。

【原文】

锄禾日当午①，汗滴禾下土。

谁知盘中餐，粒粒皆辛苦。

【译文】

农夫们在正中午的时间为禾苗除草，他们的汗珠一滴一滴地滴入禾苗下的泥土中。

有谁想到，盘中的米饭，粒粒都是农民辛苦劳动换来的呢！

【注释及有关提示】①锄禾：为禾苗除草、松土。日：时间。当午：正中午。正中午把草连根锄于地面，让此时最强烈的日光将草晒干，免其复活。

【阅读笔记·为何两个特写镜头都是对准"禾"】首句的"日当午"是劳动的环境，"锄禾"主要是为禾苗锄去周边的杂草，也包括为禾苗松土。诗人不说"锄草"，而说"锄禾"，不仅表意完满无缺，还在于似是不经意而又是特意要告诉人们一个重要信息：禾苗的壮与弱直接决定着果实的实与瘪，即决定着庄家收成的丰与歉。所以，第一个特写镜头所显示的突出形象是农夫锄头下横躺竖歪的杂草中一棵棵苗壮向上的禾苗。

烈日炎炎，劳作艰辛，汗流浃背，哪个农夫也不会有意选择让汗珠滴到什么地方，而诗人有意又真实地选择了让汗珠滴到"禾下土"。诗人的选择，不言而喻的是：棵棵苗壮的禾苗，乃至粒粒饱满的米粒，都是辛勤的汗水换来的。

【诗句简析】

首句：开门见山地点明，农夫不顾艰辛，选择最炎热的正中午为禾苗除草。

次句：精准描写农夫的汗珠一滴一滴地滴入禾下的土壤中。

第三句：提出"盘中餐"这个包含很多疑问的问题。

第四句：照应一、二句，把第三句的疑问缩小到"盘中餐"的产生代价上，语重心长地告诫人们：粒粒粮食都是农民的辛勤汗水换来的，应当倍加珍惜。

## 257　悯农·其二

【内容简介】此首诗通过粮食收获的充盈之况与耕种者无粮而饿死之状的鲜明对比，提出了发人深思的社会问题。

【原文】

春种一粒粟①，秋收万颗子②。

四海无闲田③，农夫犹饿死④。

【译文】

春天播种一颗谷粒，秋天就收获万颗的粮食粒。

天下没有一块不被耕种的田地，（可是）辛苦种田的农夫仍然有饿死的。

【注释及有关提示】①粟（sù）：谷子，去壳的籽粒叫"小米"。②子：颗粒状的东西，此指粮食颗粒。③四海：指全国。闲田：闲置不种的田地。④犹：仍然。

【诗句简析】

首句：极写"种"之少。

次句：极写"收"之多。

第三句：交代普天之下没有闲田的情况。

第四句：提出有种粮者却被饿死的社会问题。

【艺术特色简介】（一）对比鲜明。

（二）议论警策而含蓄，即提出尖锐问题，不揭晓问题答案，令读者思考、解答。

【阅读笔记·愤慨的陡转】诗人落笔不写农夫耕种之辛苦，却写播种之少。次句也不写收割之劳累，却写收获之丰。第三句既明写四海无闲田，也暗写农夫稼穑之艰辛。至此，按照常理，依靠辛勤的汗水换来普天之下大丰收的农民，应该好好享用这丰盛的劳动果实了；可是，竟有以种地为生的人却因不能吃到粮食而被活活饿死。

这种层层铺垫后的突然转折，与其说是一种独具匠心的艺术，不如说是诗人"悯农"之情的愤慨陡转。

## 六十、柳宗元 2 首

【作者简介】柳宗元（公元 773—819 年），字子厚，河东（今山西省永济县）人，世称柳河东。贞元（唐德宗年号）年间中进士，做过监察御史。因参与王叔文集团的政治革新运动，被贬为永州司马，十年后迁为柳州刺史，故又称柳柳州。他是中唐时期杰出的文学家和思想家，与韩愈共同倡导古文运动，同被列入"唐宋八大家"，并称"韩柳"。其诗风格清峭，与刘禹锡并称"刘柳"；又因多写山水，与王维、孟浩然、韦应物并称"王孟韦柳"。

## 258　江雪

**【背景简介】** 王叔文领导的"永贞革新"失败后，唐顺宗逊位（让位），王叔文被杀，柳宗元被贬。政治上的失败，虽然使诗人受到很大打击，但是并没有把他压垮。于是，诗人常常借描写山水抒发内心苦闷，寄托孤高情怀。《江雪》正是柳宗元被贬永州（治，零陵，今永州市）时作的这样一首小诗。

**【内容简介】**《江雪》这首五言绝句，描绘了大雪纷飞、天寒地冻的背景下，一个披蓑戴笠的老翁独钓寒江的形象，借以映衬出诗人在遭受打击之后极为孤寂的政治处境和孤傲不屈的精神风貌。

**【原文】**

千山鸟飞绝①，万径人踪灭②。

孤舟蓑笠翁③，独钓寒江雪。

**【译文】**

千座山中的鸟儿飞走，绝迹了；万条路上的人迹被雪覆盖，不见了。

一位披着蓑衣戴着斗笠的老翁，独自在雪花飘落的寒冷的江上垂钓。

**【注释】**

①绝：尽，此指绝迹。②万径：虚指，指千万条路。人踪：人的足迹，脚印。灭：为雪所覆盖而看不到了。③蓑笠（suōlì）：蓑衣和斗笠。蓑，蓑衣，用草或棕制成的、披在身上的防雨用具。笠，斗笠，用竹篾或棕皮等编制的遮阳挡雨的帽子。

**【诗句简析】**

首句、次句：描写大雪覆盖千山万径的背景，交代老翁独钓时的恶劣环境，反衬老翁性格的"倔强"。

第三句、第四句：描写老翁于寒江中孤舟独钓的主景，展现老翁不畏严寒的精神风貌。

**【艺术特色简介】**（一）背景大。"千山""万径"的背景，几乎延展无尽。

（二）格局高。唐朝诗人郑谷的雪诗"江上晚来堪画处，渔人披得一蓑归"，被评为"村学堂中语"，而柳宗元的《江雪》，则被赞为"信有格也哉"（的确是有格局的呀）。

（三）意蕴丰。此诗共二十个字，就有二十层意，而这二十层意又浑然融为一体，真乃奇诗。

**【阅读笔记·笼天盖地的雪超然物外的人】**雪，覆盖了千山，故，鸟飞光了；雪，覆盖了万径，故，人不出门了；雪，弥漫了寒江，故，船消失于江面。然而，有一个老头，身披蓑衣，头戴斗笠，顶周天雪，逆满江寒，独驾孤舟，泰然垂纶。这不是犯傻吗？不，老头聪明着呢！这不是麻木吗？不是，是老头超然物外呢！原来，这是一个不惧风雪严寒的老头，一个倔强不屈的老头，一个人格美丽的老头。

259　渔翁

**【背景简介】**这首小诗作于被贬永州时。

**【内容简介】**此诗描写了渔夫自得其乐的生活，展现了飘逸奇妙的画面，隐现出诗人孤高的性格和寻求超脱而暂得宁静的心境。

**【原文】**
渔翁夜傍西岩宿①，晓汲清湘燃楚竹②。
烟销日出不见人③，欸乃一声山水绿④。
回看天际下中流⑤，岩上无心云相逐⑥。

**【译文】**
傍晚，渔翁（泊船）傍依西山宿眠；晨起，（渔翁）提取清清的湘江水，燃烧楚地的竹子（做早饭）。

炊烟消散，旭日初升，（却）不见（渔翁）人影；（只听）欸乃一声，（却见）山（被唤）青、水（被唤）绿。

回望天边，（只见渔翁驾船摇橹）已到江流中心；山上白云，悠然地相互追逐。

**【注释及有关提示】**①西岩：湖南永州西山。②汲：从下往上打水。湘：湘江。楚竹：永州古属楚国，故此地的竹子称为楚竹。③销：消失，消散。④欸乃（ǎinǎi）：象声词，形容摇橹的声音。⑤中流：水流的中央。⑥岩：高峻的山。无心：用陶渊明《归去来兮辞》之"云无心而出岫"之典故。

**【诗句简析】**

第一句：平实自然地交代渔翁泊船的时间、地点、目的。

第二句：描写渔翁提水烧火做早餐的情景，展现出一幅富有地方特色的优美的山水图。

第三句：描写炊烟消散、旭日照亮世界却又不见渔翁人影的迷幻式情景。

第四句：描写"欸乃"之声唤得山青水绿的奇妙情景。此句写渔翁，只闻其摇橹劳作之声，不见其驾船离岸之形，比王昌龄之"闻歌始觉有人来"、王维之"莲动下渔舟"，不仅更显得幽秘有趣，而且单句容量更大。

第五句：揭开上句上"不见人"之"谜底"，展现渔翁驾船至江流中心的飘逸潇洒的形象。

第六句：描写岩上之云的悠然之状，既衬托渔翁仙人般的情状，又借以表现诗人超然物外的心境。

【艺术特色简介】记事、写景、抒情完美融为一体。

六句诗按照时间顺序，清晰地记叙了渔翁由夜宿至晓出的全过程：傍晚泊船岩下，拂晓自炊江边，日出驾船中流。

诗人伴随着渔翁的行止，天衣无缝地推出六幅山水画：夜宿山岩画、晓起烧饭图、日出光耀图、山水顿绿图、中流泛舟图、岩上云戏图。

完整的记事中、美妙的景色中又自然地寄寓着诗人远离群小、倾慕自由的高洁情怀。

## 六十一、元稹 4 首

【作者简介】元稹（公元 779—831 年），字微之，河南河内（今河南省洛阳市）人。十五岁（贞元九年）明经（唐代科举科目之一，与进士科并列，主要考试经义）及第，又登才识兼茂名于体用科，名列第一，拜（按一定礼节授予官职、名义）左拾遗。因得罪宦官遭贬；又因依附宦官而官运亨通直至中书门下平章事；又因官场内讧遭贬；最后因暴疾卒于武昌节度使任上。与白居易友善，常相唱和，世称"元白"。

### 260　行宫

【题意简释】行宫：皇帝出行时的住处。此指洛阳的上阳宫。

【背景简介】元稹所生活的年代，唐朝正值安史之乱不久，正在"衰"的斜坡上下滑着。

【内容简介】《行宫》这首五言绝句，通过描写行宫中宫女的悲惨命运，影射了唐玄宗昏庸误国的事实，抒发了盛衰之感。

【原文】

寥落古行宫①，宫花寂寞红。

白头宫女在②，闲坐说玄宗③。

**【译文】**

冷落的古行宫里，宫花寂寞地呈现艳丽的红色。

几个满头白发的宫女，闲坐着谈论当年的唐玄宗。

**【注释及有关提示】** ①寥（liáo）落：冷落。②白头宫女：白居易《上阳白发人》载：一些宫女于天宝末年被"潜配"到上阳宫，在这冷宫里一闭四十多年，成了白发宫人。③玄宗：指唐玄宗。

**【诗句简析】**

首句：照应诗歌题目，点名古行宫的现状。

次句：点名宫中有代表性的景物——红花——的现状。

第三句：描写宫女的外貌特征。

第四句：交代宫女闲话的内容。

**【艺术特色简介】**

（一）暗比

首句的"寥落"与先前的"热闹"——无与伦比的皇家气派——暗中对比，不仅从氛围上凸显出宫女如今的凄凉处境，也从一个侧面显示出昔盛今衰的沧桑之变。

次句的"寂寞"与先前的"被青睐"暗中对比。花开花落，本来无关人事。当年行宫中的红花开放时，却引得它们的主人——正值青春年少的宫女们——流连赏赞；可是如今它们却被其主人冷落了，只能"寂寞红"。它们的命运比陆游笔下驿外断桥边的梅花更显其惨：那梅花是"寂寞开无主"，从起始就"无主"，所以压根就不存在被抛弃的问题。而行宫中的红花，先是得其主赏爱的，被抛弃后才至于"寂寞"了。而被抛弃，远比一开始就不被理睬凄惨得多。

第三句的"白头"与先前的"秀发"——红颜少女——暗中对比，从年龄上、容貌上显示出宫女们幽居行宫，与世隔绝，青春消逝，红颜尽退的悲惨命运。

（二）含蓄

含蓄体现在两个方面。一个方面是全篇含蓄。全篇都在写行宫中宫女的命运，而诗歌的旨意是什么呢？诗歌未明说，却蕴含在全部描写中。

再一个方面是局部含蓄。"宫花寂寞红"，人们不禁要问：宫花缘何"寂寞"呢？思之，悟：原来被其主人——宫女——抛弃；再问，宫女缘何抛弃"宫花"呢？再思，悟：

原来宫女百无聊赖；再问，宫女缘何百无聊赖呢？再思，悟：原来宫女被其主人抛弃。

"闲坐说玄宗"，"说玄宗"的言外之意是，别的无话可说，而"说玄宗"，说其什么呢？诗人没说，读者自己悟吧。

### 261　菊花

【内容简介】这首咏菊七绝，描绘了菊花绕舍的情态，表达了对菊花的特别钟爱之情及原因，含蓄地赞颂了菊花后凋的品格，流溢出对美好事物失去的惋惜之情。

【原文】
秋丛绕舍似陶家①，遍绕篱边日渐斜②。
不是花中偏爱菊，此花开尽更无花③。

【译文】
丛丛秋菊围绕的房舍，好似陶潜的家；围绕篱笆观赏菊花，（不觉）太阳已经渐渐西斜。

不是百花中我偏爱菊花，（而是）这菊花开完后，再也无花可赏。

【注释及有关提示】①秋丛：指丛丛秋菊。陶家：陶渊明的家，其五柳居，东篱有菊。②日渐斜：太阳渐渐落山。斜（xiá），倾斜。③更（gèng）：再。

【诗句简析】

首句：概括描写自己居处秋菊的情态。用"似陶家"的比拟，以少胜多，使古今两个画面，虚实相映，创造出菊花绕舍的优美境界，为下句的描写作了极为巧妙的铺垫。

次句：以两个特写镜头展现诗人专心致志地观赏菊花的情景："遍绕篱边"的主景，从人的脚步的移动上传神地表现出眼球被吸的强力；"日渐斜"的背景，从太阳的缓慢移动上映衬出赏菊者的专注。

第三句、第四句：用"不是……（而是）"的句式，特别强调地揭示了独爱菊花的原因。

【艺术特色简介】（一）描写新颖，内涵丰富。"似陶家"既是比拟，又是用典，自然引发人们对"采菊东篱下，悠然见南山"等的联想，既别具一格，又丰富了诗句的意蕴。

（二）侧面发力，意旨含蓄。全诗几乎不从正面用劲，而是从侧面发力，以陶渊明采菊东篱的典故，虚映菊花之美丽；以自己观赏之专注，衬托菊花之魅力。

诗歌最后也只是从有花与无花的对比方面点明独爱菊花的原因,而对菊花的品格及自己对美好事物流逝的态度并不直说,从而给读者留下了充分想象、回味的余地。

## 262 闻乐天授江州司马

【背景简介】元和五年(810),元稹被贬为江陵士曹参军,元和十年(815)三月,又改授通州(州治在今四川达县)司马。白居易因上表主张严缉刺杀宰相武元衡的凶手被认为是越职言事,而于元和十年八月,被贬为江州司马。生命垂危的诗人在通州听到好友被贬的消息竟然震惊得坐了起来,写下此诗,寄给远在江州的好友白居易。

【内容简介】这首七绝,形象地表达了作者听到好友被贬后极度震惊的外在表现和内心的极度悲凉。

【原文】
残灯无焰影幢幢①,此夕闻君谪九江②。
垂死病中惊坐起③,暗风吹雨入寒窗④。

【译文】
将熄的灯已经几乎没有火光,残灯的影子还(在昏暗中)摇晃着,今晚忽然听说你被贬谪到九江。

(卧床)将死的我竟然震惊得坐了起来起,(此时)暗风吹着冷雨进入了寒窗。

【注释】①残灯:快要熄灭的灯。焰:火苗。幢幢(chuáng):(影子等)摇晃的样子。②夕:夜。谪:贬谪,(官吏)因罪被降职并外放。③垂:将近。

【诗句简析】

首句:描写性交代听到好友被贬的时间。"残灯无焰",一语双关,既以油竭灯枯交代时间已是深夜,也暗喻自己已经到了生命的尽头。"影幢幢",以摇晃的灯影渲染孤寂凄凉的气氛。

次句:扣题点明听到好友被贬的消息。

第三句:传神地描写自己听到好友被贬消息后的本能反应——因震惊而超常"坐起",极为鲜明又极为含蓄地反映出对好友遭遇的不平及担忧。

第四句:陡然转折为写景,以暗风、冷雨、寒窗渲染凄清的自然环境,由此映衬自己的凄凉处境和对好友难以言表的心境。

【艺术特色简介】(一)移情入景。诗人遭受贬谪,身患重疾,心如土灰,突然听到好友遭贬的消息,十分震惊,所见客观之景,自然而然地深深地打上了主观之情的烙印,因而:夜深将息的"灯",是"残灯",没有光焰,而且其影子呈现摇摇晃晃倏忽将逝的惨淡之状;"风",是"暗风",施加给人的是看不见的难受;"窗"是"寒窗",带给人的是无法抵御的寒冷。

(二)感染力极强。白居易在江州读此诗,深受感动。在《与元微之书》中说:"此句他人尚不可闻,况仆心哉!至今每吟,犹恻恻耳。"(这样的诗句,别人尚且不忍听到,更何况我的心呢!至今每每吟诵,还很悲伤啊!恻恻,悲痛的样子。)

### 263　曾经沧海难为水(离思五首·其四)

【题意简释】元稹的《离思五首》,都是为了追悼亡妻韦丛而作的,写于唐宪宗元和四年(809年)。唐德宗贞元十八年(802),出身高门的韦丛(其父是太子少保)20岁时下嫁元稹,颇受贫困之苦,而她却任劳任怨,与元稹两情甚笃。七年后,31岁的元稹已经升迁为监察御史,夫妻二人优裕的生活就要开始而爱妻韦丛却突然病逝,元稹悲痛无比,写下了一系列悼亡诗,其中最著名的就是《离思五首·其四》。另,也有人说此诗是"艳诗"而不是"悼亡诗"。

【内容简介】此诗极为新奇地表达了对亡妻的无与伦比的称颂和深深的悼念之情。其中"曾经沧海难为水,除却巫山不是云"两句,意境深远、意蕴丰富。它之所以成为人们喜欢借用的一副联语,是因为不仅用来表达爱情的坚贞不渝,还涵有人生理趣——经历丰富的人,由于见多识广,眼界自然高远,因而对寻常事物就不以为奇了。

【原文】

曾经沧海难为水①,除却巫山不是云②。
取次花丛懒回顾③,半缘修道半缘君④。

【译文】

曾经经历(观赏)过苍茫的大海,就觉得别处的水难以算得是水了;曾经经历(领略)过巫山美妙的云,就觉得别处的云难以算得是云了。

从花丛边匆匆(走过),懒于回头一望,(这)一半是由于修道,一半是因为你呀。

【注释及有关提示】①曾经沧海难为水:此句由孟子"观于海者难为水,游于圣人之门者难为言"脱化而来。其意是:已经观看过茫茫大海的人,再看到江河之水,就算不上是水了；在圣人门下学习的人，再听到别的言论，就算不上是话了。曾经：曾经经历过。沧海：大海。因大海水深呈青苍色，故称"沧海"。沧，通"苍"。难为水：难以算得是水。②除却巫山不是云：此句化用宋玉《高唐赋》里"巫山云雨"的典故，意思是除了巫山上的云，其他所有的云都称不上云。除却：除去，除了。巫山：即巫山12峰。其中有朝云峰，通称神女峰。云：宋玉《高唐赋》中说"其云为神女所化，上属于天，下入于渊，茂（美）如松榯（shí，树木直立的样子），美若娇姬。"。③取次：草草，匆匆。花丛：双关，表面指簇簇鲜花，实际借喻个个美女。④缘：因为，由于。

【诗句简析】

首句：化用孟子的名言，以沧海之至大的形象比喻自己的亡妻美丽贤惠无与伦比。

次句：借用《高唐赋》中的描写，以巫山云之至美的形象比喻自己的亡妻美丽贤惠无与伦比。

第三句：描写自己面临"花丛"匆匆走过（避免被纠缠），懒得回顾（内心深处不为所动）的态度。

第四句：点明对"花丛"所持态度的原因，总结全诗，说明亡妻在自己心中无可替代的位置。

【艺术特色简介】这首诗最突出的特色，就是把比喻和对比完美地融为一体。只是"沧海""巫山云"（本体是亡妻）的借喻，就已经奇特无比，再奇妙地抓来世间别处的"水""云"与"沧海""巫山云"相比，断然宣布对比结果——"难为水""不是云"，这就更令人感到精警无比。

## 六十二、贾岛 2 首

【作者简介】贾岛（公元779—843年），字阆仙，一作浪仙，范阳（今北京市附近）人。早年因家贫而出家当了和尚，法号无本，后来在韩愈的劝说下还了俗，却一连几次考不中进士，只做过几任小官。曾任长江（今四川蓬溪）主簿，世称贾长江。与孟郊并称"苦吟诗人"，苏轼对其二人诗歌有"郊寒岛瘦"之评。

264 剑客

【题意简释】剑客：精通剑术而又有正义心的豪侠之人。诗题一作《述剑》。

【内容简介】这首五言绝句以剑客的口吻刻画了一个历经磨难，身怀绝技，期盼施展才能，为天下除暴去恶的形象，借此喻示自己的才能和抱负。

【原文】

十年磨一剑，霜刃未曾试①。

今日把示君②，谁为不平事③？

【译文】

十年磨出一把剑，闪烁寒光的锋刃，未曾试过。

今日拿（它）给您一看，谁做了不公平的事？

【注释及有关提示】①霜刃：锋利的刀口白亮如霜。②把：拿。示：给……看。③为：做。有的版本是"有"。明末清初学者冯舒说，"为"更胜。其弟冯班说，"有"字是卖身奴。兄、弟之评看似大同小异，实则大相径庭。兄之评视"有"与"为"是优与更优的关系，或说"有"较"为"逊色。而弟之评则视"有"与"为"是劣与优的关系，用"有"则显示此剑客成了为人卖命的奴才，随之此剑客大公无私的光彩也就不复存在。平：公平。

【诗句简析】

首句：明说自己手中所用之剑，磨砺多年，非同一般；暗寓自己苦练多年，才能不凡；暗喻诗人已历十年寒窗，乃饱学之士。

次句：明说此剑是把利剑却还没有一试锋芒，暗寓自己未曾施展才能；暗喻诗人空怀绝技的愤懑。

第三句：展现剑客把剑示君的细节，显示剑客的豪爽之气和行侠除暴的急切心情；暗喻诗人急于施展抱负的心况。

第四句：写剑客直接询问除暴目标，以心底之声显示剑客的侠义精神；暗喻诗人要干一番事业的强烈愿望和高度的自信。

【艺术特色简介】这首诗语言平易，诗思明快，声情壮烈，显示了贾岛主体诗风外少有的另一种特色。

## 265 寻隐者不遇

【题意简释】寻：寻访。有的作"访"。隐者：隐居山林，不愿做官的人。在古代，隐居不仕被看作是一种高洁的行为。

【内容简介】此诗通过与童子的问答，巧妙地塑造了一位世外高人的形象，流溢出对隐者高洁品德的仰慕之情和未能遇之的怅惘之情。

## 【原文】

松下问童子①,言师采药去②。

只在此山中,云深不知处③。

## 【译文】

(我于)松下问童子(你师傅干啥去了),(童子回答)说,师傅采药去了。

(我接着问:你师傅到何处采药去了?)(童子回答说)就在这座大山里;(我又问:你师傅在这座大山的何处?)(童子回答说)在山中浓云弥漫的不知哪个地方。

【注释及有关提示】①童子:未成年的人。此指"隐者"的弟子、学生。②言:说。③云深不知处:童子的回答既简单又严密,令人叫绝。大前提:"云深";具体地点:"不知处"。采药是移动的,故在哪儿采是"不知处"的。更有意味的是,"云"是飘动的,故作为大前提的"云深"也是"不知处"的。

## 【诗句简析】

首句:"松下",点染隐者居处环境的清幽并映衬隐者如松一样的风骨;"问童子",明着,交代所问之人;暗着,含两点:所问原因(未见其师);所问之事(师傅何干)。

次句:写童子对来客第一问(师傅何干)的回答(采药去)。

第三句:写童子对来客第二问(何处采药)的回答(此山中)。

第四句:写童子对来客第三问(大山何处)的回答(云深不知处)。

【艺术特色简析】此诗不仅不露痕迹地继续使用"推敲"字词的"绝活",而且在艺术构思方面独出心裁。

(一)缥缈而又形象的侧面描写。诗人塑造隐者形象,未于正面著一字,除首句的环境点染外,余皆通过小童的答客语从侧面表现。诗人借小童"采药去"的回答,表现隐者的行为特点——采药养生;借小童"只在此山中"的回答,暗寓隐者避世离俗之心的坚定;借小童"云深不知处"的回答,暗寓隐者生活的逍遥和人品的高致。

美丽缥缈的纱幔中赫然显现一位于云雾中攀岩采药的隐士,正是此诗侧面描写的妙处所在。

(二)寓问于答的巧妙章法。本诗的侧面描写主要由小童的话完成,而小童又不是自言自语,而是有问才答。诗中共含有三问三答,诗人只让第一问显现,而后二问则让其隐形了。这样就使诗歌产生了以最简约的文字表现最丰富的内容的艺术效果。

(三)一石三鸟的神力。

诗中借小童的答话塑造了一位世外高人。

小童的答话也塑造了一个性格鲜明的药童的形象。他有问才答，足见其矜持；他言必称师，足见其颇守尊师之道；他回答师傅所干之事、所去之地及所难寻之踪，足见其聪明伶俐。

寓问于答不仅使文字简洁，行文快畅，而且也虚写出了诗人自己的情感变化状况。诗人专程去某深山寻访某位志趣相同的隐士，结果隐士不在所居处；诗人并未败兴，询问小童隐士干啥去了，意为若不是其师有重要事情，可以相见。小童答"采药去"了，诗人又问"于何处采药"，意为若不远，可以去拜见。最后得知隐士在"云深不知处"时，诗人才彻底产生怅惘之情。

## 六十三、李贺4首

【作者简介】李贺（公元790—816年），字长吉，福昌昌谷（今河南洛阳市宜阳县西）人。皇室远支，家世早已没落，只做过奉礼郎这种最低级小官。父名晋肃，因"晋"谐音"进"，为避父讳，不得应进士科考试。早岁即能为诗，尤为韩愈、皇甫湜（唐文学家，元和进士，官工部郎中。湜，读 shí）等人赏识。其诗想象丰富，立意新奇，在诗史上独树一帜。一生落魄不得志，只活了27岁，故有"诗鬼"之称，与李白、李商隐并称唐代"三李"。

### 266　李凭箜篌引

【题意简释】李凭：当时的梨园（唐玄宗时教练宫廷歌舞艺人的地方。后泛指戏班或演戏的场所）艺人，善于弹奏箜篌。箜篌引：汉代曲名，为相和歌辞，也叫《公无渡河》。此处是（弹奏）箜篌的诗。箜篌，古拨弦乐器。有卧式、竖式两种。引，一种诗歌体裁，如杜甫《丹青引》。

【背景简介】此诗作于李贺于长安任奉礼郎（执掌祭祀的九品小官）时。

【内容简介】此诗通过精妙的构思、瑰奇的比喻和超凡的想象，生动地描绘了李凭弹奏箜篌的高超技艺，传神地再现了他所创造的美妙的音乐境界，巧妙地映现出乐曲魔幻般的艺术感染力。

【原文】

吴丝蜀桐张高秋①，空山凝云颓不流②。
江娥啼竹素女愁③，李凭中国弹箜篌④。

昆山玉碎凤凰叫⑤，芙蓉泣露香兰笑⑥。
十二门前融冷光⑦，二十三丝动紫皇⑧。
女娲炼石补天处⑨，石破天惊逗秋雨⑩。
梦入神山教神妪⑪，老鱼跳波瘦蛟舞⑫。
吴质不眠倚桂树⑬，露脚斜飞湿寒兔⑭。

**【译文】**

秋高气爽之时，一把材质精美的箜篌在上弦，（弹奏出的弦音飘散到）空山，使行云凝滞、颓然不动了。

（弦音飘散到湘江）使二妃啼哭，（弦音飘散到天上）使神女悲愁；原来是李凭在京城弹奏箜篌。

箜篌的乐声像昆仑山美玉击碎了那样清脆动听，像凤凰鸣叫那样悠长悦耳；箜篌的乐声像荷叶洒满露珠哭泣流泪那样惨淡忧伤，像兰花盛开张口欲笑那样清丽欢快。

二十三根弦的奇特之音，（不仅）消融了长安城十二门前的清冷光气，（也）打动了各路神仙。

女娲炼石补天的地方（不如原来牢固），石（被箜篌声）震破，天（被）震惊，引来一场秋雨。

（人们被美妙的箜篌声）引入梦境，见到李凭进入神山，向会弹箜篌的女仙传授绝技；羸老之鱼、瘦弱之蛟（被箜篌声感动得）在水波中欢快地跳跃、翩翩地起舞。

月宫中砍树不止、劳累不堪的吴刚（听箜篌入了迷）竟依着桂树，彻夜不眠；寒冷的玉兔（听箜篌入了迷）任凭露珠滴下打湿身上（也不肯离去）。

**【注释及有关提示】** ①吴丝蜀桐：以吴地之丝为琴弦、蜀地之桐为材质的箜篌。张：给乐器上弦。这是一个动作具体的特写镜头，不是动作概括的"演奏"。高秋：秋高气爽之时。谢朓"高秋夜方静，神居肃且深。"（《奉和随王殿下诗一》）②颓：颓丧，不振作。③江娥：传说舜南巡死于苍梧，二妃娥皇、女英泪下沾竹，形成斑竹。素女：传说为黄帝时女神，会弹琴，声音极怨。④中国：京师。⑤昆山：昆仑山。⑥芙蓉泣露香兰笑：此句用通感（移觉）手法，把听觉形象变为视觉形象，形容乐声时而低回，时而轻快。芙蓉：荷花。⑦十二门前融冷光：即"二十三丝融十二门前冷光"，蒙下句省"二十三丝"。十二门：长安城东西南北每一面各三个门，共十二门。⑧二十三丝：竖箜篌二十三根弦。紫皇：道家传说的神仙。

**【阅读笔记·"紫皇"指谁？】** 有的说"紫皇"指皇帝。而辞书的解释是"道家传说的神仙"。究竟何指？要看哪种说法更符合原诗自身的构思。说指"皇帝"，似乎亦可；因为皇帝是人间的至尊，而惊动皇帝，足见音乐的打动力是无与伦比的了（只是在人间）。

然而，从行文不赘述的方面看，本诗的第四句"李凭中国弹箜篌"，其地点是京师皇宫中的歌舞场，难道"天子一日一回见，王侯将相立马迎"的李凭没有惊动皇帝？再者，本诗的第七句"十二门前融冷光"的"十二门前"是京城的"十二门前"，似乎惊动皇帝是不言而喻的。

再从更重要的布局谋篇的方面看，"二十三丝动紫皇"句，不仅是从人间到仙界的过渡，而且是描写各路神仙的总领。以下的女娲、神妪、吴质、寒兔都是仙界的。至于当中夹着的老鱼、瘦蛟，可能不是仙界的，但也不是人间的，大概不会拘泥到因此而否定"紫皇"是指各路神仙吧。

⑨女娲：我国古代神话中炼石补天的神。⑩逗：引。⑪神妪（yù）：神话传说中女神成夫人喜好音乐，能弹箜篌，闻人弦歌，辄便起舞。妪，年老的女人。⑫跳波：即"跳于波"，在波浪中跳跃。⑬吴质：即吴刚，名刚字质。古代传说中他学仙有过，被罚在月宫中砍桂树，树破即合。⑭露脚：露珠下滴的形象说法。寒兔：传说月宫中有一玉兔用杵捣药。

**【艺术特色简析】**

（一）构思精妙缜密

前四句，精心设计出一个引人入胜的倒推的视觉过程：先是一个箜篌上弦的特写镜头——然后是行云凝滞、湘妃涕泪、神女悲愁三个镜头——最后解谜式地展现李凭在京城（人间，地面）弹奏箜篌的镜头。此节由箜篌到行云，再到湘妃、神女，最后推出弹箜篌的人，主角是"千呼万唤始出来"的。

五六句，正面描写箜篌的美妙之声，创造出玉碎凤鸣的听觉境界和荷花泣露、香兰如笑的视觉境界。

七至十四句，多角度多方位地侧面描写箜篌声超强的穿透力：消融了皇城十二道门前的冷气；惊动了各路神仙；震得女娲补天处石破天惊，倾泻秋雨；向已能娴熟弹奏箜篌的老神女传授绝技；使羸老之鱼瘦弱之蛟情不自禁地在波浪中跳跃起舞；让疲惫不堪的吴刚兴奋地在月宫彻夜不眠；使本来寒冷的玉兔痴迷得被露珠打湿全身也全然不顾。

## （二）想象纵横驰骋

整首诗除了"吴丝蜀桐张高秋""李凭中国弹箜篌"两句外，其余十二句全是想象。空山的云、昆山的玉、波中的鱼、水中的蛟——从山之物到水之物，各呈其姿；湘竹、芙蓉、凤凰、寒兔——从植物到动物，各展其态；江娥、神妪、女娲、吴质——江边的、山上的、天上的、月宫的，诸路神仙，各显其能：想象之景层见叠出，令人目不暇接。

## （三）用语出奇制胜

"秦青抚节悲歌，响遏行云"（《列子·汤问》），一个"遏"字形象地显示出秦青歌喉之高亢声波之强大。同样是乐声、同样是对云的影响，李贺用了一个出人意料的"颓"，则其"云"不是被遏止了，而是被俘虏了，瘫了，一点招架之功也没有了。

李贺写乐声强大的力量，那软绵绵的"云"就不在话下了，"声震林木"那样的强力也相去甚远，是最高级别的力量——天震，把女娲补天的坚硬的五彩石震破了，把天震惊了，还导致次生灾害——逗出一场秋雨。古人说"石破天惊逗秋雨"这七个字可以作为对李贺诗歌的评语。

李贺的用语的确与众不同。一些描写，需要用龙、鱼衬托时，常说"龙腾鱼跃"，而李贺却一反常态，写的是"老鱼""瘦蛟"，令人多读方悟：原来是以赢老、瘦弱的形象反衬乐曲震衰兴颓的力量。

## 267　雁门太守行

【题意简释】雁门太守行：古乐府曲调名。雁门，郡名。古雁门郡大约在今山西省西北部，是唐王朝濒临北方突厥部族的边境地带。行，诗歌体裁，歌行体。

【背景简介】李贺生活的时代曾多次发生藩镇叛乱，此诗并不是具体描写某次战争，而是以多次战争为综合背景，概括反映平叛战争。

【内容简介】此诗摄取几个横截面，反映了平定藩镇叛乱的情景，表现了战争的残酷。

【原文】

黑云压城城欲摧①，甲光向日金鳞开②。
角声满天秋色里③，塞上燕脂凝夜紫④。
半卷红旗临易水⑤，霜重鼓寒声不起⑥。
报君黄金台上意⑦，提携玉龙为君死⑧！

**【译文】**

敌军在黑云翻滚中压向城头,守城将要(被)摧毁;(忽然)守城将士铁甲上的页页铁片在透过黑云的日光照射下反射出灼灼亮光,就像大鱼张开金色的鱼鳞一样,闪闪发光。

双方的号角声弥漫在秋色的天空,塞上浸了血迹如胭脂般的泥土在秋夜(湿气中)又凝聚成紫色。

将士们半卷着红旗前行,接近易水;霜气凝重,战鼓湿寒,鼓声低沉。

为报国君招贤知遇之恩,手提宝剑甘愿为国君血战到死!

**【注释及有关提示】** ①黑云:既指自然界的乌云,也借喻敌军兵临城下的强大攻势和嚣张气焰。欲:将要。摧:摧毁。②甲:古代军人穿的护身衣服,用皮革做成,后也用金属片做成。

**【阅读笔记·"黑云"之争】**"黑云压城城欲摧,甲光向日金鳞开"这两句诗,在当时就得到韩愈(唐)的赞扬;而后来王安石(宋)却说"方黑云压城,岂有向日甲光";杨慎(明)却称自己确曾见到过此类景象,并讥笑"宋老头巾(宋朝那个老腐儒。指王安石)不知诗";沈德潜(清)说"阴云蔽天,忽露赤日,实有此景"。

对此两句的褒贬对垒分明,我们坚定地站在褒的一边。首先,韩愈的赞扬是得当的,杨、沈的解释也是正确的。再者,这两句不仅是实况录像,也是匠心独运的借喻和借代。我们读"黑云压城城欲摧"的第一感觉,似乎不是黑云要把城压垮(大概李贺也不是此意),而是有一股强大的人力要把城摧垮。因而,"黑云"既是实景,也是借喻敌军攻城的强大力量。还有,把敌军攻势喻为"黑云"是很准确、很到位的,因为"黑云"是敌不过"日光"的,其象征意义是反政府军是打不过甘"为君死"的政府军的。"甲光向日金鳞开"是借代(甲,借代身着铠甲的将士)和比喻(金鳞,比喻阳光照耀下的铠甲的一片片铁片)守城的将士披坚执锐,与攻城的叛军殊死拼搏的威武雄壮(暗含获胜)的情景。

另外,就全篇看,诗人无意按时间顺序记录一场平叛战争的始末,而是摄取几个镜头,以此表现战争的残酷和唐军将士赴死报国的英雄气概。

③角(jiǎo):古代军中用的一种乐器。④燕脂:即胭脂,一种用于化妆和国画的红色颜料,也泛指红色。此借喻塞上浸有血迹的泥土。凝:凝聚。⑤半卷:风狂尘猛,红旗难以全张,故半卷;或为行军快捷,不事张扬而半卷。参见王昌龄"大漠风尘日色昏"(从军行七首·其五)之"红旗半卷出辕门"之注释。易水:河名,源出

今河北省易县。此地名可能不是实指,而是借荆轲刺秦王的典故,暗写唐军将士的慷慨。参见《易水歌》有关简介。⑥声不起:形容鼓声低沉。⑦黄金台:故址在今河北省易县东南。《战国策·燕策》载,燕昭王求士,筑高台,置黄金于其上,广招天下人才。⑧携:提着。玉龙:宝剑的代称。君:君王。

【结构及诗句简析】

第一层(一、二句):形象而又概括地描写一场惊险的守城保卫战。

第一句:景(乌云翻滚)事(敌军攻城)结合,非常艺术地写出了敌军攻城的强大力量和守军万分危急的形势。

第二句:形象地描写出守城将士临危不惧,奋勇杀敌,转危为安的情景。

第二层(三、四句):侧面描写野战的情景。

第三句:以"角声满天"渲染野战场面的浩大。

第四句:以战场上血流满地的颜色变化渲染野战的残酷。

第三层(五、六句):描写追击战的艰苦。

第五句:以"半卷红旗"描写追击的艰苦,以"临易水"暗寓将士们誓死不回的决心。

第六句:以鼓声的低沉,暗喻将士们拼战到精疲力竭的程度。

第四层(七、八句):写唐军将士们为报君恩而甘愿战死的壮志。

第七句:写将士们勇气的来源。

第八句:写将士们誓死报君的气概。

【艺术特色简介】

精妙地以各种意象(黑云、甲光、角声、燕脂、红旗、鼓声等),用各种手法(比喻、夸张、象征、用典等)渲染或情势危急,或豁然开朗,或艰苦卓绝,或悲壮残酷等各种气氛。

268 致酒行

【题意简释】《致酒行》是一首七言乐府诗。行,古诗的一种体裁。参见《长歌行》之"题意简释"。

【背景简介】李贺少有大志,饱读诗书,才华横溢,正满怀希望迎接进士科举考试时,不料遭人嫉妒陷害,以应避讳其父"晋肃"的名讳为由,剥夺了其考试资格。诗人郁郁寡欢,困居异乡,遇主人设酒相待,便借"致酒"题材,写成这首格调高昂的抒情诗。

**【内容简介】** 诗人巧借席间主客之言,叙写自己的悲惨遭遇,表达了受挫后不甘沦没的坚定志趣,抒发了憧憬未来的乐观精神。

**【原文】**

零落栖迟一杯酒①,主人奉觞客长寿②。
主父西游困不归③,家人折断门前柳④。
吾闻马周昔作新丰客⑤,天荒地老无人识⑥。
空将笺上两行书⑦,直犯龙颜请恩泽⑧。
我有迷魂招不得⑨,雄鸡一声天下白⑩。
少年心事当拿云⑪,谁念幽寒坐呜呃⑫。


**【译文】**

人生失意,淹留异乡,唯有借酒消愁;主人举杯敬酒,(祝)客人长寿(并劝慰):主父西游入关,困顿不得归乡,家人思念他而折断了门前的杨柳。

我(还)听说马周困居新丰,天荒地老无人赏识。

(后来,他们)只凭纸上两行字,就直犯龙颜而得皇帝恩惠。

我的灵魂迷失(于暗夜),无法召回;雄鸡一叫,天下大亮(灵魂重回)。

(我终于明悟)少年人应当有凌云壮志,谁会怜惜你(处于)幽暗穷困之境而徒然哀叹不平呢!

**【注释及有关提示】** ①零落:飘零,流落。栖迟:游息。引申为失意漂泊、淹留。②奉觞(shāng):举杯敬酒。奉,捧。客长寿:敬酒时的祝词,祝身体健康之意。③主父:复姓。《汉书》载,汉武帝时,"主父偃西入关见卫将军,卫将军数言上,上不省(明白)",结果还是凭自己"献书阙下"而被召见、被封。④家人折断门前柳:家人(盼主父归而)折柳(频寄),乃至枝尽树秃。此与《送别诗》"柳条折尽花飞尽,借问行人归不归"之意相近。⑤马周:《新唐书》载,马周……舍(shè,住宿)新丰(今属西安市临潼区),逆旅主人不之顾(旅店的主人不照顾他)……至长安,舍中郎将常何家。贞观五年,诏百官言得失。何,武人,不涉学(学问),周为(之)条(分条陈述)二十余事,皆当世所切(都是当代切要的事),太宗怪问何,何曰:"此非臣所能,家客马周教臣言之。客,忠孝人也。"帝即召之……与语,帝大悦,诏(其)直门下省(在门下省值班)。明年,拜(授予)监察御史,(马周)奉命称职(恭敬受命,胜任职务）。⑥天荒地老：指经过的时间很久。夸张手法。⑦空：仅，只。笺（jiān）：写信或题词用的纸。两行书：两行字。夸张手法。书，字。⑧直犯龙颜：直接冒犯君主威严。龙颜，皇帝的容貌，亦指称皇帝。恩泽：比喻皇帝或官吏给予臣、民的恩惠。⑨迷魂：迷失的灵魂。此指执迷不悟。宋玉曾作《招魂》，以招屈原之魂。⑩一声：一声啼叫，数量词用作动词。⑪拿云：能上干（gān，冲犯）云霄之意，比喻志气高远，本领高强。⑫念：哀怜。幽：幽暗。寒：穷困。坐：徒然。鸣：哀叹。呃（ài）：不平声。

【结构及诗句简析】

第一段（一、二句）：扣题，交代"致酒"的缘起。

第一句：写自己困居异乡，借酒浇愁。

第二句：写主人致酒。

第二段（三至八句）：写主人劝勉客人的励志辞。

第一层（三至六句）：写主人举汉朝主父偃、当朝马周不得志时的例子。

第三句：点出"主父不归"之事。

第四句：极写其家人盼归之状，反衬其西游之艰难。

第五句：点出"马周客居"之事。

第六句：极写马周无人赏识之窘况。

第二层（七、八句）：总结二人改变命运的共同法宝——自己努力。

第七句：写二人努力的行动——向皇帝献言。

第八句：写二人努力的结果——得皇帝恩惠。

第三段（第九句至第十二句）：写自己的幡然醒悟。

第一层（九、十句）：极为形象地描述自己醒悟的情景。

第九句：写听主人致辞前自己执迷不悟的情景。

第十句：用极为形象的比喻描写听主人致辞后豁然开朗的情景。

第二层（十一、十二句）：写自新后的高远志趣。

第十一句：写少年应有的高远之志。

第十二句：以反问兼感叹的句子表达绝不做可怜虫的坚强决心。

【艺术特色简介】

（一）格调高昂。

（二）抒情诗而有简单的情节。中心事件是主客对话（很可能是诗人假托的）。开头两句交代"致酒"是故事的开端，写主人的致酒辞是故事的发展，写诗人迷魂被招回是故事的高潮,写诗人决计奋起是故事的结局。

### 269　昌谷北园新笋四首·其一

【题意简释】诗人家乡昌谷有南北二园。诗人曾有《南园》诗,此组诗写北园新笋,咏物言志。

【背景简介】第四首诗中的"茂陵归卧叹清贫"句,以汉代司马相如病归茂陵自喻,由此可知这一组诗是李贺以病辞奉礼郎归昌谷后写的。

【内容简介】描写和想象自己家乡新笋的神奇长势,借竹喻人,表现了自己奋发向上的精神。

【原文】
箨落长竿削玉开①,君看母笋是龙材②。
更容一夜抽千尺③,别却池园数寸埃④。

【译文】
笋壳脱落后,新竹就像碧玉削成的那样张开着;君请看,那大笋是成龙之材。

（假如）再容许它们尽情生长,那么它们一夜之间就会长出千尺,从而离别竹园几寸厚的尘土（而直插云霄）。

【注释及有关提示】①箨（tuò）：笋壳,竹笋上一片一片的皮。长竿：指新竹。②母笋：此指大笋。龙材：可成龙之才。传说有一个求仙学道的人,将要回去时,仙翁送给他一根竹杖。他骑着竹杖转眼就到了家里,再看他的竹杖,已经变为龙飞走了。③更：再。容：容许,允许。抽：（草木）长出。

【阅读笔记·深沉的假设】"更容……"明显是假设之辞,而且含有一正一反的双面意思。正面意：若容许新笋尽情生长,则可直插云霄。以此比附若容许自己尽施所学,则可实现青云之志。反面意：实际是不容新笋一夜抽千尺,于是它根本不可能直上青云。这就暗喻现实束缚诗人手脚,不容诗人尽情地施展才学,于是诗人也就不得实现青云之志。简言之,"更容"一语既表现出诗人奋发有为的精神风貌,也表现出诗人怀才不遇的深沉怨愤。

④别却：告别,离去。却,用于动词后,可译为"去"或"了"。埃：尘土。

【诗句简析】
首句：以削玉比喻脱落笋壳后的新竹嫩绿笔挺的姿态。

次句：以典故说明大笋可期待的宝贵价值，暗喻自己的实力。

第三句：设想条件允许，新竹一夜可长千尺，暗喻自己遇到合适的机遇，可以释放出无穷的潜力。

第四句：承接第三句，写千尺之高的新竹就不再与尘埃为伍，暗喻自己的高洁之志。

【艺术特色简介】比喻生动，想象奇特。

# 第六编　晚唐

## 六十四、许浑 1 首

### 270　谢亭送别

【作者简介】许浑（公元 791—854 年），字用晦，一作仲晦，祖籍安陆（今湖北省安陆市），后移居润州丹阳（今江苏省丹阳市），文宗大和六年（832）进士，因曾任郢（yǐng）州刺史，故被称为"许郢州"。他多攻近体，多登临怀古和寄情山水之作。

【题意简释】谢亭，又叫谢公亭，在宣城北面，南齐诗人谢朓任宣城太守时所建。他曾在这里送别朋友范云（南朝梁人），后来谢亭就成为宣城著名的送别之地。

【内容简介】这是许浑在宣城送别友人后写的一首抒发离情别绪的诗。

【原文】

劳歌一曲解行舟①，红叶青山水急流。

日暮酒醒人已远，满天风雨下西楼②。

【译文】

听罢一曲送别歌，解开（缆绳），（朋友的）行船（离开）了；红叶镶着青山，河水急速流淌。

黄昏酒醒之后，朋友已经走远；漫天风雨之中，独自走下西楼。

【注释及有关提示】①劳歌：送别之歌。骆宾王《送吴七游蜀》："劳歌徒欲奏，赠别竟无言。"（送别之歌徒然要演奏，因为赠别朋友竟无话可说。）②西楼：即指送别的谢亭。

【诗句简析】

首句：写友人离去时唱劳歌、解缆绳的情景。

次句：以诗人见到的两岸山上青红相间的秀丽之景，反衬哀伤之情；以"水急流"

（船行快）的客观之景，反衬诗人不希望客行急的主观心理。

第三句：写诗人酒醒后的情景：天将黑，客行远，以此映衬与朋友分别后的怅惘心情。

第四句：写诗人在满天风雨中独自离开送别地，以此映衬与朋友分别后的孤寂景况。

**【艺术特色简介】**

（一）基本写法是情景交融。

（二）以美景反衬哀情。

（三）独抒自己情怀。古人说，《阳关》《送元二使安西》诸作，多为行客兴慨（多为远行的客人抒发感慨），此独申己之凄况（此首诗唯独表白自己的凄凉景况），故独妙于诸作。

**【阅读笔记·"两处"不等于"两联"】**

此诗笔法富于变化，主要表现在同一首小诗中，既有以"乐景写哀情"的写法，又有以"哀景写哀情"的写法。但是，这不是"前联以乐景写哀情，后联以哀景写哀情"。

既是"联"，就是两句。显然，前联第一句主要写（交代）友人乘船离开的事情，不是以"乐景写哀情"。其中的"劳歌一曲"，根本不是"乐景"，而是以忧伤的歌声渲染离别的气氛。第二句以青山红叶的明丽景色反衬离别的忧伤情绪，这才是以"乐景写哀情"。

后联两句都是以"哀景写哀情"，而上下两句之景与情的搭配又各有特色：上句，以诗人酒醒后天将黑、客行远的渺茫之景，正面映衬诗人的怅惘心情；下句，以风雨交加的黯淡之景，正面映衬诗人的孤寂景况。

## 六十五、杜牧 10 首

**【作者简介】** 杜牧（公元 803—852 年），字牧之，京兆万年（今陕西西安）人，是三朝宰相杜佑之孙。因晚年居长安南樊川别墅，故后世称"杜樊川"。26 岁（唐文宗太和二年）中进士，授弘文馆校书郎，官终中书舍人。工诗、赋及散文，以诗的成就为最高。他的咏史绝句擅长以华丽的辞藻寄寓深沉的讽刺，那些抒情写景的绝句，则创造出富有情韵的深远意境，达到很高的艺术水平。他与李商隐齐名，并称"小李杜"（有别于合称李白、杜甫的"大李杜"）。

271　过华清宫绝句·其一

**【题意简释】** 华清宫：在骊山上，初（开元十一年）置温泉宫，后（天宝六年）改为华清宫，又造长生殿。唐玄宗和杨贵妃曾在那里寻欢作乐。《过华清宫绝句》是组诗，共三首，"长安回望绣成堆"是第一首。

**【背景简介】** 唐玄宗醉生梦死、穷奢极欲、荒淫误国，埋下安史之乱的祸根。《新唐书·杨贵妃传》载："妃嗜（shì，特别爱好）荔枝，必欲生致之（一定要保持鲜味地送它来。生，新鲜的，此作"致"的状语。之，代荔枝），乃置骑（jì，一人一马的合称）传送，走（跑）数千里，味未变，已至京师。"

**【内容简介】** 此诗只写一事：荒淫昏庸的唐明皇，为了买得杨贵妃一笑，不惜劳民伤财，从千里之外，用快骑（jì）取来荔枝。诗人以讽刺唐玄宗来引射现实。这是历代以华清宫为题材的咏史诗中尤为精妙的一首。

**【原文】**

长安回望绣成堆①，山顶千门次第开②。
一骑红尘妃子笑③，无人知是荔枝来④。

**【译文】**

　　驻足长安，回望骊山，只见一片鲜花；（遥想当年）山顶之上，宫殿千门，依次打开。
　　一骑驰来，红尘飞滚，妃子高兴得笑了，（可是）无人知道这是荔枝鲜果送来了。

**【注释及有关提示】** ①绣成堆：骊山右侧有东绣岭，左侧有西绣岭。唐玄宗在岭上广种林木花卉，郁郁葱葱。绣，草木的花。

**【阅读笔记·（1）"长安回望绣成堆"——不写树木，聚焦森林】**

　　此诗的取材和描写的角度恰当地适应了讽刺所指的需要。"侯门深似海"，皇宫则大如洋了。近距离地写深宫中的贵妃，杜牧没有这个条件，连宫殿的外观都不好写，而宫殿所在的骊山也不好写，因为身在山中而难识山之"真面目"，所以就过了骊山，立足长安（当然，立足长安更有深意）而回望了。回望所见则是"绣成堆"——花朵繁密，簇拥成堆。

　　②千门：夸张，形容宫殿多。次第：依次。

**【阅读笔记·（2）"山顶千门次第开"——以点代面，以少胜多】**

　　一个送荔枝的驿卒（可能是本次途程中的最后一个），飞驰到骊山顶上，华清宫紧闭的千道门一个接一个地打开了。当小朋友读者惊讶于"千门"何其多时，杜牧老爷爷会微笑着说，"千门"不算多，送荔枝路上比"千门"万倍之多的千山万水，你们联想到后，会更为惊讶的。杜牧老爷爷写"千门"这一个"点"，代出了一个个驿使接力跑似的急速飞驰，历经无数险难，"人马僵毙，相望于道"的"面"。这种写法，以少胜多，何其高明！

③红尘：红色的飞尘。红，指马蹄溅起的飞尘在日光映照下呈现微红的颜色。妃子：指杨贵妃。

【阅读笔记·（3）"一骑红尘妃子笑"——二重因果，暗用典故】

"一骑红尘妃子笑"，既生动传神，又寓含丰富。一、所述之事，包含一个紧缩的二重因果关系：知道内情的妃子高兴得笑了，是因为"一骑"（来了）；而驿路上红尘飞扬，是因为驿卒疾驰如飞。二、所述之事，还含有一个典故：当年周幽王在骊山顶上自导自演的烽火戏诸侯的丑剧，导致了"褒姒（sì）一笑倾周"的悲剧。

④知是：一作"知道"。

【阅读笔记·（4）"无人知是荔枝来"——不说之说，深度讽刺】

"无人知是荔枝来"，把人们无论如何也想不到的谜底揭开了。人们按照常理而想错了的各种谜底是什么呢？诗人没有说，但是读者会想到，或许是十万火急的烽火军报，或许是事关无数灾民性命的洪涝急奏。这种不说之说的艺术，把明的正确的答案与暗的错误的答案巧妙地摆在了一起，使二者自相对比，形成对错颠倒的荒谬，从而更加深婉地讽刺了最高统治者的荒淫误国。

【诗句简析】

首句：点明回望的立足点，描写回望所见的花团锦簇的情景。

次句：以"千门次第开"的目不暇接的速写镜头，映衬立于山顶的华清宫其正面的副殿不知有多少，进而显示，从千里之外送来的荔枝，仅是入宫这个末端的环节就要有几千人伺候，客观地显示出最高统治者的穷奢极欲。

第三句：对比描写驿卒没命飞驰和贵妃开心一笑的情景。

第四句：揭开千门次第打开、驿卒飞驰扬尘、贵妃嫣然一笑的出人意料的谜底——鲜荔枝送来了。

【艺术特色简介】

以微见（xiàn）著。以杨贵妃吃喝玩乐中之吃中吃荔枝一件小事，显示出最高统治者劳民伤财、荒淫误国之大事。

## 272　长安秋望

**【内容简介】**描写秋色之高,表现诗人格调之高。

**【原文】**

楼倚霜树外①,镜天无一毫②。

南山与秋色③,气势两相高。

**【译文】**

楼阁依傍并高于霜树;像镜子一样的天空,无一点纤尘。

峭拔入云的南山,与高接天宇的秋色,各有气势,两相竞高。

**【注释及有关提示】**①霜树:经霜的树。外:外边,此处兼有"旁边"和"上边"之意。②镜天:压缩式比喻,像镜子一样的天,突出其清亮无尘。毫:极细小的东西。登楼而望,天空像镜子一样,明澄洁净,纤尘不染。③南山:终南山,在今陕西省西安市南。

**【诗句简析】**

首句:一石三鸟。用"霜"扣题目的"秋";用"树外"陪衬"楼"高;用"楼"高,表明"秋望"立足点之高。有了这个高的立足点,才能没有遮蔽地极目仰望和远眺,这正是以高衬高写法的妙用所在。

次句:单写天空,凸现像镜子一样明澄洁净、纤尘不染的景象。

第三、第四句:合写南山与秋色,以山高入云凸现秋高连天的景象。

**【艺术特色简介】**

立意新颖,方法高妙。人的身份、地位、文化、性格、爱好、处境、心境、价值观、审美观等不同,对相同的客观景物就有不同的主观感受。对秋色,古代文人大多取其凄清萧瑟,也有取其明净澄清的。杜牧此诗,独辟蹊径,专写秋色之高。秋色是抽象的,怎么表现它的"高"呢?诗人用的最有效的方法就是陪衬,就是以具象陪衬抽象。

诗中的具象是树、楼、山。诗人巧妙地安排了三个递进式的衬托:以高树衬托高楼,以高楼衬托高山,以高山衬托高秋。结果是:高树不如高楼高,高楼不如高山高,高山与秋色两相高。

前二者是以高衬高,最后是以实托虚,以意写神,衬托出了秋色之高。

秋色之高正是诗人高蹈绝俗的气质、明净开阔的胸怀的象征和外化。

## 273　江南春

【主旨简介】对杜牧此诗诗意的理解主要有两种：一、描写江南春景；二、既描写江南春景，又借古讽今。第二种理解，较为复杂，面向初学者，取第一种理解。

【内容简介】《江南春》这首写景诗，以小小的篇幅描绘了江南阔大而明媚的春光，也再现了江南烟雨朦胧的景色。

【原文】

千里莺啼绿映红①，水村山郭酒旗风②。

南朝四百八十寺③，多少楼台烟雨中④。

【译文】

千里江南，莺歌燕舞，无边的绿色映着层层红色；水村、山乡、城郭，处处有迎风招展的酒旗。

南朝遗留下的四百八十多座古寺，许多掩映在风烟云雨中。

【注释及有关提示】①千里：不仅为首句，而且为整首诗所写景物奠定了极其阔大的空间。莺：即黄莺。绿：泛指绿草及绿树等。②水村山郭：不是"水村"和"山郭"，而是"不论水村，还是山郭"，义即，水村、山庄、城镇等处处。郭，外城。酒旗：也叫酒帘，俗称"望子"，旧时酒家用布缀于竿头，悬在店门前，招引酒客。

【阅读笔记·景象万千，只取一景】

为文、赋诗，仅就取景来说，大范围的自然之景，稍好选取。选景恰当，再加妙笔，即能"生花"。丘迟的"江南草长，杂花生树，群莺乱飞"与杜牧的"千里莺啼绿映红"都是选景典型，描写生动的例子。

而大范围内的人文之景就较难选取。千里江南的人文之景，类多名繁：精巧的楼台，林立的店铺，热闹的街市，熙攘的人群……难以尽述。而杜牧以非凡的匠心、独特的视觉，只选取了一个景——酒旗，就以此至广至深地映出了千里鱼米之乡的人文状况，真是绝妙无伦。

首先，"酒旗"虽然是一个小景，但是以其自身的高位就非常醒目。

其次，"酒旗"这个意向，蕴涵极为丰富。既挂酒旗，就是酒家；既有酒家，就还有市场规律安排的茶楼、旅店、摊点等——"酒旗"一景，令人横向看到另外的一些人文之景。

另一方面，既是酒家，就有酒客；既是酒客，就来饮酒；既来饮酒，就要掏钱。

酒不是必需品,连饭都吃不上的人(酒鬼及极端情况除外),少有到酒肆饮酒的——"酒旗"一景,令人纵向想到了当时社会经济状况的一些情景。

"酒旗"一景,真可谓"一滴水映出大海狂澜"。

③南朝:指与北朝对峙,先后在我国南方建立政权的宋、齐、梁、陈四朝。四百八十寺:是虚数。④楼台:楼阁亭台。此处代指寺院建筑。多少:许多。

【诗句简析】

首句:由眼前实景而远望并展开想象,以类似现代航拍的方式,描写江南纵横千里的莺歌燕舞、桃红柳绿的自然美景。

次句:仍然以类似现代航拍的方式,专注于各处醒目的酒旗,以点代面地反映千里江南的人文景色。

第三句:点出南朝留下许多寺庙。

第四句:借对许多寺庙被烟雨笼罩的情景,表现江南特有的朦胧迷人的景色。

【艺术特色简介】

(一)景色别致——明丽与朦胧相融。因为写的是千里之远的景色,所以两种不同特点的景色能够在阔大地域内并存;再因为写的并非同一时段的景色,所以完全可以此时一派明丽,彼时一派朦胧(如苏东坡说的"淡妆浓抹")。

(二)结构疏密相间。前两句,结构紧密,意象众多。千里之广、黄莺啼叫、绵绵绿色映着层层红色;水乡无数、山村无数、城郭无数,处处酒旗飘飘。前两句景象密集,几乎一字一景。

后两句,结构疏朗,只写了寺庙和烟雨。当然,这种疏朗的结构,是服务于阔大范围内的朦胧景色的。

## 274 赤壁

【题意简释】赤壁:即赤壁山,位于今湖北省赤壁市赤壁镇,地处长江南岸,为东汉末赤壁之战的古战场。杜牧所说的赤壁是今湖北省黄冈市(在江北)城外江上的赤鼻矶,后世诗家也多有误以赤鼻矶为古战场而吟咏的。

【背景简介】东汉末年,曹操率领大军南下,志在统一全国。但是吴主孙权与刘备联合,在赤壁这个地方大败曹军。这是中国历史上一场著名的以少胜多的战争,而三十四岁的孙吴军统帅周瑜因此而声名大振。几百年后,杜牧来到赤壁(赤鼻矶),发现当年鏖战遗物,由此生发感慨,写下此诗。

【内容简介】杜牧这首七言绝句，托物咏史，对赤壁之战胜败发表独特的看法，借对周瑜的讥讽，抒发自己胸怀大志而不被重用的感慨。

【原文】

折戟沉沙铁未销①，自将磨洗认前朝②。

东风不与周郎便③，铜雀春深锁二乔④。

【译文】

折断了的铁戟沉没在水底沙中，其铁质还没有销蚀掉；拿起磨洗后发现这是前朝（赤壁之战时的）遗物。

假如东风不给周瑜方便，那么（曹操取胜），二乔就被关进铜雀台了。

【注释及有关提示】①折戟：折断的戟。戟，古代兵器。销：销蚀。②将：拿起。磨洗：磨光洗净。认前朝：认出戟是前朝（的遗物）。前朝，指东汉末（赤壁之战时）。③东风：指孙刘联军所借烧曹操战船的风。周郎：指周瑜，字公瑾，建安三年，周瑜二十四岁就被任命为建威中郎将，人呼周郎。后任吴军大都督。④铜雀：即铜雀台，故址在今河北省临漳县，是曹操建造的一座楼台，上有大铜雀，住姬妾歌妓，是曹操的享乐场所。二乔：东吴乔公的两个女儿，一嫁前国主孙策（孙权兄），称大乔，一嫁周瑜，称小乔，合称"二乔"。

【两联简析】

首联：借古战场所遗之兵器，兴起对前朝人物和事迹的慨叹。

次联：故意以假设法为赤壁之战的胜败"翻案"，以此寄寓自己的感慨。就史实的议论，诗人并不是信口雌黄，而是有根有据的。孙军与刘军虽然两军联合，但是还远比不上曹军强大，欲以弱胜强，就要用"计"；而此时此地，此情此景，最好的"计"就是火攻，而使"火"发生威力的关键就是"风"，而且还必须是刮向敌军的"东风"，所以，"东风"就是弱军战胜强军的关键。诗人抓住这个关键做"翻案"文章，就能自圆其说了。诗人讥讽周郎，实际上是以这样大名鼎鼎的历史人物来衬比自己的才能和抱负，也借此寄托自己怀才不遇的苦闷。

【艺术特色简介】（一）托物以小见大。首联托物兴叹，所托之物是前朝的一支断戟，而这支锈迹斑斑的断戟，不仅映出了历史的风云，也暗含着诗人岁月流逝的感慨。

（二）议论直观形象。议论周郎若不得东风之便的凄惨结局，不说全军覆没、江山易主、生灵涂炭等，而以"二乔"被曹操掳去锁在铜雀台的形象情景代之。"二乔"

中的"小乔"与首句的"周郎"相扣合,"大乔"则是前吴主孙策的遗孀,两个代表东吴尊严的超级贵妇被掳去铜雀台,极为形象地映出了东吴军的全军覆没、东吴政权的彻底垮台。

### 275 泊秦淮

【题意简释】泊(bó):停船靠岸。秦淮:即秦淮河,发源于江苏溧水县东北,西流经南京入长江。相传为秦始皇南巡会稽时所开,以疏淮水,故称秦淮河。

【背景简介】当时,唐王朝内忧外患,危机四伏,处于风雨飘摇之中。

【内容简介】这首写景抒情的绝句,描绘了秦淮河夜景及商女所唱之歌,形象地反映了当时的国家形势和社会风气,表达了作者深切的忧虑和深沉的感慨。

【原文】

烟笼寒水月笼沙①,夜泊秦淮近酒家。
商女不知亡国恨②,隔江犹唱后庭花③。

【译文】

烟雾笼罩着碧色的寒水,月色笼罩着白色的沙滩;夜晚泊船在秦淮河靠近岸上的酒家处。

卖唱的歌女不懂得亡国之恨,隔着江仍在唱玉树后庭花。

【注释及有关提示】①烟:烟雾。②商女:以卖唱为生的歌女。③隔江:秦淮河两岸酒家林立,乐妓在酒店里替客人唱歌佐酒,从船中听来都是隔江在唱。江:长江以南,水,无论大小,口语都称"江"。犹:还,仍。后庭花:歌曲《玉树后庭花》的简称。南朝陈皇帝陈叔宝(即陈后主)溺于声色,作此曲与后宫美女寻欢作乐,终致亡国,所以后世把此曲作为亡国之音的代表。

【阅读笔记·"犹"的弦外之音】

"隔江犹唱后庭花"中,一个"犹"字,看似平常,实则奇峭。它深蕴弦外之音——面对国势日渐衰微之况,有识之士都在为国运忧虑,都千方百计力图匡扶将倾之厦;但是,为什么有人"犹"唱亡国之音的后庭花呢!一个"犹"字,把诗人对不事国事,仍然醉生梦死的那些人的强烈不满之情含蓄深婉地表现了出来。

【诗句简析】

首句:写夜泊之景,渲染迷蒙凄清的氛围,与后面商女迷迷糊糊唱靡靡之音形成色调和谐的照应。

次句：点出了时间、地点，也点题。"近酒家"，开启后两句的叙事和议论。

第三句：点出不懂亡国恨的歌女。

第四句：点明歌女还在唱亡国之音的《玉树后庭花》。

【艺术特色简介】

这首被清人沈德全推誉为唐人七绝压卷之作的政治讽喻诗，就全诗来讲，最大的艺术特色是含而不露，寄寓深远。

单就后两句来讲，其突出的艺术性是巧妙地采用了曲笔写法。"商女不知亡国恨"，诗人表面哀叹"商女"（"唱者"），实际是针对"听者"的。对"唱者"的态度是因其"不知"而不苛求，亦即原谅之。而对"听者"的态度则是不露声色的辛辣的讽刺。那些"听者"——达官显贵，甚至最高统治者，在日渐衰微的世道中，不以国事为怀，仍然沉溺声色，寻欢作乐，陶醉于亡国之音中。诗人用两句诗勾画出晚唐社会那种末世的淫靡图景，从而敏锐地预示到——国将不国了。

## 276 题乌江亭

【题意简释】乌江亭：因附近有乌江（长江上游的支流）得名，在今安徽和县（安徽东部、长江北岸，邻接江苏）的乌江镇。

【背景简介】杜牧于唐武宗会昌元年（841）赴任池州（唐时州名，在今安徽省）刺史时，路过乌江亭，有感于项羽乌江自刎而写了这首咏史诗。

【内容简介】《题乌江亭》通过对项羽的讽刺、批判，艺术地表明了"败不馁"的道理。

【原文】

胜败兵家事不期①，包羞忍耻是男儿。
江东子弟多才俊②，卷土重来未可知③。

【译文】

胜败这种兵家事，是难以预料的；能够包容受挫的羞愧、忍受失败的耻辱，才是真正的男儿。

江东子弟人才济济，（如果）项羽（重返江东）卷土重来，（那么）楚汉之争的最终结果就难以预测了。

**【注释及有关提示】**①期:预期,料想。②江东:自汉至隋唐称自安徽芜湖以下的长江南岸地区为江东。才俊:才能出众的人。③卷土重来:比喻失败以后,重新恢复势力。卷土,卷起尘土,形容人马奔跑。

**【诗句简析】**

首句:开门见山地指出胜败乃兵家之常事,暗含关键在于如何对待胜败。

次句:承接首句,正面指明对待失败的正确态度,暗含对项羽的讽刺:你项羽自诩力能拔山,气可盖世,最终却羞愤自杀,这有愧于英雄的称号,不能算真正的男儿。

第三句、第四句:设想项羽回江东重整旗鼓,卷土重来,则孰胜孰败就不一定了。此设想重在说明"败不馁"道理,也暗含对项羽负气自刎的惋惜之情。

**【艺术特色简介】**

(一)写法创新。杜牧摒弃怀古诗先写眼前之景再抒思古之幽情的惯常模式,开篇不写景而直接议论,且通篇都是议论。

(二)观点"翻案"。人们历来欣赏项羽"无面目见江东父老"一句,认为这表现了项羽的气节。杜牧之后的李清照也称赞"至今思项羽,不肯过江东"。而杜牧则认为这不算什么气节,是不能正确对待失败、心胸狭窄的表现。

一般人认为,项羽即使重返江东,江东父老也绝不会再听命于他,因为他已经彻底失去了民心。而杜牧故意用"翻案法",借题发挥,跌入一层,从而正面宣扬应当坚持百折不挠的精神。

**【阅读笔记·前提条件与关键因素】**

杜牧虽然"翻案",也不是绝对化,而是极有分寸、极为辩证的。他极为艺术地讲明了前提条件和关键因素的相互关系。"卷土重来"的前提条件是"江东子弟多才俊";若没有人才众多这个前提条件,则"卷土重来"也只能是空想。而前提条件具备了,能够"卷土重来"了,缘何其结果还是"未可知"呢?答案是大家都能推想出的:如果作为战争胜败关键因素的最高统帅,项羽依然我行我素,那么结果一定是可知的——还是失败;如果项羽幡然醒悟,接受教训,知人善用,那么结果也一定是可知的——取得胜利。

## 277 赠别·其一(名句)

**【原文】**

娉娉袅袅十三余①,豆蔻梢头二月初②。

春风十里扬州路,卷上珠帘总不如。

【名句】娉娉袅袅十三余,豆蔻梢头二月初。

【译文】高挑柔美十三多,(就像)二月初梢头上含胎未开的豆蔻花一样。

【词语解释】①娉娉(pīng):娉婷,形容女子姿态美。袅袅(niǎo):细长柔美的样子。②豆蔻梢头二月初:豆蔻(dòukòu),多年生草本植物,产于南方,南方人取其未大开者为"含胎花",常以此喻少女。

【名句简析】首句描写妙龄少女美丽的身姿,次句极为形象地以二月初的豆蔻比喻该女子的娇艳。成语"豆蔻年华"源于此句,比喻女子十三四岁的年纪。

278 山行

【题意简释】山行:在山中行走。

【内容简介】这首七绝,描绘秋日山行所见的景色,展现出一幅动人的山林秋色图,表现出作者昂扬向上的精神。

【原文】

远上寒山石径斜①,白云生处有人家②。
停车坐爱枫林晚③,霜叶红于二月花④。

【译文】

沿着倾斜的小路远远地在寒山上行,白云升腾的地方有人家(居住)。
停下车来是因为喜爱枫林的晚景,霜染后的枫叶比那二月的春花红艳。

【注释及有关提示】①寒山:冷落寂静的山。斜:古读 xiá,不正。②白云生处:白云出现的地方。③坐:因为。晚:晚景。④霜叶:经霜的枫叶。于:比。

【诗句简析】

首句:紧扣题意,开门见山地描写在寒山上远行的情景。远,点明山行之深。斜,写山路的倾斜,也映衬出山势平缓的特点。

次句:点染一处极富诗意的精致——白云袅袅的大山深处竟有人家生活于此,令人遐思无限——怎样的人?何以为生?生活状况如何?

第三句:点明中途停车的原因——喜爱枫林晚景。

第四句:既展现霜叶比二月红花还要红艳的特点,又说明中途停车的具体原因。

与上文的关系看，此句是典型的说明；就本句所推出的景物看，是精妙的描写。诗人精心选择"二月花"做比较对象，让人感到霜叶不仅色彩更红艳，而且气势更旺盛。

三、四句，不仅讴歌了自然美景，而且展现出诗人陶醉枫林的情态和积极进取的精神风貌。

【艺术特色简介】

（一）构思新颖。让经霜红叶与二月春花媲美，让绚丽秋色与明媚春光争胜，给人以乐观向上的力量。

（二）铺垫巧妙。首句写驱车远行，一路上，寂静的大山、倾斜的小路缓缓地从眼前闪过——这些景色虽然很美，但是远未达到令人停车的力度。次句写云雾山中隐约显现的人家。这种景致极富诗意，极为幽秘，但是还没有令寻美之人产生前往探寻的最高审美兴趣。等一层层火红的枫林显现眼前时，寻美之人终于被深深吸引，终于停下车来，驻足仔细观赏深秋枫林晚景，仔细观赏经霜枫叶的红艳。这种铺垫与本首绝句的起承转合的文脉相契合。第一句以寒山、石径起；第二句以白云生处承；第三句，转为停车——欣赏枫林晚景；第四句，挽合全诗，突出赞美霜叶之红艳无比。

279 秋夕

【题意简释】秋夕：秋天的夜晚。诗题一作《七夕》。

【内容简介】这首七绝是一首宫怨诗，描写失意宫女生活的孤寂和心境的凄凉。

【原文】

银烛秋光冷画屏①，轻罗小扇扑流萤②。
天阶夜色凉如水③，坐看牵牛织女星④。

【译文】

银烛（的微弱之光）和秋夜的暗淡之光（交相映照）使画屏泛出冷意，（宫女手持）轻罗小扇扑打飞来飞去的萤火虫。

宫中夜色已经清凉如水了，（宫女依然）坐着（朝天）看牛郎星和织女星。

【注释及有关提示】①银烛：白蜡烛。冷：形容词的使动用法，使……冷。画屏：画有图案的屏风。②轻罗小扇：轻巧的丝质团扇。流萤：飞动的萤火虫。③天阶：皇宫中的石阶，此代指皇宫。④坐看：坐着（朝天）看。牵牛织女星：两个星座的名字，分别是牵牛星、织女星。

【诗句简析】

首句：描写宫女生活环境的清冷。

次句：描写宫女扑打流萤的情景，形象地表现宫女生活的单调和精神的苦闷。

第三句：描写夜已转深、寒气袭人的情景，为下句的转折蓄势。

第四句：描写宫女不顾夜深天凉，执着地坐看天上的牵牛星和织女星的情景。此句非常巧妙地借宫女观星的动作，曲折地反映其复杂的内心世界——哀怨：长年被冷落，还不如牛郎与织女；期盼：何时能像牛郎与织女一样，哪怕一年一次鹊桥相会呢！

【艺术特色简介】

抒情含蓄，意在言外。诗的意旨在表现宫女的幽怨，而全诗无一字写幽怨，而言外之意又全是写幽怨。这种靠形象表意的写法堪称高妙。

## 280　清明

【题意简释】清明，农历二十四节气之一，旧称为三月节，有踏青、扫墓的习俗。

【内容简介】此诗通过路遇春雨、心生悲情、询问酒家、牧童遥指的生动描写，展现出清新秀丽的画面，表现出行旅之人的艰辛及作者旷达的胸怀。此首诗通俗易懂而又寓意深远，清新俊秀，脍炙人口，千百年来被誉为描写清明最有名的诗篇。

【原文】

清明时节雨纷纷①，路上行人欲断魂②。

借问酒家何处有③？牧童遥指杏花村④。

【译文】

清明时节细雨纷纷，路上的行旅之人（哀伤得）似要断魂。

请问（小哥），酒家何处有？牧童遥指杏花掩映的村庄。

【注释及有关提示】①纷纷：众多而络绎不绝的样子。②行人：指出门在外的行旅之人。此指诗人自己。断魂：销魂，形容哀伤或情深。③借问酒家何处有：这是个省略句，完整式为"请问（小哥）酒家何处有？"省略的"小哥"，即下句的主语——牧童。诗人问时或称"小哥"等。借问，请问。④遥指杏花村：指着远处的杏花村。"遥"，本是"杏花村"的定语。诗人运用"错位"手法，把"遥"置于"指"前，化静为动，境界大变，牧童的情态跃然纸上。杏花村：杏花掩映的村庄。

【诗句简析】

首句：客观描写清明时节细雨纷纷的情景。作者纯客观描写是充分尊重其他人对此纷纷细雨或嫌厌或喜爱或无所谓的态度，为下文写自己特殊身份之人的态度作暗中铺垫。

次句：描写路上的行人（作者自己，非扫墓者、非踏青者）在自身特定处境下又遇细雨后的哀伤心情。

第三句：描写作者问路的情景。所略的所问之人，以下句所答之人补充完整。

第四句：描写牧童回答客人所问的生动情景。牧童大概是边以嘴说，边以手指，而都写出来，就不是诗了；诗人选择了最具画面感、最为精彩的"遥指"的动作。"杏花村"这个意象具体生动，美丽迷人，蕴含丰富。

【艺术特色简介】

（一）用语通俗。无难字，无典故。

（二）抒情自然。由行旅艰辛而生忧愁，由欲消忧愁而欲饮酒，由欲饮酒而问牧童，由牧童遥指而展现美丽迷人的杏花村，由杏花村而隐含避雨、歇脚、饮酒、消忧、赏景等能令人联想到的诸多情景。

（三）境界优美。诗中细雨纷纷、牧童遥指、杏花村等情景显示出多种独具特色的优美境界。

【阅读笔记·七言绝句改为五言绝句是对原诗的妄改】

有人说杜牧的这首七绝不够精练，可以改为五绝：清明雨纷纷，行人欲断魂。酒家何处有？遥指杏花村。

我们说，改是你的自由，但是你把杜牧的原诗改得面目全非了，使原诗中的音律美、画面美、意象美荡然无存了。

就此诗整体的音律说，五言的简单急促，失去了七言的舒缓从容美。

逐句说：

首句，"五绝者"说，"时节"是多余的。殊不知"清明"有政治的、神志的、可见度的、节气的等义项。作者加"时节"不是多余，而是限定"清明"在诗中的特定义项。

次句，"五绝者"说，行人不在路上，在哪里？因此，"路上"是多余的，应删之。殊不知杜诗中的"行人"不是今义"在路上行走的人"，而是出门在外的行旅之人。而出门在外的行旅之人，有时在客栈，有时在路上，有时在其他地方。再者，删了"路上"，不仅缺少了诗人的羁旅之感，而且诗人营造的画面美也大受损伤。

第三句，"五绝者"说，"借问"是多余的。这种省略古诗中虽然有，但是语境不同。此处若省略"借问"而直接问"酒家何处有",估计那个牧童如果是个胆小的,会被吓跑了;如果是个胆大且知道一些人情世事的人,会骑着牛或赶着羊离开,不理睬这个毫无礼貌的问路之人。

第四句,"五绝者"说,"牧童"不确,怎么就不能是个老叟或村姑呢?不确定是谁,干脆删去"牧童"。然而,删去了"牧童",诗歌的意象就因一而失二。所失的二,一是明着的牧童,二是暗着的牛或羊等。再者,"牧童"是走很长路的人,他的身份与"遥指"吻合一致。老叟或村姑就与"遥指"欠吻合。"牧童"的意象带给人的是清新、有活力的感觉,他与"杏花村"的完美结合,给人喜出望外、峰回路转的审美享受。

## 六十六、香严闲禅师、李怡

281 瀑布联句

【作者简介】香严闲禅师:庐山上高僧。

李怡(公元810—859年),即唐宣宗,初封光王,武宗会昌六年(846年)即位,即位日改名为忱。在位13年,晚年服长生药中毒死。

【题意简释】联句:旧时作诗方式之一。两人或多人共作一诗,相联成篇。

【背景简介】唐宣宗李忱微(微贱)时(名,李怡),以(因为)武宗(宣宗的侄子)忌(憎恶,zēngwù)之(他),遁迹(隐居)为僧,遇香严闲禅师,同行,观瀑布。香严闲禅师说:"我咏(吟咏)此(瀑布)得一联,而下韵(押韵的字,此指联)不接(接续)。"李怡(后来的唐宣宗李忱)曰:"当为续成之。"〔应当为(这一联)续写成这首瀑布诗。〕

【内容简介】此联句描写历尽艰险,气势磅礴,冲决一切的瀑布形象,表现其心怀大志,排除万难,勇往直前的性格特点。

【原文】

千岩万壑不辞劳①,远看方知出处高②。

溪涧岂能留得住③,终归大海作波涛④。

【译文】

(瀑布源头各条细流)不辞辛劳,穿过千座高山万道深沟,(汇集在崖前形成瀑布),从远处看,才知道瀑布的出处之高。

那些小小的溪涧怎么可能将瀑布留住呢?它最终要归回大海,兴起波涛。

【注释及有关提示】①岩：高峻的山。壑：山沟。②方：才。出处：来源。③溪涧（jiàn）：山谷间河沟。岂：哪里。④作：兴起。

【诗句简析】

首句：描写瀑布形成的曲折过程。蕴含孟子"天将降大任于斯人也，必先苦其心志……"之意，非常巧妙地说明，历经艰难，方能成就大业的道理，令人坚定必胜的信心。

次句：形象地指明，从远处看其整体（不被近物遮蔽眼光），才能看到瀑布高远的气象和超凡的实力。

第三句：表现瀑布不图安逸、一往直前的精神特点。

第四句：表现瀑布终究要干一番事业的远大理想。

【艺术特色简介】

托物言志，且二联既有同又有异。二联的同是：借写瀑布，寄托心怀大志、排除万难、勇往直前之志。二联的异是：高僧之联，侧重描写瀑布的形成，暗寓李怡的处境，暗含历尽艰难，方能成就伟大人格的哲理。李怡之联，侧重描写瀑布的去向，暗寓自己的志向，暗含不图安逸、方能实现远大目标的哲理。

## 六十七、李忱 1 首

### 282  吊白居易

【题意简释】唐宣宗非常爱好诗歌，对白居易尤为敬重。但是他即位 5 个月后，75 岁高龄的白居易不幸逝世，唐宣宗不胜悲悼，写下了这首《吊白居易》诗。作为一国之君为一位诗人作悼亡诗，这在古代是非常罕见的。由此可见唐宣宗李忱对白居易其人的器重、对其诗的喜爱，也从侧面表现出了白居易卓越的才能。吊：祭奠。

【内容简介】这首七律形象地描写了白居易不慕功名富贵的秉性和顺其自然的处世态度，高度评价了他的诗歌创作，深切地表达了对其逝世的痛惜之情。

【原文】

缀玉联珠六十年①，谁教冥路作诗仙②！

浮云不系名居易③，造化无为字乐天④。

童子解吟长恨曲⑤，胡儿能唱琵琶篇⑥。

文章已满行人耳⑦，一度思卿一怆然⑧。

**【译文】**

你连缀珠玉（创作诗歌）六十年，（突然间）谁教你在冥间作了诗仙呢！

浮云一样的富贵不留意名叫居易的人；顺其造化，不求有为的人是字叫乐天的人。

孩童会吟诵你的《长恨歌》，胡地的人也能吟唱你的《琵琶行》。

你的诗篇已经充满行人的耳朵（我就听得更多了），我想起你一次，就悲伤一次。

**【注释及有关提示】**①缀（zhuì）玉联珠：借喻，以美玉、珍珠般的字词连缀成脍炙人口的佳作。六十年：指白居易一生创作的时间。②冥（míng）：迷信所说人死后进入的世界。③④："浮云不系名居易"与杜甫的"文章憎命达"句法相近，作者不说人对"浮云""文章"怎样，而是主客对调，说"浮云""文章"对人怎样。李忱句中的"浮云"显然是个喻体，而其本体若说是"漂泊的生活"，则与"系"的任何一个义项都难以搭界。其本体应该是"富贵功名"之类。上下句又是互文，综而述之，应为：名居易、字乐天的人不留意浮云般的富贵，顺应造化，不求有为。这种看淡富贵的价值观和"无为"的处世态度，也正是李忱所极力提倡的。系：留意，挂念。造化：自然的创造化育。⑤⑥：互文，即"童子、胡儿解吟长恨曲，能唱琵琶篇"。解（jiě）：不能解作"理解，懂得"（动词），因为说一般的童子能理解性地吟诵《长恨歌》，不合实际，再是与下句的"能"（助动词）也不对仗；而应与下句的"能"是同义词，解作"能，会"。如，李白《月下独酌》诗："月既不解饮，影徒随我身。"〔明月既然不会喝酒，（那么，明月照耀所形成的）影子也就徒然随在我的身边（都不能与我一起饮酒）〕。长恨曲：即白居易的《长恨歌》。胡儿：指少数民族的孩子。琵琶篇：即白居易的《琵琶行》。⑦文章已满行人耳：此句中有个言外之意，即"专设有教坊的朝廷之人就听得更多了"，而"对朕来说，就更是不绝于耳了"。⑧度：量词，回，次。卿：古代君对臣、长辈对晚辈的称谓。怆（chuàng）：悲伤。

**【四联大意】**

首联：高度概括白居易创作优美诗歌的一生，对其逝世深表痛惜又不忍直接说出，就以"冥路作诗仙"代之，而且又巧妙地融进了高度赞扬的内容。

颔联：赞扬白居易不慕富贵、乐观豁达的秉性。联中嵌入白居易的名和字，是非常巧妙的写法。

颈联：从年龄和地域两个方面交织着赞扬白居易的诗篇广为流传，脍炙人口。

尾联：以行人映衬自己对白居易诗歌更加喜爱，并具体深刻地表达对他的逝世的沉痛悼念之情。

【艺术特色简介】

全诗语言通俗凝练，感情真挚。

## 六十八、温庭筠 2 首

【作者简介】温庭筠（yún）（？—866 年），原名岐，字飞卿，太原祁（今山西祁县）人。才思敏捷，每入试，押官韵（官定的韵类），手叉八次而成八韵，时称"温八叉"。仕途不得意，官止国子助教。诗词并工：诗，与李商隐齐名，时称"温李"；词，风格艳冶，辞藻华丽，成就高于诗，为花间词派的鼻祖，与韦庄齐名，时称"温韦"。

### 283 商山早行

【题意简释】商山：在今陕西商洛市东南山阳县与丹凤县辖区交汇处。

【背景简介】这首诗准确写作年代已不可考，大致为温庭筠四十八岁时，自长安赴随县（旧县名，在今湖北省北部）任县尉，路经商山时写的。久不得志，年近五十，生计所迫，离开长安（第二故乡），远行他乡，任小县尉，难免产生去国怀乡之情。

【内容简介】此诗描写早行的情景，真切地反映了封建社会里一般旅人所共有的路途艰辛的感受和思念故乡的情怀。

【原文】

晨起动征铎①，客行悲故乡②。

鸡声茅店月③，人迹板桥霜④。

槲叶落山路⑤，枳花明驿墙⑥。

因思杜陵梦⑦，凫雁满回塘⑧。

【译文】

清早起身（驾车），震动出行的马铃；游子行走（于路），怀念身后的故乡。

鸡鸣声声，茅屋旅店上空挂着残月；先行客人的足迹印在木板桥的白霜上。

槲树枯叶飘落，铺满寂静山路；枳树白花绽放，映亮驿站墙壁。

于是想起昨夜梦中故乡的情景：（春回水暖）野鸭、大雁，挤满岸边曲折的池塘。

【注释及有关提示】①铎（duó）：悬于牛马颈下或屋檐下的小铃。《晋书·荀勖传》："勖（xù）于路逢赵贾人牛铎，识其声。"〔荀勖在路上遇到赵地商人（听到）牛铃声，懂得牛铃的乐声。〕②客：出门在外的人。悲：怀念。《汉书·高帝纪》：

"游子悲故乡。"③鸡声：雄鸡报晓的叫声。茅店月：茅屋旅店上空挂着的残月。月，此指农历月末黎明前出现于东方或者东南方天空的残月。④人迹：人留下的痕迹，此指脚印。

**【阅读笔记·优中之优】**

"鸡声茅店月，人迹板桥霜"一联，历来脍炙人口，备受推崇。而清人查（zhā）慎行说：颔联出句胜对句。出句胜在哪里呢？大概主要是"鸡声"的意象比"人迹"更为精妙。"人迹"只有形，没有声，也就没有动态感。"鸡声"当然是有声的，但是，它还包孕着雄鸡引颈长鸣的视觉形象，给人的审美冲击力更强。

⑤槲（hú）：树名。其叶冬天存留枝上，次年嫩叶生发时才落。⑥枳（zhǐ）：落叶灌木或小乔木，也叫枸橘（gōujú），春天开白花。驿（yì）：此指驿站，供传递文书的人或来往官员中途换马、歇宿的处所。⑦因：于是。思：杜陵：地名，在长安城南（今陕西西安东南），古为杜伯（周宣王大夫，封于杜）国。本名杜原，又名乐游原。秦置杜县。汉宣帝在此筑陵，改名杜陵。此代指长安。⑧凫（fú）：野鸭。回塘：岸边曲折的池塘。

**【各联大意】**

首联：写早起赶路的艰辛，反向联想到在故乡时的舒适，不由地思念故乡。

颔联：精妙绝伦地勾画出一幅山路早行图。诗人摄取与"早行"密切相关的特色镜头，描写报晓的鸡声、屋顶的残月、乡间的板桥、清晨的白霜、行人的脚印等意象，不言"早行"，而早行的辛苦已见（xiàn）于言外。此联在语言运用的匠心上，与元代马致远的"枯藤老树昏鸦，小桥流水人家，古道西风瘦马"有的一比：两者都是语句凝练，容量巨大；所不同的是马致远的这三句全由名词性词组构成，内中有形容词，而温庭筠的这两句虽然有名词性词组，但是两句十个词全是名词，每个词都有名物的具体感，都可以独立地代表一种景物，因而其意象蕴涵更为丰富。

颈联：描写槲叶飘落、枳花映墙的山路景色。因为天还没有大亮，旁边的白色枳花映照驿墙，客观显示出天色犹暗，言外之意是"早行"。

尾联：描写昨夜梦中之"凫雁满回塘"的温馨景色，既与早行之"槲叶落山路"的凄清景色相对照，又与"客行悲故乡"首尾呼应，自然地收束全诗。

**【艺术特色简介】**

情景交融，意境优美，结构缜密，前呼后应，语言清新，表意含蓄。

## 284　苏武庙

**【题意简释】** 苏武（公元前140—前60年），西汉杜陵人，字子卿。汉武帝天汉元年以中郎将出使匈奴，被留。匈奴单于胁迫其投降，苏武不屈，被徙至北海（湖名，今贝加尔湖）无人处，使牧公羊，俟（等待）产子乃释放。苏武啮（niè，咬）毡毛吞雪以解饥渴；持汉节牧羊十九年，节旄尽落。昭帝即位，与匈奴和亲，苏武得归，拜为典属国。宣帝时赐爵关内侯，图形于麒麟阁（汉阁名，在未央宫内，汉武帝时所建，汉宣帝时画功臣霍光、苏武等十一人图像于阁）。

**【内容简介】** 撷取苏武持节牧羊、完节归来等几个典型镜头，表达了对苏武忠君爱国精神的褒奖、坚贞不屈气节的赞颂，对光辉俊杰人格的敬重。

**【原文】**

苏武魂销汉使前①，古祠高树两茫然②。
云边雁断胡天月③，陇上羊归塞草烟④。
回日楼台非甲帐⑤，去时冠剑是丁年⑥。
茂陵不见封侯印⑦，空向秋波哭逝川⑧。

**【译文】**

（当年）苏武（在异域度过漫长岁月，历尽艰辛）骤然见到汉朝使者时悲喜交加，感慨无穷；（如今）肃穆的古祠、苍郁的高树都已经是年代邈远了。

（千年前）夜晚，胡地的天空，明月高悬，大雁南飞，消失在天边的云彩中；塞外，暮色笼罩，衰草连天，苏武牧羊，从丘陇上归来。

归汉之日，楼台殿阁已经不是汉武帝时用珍宝镶嵌的甲帐了；离去之时，头戴官帽，身佩宝剑，正值强盛之年。

汉武帝已经长眠茂陵，再也见不到完节归来的苏武封侯授爵了；苏武也只能空自面对秋天的流水哭吊已经逝去的天皇。

**【注释及有关提示】** ①魂销：灵魂离开肉体。形容极度的悲伤、愁苦或极度的欢乐。首联首句回放千年前的一个特写镜头。"销魂"二字，精炼概括、真切传神地表现出苏武当时极为强烈、激动、复杂的情感。②茫然：渺茫久远。首联次句写古祠古树的年代久远，暗含"遥想当年"意，为三、四句的追思（即把镜头推回到"魂销汉使前"之前的艰难岁月）创造了条件。③断：断绝。④塞（sài）：边界险要之处，此指塞外。草烟：即烟草，像烟一样的草，指白色的枯草，远望如弥漫的烟一样。颔联上句描绘出一幅月下望雁思归图，下句描绘出一幅塞外牧归图。这两幅图分别概括而形象地写出了苏武在漫长的岁月中欲归不得的精神痛苦和忍饥受寒的生活痛苦。⑤甲帐：帐幕按照甲、乙排列次序，所以有甲帐、乙帐之说。汉武帝时用琉璃、珠玉、明月（珍宝名）、夜光（珠）镶嵌，混合天下珍宝作为甲帐，其次为乙帐。⑥冠：戴帽子，此指戴官帽。剑：名词活用作动词，佩带剑。丁年：成丁之年，壮年。颈联先说"回日"，再述"去时"，用此"逆挽法"，可以"化板滞为跳脱"。由"回日"忆及"去时"，以"去时"反衬"回日"，更增感慨：一个历尽艰辛、须发皆白的人，目睹人非物亦非的情景，想到当年出使时的豪壮，更加感慨唏嘘。⑦茂陵：汉武帝死后葬于茂陵。此借代死后的汉武帝。封侯：指汉宣帝赐苏武关内侯爵。⑧逝川：流去的河水，喻指已过去的岁月，此代指故去的汉武帝。

**【四联大意】**

首联：以一个打动人心的历史镜头和令人感慨的古祠古树，表现出对先贤的崇敬和追思之情。

颔联：以两幅图浓缩苏武塞外牧羊的痛苦生活，透露出对其品格、意志的高度赞扬之情。

颈联：以今昔对比的方法，生动地表现苏武恍如隔世的感慨。

尾联：写苏武完节归来而不能见到汉武帝的悲伤，表现他的忠君思想。

**【艺术特色简介】**

情景交融。如颔联：上句，苏武月下望断大雁南飞之景中自然地融进了苏武在音讯隔绝的漫长岁月中对故国的深挚思念和欲归不得的痛苦之情；下句，一幅塞外牧归图，形象地展现出幽禁匈奴的痛苦生活，荒寒之景与牧羊者孤寂的心情相互交融，浑然一体。

**【阅读笔记·献给苏武的颁奖词】**

被扣匈奴十九年，英雄本色照千秋。你，面对威胁利诱而坚守节操，历尽艰难困苦而不辱使命。你，在生与死的关头，毫不犹豫地维护民族的尊严；在荣与辱的时刻，毅然决然地保持使者的风度。你，宁可引刀自刺，决不屈节辱命；甘愿啮雪茹毛，也不乞降变节。你，高下美丑，看得分明；忠奸善恶，辨得清楚。你，顽强不屈的性格经难更强，忠贞不贰的信念历久弥坚。你，苏武——杰出的使者代表，永远的民族骄傲。

## 六十九、陈陶 1 首

### 285　陇西行·其二

【作者简介】陈陶，唐末剑浦（今福建南平）人，一说鄱阳（今江西鄱阳）人，字嵩伯。举进士不第，遂恣游山水，自号三教布衣。大中（宣宗年号）中，入洪州（今江西南昌市）西山学道，不知所终。

【题意简释】《陇西行》是乐府《相和歌·瑟调曲》旧题，内容写边塞战争。陈陶的组诗《陇西行》，共四首，其第二首诗广为传诵。陇西，陇山（六盘山南段的别称）以西的山野之地，不是陇西"郡"。

【内容简介】《陇西行》第二首借汉写唐，通过对"春闺美梦与""河边白骨"虚实相对的描写，独出机杼地反映了边塞战争给人民带来的痛苦和灾难。

【原文】
誓扫匈奴不顾身①，五千貂锦丧胡尘②。
可怜无定河边骨③，犹是春闺梦里人④！

【译文】
誓死横扫匈奴，人人奋不顾身；五千精锐之师战死在胡地的尘埃中。

可怜战死者早已化为无定河边的累累白骨了，而在其妻子们的梦中却还是活生生的人。

【注释及有关提示】①匈奴：指西北边境部族。②貂锦：汉代羽林军穿锦衣貂裘，这里借指装备精良的精锐之师。貂，此指貂之毛皮，珍贵的衣料。锦，有彩色大花纹的丝织品，此指将士穿的衣服的衣料。丧（sāng）：死亡。③无定河：黄河中游支流，在今陕西北部，因急流溃沙，河道深浅不定而名。④春闺：这里指战死者的妻子。

【阅读笔记·"可怜"谁？"可怜"什么】

"可怜"的内涵，既有表层义，又有深层义。

表层义蕴含"可怜谁"的答案。"可怜"谁呢？当然是可怜捐躯疆场而无人收尸的将士，可怜五千个成为遗孀的女人。

深层义蕴含"可怜什么"的答案。"可怜"什么呢？不是可怜一个个遗孀千里遥祭，呼天抢地，而是可怜她们的丈夫早已成为"河边骨"了，她们还在憧憬着夫妻团圆、家庭幸福的美景。这些"春闺"们，对生活是多么热爱啊！她们热爱的幸福生活不能在现实中实现，她们就执着地在虚幻中影现。然而，命运却加剧捉弄这些本来就非常不幸的女人——连自我安慰的那点盼想的基础都早已荡然无存了。这多么令人可怜啊！然而，更令人可怜的是这些可怜的人还全然不知那种"天"塌下来的事情早已发生了。

【诗句简析】

首句：写将士们誓死杀敌的决心。

次句：写将士们抛尸疆场的惨烈。

第三句：写阵亡战士的僵尸已经化为河边白骨。

第四句：写阵亡战士的妻子还在梦中与亲人团聚。

【艺术特色简介】

奇崛的构思，使作品加倍产生震撼人心的悲剧力量。疆场一端，映现的是五千精锐之师全军覆没多时，具具僵尸已经风化为累累白骨；家庭一端，没有着笔孤儿寡母饮泣设祭、招引亡魂之凄惨景象，而虚映战死者的妻子还在做着家人团聚的美梦。这样的构思，工妙独特，堪泣鬼神！

## 七十、李商隐 9 首

【作者简介】李商隐（公元 813—858 年），字义山，号玉谿生，祖籍河内（今河南沁阳县），出生于郑州荥（xíng）阳。开成（文宗年号）二年（837）在令狐楚之子令狐绹（táo）协助下中了进士，累官东川节度使判官、检校工部员外郎。时牛僧孺（穆宗时同平章政事，敬宗时封奇章郡公）与李德裕（历仕五朝，后被宣宗一贬再贬）两党水火不相容。李商隐本为牛党令狐楚门客，后又娶李党王茂元之女，被牛党责为"背恩"。李商隐想在政治斗争中保持中立，但这只是一厢情愿，自跌入牛李党争的政治漩涡后，就再也没有自拔出来。李商隐写了一些诗给身居高位的令狐绹，希望他顾念旧情，但是都无济于事。

李商隐是晚唐最出色的诗人之一，与杜牧合称"小李杜"，与温庭筠合称"温李"。其诗内容丰富，构思新奇，意境深远，语言典丽，文采斐然，脍炙人口。有些诗隐晦迷离，难以索解，至有"诗家总爱西昆好，独恨无人作郑笺"（元好问）之说。（西昆，指李商隐的诗。郑笺，东汉郑玄《郑氏笺注》，此指对李诗的笺注。）

### 286 柳

【内容简介】这首咏物七绝，借咏柳自伤迟暮（自己觉得自己老了，感到哀伤），吐诉隐衷。

**【原文】**

曾逐东风拂舞筵①，乐游春苑断肠天②。

如何肯到清秋日③，已带斜阳又带蝉④。

**【译文】**

曾经追逐着东风，拂动着枝条，翩翩起舞于筵席间；那正是在乐游原中令人销魂的美好春日。

（既然春天如此繁华，那么你）为什么肯挨到这萧瑟的秋日呢？你已经身披夕阳了，又带着秋蝉。

**【注释及有关提示】** ①筵（yán）：席地而坐时铺在"席"下的竹制垫子，后专指酒席。②乐游：乐游原的省称，也叫乐游苑，在唐代长安东南。断肠：销魂，陶醉。③如何肯到清秋日：反问句，意为：你不如不到秋天来。诗人借此抒发自己悲不欲生之痛。④已带斜阳又带蝉：写身披斜阳，从视觉上给人以日薄西山的感觉；写秋蝉鸣叫，从听觉上给人以肃杀凄凉的感觉。

**【艺术特色简介】**

（一）对比。写秋日之柳，先追想它春日的情景，并以春日之繁华、热闹反衬秋日之萧条、凄凉。诗人年轻时才华横溢，充满幻想和信心，但是党争倾轧，使他长期沉沦下僚。写此诗时，恰值妻子病故不久，而他又将只身赴蜀，去过那种令人厌倦的幕府生活。因此，柳之春荣秋衰的变化，正是诗人平生遭遇的形象写照。

（二）变被动为主动的描写。"曾逐东风拂舞筵"句，本来是东风吹得柳枝飘动，却用一"逐"字，说柳枝在追逐东风，变被动为主动，从而更生动地写出了春柳的勃勃生机。"已带斜阳又带蝉"句，本来是斜阳照着柳枝、秋蝉伏在柳枝上，却用两个"带"字，由被动变为主动，不仅深刻地表现出秋柳的不幸，而且如同反语一般地表明，祸患都是自己招来的，悲愤之情溢于言表。

### 287 蝉

**【题意简释】** 这是一首咏物诗。

**【内容简介】** 这首五律借写蝉的处境和秉性，自鸣不平，也表示要像蝉那样保持廉洁、不变初衷。

## 【原文】

本以高难饱①，徒劳恨费声②。

五更疏欲断，一树碧无情。

薄宦梗犹泛③，家园芜已平④。

烦君最相警⑤，我亦举家清⑥。

## 【译文】

本来因为栖身高处而难以饱腹；所以含恨费神鸣叫而无人理会，终是徒然。

五更之时，蝉的疏落之声几欲断绝；而满树依然碧绿，毫不动情。

我官职卑微，如同桃梗，还要被大水冲得漂流不定；我的家园荒芜，杂草已经齐平没胫，覆盖田地。

烦劳您了，（您的鸣叫声）最能提醒我；我也向您一样，全家（保持）操守清洁。

【注释及有关提示】①以：因为。②徒劳恨费声：主谓倒装，意即"含恨费力鸣叫是徒劳的"。③④：本联上下两句都是句意进层：上句先说官职卑微如同桃梗，然后进层说还要被大水冲得到处漂流；下句先说家园荒芜，然后进层说家园荒芜得非常严重，杂草已经齐平没胫，连成一片。梗：典出《战国策·齐策》：土偶人与桃梗说："今子东国之桃梗也，刻削子以为人，降雨下，淄水至，流子而去，则子漂漂者将何如耳？"后以桃梗比喻漂泊不定，孤苦无依。犹：尚，还。⑤相：指代"我"。⑥清：既有"清贫"义，也有"清洁"义。

【艺术特色简介】

借物抒情。蝉本来没有"难饱"和"恨"。作者这样说，看似不真实了，但是咏物诗的真实，是作者思想感情的真实。作者确实有这样的思想感情，借蝉来写，只要"高"和"声"是与蝉相符合的，作者就可以写出对"高"和"声"的独特感受来。处境、气质决定了李商隐的是"高难饱""恨费声"，虞世南的是"居高声自远"，二者都是真实的。

【阅读笔记·（1）浓缩的内容紧缩的句子】

在谈到"一树碧无情"是否神句时，有人说，"我们单独从这个句子来解的话，会对我们的语文常识产生一种否定感。正常情况下，'一树碧'已经代表了一个语境的结束，在一个结束的语境后面加上'无情'这种对状态的感慨，会对一树这个主语产生错解。到底是'一树碧'？还是'一树无情'？还是'一树'因为'碧'而'无情'？

逻辑上就不只是诗家语的跳跃了，而是错误"。

笔者认为这种说法才是真的"对我们的语文常识产生一种否定感"，因为这句诗从语法上说，不会对"主语"产生错解，因为它是个紧缩复句；由此，从逻辑上说，也不"是错误"了。首先，从内容上看，正如钱钟书先生所说"（蝉饥而哀鸣）树则漠然无动，油然自绿也"。大诗人仅以五个字就表达出"整个一棵树油然自绿，漠然无情"的意思，堪称内容浓缩。其次，"单独从这个句子来解的话"，"一树碧无情"与上句是转折关系；而它自身是"一树碧"与"（一树）无情"两个分句的紧缩，其间是并列关系。"碧"，是对主语"一树"形貌的描述，"无情"是对主语"一树"态度的断语。

其实，颈联"薄宦梗犹泛，家园芜已平"两句，也都是紧缩的递进关系，大致为："（吾）（不仅）薄宦，（而且）梗犹泛；家园（不仅）芜，（而且）已平。"若细究，尾联的出句"烦君最相警"也是个紧缩复句，其结构关系为："烦君，（因为）（君之鸣声）最相警"。

要用极简约的语言表达极丰富的内容，除使用精炼的词语外就要使用紧缩的句式了。这是思想情感和文学造诣（包括语言运用）紧密融合而产生的结果，其中句式的选用，一般不是刻意所为。

**【阅读笔记·（2）学习施朴华"三咏蝉"之高论】**

清人施朴华《岘佣说诗》云："同一咏蝉，虞世南'居高声自远，端不借秋风'，是清华人语；骆宾王'露重飞难进，风多响易沉'，是患难人语；李商隐'本以高难饱，徒劳恨费声'，是牢骚人语。"

施朴华所言极是。"居高声自远，端不借秋风。"秋蝉立身高处，其声音自然传播得远，并不需要借助秋风的力量。这是诗人的自况。"居高声自远"，比喻品德高尚的人，不需要外在的凭借，自然就能声名远播，这就表现出身处高位并得唐太宗高度评价的诗人对自己品格的高度自信，的确是"清华人语"（清高而显贵之人的话）。

"露重飞难进，风多响易沉。"秋露浓重，打湿蝉翼，秋蝉纵使拼尽全力，也难以飞进；秋风一阵接一阵，秋蝉的鸣声很容易被压下。这是诗人的自况。"露重飞难进"比喻自己不仅政治失意而且身陷囹圄的处境，的确是"患难人语"。

"本以高难饱，徒劳恨费声。"秋蝉立身食物匮乏的高处，难以饱腹；含恨费力嘶鸣也是徒劳无益。这是诗人的自况。诗人以"本以高难饱"句，形象地说明自己之所以清贫，是因为为人清高；而"徒劳恨费声"则是形象地说明自己向有力者陈请，希望得到帮助，最终还是枉费力气，徒劳无益，的确是"牢骚人语"。

288　乐游原

【题意简释】乐游原：在长安城南，原为秦宜春苑，汉宣帝在此立乐游庙，故名乐游苑，又称乐游原。因其地理位置高而便于览胜，文人墨客也常来此作诗抒怀。

【内容简介】抒写向晚登古原所见"夕阳无限好"之美景，指明美景产生的原因，表现出诗人珍爱生命的积极乐观主义精神。

【原文】

向晚意不适①，驱车登古原②。

夕阳无限好，只是近黄昏③。

【译文】

傍晚时心情不快，驾着车登上古原。

夕阳无限美好，仅是（因为）天色接近黄昏。

【注释及有关提示】①向：接近，临近。陶渊明《岁暮和张常侍》："向夕长风起，寒云没西山。"（傍晚刮起长风，寒云笼罩西山。）适：舒适，畅快。②古原：指乐游原。③只：止，仅。

【阅读笔记·词义异，意旨殊】

此诗中的"只是"，文言中是两个字（词）。"只"在该诗中的合适义项当为"止，仅"（有的词典释"只"之此义项，就以李商隐"夕阳无限好，只是近黄昏"的诗句为例）；"是"在该诗中的合适义项当为表判断的"是"。从"夕阳无限好，只是近黄昏"两句的结构关系看，是省略了关联词的因果倒装句，即"夕阳（之所以）无限好，只是（因为）天色接近黄昏"。单从特定人对特定景色的审美看：朝阳，火红一片，太过亮丽；正午之阳，燎火炎炎，过于灼人；唯有夕阳无限好，因为它带给人舒适的温度，它带给人柔和的色彩，而这些美景只是在天色渐暗而尚未全黑的这个转瞬即逝的时间段才能产生的。

有人把"只是"释为"不过是""但是"等，这似乎是忘了词语古今分合之义的区别了。如，"叶徒相似，其实味不同。"（《晏子春秋》）句中的"其实"，不是现代汉语"合"之义的含转折义的副词，而是文言中"分"之义的"它的果实"。

按照"不过是""但是"理解此诗中"只是"的意思，则演绎出整首诗的意旨是针对自己的"嗟老伤穷",或是针对繁盛的唐帝国"即将衰落之感叹"等。

按照"仅是(因为)"理解此诗中"只是"的意思,则整首诗的意旨就有珍惜难得的极美时光的积极意义了,从而与"不过是"所带出的消极意旨或"忧唐祚将衰"("忧虑李唐国运将要衰微")之意旨大相径庭了。

可见,对某个词语之意义的理解,有时关涉到对整首诗意旨的理解。

【诗句简析】

首句:点明登古原的时间和原因。时间,接近天黑;原因,心情不畅。

次句:点明排遣"不适"的方法——登古原,寓含欲以所览之胜景驱散心中不快之意。

第三句:惊呼"夕阳无限好"。

第四句:解释"夕阳无限好"的原因。

【艺术特色简介】

此诗不用典故,不加雕饰,而意蕴丰富,富于哲理。


## 289 夜雨寄北

【题意简释】雨夜写诗寄给北方的人。诗人时在巴蜀(现在四川省),他的亲友在长安,所以说"寄北"。北,以与人有关的方位,借代在此方位的人,可以指妻子,也可以指朋友。南宋洪迈编的《万首唐人绝句》里,这首诗的题目为《夜雨寄内》,意思是寄给妻子的。从诗的内容看,理解为寄给妻子的,更为贴切。

【背景简介】李商隐于宣宗大中五年(851)离京赴梓州入东川节度使幕府任幕僚,此诗写于此期间。

【内容简介】这首寄给妻子的诗,艺术地表达了思念妻子的一片痴情。

【原文】

君问归期未有期①,巴山夜雨涨秋池②。

何当共剪西窗烛③,却话巴山夜雨时④。

【译文】

您问我归期,我不能确定归期;现在巴山连夜暴雨,涨满秋池。

何时归去,咱俩共剪西窗烛花;再一同谈论当年我在这里时的情景。

【注释及有关提示】①君:对对方的尊称,等于现代汉语中的"您"。归期:指回家的日期。

**【阅读笔记·（1）前有省略语，后有弦外音】**

首句的前半句"君问归期"，诗人省去了妻子千里寄书之交代，这不算奇；省去了妻子来信中道乏问安等许多内容，就避免了陷入无味的缠绵中，而直接抽取了最重要的信息——"归期"，以之作为回信（诗）的核心内容。这，看似平，却是奇，为后学者提供了如何截取重要信息的极好范例。

首句的后半句"未有期"的答词中有难以明言的弦外之音。封建时期，地位上男尊女卑，经济上却是男人挣钱女人花。李商隐若是京官，则不必夫妻分离；若是封疆大吏或一个地方的主官，则可以携家眷上任。经过长途跋涉，到位不久，喘息甫定，妻子一问归期，便脱口而出"未有期"。

为了生计而离开繁华的京城到边远之地寄人檐下，这是诗人心中一个挥之不去的阴影。所以，"未有期"的渺茫中暗含着一个大丈夫的隐痛。

②巴山：大巴山，这里泛指四川境内的山。秋池：秋天的池塘。

**【阅读笔记·（2）理由搪塞，处境真切】**

次句承接首句，解释"未有期"的原因，而其原因是什么呢？照直回答，难免有伤一家之主的脸面，于是聪明的人耍了个滑头，善良的人说了句谎言"巴山夜雨涨秋池"。其实，"未有期"的主要原因是：自己是个听差的，自己说了不算。此前李商隐曾不堪忍受上司孙简的责难，而以请长假的方式辞职，而理智使李商隐控制着这种自摔饭碗的悲剧不能反复上演。

以"巴山夜雨涨秋池"回答妻子，显然是搪塞；而秋雨绵密、弥漫夜空、注满池塘的画面却显示出独特的清幽之美，真切地映衬出诗人凄凉的处境与悒怏的心情。

③何当：何时。剪西窗烛：剪烛，剪去燃焦的烛芯，使灯光明亮。④却：再。话：谈，说。

**【阅读笔记·（3）一样词语两样"情"】**

"巴山夜雨"在仅仅二十八字的短诗中两次出现，令人不觉重复乏味，不觉用语浪费，也真是奇特。前面出现的"巴山夜雨"，是客中实景；后面出现的"巴山夜雨"，是诗人想象的夫妻团聚后的话题。这个话题不仅包括"巴山夜雨时"的情景，还包括诗人在"巴山楚水凄凉地"谋生的整个时段中发生的一幕幕情景，因而后面出现的"巴山夜雨"不是前辞的重复，也不是语意的强调，而是内容的扩展，令人随着诗人的想象而遐思到许多新的内容。因而，一样词语两样"情"，正是此首短诗用语不事雕琢而诗味隽永的一个方面原因。

【艺术特色简介】

这首诗构思新巧，抒情婉转，文字浅显而意境深远，意象鲜明而感情含蓄，以其独特的艺术魅力吸引着一代代读者。

【诗句简析】

首句：就妻子所问"归期"的问题，直言回答"未有期"。

次句：描写眼前景象，解释"未有期"的原因是交通受阻。

第三句：笔锋转折，从眼前越到将来，从巴山飞到长安，写出了"共剪西窗烛"的想象之景，以此安慰妻子。

第四句：以夫妻共话的内容，完成了一出有趣的"二幕剧"（一幕巴山，一幕长安），缠绵无尽地收束全诗。

【阅读笔记·（4）随意而又精心】

这首短诗虽是回信形式的即兴抒情，却切合起承转合的结构格式，写出了诗人刹那间情感的曲折变化。

首句，起：一问一答，直扣"归期"，脱口而出"未有期"。次句，承：以一个凄美的画面，艺术地说明"未有期"的原因。第三句，转：诗人转念一想，"未有期"的回答和"巴山夜雨涨秋池"的解释不够温情，无论如何，也不能让深爱自己的妻子空怀牵挂，应该给妻子一点安慰，于是调动才思，满怀深情地描绘出将来的某一天夫妻共坐西窗下秉烛长谈的甜蜜剧情。第四句，合：夫妻畅谈"巴山夜雨时"的情景。

四句诗，看似随意而就一短札，实则精心而成一奇葩。诗人以问答"归期"为中心，描绘了眼前凄凉的实景，示现了将来美丽的虚景，虚实互衬，时空穿越，生动精妙地映射出诗人情感的曲折变化。

290　无题二首·其一（"昨夜星辰昨夜风"）

【题意简释】唐代以来，有的诗人不愿意标出能够表示主题的题目时，常用"无题"作诗的标题。这组无题诗有很高的艺术价值，历来脍炙人口，堪称千古佳作。这两首诗体裁不同，第一首为七言律诗，第二首为七言绝句。

【内容简介】第一首回忆一次热闹的宴会场景，曲折有致地描写了对意中人的深切怀念和自己的复杂心理。

## 【原文】

昨夜星辰昨夜风，画楼西畔桂堂东。

身无彩凤双飞翼①，心有灵犀一点通②。

隔座送钩春酒暖，分曹射覆蜡灯红

嗟余听鼓应官去，走马兰台类转蓬。

【说明】本首诗辞章华艳，意象错综，情景扑朔，意旨有歧，古文化信息繁多而意蕴深邃，不便于初学者整体学习并深入研读，故略示各联表面大意外，只撷取其最为人喜爱的两句诗作简要赏析。

【各联大意】

第一联：交代宴会的时间（昨夜）和地点（桂堂东）。

第二联：抒写爱情虽然受阻，但是彼此心心相印的情感。

第三联：回忆昨夜宴会上的游戏——送钩、射覆。

第四联：回忆今晨离开宴席的原因及其情景。

【名句简析】

身无彩凤双飞翼①，心有灵犀一点通②。

【译文】

（我）身上（虽然）没有彩色凤凰那样能够双飞的羽翼，（但是）（我们）心中却有一点即通的灵犀。

【注释】①彩凤：彩色凤凰。②灵犀：犀牛角。犀角有白纹，感应灵敏，因以喻心意相通。

【简析】

山壑阻隔，不能飞越，痛苦难耐；但是，心有灵犀，精神飞翔，两心联通。诗人冷静地明悟现实处境与自身能力的限制，但是诗人并没有陷入怅惘的泥沼，而是奋起一跃，驰骋思想，在精神世界里，升入到两颗灵异之心一线相通的境界。这两句诗凭借先退后进的语势、鲜活奇特的比喻所产生的新颖独到之艺术魅力，千古传诵，历久不衰。

## 291 无题（"相见时难别亦难"）

【意旨简介】（一）政治诗。清代胡以梅《唐诗贯珠》云：此首玩通章，亦圭角太露，则辞藻反为皮肤，而精髓另在内意矣。若竟作艳情解，近于怒张，非法之善也。细测其旨,盖有求于当路而不得耶?〔这首诗研讨它的全章,只是锋芒太露,而辞藻反而成为诗的表面,而精神实质另外在诗内含的意蕴中了。如果(把它)当作艳情诗解释,就接近于气势壮盛,这不是为诗的好方法。仔细推测它的意旨,大概是有求于当权而不得呀?〕

(二)爱情诗。

注:按照政治诗赏析,太过复杂;按照爱情诗赏析,稍简单一点。为初学者易学起见,暂按爱情诗赏析,日后小读者可按照自己理解另加赏析。

【内容简介】这首七律描写了与恋人分别后缠绵难耐的相思之苦,表达了至死不渝的坚贞之情。

【原文】

相见时难别亦难①,东风无力百花残②。
春蚕到死丝方尽③,蜡炬成灰泪始干④。
晓镜但愁云鬓改⑤,夜吟应觉月光寒⑥。
蓬山此去无多路⑦,青鸟殷勤为探看⑧。

【译文】

相见的机会难得,分别的境况也是(令人)难堪;春风无力,百花凋残。

春蚕直到死,蚕丝才吐尽;蜡烛烧成灰,烛泪才滴干。

(我)早晨照镜子,只担心秀发变样(美容受损);(君)难寐夜吟,大概感到月光寒冷袭人。

君住蓬山,路途不远;信使可以殷勤地为我探看您。

【注释及有关提示】①时:时机,机会。《史记淮阴侯列传》:"夫功者,难成而易败,时者,难得而易失。"(功业难以成功而容易失败,时机难以得到而容易失掉。)②东风:春风。《礼记·月令》:"(孟春之月)东风解冻。"③丝:谐音双关,明指"蚕丝"的"丝",暗指"相思"的"思"。既然意在"思",因而又是暗用了拟人的修辞手法。④蜡炬:蜡烛。泪:语意双关,明指蜡烛燃烧时滴的像眼泪的油,暗指人流的眼泪。既然意在"人流的眼泪",因而又是暗用了拟人的修辞手法。⑤镜:名词用作动词,照镜子。但:只。云鬓:妇女盛美的鬓发。参见《木兰诗》"当窗理云鬓"之注释。⑥应(yīng):大概。⑦蓬山:蓬莱山,传说中海上仙山,此借代被怀念者住的地方,暗示"相见"之"难",难于上"蓬山"。⑧青鸟:神话中为西王母传递音讯的信使。殷勤：情谊恳切深厚。为探看：为（我）探望。为，读 wèi。看，读 kān。

**【各联大意】**

首联：点明时间（暮春）、人物（一对恋人）、事件（分别）及其境况（难堪）。描写百花凋落的情景，既用之借喻一对恋人情绪低落、萎靡不振的精神状态，也用之渲染伤感悲凄的离别气氛。

颔联：描写女主人公以极为新颖贴切的比喻表达对恋人之爱至死不渝的态度。"春蚕到死丝方尽，蜡炬成灰泪始干"两句，是歌颂爱情的千古名句，也可用于人们为某种理想而执着追求，现在多用来形容教师的奉献精神。

颈联：描写女主人公自忧容颜变衰的真切细节和微妙心理，并顺势表现女主人公对恋人身体之寒乃至心境之寒的深深忧虑。

尾联：描写女主人公对恋人（也是对自己）的宽慰——青鸟传书。诗歌言已尽，而意无穷——一对恋人的相互倾心将至永远，他们难慰心愿的怅恨也将至永远。

**【艺术特色简介】**

经纬交织的精巧结构。这首诗的结构就像一枝梅花。整首诗痛苦失望而又缠绵坚执的感情像梅枝一样一脉贯通。每一联都是梅枝上开出的梅花，而每一朵梅花又呈现出互相不能替代的独特形态。首朵呈现低迷的痛苦无奈之状，次朵呈现昂扬的至诚至坚之态，第三朵呈现难掩的愁云弥漫之容，第四朵呈现缥缈的缠绵不尽之貌。这样的结构，经线上联绵贯通，纬线上相互照应，新颖独特，细微精深地再现了人物心底的绵邈情思。

**【阅读笔记·需要注意的几个问题】**

（一）以女性口吻写的，还是以男性口吻写的？若是理解为政治诗，则毫无疑问，是以男性口吻写的。若理解为爱情诗，则是诗人模拟女子口吻写的。诗人不剖白自己的心迹，而模拟女友的口吻抒情，有一个明确的目的：曲折地展露女友深曲而坦荡的情怀，诚挚地赞颂女友对恋情矢志不渝的态度。这个明确的目的是建立在对女友透彻了解、完全相信且二人相互倾心的基础之上的。

由颈联可以更明显地看出整首诗是以女性口吻写的。女主人公被相思之情折磨得夜不能寐、辗转反侧，好不容易盼到天亮，急不可耐地照镜子，只愁一件事——美丽如云的秀发是否改变颜色、改变样子。"女为悦己者容"的价值观通过女主人公照镜子的细节外化得惟妙惟肖。而且，热恋中的此女，由己及人——担心恋人长夜不眠，吟诗寄情，身洒寒辉，无人送暖。焦虑自己颜值降低，担心男友夜吟受寒，应该是女性的口吻。

（二）首句中两个"难"是一样的"难"吗？不一样。第一个"难"，是"困难"，即（相会）难得之"难"；第二个"难"，是"以之为难"，即分别之悲难以忍受。

（三）"蓬山"与"无多路""自相矛盾"的问题。"蓬山"神秘渺茫，是可想而不可即的虚所；而"无多路"是多情女郎想消减一下恋人的悲伤情绪，使其不至于绝望，化虚为实，导引出的一缕缥缈的微光。

292　韩冬郎即席为诗相送，一座皆惊。他日余方追吟"连宵侍坐徘徊久"之句，有老成之风，因成二绝寄酬，兼呈畏之员外（其一）

【题意简释】原题较长，交代酬答韩冬郎诗的来龙去脉，类似小序。韩冬郎：唐代诗人韩偓（wò），京兆万年（今陕西省西安市东南）人，号玉山樵人，小名冬郎。李商隐与韩偓的父亲韩瞻是连襟，故李商隐以长辈（姨父）的身份直呼内甥郎韩偓的小名冬郎，送给他的诗用了一个不带感情色彩的"寄"；而兼给连襟韩瞻（阅），则不仅称其字还称其官衔，而且表示"送给"的意思用了一个表示恭敬的词"呈"。酬：以诗文相赠答。畏之：韩偓之父韩瞻的字。员外：官名"员外郎"的简称，此时韩瞻任司勋员外郎。

题目译文：韩冬郎就在宴席上作诗送给我，全座的人都（对冬郎即席赋诗感到）惊奇。过了几天我才回溯吟诵（冬郎诗中）"连宵侍坐徘徊久"（连夜在长辈座前侍奉，犹豫了很长时间）之句，（感到冬郎年少而）有老成之风，于是写成二首绝句寄给（冬郎）以相赠答，兼呈送畏之员外郎。

【背景简介】唐大中五年（851）秋末，李商隐离京赴梓州（州治在今四川三台）入东川节度使幕府任职。同年进士又是连襟的韩瞻为李商隐饯别，时年十岁的韩偓即席赋诗，才惊四座。五年后，李商隐返回长安，重诵韩偓所赠之诗，回忆往事，写了两首七绝酬答。

【内容简介】此首七绝盛赞冬郎才华出众，诗风清新，少年老成，形象地揭示了后来者居上的社会发展规律。

【原文】

十岁裁诗走马成①，冷灰残烛动离情②。
桐花万里丹山路③，雏凤清于老凤声④。

【译文】

十岁的冬郎走马之间写成送别诗，（这是因为饯别宴上）残烛摇曳、灯灰渐冷的凄惨气氛触动了冬郎的离别之情。

万里之遥的丹山路上，桐花盛开；花丛中传来那雏凤的鸣声，比那老凤的鸣声更为清亮。

【注释及关提示】①十岁：大中五年（851），韩偓十岁。裁：裁制，引申为写作。走马：奔跑的马。诗中是用比喻兼夸张的方法，形容冬郎成诗速度之快。②冷灰残烛：是当时饯别宴席上的情景。③桐：梧桐，传说凤凰非梧桐不宿。丹山：传说为凤凰产地。《山海经·南山经》："又东五百里曰丹穴之山。其上多金玉。丹水出焉，而南流注于渤海。有鸟焉，其状如鸡，五采而文，名曰凤皇。"（再向东五百里有一座丹穴山。山上有很多金、玉。丹水从这里流出，向南流入渤海。在这里有一种鸟，它的样子像鸡，身上布满的五彩花纹像文字，它的名字叫凤皇。）④雏凤：借喻韩冬郎。凤，幼禽。老凤：借喻冬郎之父。

【诗句简析】

首句：从三个递升的层面盛赞冬郎：十岁之幼——即席赋诗——走马而成。

次句：补写冬郎即席赋诗的缘由。在逻辑上，一、二句是因果倒装，而在诗歌构思的艺术冲动上却是先直赞冬郎"裁诗"的超凡，再交代"裁诗"的缘由。如果按照常式的因果关系写，则诗歌韵味大减。

第三句：描写丹山万里之遥、桐花连绵盛开的景象，为下句展现新凤的清亮"歌喉"，搭建好壮美无比的平台，濡染好缤纷迤逦的背景。

第四句：用借喻、比衬手法，鲜明突出地赞颂冬郎诗才的清新卓越。

【艺术特色简介】

构思精巧。前两句、后两句都是两两相应，又各不相同。前两句是先平地起响雷，再交代雷响缘由。后两句是先精心描绘环境，再赞颂优美环境中的亮丽"歌喉"。

一至四句是总体层进中有小曲折。首句陡起高峰，次句萦回顿挫，第三句峰回路转，末句卒章扬声。四句紧扣雏凤清声，一脉贯通。

## 293　贾生

【题意简释】贾谊（公元前201—前169年），洛阳人，西汉著名的政论家、文学家，力主改革弊政，提出了许多重要政治主张，却遭谗被贬，一生抑郁不得志。以年少能通诸家书，被汉文帝召为博士，迁太中大夫。贾谊改正朔〔正（zhēng），一年的开始。朔（shuò），一月的开始。古时改朝换代，新王朝表示"应天承运"，须重定正朔〕，易服色（古时每个王朝所定车马祭牲的颜色），制法度，兴礼乐。又数上疏陈政事，言时弊，为大臣所忌，出（外放）为长沙王太傅〔官名。古代三公（太师、太傅、太保）之一，位次于太师〕，迁（调任）梁怀王太傅而卒，年三十三。世称贾太傅，又称贾生。

【内容简介】这是一首托古讽今诗，主要是借西汉孝文帝"问鬼神"之事，讽刺晚唐皇帝服药求仙、荒于政事的昏庸；同时也借贾谊的遭遇，抒写自己怀才不遇的感慨。

【原文】
宣室求贤访逐臣①，贾生才调更无伦②。
可怜夜半虚前席③，不问苍生问鬼神④。

【译文】
汉文帝寻求贤才，在宣室咨询被贬谪的臣子，感到贾谊的才情更是无与伦比。
可惜至半夜汉文帝移位向前（更靠近贾生），他不垂询国计民生却询问鬼神之事。

【注释及有关提示】①宣室：汉代长安城未央宫前殿的正室。访：咨询。逐臣：贬逐之臣，此指曾被贬谪的贾谊。②才调：才气、才情。更（gèng）：更加。③可怜：可惜。虚：徒然，白白地。前席：在座席上向前移动位置（以更靠近对方）。④苍生：百姓。问鬼神：《史记·屈原贾生列传》载，为长沙王太傅三年。后岁余，贾生征见。孝文帝方（刚）受釐（祭祀后，接受神的福祐。釐 xǐ，通"禧"，祭过神的肉），坐宣室（未央宫前殿正室）。上因感鬼神事，而问鬼神之本。贾生因（就）具（全）道（讲）所以然之状。至夜半，文帝前席（在座席上移膝靠近对方）。既罢，曰："吾久不见贾生，自以为过之，今不及也。"（贾谊担任长沙王太傅三年，一年多后，贾谊被召回京城拜见皇帝。当时汉文帝正接受神的降福保佑，坐在宣室里。皇帝因有感于鬼神之事，就向贾谊询问鬼神的本原。贾谊就详细地讲述了所以会有鬼神之事的种种情形。到了半夜，文帝不知不觉地在座席上往前移动。听完之后，文帝说："我好长时间没见贾谊了，自认为能超过他，现在看来还是不如他。"）

【诗句简析】
首句：郑重交代历史事件。汉文帝为寻求贤才而在未央宫前殿正室接见被贬谪臣子并且向他咨询。寥寥七个字就生动地展现出一位求贤若渴、虚怀若谷的明君形象。

次句：写文帝对贾生才情的高度推赞，进一步表现文帝尊贤的宽广胸怀。

第三句：文势突转，以惋惜的态度指出，文帝的求贤、访贤、尊贤都是徒然的。

第四句：承接上句，点破文帝之求贤若渴没有意义的原因——一代明君垂询下臣，不问民生之事却问鬼神之事。

【艺术特色简介】

（一）进层的言此意彼。诗题是"贾生"，而正文讽刺的，却不是贾生，而是文帝。这便是"言此（贾生）意彼（文帝）"。再一想，这个"彼"（汉朝的文帝），相对于整首诗的主旨来讲，又成了"此"，而主旨中的"彼"，则是隐而未现的晚唐皇帝。

（二）独到的选材用事。历代文人写贾谊，贾谊之怀才不遇已是他们惯用的题材。而李商隐却独辟蹊径，特意选取贾谊自长沙召回、宣室夜对的情节作为题材。这个题材大概可以顺理成章地表达君臣遇合之旨，而诗人又独具慧眼地撷取了"问鬼神"之事。难怪南宋文学家朱弁赞曰："'可怜夜半虚前席，不问苍生问鬼神'，用事（引用典故）如此，可谓有功（功效）矣。"（《风月堂诗话》）

（三）巧妙的先扬后抑。首句郑重其事地叙写文帝求贤、访贤的规格之高、意愿之切、态度之恭，次句随着叙写文帝对贾生才情推赞到极点，对文帝求贤若渴的赞颂也攀升到极点。

第三句，突然，一声满含忧国伤己之情的"可惜"，使诗人情感的轮索急速下滑，使吊装升空之物直跌地面——原来，文帝极感兴趣的、竟至移席向前询问的不是民生大计而是鬼神之事。这太出人意料、太令人失望了！这种突然地转折贬抑，产生出了更为强烈地讽刺效果。

（四）传神的细节描写。"前席"这个细节，把文帝听得入迷的情状、对鬼神虔诚的态度展现得惟妙惟肖，令人拍案叫绝。

（五）点破而不说尽。诗中的"点破"，就是揭开表象，揭露实质。所揭开的表象是什么呢？就是汉文帝思慕贤才，宣室召见，垂询下臣，谈至半夜，向前移席。所揭露的实质是什么呢？就是汉文帝垂询之事不是有关国计民生、安邦治国的大事，而是鬼神方面的虚无问题。

"不说尽"有两层意思。一层是：汉文帝作为一国之君"不问苍生问鬼神"，对朝政的危害有多大，他"宣室求贤"所求的是什么"贤"。第二层意思是：历史上被称为有道明君的汉文帝尚且如此，晚唐皇帝不顾民生。服药求仙。不任真贤岂不更有甚乎？

### 294 锦瑟

【题意简释】锦瑟：装饰华美的瑟。瑟，拨弦乐器，古瑟五十弦，后为二十五弦。

【背景简介】李商隐在"牛李党争"中左右为难，大志难伸。此诗作于作者晚年。

【内容简介】千百年来，从艺术层面看，人们无不盛赞《锦瑟》是一首绝好的诗，而对它意旨的理解却是莫衷一是。有人认为是咏叹"瑟"这种乐器的咏物诗，有人认为是写给令狐楚家一个叫"锦瑟"的侍女的爱情诗，有人认为是影射时政的政治诗，有人认为是写给故去的妻子王氏的悼亡诗，有人认为是嗟叹身世的自伤诗。本《助读》采"自伤"说。

【原文】

锦瑟无端五十弦①，一弦一柱思华年②。
庄生晓梦迷蝴蝶③，望帝春心托杜鹃④。
沧海月明珠有泪⑤，蓝田日暖玉生烟⑥。
此情可待成追忆⑦，只是当时已惘然⑧。

【译文】

美丽的瑟呀，你为什么无缘无故地有五十根弦呢？（可是，不论你有多少根弦）每一弦每一柱都（令我）追忆逝去的青春年华。

庄周迷惘于自己是梦中的蝴蝶还是梦醒后的庄周，望帝把自己的幽恨托于杜鹃。

月明时，鲛人离开沧海，泣泪成珠；日暖时，蓝田美玉冉冉生烟。

此种情景哪是等待日后才能追忆的？仅是（因为）当时就已经一片迷惘，难以言说了。

【注释及有关提示】①无端：无缘无故。

【阅读笔记·（1）是无端的痴语，还是有"端"的妙语？】

有人说"锦瑟无端五十弦"是"诗人之痴语也"。我们认为，实际不是痴语，而是诗人精心设计的妙语——诗人独出机杼地找到了引起抒情切入点的话。"痴"是其表象，"妙"乃其实质。探究其"妙"，除新颖地切入抒情外，还有二"端"。一、与诗歌题目巧妙呼应。二、与下句巧妙呼应。首句故作痴语，暗含退让，为下句的翻转蓄势。先退让，后转折，突出了"一弦一柱思华年"回忆往昔的总领作用。

②柱：琴瑟一类乐器上用来支弦的小立柱。华年：青春年华。③庄生晓梦迷蝴蝶：《庄子·齐物论》："昔者庄周梦为蝴蝶，栩栩然蝴蝶也；自喻适志与！不知周也。

俄然觉，则蘧蘧然周也。不知周之梦为蝴蝶与？蝴蝶之梦为周与？"〔过去庄周梦见自己变成蝴蝶，是一只欢快飞舞着的蝴蝶，自己感到多么愉快、多么适合自己的心意啊！（竟）不知道自己原本是庄周了。突然间睡醒，惊疑后方知自己原来是庄周啊。不知是庄周梦中变成蝴蝶呢，还是蝴蝶梦见自己变成庄周呢？栩，读 xǔ。喻，通"愉"。与，通"欤"。觉（jiào），睡醒。蘧蘧（jù），惊疑动容的样子。〕诗人引用此典，意在隐喻自己在牛李党争的漩涡中无所适从。④望帝：传说中的蜀国国王，名杜宇，号望帝，退隐后化为杜鹃鸟。春心：怀春的心情。此隐喻政治的抱负。⑤珠有泪：《博物志》（西晋博物学家张华）："南海外有鲛人，水居如鱼，不废绩织，其眼泣则能出珠。"〔南海外有鲛人，在水中居住，像鱼一样，（他）不停地绩麻织布，他的眼睛哭泣就能流出珍珠。补释"鲛人"：《博物志》载，鲛人从水出，寓人家积日，卖绡将去，从主人家索一器，泣而成珠满盘，以与主人。（鲛人从水中出来，寄寓在一户人家多日，卖绡将要离开时，由主人家要了一个器皿，哭出泪珠而成为珍珠满盘，把它给了主人。）〕⑥蓝田：山名，在今陕西蓝田县东，系骊山南面的土山，产美玉，故又名玉山。

**【阅读笔记·（2）创新使用"鲛人泣珠""蓝田生玉"两个典故】**

"鲛人泣珠"只是一个怪诞的故事，无甚别意，诗人无意"怪诞"之说，而以此典中的"珠"为抒情中心。"蓝田生玉"，比喻名门出贤子弟，诗人撇开"名门贤子"之喻，而以此典中的"玉"为抒情中心。"珠"和"玉"都是借喻诗人透亮的品德和光华的才能。可是，诗人透亮的品德，自从诗人被卷进漩涡后就伴随着它的载体而被淹没了；诗人光华的才能，自从诗人娶了王氏女之后就被两党的强力死死地压抑着了。李商隐满怀愤懑，却不敢像刘禹锡那样痛快淋漓地抒发满腔悲愤："种桃道士归何处？前度刘郎今又来。"李商隐不敢直言自己怀才不遇，也不想如孟浩然那样一时犯傻地说"不才明主弃"，而还是把希望寄托在心亮如皓皓明月、德却似煦煦暖日的识才用才者身上，于是就活用典故，巧妙地加进了原典中未含的全新的内容——"才"的出现及使"才"生辉，要有必要条件。"珠"产生的必要条件是"月明"；"玉"生烟的必要条件是"日暖"〔单从喻体（德才）看，"月明"与"日暖"还是互文〕。通过这样的创新，就把久存诗人心底的那美丽光华而又渺茫依稀的希冀隐晦曲折地展露了出来，以稍微自疗一下几乎伴随终身的心灵之痛。

⑦可：不可，岂可。此处用了修辞上的"节短"方法。⑧只是：止是、仅是、就是。古代无"但是""只不过"义。参见《乐游原》有关解释。

【阅读笔记·（3）"此情"之"情"，指何】

"此情"之"情"是感情，还是情况呢？要辩清此问题，先要搞清"此"指代什么。"此"呼应首联对句之"思年华"，总括性地指代中间两联的内容，而这两联是蕴含着主观情感的悲惨遭遇和渺茫的希望，大致属于"情况"的范畴，诗人所思之年华，亦即此种令人心酸而又惘然难言的情况。

【各联大意】

首联：睹物伤怀，引起回忆。出句故意嗔怪锦瑟没来由的五十弦；对句翻转：不管"你"有多少弦，每条弦都触动了我几十年前的心底之音——青年时代的生活情感。

颔联：引用两个典故，抒发对身世沉沦的感慨。用庄周梦蝶，表达人生虚幻无常的感慨，暗喻自己在牛李党争的漩涡中不知如何是好的遭遇；用"望帝啼鹃"隐喻自己的政治抱负不得实现，只能像望帝所托的杜鹃一样啼血悲鸣。望帝尽管心有不甘，魂托杜鹃，但还是免不了悲鸣泣血的悲剧结局。

颈联：活用两个典故，既剖析怀才不遇的客观原因，又表达能够展现德才的主观愿望。"月明"与"日暖"是互文，借喻良好的政治环境是使自己珍珠、美玉一般的德才能够展现的必要条件。

尾联：总揽所抒之情，以顿挫（先让后进）的方式，深沉地总结了一辈子倒霉而又惘然难言的情景。

【艺术特色简介】

寓意深婉，情思缠绵，意境朦胧。大量运用、活用典故引发人们多种遐思和广阔的想象，令各种欣赏趣味者，都能品尝到可口的美味佳肴。

# 七十一、曹邺 1 首

## 295　官仓鼠

【作者简介】曹邺（公元约816—约875年，唐僖宗乾符年间），字业之，一作邺之，桂州阳朔（今属广西）人，晚唐诗人。曾任吏部郎中、洋州（旧州名，地属今陕西省）刺史、祠部郎中等职务。其诗多刺时愤世之作。

【题意简释】官仓鼠：官府粮仓里的老鼠。

【背景简介】咸通年间（唐懿宗年号，860—874），曹邺出任洋州刺史，看到吏治腐败，百姓贫苦，官员、士绅相互勾结的景象时，心中愤懑难当，写下这首绝妙的政治讽刺诗《官仓鼠》。

【内容简介】这首诗把贪官污吏比喻成官仓里的大老鼠，对它们肆无忌惮地贪吃老百姓的粮食予以辛辣的讽刺，进而把矛头直接对准他们的后台——封建阶级的最高统治者。

【原文】
官仓老鼠大如斗①，见人开仓亦不走②。
健儿无粮百姓饥③，谁遣朝朝入君口④。

【译文】
官府粮仓里的老鼠肥大得像量米的斗一样，见人开启粮仓它们也不逃走。

军卒没有粮（吃），百姓饿着肚子；（是）谁让你们天天都把粮食吞入口中的呢？

【注释及有关提示】①斗（dǒu）：古代口大底小的方形量器。一作"牛"。②走：跑。③健儿：军卒，也称"壮士"。④遣（qiǎn）：使，让。朝朝（zhāozhāo）：天天。君：此指老鼠。

【诗句简析】

首句：点明所写老鼠的所属——官仓，界定其特殊性，决定了本诗的主题；描写老鼠肥大之丑态，令人厌恶憎恨。

次句：写官仓鼠的猖狂，隐含它们的猖狂是有所恃的，为末句埋下伏笔。

第三句：突然调转笔锋，写军卒和百姓捱饥受饿的情景，让人自然地想到"健儿无粮百姓饥"就是官仓鼠的贪吃所致。

第四句：又把笔锋转回到官仓鼠上，愤怒地质问是谁让你们如此贪婪、如此猖狂的？扣合第二句，不露痕迹地把鼠换成人，把矛头直接指向了最高统治者。

【艺术特色简介】

（一）隐喻丰富多变，含义深刻。首句的"官仓老鼠"借喻贪官；"大如斗"的原因是贪吃官仓里的粮食。隐喻中又暗含着借代："官仓鼠"所吃的粮食，借代包括粮食在内的民脂民膏。

"见人开仓亦不走"，一反"兽之小者莫怯于鼠"的常态，隐喻这些老鼠是因有所恃而无恐的。最后一句的隐喻意虽然很清楚了，但表面还是问，到底是"谁"，不言而喻，耐人寻味。

（二）就地取譬。诗人所写的老鼠有别于《诗经》里的"硕鼠"（田鼠），它们生活在米粮充足的官仓里，养得又肥又大，肥大到什么程度呢？诗人就地取譬，信手拈来粮仓里的量器——斗，比喻兼夸张地活画出了这些贪官肥头大耳的丑态。

## 七十二、罗隐 2 首

**【作者简介】**罗隐（公元 833—909 年），字昭谏，杭州新城（今浙江富阳）人。原名横，以十应进士试（长达 28 年）终未及第，于是改名隐。黄巢起义后，避乱归乡里。镇海节度使钱镠（liú）爱其才华，表奏为钱唐令。唐亡，依吴越王钱镠至终老。

### 296　西施

**【题意简释】**西施：春秋末越国美女。

**【内容简介】**吴被越亡的传统观点：越王勾践将西施献给吴王夫差，以乱其政。吴王惑于（被）西施，终至亡国。

罗隐的这首咏史诗，反对将亡国的责任强加在西施之类妇女身上，破除了"红颜是祸水"的论调，闪射出新的思想光辉。

**【原文】**

家国兴亡自有时①，吴人何苦怨西施②。
西施若解倾吴国③，越国亡来又是谁？

**【译文】**

不论卿大夫的家，还是帝王的国，（它们）不论兴，还是亡，原来都有它的时势；吴国人何苦要怨恨西施呢？

如果西施懂得使吴国灭亡（方略），（那么，致使）越国灭亡的又是谁呢？

**【注释及有关提示】**①家：古代卿大夫的领地和政权。时：时势。②何苦：何必自寻烦恼，用反问的语气表示不值得。③解（jiě）：懂得。倾：使……倾覆。

**【诗句简析】**

首句：开门见山，旗帜鲜明地提出自己对国家兴亡的观点——国家不论兴还是亡，都是时势所致。

次句：指明吴人怨恨西施使吴国灭亡是没有道理的。

第三句：提出西施懂得颠覆吴国的方略的假设。

第四句：依照上句推理，事实上越国灭亡，与西施一类的人毫无关系，那么这又该归罪于谁呢？

**【艺术特色简介】**此诗作翻案文章的性质，决定了它如同一篇说理精辟、结构精悍的小论文。由此角度看，此诗主要特色是立论与驳论相结合。首句提出正面观点——

家国兴亡自有时。后三句驳斥错误观点。第二句摆出并驳斥错误观点。第三、第四两句，深入驳斥——用以其人之道还治其人之身的方法，以巧妙的假设推理兼辛辣的反问，有力地揭露了"红颜祸水"论的武断、偏狭甚或有意诿过于人的实质。

## 297　自遣

【题意简释】自遣：自我排遣。

【背景简介】罗隐生活在政治极端腐败的晚唐社会，一生坎坷，怀才不遇，常发愤懑（mèn）不平之情而为诗。《自遣》就是其中较有名的诗作。

【内容简介】《自遣》这首七言绝句，表现了诗人自遣烦恼、自我宽慰的思想情绪，反映了旧时代知识分子一种典型的人生观。

【原文】

得即高歌失即休①，多愁多恨亦悠悠②。
今朝有酒今朝醉③，明日愁来明日愁④。

【译文】

得到（时运），就放声高歌，失去（时运），就拉倒作罢；（即使）有很多忧愁、很多怨恨，也活得悠闲自在。

今天有酒，今天就要一醉方休；明天的忧愁来到了，明天再去忧愁。

【注释及有关提示】①得即高歌失即休：由两个紧缩的承接分句构成的紧缩的并列复句（得……即……，失……即……）。得：得到，获得。失：失去，失掉。休：停止，罢休。②悠悠：娴静的样子。③朝：读 zhāo，早晨，引申为天、日。④愁：名词，忧愁。来：到来。愁：动词，发愁。

【诗句简析】

首句：直接表明自己对"得"与"失"的旷达的人生态度。

次句：推进一步，表明多愁多恨时，也活得潇洒自在的态度。

第三句：以形象的描绘，表明得过且过的人生态度和以酒解愁的方法。"今朝有酒今朝醉"一句，广为传颂，已为成语，比喻只顾眼前，不作长远打算，常用来针砭得过且过消极苟且的生活态度；也用作不要沉溺忧愁、而应乐观豁达的劝谕语。

第四句：补充扩展第三句所含的明、暗两层意思。暗的意思：以酒解愁只是暂时地自欺欺人地麻醉自己，而"愁"并没有解掉。明的意思：明天如期而至的"愁"，明天再愁（活了今天，再说明天）。

**【艺术特色简介】**

如果说罗隐的《西施》主要是靠严密的逻辑说明政治道理，那么他的《自遣》则主要是靠鲜明的形象表明人生态度。"得时"时的愉悦、兴奋、积极、向上这种抽象的反应及态度，用"高歌"予以具体化、形象化的描述。"失时"时不消沉、不颓废仍然乐观旷达的态度，也不作概念化表述，用一个"悠悠"显现，不仅情态鲜明，具体可感，而且言简义丰，以少胜多。

"今朝有酒今朝醉"这样表面洒脱而实际万般无奈的激愤语，活脱脱地展现出一个纵酒高歌的旷士形象，从而使诗歌不仅叩击人的心灵，也重重地触及人的视觉，使诗歌从多方面给人留下永不磨灭的印象。

## 七十三、黄巢 2 首

**【作者简介】** 黄巢（？—884年），曹州冤句（今山东曹县西北）人，唐末农民起义领袖。黄巢出身盐商家庭，善于骑射，粗通笔墨，少有诗才，但成年后却屡试不第。

黄巢聚众响应王仙芝领导的农民起义，仙芝死事（死于国事）黄巢收集仙芝的部下，被推举为首领，号为"冲天大将军"。公元880年率兵攻占唐朝都城长安，建国号"大齐"，884年兵败泰山狼虎谷，自杀。

### 298　题菊花

**【背景简介】** 据宋张端义《贵耳集》记载，此诗是黄巢五岁时写的。此说不可信，当是黄巢年轻时作的。

**【内容简介】** 此首七绝借对菊花的吟咏，表现出不屈从命运安排的精神和追求平等的理想。

封建正统观点认为："（巢）跋扈（骄横）之意（意向），已见（xiàn，显现）婴孩之时。加以数（若干）年，岂不为神器之大盗耶（怎能不成为国家的大盗呢）！"（语见南宋张端义《贵耳集》）

**【原文】**

飒飒西风满院栽①，蕊寒香冷蝶难来②。

他年我若为青帝③，报与桃花一处开④。

## 【译文】

满院栽种的菊花在飒飒秋风中开放，花蕊寒、花香冷，蝴蝶难以飞来。

将来，我如果成为春神，我告诉（菊花，让它）和桃花在同一时刻开放。

【注释及有关提示】①飒飒：象声词。多像风声或雨声。西风：指秋风。②蕊（ruǐ）：花心。③他年：指将来。《左传·成公十三年》："晋人以其役之劳，请俟他年。"〔晋国人因为他（曹国的公子负刍）在对秦国战役中的功劳，请求等到将来再讨伐他。〕青帝：古代传说中的五方天帝中的东方苍帝，主行春天时令的春神。④报：告诉。处：时刻。

【诗句简析】

首句：形象地点明菊花开放的节令，为下句作铺垫。

次句：点明菊花受冷落的直接原因，暗示深层原因是花开的时令问题，流露出为菊花的开不逢时而惋惜不平的情感。

第三句、第四句：提出自己做青帝、让菊花与桃花同时开放的匪夷所思而又超绝凡俗的想法，体现了诗人改变现实的伟大抱负。

【艺术特色简介】

（一）托物言志。这首诗借对菊花遭受冷落的描述，表达了对遭遇不公的人的同情和惋惜；借自己为青帝，彻底改变菊花命运的假想，寄托了要求平等的政治理想。

（二）充满鲜明的浪漫主义色彩。

（三）语言通俗而豪壮。

## 299 菊花

【题意简释】这首七言绝句另题为《不第后赋菊》。

【背景简介】黄巢在起义之前，曾到京城长安参加科举考试，但是没有被录取。为了抒发愤懑，展现抱负，写了这首诗

【内容简介】这首诗借对秋菊的描绘，塑造了气势强盛的"冲天大将军"形象及改天换地的英雄群体，表达了农民起义领袖的伟大理想和果决坚定的精神风貌。

【原文】

待到秋来九月八①，我花开后百花杀②。

冲天香阵透长安③，满城尽带黄金甲④。

**【译文】**

等到秋天来到后的九月八,我花盛开后,尔等百花就凋零了。

冲天的菊花战阵,直达长安,满城都是金黄的、铠甲般的菊花。

**【注释及有关提示】** ①九月八:古代夏历九月九日为重阳节,有登高赏菊的风俗。诗中说"九月八",与"杀""甲"押韵,读之上口,且增力度。②我花:此处的"我",不表示对菊花的领属(我的菊花),而是物我一体(我们菊花),合喻强大的起义军,以与借喻统治集团的"百花"形成壁垒分明对比。"花"前加一个"我"字,其对应意之辐射,则是"百花"前暗含一个"尔"。杀:衰败。③香阵:菊花组成的战斗队列。此是用了借代和拟物的修辞手法。香,代指菊花。透:至。刘潜(宋)《天仙子》曲:"百舌搬春春已透。"(百鸟鸣叫迎春,春天已至。)长安:古都城,唐朝定都于此,故城在今西安市西北。④满城尽带黄金甲:双关语,明指金黄的菊花,暗指起义军将士的军服。带,披,披带。黄金甲,从菊花的颜色和菊花的花瓣两个方面借喻将士的铠甲,从而借代全副武装的将士。

**【诗句简析】**

首句:点明菊花开放的季节。由下句看出,"待到",表明虽然落第,但是心志不乱,以坚毅的态度等待时机的到来。

次句:表面写"我花"与"百花"的荣枯对比,深层有使动关系,即"我花"开使"百花"杀。

第三句:以菊花的冲天气势,侧重比拟诗人自己"冲天大将军"的形象。

第四句:以满城的菊花,比喻农民起义军的群体形象,形象地展现农民起义大获全胜的强大气势。

**【艺术特色简介】**

(一)菊花的形象与众不同。

(二)对比鲜明。

(三)风格豪放。

**【阅读笔记·《题菊花》与《菊花》异同之浅析】**

两首咏菊诗在主旨、写法等方面有些相同的地方,也有些明显不同的地方。择其要作一简析。

同:表现冲破封建桎梏、改变命运的反叛精神;托物言志的基本写法。

异:诗人安排菊花的开放时间不同。《题菊花》诗人愤慨于秋菊遭受冷落的不公待遇，竟异想天开地要让菊花与芬芳艳丽的桃花一起开放。而《菊花》则让菊花就在肃杀的秋天开放。

菊花开放的时间不同，不是随意而定的，原因有二：

（一）由写作背景决定的。《题菊花》写作时，诗人还年轻，只具反叛精神，尚未付诸行动。《菊花》写作时则是干惊天动地之事的前夜。

（二）由反抗的层级决定的。这是最重要的。《题菊花》虽然也有"他年我若为青帝"这样"犯上作乱"的极为出格的想法，但是最终的要求还是让备受冷落的菊花与备受青睐的桃花一起开放。而《菊花》则把反抗的愿望推进至最高层级：不改变菊花正常的开放时间，而菊花与百花的境遇则判然相反——你死我活的"我花开后百花杀"。"我"不与你们争平等了，"我"直接把你们干下去，"我"来当皇帝，你们或被杀，或被关，或当奴隶，老子说了算，我所争的是至高无上的政治权力。

菊花的形象不同。《题菊花》中的菊花是"蕊寒香冷"的弱者形象，是"蝶难来"的被冷落者形象。而《菊花》中的菊花则是迎寒斗霜、傲然独放的强者形象，是披带金甲、威风凛凛的勇士形象。

## 七十四、聂夷中 1 首

300  伤田家

**【作者简介】** 聂夷中（公元 837—约 884 年），字坦之，河东（今山西省永济县）人，出身贫寒。唐懿宗咸通十二年（871）进士，曾任华阴县尉，仕途颇不得意。其诗质朴深刻，多反映农民遭受剥削压迫的痛苦生活，深切动人。

**【题意简释】**《伤田家》一作《咏田家》。

**【背景简介】** 唐末广大农村破产，农民遭受的灾难更加惨重，至于流离失所，无以生存。在这样严酷的社会土壤中，生长出了堪与《悯农二首》前后辉映的《咏田家》这朵艺术奇葩。

**【内容简介】**《伤田家》形象地展示了农家为了救饥荒，忍痛预先卖掉尚未生成的蚕丝和尚未成熟的谷子的苦难生活，向君王提出了中肯的建议，表达了抑制贫富不公、缓解社会矛盾的强烈愿望。

**【原文】**

二月卖新丝①，五月粜新谷②。

医得眼前疮③，剜却心头肉④。

我愿君王心，化作光明烛。

不照绮罗筵⑤，只照逃亡屋⑥。

【译文】

二月刚着手饲养春蚕，却已经将未来的新丝卖出去（以度日活口）；五月春谷尚在青苗期，也已经将未来的新谷卖出去（以维系生命）。

这是医治了眼前的疮，却挖掉了心头的肉。

我希望帝王之心，化作光明的蜡烛。

不照富贵之家的筵席，只照灾民逃亡的空屋。

【注释及有关提示】①二月卖新丝：春蚕到四月才吐丝结茧，农家为了暂得活命，在二月就把尚未吐出的丝当作新丝卖了。②五月粜新谷：四月份播种的春谷，收获时间是在九月份，而农家为了抵债，在五月就把远未成熟的谷子作为新谷卖了。粜（tiào）：卖出粮食。③医得：治好。疮（chuāng）：借喻困难，痛苦。④剜（wān）却：挖掉。却，助词，用于动词后，相当于"掉""了"。心头肉：身体关键部位的肉，此借喻农家赖以生存的最重要的凭借。⑤绮（qǐ）罗：华贵的丝织品，借代穿绫罗绸缎的人，即富贵之人。绮（qǐ），平纹底上起花的丝织品。罗，一种轻而薄的丝织品。筵（yán）：宴席。⑥逃亡屋：贫苦农民逃亡在外留下的空屋。

【各联大意】

第一联：对举展露农民赖以为生的两大生产方式（养蚕、种谷）中出现的怪事——蚕未吐丝，预先卖出未来的丝，谷未成熟，预先卖出未来的谷

第二联：用"挖心头肉医眼前疮"这种极为形象的比喻，尖锐指明这样做濒于自毁的严重危害。

第三联：把化解（或缓和）社会矛盾的政治愿望寄于君王。

第四联：提出化解剥削阶级与被剥削阶级严重对立矛盾的具体方法——君王爱民之烛光不照富贵之家的筵席，只照灾民逃亡的空屋。

【艺术特色简介】（一）选择怪事，加倍震撼。农民终年受盘剥，青黄不接时更是难过的鬼门关。无路可行，只能硬着头皮走上举债这条不归路。借债要有抵押，一贫如洗何来值钱物？于是怪事出现了：二月，蚕事甫始，就把四五月间才有的蚕丝低价抵押出去了；五月，谷子尚处青苗期，就把七月才能成熟的谷子低价抵押出去了。明知是火坑，却又是自己选择往里跳。这是多么奇怪的事啊。这种饮鸩止渴的怪事中

包含的农民的凄惨、高利贷者的狞笑、社会的冷酷黑暗、皇帝的熟视无睹,加倍产生出令人心痛、心愤的强大震撼力。

(二)比喻形象无比、深刻无比。靠借贷渡过泥泞后,并非坦途,而是悬崖;因为眼前的借贷是以牺牲不久的致命的利益为代价的。这种利害关系,诗人用两个前后相连、奇妙无比的比喻,形象而深刻展现了出来。眼前的灾荒就是一个溃烂急需修补的疮,而修补溃疮的千万种方法均不得为用;只能挖掉心头之肉来修补溃烂之疮。其严重后果,不言而喻。看到诗人这样清醒的认识,所有有同情心的人,都不会去责怪农夫的短视,而是思考背后的元凶或者推手。

## 七十五、章碣 1 首

### 301 焚书坑

**【作者简介】**章碣(公元 836—905 年),晚唐诗人。原籍桐庐(今浙江桐庐县),后迁居钱塘(今浙江杭州市)。唐僖宗乾符三年(876)进士。由于遭遇坎坷,章碣诗中富有批判锋芒。诗工七律,并自创变体,为时人所效。

**【题意简释】**焚书坑:秦始皇焚烧诗书之地,故址在今陕西省临潼县东南的骊山上。

**【背景简介】**秦始皇统一六国以后,为了巩固其统治地位,于始皇三十四年(前213 年)听取丞相李斯的建议,实行焚书法:除史官所藏秦国史书,除博士官所藏图书,其余别国史书、私人所藏诸子百书一概交官府烧毁。

**【内容简介】**这首诗以秦始皇焚书为切入点,以前后迥然相异的史实之对比,对秦始皇焚书的暴虐行径进行了辛辣的嘲讽。

**【原文】**

竹帛烟销帝业虚①,关河空锁祖龙居②。

坑灰未冷山东乱③,刘项原来不读书④。

**【译文】**

(随着)书籍史册(被)烟火销毁,始皇的帝业也化而为虚;函谷关和黄河这样险固的天然屏障白白地护卫着始皇帝所居住的地方。

焚书坑内的灰烬尚未冷却,崤山之东(原六国之地)已经发生暴乱;灭亡秦国的刘邦和项羽原本并不读书。

【注释及有关提示】①竹帛：古代供书写用的竹简和白绢，此代指书籍。烟销：烟火销毁。帝业：皇帝的事业。此指秦始皇统治天下，巩固统治地位的事业。虚：空虚。②关河：代指险固的地理形势。关，函谷关。河，黄河。空锁：白白地扼守着。祖龙居：秦始皇曾居住的咸阳。祖龙，代指秦始皇。《史记·始皇本纪》："（三十六年）秋，使者从关东夜过华阴平舒道，有人持璧遮使者曰：'为吾遗滈池君。'因言曰'今年祖龙死。'"〔（三十六年）秋天，使者从关东来，夜里经过华阴平舒地方，有人拿着璧玉拦住使者说："替我送给滈池（hàochí，水神）君。"又趁机说："今年祖龙死去。"〕古人注："祖，始也；龙，人君像；谓始皇也。"此处在称谓上特意用典故，使祖龙（始皇）万世长存的野心与"空锁"的现实形成强烈反差，自然地产生出辛辣无比的讽刺力量。③坑灰：指在坑内焚烧书籍的灰烬。山东：崤山之东，即为秦王嬴政所灭的六国旧有之地。④刘项：刘邦和项羽，秦末两支主要农民起义军的领袖。不读书：刘邦、项羽两人都没读多少书。

【诗句简析】

首句：对比展示焚书固业的主观措施与帝业化而为虚的客观结果，暗喻"竹帛烟销"之暴政恰恰是事与愿违、自掘坟墓的拙劣之举。

次句：以叹惋的语气描写关河依旧，祖龙云散的景象，说明施行"焚书"的暴政，纵有天险，也是徒然。

第三句：以两个接连出现的场景——坑灰未冷、山东大乱——极为辛辣地讽刺了"焚书"之举荒唐至极。

第四句：揭晓一个谜底——趁"山东乱"之势彻底推翻秦王朝的两个首领都不是读书之人，说明"焚书"与维护其封建统治简直就是风马牛不相及的事情，从而更辛辣地嘲笑了"焚书"者的荒唐可笑。

【艺术特色简介】句句讽刺，步步深入。首句以"帝业虚"的结果，讽刺"焚书"是事与愿违的可笑之举；次句讽刺不行仁政，纵有天险，也是枉然；第三句以秦朝灭亡之快，深入讽刺"焚书"的荒唐可笑；最后一句点明刘邦、项羽非读书人的身份，极为辛辣地讽刺秦始皇为清除一切反秦的行为、思想而无所不用其极，煞费苦心，竟然使用焚书的方法，结果却是向和尚借梳子——找错了人，徒留千古笑柄。

## 七十六、崔道融 1 首

### 302　溪居即事

【作者简介】崔道融（？—907年），唐末诗人，自号东瓯散人，荆州（今湖北江陵县）人。乾宁二年（895）前后，任永嘉（今浙江省温州市）县令，后入朝为右补阙，后避战乱入闽。与司空图、方干为诗友，人称江陵才子。

【题意简释】溪居：溪边住处。居，住处，住所。即事：当前的事物，后称以当前事物为题材的诗为"即事诗"。

【背景简介】黄巢起义时，大部分诗人在"无事"之中，情感趋于淡泊。此诗写眼前所见，信手拈来，自然成篇。

【内容简介】这首诗展现出一幅素淡的水乡风景画，描写出船进渔湾、小童却关的有趣情节，塑造出一个天真可爱的小童形象。

【原文】

篱外谁家不系船①，春风吹入钓鱼湾。

小童疑是有村客②，急向柴门去却关③。

【译文】

篱笆外面不知谁家没有系好的船，（被）春风吹进了钓鱼湾。

一个小孩（感到）好像有客人来到村里，急忙（跑）向院门，去退回门闩（开门）。

【注释及有关提示】①系（xì）：拴，捆绑。②疑：好像。③柴门：用柴木编扎的简陋的门。却关：退回门闩（使门开）。却，退。关，门闩（shuān）。《荀子·荣辱》："故或禄天下，而不自以为多；或监门、御旅、抱关、击柝，而不自以为寡。"（所以有的人富有天下，也不认为自己拥有的多；有的人看管城门、侍奉旅客、守卫门闩、巡逻打更，也不认为自己所得的少。）

【诗句简析】

首句：镜头对准篱笆外不知谁家的一条未拴的小船。

次句：展现小船被春风吹进钓鱼湾的移动镜头。

第三句：写一个小童对此的判断——疑有客来。

第四句：写小童采取的行动——急去退回门闩（开门）。

**【艺术特色简介】**

信手拈取眼前小事,白描绘出素淡美景,展现可爱小童形象,语浅味浓,意境悠远。

## 七十七、杜荀鹤1首

### 303　山中寡妇

**【作者简介】** 杜荀鹤(公元846—904年),唐末池州(唐朝州名,地属今安徽省)石埭(地属今黄山市。埭,读 dài),字彦之,尝居九华山,自号九华山人。家境贫寒,屡试不第,直至四十五岁(唐昭宗大顺二年,891)以第一名擢进士第。最后任梁太祖(朱全忠)的翰林学士,仅五日而卒。其很多诗篇反映唐末社会动乱及民生惨苦。有《唐风集》。

**【题意简释】** 一题作《时世行》,足见此诗是以"山中寡妇"之"点"来反映时世的。

**【背景简介】** 唐朝末年,朝廷与农民起义军及军阀之间连年征战,田园荒芜,国政烦苛,给人民带来极大的灾难。

**【内容简介】** 此诗通过山中寡妇这个典型人物的悲惨命运,描绘出一幅幅人民悲惨生活的图景,形象反映了农民大量惨死或逃亡、农村土地荒芜、剥削更加严酷、人民困苦不堪的社会现状,具有深刻的社会意义。

**【原文】**

夫因兵死守蓬茅①,麻苎衣衫鬓发焦②。
桑柘废来犹纳税③,田园荒后尚征苗④。
时挑野菜和根煮⑤,旋斫生柴带叶烧⑥。
任是深山更深处⑦,也应无计避征徭⑧。

**【译文】**

丈夫因战乱死而独守茅屋;身着麻布衣衫,鬓发干枯。

(凭借养蚕的)桑树、柘树全都废毁了,(农民)还要缴纳蚕丝税;田园已经荒芜了,(官府)仍然征收青苗税。

时常(从野地中)挑选出(可食的)野菜连着根一起煮食,临时砍来生柴带着叶子一起烧火。

任凭(你)是住在比深山更深的偏僻处,也没办法逃脱官府的赋税和兵徭。

**【注释及有关提示】** ①兵:战争。蓬茅:蓬草和茅草,此借代茅草房子。②麻苎

（zhù）：即苎麻。可以制麻布的一种植物。此指粗麻布。焦：干枯。③柘（zhè）：树木名，叶子可以喂蚕。征苗：指征收青苗税。这是代宗广德二年开始增设的田赋附加税，因在粮食未成熟前征收，故称。④后：一作"尽"。⑤时：时常。挑（tiāo）：挑选。和（hé）：连带，同……一起。⑥旋（xuàn）：临时。陆游《东篱》诗："新营茅舍轩窗静，旋煮山蔬匕箸香。"〔（住在）刚刚搭建的茅草房中，窗外安静无杂，（品尝）临时烹煮的山蔬，匙子和筷子沾着清香味。〕斫（zhuó）：砍。生柴：刚砍来的湿柴。⑦任：任凭。更（gèng）：更加。⑧应：该。计：计谋，计策。征徭：赋税和徭役。

【各联大意】

首联：上句交代寡妇因战乱丧夫的不幸及逃入深山以存活的希冀，为尾联的翻转做铺垫；下句描写寡妇的衣着和鬓发两个细节，显示寡妇经济的贫穷和身体的衰弱。

颔联：镜头由寡妇一人扩展至广大农民、由深山一点扩展至整个农村，展露田园荒芜，剥削尤甚的社会现实。

颈联：从所食（"时挑野菜"）和所用柴火（"旋斫生柴"）两个基本方面表现寡妇极为凄惨的生活。

尾联：代表寡妇及饱受战乱、剥削之苦的广大农民发出深沉的感慨——任你极度贫穷、任你费尽心思，你也逃脱不掉苛政的魔爪。

【艺术特色简介】

（一）选材典型，抨击加倍。选材典型表现在两个方面：一是人物的所处，二是人物的身份。民谚之"山高皇帝远"，一意为"春风不度玉门关"，一意为皇帝管控之力鞭长莫及。诗中寡妇独处深山，而皇帝赋税之鞭也能及，足见封建统治的压榨和剥削无处不在。

寡妇历朝历代都是应得到优抚的弱势者，而把战乱之祸转嫁给百姓的统治者哪有抚恤弱势群体之说，连因战乱丧夫、逃到深山的寡妇也不放过，足见封建统治的压榨和剥削无孔不入。

（二）感受深切，用语精准。"野菜和根煮""生柴带叶烧"，蜜水中的公子哥、书斋里的士大夫无从发现这些生活场景，即使偶尔见到也会视而不见，更谈不到什么感受了。而长期处于贫困、落魄中的诗人对这些场景不仅习见习闻，而且有很深的感受。单说"挑野菜"，不仅观察得细，而且体验得深。自然生长的野菜，间杂于野地形形色色的野花野草中，采摘它时，不像收麦子、割稻子那样大把拢住挥镰即可，而要"挑"。"挑"，写出来只一字，"挑"起来却是颇费眼力的，"挖"起来也不是一蹴而就的。

正因为野菜得之不易，所以吃的时候连纤维粗、味道苦、难以下咽的野菜根也舍不得扔掉，连同野菜的茎和叶一起煮着吃了。

## 七十八、秦韬玉 1 首

304　贫女

【作者简介】秦韬玉，生卒年不详，字中明，京兆（今陕西西安）人。少年能文，却累举不第，后入大宦官田令孜之门，官至工部侍郎。他的诗，艺术上秀丽浏亮，如《潇湘》诗中"女娲罗裙长百尺，搭在湘江作山色"两句；内容上比较贫乏。以《贫女》一诗为世传颂。

【内容简介】这是一首比体诗，借贫女倾诉，揭露有才却因出身寒门而不被看重的社会不合理现象。

【原文】

蓬门未识绮罗香①，拟托良媒益自伤②。
谁爱风流高格调③，共怜时世俭梳妆④。
敢将十指夸针巧⑤，不把双眉斗画长⑥。
苦恨年年压金线⑦，为他人作嫁衣裳。

【译文】

贫家女儿不知道绮罗的华美，想托个良媒（说亲）更加哀伤自己（的境况）。
谁爱仪表（着装）朴素的高格调呢？时下（大家）都喜欢流行的奇装异服。
我敢夸用十指做针线的灵巧，不把双眉描画的短长与人比赛。
最遗憾年年手里拿着金线刺绣，都是替富人家小姐做嫁衣裳。

【注释及有关提示】①蓬门：用蓬茅编扎的门，指穷人家。绮罗：华贵的丝绸制品，此代指富贵人家妇女的华丽衣裳。绮（qǐ），平底上起花的丝织品。香：华美。此处用通感（移觉）手法，把味觉的"香"（甘美），转为视觉的"华美"。②拟：打算。托良媒：委托好的媒人。益：更加。③风流：仪表。④怜：喜爱。时世：时代，此指当代。俭梳妆：有二解：一为"俭"同"险"，俭梳妆即奇装异服。另一解，"俭"如字，俭梳妆即朴素装束。⑤针：用针刺，此指做针线。一作"纤"。⑥斗：比赛。《史记·项羽本纪》："汉王笑谢曰：'吾宁斗智，不能斗力。'"〔汉王（刘邦）笑着回绝说："我宁愿比赛智慧，不善于比赛勇武。"〕⑦苦：最。陆游《农桑》诗："农事初兴未苦忙。"（农事刚兴起，还不是最忙的时候。）恨：遗憾。压金线：用金线刺绣。压，刺绣时用指头按住，刺绣的一种手法。这里泛指刺绣。

【各联大意】

首联：展露贫女自身矛盾无法解决的内心痛楚。

贫女自身的矛盾是家境贫寒与美好愿望的矛盾。贫女的家境已是无法改变的现实，而贫女又不是个安于命运安排的人，她心境高，设想委托良媒，找个好归宿。然，残酷的现实哪能如贫女之愿呢？一个"益"字不仅在结构、文意上勾紧了上下两句，更重要的是深刻地反映出贫女内心的痛楚随着贫穷的生活的延续和年龄的增长而逐渐加剧的自然过程：贫女一直是因其贫而"自伤"的，到了谈婚论嫁的年龄想嫁个好人家，而贫女又理智地认识到这只是一种空想时，故不免"益自伤"。

颔联：展露贫女着装朴素的个人格调与追求奇装异服的社会时尚的矛盾，从而从更广大的层面显示出贫女悲剧的不可逆转性。

颈联：以贫女自夸女红出众，展现其不凡的勇气和坚定的自信；以贫女不屑与富女竞斗妆饰之美，展现其超凡脱俗的孤高格调。

尾联：在全诗的至高点上写透贫女的悲剧——年年以自己出众的女红辛苦劳作，到头来都是为别人的享用忙活。

尾联高度概括了封建社会的不平现象，特别是末句广为流传，浓缩为"为人作嫁"的成语。

【艺术特色简介】语意双关、含蕴丰富。贫女的独白，既是她倾诉自己抑郁惆怅的心情，也是诗人抒发自己怀才不遇、寄人篱下的感恨。

## 七十九、王驾 1 首

305　雨晴

【作者简介】王驾（公元851—？），字大用，自号守素先生，河中（今山西永济）人。唐昭宗大顺元年（890）进士及第，官至礼部员外郎。后弃官归隐。

【背景简介】此诗作于诗人弃官归隐之后。

【内容简介】这首七言绝句，描写春天雨晴后花与蝶的情景，巧妙地寄寓了诗人的惜春之情。

【原文】

雨前初见花间蕊①，雨后全无叶底花②。

蛱蝶飞来过墙去③,应疑春色在邻家④。

【译文】

下雨之前刚看到花朵,下雨之后绿叶下面的鲜花全都没有了。

蝴蝶飞来(小园)又飞过墙那边去了,大概(它们)怀疑春色在邻居家的院子里。

【注释及有关提示】①初:刚刚。蕊(ruǐ):未开的花,即花苞。②底:下面。③蛱(jiá)蝶:蝴蝶的一类,赤黄色。④应(yīng):大概。

【诗句简析】

首句:写春雨之前枝叶上鲜花含苞待放的情景。

次句:写春雨之后枝叶上鲜花全无的情景。

第三句:写雨后蝴蝶飞到自家的小园来又飞过墙的情景。

第四句:写诗人对蝴蝶"过墙"的想象。诗人的想象奇妙而有趣。蝴蝶飞走了,是因为花没了;花没有了,是因为春去了。诗人想留住春而又留不住,就猜想春到了邻家了。于是以"应疑春色在邻家"这神来之笔,非常独特地表达了专属诗人自己的惜春之情。

【艺术特色简介】取景平常,想象奇特。蝴蝶飞来飞去,是人们司空见惯的景象,而诗人却由"平",想象到"奇"——春色移到一墙之隔的邻家了,再加一猜想语——"应",又变天真为妙趣,不愧是绘春的高手,惜春的"专家"。

附:古人对王安石所改的王驾《雨晴》简评三则

一、《苕溪渔隐丛话》(南宋·胡仔):王驾《晴景》:"雨前初见花间蕊……"此《唐百家诗选》中诗也。余因阅荆公《临川集》,亦有此诗云:"雨来未见花间蕊,雨后全无叶底花。蜂蝶纷纷过墙去,却疑春色在邻家。"《百家诗选》是荆公所选,想爱此诗,因改为七字,使一篇语工而意足,了无镬斧之迹,真削镰手也。

参考译文:"雨前初见花间蕊……"这是《唐百家诗选》中的诗。我因为阅读荆公(王安石封荆国公,世称王荆公)《临川集》,(见《临川集》中)也有这首诗,说:"雨来未见花间蕊,雨后全无叶底花。蜂蝶纷纷过墙去,却疑春色在邻家。"《百家诗选》是荆公所选,(荆公)想喜爱这首诗,于是把(它)改成七个字,使全篇语句精巧而意思完备,一点也没有斧凿(镵,读 chán,一种铁制的掘土工具)的痕迹,真是削木为镰(jù,古代一种乐器)的能手。

二、《唐音戊签》(明·胡震亨):驾诗即非品金,却被荆公点成铁块。

参考译文:王驾的诗,即使不是纯金(也是金子),却被王荆公点成了铁块。

三、《载酒园诗话》（明末清初·贺裳）：介甫所云"疑"，乃因蜂蝶过墙而人疑之也，着力在"纷纷"二字。驾所云"疑"，乃蛱蝶疑而飞去，人疑其疑也，着眼在"飞来"二字。两意俱佳。但"却疑"意只一层，"应疑"义有两层。黄白山（明朝人）评：王改"却"字，不过易平声为仄字较响耳，其意则犹前人。

参考译文：介甫所说的"疑"，是因为蜂蝶过墙而人疑蜂蝶，用力在"纷纷"二字。王驾所说的"疑"，是蛱蝶疑而飞去，人疑蛱蝶之疑，着眼于"飞来"二字。两人用语的意思都好。不过"却疑"的意思只有一层，"应疑"的意义有两层。黄白山（明朝人）评论：王安石改为"却"字，不过是换平声字为仄声字（声音）较响罢了，两种用语的意味却还是前人（的好）。

# 八十、无名氏 1 首

306　金缕衣

【题意简释】金缕衣：缀有金线的衣服，比喻荣华富贵。

【内容简介】这首七言乐府，告诫人们不要重视荣华富贵，而要爱惜少年时光，劝喻人们要及时建立功业。

【原文】

劝君莫惜金缕衣①，劝君须惜少年时②。

有花堪折直须折③，莫待无花空折枝④。

【译文】

奉劝少年朋友们不要追求荣华富贵，而要珍惜年轻有为的黄金时期。

有花可折的时候就应当折，不要等到无花时徒劳无益地折取枝子。

【注释及有关提示】①君：诗中指少年。莫：不要。惜：爱惜。②须：必须。须惜，有的版本作"惜取"。笔者认为"惜取"不如"须惜"好。因为，上句"莫"，否定，下句"须"，肯定，一舍一取，态度鲜明，语气坚决；而"惜取"不唯用语不工，而且语势嫌弱。③堪：可，能。直须：应当。陆游《示元敏》诗："良时不可失，苦语直须听。"（美好的时机不能失去，逆耳的话语应当听取。）④待：等待。空：徒然，白白地。"堪折""直须折""空折"连用，词气明爽，层势跌宕。

【诗句简析】

首句：开门见山地向少年提出应当舍弃的追求——荣华富贵。

次句：从正面提出应当珍惜时光的劝勉。

第三句：以折花为喻，提出及时行动的奉劝。

第四句：以空折枝为喻，指明坐失良机的后果。

**【艺术特色简介】**（一）正反对举，取舍分明。开头两句把莫惜荣华富贵和珍惜少年时光对比举出，取舍分明，语气坚决。

（二）"莫惜金缕衣"的告诫意，非常明显，而"有花堪折直须折"的劝勉意则比较含蓄。单就此句来看，有及时行乐的消极意义，而从整首诗的意旨来看，是充分利用"少年时"的黄金时段积极进取，努力作为。"摘花"所借喻的含义比较明显的有两个方面：一是收获爱情，二是建立功业。

从反面说"莫待无花空折枝"，总体似是劝勉人们"莫负好时光"，不要"白了少年头，空悲切"，而"无花"（失去时机）的含义也是多方面的。

正因为及时"摘花"与"无花空折枝"的含义并非具体、单一、单调，所以内涵丰富、韵味隽永也就是本诗的另一个突出的艺术特点

# 后　记

　　《简易古诗助读》书稿终于付梓。因力微任重，撰写书稿本人大费周章，幸得诸多好友鼎力相助。促成书稿之力大者，乃我同学王福国。我俩是挚友又是前后楼邻居，经常于晚饭后在山城郊区并肩散步聊天，时常聊些阅读、写作之类的话题。

　　福国爱好地方民俗文化，不断地撰写散文，并发表于各个报刊与网站，这对我写点东西影响很大。

　　我与福国经常谈诗。一夕，福国忽然要我把对一些古诗的拙见写成书稿。开始我对福国提议成书的事还有点犹豫，闲聊交流无所谓，而把闲聊有关古诗的内容增删易换定格在书页上，就远没有闲聊那么轻松了。首先要确定写给什么人参阅，然后根据拟定的主要读者群确定所写的内容，最后是选择合适的形式和方法。这项工作对我来说如同攀爬一座陡峭的大山。然经不住福国多次撺掇，终以一种"试运行"的态度开始了自己的"跋涉"。可以说，没有福国在书稿起程的劝导，中程的打气，也就没有这本书了。

　　这本小书算不上什么，但对我来说却是一件不易完成之事，借此机会向助我一臂之力的福国同学说声："谢谢啦！"

　　更要感谢的是石志河同学。志河在我们一中高中毕业后，分别在石家庄、长沙、西安等地学习深造，又曾在某部委办公厅等部门工作，著述有《新容斋随笔》等。文化界一位现任正部级领导曾说："不知读了多少本书，才能写出《新容斋随笔》这样一本书。"

　　志河一直认为学习是终生的，无论是亲炙于张岂之、何兆武、张月赓等老师，得诸前贤的文史哲功底加持，还是后来深钻中医道，受教于四大名医孔氏之高徒名医徐宏勋（志河能给亲戚挚友开方治病，出方立效不要一分钱，解除别人病痛，也算积德行善），学习一直在路上。

　　志河对书法也爱好把玩，曾出版过字帖。

我已与志河同在京城十余年了,又联系方便,就经常请他帮忙为《简易古诗助读》书稿提些建议和意见。志河对书稿的整体内容给予了充分的肯定;对书稿的结构、体例提出的重要建议,被笔者立即采纳;另有多处,志河也作了微妙含蓄的点拨;最后,志河拨冗写序,助推导读。真诚地感谢志河同学。

　　在《简易古诗助读》成书过程中,还得到了各方师长、好友的鼎力相助,在此一并表示诚挚的谢意。

高全成<br>
2022 年 3 月于北京海淀